卒業生には向かない真実

ホリー・ジャクソン

大学入学直前のピップに、ストーカーの仕業と思われる不審な出来事がいくつも起きていた。無言電話や匿名のメールが届き、首を切られたハトが家の敷地で見つかったり、私道にチョークで頭のない棒人間を描かれたり。調べた結果、6年前の連続殺人との類似点に気づく。犯人は逮捕され服役中だが、ピップのストーカーの行為は、この連続殺人の被害者に起きたこととよく似ていた。ピップは自分を守るため調査に乗りだす。——この真実を、誰が予想できただろう？『自由研究には向かない殺人』から始まった、ミステリ史上最も衝撃的な三部作完結！

登場人物

ピッパ（ピップ）・フィッツ＝アモービ……リトル・キルトン・グラマースクールの卒業生。十八歳
ラヴィ・シン……ピップの相棒
ヴィクター……ピップの父。弁護士
リアン……ピップの母。不動産会社勤務
ジョシュア……ピップの弟
カーラ・ワード……ピップの親友
ナオミ・ワード……カーラの姉
コナー・レノルズ……ピップの親友
ジェイミー・レノルズ……コナーの兄
アンソニー（アント）・ロウ……ピップの同級生
ローレン・ギブソン……アントの恋人
トム・ノヴァク……ローレンの元恋人
マックス・ヘイスティングス……ピップを名誉《めいよ》毀損《きそん》で訴えるつもりの青年
ナタリー・ダ・シルヴァ……マックスの暴行の被害者
ダニエル・ダ・シルヴァ……ナタリーの兄。テムズバレー警察の巡査

ルーク・イートン……………………ナタリーの元恋人
チャーリー・グリーン………………逃亡中の被疑者
フローラ・グリーン…………………チャーリーの妻
リチャード・ホーキンス……………テムズバレー警察の警部補
スタンリー・フォーブス……………〈キルトン・メール〉の記者。故人
アンディ・ベル………………………亡くなった少女
ジェイソン・ベル……………………アンディの父
ドーン・ベル…………………………ジェイソンの妻
ベッカ・ベル…………………………アンディの妹
ロジャー・ターナー…………………ピップの弁護士
クリストファー・エップス…………マックスの弁護士
ハッサン・バシール…………………マックスの名誉毀損訴訟の仲裁人
ジュリア・ハンター…………………DTキラーの犠牲者。故人
ハリエット・ハンター………………ジュリアの妹
ビリー・カラス………………………五件の殺人で服役中の男
マリア・カラス………………………ビリーの母
デイヴィッド・ノーラン……………ビリーを取り調べた主任警部
ジャッキー・ミラー…………………カフェのオーナー

卒業生には向かない真実

ホリー・ジャクソン
服部京子訳

創元推理文庫

AS GOOD AS DEAD

by

Holly Jackson

Originally published in English by Farshore, now
HarperCollins Publishers Ltd, The News Building, 1
London Bridge St, London, SE1 9GF under the title: *As Good As Dead*

This edition is published by TOKYO SOGENSHA Co., Ltd.

Translated under licence from HarperCollins Publishers
Limited through The English Agency (Japan) Ltd.

卒業生には向かない真実

この本をすべての読者に捧げる。最後までおつきあいくださって、ありがとう。

第一部

1

死んだ目。人はそういうふうに言う。生気がなく無表情で虚《うつ》ろな目。いまや死んだ目がつねにそばにあり、どこにでもついてきて、瞬《まばた》きをしたところで消えてくれない。頭の奥に隠れていて、夢のなかにあらわれる。生から死への境界を越えた瞬間の、彼の死んだ目が。ちらりと視線を向けた先にも、暗い影のなかにも、ときには鏡のなかにも見えて、自分の顔にはめこまれている。

まさにいま、まっすぐに見つめてくる死んだ目をピップは見ていた。死んだ目は、車のまん前で羽を広げて死んでいるハトの顔にはめこまれている。生気がなく無表情で、目に映りこんだ、膝《ひざ》をついて手をのばすこちらの姿以外に動きはない。触れはしないが、ぎりぎりまで手を近づけてみる。

「用意はいいかな、ピックル」背後で父が言う。ドアが閉まってカチリと鳴り、その音にかぶさって銃声が聞こえ、ピップはびくっとした。いまや銃声もどこにでもついてくる。

「う、うん」ピップは答え、立ちあがって咳払《せきばら》いをした。〝しっかり呼吸をして。吸って、吐いて〟「見て」わざわざ指をさす。「ハトが死んでる」

父はよく見ようとして腰をかがめた。細めた目のまわりの黒い肌に皺《しわ》が寄り、パリッとした三つ揃えのスーツの膝のあたりにしわが走る。ふいに父の顔におなじみの表情が浮かんだ。どうやらばかげたジョークを飛ばそうとしているらしく——

「今日の夕食はハトの《ビジョン》パイかな?」

ほら、やっぱりきた。近ごろは娘を笑わせようとがんばっているようで、父の口から出てくるのはほぼすべてジョーク。ピップは少しだけ心がなごみ、冗談を返した。

「つけあわせがマッチユーポテトだといいね」ジョークを飛ばしてようやくハトの虚ろな目を頭から追いやり、ピップはメタリックイエローのリュックサックを肩にかけた。

「一本とられた!」父がにこにこしながら背中をポンと叩いてくる。「死にとらわれし、わが娘よ」自分がなにを口走ってしまったか、そのなにげない言葉のなかに渦巻《うずま》くべつの意味に父は気づいたようで、とたんに表情が変わった。八月後半の明るい朝の、父との気のおけないひとときでさえ、ピップは死から逃れられずにいた。いまや死が生活の中心になっている。

父は一瞬にして気まずさを振り払ったらしく、さっと頭を傾けて車に乗るようながした。

「さあ、話し合いに遅刻しちゃまずい」

「そうだね」ピップはドアをあけて乗りこんだものの、ほかになにを言えばいいかわからず、車が走りだしたあとも心はハトとともに家の前に置き去りにされたままだった。

リトル・キルトン駅の駐車場に入ってようやく心が追いついてきた。駐車場はこんでいて、太陽の光が整然と並んだ通勤用とおぼしき車に反射している。

父がため息をついた。「ポルシェのチャラ男《お》が、またわたしの場所を占拠している」チャラ男。父に教えてしまってから、またしてもすぐさま後悔した言葉。

空いている駐車スペースは駐車場の端っこの、防犯カメラがない金網フェンスの近くだけだった。ハウィー・ボワーズの昔の仕事場。片方のポケットには金、もう片方には小さな紙袋。自分を抑える間《ま》もなく、シートベルトをはずすカチリという音が頭のなかでスタンリー・フォーブスの靴がコンクリートを叩く音に変わる。いまやあたりは夜になっている。ハウィーが刑務所ではなく、すぐそこのオレンジ色の街灯の下にいて、目のあたりは陰になって見えない。スタンリーがハウィーのところへ近づいて、ひと握りの金と交換に、自分の人生、自分の秘密を守ろうとする。ふいに振り向く。目が死んでいて、身体に六つの穴があき、血が流れだしてシャツとコンクリートを赤く染め、いつの間にかこっちの手にも血がついている。両手が真っ赤になり——

「おーい、ピックル?」父がドアをあけて、娘のために支えてくれている。

「あっ、ごめん」ピップはいちばん上等なズボンで両手を拭《ふ》いた。

ロンドンのメリルボーン行きの列車はこみあっていて、乗客同士が肩と肩を触れあわせて立ち、ぶつかったら〝すみません〟のかわりに閉じた口の端をぎこちなくあげて笑みをつくる。大勢の乗客が金属製の手すりをつかんでいて空いているスペースはなく、ピップはしかたなく父の曲げた腕をつかんで身体を支えた。ふらつかないためにはこうするしかない。

　列車のなかでチャーリー・グリーンを二度、見た。一度目は後頭部を。でも彼がフリーペーパーのメトロ紙をもっとよく見ようと頭を動かしたとき、ちがう人だとわかった。二度目に見たとき、彼はプラットホームに立っていて、拳銃をもてあそんでいた。けれども列車に乗りこんできたとたんに顔ががらりと変わり、チャーリーに似ていたところはすべて消え、拳銃は傘に変わっていた。

　ほぼ四カ月になるのに、警察はまだチャーリーを逮捕していない。妻のフローラは八週間前にイングランド南東部の港町、ヘイスティングスの警察署に出頭した。ふたりはどういうわけか、逃げている最中に離れ離れになってしまったらしい。フローラは夫がどこへ向かったかわからないと話しているようだが、ネット上ではチャーリーはフランスに上陸したという噂が飛び交っている。とにかく、ピップは彼の行方を追っている。彼の逮捕を望んでいるからではなく、彼が見つからないと困るから。チャーリーを見つけられないままでは、物ごとをふたたびもとの状態に戻すことはできない。

　父と目があう。「協議について考えて緊張しているのかい？」列車が速度を落としてメリルボーン駅へ入っていき、車輪が甲高《かんだか》い音をあげるなかで父が訊いてくる。「だいじょうぶだよ。ロジャーの言うことを聞いていればいい。わかったね？　彼は腕のいい弁護士だから、じょうずに交渉してくれる」

　ロジャー・ターナーは父の法律事務所に所属する事務弁護士《ソリシタ》で、名誉毀損《めいよきそん》案件にかけてはいちばんの腕利きらしい。数分後、ふたりはロジャーを見つけた。彼はこれから向かう会議室が入っている赤レンガ造りの古い建物の前で待っていた。

「こんにちは、ピップ。また会えたね」ロジャーは言い、手をさしだしてきた。ピップは手に血がついていないかさっと確認したあとで彼と握手した。「楽しい週末を過ごせたかな、ヴィクター」

「ああ、楽しかったよ、ロジャー。今日のランチに昨日の余り物を持たされたから、今日もそれはそれはすてきな月曜日になるはずだ」

「もうなかに入ったほうがよさそうだけど、準備はいいかな?」腕時計で時刻を確認しながらロジャーが訊いてきた。もう片方の手にはピカピカに磨かれたブリーフケースが握られている。

ピップはうなずいた。また手が湿ってきたが、それは汗のせいだ。手には汗しかついていない。

「なにも心配はいらないよ、ダーリン」父がこっちの襟《えり》もとを直しながら言う。

「そうだとも。わたしは何千件もの調停を手がけてきたんだからね」ロジャーがにやりと笑い、グレイの髪を後ろになでつけた。「心配はご無用だ」

「終わったら電話を寄こしなさい」父が身をかがめて額《ひたい》にキスしてきた。「それじゃあ、今夜、また家で会おう。ロジャー、きみとはのちほどオフィスで」

「わかったよ、またあとでな、ヴィクター。さあ、ピップ、お先にどうぞ」

協議は最上階の4E会議室でおこなわれる。ピップは階段を使ってもいいかと尋ねた。階段をあがれば鼓動が速まる。だからほかの理由で心臓がどきどきしているのではない。いまはこんなふうに自分自身をごまかしている。たとえば、胸が締めつけられてランニングに出かけるときも。走っているから、胸が締めつけられるのだと。

最上階に着いた。年配のロジャーは数段下で息を切らしている。4E会議室の前の廊下にこざっぱりした恰好の男性が立っていて、こちらに気づいて笑みを向けてきた。

「ミス・ピッパ・フィッツ＝アモービですね」と男性が言う。また手をさしだされたので、もう一度、自分の手に血がついていないか確認する。「そして、そちらの方が弁護士のミスター・ロジャー・ターナーですね。わたしはハッサン・バシール。本日、仲裁人をつとめます」ハッサンは微笑《ほほえ》み、細い鼻にかかった眼鏡を押しあげた。親切そうなうえ、とても熱心な人らしく、活力にあふれているように見える。ピップは彼の一日を台無しにしてしまうのが心苦しかった。間違いなくそうなってしまうだろうから。

「はじめまして」挨拶を返してから咳払いをする。

「さてと」ハッサンが手を打ち鳴らし、ピップはぎくっとした。「先方はすでに会議室に入っていて、いつでもはじめられます。事前にご質問がなければ」そこでロジャーに目を向けた。

「すぐにでもはじめたほうがよろしいかと」

「そうですね。それでけっこうです」とロジャーは答えた。ハッサンがすばやい身のこなしで4E会議室のドアをあけて支えると、ロジャーは〝ここはまかせなさい〟と言わんばかりにすっと前へ出た。室内はしんとしている。ロジャーはハッサンに軽く会釈《えしやく》してなかへ入っていった。次は自分の番だ。ピップはひとつ息を吸いこんで肩を怒《いか》らせたあと、食いしばった歯の隙間から息を吐きだした。

オーケー。だいじょうぶ。

会議室に足を踏み入れると、最初に彼の顔が目に入った。長いテーブルの向こう側にすわっている。突きだした頬骨のせいで引っこんでいるように見える口、後ろになでつけられ、あちこちはねているブロンドの髪。彼は顔をあげてこっちと視線をあわせた。目にはいかにも腹黒そうなうす笑いが浮かんでいる。

マックス・ヘイスティングス。

2

足が動きをとめた。自分が両足に命じたわけではなく、言葉ではあらわせない原始的な力がはたらいたのかもしれない——彼にはもう一歩たりとも近づくべからず。

「こちらへどうぞ、ピップ」ロジャーが言い、マックスの真正面の椅子を引きだして席につくようにうながした。マックスのとなりでロジャーの正面にあたる席には、マックスの裁判で彼の代理人をつとめた弁護士のクリストファー・エップス。最後にこの男と顔をあわせたとき、自分は今日とまったく同じスーツを着て証言台に立っていた。一方のエップスは歯切れのよい調子で、嚙みつくようにしつこく質問してきた。エップスも大嫌いだけれど、その感情はいま正面にすわっている人物への嫌悪感に吞みこまれて消えている。彼らとのあいだにあるのは、幅の広いテーブル一台のみ。

「それではじめます。みなさん、こんにちは」ハッサンは左右に両陣営を見やる席について、にこやかに言った。「まずは本日お集まりいただいた趣旨を説明いたします。わたしは仲裁人として、双方の意見が合意に達し、納得したうえで和解に至るよう、みなさんのお手伝いをするために今日ここにおります。わたしの関心事はただひとつ、ご参集のみなさんに心からご満足いただくことです」

あきらかにハッサンは空気を読めていない。

「基本的に仲裁の目的は訴訟を回避することです。訴訟となると多くのいざこざが生じ、関係者にとっては金銭面での負担も大きくなるため、裁判になるまえに和解の成立が可能かどうかを確認することが、つねにより望ましい道となります」ハッサンはまずこちら側に、そのあとでマックス側に笑みを向けた。偏《かたよ》りのない同じ笑みを。

「和解に至らない場合は、ミスター・ヘイスティングスと彼の代理人は、ミス・フィッツ＝アモービを相手取り名誉毀損訴訟を起こすつもりであり、本年の五月三日にツイッターとブログに投稿された内容につき、音声データを含めた誹謗《ひぼう》中傷的な発言に対して損害賠償を請求するとのことです」そこでハッサンはメモに目をやった。「原告であるミスター・ヘイスティングスの代理人、ミスター・エップスによると、問題となる誹謗中傷的な発言は、精神的な面および回復不能な評判の悪化の両面において、彼のクライアントに深刻かつ多大な影響を与えた。同様に経済的困難も生じており、それゆえに損害賠償を請求する、ということです」

膝の上で握りしめた両手が、関節が盛りあがって恐竜の背骨のようになっている。このままここにすわり、すべてを聞いていられるかどうかわからない。耐えられるのか、定かではない。しかし呼吸を繰りかえし、なんとか努力する。父とロジャー、そして運悪く居あわせた気の毒なハッサンのためにも。

マックスの前のテーブルには、当然のように忌々しい水筒が置いてある。飲み口の蓋《ふた》がワンタッチであく、濃い青のプラスチック製の水筒が。これを持ったマックスを見るのは今回がはじめてではない。リトル・キルトンのような小さな町では、ランニングのコースが同じルートに集中したり、部分的に重なったりする。ランニングに出ると、走っているマックスを見かけることがあり、いまではもしかしてわざと同じコースを走っているのかも、という気がしている。見かけるときはつねに、こいつはあの胸クソ悪い青い水筒を持っている。

マックスはこっちが水筒を見ていることに気づいている。水筒に手をのばし、ボタンを押してパカッと蓋をあけて、口もとに持っていって時間をかけゴクリ、ゴクリと飲む。その間《かん》もずっと視線をこっちに向けている。

ハッサンが少しだけネクタイをゆるめた。「さて、ミスター・エップス、あなたの〝冒頭陳述〟で協議を開始していただけますか」

「承知しました」エップスがあれこれと資料に目を通しながら言う。彼の声は記憶にあるとおり尖っている。「ミス・フィッツ＝アモービが五月三日に誹謗中傷的な発言を投稿して以来、わたしのクライアントはひどい損害をこうむっています。その時点でミス・フィッツ＝アモービのフォロワー数は三十万人を超え、彼女自身がネット上で絶大な影響力を誇っているため、損害はそのぶん大きくなりました。わたしのクライアントは評判の高い大学で一流の教育を受けており、それはつまり、学業を終えたあとに就職するにあたっては、自然と引く手あまたの人材になることを意味します」

その点を強調しようとしているのか、マックスがふたたび水筒の中身を飲む。

「しかしながら、この数カ月というもの、ミスター・ヘイスティングスは本人に見あったレベルの就職先を見つけるのに苦労しています。これは、ミス・フィッツ＝アモービによる誹謗中傷的な発言を原因とする、世間的評判の著《いちじる》しい悪化のためです。結果として、わたしのクライアントはいまだにご両親の家での生活を余儀なくされています。というのも、適切な就労先を見つけられず、ゆえにロンドンで暮らすための賃料を支払えないからです」

〝うわっ、お気の毒な連続レイプ魔〟ピップは心のうちで思い、目でそれを語った。

「しかし、損害を受けているのはわたしのクライアントだけではありません」エップスが話しつづける。「クライアントのご両親であるヘイスティングス夫妻もまた多大なストレスにさいなまれ、ここ数カ月はイギリスを離れ、フィレンツェにある別荘に滞在せざるをえない状況にあります。ヘイスティングス家の屋敷はミス・フィッツ＝アモービが誹謗中傷的な発言を投稿した、まさにその夜に、甚大な被害を受けました。何者かが屋敷の正面に落書きをしたのです。〝レイプ魔　かならずつかまえてやる〟——」

「ミスター・エップス」ロジャーが割りこんで言う。「わたしのクライアントがその破壊行為に関係していると示唆《しさ》するつもりではないでしょうね。わたしのクライアントが関係しているとの公式発表は警察からはいっさい出されておりません」

「そういうつもりはまったくありませんよ、ミスター・ターナー」エップスが軽い会釈を返す。「わたしがこの件に触れたのは、ミス・フィッツ＝アモービの中傷発言と破壊行為のあいだに思いがけないつながりがあるかもしれないと考えられるからです。なんといっても、破壊行為があきらかになったのは発言が投稿された数時間後なんですからね。結果的に、ヘイスティングス家のご家族は自宅にいても安全とは思えず、屋敷の正面に防犯カメラを設置せねばなりませんでした。今回わたしがこう申しあげることで、ミスター・ヘイスティングスがこうむった経済的困難のみならず、本人やご家族が感じている、いまだ癒《い》やされることのない多大な心痛も、ミス・フィッツ＝アモービの悪意に基づいた誹謗中傷的な発言の結果である旨を説明できればと思っています」

「悪意に基づいた、ですって？」ピップは頬が紅潮してくるのを感じながら言った。「わたしが彼をレイプ野郎と呼んだのは、実際に彼がレイプ野郎だからであって——」

「ミスター・ターナー」エップスが声を張りあげて言う。「あなたのクライアントに静粛にするようにと忠告し、いまここでミス・フィッツ＝アモービによってなされるいかなる中傷的発言も、口頭による名誉毀損として扱われる可能性があることを心に銘記させることを提案いたします」

ハッサンが両手をあげた。「まあ、まあ、みなさん、ここでひと息つきましょう。ミス・フィッツ＝アモービ、あなた側にもあとで発言する機会がありますからね」そこでふたたびネクタイをゆるめる。

「だいじょうぶだよ、ピップ。ここはわたしにまかせてくれ」ロジャーが小声で言ってきた。

「ミス・フィッツ＝アモービには思いだしていただきたい」こっちを見もせず、ロジャーに視線を向けながらエップスが言う。「四カ月前、わたしのクライアントは刑事法院での公判に臨み、すべての訴因において無罪との評決が下されました。この事実が証明しているんですよ、あなたが五月三日に投稿した発言はまさしく誹謗中傷であることをね」

「一般的には」ロジャーが持参した資料をめくりながら話しだした。「発言は、実際に述べられた場合にのみ、名誉毀損とみなされます。わたしのクライアントのツイートは次のとおりです。〝マックス・ヘイスティングスの裁判編の最後のミニエピソードです。陪審がなにを信じるかはどうでもいい。彼は有罪〟」そこで咳払いをする。「〝どうでもいい〟というフレーズは、つづく発言をあきらかに主観的な、事実とは言えないひとつの意見として認識していると――」

「またまたご冗談を」エップスが口をはさむ。「表現の自由を盾にとる〝意見特権〟を持ちだすつもりですか？　本気で？　お願いしますよ。この発言はあきらかに事実として述べられています。一方で、音声データのほうはいかにも本物のように見せかけていますが」

すかさずピップは言った。「あれは本物です。いま、お聴きになりたいですか？」

「ピップ、頼むから――」

「ミスター・ターナー――」

「あれはあきらかに不正に加工されたものです」はじめてマックスが口を開いた。口調は腹が立つほど冷静で、胸の前で腕を組んでいる。視線は仲裁人に据えられている。「まったく自分の声には聴こえない」

「じゃあ、なに、レイプ魔の声には聴こえるとか？」ピップはマックスに向かって唾を飛ばす勢いで言った。

「ミスター・ターナー――」

「ピップ――」

「さあ、さあ、みなさん」ハッサンが立ちあがる。「ここはひとつ、落ち着きましょう。みなさんそれぞれ、発言する機会をお持ちです。覚えていますよね、関係者すべてにとって満足のいく結果を出すべく、われわれはこの場に集まっています。ミスター・エップス、あなたのクライアントが希望している損害賠償金についてお話しいただけますか？」

エップスは頭を軽くさげ、山のいちばん下から一枚の書類を引きだした。「損害賠償金としましては、わたしのクライアントがこの四カ月のあいだに雇用されていたと仮定して金額を算出しております。彼のポジションについた被雇用者に支払われる月々の給与は少なくとも三千ポンドと思われます。この額を基に算出すると、四カ月の金銭的損害は一万二千ポンドになります」

マックスはまたしても水筒に口をつけ、水が喉もとに垂れていく。あの忌々しい水筒を奪いとり、それでやつの顔を殴りつけてやりたいとピップは思った。この両手に血が付着するとしたら、それはマックスの血であるべきだ。

「当然、この金額にはわたしのクライアントとそのご家族がこうむった苦痛や心痛に対する賠償は含まれておりません。精神的損害については八千ポンドの請求が妥当であると考え、合計で二万ポンドの賠償金を請求するものとします」

「ありえない」ロジャーはそう言って首を振った。「わたしのクライアントはまだ十八歳なんですよ」

「ミスター・ターナー、申しわけないが最後まで言わせてください」エップスは冷笑を浮かべ、指をなめてページをめくった。「しかしながら、クライアントとの話し合いにおいて、本人から以下のとおりの意見が出されております。現在もなお癒えずに残るダメージは、誹謗中傷的な発言が取り消されず、謝罪の言葉が公表されていないという事実に起因するものであり、クライアント本人にとっては、金銭的被害よりもそちらのほうがより大きなダメージになっている、とのことです」

「ミス・フィッツ＝アモービは数週間前に投稿を取り消しました。そちらからの最初の申立書が届いたタイミングで」とロジャーが言う。

「ミスター・ターナー、お願いしますよ」エップスが答える。ピップは心のうちでつぶやいた。

もう一度エップスの〝お願いしますよ〟を聞くはめになったら、彼の顔をぶん殴ってやる。

「事後にツイートを削除しても、すでに傷つけられてしまった評判はもとに戻りません。そういうわけで、われわれからの申し入れは次のとおりです。ミス・フィッツ＝アモービは同じ公式アカウントで見解を発表し、そのなかにおいて違反行為を認め、彼女の言葉が原因でわたしのクライアントがこうむった精神的苦痛に対して謝罪したうえで、もともとの誹謗中傷的な発言を撤回する。それに加え――この項目がもっとも重要で、われわれが強くこだわっている点ですので、細心の注意を払ってお聞きください――その見解のなかにおいて、問題の音声データは彼女自身が不正に加工したものであり、わたしのクライアントはそれらの言葉をひと言たりとも発していないと、ミス・フィッツ＝アモービは完全に認めなければならない」

「ふざけんな」

「ピップ――」

「ミス・フィッツ＝アモービ」ハッサンが懇願《こんがん》するように言い、首まわりがきつすぎるとでもいうようにネクタイをゆるめようとするけれど、もうすでにだいぶゆるんでいる。

「ミスター・ターナー、あなたのクライアントのぶしつけな言葉は無視することにします」とエップスが言う。「これらの要求を受け入れていただけるなら、われわれのほうとしては損害賠償金の請求額を、そうですね、一万ポンドにまで減額いたします」

「わかりました。出発点としてなかなか賢明なご提案ですね」ハッサンがうなずき、ふたたび場を仕切ろうとする。「ミスター・ターナー、この提案に対してのご回答をお聞かせいただけますか？」

「承知いたしました、ミスター・バシール」ロジャーはそう言ってから意見を述べはじめた。「それでもまだ賠償金の請求額は高すぎます。そちらで想定されている、あなたのクライアントの雇用状況についてひと言申しあげます。わたしには現在の求人市場のなかで彼が特別に見どころのある人材とは思えません。残念ながら、わたしのクライアントはまだ十八歳です。彼女の収入源は犯罪実録のポッドキャストの広告収入だけで、本人は数週間後には大学生活をスタートさせ、多額の学生ローンをかかえることになります。こういった観点から見ると、請求額は法外だと言わざるをえません」

「わかりました。では、七千ポンドでどうでしょう」エップスが目を細めて言う。

「五千ポンドで」ロジャーが切りかえす。

エップスはさっとマックスに視線を向けた。椅子にだらけた姿勢ですわっているマックスはかすかにうなずいた。「こちらはその金額でけっこうです」とエップスが言った。「発言の撤回と謝罪とのセットで」

「オーケー、それならば落としどころが見つかりそうですね」控えめな笑みがハッサンの顔に戻ってきた。「ミスター・ターナー、ミス・フィッツ＝アモービ、この条件に対するお考えをお聞かせいただけますか？」

「そうですね」とロジャーが話しはじめる。「こちらとしては――」

「同意できない」ピップは言った。椅子を後ろへ引くと、磨かれた床に脚がこすれて甲高い音が鳴った。

「ピップ」立ちあがるまえにロジャーがこっちを向いた。「落としどころについて話しあおう。そうすれば――」

「発言を撤回する気も、あの音声データは加工されたものだと嘘をつくつもりもありません。彼はレイプ野郎だから、レイプ野郎と呼んだだけです。あんたに謝罪するくらいなら死んだほうがマシ」そこでマックスに向かって歯をむきだした。怒りが背中に渦巻き、肌を熱くする。

「**ミスター・ターナー**！　あなたのクライアントをなんとかしてください！」エップスがテーブルをぴしゃりと叩いた。

ハッサンはどう収拾をつけていいかわからないらしく、あわてふためいている。

ピップは立ちあがった。「訴えたければ訴えたらいいよ、マックス」彼の名前を吐き捨てるように言う。その名前を舌にのせるのも我慢ならない。「こっちには究極のカードがある。真実というカードが。だから、どうぞ、どうぞ、提訴して、やれるもんならやってみて。法廷で会いましょう。ちょっと訊くけど、公判がどんなふうに進むかわかってる？　わたしの発言が真実かどうかという点が争われるんだよ。つまり、あんたのレイプ裁判をやりなおすってこと。証人も、被害者の証言も、証拠も、ぜんぶ同じ。刑事責任は問われないけれど、少なくともあんたが何者かみんなが知ることになる。永遠にレイプ魔の悪名がついてまわる」

「ミス・フィッツ＝アモービ！」

「ピップ――」

ピップはテーブルに手をついて身を乗りだし、ぎらつく目でマックスを見つめた。見つめることで相手の目のなかに火をつけ、顔全体を燃えあがらせることができればいいのにと思いながら。「今度もうまくいくと本気で思ってる？　自分はモンスターじゃないという言い分を、べつの十二人の陪審に納得してもらえると？」

マックスが見つめかえしてくる。「きみは頭がおかしくなっているみたいだね」そう言って鼻で笑う。

「かもね。だから、あんたはうんと怖がったほうがいいよ」

「そこまで！」ハッサンが立ちあがって、両手を打ち鳴らした。「お茶とビスケットで休憩したほうがよさそうですね」

「話はすみました」ピップはそう言ってリュックサックを肩にかけた。勢いよくあけたドアが壁にぶつかって跳ねかえる。

「ミス・フィッツ＝アモービ、お願いですから、戻ってください」ハッサンのせっぱつまった声が廊下までついてきた。足音も。ピップは振りかえった。後ろにいたのは、ブリーフケースに書類をしまいながらあとを追ってくるロジャーだった。

「ピップ」ロジャーが吐息まじりの声で言った。「もう一度、席についたほうが――」

「彼と協議するつもりはありません」

「ちょっと待ってください！」エップスが急ぎ足でやってきて、廊下に響きわたるような声でロジャーとの会話に割りこんだ。「一分、お時間をいただきたい」白髪まじりの髪をなでつけながら言う。「あと三週間かそこらは提訴しないでおきましょう。それでよろしいかな？　裁判沙汰を避けるのが、関係者すべてにとっていちばんなんです。二、三週間かけてじっくり考えてみてください。気持ちが落ち着いたときにでも」こっちを見おろしてくる。

「じっくり考える必要はありません」ピップは答えた。

「そうおっしゃらず……」エップスはスーツのポケットを探り、しわが寄ったクリーム色の名刺を二枚、取りだした。「わたしの名刺です」ロジャーにも一枚さしだしながら言う。「携帯電話の番号も書いてあります。少し考えてみて、気持ちが変わったらいつでもご連絡ください」

「変わらないけど」ピップはしぶしぶ名刺を受けとり、上着のなにも入れたことがないポケットに突っこんだ。

クリストファー・エップスが不安げに眉根《まゆね》を寄せ、少しのあいだじっと見つめてきた。ピップは彼の視線を受けとめた。目をそらしたら相手を勝たせることになる。

「ひとつ、アドバイスしておきましょう」とエップス。「提案を受けるか否かはあなたの自由ですが、わたしはいままでに自己破壊的な悪循環に陥《おちい》っている人びとを見てきました。まあ、これでも数多くのクライアントの代理人をつとめてきましたから。このままでは最終的に、あなたはまわりの方々やあなたご自身を傷つけてしまうでしょう。それは避けられないと思います。なにもかも失うまえに、引きかえすことをおすすめします」

「公平な目から見たアドバイスをありがとうございます、ミスター・エップス。でも、どうやらあなたはわたしを見くびっているようですね。わたしはすべてを失おうが、自分自身を傷つけようが、いっこうにかまいませんよ、それであなたのクライアントを叩きつぶせるなら。あの男はそうされて当然なんですから。では、よい一日を、ミスター・エップス」

苦々しい思いをこめた笑みを相手に向けたあと、ピップはくるりと身体の向きを変えた。そのあとは、暴れる鼓動にあわせるように靴の踵《かかと》を打ち鳴らして足早に歩き去った。みずからの鼓動が響くなか、筋肉と腱《けん》の層の下では六発の銃声が鳴っていた。

3

彼がこちらの視線を受けとめている。額におろされた黒髪、小指がぴったりはまるあごのえくぼ。ママの新品のボタニカルキャンドル〈オータムスパイス〉の灯りが濃い茶色の瞳のなかで躍っている。彼の目はいつでも輝いていて、内側で明かりが灯っているみたいにきらめいている。ラヴィ・シンの目は〝死んだ目〟とは正反対。まとわりついてくる死んだ目を追い払ってくれる。ときどきピップはそう自分に言い聞かせる必要に迫られる。だからラヴィを見つめて、彼のすべてをひとつ残らず目に刻みつけていく。

「おーい、変態っぽいぞー」向かいのソファにすわるラヴィがにやりとした。「なにをじっと見つめているのかな?」

「なんにも」ピップは目をそらさずに肩をすくめた。

「〝変態〟ってどういう意味？」ラグの上にすわるジョシュが小さくて甲高い声で言った。ただいまレゴで正体不明のなにかを組み立てている真っ最中。「ゲームの〈フォートナイト〉をやってるときに、誰かにそう呼ばれた。それって、えーっと、〝Ｆワード〟よりひどいの？」

ラヴィの顔にあわてた表情が浮かび、唇《くちびる》は引き結ばれて、眉は前髪に隠れて見えなくなった。ピップはそのようすを眺めて鼻をふんと鳴らした。ラヴィは首《こうべ》をめぐらせてキッチンのドアを見やった。なかでは両親が皿をカチャカチャ鳴らし、娘とボーイフレンドがつくった夕食の後片づけをしている。

「えーっと、いや、それほどひどくない」ラヴィはさらりと言った。「でも、口に出して言わないほうがいいと思うよ。とくにきみのママの前では」

「じゃあさ、〝変態〟はどんなことをするの？」ジョシュは顔をあげてラヴィをじっと見つめている。弟はラヴィを困らせているのをわかっていて、わざとやっているんじゃないだろうかとピップは一瞬考え、ラヴィがソファでもじもじしているのを眺めて内心でおもしろがった。

「それは、そのお……」ラヴィの言葉が途切れる。「彼らはうす気味悪い目つきで人をじーっと見る」

「そうなんだ」ジョシュはラヴィの説明に納得したように、うん、うんとうなずいた。「ぼくらのうちをじーっと見てた男の人みたいってことだよね？」

「そう、えっ？　ちょっと待った……ちがうな」とラヴィ。「いないよ、きみのうちをじーっと見ている〝変態〟なんか」ラヴィが助けを求めるようにこっちを見る。

「助け船は出せませんねえ」ピップはうすら笑いを浮かべ、ささやき声で言った。「みずから墓穴を掘ったわけだから」

「畏《おそ》れ多いことで、もっとも偉大なるピップスさま《ビップス・マクシムス》」

「ちょっと、その新しいニックネーム、マジでやめてくんないかなあ」ラヴィにクッションを投げつけて言う。「ぜんぜんおもしろくないんですけど。ただの〝部長刑事〟でいいんじゃない？　うん、部長刑事ならいい」

「ぼくは〝ヒッポ、ピッポ〟って呼んでるよ」ジョシュが言う。「ピップはそれも嫌いだけど」

「でも、このニックネーム、きみにぴったりじゃないか」ラヴィが言って、つま先であばらのあたりをつついてきた。「いまのきみはピップ史上最高の、これでもかというくらい〝ピップネス〟度が高まっているんだから。ウルトラ・ピップって言ったらいいかな。今度の週末にきみをピップス・マクシムスとして家族に紹介しよう」

ピップは呆れ顔で天井を仰ぎ、つま先でラヴィをつつきかえすと、ラヴィはくすぐったかったのか、すぐに甲高い声をあげた。

「ピップはもう何度もラヴィの家族に会っているよ」ジョシュが困惑顔で見あげてきた。弟は十一歳を目前にして新たな段階に突入しているようで、家のなかで交わされるどんな会話にも口をはさまずにはいられないらしい。昨日はタンポンについての意見を述べていた。

「今週末に会うのは〝範囲が広い〟家族なんだよ、ジョシュ。そのぶん、恐ろしさも増す。いとこたちと、なんともおっかないことに〝おばさんたち〟も集まる」ラヴィは芝居がかった調子で言い、指をわななかせてひとりで盛りあがっている。

「だいじょうぶ」とピップは言った。「ちゃんと準備はできてるから。あと何回かスプレッドシートに目を通しておけば、もう完璧」

「そうそう、そのうえ……ちょっと待った」ラヴィが言葉を切り、眉根を寄せた。「いまなんて言った？ 〝スプレッドシート〟って言ったのかい？」

「う、うん」頬が熱くなってくる。これについてはラヴィに言うつもりはなかった。ラヴィがこの世でいちばん好きなのは相棒をからかうことで、そのための新たなネタをわざわざ与える必要はない。「なんでもない」

「なんでもなくはない。スプレッドシートってなんだい？」ラヴィがすっと背筋をのばした。これ以上にやにや笑いが広がったら、顔がぱっくり割れてしまうだろう。

「なんでもないったら」ピップは腕を組んで言った。

よける間もなくラヴィが突進してきて、いちばんくすぐったいところを攻撃しはじめた。首をすくめて防御するしかない。

「ちょっと、やめてよ」ピップは笑って言った。笑わずにはいられない。「ラヴィ、やめて。頭が痛くなってきた」

「それならスプレッドシートについて吐いてしまいたまえ」ラヴィが攻撃をやめずに言う。

「わかったから」息も絶え絶えに言うと、ようやくラヴィが手をとめた。「えっと……スプレッドシートを使って、ラヴィがご家族について話したことを記録してる。ほんのちょっとしたことでも覚えていられるように。そうしとけば、みなさんに会ったときに、ほら、わたしのことを気に入ってもらえるかなって」ラヴィの顔は見ないようにする。そこにどんな表情が浮かんでいるかわかっているから。

「ちょっとしたことって、どんなこと?」ラヴィが言った。声には興味津々《しんしん》といった感じがあふれている。

「たとえば、えーっと……ラヴィのおばさん——ラヴィのママの妹さん——のプリヤはわたしと同様に犯罪実録もののドキュメンタリーが好きだから、それについて楽しいおしゃべりができそう、とか。いとこのディーヴァは、わたしの記憶が正しければ、ランニングとかフィットネスに夢中」そこで膝をかかえる。「ラヴィのおばさんのザラは、どんなにがんばってもわたしのことを好きになってくれないだろうから、少なくともがっかりさせないようにしなきゃ、とか」

「その見方はあってるよ」ラヴィが笑って言う。「彼女はあらゆる人を嫌ってる」

「ラヴィがそう言ってたのを覚えてる」

ラヴィはなにも言わずに笑みを浮かべたまま、少しのあいだこっちの顔をのぞきこんでいた。

「きみがこっそりメモをとっていたなんて信じられない」そう言ってから軽やかに立ちあがり、いきなり腋《わき》の下に手をさしいれてきて身体を持ちあげた。やめてよ、と抗議するあいだもぶらんぶらんと揺さぶられ、一方でラヴィは「デカい態度のタフっぽい外見の下には、へんてこだけどかわいらしい子が隠れてるんだよな」と言っている。

「ピップはかわいらしくないよ」ジョシュがここぞとばかりに言う。

ラヴィがようやくソファにおろしてくれた。「さてと」伸びをしながら言う。「そろそろ帰らないと。ほかのみんながうらやましいよ。法学の見習い学位制度のためにうんざりする時間に起きなくてもいいんだから。でも、ぼくのガールフレンドがいつか腕利きの弁護士が必要になるかもしれないし……」そこでウインク。調停の協議の結果を話したあともラヴィはまったく同じことを言った。

まだ見習い学位制度の第一週目で、早起きしなければとぶつぶつ言いながらも、ラヴィがとても楽しんでいるのをピップは見抜いていた。初日にラヴィに贈ったTシャツに書かれた文字は〝弁護士《ローヤー》、データ読み込み中《ローディング》〟だった。

「さて、じゃあな、ジョシュア」足でジョシュをつつきながらラヴィが言った。「わが最愛なる人類よ」

「ほんと？」ジョシュが顔を輝かせた。「じゃあ、ピップは？」

「そうだな、惜しいところで二番目だ」ラヴィは言うなり、くるりとこっちを向いた。それから額にキスしてきて息が髪にかかったかと思うと、ジョシュが見ていない隙に、さっと腰をかがめて唇にキスした。

「絶対だね」とジョシュ。

「きみのママとパパにさようならの挨拶をしてくる」とラヴィ。しかしふいに立ちどまってまわれ右し、戻ってきて耳もとでささやいた。「それと、きみのママに知らせといてほしい。〝変態〟が家をじっと見つめていると、きみの十歳の弟が間違って思いこんでいるのは、誠に遺憾ながらきみのせいであって、ぼくはいっさい関係がないってことをね」

ピップはラヴィの肘《ひじ》をぎゅっとつかんだ。これは〝愛してる〟と伝える秘密の合図。そのあとは出ていくラヴィを笑顔で見送った。

ラヴィが行ってしまったあとも、笑みはもうしばらく顔に浮かんでいた。それは覚えている。しかし二階へあがって自分の部屋にひとりぽつんと立っていると、いつの間にか笑みが消えているのに気づいた。どうやったら笑顔を呼びもどせるのか、まるでわからない。

こめかみを締めつけてくる頭痛のはじまりを感じつつ、窓の向こうの濃くなっていく闇をじっと見つめる。雲が集まってきて黒いかたまりになり、なかになにかがひそんでいるように見える。夜が訪れている。ピップは携帯電話で時刻をチェックした。九時を過ぎたところ。もう間もなく、誰もがベッドに入って眠りにつく。自分以外の誰もが。自分ひとり、眠れる町で目をあけたまま、夜よ、早く過ぎてくれと願うことになる。

もうやめると誓ったばかりだ。これを最後にすると。頭のなかで呪文のように〝これが最後〟と繰りかえした。そのときのことを思いだしても、痛みを追いだそうとして握った拳をこめかみに押しあてても、そんなのはなんの助けにもならず、自分は負けるとわかっている。いつも負けてしまうのだから。闘うにはくたくたに疲れきっている。

ドア口まで行って、誰かが部屋の前を通りかかったときのために、音を立てないようにしてドアを閉める。家族に知られてはならない。ラヴィにも。とくにラヴィには。

机につき、ノートと大きな黒いヘッドホンのあいだに携帯電話を置く。右側の二番目の引き出しをあけてなかのものを取りだしはじめる。画鋲と巻いた赤い細ひもが入った壺《つぼ》っぽい容器、使い古した白いイヤホン、スティック糊《のり》。

Ａ４のレポート用紙を取りだしたあと、引き出しの底に触れる——白い厚紙でつくった偽の底に。片側に指の先を突っこんで、厚紙を持ちあげる。

隠された底には使い捨ての携帯電話があった。ぜんぶで六台で、きちんと一列に並んでいる。六台のプリペイド携帯は、六台ともそれぞれちがう店で現金で購入した。お金を手渡すとき、野球帽のつばを引きさげて顔を隠した。

六台の携帯が見つめてくる。

もう一度だけ。それで終わり。約束する。

ピップは手をのばして、いちばん左にある古い型のグレイのノキアを取りだした。電源を入れるためにボタンを長押しし、そのあいだ指が震える。聞き慣れた音が鳴って心臓の鼓動を隠す。緑のバックライトが点灯して、画面が〝ようこそ〟と告げるように明るくなった。メニュー画面はシンプルで、メッセージのボタンを押すと、この携帯に登録されている唯一の連絡先が表示される。ただひとつの相手先。

両手の親指でボタンを操作し、数字の2を三回押して〝C〟を表示させた。

〝いま行ってもいい（Can I come over now）？〟と打つ。そして〝これが最後だから〟とみずからに誓って送信ボタンを押した。ほんとうにこれが最後だから。

メッセージを送信したあとの空白の画面を見ながら待った。胸のうちで大きくなっていく音には耳を貸さず、ひたすら画面に意識を集中させて返信が来るのを願った。いまはそれだけを考えていた。考えるのをやめられず、耳を澄まさずにはいられない。息を詰めて、さらに強く返信よ、来いと願った。

願いがつうじた。

〝ああ〟と彼が返信してきた。

4

どくどく鳴る心臓の鼓動とスニーカーが歩道を叩く音が、ともに速さを競っている。身体は胸と足もとから発する音であふれているけれど、ヘッドホンのノイズキャンセリングのせいで音自体はくぐもっている。正直なところ、走っているから鼓動が速くなっているのだと自分をごまかすことはできなかった。実際に走る時間はたったの四分間で、ビーコン・クロースへ曲がればもう目的地に着く。ここまでのあいだ、鼓動のほうが足もとの音よりもつねに速度が上まわっていた。

濃紺のレギンスをはき、白いスポーツ用のトップスを着て、両親にはいつものように〝ちょっと走ってくる〟と告げ、いまそのとおりに走っている。だから少なくとも、正直さのかけらは残っている。いまや、かけらや断片が残っていれば御《おん》の字、という状態。さしたる目的もなくただ走る、というときもあるけれど、今夜はちがう。今夜走っているのは、自分を救う方法がほかにないから。

一三番地に近づいたところでペースを落とし、ヘッドホンをはずして首にかけた。少しのあいだその場にじっとたたずみ、ほんとうにこうする必要があるかどうか確認する。もう一歩、前に踏みだしたら、後戻りはできない。

テラスハウスへつづく道を歩いていき、斜めにとまっている、輝くばかりに白いBMWの脇を通りすぎた。えんじ色のドアの前で指がドアベルをかすめたあと、握った拳で木製のドアをノックする。ドアベルを押すのは許されていない。押すと大きな音が鳴り、近所の人に気づかれるおそれが出てくる。

もう一度ノックすると、ようやく曇《くも》りガラスの向こうに人影が見え、どんどん大きくなってきた。ボルト錠がカチリと鳴る音が聞こえ、ドアが内側に少し開いて、隙間にルーク・イートンの顔がのぞいた。なかは暗く、首から顔の脇へのぼっていくタトゥーの模様が、皮膚がいったんばらばらの断片になったあとで網目状にまとまったものみたいに見える。

ルークはこっちが通り抜けられるよう、ドアをもう少しだけ引いた。

「入れ、ほら、さっさと」ぶっきらぼうに言ったあと、背を向けて廊下を奥へと歩いていった。

「もうすぐ人が来るんだよ」

ピップは玄関ドアを閉めてルークのあとにつづき、廊下を曲がって小さな四角いキッチンに入った。ルークがはいているのは濃い色のバスケットボールパンツで、はじめて彼に会ったときとまったく同じもの——あのときは、失踪したジェイミー・レノルズについてナタリー・ダ・シルヴァに話を聞きにきたのだった。ありがたいことに、ナタリーはもうルークとは別れている。家にいるのは自分たちふたりだけ。

ルークは腰をかがめてキッチンの戸棚の扉をあけた。「前回、これでもう最後にするとおまえは言ってたと思うけど。もうここへは来ないと」

「言ったよ、たしかに」ピップは一本調子で答え、指の爪をいじくった。「眠らなきゃならない。ただそれだけ」

ルークは戸棚のなかに手を突っこみ、手に紙の袋を持って戻ってきた。袋の口を開き、中身が見えるようにさしだしてくる。

「今回は二ミリグラムの錠剤が入ってる」ルークが袋を振って言う。「ひとつ二ミリグラムだから、錠剤の個数はそんなに多くは入っていない」

「わかった、それでだいじょうぶ」ピップはルークを見つめながら言った。見つめたくなんかないのに。いつも気がつくとルークの顔立ちをまじまじと見つめ、スタンリー・フォーブスとの類似点を探している。ふたりはリトル・キルトン在住の大勢の男性のなかからチャーリー・グリーンによって絞りこまれた、チャイルド・ブランズウィックの最終候補者だった。しかし結果的にルークはチャーリーが探していた人物ではなく、そのおかげでいまも生きている。ピップはルークの血を見たことは一度もなく、スタンリーの血にまみれたときのようにルークの血にまみれたこともない。スタンリーの血はいまも手にべっとりとついていて、指の腹の下で肋骨《ろっこつ》が折れる感覚も残っている。スタンリーの血がリノリウムの床に一滴、また一滴と滴《したた》り落ちる。

ちがう、それはただの汗で、震える手から滴っているだけ。

スタンリーの血から気をそらせるために、両手になにか仕事をさせなければ。レギンスのウエストバンドに手をやって現金を引きだし、ルークの目の前で札をひらひらさせると、相手はうなずいた。金を手渡してからもう片方の手をさしだす。紙の袋をのせられて、それを握りしめる。

ルークは無言で、目には見たことのない表情を浮かべている。どういうわけか、憐《あわ》れみに近い表情を。「あのな」ルークは戸棚にいったん引きかえしてから、透明な小袋を持って戻ってきた。「困ってるなら、ザナックス（抗不安薬）より強いやつもある。完全にノックアウトしてくれるやつが」うすいモスグリーンの楕円形の錠剤が入った袋を掲げて振る。

ピップは唇を噛んで錠剤をじっと見つめた。「もっと強いやつ？」

「そうだ」

「そ、それはなに？」魅入られたように錠剤を見つめながら訊く。

「これはな」ルークはふたたび袋を振った。「ロヒプノールだ。これを服《の》めば、すぐさま意識が遠のく」

腹が締めつけられる。「いらない」ピップは目を落とした。「それ、服んだことがある」十カ月前、ベッカ・ベルに飲み物に入れられて、胃を洗浄しなければならなかったときのことを思いだした。ベッカの姉のアンディは、死ぬまえにその錠剤をマックス・ヘイスティングスに売っていた。

「おまえにぴったりだと思うけどな」ルークはそう言って、小さな袋をポケットにしまった。

「ほしかったらいつでも言いな。まあ、ザナックスよりはずいぶん値が張るが」

「ずいぶん値が張る」ピップはほかのことを考えながらルークの言葉を繰りかえした。

帰るつもりでドアのほうを向いた。ルーク・イートンは別れの挨拶を口にしないし、ついでに言うと〝こんにちは〟も言わない。ここは振り向くべきかもしれない。これがほんとにほんとの最後で、あんたは二度とわたしの姿を目にすることはない、と言うべきかもしれない。そう言おうとして、わたしはここでぐずぐずしているんだよね？　そのときふと新たな考えが頭に浮かび、くるりとまわれ右をしてキッチンのほうに向きなおった。口からこぼれでたのは〝これが最後〟の宣言とはべつのことだった。

「ルーク」思っていたよりも口調がきつくなる。「その錠剤――ロヒプノール――だけど、この町の誰かに売ってる？　ここに住んでる誰かが、あなたから買ってる？」

ルークは目を瞬《しばたた》かせた。

「それってマックス・ヘイスティングス？　彼、あなたからロヒプノールを買ってる？　マックスは背が高くて、ブロンドを少し長めにしていて、上品ぶった話し方をする。彼かな？　あなたからロヒプノールを買っているのは彼？」

ルークは答えない。

「マックスなの?」せっぱつまって声がかすれる。

ルークの目つきが鋭くなり、憐れみの表情は過去のものとなった。「おまえだってルールぐらいは知ってるだろ。そういう質問には答えない。誰にも訊かないし、答えもしない」顔にかすかなうすら笑いが浮かんでいる。「もちろんルールはおまえにも適用される。自分は特別と思っているだろうが、そんなことはない。じゃあまたな」

ルークの家を出ながら手のなかの紙の袋を握りつぶしていた。皮膚の下で怒りが滾《たぎ》り、ドアを力まかせに閉めてやろうと思ったが、やめておこうと考えなおした。鼓動が速くなって胸を強く打ち、肋骨が折れる音で頭がいっぱいになる。そして死んだ目。街灯から離れた影のなかに死んだ目がひそんでいる。瞬きをしても、なおも暗闇のなかで自分を待っているかもしれない。

マックスはルークからあの錠剤を買っているのだろうか。かつてはアンディ・ベルから買っていて、アンディはハウィー・ボワーズから仕入れていた。ルークはつねにハウィーにクスリを供給していて、販売ルートの下位にいるふたりはいなくなり、もはや残っているのはルークだけ。マックスがいまだにクスリを買っているとしたら、売っているのはルークだと考えるのが妥当だろう。ランニングしているときと同様に、この先ルークの家の前でもマックスとばったり顔をあわせたりするのだろうか。やつはいまでも女性の飲み物にこっそりクスリを盛っているのか。ナタリー・ダ・シルヴァやベッカ・ベルにしたのと同じ仕打ちをほかの女性に対してもして、その人たちの人生をめちゃくちゃにしているのだろうか。そう考えただけで胃が締めつけられ、道のまんなかでいまにも吐いてしまいそうになった。

ピップは身体を折り曲げ、懸命に呼吸をしようとした。震える手のなかで紙の袋がカサカサ鳴っている。もうこれ以上は待てない。よろめきながら道路を渡り、木立のなかへ入っていく。紙の袋のなかにある透明な小袋をひとつ手に取り、袋の口をあけようとするが思うようにあけられない。指先が血にまみれているから。

汗だ。血じゃなくて、ただの汗。

まえに服んだのとはちがう、細長くて白い錠剤をひとつ、取りだした。片側に刻まれているのは三本の線と〝ザナックス〟の文字で、もう片方には〝2〟という数字。少なくともこの錠剤は偽物ではなく、ほかの錠剤を割ったものでもない。近くのどこかで犬が吠えている。急がないと。まんなかの線で錠剤をふたつに割り、ひとつを唇からなかへ押しこむ。口のなかはすでに唾液がたまっていて、水なしでも呑みこめた。

白い小型のテリアと飼い主が角を曲がってきたので、ピップは袋をさっと腋の下にはさんだ。飼い主は同じ通りに住んでいるゲイル・ヤードレーだった。

「あっ、ピップ」怒らせていた肩をおろしてゲイルが言った。「もう、驚かさないでよ」こっちの頭から足先まで目を走らせる。「ちょっとまえにピップの家の前でランニングから帰ってくるあなたを見たと思ったんだけど。記憶がごっちゃになってるんだね、きっと」

「誰にでもあるよね、そういうの」ピップは表情を取り繕《つくろ》って言った。

「うん、そうだね」ゲイルは鼻から息を吐きだしてきまり悪そうに笑った。「引きとめちゃってごめん」そう言って歩きだした。犬のほうはこっちのランニングシューズのにおいをくんくん嗅いだあと、ぴんと張ったリードに引っぱられ、ゲイルのあとを追って小走りで去っていった。

さっきゲイルがあらわれた角を曲がったところで、錠剤が落ちていく途中で喉の表面をこすった部分が痛くなった。それともうひとつ、罪悪感で心が痛む。こんなことを繰りかえすなんて自分でも信じられない。家のほうへ歩きながら〝これが最後〟とみずからに言い聞かせる。

〝これが最後で、もうおしまい〟

少なくとも、これで今夜はいくらかは眠れる。人工的とはいえ、うすい皮膚を覆う温かいブランケットのような平穏がすぐに訪れるだろう。そう思うとほっとひと息つけて、あごの筋肉がようやくゆるんだ。そう、今夜は眠れるはず。眠らなくてはならない。

事件が起きた直後は、医者から精神安定剤のバリウムを一定期間、処方されていた。はじめて死を目撃し、両手でそれを受けとめたときに。しかしほどなくして処方薬を取りあげられ、とめないでくれといくら頼んでも聞く耳を持ってもらえなかった。いまでもそのときに医者が言ったことを、一言一句、正確に復唱できる。

〝トラウマとストレスに対処するため、きみは自分独自の対策を考えださなくてはいけない。長い目で見れば、この薬剤はPTSDからの回復をより困難にするだけだろう。きみにはね、ピッパ、もうこの処方薬は必要ない。きみは自分で対処できるはずだ〟

医者は間違っていた。自分にはクスリが必要だ。クスリがなくては眠れないのだから。これがわたしの対策。同時に自分でもわかっている。医者は正しく、自分は状況をどんどん悪くしている。

〝もっとも効果的な治療法はセラピーを受けることだ。ということで、週一回のセッションをつづけよう〟

つづけてみた。とても熱心に。八回目のセッションのあと、みんなにずいぶん気分が上向いたと話した。ほんとにもうだいじょうぶだと。まわりの人間が、ラヴィでさえも、その言葉を信じるほどじょうずに嘘をついた。もう一回セッションを受けなければならないとしたら、自分は死ぬかもしれないと思った。あの事件について、どうやったら話せる？　話すにはどうしたって言葉を駆使し、あのときの感覚をよみがえらせなきゃならないのに。

一方で、スタンリー・フォーブスは死んで当然だったなどとは、自分は絶対に思っていないと心の底から断言できる。スタンリーは人生を謳歌《おうか》して当然の人で、自分は彼を呼びもどすために全力を尽くした。彼が子どものときにしたこと、やらされたことを断じて容赦できないなんていうのは間違っている。スタンリーはよりよい人間になるために日々学び、努力していたと、自分は全身全霊で信じている。そしてなにより、スタンリーを殺した人物のもとへ彼を導いてしまったのは自分だと、深い罪悪感にさいなまれている。

それでも同時に、まったく正反対のことも真実だと思っている。それは心の深いところから湧きあがってくる思いでもある。おそらく魂から。そういうものの存在を信じているとして。

子どもだったとしても、スタンリーはチャーリー・グリーンの姉が殺された事件の原因となったのはたしかだ。ピップは自分自身に問いかけた。何者かがジョシュを選んで殺人者のもとへ送りこみ、そのあげく弟が想像しうるかぎりもっともむごたらしい方法で殺されたら、二十年の年月をかけて正義を追い求め、犯人を追いつめて殺すだろうか、と。答えは、イエス。ためらいもせずに殺すだろう。どれほどの年月がかかろうと、弟を連れ去った者をかならず殺す。チャーリーは正しかった。自分とチャーリーは同じだ。ふたりは互いに理解していた……自分たちは同類だと。

だから、この件に関してはセラピストにも、ほかの誰かにも、けっして話すことはできない。スタンリーに対するふたつの思いを両立させることはできないから。心はふたつに引き裂かれ、ばらばらにされたものをふたたびくっつけるすべはない。そもそもが無理なのだから。いくら考えても。誰にも理解してもらえないだろう。おそらく……彼以外には。私道まで来てためらい、少し先の家をじっと見つめる。

チャーリー・グリーン。きっと彼なら理解してくれる、それがチャーリーが逮捕されるのではなく、ただ見つかってほしいと願う理由。まえに一度、彼に助言されて救われたことがある。善と悪について目を見開かされ、そのふたつの言葉の意味を決めるのは誰かについて、深く納得させられた。おそらく……おそらく彼と話ができれば、彼は理解してくれるだろう。理解できる唯一の人物だから。チャーリーは自分の罪とともに生きる道を見つけたにちがいなく、きっと自分にも罪とともに生きる道を示してくれるだろう。すべてを解決する方法も、どうすればもとの自分に戻れるのかも。でもそう考えるとまたしても心がふたつに引き裂かれる。完璧に筋が通っていると思う自分と、まったくなんの意味もなさないと考える自分とに。

道路をはさんで家の向かいにある森がざわめいている。

喉で息がつかえ、ピップはさっと身体の向きを変えて、目を凝《こ》らして闇のなかに人の姿をとらえようとし、風のなかにまじる声を聞きとろうとした。森のなかに誰かがいて木々の陰に隠れ、こっちを見ている？　尾《つ》けてきている？　あれは木の幹？　それとも人の脚？　チャーリー？　あれは彼なの？

ピップは森に視線を据え、茂る葉のなかから人の姿を抜きだそうとし、手脚と枝を見分けようとした。

なにやってんの、あそこに誰かがいるわけないでしょ。これもまた、いま自分の頭のなかに棲みついている数々のもののひとつ。あらゆるものを恐れ、あらゆるものに怒りを向ける。森に誰かがひそんでいるなんて、まったくの想像にすぎず、現実と想像上のものとの違いを再度、学びなおす必要がある。手についているのは汗であって、血ではない。家へ向けて歩きながら、一度だけ後ろを振りかえる。〝クスリがすぐに忘れさせてくれる〟ピップは自分にそう言い聞かせた。ほかのすべても忘れさせてくれると。

検死官の部屋.com

HOME／犯罪実録／犯罪捜査／死亡推定時刻

殺人事件において検死官は死亡時刻をどのように決定するのか？

最重要事項として留意すべきなのは、死亡時刻はあくまでも推定の域を出ないという点だ。映画やテレビ番組でときたま見られるのとはちがい、検死官はピンポイントの死亡時刻を割りだすことはできない。死亡推定時刻を決定するにあたっては三つの死体現象が根拠とされ、被害者が発見されたのち、できるだけすみやかにいくつかのテストが犯罪の現場でおこなわれる。一般的なルールとして、死後に被害者が発見されるのが早ければ早いほど、死亡推定時刻はより正確なものになる。(1)

一、死後硬直

死亡直後、身体の筋肉はいったんすべて弛緩《しかん》する。その後、通常は死後二時間ほどで筋組織で乳酸が生成されることにより、死体が硬直しはじめる。(2)これが死後硬直である。硬直はあごや首の筋肉内ではじまり、徐々に下部へ移って四肢や手足の指に至るまで死体全域に進行する。一般的に六時間から十二時間で硬直が全身におよび、死後おおよそ十五時間から三十六時間が経過すると硬直が解けはじめる。[3] 硬直の過程は発生する時間帯がほぼ確定されているため、死亡時刻を推定する際に非常に有効である。しかしながら、死後硬直の開始と進行に影響を与える要因がいくつかある。たとえば温度。温度が高いほど硬直の開始や進行が早まり、一方で低いほど進行は遅くなる。[4]

二、死斑《しはん》

死斑は血液循環の停止と重力の作用により死体の内部で血液が沈下するために出現する。[5] 皮膚は内部に血液がたまった箇所が赤/紫色に変色する。[6] 死斑は死後二時間から四時間で顕著になり、死後八時間から十二時間までは固定化せず、死後八時間から十二時間が経過したあとは固定化する。[7] 〝固定化せず〟とは皮膚が白色化するかどうかが判断基準となる。つまり、死斑の出現後、指圧して生体の皮膚と同様に皮膚の赤/紫色が消えた場合は〝固定化せず〟となる。[8] しかしながら、死斑出現の過程は温度や死体が置かれた状態の変化などの要因により影響を受ける。

三、死冷

死冷とは体温に関する死体現象である。死後、体温はさがりはじめ、最終的には気温（死体が発見された場所の）と同じになる。[9] 通常、死体は一時間に〇・八度の体温低下が見られ、最終的に体温は環境温度に達する。[10] 犯罪の現場において――死後硬直と死斑についての所見も加味し――検死官は死体の深部体温と環境温度を測り、被害者が殺害されたおおよその時刻を割りだす。

上記の過程を調べても人が死んだ分単位までの正確な時刻を割りだすことはできないが、これらは死亡した時間帯を推測する際に検死官が根拠とするおもな要因となる。

5

死が見つめかえしてくる。少しも美化されていない本物の死が。紫色の斑《まだら》になっている死体の皮膚、死んだときに身に着けていたと思われる、永遠に白いままのきつく締めたベルトのあと。ノートパソコンの画面をスクロールしながら、ある意味、死とはおかしなものだとピップは思った。死体についてあまりにも長く考えていたら、おそらく頭がへんになってしまう、という意味でおかしなものだと。腐敗や死亡時刻についてのあまり出来のよくないウェブページに載っている死体の画像と同じく、みないずれはこんなふうに終わりを迎えるのだと思わずにはいられない。

片方の腕を、走り書きのメモでうまっているノートの上に置いている。あちこちに下線が引かれ、マーカーで色づけされている。ピップは画面をのぞきこみながら、いちばん下に新たな文を書き加えた。〝死体が温かく、硬直していると感じられた場合は、死は三時間から八時間前に訪れたことになる〟

「それって死体なの⁉」

ノイズキャンセリング・ヘッドホンのクッションをとおして声が突き刺さってきた。誰かが入ってくる物音は聞こえなかった。ピップはぎくりとして、心臓が喉もとにせりあがってくるのを感じた。ヘッドホンをはずして首にかけると、あたりの物音が聞こえてきた。背後から聞き慣れたため息も。このヘッドホンはほぼすべての音をシャットアウトするので、ジョシュはゲームの〈FIFA〉をやるためにしょっちゅうこれをこっそり持っていき、〝ママのお小言を聞くことなく《ノイズキャンセル・ママ》〟ゲームに没頭している。ピップはブラウザのほかのタブをクリックして画面を切りかえようとした。しかし、どのタブを開いても似たようなものばかりだ。

「ピップ？」ママの声が険しくなる。

ピップは椅子をくるりとまわし、後ろめたさを隠すために目をまんまるにしてみる。ママは真後ろに立っていて、片方の手首を曲げて腰にあてている。ブロンドの髪はおかしな具合になっていて、ちょっとずつアルミホイルに包まれているため、見た目は髪の毛がヘビではなくアルミになったメドゥーサ。どうやら髪にハイライトを入れているらしい。根もとがグレイっぽくなってきたために、いまはまえよりも頻繁《ひんぱん》にメドゥーサになっている。両手には透明なラテックスの手袋をはめ、指先はカラーリング剤で汚れている。

「で、それは？」ママが勢いこんで訊いてくる。

「えっと、死体」

「どうしてわたしのかわいい娘が金曜日の朝八時に死体を見ているのかしら？」

ほんとにまだ八時なの？　そういえば今日は五時から起きているんだった。

「ママが〝趣味を持ちなさい〟って言ったから」ピップは肩をすくめた。

「ピップ」ママは厳しい口調で言うけれど、口の端が微妙にあがっていて、おもしろがっているようにも見える。

「これは今度取りかかる事件用のサイト」ピップはあっさり負けを認めて画面のほうに向きなおった。「まえにママにも話した、被害者が身元不明の女性《ジェーン・ドウ》の事件。遺体は九年前にケンブリッジの近くで発見された。大学生活がはじまったら、この事件を調べてポッドキャストで配信するつもり。彼女の身元と、彼女を殺した犯人を突きとめる。これからの数カ月にわたっておこなうインタビューの計画はもう立ててあるんだ。これはかなり重要な調査だと思う」ピップは言って、降参の印に両手をあげた。

「ポッドキャストの次のシーズン？」ママは片方の眉をあげて懸念を表明している。どうやったら片方の眉だけで意思をはっきり伝えられるんだろうか。いずれにしろ、四カ月ぶんの心配と不安をあの細い眉一本にこめて伝えているのはたしかだ。

「慣れ親しんでいるこの生活を維持するためにも、資金を調達しなきゃならないの。ほら、これからはじまる名誉毀損裁判もあるし、弁護士の費用だって……」〝それに処方箋なしで買う、違法のベンゾジアゼピン系抗不安薬の代金もね〟とピップは思った。しかしどれもほんとうの理由ではない。かすってもいない。

「あら、そう」ひとまずママの眉はさがった。「ただ……気をつけなさいよ。必要なときはひと息入れて。わたしでよければいつでも話は聞く……」ママが娘の肩に手を置こうとする。カラーリング剤まみれの手袋のことは忘れているみたいで、直前になって気づく。そして肩の一インチ上で手をとめた。たんなる想像かもしれないけれど、宙に浮いたママの手から温かさが感じられる気がした。肌を守ってくれる小さなブランケットみたいで、とても安心できる。

「わかった」口に出せるのはこれが精いっぱい。

「それと、生々しい死体の画像を見るのは最小限にしなさいよ」ママがあごで画面を指す。

「この家には十歳の子がいるんですからね」

「ああ、ごめんなさい。壁の向こう側を透視できるジョシュの新たな能力のことは忘れてた。わたしが悪かった」

「ここだけの話、あの子ったら同時にどこにでもいるの」ママが後ろを確認し、ささやきにまで声を落として言う。「どういうふうにするのかはわからない。昨日なんかわたしが〝クッソー〟って言うのを聞いてたみたいなんだけど、あの子、そのときは絶対に家の反対側にいた。ところで、それ、どうして紫なの？」

「えっ？」ピップは一瞬とまどったあと、ノートパソコンに注がれるママの視線を追った。

「ああ、これは死斑っていうの。死ぬと血液のせいでこうなる。血液がたまって……ママ、ほんとに知りたい？」

「そうでもないわ、スウィーティー。興味津々のふりをしてた」

「そうだと思った」

ママは髪のアルミホイルをかさかさ鳴らしてドアのほうへ移動した。ドア口で立ちどまる。

「今日、ジョシュが急にお出かけすることになって。サムと彼のママがもうすぐジョシュを迎えにくる。あの子が行っちゃったら、ふたりで豪華な朝食をとるっていうのはどう？」そこで期待をこめた顔に笑みを浮かべる。「パンケーキとか、そんな感じで」

ピップはふいに口のなかが乾いているのに気づいた。いきなり巨大化したみたいな舌が上あごに張りつく。まえはママのパンケーキが大好きだった。口がべとべとになるほどたっぷりシロップがかかったぶ厚いパンケーキ。いまはパンケーキのことを考えただけで吐き気がしてくるけれど、無理やりつくり笑いを返す。「わあ、うれしい。ありがとう、ママ」

「どういたしまして」ママが目もとに皺ができるくらいまで顔いっぱいに笑みを張りつける。無理やり笑っている。

罪悪感に腹がよじれる。これはみんな自分のせいだ。ママたちが演技をしなきゃならなくなっている。自分は上辺を取り繕うこともできないから、そのぶん家族が倍もがんばっている。

「じゃあ、一時間後ってことで」ママが髪を手振りで示して言う。「朝食の席ではこんなカッコ悪い姿は見せないようにしなくちゃ——生まれ変わったブロンドのセクシーダイナマイトがお目見えするわよ」

「待ちきれないね」とママのノリになんとかあわせて答える。「カッコ悪いママのコーヒーに比べて、セクシーダイナマイトのがあんまり濃すぎないといいけど」

ママは天井を仰いでから、小声でぶつぶつとつぶやきながら部屋を出ていった。聞こえてきたのは〝ピップやパパが淹れるコーヒーだって濃すぎて飲めたもんじゃ——〟

「ぼく、聞いちゃった！」ジョシュの声が家じゅうに響きわたった。

ピップはふふっと笑って、首にかけたヘッドホンのクッションのあたりに指を走らせた。へッドバンドの滑《なめ》らかなプラスチックをなぞっていくと、手ざわりが変わる部分に行き着く。ヘッドバンドの幅いっぱいに貼りつけてある、ざらざらして表面がでこぼこのステッカー。〈グッドガールの殺人ガイド〉のステッカーで、ポッドキャスト用のロゴが入っている。シーズン2の最終回のエピソードを配信したときに、ラヴィがプレゼントとしてつくってくれたもの。そのエピソード自体は、録音するのがいままでのなかでいちばんつらかった。打ち捨てられた古い農家のなかで起きた出来事をまとめたもので、舞台となった農家は焼け落ち、消防士が外からホースで水をかけていたあたりの草地には血のあとがついていた。

〝悲しすぎる〟とコメントを投稿してきた人たちは言った。

〝どうして彼女が取り乱した声を出しているのかわからない〟とほかの投稿者。〝そうなるよう仕向けたのは彼女自身なのに〟

ピップはことの顛末《てんまつ》は語ったが、みずからの心情にはけっして言及しなかった。事件のせいで自分が壊れてしまった事実には。

ヘッドホンをふたたび耳にあてると、世界を閉めだすことができた。なんの音もなく、聞こえてくるのは自分の頭のなかで響くシューという音だけ。目も閉じて、過去も未来も存在しないと想像してみる。無の世界に身をまかせる。自由で、なににもつながれていない、心地よい世界だけれど、心はずっと静かなままではいられない。

それはヘッドホンも同じ。甲高くピンと鳴る音が聞こえてくる。ピップは携帯電話をさっとひっくり返して通知を確認した。ウェブサイトのフォームをとおしてメールが入ってきている。

また同じメッセージが。〝きみが行方不明者になったら、誰がきみを探してくれるのかな〟anonymous987654321@gmail.com から。またしてもメールアドレスは変わっているが、一言一句、同じメッセージ。この数カ月、ピップは同じメッセージを、〝荒らし〟からのさまざまなコメントとともに、断続的に受けとっていた。少なくともこのメッセージは〝おまえをレイプしてやる〟といったあからさまなものと比べるとより詩的で、よく考えられている。

〝きみが行方不明者になったら、誰がきみを探してくれるのかな〟

その問いを見つめて考えてみる。これまでは答えを考えてみようとは一度も思わなかった。誰が自分を探してくれるか。ラヴィなら探してくれると思いたい。両親も。あとはカーラとナオミのワード姉妹。コナーとジェイミーのレノルズ兄弟。ナタリー・ダ・シルヴァ。ホーキンス警部補は？　まあ、行方不明者を探すのは彼の仕事だから。彼らなら探してくれるだろうけれど、誰にとっても義務ではない。

〝もう、やめな〟ピップは自分に言い聞かせ、暗く危険な場所へつづく道を封鎖した。もう一錠服めばこんな考えに陥らずにすむかも？　二番目の引き出しを見つめる。そこには錠剤が入っていて、偽の底の下には使い捨ての携帯が並んでいる。でも、だめ、いまはちょっと疲れていて、頭がふらふらするだけだから。あの錠剤は眠るためのもの。そう、眠るためだけのもの。それに、自分には計画がある。ピップ・フィッツ＝アモービにはいつだって計画がある。あわてて立てたものであろうと、時間をかけ、苦痛にさいなまれながら立てたものであろうと。今回のは後者だ。

いま現在のピップはほんの一時的なもの。だって、自分を立てなおすためのプランがあるのだから。もとのふつうの生活を取りもどすための。目下のところ、その計画の実践に取り組んでいる。

最初のつらいタスクは自分の内面を見つめ、どこで過去の自分といまの自分が断絶したかをたどり、その原因や理由を見つけだすというもの。答えらしきものを見つけたとき、それがいかに明白だったかを悟った。この一年で自分がおこなったあらゆることが原因だった。すべてが。つながっていたふたつの事件が自分の生活そのものとなり、大きな意味を持った。二件とも終結はしたが、けっして納得がいくものではなかった。間違っていたし、ねじくれてもいた。すっきりしなかったし、後味も悪かった。白黒はっきりしないグレイゾーンがかなり残り、曖《あい》昧《まい》なままのものも多く、意義はすべて泥だらけになり、失われた。

エリオット・ワードは残りの人生を刑務所で過ごすことになるだろうが、果たして彼は邪悪な人間だろうか。モンスターか？　そうは思わない。彼はそういった危険人物ではなかった。取りかえしのつかないことをしたし、ひどいことをいくつもしたが、その一部は娘たちを愛するがゆえにしたのだと本人が語ったとき、自分はエリオットを信じた。すべてが間違っていたわけではなく、かといってすべてが正しかったとは絶対に言えず、ただ……そう、すっきりしないまま、中間あたりのどこかをただよっている。

じゃあ、マックス・ヘイスティングスは？　彼に関してはグレイゾーンなどどこにもない。マックス・ヘイスティングスは黒のくせに白になった。この点は疑いの余地はない。やつは危険人物で、危険性をひそませた影を大きく広げていたのに、いまは金持ちのボンボンふうの人懐っこい笑みの裏に本性を隠している。自分はそう信じている。信じなければ、世界から振り落とされるとでもいうみたいに。ある意味で、マックスは基準を示していて、すべての善悪を判断する際にはこいつが悪の基準となる。しかしマックスが勝ったことで、こうした考えは意味をなくし、ねじ曲がってしまった。あの男が刑務所の監房の壁を見ることはけっしてないだろう。黒と白がにじんでグレイになることもない。

禁錮刑の判決が下され、その後刑期が短縮されたベッカ・ベルには、あと十四カ月の刑期が残っている。マックスの裁判のあとでこちらからベッカに手紙を送り、返信のなかで彼女は面会に来てほしいと綴《つづ》っていた。それで、会いにいった。面会はすでに三回を数え、毎週木曜日の午後四時に電話で話すという習慣も生まれた。昨日は二十分をかけてチーズの話に花を咲かせた。ベッカは刑務所で無事に過ごしているし、楽しそうにすら思えるけれど、収監されねばならぬほどの罪を犯しただろうか。監禁され、世界から切り離されなければならないのだろうか。いや、ちがう。ベッカ・ベルは善良な人間で、その善良な人物が厳しく、もっとも劣悪な環境のなかへ放りこまれている。圧力に押しつぶされ、我慢の限界を超えてしまったら、誰だってベッカと同じような過ちを犯すかもしれない。ベッカと話をするようになってからそう実感している。

次は当然、胸に大きなしこりとなって残っている人物が頭に浮かぶ。スタンリー・フォーブスとチャーリー・グリーン。ふたりのことをあまり長く考えてはいけない。考えすぎると、縫《ぬ》い目が開いて糸がほどけてしまう。ふたりとも間違っていたと思うと同時に、ふたりとも正しかったと考えてしまうのはなぜなのか。ふたつの考えは両立しないのだから、自分が納得する日はけっして来ないだろうに。あの出来事自体が致命的なミスであり、みずからの破滅のもとであり、それをかかえたまま自分は死に、腐りゆくのだろう。

世の中がこういう世界なら――すべてが曖昧で、矛盾に満ち、グレイゾーンが広がってあらゆる道理を呑みこんでしまうなら――自分はどうやって物ごとを正せばいいのか。後遺症から立ち直るにはどうすればいいのか。

ひとつだけ方法があり、それは腹立たしいほどに単純だ。新たな案件に取り組めばいい。でもどんなものでもいいというわけじゃない――黒か白しかない案件。グレイゾーンはなく、ねじれてもいない。どこまでもまっすぐで、善と悪、正誤のあいだを行ったり来たりしないもの。相反するふたつがきっちりと両サイドにわかれている、すっきりした道を自分は進んでいく。それでいい。そうすればみずからを修復でき、物ごとを正しく見られるようになる。白と黒だけの世界があると信じれば、魂も救われる。すべてをふつうに戻せる。自分はふつうに戻れる。取り組むのが正しい案件でありさえすれば。

それがいま手もとにある。ケンブリッジ郊外で手足を切断され裸で発見された、推定年齢が二十歳から二十五歳の身元不明の女性。失踪した彼女を誰も探さなかった。捜索願が出されていないので、行方不明者のリストにも載っていない。これ以上ないくらいはっきりしているのは、この女性の身に起きたことに対し正義がおこなわれなければならず、彼女にはそれを要求する権利があるという点。それと、加害者の男性はモンスター以外の何者でもないという点。グレイゾーンもないし、矛盾も曖昧さもない。自分がこの事件を解決すればジェーン・ドウを救えるが、なによりも重要なのは、ジェーン・ドウがこちらを救ってくれるという点。もう一度、事件を解決できれば、なにもかもうまくいくようになる。

もう一度だけ。

6

その真上に立つまで、ピップはそれを見ていなかった。スニーカーのひもを結びなおすために立ちどまらなかったら、けっして目にしなかったかもしれない。足を持ちあげて下をじっと見つめる。これは……

白いチョークで引かれた、何本かの消えかけた線。場所はアモービ家の私道の端で、ほんのあと一歩で歩道に出る。かなりかすれているからチョークだとは言いきれないし、もしかしたら雨が降ったあとに塩分が残ってかたまったのかもしれない。

ピップは目をこすった。ひと晩じゅう天井を見あげていたせいで、目が乾いていてかゆい。昨日の晩はラヴィの家族と楽しく過ごし、顔が痛くなるほど笑ってばかりいたのに、眠りに落ちることはなかった。眠るにはたったひとつの場所をのぞきこむしかなかった。禁じられた二番目の引き出しのなかを。

　ゆるく握った両手を目からおろして瞬《まばた》きをしても、視界はあいかわらずかすんでいる。自分の目を信じられず、腰を落としていちばん近くの線を指先でこすり、指を太陽にかざしてじっくりと観察した。間違いなくチョークのようで、指先をこすりあわせると、感触もチョークそのものだった。線自体は自然についたものには見えない。意図的に思えるほど、少しのブレもなくまっすぐだ。

　今度は首をかしげてちがう角度から見てみた。人の形らしきものが五つあるようにも見える。線が十字に交差しているのが五つ並んでいる。これって……もしかして鳥？　遠くを飛ぶ鳥を子どもが描くとこうなるかもしれない。縦線の下でつぶれている感じの〝M〟が、羽を広げて空を飛ぶ鳥をあらわしている？　ううん、ちがう。それじゃあ何本もの線は意味をなさない。これは十字架をあらわしている？　そうだ、十字架みたいに見える。長い縦線が下まで来たところで線がふたつにわかれて、それぞれが脚になっている。

　ちょっと待って――ピップは〝絵〟をまたいで反対側から見てみた。ひとつひとつが棒人間に見えてくる。ふたつにわかれた部分が脚で、長い線が胴体、まっすぐな横線が腕。横線から少しだけ突きだした短い線が首。でも、その上にはなにもない……頭のない棒人間。

　つまり――そこで立ちあがる――二本の脚がついた十字架か、もしくは頭のない棒人間。どちらも気持ちのいいものではない。ジョシュが家にチョークを常備しているとは思えないし、そもそも弟はお絵描きをして遊ぶような子じゃない。それなら近所の子が描いたはずだ。病的な想像力を持ちあわせた子が。けれども、それらしき子の顔は思い浮かばない。

ピップはマーティンセンド・ウェイを歩いてチェックしてみた。どの家の私道にも、歩道や道路にも、チョークで描かれた線はなかった。それどころか、リトル・キルトンの日曜日の午前中に不釣り合いなものはなにもない。ひとつだけ、白地に黒字の道路標識になんの変哲もない四角いダクトテープが貼ってあって、そのせいでマーティンセンド・ウェイの〝ウェイ《Way》〟が〝ウェヴ《Wav》〟になっているが、ほかに変わったところはない。

おかしなものを描いたのは六軒先の家に住むヤードレー家の子どもたちのしわざ、と思うことにして、ピップは棒人間らしきものを頭の隅に押しやり、ハイ・ストリートに出た。反対側からカフェに向かってくるラヴィの姿が見えた。

ラヴィは疲れているように見え――くたくたというほどではなく、ふつうに疲れている感じ――髪はあちこちはね、新しい眼鏡に日の光があたっている。夏のあいだに自分がほんの少しだけ近視であると知ったとたん、ラヴィにしてはめずらしく大騒ぎした。でもいまでは眼鏡をかけていること自体を忘れることがある。

彼は自分の世界にひたっているみたいで、まだこっちには気づいていない。

「おーい！」十フィートほど離れたところから声をかけると、ラヴィは跳びあがらんばかりにびくっとした。

そのあとで、やけに悲しげに下唇《したくちびる》を突きだして言う。「やさしくしてほしいなあ。今朝は弱っているんだから」

もちろんそうだろう。ラヴィの二日酔いは毎回〝人類史上最悪〟なのだから。毎度、命にかかわる、らしい。

ふたりはちょうどカフェのドア前で合流し、ピップはお気に入りの場所の、ラヴィが肘《ひじ》を曲げたところに手を置いた。

「それにしても、なんで今日の第一声が〝おーい〟なんだい？」ラヴィがこっちを向いて訊く。「ぼくはきみにぴったりのすばらしいニックネームの数々を捧げているのに、きみからのとっておきのお返しが〝おーい〟とはね」

「だって、昨日、年寄りの賢い人から〝きみはなんだか元気がないね〟って言われたから、それで……」

「あらためて翻訳すると、めちゃくちゃ賢くて、ものすごくハンサムな人から、っていう意味になると思うけど」

「えっ、そうなの？」

「そうだよ」そこでラヴィは間《ま》をおき、袖で鼻をこすった。「昨日の晩はとてもうまくいったと思う」

「ほんと？」ピップは恐る恐る訊いた。自分でもうまくいったと思うけれど、もう自分自身を全面的に信じることはできない。

ラヴィはこっちの半信半疑な顔を見つめ、いきなり笑いだした。「きみはよくやってた。みんな、きみをすごく気に入っていた。心からね。ラーフルなんか、今朝メッセージを送ってきて、きみのことが大好きだって言ってたよ。それと」そこで秘密めかして声を低くする。「ザラおばさんもきみにやさしくしていたと思う」

「そんなことないんじゃない⁉」

「そんなことある」ラヴィはにやりとした。「ザラおばさんの顔をしかめる回数がふだんに比べて二十パーセントほど少なかった。だから、大いなる成功と呼んで差し支えない」

「意外だけど、うれしい」そう言ってカフェのドアを押しあけると、頭上でベルがチリンチリンと鳴った。「ハイ、ジャッキー」いつものようにカフェのオーナーのジャッキーに声をかける。彼女は目下のところサンドイッチを棚に並べている最中。

「あら、ピップ、こんにちは」ジャッキーはちらりと振りかえって挨拶し、ブリーチーズとベーコンのサンドイッチを床に落としそうになった。「ハイ、ラヴィ」

「おはよう」ラヴィはくぐもった声で言ってから咳払《せきばら》いした。

　ジャッキーはようやく包装されたサンドイッチを棚に並べおえて、こっちに顔を向けた。

「彼女は奥で言うことを聞かないホットサンドメーカーと格闘してると思う。ちょっと待ってて」そう言ってカウンターのなかへ戻り、声を張りあげた。「カーラ！」

　頭のてっぺんで結ったお団子が見えたかと思うと、本人がキッチンからスタッフ専用の出入口を通って、グリーンのエプロンで手を拭《ふ》きながら出てきた。

「もう、あれ、まだだめ」カーラはジャッキーに言いながら、エプロンにこびりついたしみに目をやった。「ホットサンドがほしいって言われたら、とりあえず、ほんのりあったかいパニーニを提供するしかない――」そこでやっと目をあげて視線をこっちに向け、すぐに笑顔を浮かべた。「ミス・スイート・FA。お久しぶりです」

「昨日、会ったよ」ピップはそう答えてから、ようやくカーラが眉《まゆ》を上下させているのに気づいた。そうだった、まず眉を上下させてから話しはじめなきゃいけなかった。ずいぶんまえにふたりで決めたルールのひとつ。

ジャッキーは微笑《ほほえ》んだ。目でさっと交わされる女子の会話を理解したみたいに。「まあ、女の子同士、最後に会ってから丸一日たったのなら、話しておかなきゃならないことがたくさんあるでしょうね。そうでしょ?」そこでカーラのほうを向く。「早めに休憩をとっていいわよ」

「ありがとう、ジャッキー」カーラは深々とお辞儀をした。「いつもやさしくしてくれて」

「わかった、わかった」ジャッキーが手をひらひらと振った。「わたしは聖人ですから。ピップ、ラヴィ、なにをさしあげましょうか?」

ピップは濃いめのコーヒーをオーダーした。家を出るまえに二杯、飲んできたけれど、すでに指がそわそわとせわしなく動いている。ここでカフェインを補給せずに、どうやって一日を乗りきればいい?

ラヴィはいままでに直面したなかでもっとも難しい決断を下すとでもいうように、唇をすぼめ、天井をじっと見つめている。「そうだな、ほんのりあったかいパニーニに心惹かれるなあ」

なんとまあ。この人は二日酔いで死にそうなのを忘れてしまったにちがいない。サンドイッチを目の前にすると、ほんと、完全に自制心がゼロになるんだから。

ピップは奥のテーブルに陣取り、カーラがとなりに腰をおろして、肩と肩がふれあった。彼女はパーソナルスペースという概念をけっして理解せず、いまもこんなふうにすわっているけれど、ピップはそれが心地よかった。この親友はもうリトル・キルトンにはいないはずだった。彼女の祖父母はカーラがグラマースクールを卒業するのと同時にワード家の邸宅を売りに出す予定にしていた。しかし考えが変わり、計画は変更となった。ナオミはスラウの近くで仕事を見つけ、カーラはギャップイヤー（大学の入学試験に合格した学生が、高校卒業後に一定の休学期間をとったあとに入学する制度）をとって旅行に出ることにしていて、いまはお金を貯めるためにこのカフェで働いている。状況が複雑になったため、祖父母はワード姉妹をリトル・キルトンから連れだすよりも残したほうがいいと考え、彼らのほうがグレート・アビントンへ戻り、カーラとナオミはまだここにいる。少なくとも来年までは。そういうわけで、カーラはリトル・キルトンに残り、自分はあと数週間でケンブリッジへ発つ。

リトル・キルトンが自分を解き放ってくれる日が来るとは。ピップはいまだに信じられなかった。

となりにすわるカーラをつついて訊く。「それで、ステフはどう?」

ステフとは、カーラの新しいガールフレンド。つきあいだしてからすでに二、三カ月はたつので、もう〝新しいガールフレンド〟とは言えないかもしれない。世界は動いている。自分は停滞していても。ピップはステフを気に入っていた。彼女はカーラにやさしく接し、幸せな気分にしてくれている。

「うん、彼女は元気だよ。トライアスロンかなんかのためのトレーニングをしてる。ほんと、正気の沙汰とは思えない。あっ、ちょっと待って。ピップ、まさか〝ミス・めちゃ走る《ランズ・ア・ロット》〟として、彼女の肩を持ったりするわけ?」

ピップはうなずいた。「もちろん、持つよ。チーム・ステフ、バンザイ。彼女はゾンビがはびこるこの世の終末期における貴重な人材だから」

「じゃあ、わたしも貴重な人材になる」

ピップは顔をしかめた。「カーラは、率直なところ、終末期のいかなるシナリオにおいても、最初の三十分以内に死んじゃうよ」

そのときラヴィが席まで来て、コーヒーと自分のサンドイッチをのせたトレイをテーブルに置いた。テーブルに運んでくる途中でサンドイッチをひと口、がぶりとやったのは、言うまでもない。

「あっ、そうだ」カーラが声を落として言う。「今朝ここで、ちょっとした騒動があったの」

「どんな?」ラヴィがサンドイッチにかぶりつきながら訊く。

「急に忙しくなっちゃって、列ができてたんだよね。わたしはレジでオーダーをとってた。そのときにね」そこでささやき声になる。「マックス・ヘイスティングスが入ってきたの」

肩が怒ってあごがこわばると同時にピップは思った。どうしてマックスはどこにでも出現するわけ? 絶対にあいつから逃れられないってこと?

「わかってる」カーラが親友の顔の表情を読んで言った。「でね、彼のオーダーなんか受けたくなかったから、わたしはミルク泡立て器を洗うからレジをお願いしたいってジャッキーに言ったの。で、ジャッキーがマックスのオーダーをとっているときにほかのお客さんが入ってきた」そこでドラマチックな効果をねらって間をおく。「ジェイソン・ベルが」

「うわ、マジで?」とラヴィ。

「うん、ジェイソンはマックスの後ろに並んだ。わたしは彼らから姿を隠そうとしてたんだけど、それでもジェイソンがマックスの後頭部を睨《にら》みつけているのは見えた」

「そりゃそうだろうね」ピップは言った。ジェイソン・ベルには自分と同じくらいマックス・ヘイスティングスを憎む理由がある。裁判の結果がどのようなものであれ、マックスはジェイソンの末娘のベッカにクスリを盛り、レイプしたのだから。それと同じくらいぞっとして、言葉にするのもはばかられる、さらに罪深い事実がある。マックスの行為がアンディ・ベルを死に追いやるきっかけとなったという事実が。直接の原因、と言ってもいい。よくよく考えてみると、すべてがマックス・ヘイスティングスからはじまっている。マックス・ヘイスティングスによる行為のせいでベッカは心に傷を負い、自分の目の前で姉であるアンディを死なせてそれを隠蔽《いんぺい》した。サル・シンは死に、アンディを殺した犯人とされた。エリオット・ワードが所有する家の屋根裏に、気の毒なことに、女性が監禁された。自分の自由研究《プロジェクト》があった。愛犬のバーニーが裏庭に埋められた。ハウィー・ボワーズが刑務所に収監され、チャイルド・ブランズウィックについての情報を漏らした。チャーリー・グリーンがリトル・キルトンにやってきた。レイラ・ミード。ジェイミー・レノルズの失踪。スタンリー・フォーブスは死に、この両手は血にまみれた。すべてのもとをたどるとマックス・ヘイスティングスに行き着く。あいつが元凶。いまの自分を支えている憎しみのもと。そしておそらくジェイソン・ベルを支えている憎しみの対象。

「ほんと、そう」とカーラ。「でもその先の出来事は予想外だった。ジャッキーから飲み物を受けとったマックスが店を出ようとして振り向いたときに、ジェイソンが肘を突きだして、その肘がマックスにあたったの。そしたらコーヒーがマックスのTシャツにびしゃっとかかっちゃって」

「それって予想外？」ラヴィがカーラを見つめる。

「そうでもなかったかも」カーラのささやき声が、興奮気味の甲高《かんだか》い声に変わった。「それでマックスが〝どこに目をつけてんだよ、気をつけろ〟みたいなことを言って、ジェイソンを押しのけたの。そしたらジェイソンがマックスの襟《えり》もとをつかんで〝おまえがこっちに寄りすぎなんだよ〟とかなんとか言った。でもそこでジャッキーがふたりのあいだに割って入って、すぐにほかのお客さんがマックスをカフェの外に連れだそうとした。そのままおとなしく出ていくかと思いきや、マックスは〝うちの弁護士から連絡が行くからな〟とかいう捨て台詞《ぜりふ》を残していった」

「マックスらしい言い草」ピップは食いしばった歯のあいだから言葉を押しだした。寒気《さむけ》がする。マックスもここにいたかと思うと、空気がちがって感じられる。淀《よど》んでいる。冷たい。汚染されている。リトル・キルトンは双方が住むには狭すぎる。

「ナオミはマックスのことをどうしようかとずっと悩んでる」カーラが話をつづける。すごく声が小さくて、もはや〝ささやき声〟とも呼べない。「警察へ行って、二〇一二年の年初に起きた件を打ちあけようかって。ほら、例の轢《ひ》き逃げ事件。ナオミもただではすまないだろうけど、少なくとも警察に話せばマックスも窮地《きゅうち》に立たされる。だって、彼が運転していたわけだから。そうすればおそらく、短い期間かもしれないけれど、マックスを刑務所に閉じこめておけるから、誰も彼に傷つけられずにすむ。それに、ばかげた裁判の件もおしまいにできる――」

「だめ」そこで口をはさむ。「ナオミは警察に行っちゃだめ。行ってもうまくいかない。ナオミが傷つくだけで、あいつは無傷のまま。またしてもマックスが勝つことになる」

「でも、少なくとも真実が公《おおやけ》になって、ナオミは――」

「真実なんてなんの意味もない」ピップは言いながら、ふともに爪を食いこませた。去年のピップが今日のピップを見たら誰だろうと思うかもしれない。去年のピップは目を輝かせて学校のプロジェクトに取り組み、無邪気に真実にこだわっていた。真実をブランケットがわりに身体に巻きつけて。しかしいまこの場にいるピップはあのころのピップとはちがう人間で、物ごとをもっとよくわかっている。〝真実〟とやらに何度も痛い目に遭わされた。あんなものは信じる価値もない。「カーラ、警察には行くなってナオミに言って。ナオミは被害者の男性を轢いたわけでも、彼を置き去りにしたかったわけでもなく、ただ強制されただけ。わたしがかならずマックスをつかまえるってナオミに言って。方法はわからないけど、絶対につかまえるからって。マックスは相応の報《むく》いを受けなきゃならない」

ラヴィが肩に腕をまわしてきて、やさしく包みこむ。「まあまあ、報復の計画を練るよりも、数週間後に大学へと旅立つ件にエネルギーを注いだほうがいいんじゃないかな」明るい声で言う。「きみはまだ新しい上掛けのセットを選んでいないよね。大切な第一歩だって、ぼくは聞いたけどなあ」

ラヴィとカーラがちらっと目配せを交わしたことにピップは気づいた。「だいじょうぶ」カーラがなにか言おうと口を開きかけたところで、カフェのドアの上に取り付けられたベルがチリンチリンと鳴り、彼女はそっちに目を向けた。ピップはカーラの視線を追った。入ってきたのがマックス・ヘイスティングスだったら、なにをするか自分でもわからず――

「よう、みんな」聞き覚えのある声。

コナー・レノルズ。ピップは笑顔でコナーに手を振った。やってきたのはコナーだけじゃなく、カフェのドアが閉まる間際にもう一度ベルが鳴り、ジェイミーも入ってきた。そしてこっちを見て、そばかすの散った鼻に皺《しわ》を寄せてにやりと笑った。夏が過ぎて、そばかすが増えている。ピップはすぐに気づいた。なんといっても、ジェイミーが失踪していたまるまる一週間、彼の写真をしげしげと見つめ、答えを探して目の奥をのぞきこんで過ごしたのだから。

「みんなおそろいで、楽しそうだな」テーブルのほうへ歩いてくるうちにコナーを追い越して、ジェイミーが言った。なにも持っていないほうの手をこっちの肩に置く。「ヘイ、調子はどうだい。飲み物かなにか、買ってこようか?」

たまにピップはジェイミーの目のなかに自分のと同じ表情を見ることがあった。スタンリーの死と、自分たちが果たした役割に苦しんでいる表情を。ふたりは重荷をつねに共有している。でもジェイミーはスタンリーが死んだときに現場にいなかったし、手を血で染めてもいない――自分と同じようには。

「なんでいつもわたしがシフトに入ってるときに、みんな雁首《がんくび》をそろえるわけ？」とカーラが言う。「あんたたちはわたしがさびしがってるとかなんとか、思ってんの？」

「ちがうよ、そんなんじゃない」コナーがカーラのお団子を指で弾いた。「カーラには接客の練習が必要かと思ってさ」

「コナー・レノルズ、神に誓って言うけど、今日あんたがアイスのパンプキン・マキアートみたいなやつをオーダーしたら、あんたを殺して息の根をとめてやるから」

「カーラ」ジャッキーがカウンターの向こうから元気よく呼びかけてきた。「レッスンその一を覚えてるよね。お客さまに向かって殺すと脅《おど》さないこと」

「お客さまが店員を困らせるためにものすごく面倒くさいものをオーダーしてきても？」カーラは立ちあがってコナーを横目でじろりと睨んだ。

「それでもよ」

カーラはうなり、カウンターのほうへ行くついでに「ったく、スタバにでも行ってろ」と小声でコナーに毒づいた。「アイスのパンプキン・マキアートをひとつ、お願いしまーす」わざと元気いっぱいにオーダーする。

「ついでに愛をこめといて」コナーは笑った。

「たっぷり悪意《スパイト》をこめとく」

「まあ、唾《スピット》じゃなきゃいいや」

「で」ジェイミーがカーラがすわっていた席について話しはじめる。「ナタリーから調停の協議があったって聞いたけど」

ピップはうなずいた。「まあ……かなり盛りだくさんだった」

「彼がきみを訴えるなんて、信じられないよ」ジェイミーは拳を握りしめて言った。「そんなの……そんなの不当だよ。きみは充分つらい目に遭ったのに」

ピップは肩をすくめた。「その件ならだいじょうぶ。自分でなんとかするから」すべてがつねにマックス・ヘイスティングスへ立ちもどっていく。彼はあらゆる側面から、あらゆる角度で圧力をかけてくる。押しつぶそうとしてくる。頭はスタンリーの肋骨《ろっこつ》が折れる音でいっぱいになる。そこで手についた血を振り払い、話題を変えた。「救急隊の訓練は進んでる?」

「うん、うまくいってるよ」ジェイミーはうなずいて笑みを浮かべた。「めちゃくちゃ楽しいんだ。ぼくがきつい仕事を楽しんでやれるなんて、みんな思いもよらなかっただろうな」

「ピップの怠《なま》け癖《ぐせ》は伝染性があるかもしれない」とラヴィ。「だから、身の安全のために後ろにさがっていたほうがいいよ」

ドアのベルがまた鳴ったとたんにジェイミーの目が輝きだし、ピップには誰が入ってきたかがわかった。ナタリー・ダ・シルヴァがドア口に立っている。ホワイトブロンドの髪を短いポニーテールにまとめているけれど、髪はほとんどシュシュからはずれて長い首のまわりに広がっている。

格子《こうし》柄《がら》のシャツの袖をまくりながら店内に目を走らせているナタリーの顔が、パッと輝いた。

「ピップ！」ナタリーがまっすぐに近づいてくる。そばまで来ると、腰をかがめてこっちの肩に腕をまわし、後ろからハグしてきた。ナタリーは夏のにおいがする。「ここにいるとは思わなかった。元気？」

「元気、元気」ピップは互いの頰を触れあわせながら答えた。ナタリーの肌は外の風に吹かれていたからか、冷たくて心地いい。「ナタリーは？」

「元気よ。わたしたちふたりとも、ね？」ナタリーは上体を起こしてジェイミーのもとへ行った。ジェイミーは立ちあがって椅子をナタリーに譲り、自分のぶんとしてべつの椅子を引っぱってきた。椅子同士がぶつかった拍子にふたりは動きをとめ、ナタリーはジェイミーの胸のあたりに手を置いた。

「ありがとう」ナタリーはそう言って、すばやくジェイミーにキスした。

「どういたしまして」ジェイミーは答え、すでに赤かった頰にさらに赤みが増す。

ピップは思わず笑みを浮かべ、ふたりをじっと見つめた。これって……この世界って……すばらしい、と思う。誰も奪うことができない、いっさいの汚れがなく美しい世界。最悪のときを過ごし、そこからここまでたどりついた。ふたりだけで手をたずさえて。ふたりの人生のたしかなひとコマ。自分にとっても人生のひとコマ、とピップは思った。

この町でもときにはすばらしいことが起きる、とピップはいまさらながら実感し、ラヴィの視線をとらえてテーブルの下で彼の手を握った。ジェイミーの燃えるような目とナタリーのにこやかな笑顔。パンプキンなんたらのことで言いあうコナーとカーラ。これこそ自分が求めていたもの。こういう、ふつうの生活。気にかけてくれる人を指折り数え、自分もその人たちをつねに大切に思っていると実感できる信頼関係。自分が行方不明になったら、かならず探してくれると思える人たち。

この思いを瓶に詰め、しばらくはそれを心の糧《かて》にして生きていけないだろうか。すばらしいと思えることで心を満たし、血でぬめる両手は無視して、テーブルにマグカップがあたる音を銃声とは思わず、暗闇のなかで目をあけたら死んだ目が待ちかまえていると考えなくていい、そんな毎日を過ごせたら。

いや、もう遅すぎる。

7

目の端に汗がにじみ、なにも見えなくなった。今回はちょっと無理をしすぎたかもしれない。走るのが速すぎたかもしれない。ただ走っているのではなく、逃げているみたいに。

今日はマックスを見かけなかったのでよしとしよう。首をめぐらせて振りかえったり、道の先を見やったりして探したけれど、マックスの姿はなかった。道は自分だけのものだった。

ヘッドホンをおろして首にかけ、自宅への道を歩いていき、無人の隣家の前を通りすぎたときに息を呑んだ。自分の家の私道まで来て立ちどまる。目をこする。

例のチョークの絵がまだそこにあった。頭のない五つの棒人間が。いや、そんなばかな。昨日は雨が激しく降り、さっき走りに出かけたときはここにはなにもなかった。絶対に。今回はほかにもおかしなことがある。

腰をかがめてもっとよく見てみた。棒人間は動いていた。日曜日の朝は、歩道と私道の境目あたりに描かれていた。いまは数インチ移動してレンガを敷いた道にあり、家により近づいている。

ピップは確信した。これらの棒人間は新しく描かれたものだ。自分が走りにいっているあいだに描かれたもの。目を閉じて耳を澄まし、風のなかで木々が躍るざわめきや頭上を飛ぶ鳥の鳴き声、近くのどこかで芝刈り機がうなる音を聞く。しかし近所の子どもの楽しげな声は聞こえてこない。ひと声たりとも。

目を開く。やっぱり気のせいではなかった。五つの小さな人形《ひとがた》。これに心あたりがあるか母に訊いてみなくては。たぶん、頭のない人間なんかじゃないだろうし、たいして意味のないものにちがいない。疲れきった頭が、なんでもないものをなにか不吉なものとしてとらえているのかもしれない。

立ちあがると、ふくらはぎが痛み、左の足首にそれよりも激しい衝撃が走った。両脚のストレッチをしてから家へ向かう。

でも二歩しか進めなかった。

いきなり鼓動が速まってあばらを打ちはじめた。

私道の先に、灰色のかたまりが見えた。玄関ドアの近くに。羽がついた灰色のかたまりが。ピップは正体に気づくより先に近づいていった。またしても死んだハト。ゆっくりと一歩一歩、慎重に、無言で近づいていく。目覚めさせたり、生きかえらせたりしてはいけないとでもいうように。アドレナリンのせいで指がぴくぴく動く。ガラス玉みたいな死んだ目のなかにふたたび自分の姿を見るのかと思いながら、上からハトをのぞきこむ。しかし自分の姿は映らなかった。そこには死んだ目がなかったから。

ハトの頭がなかったから。

頭があるはずのところには、すっぱり切り落としたあとだけが残り、ほとんど血もついていない。

ピップは死んだハトをじっと見つめた。立ちあがって家へ向かおうとして、もう一度、頭のないハトに目を向ける。時間を遡《さかのぼ》って先週の月曜日の朝に戻り、記憶を探ってそのときの細かなことを思いだしてみた。そこに自分がいる。きちんとしたスーツを着て急いで玄関から外へ出て、死んだ鳥をちらっと目にして立ちどまり、鳥の目を見つめてスタンリーのことを考えた。

あのときここにあった。ちょうどこの場所に。まったく同じ場所に、二羽の死んだハト。それに、腕と脚があるのに頭のない奇妙なチョークの人形《ひとがた》の位置が変わっていた。これが偶然であるはずがない。偶然だと思える材料がそろっていたとしても、そんなのは信じない。

「ママ！」ピップは玄関ドアを押しあけ、大声で母を呼んだ。「ママ！」声は廊下の壁に跳ねかえり、こっちをあざ笑うかのように反響した。

「どうしたの、スウィーティー」手にナイフを持ったママがキッチンのドア口にひょいと顔を出した。「言っとくけど、わたしは泣いていないからね。これは忌々しいタマネギのせい」

「ママ、私道に死んだハトが落ちてる」声を低く、荒らげないようにしながら言う。

「また？」ママの顔が曇《くも》る。「もう勘弁して。こういうときにあなたのパパはまたしても出かけているから、わたしがなんとかしなくちゃならない」そこでため息。「わかった。このシチューを仕上げたあと、それを片づける」

「ち、ちがうの」言葉がつかえる。「ママ、そういうことじゃない。先週とまったく同じ場所に死んだハトがいるんだよ。誰かがわざとここに置いたみたいに」自分で話していてもおかしなふうに聞こえる。

「もう、へんなこと言わないで」ママは手をひらひらと振った。「ご近所の猫のしわざでしょうよ」

「猫？」ピップは首を振った。「でもまったく同じ場所――」

「たぶんその猫にとっては、そこがハトを殺すお気に入りの場所なのよ。ウィリアムズさんちにおっきなトラ猫がいるじゃない。ときどきうちの庭にいるのを見かける。端っこのほうでうんちをするの」ママは頭のなかの猫に向かってなのか、ナイフを突きだした。

「これ、頭がないんだよ」

「なにが?」

「ハト」

ママの口の両端がさがった。「えーと、どう言えばいいかしら。猫ってひどいこともするのよ。バーニーのまえにうちで飼ってた猫を覚えていない? ピップがとっても小さかったときの」

「ソックスのこと?」

「そう、ソックスは小さいくせに残酷な殺し屋だった。ほぼ毎日、死んだ動物を運んできたのよ。ネズミとか鳥とか。かなり大きいウサギのときもあった。頭を噛み切って、どこかにほっぽとくの、わたしが見つけられるように。腸《はらわた》を噛みちぎったあとも残ってた。わが家がホラー映画に出てくる家みたいになった」

「ふたりでなんの話をしてんの?」ジョシュの声が二階から聞こえてきた。

「なんでもない!」ママが大声で答えた。「あなたは自分のことをしてなさい!」

「でも、これは……」ピップはため息をついた。「ちょっと来て、見てくれない?」

「わたしは夕食の支度をしてるのよ、ピップ」

「二秒ですむから」ピップは首をかしげた。「お願い」

「わかった」ママがナイフを置くためにいったん顔を引っこめる。「でも静かにね。ミスター・騒ぎや《ノイジー》がおりてきて、ああだこうだと言ったら困るから」

「ミスター・ノイジーって誰？」ジョシュの小さな声が玄関ドアの外まで追っかけてくる。

「神にかけて誓うけど、わたし、あの子に耳栓をはめてやるつもり」私道へ出ながらママがつぶやく。「やっぱりね、うん、そうだと思った。頭のないハト、わたしが想像していたとおり。先に説明してくれてありがとう」

「それだけじゃない」ピップは母の腕をつかんで私道を歩いていった。そして指さす。「見て、あそこにチョークの人形《ひとがた》が描かれてる。二日前にもあったの、もっと歩道寄りに。それは雨で流されたけど、またあらわれて、人形《ひとがた》は移動してる。わたしが走りに出たときはなかった」

ママは膝《ひざ》をついて人形《ひとがた》の上にかがみこんだ。目をこすっている。

「ほら、見えるでしょ」不安が胃のなかで暴れだし、冷たく、重くなっていく。

「えっと、そうねえ」ママはさらに目を細めた。「消えかけた白い線が何本かある」

「そう、そのとおり」ピップはほっとしながら言った。「ママにはその線、なにに見える？」

ママはもう少し顔を寄せて、べつの角度から見るために頭を傾けた。

「ちょっとわからないけれど、わたしの車かなにかのタイヤのあとじゃないかしら。今日、建設現場を車で走ったから、そこでついた埃《ほこり》かチョークがここにくっついたのかも」

「ちがうよ、もっとよく見てみて」イライラがつのって声が甲高くなる。ピップは目を凝《こ》らした。タイヤのあとなんかじゃない。

「わからないわ、ピップ。もしかしたら、目地材に使ったモルタルの粉かもしれない」

「めじざい……それ、なに？」

「レンガとレンガのあいだに埋めこまれているやつ」ママがふーっと大きく息を吐くと、小さな人形《ひとがた》のひとつがほとんど消えてしまった。ママは立ちあがり、スカートに手を走らせてしわをのばした。

ピップはもう一度、指摘した。「ママには棒人間が見えないの？　五つの棒人間。ママのおかげで四つになったけど。誰かが描いたみたいでしょ？」

ママは首を振った。「わたしには棒人間のようには見えない。頭がないし――」

「頭？」ピップはいきなり口をはさんだ。「そう、ないの」

「ピップ」ママは心配そうに娘を見つめた。眉が額《ひたい》のほうへきゅっとあがっている。「ハトとこの線はまったく無関係よ。線のほうは、わたしか郵便配達員の車のタイヤがつけたものだと思う」ママはもう一度、線をしげしげと眺めた。「誰かがこれを描いたとしたら、それはおそらくヤードレーさんちの子どもでしょう。あのまんなかの子はちょっと、ほら、わかるでしょ」そこで顔をしかめる。

ママの言うことはたしかに筋が通っている。ハトはもちろん猫のせいだろう。線のほうはタイヤのあとか、子どもが描いたなんの意味もない落書き。ふたつがつながっていると思うなんて、どうしてそんなふうに考えが飛躍してしまったんだろう。あまりの恥ずかしさに、肌がむずむずしてきた。誰かがふたつともここに残したと真剣に考えるとは。さらに恥ずかしいことに、そのふたつは自分あてに残されたとまで考えてしまった。なぜそんなふうに思ったのか。なぜならいまはあらゆるものが恐ろしいから、と反対側の脳が反応した。自分はいつでも闘争・逃走反応を示し、なにもないのに危険が迫っていると感じ、勝手にどんな音のなかにも銃声を聞きとって、夜の闇を怖がり、自分の両手を見るのが恐ろしくてたまらない。つまり、壊れている。

「スウィートハート、だいじょうぶ?」ママはもはやチョークの人形《ひとがた》には目もくれず、娘の顔をのぞきこんだ。「昨日の晩はちゃんと眠れたの?」

ほとんど眠っていないのに「うん。たっぷり寝た」とピップは答えた。

「でも顔色が悪い」眉がさらに額のほうへあがっていく。

「いつも顔色はよくないよ」

「ずいぶん体重も減ったようね」

「ママ――」

「ちょっと言ってみただけよ、スウィーティー。さあ」自分の腕を娘の腕にからめ、家のほうへ導いていく。「夕食の支度に戻らなくちゃ。デザートにピップが大好きなティラミスをつくるわね」

「でも今日は火曜日だよ」

「だから?」ママが笑う。「わたしのかわいい娘が数週間後には大学へ行ってしまうんだから、まだうちにいるあいだにうんと甘やかしてやらなきゃ」

ピップはママの腕をぎゅっと握った。「ありがとう」

「ハトはあとでわたしが片づけておくから、ピップはもう心配しないでいいわよ」とママは言い、玄関ドアを閉めた。

「わたしはハトのことを心配してるんじゃないの」ピップは言ったが、ママはもう先を歩いていってキッチンに戻ってしまった。キッチンで食器がカチャカチャ鳴る音や、〝涙製造機のタマネギ〟についてママが舌打ちしているのが聞こえてくる。「わたしはハトのことを心配しているんじゃない」独り言のように静かに繰りかえす。心配なのは、誰がハトをあそこに残していったのか、ということ。ふいに、自分がそう考えていること自体が不安になった。

階段のほうに向きなおってあがっていくと、ジョシュがいちばん上の段にちょこんとすわって、両手で頬杖をついているのが見えた。

「ハトがどうしたの？」とジョシュが訊いてくる。ピップはジョシュの脇にまわりこんで、弟の頭に手を置いた。

「マジで」小さな声で言う。「もっと頻繁《ひんぱん》にこれをきみに貸しださなきゃならないかも」自分の首にかかっているヘッドホンを指でつつく。「頭にいつでも糊《のり》でくっつけておくように」

ピップは自分の部屋に入り、ドアを閉めてそこにもたれかかった。ランニング中に携帯を入れておくアームポーチを腕からはずして床に放る。汗でべとべとの肌にくっついているランニングウェアを脱ごうとすると、ヘッドホンに引っかかった。結局ヘッドホンは首からはずれ、床に落ちた。夕食のまえにシャワーを浴びなければ。それと……ピップは机の二番目の引き出しを見つめた。気分をなごませ、どくどく鳴っている心臓を落ち着かせるために、一錠だけ。血まみれの両手をきれいに保ち、首から上がないものを頭から追い払うためにも。ママはなにかがおかしいと疑いはじめている。夕食の席ではなんの問題もないようにふるまわねば。昔の自分みたいに。

あれは猫のしわざだし、タイヤのあとがついただけ。それで完全に説明がつく。いったいなにを心配してる？　どうしてなにか悪いことが起きるのを待ってるの？　トラブルを探しているとでもいうように。一瞬、息をとめる。あとひとつだけ。ジェーン・ドウを救い、自分自身を救う。事件に取り組むのはそれでおしまいにして、もう二度とそういうことはしない。頭のなかが混乱している。でも計画がある。計画に専念すればいい。

携帯をざっとチェックする。ラヴィからのテキストメッセージが一件。〝ピザの上にチキンナゲットをのせるのはへんかな？〟

ロジャー・ターナーからのメール。〝こんにちは、ピップ。今週のどこかで時間をとって話をしなければなりませんね。仲裁人からの提案について考えてみましたか？　では、どうぞよろしく。ロジャー・ターナー〟

ピップは息を吐きだした。ロジャーには悪いけれど、自分の答えは変わらない。和解なんて絶対にしない。これを専門用語ではなんと言うんだろう。

メールを開こうとしたときに、新しい通知が入ってきた。ウェブサイトのAGGGTMpodcast@gmail.comのフォームをとおしてメッセージが入っている。まえに送られてきた〝きみが行方不明者になったら……〟なら、全文の内容はもうわかっている。またしても来たのか。

消去するためにいったん匿名《とくめい》の人物からのメッセージを開いた。こういうのを直接スパムメールのフォルダーに送るような設定にしたほうがいいだろう。メッセージが開き、ピップは親指をゴミ箱のアイコンの上に浮かせた。

ゴミ箱のアイコンを押そうとしたまさにそのとき、メッセージのある文字が目を引いた。

瞬きを繰りかえす。

全文のメッセージを読む。

〝きみが行方不明者になったら、誰がきみを探してくれるのかな。

PS. 一個の石で鳥を二羽殺せるということを覚えておいてほしい〟

携帯電話が手から滑《すべ》り落ちた。

8

携帯電話がカーペットの上に落ちることんという音が銃声になり、銃弾が胸めがけて飛んでくる。あと五回、銃声が鳴り響き、心臓はその音をとらえるが、それでもまだ動いている。

ピップはしばらくその場に立ちつくしていた。皮膚の下で血管が激しく脈打っているのが感じられるが、それ以外はすべて麻痺《まひ》している。銃声と骨が折れる音が大音響で鳴り、指のあいだから血が流れていく。それと、自分の叫び声。頭のまわりを叫び声が飛び交ううちに、言葉の端々が裂けていく。〝チャーリー、お願いだからこんなことはやめて。お願い〟

部屋のクリーム色の壁紙がはがれ、燃えて黒くなっている木材が露出して次々に崩れていく。打ち捨てられた農家が自分の部屋のなかによみがえり、肺に煙が充満する。ピップは目を閉じ、自分に言い聞かせた。いまは自分の部屋にいる、あそこにいるんじゃない。しかし自分を納得させられない、ひとりきりでは。助けがいる。

ピップは炎のなかでよろめき、腕をあげて目を覆った。机まで行って手探りで右側の二番目の引き出しを探す。思いっきり引っぱったせいで、燃える床に引き出しの中身がまるごと飛びだしてしまった。赤い細ひもがほどけて落ち、紙や画鋲が散らばり、白いイヤホンのコードがもつれる。秘密を隠していた厚紙の底が表裏ひっくり返って床に落ち、きれいに並べてあった使い捨ての六台の携帯電話も床に転がった。そして小さな透明の袋。

ピップは震える指で袋を破ってあけた。どうして残りがこんなに少ないのだろう。一錠取りだして水なしで呑みこむ。錠剤が喉をこすって涙目になる。

自分はいま部屋にいる。あのときの現場ではなく。いま、ここに。

手についているのは血ではなく汗。ほら、見て。汗をレギンスで拭きとって、手を見つめる。

いまは、ここにいる。

あのときの現場じゃない。

でも、いま部屋にいるのがどれほどマシなのだろうか。床に放りだされている携帯をじっと見つめる。〝一個の石で鳥を二羽殺せる〟私道に残されていた二羽の死んだハト。一羽は死んだ目にこっちの姿を映し、もう一羽は頭がなかった。これが偶然だなんてありえない。おそらく猫のしわざなんかじゃなく、誰かが私道に置いていったにちがいないし、そのうえチョークの人形《ひとがた》はどんどん近づいてくる。質問に答えてもらいたがっている人間と同一人物。〝きみが行方不明者になったら、誰がきみを探してくれるのかな〟わたしが住んでいる場所を知っている誰か。ストーカー？

トラブルを探していたせいで、逆にトラブルに見つけられてしまった。

いや、ちがう。ちょっと待って。自分はまた同じことを繰りかえしている。物ごとを大げさにとらえ、なにもないところに危険を見つけようとしている。〝一個の石で鳥を二羽殺せる〟これは〝一石二鳥〟という意味で、どこででもふつうに使われるフレーズ。それに〝きみが行方不明者に〜〟の質問はもうずっとまえから匿名の人物によって送りつけられているけれど、いままでのところこっちの身にはなにも起きていない。いまだに消息不明になどなっていない。

床を這っていって携帯電話をひっくり返し、顔認証でロックを解除する。メールの画面を表示させて検索バーをタップする。〝きみが行方不明者になったら、誰がきみを探してくれるのかな＋匿名〟と打ちこむ。

十一件のメール、いまさっき受けとったのを含めると十二件のメールがそれぞれべつのアカウントから送られてきていて、すべて同じ質問を繰りかえしている。そこで過去に遡ってみた。最初のは五月十一日に届いていて、はじめのころはメールが来る間隔はだいぶあいていたけれど、だんだん間《ま》が短くなってきて、最後の二件の間隔は四日しかあいていない。五月十一日？ピップは首を振った。そうじゃないような気がする。それよりももっと早くに最初のを受けとった記憶がある。失踪したジェイミー・レノルズを探していたころに。そんなときに受けとったからこそ、この質問は目を引いたのだ。

ちょっと待って。ツイッターのほうに届いたのかもしれない。ピップは青いアイコンを押してアプリを開き、〝高度な検索〟の画面を表示させた。〝次のキーワード全体を含む〟の枠に例の質問を打ちこみ、〝次のアカウントあて〟のところには自分のポッドキャストのアカウント名を入力した。

それから〝検索〟を押し、検索中を示すくるくるまわる円を見つめる。

ページが結果でうまった。十五個のツイートが送られてきていて、まったく同じ質問を投げかけている。直近のは七分前のもので、メールについていたのと同じ追伸《p.s.》が追加されている。ページのいちばん下にあるのは最初のツイート。〝きみが行方不明者になったら、誰がきみを探してくれるのかな〟送信日は四月二十九日の日曜日で、〈グッドガールの殺人ガイド〉のシーズン2、〝ジェイミー・レノルズの失踪編〟のツイッターでの告知に対しての返信だった。

これだ。これが最初。ほぼ四カ月前。

いまではもうずいぶんまえのことに思える。ジェイミーが消息を絶ってまだ一日しかたっていなかった日。スタンリー・フォーブスは身体に六つの穴をあけておらず、生きてそのへんを歩いていた。まさにその日に彼に話しかけてもいた。チャーリー・グリーンは近所に越してきたばかりだった。自分の手には血なんかついていなくて、それほど寝つきはよくなかったけれど、夜はちゃんと眠れていた。マックスは裁判にかけられていて、こっちは心の底から彼は犯した罪の報いを受けるだろうと信じていた。あの明るい四月の朝、多くのことがはじまり、結果的に自分をこういう状態に追いこんだ多くの出来事が動きはじめた。こうなってしまうまでの最初の数歩は曲がりくねっていたけれど、道がどこへ行き着くかはすでに決まっていたのだろう。一方でまさに同じ日に、べつのことも起きていた？　四カ月ものあいだに巨大化し、いまその頭の部分だけをあらわしはじめた？

〝きみが行方不明者になったら、誰がきみを探してくれるのかな〟

ピップはすっくと立ちあがり、ここは自分の部屋だとあらためて確認し、打ち捨てられた農家を頭の片隅にしまいこんだ。ベッドに腰をおろす。疑問なのは、チョークの人形《ひとがた》と二羽の死んだ鳥。ふたつは関連しているのかという点。自分にまつわるなにかをあらわしているのだろうか。どんなに些細《ささい》なことでもいいから、ほかになにかなかった？　その時点では奇妙に思えたけれど、いつの間にか記憶から抜け落ちてしまったことが。そういえば……ほぼひと月前に届いた手紙があった。いや、あれは手紙とも呼べない。封筒だけしかなく、表には黒いインクで〝ピッパ・フィッツ＝アモービ〟と走り書きされていた。住所もなく、切手も貼られていなかったので、誰かが玄関ドアの隙間からなかに押しこんでいったにちがいないと思った記憶がある。封をあけてみると――パパがとなりに立っていて、〝ラヴィからの古風な告白の手紙〟かと訊いてきた――なかにはなにも入っていなかった。からっぽ。すぐに資源物の容器に捨てて、それっきり思いだしもしなかった。謎めいた手紙は、表に自分の名前が書かれたべつの手紙が到着してすぐに忘れ去られた。手紙はマックス・ヘイスティングスと彼の弁護士からの申立書だった。あの封筒はマックスとのゴタゴタと関連しているという可能性はあるだろうか。

そこでふと、からっぽの封筒よりまえのべつの出来事が頭に浮かんだ。あれはスタンリー・フォーブスの葬式の日だった。式が終わって車に戻ったとき、サイドミラーのところにバラの小さな花束がさしこまれているのに気づいた。ただし、花はすべて茎から折られて取り除かれ、赤い花びらが下の砂利道に散らばっていた。棘と茎《とげ》だけの花束。当時、葬儀に反対し、警察が呼ばれるまで解散しようとしなかった者たちのしわざだと思っていた。でも反対者の誰かのしわざではないのかもしれない。アントのパパでも、メアリー・サイズでも、スーパーマーケットの店員のレスリーでもない。おそらく、ピップ・フィッツ＝アモービが行方不明者になったら誰が探してくれるのかを知りたがっているのと同じ人物からの贈り物。

もしそうなら――それらの出来事が関連しているなら――奇妙な出来事は何週間にもわたってつづいていたことになる。もしくは何カ月も。なのに気づきもしなかった。でもおそらく、気づかなかったのには理由がある。死んだ二羽目のハトを目にしたせいで、自分はあらゆることを深読みしているのかもしれない。もう自分自身を信じられないし、自分の恐れも信じられない。

ひとつだけたしかなことがある。奇妙な出来事――棘と茎だけの花束から死んだハトに至るまで――が同一人物のしわざだとしたら、今後かならずエスカレートするだろう。質も回数も。関連性の有無を確認するためにも、実際にストーカーがいるのか、もしくは自分の頭がついにおかしくなってしまったのかを見きわめるためにも、発生履歴を追跡し、あらゆるデータを集める必要がある。頭に浮かんだのがスプレッドシート。同時にラヴィのにやにや笑いが目に浮かぶ。ひとまずスプレッドシートにまとめれば、なにかの目的があってすべてが計画されたものかどうか確認するのに役立つだろう。これが実際の出来事なのか、もしくは頭の片隅の暗い部分でのみ起きていることなのかを見きわめる助けにもなる。そしてもし実際の出来事だとしたら、この先どこへ向かっていくのか、最終的にどうなるかを予測する一助にもなるはずだ。

ピップは引き出しから飛びでたものをまたいで部屋を横切り、机まで行った。ちらばったあれこれを片づけるのはあとだ。ノートパソコンを立ちあげてグーグル・クロームをダブルクリックし、新しいタブを開く。検索バーに〝ストーカー〟と入力してエンターキーを押し、検索結果を見ていく。政府のウェブサイトにある〈ストーカーについての報告書〉、ウィキペディアのページ、ストーカーをタイプ別に解説したサイト、〈ストーカーの心理〉といった心理学のサイトや犯罪統計。まず最初の検索結果をクリックし、中身に目を通して、ノートの新しいページを開いた。

そこに〝きみが行方不明者になったら、誰がきみを探してくれるのかな〟と書いた。下線を三本引く。悪意のある質問にうめこまれた無言の怒りを感じずにはいられない。行方不明者になってしまおうかと、たまに思うときがある。この町から逃げだし、〝ピップ〟という子をあとに残して。もしくは自分の頭のなかに逃げこんで、行方不明者になってしまおうかと。めったに訪れない、心が穏やかで、無の世界で自由に浮遊していられるときに。しかし、突きつめて考えると、行方不明とは実際にどういう意味なのか。失踪を定義してみよう。

ときどき失踪した人が戻ってくることがある。ジェイミー・レノルズはその一例で、エリオット・ワードが五年間、ほかの人物と間違えて監禁していた若い女性、アイラ・ジョーダンもそれにあてはまる。ふたりは行方不明になったあとで発見された。しかしふと、思いは戻ってこなかった人びとに向かった。アンディ・ベルに、サル・シンに、〝マーゲイトのモンスター〟ことスコット・ブランズウィックの手にかかった犠牲者たちに、ジェーン・ドウに、自分が夢中になっていたあらゆる犯罪実録のポッドキャストやドキュメンタリーに。ほとんどのケースでは、行方不明は死を意味する。

「ピップ、夕食ができたわよ！」

「いま行く！」

ファイル名:

ストーキングと思われる事例.xlsx

日にち	最新の事例からの日数	タイプ	事例の内容	重大度(1 - 10)
2018/04/29	該当せず	オンライン	ツイート:〝きみが行方不明者になったら、誰がきみを探してくれるのかな〟	1
2018/05/11	12	オンライン	メールとツイート:(同じ質問)	2
2018/05/20	9	オフライン	車に棘と茎だけの花束	4
2018/06/04	15	オンライン	メールとツイート:(同じ質問)	2
2018/06/15	11	オンライン	メールとツイート:(同じ質問)	2
2018/06/25	10	オンライン	ツイート:(同じ質問)	1
2018/07/06	11	オンライン	メールとツイート:(同じ質問)	2
2018/07/15	9	オンライン	ツイート:(同じ質問)	1
2018/07/22	7	オンライン	ツイート:(同じ質問)	1
2018/07/29	7	オンライン	メールとツイート:(同じ質問)	2
2018/08/02	4	オフライン	中身のない封筒がドアの隙間から届けられる。宛先はわたし	4
2018/08/07	5	オンライン	メールとツイート:(同じ質問)	2
2018/08/12	5	オンライン	メールとツイート:(同じ質問)	2
2018/08/17	5	オンライン	メール:(同じ質問)	1
2018/08/22	5	オンライン	メールとツイート:(同じ質問)	2
2018/08/27	5	オフライン	死んだハトが私道に置かれる（頭あり）	7
2018/08/27	0	オンライン	メールとツイート:(同じ質問)	3
2018/08/31	4	オンライン	メールとツイート:(同じ質問)	2
2018/09/02	2	オフライン	五つのチョークの人形が私道と歩道の境あたりに描かれる（首のない棒人間？）	5
2018/09/04	2	オフライン	五つのチョークの人形が私道の奥、家により近い場所に描かれる	6
2018/09/04	0	オフライン	死んだハトが私道に置かれる（頭なし）	8
2018/09/04	0	オンライン	メールとツイート:(同じ質問)〝ＰＳ．　一個の石で鳥を二羽殺せるということを覚えておいてほしい〟が追加されている	5

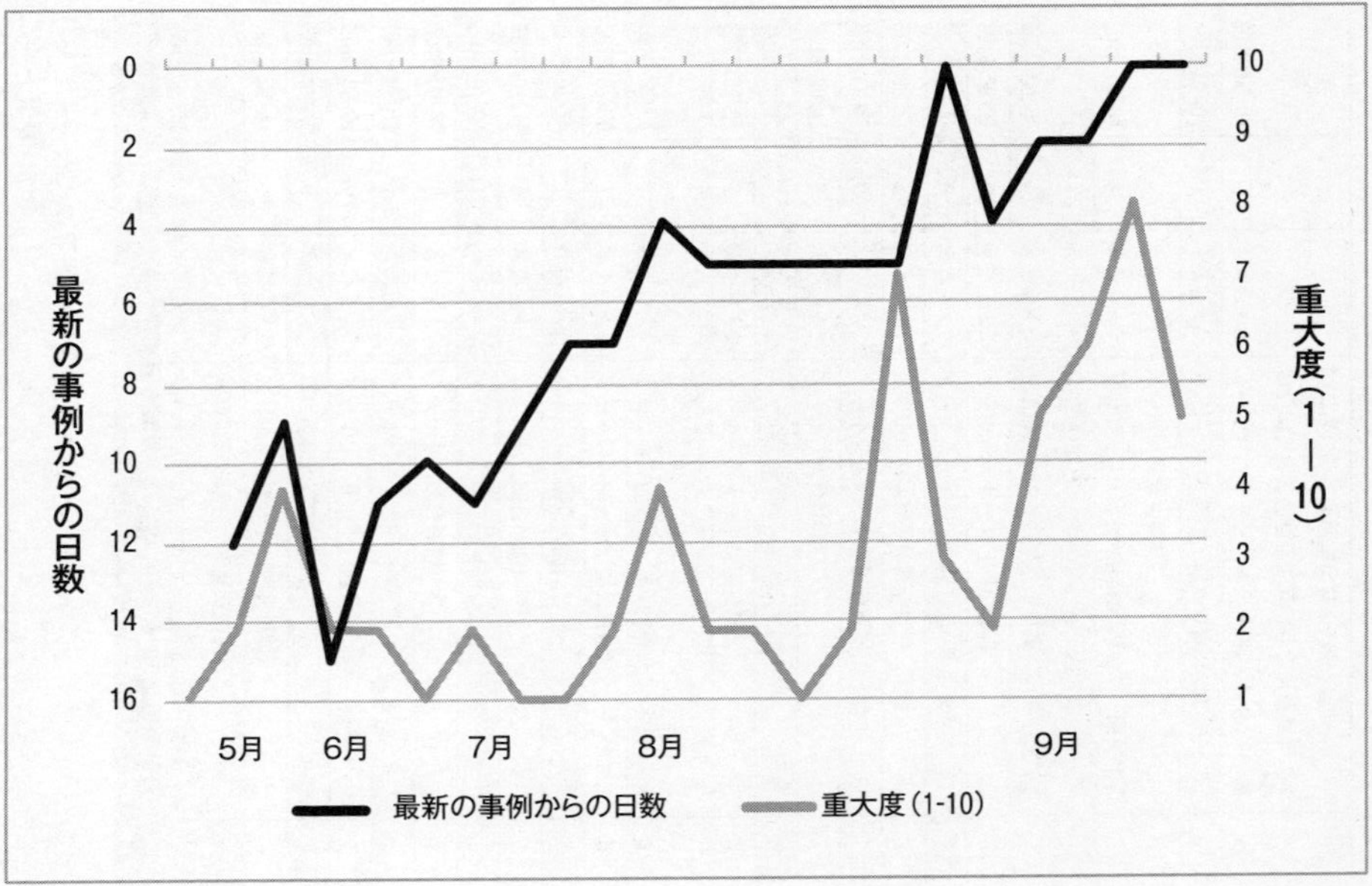

最新の事例からの日数
0
2
4
6
8
10
12
14
16
重大度（1－10）
10
9
8
7
6
5
4
3
2
1
5月
6月
7月
8月
9月
最新の事例からの日数
重大度（1-10）

9

片方のランニングシューズになにかがくっついている。一歩足を踏みだすごとになにかがこすれる音がして、べたべたしたものが歩道に貼りつくせいで思うように足をあげられない。

ピップはランニングのペースをゆるめ、次には歩きだし、ついには立ちどまって袖で額の汗を拭いた。足をあげてランニングシューズの底を見てみる。踵《かかと》のまんなかくらいのところにしわくちゃになったダクトテープの切れ端がくっついていた。テープの端っこは泥にまみれたせいで汚い灰色になっている。ランニングルートのどこかで踏んづけて、知らずにここまで運んでしまったらしい。

シューズの黒い靴底に粘着性のある面が貼りついている。ピップは汚れたテープの端を指でつまんで一気にはがした。テープははがれたものの、べたべたした小さな白いあとが残り、ふたたび走りはじめてペースをあげてからも、その部分が歩道に貼りつく感じがした。

「まったくもう」ピップは独り言のように言い、規則正しい呼吸に戻そうとした。〝スースースー、ハーハーハー〟

今夜はロッジ・ウッドの北側をまわる、いつもより長いルートを走っている。長い距離を速く走る。身体をくたくたに疲れさせれば、眠るのになにかを服《の》む必要はなくなるかもしれない。

ほんとうのところ、この計画は一度も成功したためしがなく、いままでに成功したことがないのだからこの先も成功する見込みはない。というわけで、自分の戯言《たわごと》に耳を貸す気はますますうすれる。このふた晩は、長く不眠症がつづくなかでも最悪の夜だった。誰かが外で自分を監視しているという考えが頭から離れないせいで、夜じゅうずっと眠れずにいた。自分が行方不明になるまでの日数を、誰かがカウントダウンしているかもしれないと。もうやめて。そういう考えから逃れるためにスピードをあげて角を曲がった。ピップはさらに自分を駆り立てて、もはややけくそと思えるほどに走りにきたんだよね。

そしてそこに彼がいた。

道の反対側に。手には青い水筒。

マックス・ヘイスティングス。

こっちが彼を見ると同時に、彼がこっちを見た。互いに近づきつつあり、ふたりを隔《へだ》てるのはあいだにある道の幅だけ。

マックスはペースをゆるめ、顔からブロンドの髪を払った。なぜやつはペースを落としたのだろう。すれ違った瞬間にこの不愉快な邂逅《かいこう》は終わるのだから、さっさとすましてしまいたいはずでは？　ピップは足を踏み鳴らし、足首に痛みが走った。ふたりのちぐはぐな足音はしだいに音楽をつくりだし、見知らぬ通りじゅうに響く支離滅裂なパーカッションの演奏に変化し、木々のあいだを吹き抜けて甲高くうなる風が伴奏をつとめた。もしくは、この音は自分の頭のなかから聞こえているのだろうか。

鼓動が胸郭を打つにつれて胸が締めつけられ、真っ赤に燃え立つ怒りが皮膚の下を這い、身体じゅうをめぐって、しまいにはまぶたの裏に行き着いた。近づいてくるマックスの姿が赤に変わり、目の前にどんどん迫ってくる。とつぜん道路の向こうからのびてきた手に引っぱられたように、足がそっちを向く。もはや恐れるものはなくなり、怒りだけが残る。真っ赤に燃え立つ怒りだけが。これでいい。こうなるべきだとわかっていた。

ピップは道路を六歩で渡り、マックスがいる側に着いた。すぐ前でマックスが立ちどまり、睨みつけてくる。

「いったいなにをしてる――」とマックス。しかし最後まで言わせない。

ピップはふたりのあいだを詰め、肘をマックスの顔にぶちあてた。骨が折れる音が聞こえたが、今回はスタンリーの肋骨が折れる音ではなく、マックスの鼻の骨が砕ける音。どちらも同じような音だけれど。マックスは身体をふたつに折り曲げ、ひん曲がった鼻を両手で押さえてうめき声をあげる。でもまだ終わりじゃない。ピップはマックスの両手を顔から引き離し、突きでた頬骨に拳を叩きこむ。マックスの血が関節と関節のあいだから、もともと血まみれだったてのひらに流れていく。

それでもまだ終わりじゃない。大型のトラックが近づいてくる。大型トラックがこの狭い田舎道を走るのを一度も見たことはない。そういう車輛が走れるほどの幅はないから。それでもトラックはすぐ目の前まで来ていて、いまがチャンスだとピップは思う。マックスをつかむ。汗で濡れたウェアの生地に両手をねじこんで。つかの間、マックスの目が恐怖で見開かれ、互いにピップが勝ったことを知る。大型トラックはクラクションを盛大に鳴らすが、マックスに逃れるすべはない。ピップはマックスの身体を巨大なトラックが迫ってくる道路に投げだし、マックスはトラックに呑みこまれ、血が飛び散ってきてもピップは笑みを浮かべて立ちつくす。

現実の世界では、一台の車が通りすぎ、その音でふっと夢からさめた。真っ赤に燃えていたものが目から消え、われに返った。現実に立ちもどった。いまは道を走っている。マックスは道路の反対側を走っていて、自分はこっち側を走っている。下を向いて目を瞬《しばたた》かせ、自分の頭のなかにある凶暴性を振り払おうとした。いま恐れるべきものがあるとしたら、それはみずからの凶暴性だ。

ピップは視線をもう一度マックスに向け、彼が脇につけた水筒を上下させてふたたびスピードをあげて走る姿から目を離さずにいた。重なり、すれ違う瞬間はすぐそこまで迫っている。ふたりは互いに相手に向かって走り、道のこっちと向こうで一瞬重なったあと通りすぎ、今度は相手に背を向けて互いに離れていった。

道の端まで来て、肩ごしに振りかえった。マックスの姿はなく、そのおかげで彼の足音に悩まされることもなく、楽に呼吸ができるようになった。

状態は悪化している。自分を客観的に見て、そう認めざるをえない。パニック発作、錠剤、世界を焼きつくすかと思うほどの激しい怒り。這ってでも戻りたいふつうの生活からさらに遠ざかっている。ラヴィ、家族、友人たちがいる世界から。でもだいじょうぶ。そこへ戻るための計画を立てているから。すべてをもとに戻すための。ジェーン・ドウを救い、自分自身を救う。

　でももしかしたら新たな邪魔が入ったかもしれない。マーティンセンド・ウェイの反対側の端まで戻り、クールダウンのためにここからは自宅まで歩くと決めている、壊れた街灯柱の前を通りかかったときに、ふと思った。ほんとうにストーカーにまとわりつかれているとしたら、正体が誰であろうと、なにを望んでいようと――ただ怖がらせるためなのか、それともほんとうに行方不明者になってほしいと思っているのか――その人物はこちらが進む道に立ちふさがっていることになる。もしくは、自分で自分の道に立ちふさがっているのかもしれない。エップスはそれをなんと呼んでいたっけ？　自己破壊的な悪循環。ストーカーなどおらず、存在しているのは自分と、頭の奥の暗い場所からあふれでてくる凶暴性なのかもしれない。危険を探し求めているからこそ、危険を見つけてしまう。

　ちょうどそのとき、〝それ〟の上を歩いた。ヤードレー家とウィリアムズ家のあいだにある歩道で、自宅まではまだ少し距離がある。目の端にぼんやりと見えたのは、白いチョークで書かれた線が交差したりかすれたりしているもので、実際になんと書かれているか確認するためには後ろへさがらなければならなかった。歩道の幅いっぱいに白いチョークで書かれていたのは、一部が自分のランニングシューズでこすれた、でかでかとした文字だった。

さっと首をめぐらせてあたりを見やる。通りには自分しかいないし、近所の家はどこも夕食どきの穏やかな空気をただよわせている。もう一度、足もとに目を向けて文字をしげしげと眺める。〝デッド・ガール・ウォーキング〟これはたったいま文字の上を歩いた自分に向けられた言葉なのか。アモービ家の私道ではないけれど、ここは自分のランニングルートだ。直感が告げている。これはわたしへのメッセージだ。ピップにははっきりとそれがわかった。

わたしは死にゆく女の子なのだ。

いいや、ちがう。おかしなことを考えちゃだめ。ここはうちの私道ではなく、公道だ。誰かが誰かに残したメッセージなのだろう。でもそれならどうして自分は直感に耳を傾けたのか。妄想めいた直感のせいで、手は血まみれだとか、胸のなかに銃を棲まわせているとか、なにもない影のなかに危険がひそんでいるとか考えてしまうのに。けれども自分の一部はそれを無下《むげ》にはねつけてはいけないと感じとっていて、スタンリーかチャーリーかと考えたときみたいに心がふたつに引き裂かれる。ストーカーがいるのか、それとも自分の妄想にすぎないのか。ピップはアームポーチから携帯電話を抜きだした。背をのばして歩道の文字の写真を撮る。下のほうに銀色のランニングシューズを写りこませた。まさかのときの証拠写真。チョークの人形《ひとがた》の写真は撮り忘れてしまった。シャワーを浴びおえたときには、父の車のタイヤにこすられてすっかり消えてしまっていた。でもいまは写真にしっかりおさめたし、スプレッドシートにもデータとして入力しよう。まさかのときのために。データは正直で、疑問の余地を残さない。これが自分へのメッセージだとしたら、重要度は高くなる。おそらく8か9に。直接的な脅威とも考えられる。

データがあれば、ほんとうに存在するかどうかはわからないが、正体不明の人物にぐっと近づき、少しだけその人物を理解できるような気がしてくる。相手とはひとつだけ意見が一致している。行方不明は死を意味する。少なくとも相手はそれをはっきりさせてきた。

視線をあげると、一台の車がアモービ家の私道に入っていくのが見えた。ラヴィ。マックスとは正反対で、善の基準となっている人。ピップはチョークの言葉をまたいで歩道を急ぎ足で歩いていった《ウォーキング》。一歩一歩、家に近づいていく。なんだか歩道に書かれた言葉どおりになっている気がしてならない。死にゆく女の子《デッド・ガール・ウォーキング》に。でもここでスピードをあげたら走ることになってしまう。

「やあ、こんにちは！」ラヴィの声。ヘッドホンを首までおろしながら私道へ曲がったとたんに聞こえてきた。ラヴィが車を降りてくる。「誰かと思ったら。ぼくのスポーツ好きなガールフレンドじゃないか！」笑って、力こぶを見せるみたいに両腕を曲げ、こっちが近づいていくまで〝スポーツ、スポーツ、スポーツ〟と口ずさんでいる。「体調はどう？」手をのばしてウエストのあたりをさすりながら訊いてくる。「ランニングは楽しかった？」

「まあ、楽しかったかな。またマックス・ヘイスティングスを見かけたけど。それで……なんでもない」

ラヴィが歯ぎしりをした。「また、もめた？　まあ、あっちはまだ生きてると思うけど」なんとかムードを明るくしようとしているらしい。

「ちょっとだけね」ラヴィに頭のなかをのぞかれるんじゃないか、そこに渦巻《うずま》いている凶暴性を見抜かれるんじゃないかと不安になり、ピップは肩をすくめた。でも、おそらくラヴィなら見抜くはずだ。この人はピップという人間をいちばんよく知っている人だから。彼が愛してくれるなら、ピップっていう子もそれほど悪い人間じゃないはず。そうだよね？

「なにがあった？」とラヴィ。やっぱりだめだ、ラヴィには完全に見抜かれている。でもそれでいいとピップは自分に言い聞かせた。ラヴィに秘密にしておいてはいけない。この人は味方なのだから。机の二番目の引き出しに隠している、もっとも恥ずべき秘密はべつにして。

「えっと、これがランニングルートに書かれてた。その通りをちょっと行ったところ」携帯に保存した写真を呼びだし、ラヴィに向けて掲げる。「誰かが歩道にチョークで書いたらしい」

「〝死にゆく女の子《デッド・ガール・ウオーキング》〟」ラヴィがつぶやくように言った。誰かの声で聞くと、どういうわけか意味がちがう気がする。考えていたのとはべつの意味だと思わせてくれる。同時に、空想ではなく実在すると痛感させられる。「これがきみへのメッセージだと思っているのかい？　ハトと関連していると？」

「それはわたしのランニングルートに書かれていた。帰宅するまえのクールダウンのために、いつも歩きはじめるところの近くに。こっちを監視している人間なら、そこでスピードを落とすことを知ってるはず」

それにしても、なぜその人物はわたしを監視しているのだろう。声に出して言ってみると、よっぽどおかしなことに聞こえる。

ラヴィは首を振った。「オーケー。ぼくとしては、ほんと、気に入らない」

「そうだよね、ごめん。たぶんわたしとはなんの関係もない。ほんと、ばかみたい」

「ちがうよ、きみはばかみたいなんかじゃない」ラヴィの声がかたくなる。「オーケー。いまのところストーカーがいるのかいないのかは、はっきりとはわからない。でも、ぼくとしては捨て置けない。きみがなんて反論してくるかはわかっているけれど、警察に行くべきだとぼくは思う」

「でも――警察がなにをしてくれるっていうの、ラヴィ。いつもどおり、なにもしてくれないよ」ピップは怒りが身体を突き抜けるのを感じた。いや、ラヴィに怒りをぶつけちゃいけない。自制しなくちゃ。そこで息を吸って怒りを呑みこんだ。「自分自身でもはっきりとわからないときには、とくに」

「それを書いたのが、きみにメールを送りつけ、チョークの人形《ひとがた》やハトを残したのと同一人物だとしたら、その人物はきみを脅している」ラヴィが目を見開いて言う。そのようすから彼が真剣に話しているのが伝わってくる。「その人物は危険かもしれない」そこで間をおく。「マックスかもしれない」また間。「もしくは、チャーリー・グリーン」

チャーリーじゃない。ありえない。でもマックスかもしれないと思ったのはたしかだ。最初にあのフレーズを目にしたとき、頭にマックスの顔が浮かんだ。こっちのランニングルートを熟知している人間がほかにいる？　こっちがマックスを嫌っているのと同じくらい、あっちもこちらを嫌っているとしたら？　そうだとしたら……

「そうかもね。でも関連性はないかもしれないし、あったとしても、誰かがわたしを怖がらせようとしただけかもしれない」それはちがうと直感が告げているけれど、意に反してそう言ったのは、ラヴィの目に浮かんでいる懸念の色を消してしまいたいから。いつもの笑顔を見せてほしいから。それになによりも、また警察に出向くのはごめんだ。

「ことと次第によると思う」とラヴィ。

「ことしだい？」

「その人物がたんに死んだ鳥を見つけたのか、もしくは……わざわざ鳥を殺したのか。このふたつには天と地ほどの差がある」

「なるほど」ピップは息を吐きだし、ジョシュに聞こえてしまうと困るので、ラヴィにはこのまま声を落としていてもらいたいと思った。いまあらためて感じるのは、直感もラヴィの見解も、あまり歓迎できないものだということ。自分としては今回の件は現実であってほしくない。べつの展開のほうが望ましい。具体的には次のとおり。どうということもない模様を見て、感度がよすぎる脳が危険と判定してしまったが、この状況もほかのさまざまなことも、じきに改善される。すべてをもとに戻す計画があるから。ジェーン・ドウを救い、自分を救う。

「日和見《ひよりみ》している場合じゃないよ」ラヴィがこっちの鎖骨に指を走らせる。「三週間後にはきみは大学入学のために町を出る。そうすればすべて問題なしになるだろうし、この件だっておそらくおさまるだろう。しかし、いったんはおさまったとしても、仕掛けているのが危険人物だったとしたらまたなにか起きるかもしれず、そうなったらきみひとりの力では対処しきれないかもしれない。通報すべきだ。明日にでも」

「できないよ――」

「きみはピッパ・フィッツ＝アモービだろう」ラヴィは笑い、風になびいて目にかかった髪を払ってくれた。「きみにできないことなんかひとつもない。話したくない相手と話すんでも、ホーキンス警部補に助けを求めるんでも、なんだってできる」

ピップはうなり声をあげ、うなだれたあとで首をまわした。

「そうそう、その調子」ラヴィはそう言って、背中をぽんぽんと叩いた。「よし。さてと、その文字が書かれた場所まで案内してくれる？　ぜひ見ておきたいんだ」

「わかった」

ピップはくるりと身体の向きを変え、ラヴィを従えて自宅から離れた。ラヴィはこちらの手をつかみ、指と指のあいだに自分の指を滑りこませた。しっかりと手をつなぐ。あごにえくぼがある青年と、死にゆく女の子《デッド・ガール・ウォーキング》が。

ファイル名:

デッド・ガール・ウォーキングの写真.jpg

10

この場所は大嫌いだ。入口に足を向け、その先にある壁が青く塗られた待合室をちらりと見たとたん、全身の皮膚が縮みあがって、引きかえしてくれと懇願《こんがん》している気がした。ここから立ち去ってくれと。頭のなかで響く声も。ここはいやな場所。悪夢そのものの場所だ。ここにいてはいけない。

でもラヴィに約束してしまったし、約束というのは自分にとって大切な意味を持つ。とくにラヴィとの約束は。

だからここへ来た。テムズバレー警察アマーシャム警察署に。吹きさらしのなかで汚れの層に覆われた警察のプレートが睨みつけてくる。自動ドアが勢いよく開き、全身が呑みこまれる。受付のデスクのほうを向いてきっちり並べられた何脚ものパイプ椅子の前を通りすぎる。男性と女性がひとりずつ、背後の壁にもたれてすわり、微妙に身体を揺らしている。警察署が海辺にあるとでもいうように。あきらかに酔っぱらっている。午前十一時に。とはいえ、自分もここへ来る勇気を奮い起こすためにザナックスを一錠、服まねばならなかったのだから、彼らのことをとやかく言う資格はない。

受付のデスクへ近づいていくと、酔っぱらいの男性がやさしげとも言える口調で「くそったれ」とささやく声が聞こえ、すぐあとに女性の呂律《ろれつ》のあやしい声で同じセリフが聞こえてきた。こっちにではなく、お互いに向けて言ったのだろうが、いまの気分はまさに〝くそったれ〟だ。とにかく、この建物のなかのあらゆるもの、それこそ、ぎらぎらした光を放つ電球から、靴の下で悲鳴をあげる磨きあげられた床に至るまで、すべてが反感やいやな記憶や〝くそったれ〟な気分を呼び起こす。床は四カ月前にここに来たときと同様に甲高い音を立てた。あのときは自分でやらなくてもすむように、ジェイミー・レノルズを探してくれとホーキンスに頼みにきたのだった。彼にすがりつくようにして頼んだ。ホーキンスがイエスと言ってくれさえすれば、いまの状況はまったく変わっていただろう。

　受付のデスク前に着いたとたんに、看守のイライザが奥に隣接した事務所から出てきて「ちょっと、そこのふたり！」と声を張りあげた。イライザは視線をこっちに向け、驚いた表情を浮かべた。まあ、それもしかたがない。自分はよっぽどひどい顔をしているにちがいない。彼女の表情がやわらいで悲しげな笑みが浮かび、手は白いものがまじった髪にあてられた。「ピップ、ダーリン、そこにいるのが見えなかったわ」

「そうみたいですね」ピップは小さな声で言った。あのときはイライザはこっちを見ていた。いまはこっちも彼女を見ている。あの晩は、後ろに酔っぱらいの男女がいる受付エリアではなく、警察署の〝腹のなか〟にいた。イライザはいまとまったく同じ悲しげな顔をして、こっちが血まみれの服を引きはがすのに手を貸してくれた。手袋をはめた手で服を透明な証拠品袋に詰めていった。トップス。ブラジャー。肌はどこもかしこも死んだスタンリーの血でピンクに染まり、自分はイライザの目の前で裸のまま震えて立ちつくしていた。イライザの笑みに重なるようにして、永遠にふたりを結びつけた瞬間がぼんやりと見えてきた。

「ピップ？」イライザの目がすっと細まる。「今日はなんのご用かと訊いたんだけど？」

「ああ、ごめんなさい」ピップは咳払いをした。「また彼に会いにきたんですけど。いま、いますか？」

イライザはふーっと息を吐きだした。これはため息だろうか。「ええ、いるわよ。彼に伝えてくるから、ここで待っていて。どうぞ、椅子にすわってて」そう言ってパイプ椅子の前列を手ぶりで示し、奥の事務所のなかへ消えた。

椅子に腰かけるつもりはない。それは服従をあらわすから。ここは悪夢そのものの場所で、絶対になじめない。

思ったよりも早く物音が聞こえてきた。ひどく耳ざわりなブザーの音が鳴り、警察署の奥のスペースへのドアがあいて、ジーンズに色のうすいシャツという恰好のホーキンス警部補が姿を見せた。「ピップ」ホーキンスが呼びかけてきたが、声をかけてもらうまでもなく、ピップはもう動きだしていて、彼のあとにつづいてドアを通り抜け、警察署のなかでもよりいやな場所へ入っていった。

ドアが閉まり、カチリと施錠された。

ホーキンスが振り向いて首をさっと動かした。おそらく会釈《えしやく》のつもりなのだろう。なにひとつ変わっていない廊下を進み、第一取調室の前を通りすぎる。血がついていない清潔な替えの服を着て歩いていったときと同様に。誰の服かはわからずじまいだった。当時もホーキンスのあとについて右側にある狭い部屋に入った。自分の名前を名乗りもしない男がいた。いや、名乗ったけれど、こっちが聞いていなかったのかもしれない。でも、手首をつかまれたことは覚えている。警官に手を取られてインクパッドに、次に用紙上の四角のなかに指を一本ずつ押しつけていった。けっしてゴールにたどりつかない迷路じみた指紋の模様は、こっちを罠にかけるためにつくられたもののようだった。〝きみを容疑者リストからはずすためだから。きみを除外するため〟あのときホーキンスはそう言った。自分がなんと答えたか覚えている。〝わたしならだいじょうぶです〟だいじょうぶだなんて、誰も思わなかったにちがいない。

「ピップ?」ホーキンスが呼びかけてくる声で、やけに身体が重たく感じられる現在に引きもどされた。ホーキンスは立ちどまり、第三取調室のドアをあけて待っていた。

「ありがとうございます」ピップは抑揚のない声で言い、ホーキンスがドアを押さえるためにのばした腕の下をくぐって部屋のなかに入った。万が一のため、椅子にすわるのはやめておくが、リュックサックは肩からおろしてテーブルの上に置いた。

ホーキンスは腕を組んで壁にもたれかかっている。

「なにか動きがあったら連絡すると言ったと思うが」とホーキンスが言った。

「えっ?」ピップはすっと目を細めた。

「チャーリー・グリーン。いまのところ彼の居場所についての追加情報はない。だが彼を逮捕したら、きみに連絡する。だから訊きにくる必要はない」

「そうじゃなくて……ここに来たのはそういう理由じゃありません」

「そうなのか？」警部補の喉から出る声が高くなり、質問に変わる。

「ほかのことで、あなたに伝えるべきかと……報告すべきかと思いまして」ピップはぎこちなく身じろぎし、袖をおろしてむきだしの手首を覆った。この場所では身体のどの部分も、さらしたり、むきだしにしてはいけない。

「報告すべきこと？　いったいなんだ？　なにが起きた？」ホーキンスの顔つきが仕事モードに変わった。吊りあがった眉から引き結ばれた唇に至るまで、すべてがくっきりとした線を描いている。

「えっと……その、わたし、ストーカーにつきまとわれているみたいなんです」最後まで言ったあと、喉の奥でなにかがカチカチと鳴った。自分の想像だろうけれど、カチカチという音が、白い壁や光沢のない金属製のテーブルにあたって部屋じゅうを跳びはねるのが聞こえる気がした。

「ストーカー？」ホーキンスが言った。カチカチ音が彼の喉にも入りこんだみたいだった。顔の表情がまた変わった。皺が寄り、口がゆがむ。

「ストーカー」ピップは繰りかえした。ふたたび喉の奥がカチカチ鳴る。「だと思います」

「わかった」ホーキンスの口調は確信を持てないといった感じで、時間を稼ぐためか、白いものがまじった髪を掻いている。「われわれのほうで調べるために、実際に起きた――」

そこで口をはさんだ。「ふたつ以上の行動パターンがあります。その点はわかっています。

リサーチしましたから。いくつかの出来事がありました。実際にはいくつかではすみませんが。オンラインと……実生活の上で」

ホーキンスは手のなかに咳をした。壁から身体を離し、床を滑るようにして部屋を横切ってくる。靴がシュッシュッと鳴る音が秘密のメッセージのように聞こえる。警部補は金属製のテーブルに尻をのせ、脚を交差させた。

「オーケー。出来事とはどういうものかな?」

「これです」ピップはリュックサックに手をのばした。ホーキンスが見ているなかで、リュックサックをあけてなかを探る。大きくてかさばるヘッドホンをどかし、折りたたんだ紙を取りだす。「スプレッドシートにストーカー行為と思われる事例を記入してリストをつくりました。それとグラフも。あ、あと、写真も一枚あります」そう言ってから、スプレッドシートのページを開いてホーキンスに手渡した。

今度はこっちがホーキンスを見つめる番で、下を向いた彼の目がスプレッドシート上を走り、上から下へ動いたあと、また上に戻るのを観察した。

「ずいぶんたくさんあるな」相手にというよりも自分自身に向けたように言う。

「はい」

「〝きみが行方不明者になったら、誰がきみを探してくれるのかな〟」ホーキンスがストーカーからの質問を声に出して読んだ。彼の声で読まれるのを聞いて、うなじの毛が逆立つ。「それで、これはオンラインではじまったんだね?」

「はい」ピップはページの上半分を指し示した。「オンラインでのこの質問からはじまりました。最初はそれほどの頻度ではありませんでした。そのあとは、見てのとおり、発生頻度があがり、奇妙なことがオフラインで起きるようになりました。それらが関連しているとすると、確実にエスカレートしています。最初は車に残された花束、そして次には――」

「死んだハト」ホーキンスがグラフに指を走らせながら、かわりに締めくくった。

「はい。二度」

「この重大度というのはなんだい？」ホーキンスが顔をあげて訊いてきた。縦の列を見ていたらしい。

「それぞれの事例がどの程度、重大かを数字にあらわしたものです」

「そうか、わかった。それで、ひな型はどこで手に入れた？」

「自分でつくりました」いきなり足が重くなり、靴ごと床に沈んでいくような気がした。「リサーチしたんですけど、ストーキングについての公式な情報はあまり多くなくて。おそらく、より凶悪な犯罪への入口になる確率が高いにもかかわらず、警察においては優先事項とみなされていないからだと思います。脅迫や暴力に匹敵する行為に移行するかどうかを見定めるために、ストーキングの事例を分類する方法を見つけたかった。それで自分でつくったんです。どんなふうにつくったか、説明します。オンラインとオフラインの行動には三点の違いがあり――」

ホーキンスは握ったスプレッドシートを掲げて振り、話を中断させた。「だがどうしてこれらすべてが関連しているとわかるんだ？　この質問をオンラインで投げかけている人物と、それらの……ほかの出来事とが」

「もちろん確実なことはわかりません。真剣に考えるきっかけになったのは〝一個の石で鳥を二羽殺せる〟というメッセージでした。届いたのは二羽目のハトが私道に置かれた日です。頭のない状態で」ピップは最後の部分を付け加えた。

ホーキンスの喉が鳴ったような気がした。新たなべつのカチカチ音が。「それはどこでもふつうに見かける表現だな」

「でも二羽のハトが死んでいたんですよ？」すっと背筋をのばして言う。この会話がどこへ向かうかはもうわかっている。行き着くべきところへ行き着くだけ。ホーキンスのまなざしとこっちのまなざしがぶつかる。ホーキンスには確信がなく、それはこっちも同じ。でも自分のなかでなにかが動き、変化しているのが感じられる。皮膚の下を熱が走り、首もとと背骨が同時に熱くなる。

ホーキンスはため息をつき、無理やり笑おうとした。「いいかい、わたしは猫を飼っていて、帰宅すると、死んだ動物が一日に二体、置いてあることがある。たいていは頭がない。先週はわたしのベッドルームに置いてあった」

ピップは自分が守りに入ったのを感じ、背中にまわした手をきつく握りしめた。

「うちに猫はいません」声をかたくして端々を研ぎ澄まし、それで相手を切り裂く準備をした。

「そうかもしれないが、となり近所の誰かはおそらく飼っているだろう。二羽の死んだハトが置いてあったからといって、捜査を開始することはできないんだよ」

ホーキンスは間違っている？　彼の言い分は、自分自身に言い聞かせたこととまったく同じだ。

「チョークの人形《ひとがた》はどうですか？　これまで二度の事例があり、まえよりも家に近づいてきている」

ホーキンスはページをめくった。

「それの写真はあるかい？」ホーキンスが顔をあげて訊いた。

「ありません」

「ないのか？」

「写真を撮るまえに消えてしまったので」

「消えた？」ホーキンスの目が細まった。

最悪なのは、自分の言い分がどう聞こえるか、自分で正確にわかっていること。さぞかし精神的に不安定だと思われているだろう。しかしそれは自分が望んでいることでもある。自分は壊れていて、なにもないところに危険を感じていると思うほうが楽だから。それでもまだ頭のなかで炎が燃えていて、まぶたの裏が熱くなっている。

「写真を撮るまえに消えてしまいました。でも直接的な脅しと思われる写真はあります」ピップは自制を保って言った。「わたしのランニングルート上の歩道に書かれていました。〝死にゆく女の子《デッド・ガール・ウォーキング》〟と」

「まあ、もちろんきみの不安は理解できる」ホーキンスはページをめくった。「でもこのメッセージはきみの家の敷地に残されていたんじゃなく、公道に書かれたものだ。きみにだって自分が標的だとは断言できないんじゃないかな」

それは最初に自分に言い聞かせたことだった。でもいま言いたいのはそういうことじゃない。

「ところが断言できるんです。これはわたしに向けて書かれたものだと」まえはそうは思わなかったけれど、こうしてホーキンスの前に立って、少しまえまで自分に言い聞かせていた内容をそっくりそのまま相手の口から聞かされると、まえの考えなど脇に追いやられ、直感が告げていた側に気持ちがぐっと傾くのが感じられた。いまは心の底から確信している。すべては関連していると。自分はストーカーにつきまとわれ、さらにはその人物は標的に害をなすつもりでいると。個人的なことが動機で。ストーカーはこっちを憎み、すぐ近くにいる。

「もちろん、オンラインで荒らしからメッセージを送りつけられるのは不穏当だ」ホーキンスが言う。「しかし、きみが自分自身を有名にしたいま、起こりうると予想されたことだろう」

「自分自身を有名にした?」ピップはホーキンスを炎から遠ざけるために後ずさりした。「わたしは自分を有名にした覚えはないよ、ホーキンス。こんなふうになったのは、あなたのかわりにあなたの仕事をやらなきゃならなかったから。そっちとしてはサル・シンを永遠にアンディ・ベルを殺した犯人にしておけば都合がよかったんだよね。警察がそういう態度だから、すべてがご承知のとおりの展開になった。で、この人物がたんなるポッドキャストのリスナーではなく、そのへんにいる荒らしでもないのはあきらか。こいつは近くにいる。わたしが住んでいる場所を知っている。いやがらせじみたことで終わるわけがない」それで終わりはしない。けっして。

「きみがそう考えるのは理解する」相手の怒りを鎮《しず》めようとしているのか、ホーキンスは手を掲げ、てのひらをこっちに向けて言った。「ネット上で有名になり、きみに近づく権利があると見知らぬ人に思われるのは、心底恐ろしいにちがいない。有害なメッセージを送りつけるのは自分たちの権利だと思われるのは。しかしそういう事態になることを、ピップもある程度は予測していたんじゃないのか？　それに、ポッドキャストのリスナーである一般人から有害なメッセージを受けとったのはきみだけじゃない。シーズン１が配信されたあと、ジェイソン・ベルもそういうメッセージを受けとっている。私的な場で会ったときに本人から聞いた。彼とはたまにテニスをする仲でね」ホーキンスは説明を交えて言った。「しかし、いずれにしろ、申しわけないが、オンラインのメッセージと、そのほかの出来事のあいだのはっきりしたつながりがわたしには見えない」〝出来事〟という言葉を意味ありげに強く言おうとしたためか、音が口の端からもれだしたように聞こえた。

この人はこっちの言い分を信じていない。あれだけいろんなことがあったのに、ホーキンスはわたしを信じていない。警察に出向いてもこういう事態になるとわかっていたし、ラヴィにも警告したが、実際にそうなってみると、ホーキンスが自分を信じてくれないことに呆然とし、信じられるのは自分自身だけという思いが強くなった。皮膚の下を燃え立たせていた熱がちがうものに変化する。冷たくずしりと重い、裏切られたという思いに。

ホーキンスはスプレッドシートをテーブルに置いた。「ピップ」声がやさしく、穏やかになっている。迷子に語りかけるときにこういうふうにしゃべるのだろう。「きみがこれまでに体験したことを考えると……本来なら警察がすべきことをきみがひとりでやらねばならず、それに対してはほんとうに申しわけないと思っている。しかしきみは、もしかしたらそこにはないものを見ているのかもしれない。あれだけのことを経験してしまったのだから、それは無理もないことだと思う。あらゆるところに危険の兆《きざ》しを見てしまうのは。しかし……」

少しまえまでは自分も同じように考えていたが、それでもホーキンスの言い分を聞いていると腹を殴られた気がしてくる。警察へ来ればなにか解決策が見つかるかもしれないと、どうして自分はそんな淡い期待を抱いていたのだろうか。愚《おろ》かだった。ほんとうにばかだった。

「わたしが話をつくっているとあなたは思っているんですね」ピップは言った。これは問いかけではない。

「いや、ちがう、そうじゃない」ホーキンスが早口で言う。「きみはいろんなことと折り合いをつけているんだと思う。あんな目に遭ったせいで負った心の傷をいまでもかかえていて、おそらくその影響で今回の件をそういうふうに見ているのかもしれない。つまらない話だが聞いてほしい……」ホーキンスはそこで間をおき、関節のあたりの皮膚をつまんだ。「はじめて目の前で人が死ぬのを見たとき、わたしはずいぶん長いこと立ち直れなかった。被害者は若い女性で、刺されて亡くなった。わたしの身に起きたことが、きみにも起きているんじゃないだろうか」ようやく顔をあげたホーキンスがぎらつく目でこっちの視線を受けとめる。「きみはケアを受けているか？　誰かと話をしているかい？」

「いまここであなたと話をしている」ピップは声を張りあげて言った。「助けてほしいとあなたに頼んだ。わたしが間違ってた。世間というものをもっとよく知っておくべきだった。こんなふうにあなたとひとつの部屋にいて、お願いがあります、ジェイミー・レノルズを見つけてください、と頼んだのはそれほど昔の話じゃない。あのときもあなたはノーと言い、いまもまたわたしたちは同じ光景を見ている」

「わたしは〝ノー〟とは言っていない」ホーキンスはそう言って、握りしめた手のなかに小さく咳をした。「わたしはきみを助けたいと思っているんだ、ピップ、ほんとうに。だが死んだハトが二羽と歩道に書かれたメッセージでは……それだけではわたしにできることはそんなに多くない。きみにもわかるはずだ。もちろん、きみに不快感を与えている人物に心あたりがあるなら、その人物あてに警告書《PIN》を発行することも検討でき――」

「心あたりなんてあるわけない。ぜんぜんわからないからここに来てるんだから」

「わかった、わかったよ」最初の〝わかった〟は大声ではじまり、だんだんと声は尻すぼみになった。自分の声を低くすることで、こっちにも声を抑えるよう、うながすみたいに。「そうだな、家に帰ってから、知っている者のなかできみにつきまとう可能性のある人物に心あたりがないか、ちょっと考えてみてほしい。きみに恨みを持っていると思われる人物とか――」

「敵のリストをつくれってことですか？」ピップは鼻先で笑った。

「いや、敵じゃない。もう一度言うが、今日の話だけでははっきりしないんだよ。それらの出来事が関連しているのか、誰かがきみを標的にしているのか、その人物がきみに害をなそうとしているのかどうかが。しかし、知り合いのなかできみにつきまとい、怖がらせる可能性がある人物に思いあたったら、その人物から話を聞くことを検討しよう」

「すばらしい」ピップは空疎《くうそ》な笑いを浮かべながら言った。「あなたがそいつのところへ出向くことを検討してくださるなんて、ほんとうれしい」そこで手を叩くと、ホーキンスは顔をしかめた。「ストーカー犯罪の五十パーセント以上が通報されない理由は、まさにこれなんですよ。いまわれわれが交わした会話こそが。警察のすばらしい成果にまたひとつ事例が加わり、ほんとうにおめでとうございます」ピップはすばやく前に出て、ホーキンスのすぐ脇にあるテーブルからスプレッドシートをさっとつかんだ。とたんにページがばらけて両者のあいだに落ち、ホーキンス側と自分側を隔てる境界線を引く形になった。

自分はストーカーにつきまとわれている。よくよく考えた結果、ピップは思った。この事態はまさに自分が望んでいたものにちがいない。ジェーン・ドウではなく、これなのだ。あとひとつ、適切な事件を解決する。その機会が自分に訪れた。全世界が一致協力して、今度だけは自分の願いを叶えてくれたのかもしれない。このストーカー案件こそが、間違いなく望んでいた事件だ。グレイゾーンが一ミリもなく、モラル的にあきらかに正しいものとあきらかに誤ったものしかない。一方にいる人物はこちらを憎み、傷つけたいと願うゆえに悪そのもの。もう一方にいる自分はまったくの善ではないが、まったくの悪とは言えない。望みどおりのきっちりとした対比。今回ターゲットとなっているのは自分だ。ふたたびへまをしても、巻き添えを食う者はなく、手が誰かの血にまみれることもない。自分しかいないのだから。しかしうまくやれば、おそらくみずからを立ち直らせることができるだろう。

やってみて損はない。

ぎゅっと締めつけられていた心臓のあたりが楽になり、胸のなかに余裕が生まれた気がするのと同時に、覚悟が決まって胃が鋼のように冷たくなるのが感じられた。古い友人が戻ってきたのを歓迎したい気分。

「頼むからピップ、そんなふうに言わないでくれ——」ホーキンスは言葉を選んでいるらしく、小さな声で言った。

「わたしはこういう人間ですから」ピップは吐き捨てるように言い、リュックサックのなかにスプレッドシートを入れて、いらだちもあらわにジッパーを閉めた。「それと」袖で鼻を拭き、胸いっぱいに息を吸いこむ。「時間を割いてくださってありがとうございます」リュックサックを肩にかけ、第三取調室のドア口で立ちどまる。「あとひとつ」ドアハンドルに手をかけて言う。「いままで教わったなかでもっとも重要と思える教訓をチャーリー・グリーンは授けてくれました。人は正義を法の外側で見つけなければならないときがある、と彼は教えてくれたんです。彼は正しかった」ピップはホーキンスを見つめかえした。警部補はこっちの視線から身を守るように胸の前で腕を組んでいる。「でも実際のところ、彼はそれ以上、深く考えてはいなかったようです。たぶん、正義は法の外側でしか見つけられない。ここみたいな警察署の外側でしか。あなたみたいな警察官は〝よくわかるよ〟と言うけれど、けっして理解していない」

ホーキンスは組んでいた腕をおろして口を開きかけたが、ピップはなにも言わせなかった。

「チャーリー・グリーンは正しかった。チャーリーが警察につかまりませんように」

「ピップ」声が鋭くなった。噛みつくような口調は、結果的にこっちが引きだしてしまったもの。「むちゃくちゃなことを――」

「ああ、そうだ」ホーキンスの言葉をさえぎる。手はドアハンドルをきつく握っている。金属製のハンドルをひん曲げてやる、指紋を永遠に残してやる、といわんばかりに。「ひとつお願いがあります。もしわたしが行方不明になっても探さないでください。お手を煩《わずら》わすのは心苦しいですから」

「ピッ――」

自分の名を聞きおえないうちにドアを勢いよく閉めた。廊下じゅうにあの日の銃声が響きわたる。六発の銃弾が肌を突き抜けて肋骨に達し、もともとの居場所に戻って胸のなかを跳ねまわる。

銃声と銃声のあいだに、カツカツという新しい音が加わる。足音。こちらへ向かって誰かが廊下を歩いてくる。濃い色の制服を着て、長めの茶色い髪をオールバックにし、こっちを見て目を見開いている。

「だいじょうぶか?」廊下を急いでいるときにダニエル・ダ・シルヴァが訊いてきた。双方の歩く勢いであたりの空気がかき乱されている。ピップは彼の顔に浮かんだ心配そうな表情をちらりと見ただけで、足をとめずに歩を進めた。答える時間も、立ちどまったり、会釈したり、ぜんぜんだいじょうぶじゃないのに〝だいじょうぶです〟と告げたりする時間はない。

とにかく警察署から出なければ。拳銃が自分のなかに棲みつくようになったこの警察署の腹のなかから。あの日、自分が救えずに死んだ男の血を全身にこびりつかせ、この廊下を逆方向へ歩いていた。ここでは助けを望むべくもなく、今度も自力でなんとかしなくてはならない。でも自分にはラヴィがいる。いまはただ、この悪夢そのものの場所から出なければならない。そして二度と戻らない。

ファイル名：

敵である可能性のある人物のリスト.docx

●マックス・ヘイスティングス：わたしを憎む理由がいちばん多くある＝第一容疑者。彼は危険で、わたしたちはみなそれを知っている。わたしも彼を憎んでいる。これほどまで人を憎めるとは思いもよらなかった。もしストーカーがマックスで、わたしをつかまえようとしているなら、**こっちが先にやつをつかまえてやる。**

●マックスの両親：？

●アント・ロウ：あきらかにわたしを憎んでいる。アントをロッカーに押しつけて停学処分を受けたあと、一度だけ彼に話しかけたことがある。彼はグループのなかではつねにいたずら好きで、いたずらが度を越すこともあった。ストーカーが彼である可能性は？　彼をロッカーに押しつけた意趣返し？　しかし最初の〝誰がきみを探してくれるのかな〟のメッセージが送られてきたときは、まだアントとは仲違いしていなかった。

●ローレン・ギブソン：アントと同じ理由。彼女はあきらかに卑劣な人間で、ストーキングのような行為にもやすやすと手を染めると考えられる。アントに持ちかけられた場合なら、なおさらに。けれど、死んだ鳥は彼女のやり口とは思えない。コナーとカーラとザックはもはやアントやローレンとは口をきかず、ローレンはそれをわたしのせいにしている。いずれにしろ、彼女のくそ忌々しいボーイフレンドはわたしを嘘つき呼ばわりすべきじゃなかった。嘘つき、嘘つき、嘘つき、嘘つき、う、そつき、嘘つ、き、嘘、つき。

•トム・ノヴァク：ローレンの元彼。ポッドキャストに登場するためだけに、ジェイミー・レノルズに関する偽情報をわたしに伝えた。わたしを利用し、わたしはだまされた。お返しに、大勢の生徒たちの前で、それとオンラインで、彼に恥をかかせてやった。シーズン2が配信されたあと、彼はソーシャルメディアのアカウントを削除した。トムにはわたしを憎むあきらかな理由がある。彼はまだリトル・キルトンにいる。カーラがカフェで彼を目撃している。

•ダニエル・ダ・シルヴァ：いまはナタリーとわたしは仲のいい友人同士だけれど、彼女の兄は過去に二度、わたしが取り組む事件の容疑者になった。アンディの事件とジェイミーの事件で。ダニエルを容疑者リストに載せたことをわたしはポッドキャストで認めたので、間違いなく彼は知っている。また、彼が〝レイラ〟と話をしていた件をわたしが暴露したせいで、奥さんとのあいだにトラブルが発生した可能性がある。

•スーパーマーケットの店員のレスリー：彼女の姓はわからない。しかしラヴィとのちょっとした出来事が原因で、彼女はわたしを憎んでいる。またこの人物はスタンリーの葬式を妨害しにきたメンバーのひとり。わたしは彼女に向かってどなった。あの人たちはなぜあの場に集まったのか。どうしてスタンリーをほっといてくれなかったのか。

●メアリー・サイズ：べつの妨害者。彼女はスタンリーの友人のひとりだった。〈キルトン・メール〉で彼といっしょに働くボランティアでもあった。リトル・キルトンを〝わたしたちの町〟だと言い、スタンリーはそこに葬《ほうむ》られるべきではないとのたまった。たぶんわたしにも〝彼女の町〟から出ていってほしがっている。

●ジェイソン・ベル：わたしはアンディ・ベルの身に起きた真実を見つけ、それがベル一家にさらなる苦しみを与える結果になった。彼らの末娘のベッカがアンディの事件にかかわっていたと知ることになったのだから。それに加え、アンディが亡くなって五年もたったあとに、すさまじい量の報道陣やメディアの関心を彼らの生活にふたたび向けさせることになってしまった。どうやらジェイソンはホーキンス警部補といっしょにテニスをする仲らしく、ジェイソンはポッドキャストのせい、つまりわたしのせいでいやがらせを受けているとホーキンスに不満をもらした。ジェイソンの二度目の結婚は破綻《はたん》した——これもわたしのポッドキャストのせい？　彼はいまアンディの母親のドーンとの暮らしに戻り、アンディが死亡した家に住んでいる。

・ドーン・ベル：ジェイソンと同じ理由。おそらくドーンはジェイソンには家に戻ってきてほしくなかっただろう。わたしの調査はジェイソンが善良な人間ではないことを示唆《しさ》していた。彼は妻や娘を支配し、心理的に虐待していた。ベッカは父親について話そうとしない。ドーンは自分の人生に彼が舞いもどってきたことでわたしを恨んでいるだろうか。彼女に恨まれることをわたしはしたか。こちらにはそういうつもりはなかったのだが。

・チャーリー・グリーン：ストーカーはチャーリーではない。彼ではないとわかっている。彼がわたしを傷つけようとしたことは一度もない。農家に火をつけたのはたしかだけれど、スタンリーの死を確認したあと、わたしには彼を残して立ち去ってほしかったのだと思う。理由はわかっている。チャーリーはわたしを傷つけたくなかったから。そうすべき理由があったとはいえ、彼はわたしを励まし、助けてくれた。でも客観的に見れば、当然、彼をこのリストに載せなくてはならない。わたしは彼が犯した第一級殺人の唯一の目撃者だから。彼はいまだに逃亡している。わたしの証言なしに、陪審は有罪の評決を下すだろうか？　論理的には彼がリトル・キルトンにいてもおかしくない。でもストーカーはチャーリーじゃない。わたしにはわかる。

・リチャード・ホーキンス警部補：死ね。

ひとりに対してこれほど多くの敵がいるのはふつうなのだろうか？　わたしは問題だらけの人間？

いつの間にか、ずいぶん遅い時間になってしまった。

彼らがわたしを憎む理由は理解できる。

わたしも自分を憎むかもしれない。

11

指についたチョークの粉は、乾いてざらざらしている。でも指に粉はついていない。いまは目覚めているから。夢から無理やり引きもどされ、目はしっかりとあいている。目が乾いてざらざらする気がするけれど、指にはなにもついていない。そこで身体を起こす。

部屋のなかはまだ暗い。

自分は眠っていた？

眠っていたにちがいない。そうじゃなかったら、どうやって夢を見る？

〝それ〟はすぐそばにいて、こっちの頭をコツコツつついてきた。ついさっきまでは生きていたようだ。いや、生きてなんかいない。たんなる想像。

とてもリアルに感じられた。カップの形に丸めた両手のなかに重みがあった。まだ温かくて、暗い夜の冷たさを寄せつけていなかった。指を曲げて触れてみると、羽はとてもやわらかくてつやつやしていた。目と目を見あわせる。もしくは頭があったなら、そうしていただろう。私道を横切って死んでいる小さなハトを運びながら、少しも奇妙には感じなかった。それどころか、こうすべきだと考えていた。とてもやわらかくて、手放したくなかった。でも手放さなきゃならず、死んでいる鳥をレンガ敷きの私道の上に置き、頭があったはずの空間が自分の部屋の窓に向くよう、身体を少し動かした。カーテンの隙間からのぞいて、ベッドで眠るピップを見られるように。どこにいようと。

でも夢はそこで終わらなかった。身体を休めるまえにもうひとつすべきことがあった。もうひとつのタスクが。チョークはすでに手のなかにあったけれど、死んだハトを持っていたときと同じような心地よさはなかった。このチョークはどこからあらわれた？　その点はわからなかったが、それでなにをすべきかはわかっていた。最後に見たチョークの人形《ひとがた》がどこにあったか思いだしながら、私道を引きかえした。家のほうへ向かって、足をとめては前進するを三度繰りかえした。人形《ひとがた》を描く新たな場所を見つけるために。

冷たい私道に膝《ひざ》をつき、手に持ったチョークを道に突き立て、レンガの線に沿ってチョークを引くうちに指が赤くなってヒリヒリしてきた。下のほうに脚。上のほうに身体。横線が両腕。頭はなし。それを繰りかえしていくうちに、五つの棒人間ができあがってそれらがみんなで踊りだし、ベッドで眠っているピップのほうへゆっくりと近づいていき、いっしょに踊ろうと誘いかけた。

自分は踊りの輪に加わるのだろうか？　わからないけれど、じきに描きおわり、チョークが手から落ちて小さくカランと鳴った。指についたチョークの粉は、乾いてざらざらしていた。

そのとき、無理やり夢からさめ、指をしげしげと眺めてどれが現実でどれが現実じゃないかを考えた。翼がパタパタとはためくように鼓動が速まり、身体のほかの部分にさっさと起きるよう、うながしてくる。これではふたたび眠れそうにない。

そこで時刻を確認した。午前四時三十二分。眠る努力をすべきだろう。二時間前にベッドに入ったばかりなのだから。こういう朝の早い時間帯には、いつも無慈悲に時刻を告げられる。助けなしにふたたび眠りにつくのは、もはや不可能。

ピップは闇をとおして机の引き出しを見つめた。抵抗してもむだだ。上掛けをはねのけると、冷たい空気が見えない牙となってむきだしの肌に嚙みついてくる。引き出しのなかを探り、偽の底を持ちあげて、その下に指を這わせて小さなビニール袋を探す。もうそんなにたくさん残っていない。すぐにでもまたルーク・イートンにテキストメッセージを送り、クスリを売ってくれと頼まなくてはならない。そのための使い捨て携帯が並んで待機している。

〝最後にもう一度だけ〟って言って、そのあとどうなった？

ピップは錠剤を吞み下し、唇《くちびる》を嚙んだ。この数カ月は〝最後にもう一度〟とか〝もう一度だけ〟ばかりだった。どれも嘘じゃなかった。そのときは本気でそう思っていたのだから。でもいつも最後には負ける。

そんなに大問題じゃないし、すぐに問題じゃなくなる。計画が、新しい計画があるのだから。それが動きはじめれば、もう二度と負けない。すべてがふつうに戻るはずだ。人生がまさに求めていたものを授けてくれた。チョークの人形《ひとがた》を、死んだハトを、それらをこちらのために残していった人物を。これは贈り物で、しっかりと記憶にとどめ、ホーキンスが間違っていることを証明してやる。最後に取り組む事件、それがドア口に置かれていた。今回、挑む相手はストーカー。アンディ・ベルでも、サル・シンでもなく、エリオット・ワードでもベッカ・ベルでもない。ジェイミー・レノルズでも、チャーリー・グリーンでも、スタンリー・フォーブスでもないし、ジェーン・ドウでもない。ゲームの様相は変わった。

ピップ・フィッツ＝アモービ対ストーカー。

自分を救い、自分自身を救う。

12

これにはスリルみたいなものがある。見られているとは思いもしない相手を観察するのは。相手にとってこちらは透明人間。完全に姿が消えている。

ラヴィがわが家へつづく私道を歩いてくる。こっちはもう何時間も自分の部屋の窓辺にいて、外を眺めている。ラヴィは両手を上着のポケットに突っこんで、髪は寝ぐせがついたまま、空気を嚙んでいるみたいに口をおかしなふうに動かしている。歌を口ずさんでいるのかもしれない。いっしょにいるときにあんなふうにふるまうラヴィをこれまで一度も見たことがない。これはラヴィの別バージョン。本人はひとりきりで誰にも見られていないと思っている。ピップはラヴィをじっくり観察し、自分といっしょにいるときとの微妙な違いを見つけようとした。思わず笑みを浮かべ、ラヴィはなんの歌をうたっているのかと考える。このラヴィも同じくらい大好きになるだろうけれど、いつものラヴィが見つめてくるときのまなざしをきっと恋しく思うだろう。

観察の時間はおしまい。おなじみの〝長く、短く、長く〟のラヴィのノックがかすかに聞こえてくるけれど、自分は動かずにここにいて、私道を監視していなきゃならない。パパが玄関口でラヴィを迎えてくれるだろう。パパはラヴィとふたりきりのちょっとした時間が楽しみでしかたないらしい。不適切なジョークを飛ばしまくり、サッカーやラヴィの勉強ぶりについてのべつ幕なしにしゃべりつづけ、最後に愛情をたっぷりこめてラヴィの背中をぽんぽんと叩く。その間《かん》にラヴィは靴を脱いでドアの近くにきちんと並べ、靴ひもを靴のなかに入れるのを忘れず、パパのためにとっておいた、ここぞというときの笑い声をあげる。自分が望んでいるのは、たったこれだけ。もう一度、ささやかなふつうの時間を生きること。自分が出ていってかき乱したら、どういうわけかその風景はすっかり変わってしまう。

ピップは瞬《まばた》きを繰りかえした。長い時間、私道のある一点を見つめていたせいで涙目になり、窓からは日の光が容赦なくさしこんでくる。それでも目を離してはいけない。見落としてしまうかもしれないから。

たまに膝をポキポキ鳴らしながら軽やかに階段をのぼってくるラヴィの足音が聞こえてきて、心拍数があがる。心地よい胸の高鳴り。銃を撃ちたくてむずむずしているのとはちがう。だめだよ、いまそんなふうに考えちゃ。どうしてこんなすてきな瞬間を台無しにしなくちゃならないの？

「ハロー、部長刑事」キーという音とともにドアを大きくあけてラヴィが言った。「ラヴィ捜査官、ボーイフレンドの義務について報告いたします」

「ハロー、ラヴィ捜査官」そう言うと、自分の息で目の前の窓ガラスが曇《くも》った。顔をしかめていようと思ったのにやっぱり無理で、つい微笑《ほほえ》んでしまう。

「よくわかりました」とラヴィ。「振り向いてもくださらないのですね。とてもお怒りのごようすで。ハグもだめ、キスもだめ。もちろん〝おお、ラヴィ、ダーリン、今日は恐ろしいくらいにハンサムで、春の夢のようなにおいがする〟もだめ。ああ、ピップ、ぼくの愛しい人、きみはやさしすぎて気づけない。きょうは新しい制汗剤をためしているのに」そこで間《ま》。「いや、しかしまじめに、きみはなにをしてるんだい？　ぼくの声が聞こえてる？　ぼくは幽霊なのかな？　ピップ？」

「ごめんなさい」ピップは目をそらさずに言った。「ただ……わたしは私道を監視してるの」

「きみが、なんだって？」

「私道を監視してるの」窓ガラスに映る自分の姿を見ながら言う。

ベッドが重みできしんだ。ラヴィが反対側のマットレスに乗って膝を立て、こっちと同じように窓台に肘《ひじ》をついてガラス窓に目を向けている。

「なんのために監視してるんだい？」ラヴィが訊いてくる。ピップはちらりとラヴィを見た。目が日の光を浴びて輝いている。

「えっと……鳥が来るかと思って。ハトが。私道にパン屑《くず》をまいた。ハトを見つけたのと同じ場所に。私道の脇の草むらにもハムのかけらをまいといた」

「そうなんだ」ラヴィは困惑気味に音《おん》を引きのばして言った。「で、なんでそんなことを？」

ピップは肘でラヴィをさっとつついた。理由ははっきりしてるでしょ？「なぜなら」ことさらにこの言葉を強調する。「わたしはホーキンスが間違っていることを証明しようとしているから。あれが近所の猫のしわざだなんてありえない。だから実験のために申しぶんのないエサをまいといたの。猫はハムが好きでしょ？　彼は間違っていて、わたしの頭はおかしくない」

今朝はカーテンの隙間からさしこむまぶしい光で予定よりも早く目覚め、クスリの影響でぼんやりしていた頭もすっきりした。三時間眠って目覚めたときにはこの実験はいいアイデアだと思えたけれど、いまラヴィの目に浮かぶ〝それはどうかな〟という表情を見て、自信が揺らいだ。またしても足がかりを失ってしまった。

自分に注がれるラヴィの視線を感じて頬が熱くなる。ちょっと待って、ラヴィったらなにしてんの？　相棒に協力して、鳥を見張らなきゃいけないのに。

「ヘイ」ラヴィが小さな声で言った。ささやきより少しだけ大きな声。

しかしピップはラヴィが言ったことを聞いていなかった。空に黒い物体があらわれ、翼を広げた影がどんどん大きくなって私道に舞い降りようとしている。影が急降下してきて小枝のような足で地面に着地し、まかれたパン屑のほうへ跳ねていくのをピップは目にとめた。

「もう」息を吐きだす。あれはハトじゃない。「いらつくカササギ」そう言って、カササギが小さな四角いパン屑を嘴《くちばし》ですくいあげたあと、べつのパン屑へ急ぐのを見つめた。

「一羽は悲しみ（イギリスのカササギに関する数え歌。二羽は喜び）」とラヴィ。

「リトル・キルトンにはカササギはいっぱいいるよ」答えているうちに、カササギは三つめのパン屑を拾った。「ヘイ」自分でも驚いたことに、ふいに大声が口から飛びだし、拳が窓を叩きはじめた。「ヘイ、あっちへ行け！　計画がだめになっちゃう！」拳が激しく窓ガラスを打ち、このままだとガラスが割れるか、拳を痛めるか、どちらが先かわからないとうっすらと考えた。「あっちへ行け！」カササギは宙に舞いあがり、飛び去った。

「こらこらこら」ラヴィが早口で言い、こっちの両手をつかんで窓ガラスから引き離し、自分の手で包みこんだ。「ほらほら、もう」そう言って首を振る。声はかたいけれど、手首をなでるラヴィの親指はやわらかい。

「ラヴィ、窓が見えないよ、鳥が見えない」ピップは首をのばして、ラヴィではなく、窓の外を見ようとした。

「だめだよ、外なんか見なくていい」ラヴィがあごの下に指をさしいれてきて、視線を自分のほうに向けさせた。「ぼくを見て、頼むから。ピップ」そこでため息をつく。「こんなことをしてもきみのためにならない。ぜんぜん」

「わたしはただ――」

「きみがなにをしようとしているかはわかっている、わかってるよ」

「彼はわたしを信じてくれなかった」ピップは小声で言った。「ホーキンスはわたしの言い分を信じなかった。誰もわたしのことを信じてくれなかった」ときどき自分でも自分が信じられなくなる。昨夜の夢のあとは新たな疑念の波に呑まれ、じつはハトもチョークの人形《ひとがた》も自作自演なのではないかとまで考えてしまう。

「そんなことはない」ラヴィが手をさらにきつく握ってくる。「ぼくはきみを信じている。これからだってずっと、なにがあろうと。きみを信じるのがぼくの仕事だから。わかったかい？」ラヴィがこっちの視線をしっかりとらえてくれる。それで安心したのか、ふいに目が潤《うる》んで重たくなり、重くなりすぎてついに涙をこらえきれなくなった。「苦しむときもいっしょだ。ラヴィとピップはチームなんだから。何者かがきみあてに死んだハトを残し、チョークの人形《ひとがた》を描いた。それが真実だと証明する必要はない。自分自身を信じればいい」

ピップは肩をすくめた。

「それに率直に言って、ホーキンスはまぬけだし」ラヴィはかすかに笑いながら言った。「ピップは憎たらしいほどつねに正しいってことを彼がいまだに学んでいないんなら、この先も絶対に学習しないだろうなあ」

「絶対に」ピップはラヴィの言葉を繰りかえした。

「そのうちに落ち着く」こっちの手の指と指のあいだをなぞりながらラヴィは言った。「すべてだいじょうぶになる、かならず」そこで間をおき、ラヴィが目の下のあたりをじっと見つめてきた。「昨日の晩はぐっすり眠れたかい？」

「うん」ピップは嘘をついた。

「よかった」そこで手を打ち鳴らす。「きみを家から連れだしたほうがよさそうだな。さあ、立って、立って。靴下をはきな」

「なんで?」ピップは言い、ラヴィが立ちあがったあとでベッドに沈みこんだ。

「散歩に出よう。〝まあ、なんてすばらしいアイデアでしょう、ラヴィ。あなたってほんとに頭がよくてハンサム〟ピップ、なにをわかりきったことを。そういう言葉はパンツのなかに隠しておきな。きみのパパが下にいるから」

ピップはラヴィにまくらを投げつけた。

「さあ」ラヴィに足首をつかまれてベッドから引きずりおろされる。上掛けといっしょに床に滑《すべ》り落ちると、ラヴィがくっくと笑った。「ほらほら、スポーティ・スパイス（ポップグループ、スパイス・ガールズのメンバー、メラニー・チズムの愛称）、ランニングシューズをはいて、お望みならぼくのまわりをぐるぐる走ってもいいよ」

「いまやってる」ピップは答え、そのへんに脱ぎ捨ててあった靴下に足を突っこんだ。

「ほらほらほら、さっさとはきな、部長刑事」立ちあがった拍子にラヴィに背中を叩かれた。

「さあ、行こう」

効果は抜群だった。ラヴィがおちゃらけていても、効き目に変わりはない。頭には行方不明という文字も、死んだハトも、チョークの線も、ホーキンス警部補の顔も浮かんでこなかった。階段をおりる途中も、パパに呼びとめられてうす切りハムがどこにあるか知らないかと訊かれたときも、私道を歩いている最中でさえも。ラヴィがこっちのジーンズに指を引っかけて、どんどん森のほうへ引っぱっていく。ハトもいないし、チョークもないし、鼓動にまぎれこむ六発の銃声も聞こえない。存在するのはふたりだけ。チーム・ラヴィ・アンド・ピップ。意味のないあれこれが頭にぼんやりと浮かんだきり、あとはなにもなし。深みにはまらないし、闇に引きずりこまれもしない。ラヴィが頭のなかで壁になり、すべてを跳ねかえしてくれる。

不愛想な顔っぽい木を見て、あれはラヴィが目覚めたときの顔に似ていると冗談を飛ばす。ラヴィを最初にケンブリッジに招く時期を相談する。オリエンテーションの期間が終わったあとの週末にする？　ケンブリッジに行くと思うと緊張するかな？　買わなきゃならない本はまだある？

ふたりはくねくねとつづく森のなかの道を歩いていった。ラヴィがこの同じ森をふたりではじめて歩いたときのようすを再現してみせた。アンディ・ベルの事件についてピップが矢継ぎ早に自説を述べたシーンを。ピップは声を立てて笑った。ラヴィはほぼすべての言葉を正確に覚えていた。最初の散歩のときはバーニーがいっしょにいて、木々の合間から金色の毛並みがちらちらと見えていた。三人そろっての散歩。ラヴィが木の棒きれでからかうと、バーニーはちぎれんばかりに尻尾を振った。振りかえってみると、あのときにぴんときたのだとピップは思った。お腹がぎゅっと締めつけられた？　それか、頭がぼーっとなった？　もしくは肌の下を熱いものが走っていたとか？　あのときはなにも気づかなかったし、なにもわからなかったけれど、自分のなかのどこかで〝きっとこの人を大好きになる〟と察知していたのだろう。ちょうどあのときに。彼の亡くなったお兄さんと、殺された女の子について話をしているときに。

結局はすべてが〝死〟に戻ってくる。ああ、だめ、死について考えたとたん、いままでの心地よさが消えてしまった。壁が倒れてしまった。

注意を外に向けると、一匹の犬が下草のなかを突き進んできて、吠えながらジャンプし、こっちの脚に両方の前足をかけた。ビーグル。この犬を知っている。犬のほうもこっちを知っている。

「いい子だね」犬をなでていると、またべつの音が聞こえてきた。ふた組の足音が早くも散った葉を踏みしめている。よく知っているふたつの声を響かせながら。

木立のなかを歩いてくる二名の姿があらわれたと同時に、ピップは動きをとめた。

腕を組むアントとローレン。こっちが誰かわかった瞬間に四つの目が見開かれた。

こんなところで会うとは、ピップは予想だにしていなかった。ローレンは息を呑んだあと、口に手をあてて咳《せ》きこんだ。ふたりも足をとめた。あちら側にはアントとローレン、こっち側にはラヴィと自分。

「ルーファス！」ローレンの大声が森じゅうに木霊《こだま》する。「ルーファス、こっちへおいで！その人から離れなさい！」

犬は飼い主のほうを見て、首をかしげた。

「わたしはあなたの犬をいじめたりしないよ、ローレン」ピップは声を平静に保って言った。

「わからないぞ、相手がきみの場合は」アントはポケットに手を突っこんで、陰険な口調で言った。

「ちょっと、やめてよ」ピップは鼻で笑った。ルーファスをもう一度なでたくて手がむずむずする。そう、ローレンを挑発するために。ほら、怒りなよと。

ローレンにこっちの胸のうちを読まれたのか、彼女の目がきらりと光った。ローレンがふたたび大声で犬を呼ぶと、ルーファスは迷ったあげくに飼い主のもとへ戻っていった。「知らない人のところへ行っちゃだめでしょ！」ローレンはルーファスに向けて言い、指で犬の鼻をとんとんと叩いた。

「へんな人」ピップはふたたび鼻先で笑い、ラヴィを見た。

「なんだと？」アントが吠え、背をぐいっとのばした。そんなことをしてもむだ、とピップは思った。いまだにこっちのほうがアントより背が高いのだから。アントなんていつでもやっつけられる。まえに一度やっつけたことがあるし、いまの自分はもっと強くなっている。

「あんたのガールフレンドはへんな子だって言ったの。三度目になるけど、もう一回、言ってあげようか？」

触れあっているラヴィの腕がこわばるのがわかった。彼は誰かと対立するのも喧嘩するのも嫌いだけれど、こっちが頼めば相棒のために闘ってくれるだろう。いまは頼む必要はない。自分でなんとかできるから。自分が生き生きしているのを感じて、もしかしたらこういう邂逅《かいこう》を待っていたのかもしれないとも思った。

「彼女のことをそんなふうに言うのはやめろ」アントはポケットから両手を出して両脇に垂らした。「なんでまだ大学へ行ってないんだ？　ケンブリッジはちょっとまえに新学期がはじまったと思うが」

「あいにくと、まだなんで。あんたたち、わたしが……行方不明になるのを待ってる？」

ピップはふたりの顔を注意深く観察した。一陣の風が吹いてローレンの茶っぽい赤毛が額《ひたい》に巻きつき、髪のあいだから細めた目がのぞいた。ローレンはその目を瞬《しばたた》かせている。アントは口の片側をあげてあざ笑っている。

「いったいなんの話だ?」アントが言う。

「わたしにはわかってる」ピップはうなずいた。「あんたは心底バツが悪い思いをしているはず。わたしとコナーとジェイミーが結託してお金のためにジェイミー失踪を演出したと非難したんだからね。レイプ魔が無罪放免になったニュースが流れた数時間後に。記者たちにジェイミー失踪は芝居だと話したのはあんたたちでしょ? でももうそのことはどうでもいい。いまジェイミーは生きていて、もうひとりの男は死んだ。あんたたちはそのぜんぶをばからしいと思ってるんだもんね」

「あの男は死んで当然だったんだよ。だから、結局のところ、すべて丸くおさまったんじゃないの?」

アントがウインクした。

こいつはわたしにウインクした。

心臓に拳銃が戻ってきて、アントの胸に銃口が向く。ピップは背を丸め、歯をむきだした。

「そういうことは二度と言うな」歯のあいだから暗く危険に満ちた言葉を押しだす。「わたしの前で二度と言うな」

ラヴィにふたたび手を握られたみたいだけれど、まったくなにも感じない。いまはもう自分の身体のなかにはおらず、少し先に立って、ラヴィに握られているはずの手をアントの喉にかけている。きつく、さらにきつく、喉を締めつける。ラヴィの指のなかにおさまっているはずの手で。

それを感じとったのか、アントは一歩、後ずさり、もう少しで犬につまずいて転びそうになった。ローレンはふたたびアントの腕に自分の腕をからめ、互いの肘と肘をぴたりとくっつけた。人間の盾とでもいうように。しかしそんなのは屁でもない。

「わたしたち、まえは友だち同士だった。なのにいまは死んでほしいと思うくらいわたしを憎んでるの？」ピップは言った。風が声をどこかに運び去る。

「いったいなんの話？」ローレンが吐き捨てるように言い、アントの腕をさらに強くかかえこむ。「あなた、すっかり頭がおかしくなってる」

「おーい」となりにいるはずのラヴィの声が、どこか遠くからただよってくる。「さあ、もういいだろう。こんなふうに睨《にら》みあってちゃいけない」

しかしピップにはまだ言ってやりたいことがあった。「あのさあ、夜にはドアの鍵がしっかりかかっているかどうか、ちゃんと確認したほうがいいよ」

「わかった、わかった」ラヴィが言った。この場をおさめようとしているらしい。「ぼくらはそっちへ行く」アントとローレンの向こう側を指さす。「きみらはこっち。それじゃあ」

ラヴィに〝行くよ〟とうながされ、握ったままの手を引っぱられる。足は動きだしたけれど、目はアントとローレンに向けたまま、すれ違った瞬間に瞬きをしながら、胸におさめた拳銃でふたりを撃つ。ふたりがアモービ家の方向へ木立のなかを歩き去っていくのを肩ごしに見やる。「あいつが町の平穏を乱したってうちの親父は言ってた」こっちにまで聞こえるくらいの大声でアントはローレンに言い、振りかえって視線をあわせてきた。

カサカサになった葉をシューズの踵《かかと》で踏みしだきながら、ピップは身体をこわばらせた。ラヴィが腕をウエストに巻きつけてきて、自分のほうに身体を引き寄せた。こめかみに唇を寄せ「だめだよ」とささやく。「きみならだいじょうぶ。あのふたりにはかまってやる価値もない。ほんとに。ほら、息を吸って、吐いて」

ピップは言われたとおりにした。吸って吐くことだけに意識を集中させる。一歩、二歩、吸って、吐く。一歩進むごとにふたりから離れていき、拳銃は隠れていた場所に戻っていく。

「もう家に帰る？」ピップは言った。規則正しく呼吸をして歩を進めるうちに拳銃は跡形もなく消えた。

「いや」ラヴィは首を振り、まっすぐ前を見つめた。「あのふたりのことは忘れるんだ。きみはもう少し新鮮な空気を吸ったほうがいい」

ピップは引き金を引く指でラヴィの温かいてのひらに円を描いた。ひとつ、ふたつ。言いたくはないけれど、おそらくリトル・キルトンにはそんなものはない。新鮮な空気なんて。ここの空気はすべて汚染されていて、それをみんなが吸っている。

右を見て左を見て、アモービ家へ向かって道路を渡る。太陽がふたたび顔を見せて、背中を温めてくれる。

「これからどうする?」ピップはラヴィに笑いかけた。

「なんでもピップのやりたいことをしよう。今日は一日、きみを励ます、ピップさまの日だ。でも、犯罪実録のドキュメンタリーはなし。そういうのは禁止」

「ぜひともスクラブル(アルファベットの駒を並べ、単語をつくって得点を競うゲーム)のトーナメント戦をしたいって言ったらどうする?」セーターごしに指でラヴィのあばらをつつき、お互いにぎこちない足取りで私道を進む。

「じゃあ、言わせてもらおう。〝負けるかよ、ビッチ〟きみはぼくの実力を見くびって――」

ラヴィはふいに立ちどまり、ピップは彼に体当たりする形になった。「なんてことだ」ラヴィがささやきよりもさらに声をひそめて言う。

「なに?」ピップは声を立てて笑い、ラヴィの正面にまわりこんだ。「だいじょうぶ、手加減してあげるから」

「ちがうよ、ピップ」背後をラヴィが指さす。

ピップは身体の向きを変えてラヴィの視線を追った。

私道上のパン屑の山の向こうに、チョークの人形《ひとがた》が三つ、あった。

急に心臓が冷たくなり、胃がずしりと重くなる。

「あいつがいたんだ」ピップはラヴィの手を放し、前へ駆けだした。「ここにいたんだ」そう言って、小さなチョークの人形《ひとがた》の上に立った。私道の左側に並ぶ鉢植えの植物の前に描かれた人形《ひとがた》は、もう少しで家にたどりつきそうだ。「家を離れちゃだめだったんだよ、ラヴィ！　わたし、見てたのに。あのまま監視していれば、やつを見つけられたかもしれない」ストーカーを見つけ、つかまえ、自分自身を救う。

「きみが家にはいないと知っていたから、ストーカーは来たんだよ」ラヴィが近づいてきて言う。息遣いが速くなって、胸が上下している。「それと、これは絶対にタイヤのあとなんかじゃない」ラヴィがチョークの人形《ひとがた》を見るのはこれがはじめてだ。まえのものは彼に見せるまえに時間と雨とタイヤに消されてしまった。でもこれでようやくラヴィも見られる。彼が見れば人形《ひとがた》は本物になる。

「ありがとう」ピップはラヴィがいっしょにいてくれたのがうれしかった。

「〈ブレア・ウィッチ〉に出てくるやつみたいだな」ラヴィはよく見ようとして腰をかがめ、数インチ上に指を浮かせて十字の形をなぞった。

「ちがう」ピップは人形《ひとがた》をしげしげと眺めた。「いつもとちがう。五つなきゃおかしい。まえとそのまえには五つあった。なんで今日は三つ？　わけがわからない」

「五つあったとしても、わけがわからないんじゃないかな、ピップ」

ピップは息を詰め、あとのふたつはどこにあるのかと私道じゅうに目を走らせた。かならず私道のどこかにある。なきゃおかしい。五つの人形《ひとがた》がこのゲームにおける自分とストーカーのルールなのだから。

「ちょっと待って！」目の端になにかがちらりと見えた。いや、そんなことあるわけない。ママの鉢植えの植物——〝この植木鉢がぜんぶ、はるばるベトナムから来たなんて信じられる?〟——のひとつのほうへ歩を進め、葉をかきわける。

葉の後ろの壁に目を向ける。ふたつの頭のない人形《ひとがた》が描かれている。見過ごしてしまうほどすごくかすれていて、レンガとレンガのあいだのモルタルにほぼすっぽりはまっている。

「見つけた」ピップは息をふーっと吐きだして言った。チョークの人形《ひとがた》をよく見るためにレンガの壁に顔を近づけると、肌が粟《あわ》立ってビリビリし、息で白い粉が舞った。ここに人形《ひとがた》を見つけて自分はよろこんでいるのだろうか、それとも恐れている? 一瞬、どちらとも言えなかった。

「壁をのぼっている?」ラヴィが背後で言う。「どうして?」

ラヴィに訊かれるよりまえに答えはわかっていた。いまやこのゲームを理解し、プレイしているのだから。ひとかたまりになってのぼっている、ふたつの頭のない人形《ひとがた》から何歩か離れ、上のほうに目をやって、人形《ひとがた》がのぼっていく道筋をたどる。ふたつの棒人間は壁を這いのぼり、父の書斎を越えてそのまま上へのぼっていき、自分の部屋の窓を目指している。

ラヴィのほうを振りかえると首の骨がポキポキ鳴った。

「ふたつはわたしのところへ近づいてきている」

ファイル名:

チョークの人形《ひとがた》（三例目）.jpg

13

外はしだいに暗くなり、カーテンとカーテンのあいだから今日最後の日の光がさしこんできて顔にあたった。ラヴィがカーテンを引いて、念のために片側のカーテンをもう片側の後ろにたくしこんだ。

「カーテンは閉めておくんだよ、わかったかい?」暗い部屋のなかでひとつの影になったラヴィが、部屋を横切って明かりをつけた。偽物の太陽が弱く不自然な黄色い光を放つ。「日中もだよ。誰かがのぞきこんでいるといけないから。きみが誰かにのぞかれていると考えるだけでぞっとする」

ラヴィがすぐ近くまで来て、あごの下に親指を置いた。「おーい、わかったかい?」

ラヴィはアントとローレンのことを心配しているのだろうか。それとも、部屋にのぼってくる小さなチョークの人形《ひとがた》を?

「そうだね」ピップは咳払《せきばら》いした。われながら、意味のないひと言。

いまは椅子にすわって机に向かい、ノートパソコンのキーボードに指をのせている。ちょうど、さっき撮ったチョークの人形《ひとがた》の写真をパソコンに保存したところ。ようやく、雨やタイヤや足に消されてなくなってしまうまえに写真におさめることができた。証拠。今回は自分自身の事件かもしれないけれど、いずれにしても証拠は必要だ。これはたんなる証拠ではなく、決定的な証拠。自分がなにかにとりつかれているのではないという決定的な証拠。眠れずに頭に靄《もや》がかかった状態で人形《ひとがた》を描いたり、ハトを殺したりしていないという決定的な証拠となる。

「何日かうちに来て泊まっていってもいい」ラヴィが椅子をぐるぐるまわして、最後に向かいあったときに言った。「母は歓迎すると思う。月曜日からはぼくは毎日、朝早くに家を出なければならないけれど、気にしないで」

ピップは首を振った。「だいじょうぶ。わたしならだいじょうぶ」ぜんぜんだいじょうぶじゃないけれど、ここが勝負どころだ。いま逃げてはいけない。これは自分が求めていたこと。必要としていることだ。もとの自分に戻れるかどうかがこれにかかっている。恐ろしければ恐ろしいほど、それを解決すれば完璧にもとの自分に戻れる。どこにもグレイゾーンはない。きっちり理解でき、曖昧《あいまい》なものがない世界へ足を踏み入れる。黒か白。善か悪。〝願ったり叶ったり〟だ。

「だいじょうぶじゃないだろう」のびすぎて先がくるっとカールしはじめた自分の黒髪に指を走らせながらラヴィが言う。「ぜんぜんだいじょうぶじゃない。いままでぼくらが経験してきたとんでもないことに比べたら、どうということもない出来事かもしれないけれど、これはふつうじゃない」そのままじっと見つめてくる。「きみだってふつうじゃないってわかっているんだろ?」

「うん。わかってる。昨日ラヴィに言われたとおり警察へ行って、ふつうどおりに警察にまかせようとした。でもまたしても自分に降りかかってきて、どうにも振り払えないみたい」指の爪ではがれかけた皮膚をひっかいたら、血がにじんできた。「自分で解決する」

「いったいどうやって解決するんだい？」ラヴィが険しい口調で訊いてきた。ラヴィは疑ってるの？　ちがう、この人がわたしを信用しないなんてありえない。ラヴィは最後に残された人だから。「きみのパパはこの件について知っている？」

ピップは首を振った。「死んだハトのことは知ってる。最初のをいっしょに見つけたから。でもママはウィリアムズさんちの猫のしわざだろうとパパに言った。それがしっかり説明がつく答え。パパにチョークの線のことを話したけれど、パパは一度も見ていない。帰宅した時間にはもう消えていたから。上を車が走ったから消えてしまったんだと思う」

「じゃあいま見せにいこう」険しかった声に不安の色がまじり、差し迫った感じになっている。

「さあ」

「ラヴィ」ピップはため息をついた。「写真を見せたとして、パパになにができる？」

「彼はピップのお父さんなんだよ」わかりきったことを言わせないでくれといわんばかりに、ラヴィが大げさに肩をすくめた。「あの人の背は六フィート六インチだ。闘うときには同じチームにいてほしいね」

「パパは企業の顧問弁護士だよ」ピップは身体の向きを変え、ノートパソコンのスリープ画面に映る、遠くのほうを見る自分の目をちらりと見た。「これが企業間の合併とか買収とかの問題だったら、パパはふさわしい人材だと思う。でもそうじゃない」そこで深呼吸して、暗い画面のなかから見つめてくる自分自身に視線を据えた。「これはわたしにふさわしい案件。自分の得意分野だもん。だからなんとか解決できる」

「これは試験じゃないんだよ」ラヴィは言い、たぶんかゆくもないのに頭の後ろを掻いている。ラヴィは間違っている。これはまさしく試験。挑むべきテスト。そして最終的な判断が下される。「これは学校のプロジェクトでも、ポッドキャストの新しいシーズンでもない。勝つとか負けるとかいうもんでもない」

「言い争いはしたくない」ピップは小声で言った。

「ちがう、言い争いじゃない」ラヴィが腰をかがめ、目の高さをあわせてきた。「ぼくらは口論をしているんじゃない。ぼくはきみのことが心配なんだよ、わかるだろ？　きみには安全でいてほしい。愛してる、いまも、これからも。何度きみが原因で心臓発作が起きようと、ノイローゼになろうと。ただ……」そこで口ごもり、声が小さくなる。「恐ろしくてたまらないんだよ、誰かがきみを傷つけたがっているとか、怖がらせたがっていると思うと。きみはぼくの愛する人だ。愛しい人なんだよ、部長刑事。だからぼくはきみを守らなくちゃならない」

「ラヴィはいつでもわたしを守ってるよ」視線を相手に向けたまま言う。「近くにいないときでも」ラヴィは救命ボートであり、ほんとうに正しい意味で自分を支えてくれる人だ。本人はそれをわかっていないのだろうか？

「そう言ってもらえると、ほんとうれしいよ」ラヴィはそう言って指をパチンと鳴らした。

「でもぼくが言いたいのは、ぼくは木の幹なみの上腕二頭筋を誇る筋肉男ではないし、ひそかにナイフ投げのオリンピックの参加標準記録を持つ者でもないってこと」

口の両端がきゅっとあがり、知らず知らずのうちに満面の笑みになる。「ラヴィ」いつもラヴィがするように、相手のあごの下に指をさしいれる。頰にしたキスが口の脇をかすめる。

「頭脳はね、いついかなるときも腕力に勝るんだよ」

ラヴィが背をすっとのばした。「あとね、こうしてずいぶん長いこと背をかがめていられたんだから、おそらくぼくは鋼のごとき大臀筋《だいでんきん》を持ちあわせている」

「それをストーカーに見せつけてやろうね」ピップは声を立てて笑ったけれど、意識がほかへただよっていくにしたがい、笑い声は空虚で耳ざわりなものになった。

「どうした?」ラヴィが変化に気づき、訊いてくる。

「えっと……ずる賢いよね?」もう一度笑い、首を振った。「ものすごく巧妙」

「なにが?」

「いままでのことぜんぶ。チョークの人形《ひとがた》は見落としてしまうくらいかすれていて、雨が降っただけで、もしくは車がその上を走っただけで消えてしまった。一回目と二回目は、写真を撮る間《ま》もなく消えてしまって、ホーキンスに人形《ひとがた》の話をしたときには、正気を失っているとか、現実にはないものを見たのだとか、思われてしまった。つまり、最初からこっちの言い分を警察には信じさせない作戦だった。自分でもほんとうに見たのかどうか疑ったぐらいだもん。次に死んだ鳥」そこでふとももに両手を打ちつける。「ほんと、ずる賢い。あれが死んだ猫とか犬だったら」とたんにバーニーのことを思いだし、顔をしかめる。「ちがう話になっていたと思う。まわりの人はもっと注意を払ったにちがいない。でも、そうはならなかった。ハトだったから。誰もハトなんか気にもとめない。生きていようが死んでいようが。当然、警察はハトが一羽死のうが、二羽死のうが、なにもしてくれない。ハトが死ぬなんて、ごくふつうのことだから。ほんとうの意味は誰にも見えない。わたしとラヴィ以外には。ストーカーはぜんぶわかってて、そういうふうに計画した。ほかの誰にとってもごくふつうであたりまえに見えるように。中身が空の封筒だって、ちょっとしたミスだと思われる。路上の〝死にゆく女の子《デッド・ガール・ウォーキング》〟はうちの前に書かれていたわけじゃない。わたしには自分のことだってわかるけれど、ほかの人には納得してもらえないと思う。だって、あれがほんとうにわたしを指しているなら、アモービ家の前に書かれていたはずだから。すごく狡猾《こうかつ》で、めちゃくちゃ巧妙。警察には頭がおかしいと思われ、ママはなんでもないと考えている。猫のしわざだし、タイヤのあとだと。わたしをまわりから切り離し、助けを求められないように孤立させている。わたしはすでにみんなから〝町の平穏を乱した者〟と思われているから、なおさら。ほんと、頭がいい」

「そいつを褒めてるみたいに聞こえるよ」とラヴィ。ベッドに腰をおろし、バランスをとるためか、腕を突きだしている。顔は不安そうに見える。

「そうじゃなくて、ただ相手は頭がいいと言ってるだけ。なにもかも、念入りに考えられている。自分のしていることを正確に把握しているというふうに」

　論理に従うと、当然のようにある考えが頭に浮かんだ。ラヴィの目の表情や、頬の筋肉をこわばらせてじっと考えこんでいるようすから、彼も同じ結論に到達したのがわかった。

「まえにも同じことをやったことがある」頭のなかでまとめた内容を口に出して言うと、同意した印なのか、ラヴィがかすかにうなずいた。

「きみはやつが過去にも同じことをしたと思っているのかい？」ラヴィが背筋をのばした。

「その可能性はある。というか、十中八九、そうだろうね。統計によると、何人もの相手にストーカー行為に及ぶのはよく見られる現象だし、被害者から見てストーカーは元パートナーか現在のパートナーよりも、見知らぬ他人かちょっとした知り合いの場合のほうがふつうらしい」

　昨晩はベッドに入らず、何時間もネットを検索してストーカーについての情報に目を通していき、発生件数や統計、世間にはあまり知られていない無数のケースを次々に読んでいった。

「見知らぬ他人？」ラヴィが強調するように言った。

「今回の件は見知らぬ他人とは考えにくい。統計的には、ストーキングの被害者のほぼ四人に三人が、なんらかの形でストーカーを知っている。今回のストーカーはこっちを知っていて、こっちもその人物を知っている。わたしにはそう感じられる」ストーカー被害の統計についてはもっと多くを知っている。ノートパソコンの白い光を浴びながら目に焼きつけたものを、いまここですらすらと話すこともできる。でもなかにはラヴィにはけっして伝えられない内容もある。とくに、殺人事件の女性被害者の半数がストーカーに殺害されるまえにストーカー被害に遭っている旨《むね》を警察に届けでているという事実は、口が裂けても言えない。これだけはラヴィに知られたくない。

「つまり、ストーカーはきみの知っている誰かで、その人物は以前にもほかの人に対して同じ行為におよんでいたのはほぼ間違いないと？」

「うん、そう。統計に従って考えるとね」なぜこれを自分で思いつかなかったのだろう。自分のことだけに没頭しすぎて、〝自分対ストーカー〟という考えに固執し、ほかに被害者がいるとは考えもしなかった。〝おまえだけじゃない〟と頭に棲みついている声が銃のかたわらでささやく。〝いつだっておまえだけじゃない〟

「きみはつねに科学に基づいたアプローチを好むよね、部長刑事」ラヴィはこっちに向けて架空の帽子を持ちあげた。

「もちろん、そうだよ」ピップは唇を噛みしめて考えた。思考に導かれて両手がノートパソコンに向かう。すでに立ちあげてグーグルを呼びだしてあるパソコンは、いつでも調べものができる状態になっている。「科学に基づいたアプローチの第一歩は……リサーチ」

「犯罪捜査のいちばんわくわくする部分だな」ラヴィは言い、ベッドから立ちあがって真後ろに来て、こっちの肩をつかんだ。「そろそろおやつを取りにいけっていう合図でもある。それで……どういうふうに調べるつもり？」

「そうだな、ほんとのところ、よくわからない」ピップはためらい、点滅するカーソルを見つめながらキーの上で指をただよわせた。「まずはこうかな……」タイプしはじめる。〝チョークで引いた線　チョークの人形《ひとがた》　死んだハト《デッド・ピジョン》　ストーカー　ストーキング　リトル・キルトン　バッキンガムシャー〟「闇雲につつくだけかもしれないけど」〝エンター〟を親指で押すと、画面が検索結果でうまる。

「おお、すごいじゃないか」ラヴィがいちばん上の検索結果を指さして言う。「チャルフォント・セント・ジャイルズにあるチョーク・ファームで、クレーピジョンを標的に使うクレー射撃がたったの八十五ポンド。なんというお手頃価格」

「黙ってて」

ピップはそのすぐ下の検索結果に目を通した。近所の学校における去年の一般中等教育修了試験《GCSE》の結果についての記事。偶然にもその学校で教えているふたりの教師の名がミス・チョークとミスター・ストーカーとのこと。

ラヴィが背をかがめ、頭と頭をくっつけて「これはなんだろう」と言うと、彼の息が首のあたりにかかり、声の振動がこっちに伝わってきて、その声が自分の口から出てきたような気がした。ラヴィがどの結果のことを言っているかはわかっている。上から五番目の検索結果。

〝DTキラー、四人目の犠牲者が出るもいまだに逮捕されず〟

この記事には四つの検索ワードが含まれていた。〝バッキンガムシャー〟〝ハト〟〝ストーキング〟〝チョークで引かれた線〟〈UKニュースデイ〉の記事の断片で、文は途中で切られ、三つの点《ドット》で終わっている。

「DTキラー」喉になにかが引っかかっているような声でラヴィが記事の頭を読んだ。「なんだい、これは」

「なんでもない。昔の事件だから。ほら」ピップは日付の下を指でなぞった。記事が掲載されたのは二〇一二年二月五日。六年半以上まえの記事。もはや〝ニュース〟とは呼べない。ピップはこの事件も、どのような結末を迎えたかも知っていた。この事件を取りあげた犯罪実録のポッドキャストを、ここ数年のあいだに少なくとも二回は聴いていた。「この事件、知らないの?」訊いた直後に、大きく見開かれたラヴィの目を見て、答えがわかった。「もういいよ」ラヴィに笑みを向け、肘でつつく。「この時点ではまだ逮捕されていない。彼はこのあともうひとりを殺害して五人目の被害者を出し、そのあとで逮捕された。自白したんだよね。えっと、ビリーとかいう名前だったかな。それ以来、刑務所に入っている」

「なんでそんなことを知ってるのかな?」肩をつかんだ手を少しだけゆるめてラヴィが訊いてきた。

「そっちはなんで知らないの?」ラヴィを見あげて訊く。「事件当時、大々的に報道されたのに。わたしは十一歳か十二歳だったけど、それでも覚えてるよ。あっ、ごめん」言葉に詰まり、ラヴィの手の甲《こう》をなでる。「同じころだった、アンディとサルの……」最後まで言う必要はない。

「そうだね」ラヴィが小声で言う。「そのころは、ちょっとばかりほかのことに気をとられていたかな」

「事件はすぐ近くで起きた。狭いエリア内に犠牲者がそれぞれ住んでいた町があり、遺体が発見された場所があった。すべてリトル・キルトンのすぐそばだけど、リトル・キルトン以外の町」

「当時、ぼくらの町では殺人事件が起きていた」ラヴィが抑揚のない声で言った。「それで、

DTキラーってどういう意味？」

「ああ、それはメディアが犯人につけた渾名《あだな》。ほら、連続殺人鬼にうす気味悪い名前をつけて煽りたてれば、新聞がもっと売れるから。これはダクトテープ（Duct Tape）キラーを略したもの」そこで間をおく。「地元の新聞社は犯人のことを〝スラウの絞殺魔〟って呼んでたから、ラヴィもそっちのほうなら聞いたことがあるかもしれないけど、全国紙はその渾名を使わなかった。ふつうすぎてつまんないと思ったのかもね」ピップはにやりとした。「それと、スラウ付近で発見された犠牲者はふたりだけだったから、あまり正確な名とも思えないし」

〝スラウの絞殺魔〟と言ったのがきっかけになり、最後にその名を口にしたときのことが思いだされた。あのとき、まさにこの椅子にすわり、スタンリー・フォーブスを相手にアンディ・ベルの死因審問について電話でインタビューをしていた。逮捕から五年がたったのを機に〝スラウの絞殺魔〟に関してスタンリーが書いた記事の内容にこっちから言及したのだった。スタンリーは電話の向こう側でまだ生きていたが、あれからそれほどたっていないのに、いまでは彼の血が携帯電話の端から滴《したた》り落ちてきて、手は血まみれになり――

「ピップ？」

ピップはびくっとして、ジーンズで血まみれの手を拭《ふ》いた。手はきれいだ。〝血なんかついていない〟「ごめん、なんて言ったの？」背中を丸め、早鐘を打つ心臓の音を隠すように胸をかかえこんだ。

「クリックしてみなよ、って言った。その記事を」

「でも……これは関係ないと思う――」

「きみの検索ワードを四つも含んでいるんだよ」ラヴィはもう一度、肩をぎゅっと握った。

「〝闇雲につついた〟にしては、けっこうな一致だと思うけど。ほら、クリックして、なにが書いてあるか見てみよう」

UKニュースデイ
UK＞イングランド＞ニュース＞犯罪

DTキラー、四人目の犠牲者が出るもいまだに逮捕されず

二〇一二年二月五日　リンジー・レヴィゾン

先週、警察はジュリア・ハンター、二十二歳の遺体を発見し、DTキラーの四人目の犠牲者と断定した。ジュリア——両親と同居し、彼女の妹はバッキンガムシャー、アマーシャム在住——は一月二十八日の晩に殺害され、翌朝、スラウの北にあるゴルフコースで発見された。

DTキラーは二年前に残忍きわまりない犯罪に手を染めはじめた。最初の犠牲者はフィリッパ・ブロックフィールド、二十一歳で、殺害されたのは二〇一〇年二月八日。その十カ月後、メリッサ・デニー、二十四歳の遺体が一週間におよぶ警察の広範囲な捜索の結果、発見された。彼女が消息を絶ったのは十二月十一日で、法医学の専門家は同日の晩に殺害されたものとみなしている。二〇一一年八月十七日、ベサニー・インガム、二十六歳がDTキラーの三人目の犠牲者となった。あれから五カ月がたち、メディアによる憶測が飛び交うなか、警察はこの連続殺人犯がふたたび動きはじめたことを認めた。

ダクト《D》テープ《T》キラーは独特の手口からこう呼ばれている。被害者を拘束する際に手首や足首だけでなく、顔までダクトテープで巻く。どの女性の顔も一般的な灰色のダクトテープで覆われ、目や口もふさがれており、匿名《とくめい》を条件に取材に応じた警察官は〝ほとんどミイラのようだった〟とコメントした。ダクトテープ自体はこの恐ろしい連続殺人事件の凶器ではない。DTキラーは被害者の鼻をテープでふさぐのを避け、窒息《ちっそく》させないようにしていたふしがある。各被害者はロープで首を絞められて殺害されている。ダクトテープで巻かれた状態で短時間、放置されたあと殺され、異なる場所に遺棄されたと警察は考えている。

この連続殺人事件ではいまだDTキラーの逮捕には至っておらず、警察では犯行が繰りかえされるまえに犯人の身元の特定を急いでいる。

「この犯人は信じられないほど危険だ」とハイ・ウィカム警察署の前でデイヴィッド・ノーラン主任警部は語った。「悲しむべきことに、四名の若い女性が命を失い、犯人が一般市民にとって重大な脅威となっているのはあきらかです。われわれはDTキラーとして知られる人物の身元特定を喫緊《きっきん》の課題とし、ジュリアの遺体が発見された犯行現場での証言をもとに作成した似顔絵を本日、公開した。この似顔絵の人物に見覚えがある方は、警察署に設置したホットラインまで連絡をいただけるよう、ぜひともお願いしたい」

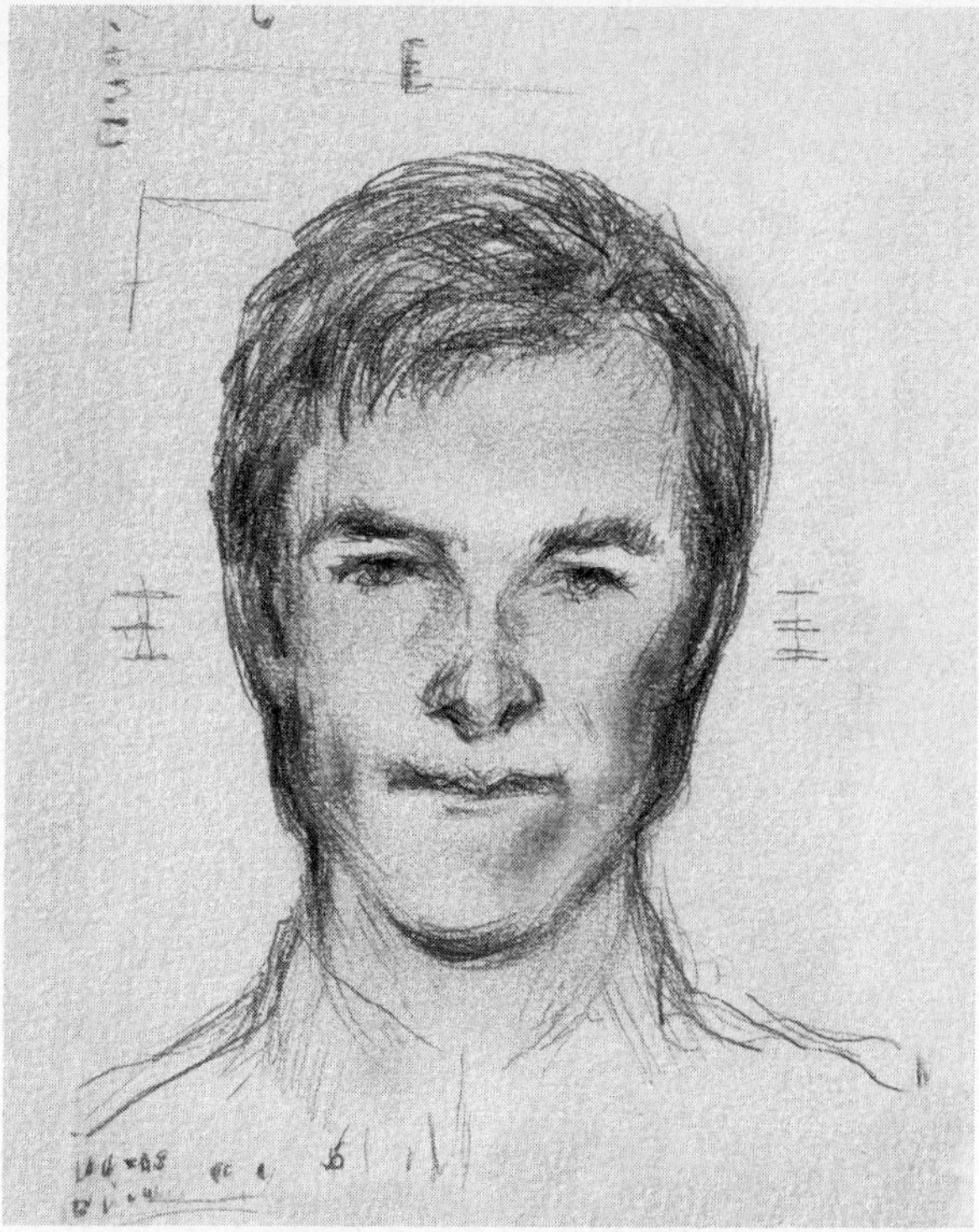

警察が公開したDTキラーの似顔絵

似顔絵に加え、各被害者から犯人によって持ち去られたと思われる個人的な品物のリストを、警察は本日、公開した。品物は拉致《らち》された際に被害者が所持していたとされるもので、被害者の家族によって本人のものと特定されている。それらの品物は殺害時にDTキラーにより戦利品として奪われ、いまでもDTキラーの手もとにあるのは間違いないと警察は考えている。「戦利品を奪うことは今回のような連続殺人事件では珍しくありません」ノーラン主任警部は話した。「戦利品をそばに置くことにより、DTキラーは犯行時のスリルを追体験して邪《よこしま》な衝動を持続させ、一定の期間をおいたあと、ふたたび人を殺害せずにはいられなくなるのだと考えられます」DTキラーはフィリッパ・ブロックフィールドから、警察が〝金のチェーンにアンティークのコインがついたペンダント〟と詳述するネックレスを奪った。メリッサ・デニーから奪われたのは〝ライラック色、もしくはうすい紫色の幅の広いブラシ〟で、メリッサはこれをどこへ行くときにもハンドバッグに入れていた。ベサニーから奪われたのは〝カシオの腕時計でバンドがゴールドのステンレス〟そしてジュリア・ハンターからは〝うすいグリーンの石がついたローズゴールドのイヤリング〟警察はこれらの品物を見かけた際には通報するよう、一般市民に呼びかけている。

〈UKニュースデイ〉はFBIでの勤務経験のある犯罪者プロファイラー、エイドリアン・カストロに話を聞いた。彼女は本日、人気の高い犯罪ドキュメンタリー番組の〈科学捜査の時間〉に出演する予定。ミス・カストロは、これまで警察が公開した情報をもとに、DTキラーについての専門家としての見解を述べてくれた。

「ご承知のとおり、プロファイリングは正確には科学ではありませんが、犯罪者の行動と被害者選択の傾向からいくつかの暫定的な結論を引きだせると、わたしは考えています。この連続殺人犯は白人で、年齢は二十代前半から四十代なかばのあいだ。衝動的に殺人を犯したのではありません。どの殺人も計画されて手順も整理されており、IQはほぼ間違いなく平均以上でしょう。外見はどこから見てもふつうで、それほど人目を引くことはありませんが、チャーミングな側面もあります。地域の信頼できるメンバーとみなされ、いい仕事に就き、人を管理するのにも慣れていて――たぶん管理職に就いている。おそらく確実にパートナーか妻がいて、家庭を築いており、家族の者たちは彼に隠された生活があるとは思いもよらないはずです。

彼の空間的行動についても注目すべき興味深い点があります。連続殺人の場合、犯人は自宅のすぐ近く、みずからの〝緩衝地帯〟で犯罪をおこなうことに対し、自然と嫌悪感を抱くことがわかっています。逆に、彼らには〝安全地帯〟もあります。熟知している地域に隣接する場所で、自宅から近すぎず、犯罪をおこなっても安全と思われる地帯を指します。われわれはこれを〝距離減衰の理論〟と呼びます。注目すべきなのは、被害者がカウンティに点在するべつべつの町や村に在住し、遺体が発見されたのも〝安全地帯〟内の異なる場所だったという点です。このことから、殺人犯は〝安全地帯〟に隣接するべつの町か村に居住し、そのエリアはまだ捜査がおこなわれていない、犯人にとっての〝緩衝地帯〟であるとわたしは考えます。

動機に関しては、次に申しあげることが多くの連続殺人犯を犯罪に駆り立てるものだと考えます。それは女性への憎悪です。今回の犯人は女性に対して強い感情を抱いています。女性を憎んでいるのです。被害者はすべて魅力的で高い教育を受けた知性のある若い女性で、そのどこかに犯人がまったく容認しがたいなにかがあるのでしょう。犯人は殺人行為をみずからの個人的な使命とみなしています。被害者の頭をダクトテープで覆っている点ですが、彼は被害者の顔を見るのを拒否しているらしく、わたしはとくに興味を引かれます。殺害するまえに被害者が話したり見たりするのを封じたのだと思われます。結局のところ、これらの殺害行為はみずからの力を誇示し、相手に屈辱を与えることにほかならず、そこから犯人はサディスティックな喜びを得るのです。幼いころにそういった兆候があったと考えられ、そのはじまりは少年時代に家族のペットに危害を加えることだったかもしれません。犯人が女性に対するみずからの考えや、容認できる女性の容姿や行動について記した声明文のようなものを所持しているとしても、わたしは驚きません。

犯人が事前に被害者に対してストーカー行為におよんでいたか否かの情報を警察は公開していませんが、被害者の選択に見られる犯人のきわめて注意深い傾向に鑑《かんが》みて、被害者を拉致するまえに徹底した観察をおこなっていたと言わざるをえません。その過程でも犯人はスリルを感じていたでしょう。被害者と直接、連絡をとっていたかもしれず、被害者とのあいだに親しい関係を築いていたとも考えられます」

今晩、ジュリア・ハンターの自宅前で、彼女の十八歳の妹であるハリエットが短い時間、記者のインタビューに応じた。ジュリアが殺害されるまえにストーカー被害に遭っていた可能性を尋ねられると、ハリエットは涙にくれながら次のとおり答えた。「わかりません。なにかを恐れているようなことを姉は一度も言っていませんでした。もしそういう話を聞いていたら、わたしは力になりたいと思ったはずです。でも姉は二週間ほどまえに二つ、三つ、奇妙なことを話していました。線を、チョークで引かれた線を見たと言っていたんです。家のすぐそばに棒人間みたいな絵が三つ、描かれていたと。わたしは見ていませんが、おそらく近所の子どもたちが描いたのだと思います。あと、死んだ鳥――ハト――が二羽、猫の出入口をつうじて家のなかに持ちこまれていました。ジュリアは不思議に思っていました。うちの猫はかなりの老齢で、いまはほとんど外に出ないからです。無言電話が何回か、かかってきたとも言っていました。姉が消息を絶つまえの週の出来事でしたが、本人は不安がっているようには見えませんでした。どちらかといえば、迷惑がっていました。でも（中略）この数週間を振りかえってみて、姉がいなくなったいまは、すべてがわたしには奇妙に思えます」

ジュリア・ハンターの葬儀は二月二十一日に地元の教会で執りおこなわれる。

14

先に読みおえたらしきラヴィが耳もとでハッと息を吸いこんだため、頭のなかでさっと強風が吹いたみたいに感じられた。ピップは指を一本掲げて、自分が読むまで待っていてという合図を送り、そうしているうちに最後の一語まで読みきった。

そして「ああ」と言った。

ラヴィがすっと身体を離して、かがめていた腰をまっすぐにした。「ああ?」声がいつもより甲高《かんだか》く、かすれ気味になっている。「言うにこと欠いて、〝ああ〟だって?」

「ラヴィはなにを……」ピップは椅子をくるりと回転させてラヴィを見た。彼は落ち着かなげに動かしていた両手をあごの下にはさみこんだ。「なにをそんなにびくびくしているの?」

「なんできみはびくびくしていないんだ?」声を張りあげないようがんばったみたいだけど、いまひとつがんばりが足りない。「連続殺人犯なんだよ、ピップ」

「ラヴィ」彼の名を呼ぶ声がかすれ気味になり、つい笑い声がもれた。ラヴィがすごい目で睨みつけてくる。「これは六年半前の話だよ。DTキラーは自白した。有罪答弁をしたのもわかってる。これまでずっと刑務所に入っていて、彼が逮捕されたあとはもう誰も殺されていない。DTキラーはもういないの」

「そうだろうけど、じゃあ死んだハトはどうなんだい？」ラヴィは震える片手をまっすぐにのばして、画面を指さした。「それと、チョークの線はどうなんだい、ピップ。ジュリアが殺されるまえの週に出現したというふたつのものは」ラヴィが目の前に膝をつき、片手をこっちの顔の前に掲げ、親指と小指を折り曲げた。「三」かすれた声で言い、三本の指をさらに近づけてくる。「チョークで描かれた三個の棒人間。ジュリアは四人目の犠牲者。わかっているかい、ピップ。彼女のまえに三人いた。そしていま、五人の女性が殺されていて、きみの家の私道に五つの棒人間が描かれている」

「ちょっと、落ち着いて」ピップは掲げられた手をつかみ、膝のあいだにはさんで押さえつけた。「ジュリア・ハンターの妹がインタビューを受けてしゃべった内容をわたしは一度も読んだことがなかったし、ポッドキャストで聴いたこともなかった。おそらく警察は事件とはなんの関連もない話だと判断したんだろうね」

「でもきみとは関連してる」

「わかった、わかったってば。関連してないなんて言ってない」ラヴィの目をじっと見つめてあごを突きだす。「ハリエット・ハンターが言ったことと、わたしの身に起きたことにはあきらかに関連性がある。でも謎の電話は受けていない――」

「まだ、だろ」ラヴィがさえぎって言い、膝のあいだから手を引き抜こうとした。

「でもDTキラーは刑務所にいるんだよ。ちょっと待ってて」ラヴィの手を自由にさせてノートパソコンに向きなおり、新しい検索ページに〝DTキラー〟と打ちこんで〝エンター〟を押した。

「そうそう、ビリー・カラス、うん、これが彼の名前」検索結果のページをスクロールしてラヴィに見せた。「ほら。逮捕されたとき三十歳。取り調べ中に自白して、えーっと、そう、五件の殺人に対して有罪答弁した。裁判の必要はなかった。彼はいま収監中で、残りの人生を刑務所で送る」

「警察が公開した似顔絵とあんまり似てない」ラヴィはふんと鼻を鳴らし、片手をこっちの膝と膝のあいだに突っこんだ。

「まあ、そういうもんなんじゃないかな」ピップはビリー・カラスの逮捕後に撮影された写真に目を凝《こ》らした。脂《あぶら》ぎったこげ茶色の髪をオールバックにして、カメラにびっくりしたのか、グリーンの目が飛びだしそうになっている。「いずれにしろ、似顔絵とそっくりという人はそうそういない」

目の前に証拠があり、名前を直接目にしたのだから、ラヴィも納得しないわけにはいかないだろう。ピップはそう思いながら検索結果のふたつめをクリックした。

スクロールしている途中でいったん指をとめ、ページの上のほうに戻る。なにかが目にとまったから。数字が。月が。

「どうした？」ラヴィが訊いてきた。彼の手の震えがこっちにも伝わってくる。

「ううん、なんでもない」そこで首を振った。なんでもなくないことが知られてしまったかもしれない。「ほんとになんでもない。ただ……ぱっと見たときには気づかなかった。DTキラーの最後の犠牲者、タラ・イェーツは二〇一二年四月二十日に殺されている」

ラヴィが見つめてくる。こちらと同様に、彼の目にもなにかに気づいた表情が浮かんでいる。濃い茶色の瞳に映る、少しゆがんだ自分自身を見つめる。どちらかが声に出して言わなければならない。

「アンディ・ベルが死んだのと同じ夜に」ピップは言った。

「奇妙だね」ラヴィは視線をさげ、彼の瞳のなかにいた自分は消えた。「この話全体が、なんだかおかしい。オーケー、彼は刑務所にいる。ではなぜ、亡くなるまえにジュリア・ハンターの身に起きたのとまったく同じことがきみにも起きているんだい？　犠牲者全員の身にも起きていたかもしれない。頼むからたんなる偶然の一致とは言わないでくれ。それは嘘だから。きみは偶然なんて信じていない」

ラヴィはよくわかっている。

「うん、信じてないよ。でもどうしてかはわからない」ピップは言葉を切って笑った。どうして笑うのか自分でもわからない。ここは笑うところじゃないのに。「あきらかに、偶然の一致なんかじゃない。DTキラーにストーキングされている、と誰かがわたしに思わせたいのかもしれない」

「どうしてそんなことをきみに思わせたがるんだ？」

「ラヴィ、わたしにはわからない」ふいに自分が守りに入っているのが感じられ、頬が熱くなり、頭のなかでふたたび壁が立ちあがる。でも今回はラヴィを閉めだすため。「誰かがわたしの正気を失わせたいと思っているのかもしれない。崖の縁《ふち》から突き落としてやりたいと」

突き落とすのに、それほど強く押す必要はない。こっちはもうすでに崖の縁を歩いていて、落ちないようにつま先を地面に食いこませているのだから。うなじに息を吹きかけられたら、もうそれだけで落ちてしまうだろう。落ちていきながらも、ひとつの問いかけが頭に浮かぶにちがいない。〝きみが行方不明者になったら、誰がきみを探してくれるのかな〟

「そのビリーとかいう男が逮捕されてからは誰も殺されていないんだよね？」ラヴィが念のためといったふうに訊いてくる。

「うん。そう言いきれるのは、手口がすごく独特だから。顔じゅうにダクトテープを巻くんだもん」

「ちょっとどいて」ラヴィはそう言って、こっちがすわっている椅子を転がして机から離した。同時に手もノートパソコンから離れる。

「ちょっと」

「自分で調べてみるよ」ラヴィが画面の前に膝をつく。画面のいちばん上にポインターを持っていって現在開いているページを消し、あらためて検索ワードを打ちこむ。〝ビリー・カラスは無実？〟

ピップはため息をつき、ラヴィが検索結果をスクロールしていくのを見つめた。「ラヴィ。彼は自白して、有罪答弁をしているんだよ。DTキラーはうちの外じゃなくて鉄格子のなかにいる」

ラヴィが息を呑んだのか、咳払いをしたのか、とにかく彼の喉から小さな音が聞こえた。

「フェイスブックページがある」

「なんの?」ピップは踵にぐっと力を入れて、急いで椅子をもとのところに戻した。

「〝ビリー・カラスは無実〟というタイトルのページ」ラヴィがクリックすると、ビリー・カラスの逮捕時の写真がバナーの画像として画面に広がった。どういうわけか二度目だと彼の顔はよりやさしく見える。より若く。

「まあ、そりゃあ、あるだろうね」ピップはぴたりとラヴィの横についた。「連続殺人犯の無実を訴えるフェイスブックページって、どのシリアルキラーに関してもあるんじゃないかな。テッド・バンディのもあると思うよ」

ラヴィは〝ページ情報〟のところにポインターをあわせ、親指でタッチパッドを押し、ページを開いた。「わあ、これは」ページに目を走らせて言う。「彼の母親が運営している。ほら、マリア・カラス」

「気の毒な女性だね」ピップは小声で言った。

「〝二〇一二年五月十八日、警察の取調室の椅子に休憩なしで九時間すわりつづけたあと、わたしの息子はやってもいない犯罪について偽の自白をしました。この自白は警察の厳しい――そして違法な――尋問によって強制されたものでした〟」ラヴィが画面の文字を読んでいく。

「〝息子はいくらか睡眠をとったあと、翌朝に自白を撤回しましたが、すでに手遅れでした。警察は必要なものを手に入れたのです〟」

「偽の自白？」ピップはビリー・カラスの目をのぞきこみ、本人に問いかけるように言った。いや、そんなはずはない。いま見つめかえしてきているのはDTキラーの目だ……そうにきまっている。仮にそうじゃなかったら――

「〝刑事司法制度には深刻なシステム上の欠陥があり……〟」ラヴィはその箇所を飛ばして次の段落に移った。「〝地元選出の下院議員に嘆願書を提出するには三千筆の署名が必要で〟なんてことだ、この母親がいままで集めた署名はたったの二十八……〝有罪判決の再審を認めてもらえるよう、ビリーの件を〈イノセンス・プロジェクト〉に持ちこもうとして……〟」そこで朗読をとめた。「ほら、見て、基本情報として連絡先の電話番号まで載せている。〝弁護士としての経験のある方、もしくはメディア関連に人脈がある方で、ビリーの有罪判決を覆《くつがえ》すために力を貸していただける方、あるいは署名集めに協力していただける方は連絡をください。なお、いたずら電話は警察に通報いたします〟」ラヴィは画面から目を離し、こっちを見つめた。

「なに？」ピップはそう訊いたが、両端がさがったラヴィの口を見るだけで返ってくる答えはわかった。「そりゃあ、当然、息子は無実だと彼女は思ってるよね。彼のママなんだもん。でもそれは証拠にはならない」

「でもピップだってもしかしたら、と思ってるんだよね」ラヴィにきっぱりとそう言われ、椅子ごと近くに引き寄せられた。「彼女に電話してみるべきだよ。彼女と話をしな。息子が無実だと思う理由を聞くんだ」

　ピップは首を振った。「彼女の気持ちをかき乱したくない。なんの根拠もないんだから、電話したってぬか喜びさせるだけ。つらい目に遭ってきた人をさらにがっかりさせたくない」

「そうだけどさ」ラヴィがこっちの脚をさする。「サルがアンディ・ベルを殺したとみんなが思っていたとき、この人と同じつらい日々を母さんも、もちろんぼくも送っていた。それで結局どうなったんだっけなあ」ラヴィは指であごをコツコツと叩きながら、記憶を呼び起こすふりをしている。「ああ、そうだった。めちゃくちゃ強情なピップス・マクシムスが押しつけがましくドアをノックしてきたんだった」

「それとこれとは話がまったくべつだから」ピップはそっぽを向いた。このままラヴィを見ていたらうまく丸めこまれてしまうとわかっているから。自分にはできない。絶対に。気の毒な女性に電話をしたら、可能性があるのを認めることになってしまう。ありえなくはないと。間違って犯人にされた人が刑務所に閉じこめられているかもしれないと。じゃあほんとうの犯人は？　真犯人が家の外にいて、殺した女性をあらわす頭のない棒人間を描いたあげく、だんだん近づいてきて、おまえも死んだ女たちの仲間に加われと迫っている。六人目の犠牲者。真犯人にとってはゲームで、こっちはなんの準備もできていない。ストーカーをなんとかすればいいと思っていたのに、これは……

「オーケー、気にしないでくれ」ラヴィは肩をすくめた。「じゃあここにすわったまま両手を組みあわせて親指をくるくるまわし、ストーカーの件がどうなるか見守るっていうのはどう？　受け身にまわって静観する。なんにしても、きみが受け身を選ぶとは思ってもみなかったけど、ゆったりと腰を据えて待つことにしよう。大騒ぎなんかしないで」

「そんなこと言ってないよ」ピップは思わず天井を仰いだ。

「でもきみはこれは自分にふさわしい案件だって言った。だから自分で解決できると。調査するのは自分の得意分野だと」

ラヴィの言うとおり。自分はたしかにそう言った。これは試験、挑むべきテストで、最終的な判断が下されると心のなかで思った。自分を救い、自分自身を救うと。それはすべて、いまでも真実だ。可能性があるのなら、ありえなくないのなら、真犯人と犯人にされた男がいるのなら、なおさらに。

「わかってる」ピップは小さな声で言い、長々と息を吐きだして負けを認めた。記事を読みおえた直後に自分のすべきことはわかっていた。あとはそれをラヴィに引きだしてもらうだけでいいと。

「で……」ラヴィはいつでもこっちをまいらせる無敵の笑みを浮かべ、手のなかに携帯電話を握らせた。「調査開始だね」

15

ピップは目に焼きついてしまうほど長いあいだ番号を見つめていた。01632 725 288。頭のなかで軽快な呼び出し音が鳴り、もはや見なくても番号を押せた。ひと晩じゅう頭のなかで電話番号を押して呼び出し音が鳴る場面が繰りかえされた。どうにかして眠ろうとしたのに。いまや錠剤は四錠にまで減っている。

親指がまたしても緑の発信ボタンの上をさまよう。昨日ラヴィといっしょに五回かけてみたが、毎回呼び出し音が鳴るばかりで、ボイスメールにもつながらなかった。番号は固定電話のもので、マリア・カラスは家をあけていたにちがいない。もしかしたら息子に会いにいったのかもしれない、とふたりは考えた。明日の朝にもう一度かけてみるとそのときには言ったが、いま朝を迎えてピップは迷い、恐れてもいた。ボタンを押し、ひとたび向こう側にいるマリアが電話に出たら、もう引きかえせない。知ってしまったことを知らないとか、聞いていないとか、考えたこともないとか、言えなくなる。しかしすでにビリーの件は頭のなかの、スタンリーの死んだ目とチャーリーの灰色の拳銃のすぐ横に棲みついてしまっている。いまも手に持ったボールペンのペン先を出したり引っこめたりしながら、カチ、カチと鳴る音のなかになにかを聞いていた。はっきりした音、ふたつの文字を。DT。DT。DT。それでもなおカチカチ鳴らしつづける。

片手がノートの新しいページの上に置かれている。前のページには死体の腐敗と死斑《しはん》についてのメモが書きとめられている。マリア・カラスの電話番号は手を置いたページに走り書きされている。もう逃げられない。

ようやく発信ボタンを押し、電話をスピーカーモードに切りかえた。呼び出し音が鳴り、昨日と同じように甲高い音が背骨をあがったりさがったりした。そのとき――

くなっている。

〝カチリ〟

「もしもし？　カラスですが」くぐもった声。ギリシャ語ふうなアクセントで言葉がやわらか

「えーっと、こんにちは」ピップは一度咳払いをしてから言った。「マリア・カラスさんはいらっしゃいますか？」

「はい、わたしです」声がそう答えた。ピップはその声の持ち主である女性の姿を想像した。どんよりした目と悲しげな笑み。「ご用件は？」

「こんにちは、マリア」落ち着かない気分でふたたびボールペンをカチカチ鳴らす。DT、DT、DT。「日曜日にすみません。わたしはピップ・フィッツ＝アモービと申しまして――」

「まあ、嘘みたい」マリアに言葉をさえぎられた。「ようやくわたしのメッセージを読んでくださったの？」

ピップは言葉に詰まり、眉根《まゆね》を寄せた。メッセージってなに？　「えーっと、わたしは……あなたからのメッセージ、ですか？」

「ええ、あなたのウェブサイトをつうじてメールを送りました。えっと、四月だったと思います。ツイッターのほうにもメッセージを送ろうと思ったんだけど、そういうのを自分ひとりではなかなかできなくて。でもようやくメッセージを読んでくれたんですね？」マリアの声がどんどん甲高くなっていく。

ピップは彼女からのメールを見ていなかった。一瞬考えてから、彼女に話をあわせることに

した。「は、はい、あなたからのメール、拝見しました。わざわざ送っていただいてありがとうございました。返答するまでに長い時間がかかってしまって申しわけありません」

「まあ、ダーリン、謝らないで」とマリア。電話の位置を変えたのか、カサカサと鳴る音が聞こえてきた。「あなたがものすごくお忙しいのは存じてますから。とにかくメールを読んでくださって、とってもうれしいです。あなたがポッドキャストをつづけるかどうかわからなかったけれど、地元で起きたべつの事件をそちらで探している場合にそなえて、どうにかして連絡をとりたかった。あなたはほんとうに優秀な方で、ご両親もさぞかし鼻が高いでしょうね。でね、ビリーのために必要なのはこれだ、メディアの関心を引くことだって、わかったの。その点をあなたとあなたのポッドキャストならなんとかしてくれるって。なんといってもあなたのポッドキャストはとても人気があって、いつも通っている美容院の美容師さんも聴いているのよ。メールに書いたように、わたしたちはビリーの件で手を貸してくれるよう、〈イノセンス・プロジェクト〉にお願いしようとしているところなんです」

マリアはそこで間をおいて息継ぎをしているようで、ピップはチャンスを逃すまいと割って入った。

「わかりました。それで、マリア、あらかじめ申しあげておきたいことがあります。たしかにいま電話をさしあげていますが、かならずしもあなたの息子さんの件をポッドキャストで取りあげるということではありません。取りあげるかどうかを決めるまえに、広範囲にわたってリサーチをする必要があるんです」

「まあ、ダーリン、そうね、もちろんそのとおりでしょうね」とマリアが言った。彼女の声のぬくもりまで電話から伝わってくるようだった。「それに、おそらくあなたはまだうちの息子が有罪だと思っているわよね。あの子がDTキラーで、スラウの絞殺魔で、名前はどうあれ、殺人鬼だと。ほとんどすべての人が思っているから、あなたを責めるつもりはないわ」

ピップはもう一度咳払いをしたが、今度のは時間を稼ぐためだった。自分自身のためにもビリー・カラスは有罪であってほしいけれど、そんなことは口に出せない。

「まだこの事件の細かいところまでぜんぶ目を通していないんです。あなたの息子さんが五件の殺人すべてについて自白し、有罪答弁をおこなったのは知っています。でも、調査をそこからはじめるのは妥当とは思えません」

「あれは偽の自白なんです」マリアは洟《はな》をすすりながら言った。「尋問していた警察官に強要されたんです」

「それならなぜビリーは無罪答弁をして裁判に持ちこまなかったんですか？　ビリーは無実だとあなたが考えている理由を、具体的な内容や証拠などをまじえて話していただくことはできますか？」

「もちろんですよ、ダーリン、ちゃんとお話しします。でもまずはひとつ、秘密を伝えておきます。じつはわたしもビリーは有罪だと思っていたの。最初の一年か二年は。最後にはあの子も真実を話してくれるだろうと思っていた。でもね、息子はずっと〝ママ、ママ、おれはやっていない。ほんとうだよ、ママ〟って言いつづけた。二年のあいだ、ずっと。それでわたしも調べはじめて、気づいたの、息子は真実を話しているって。あの子は無実。事情聴取の記録を見れば、あなたもきっとそう思うようになる。あっ、ちょっと待って、こちらからそれを送ってあげる！」電話の向こう側でまたカサカサと鳴る音がした。「何年かまえに、事情聴取の記録をぜんぶ手に入れたの。あれをつうじて、えーっと、なんて言うんだったかしら……そうそう、情報自由法。尋問の内容も、あの子の自白もすべてそろっている。記録は百ページ以上になる。警察は息子を九時間も取調室に缶詰めにしていたって、あなた知ってた？　あの子は疲れきっていた。それに恐れてもいた。そうだ、こうしましょう。こっちで記録をざっと見てからもっとも重要な部分にマーカーで印をつけて、スキャンしたものをあなたに送るっていうのはどう？　スキャナーの使い方はわかると思う。ぜんぶに目を通すのはちょっと時間がかかるかもしれないけれど、遅くとも明日には送れる」

「わかりました、お願いします」ピップはノートにメモを走り書きした。「そうしていただけたら、すごく助かります、ありがとうございます。でもそんなに急がなくてもだいじょうぶですよ、ほんとに」ほんとうは急いでほしい。テープでぐるぐる巻きにされたために頭がない、五つの小さな棒人間ならぬ棒女性たちが、六人目の犠牲者に会いに部屋へ向かってのぼってきているのだから。終わりが見えている。もちろん、誰かがそう思わせたがっているだけならいいんだけれど。

「かならず送る。あなたにもわたしが言っていることが正確にわかると思う。あの子の答えはすべて、誘導尋問の結果よ。息子はなにも知らない。警察は息子に不利な証拠があると言い、一件の殺人については目撃者がいるとほのめかしている。目撃者なんかいないのに。かわいそうに、ビリーはすっかり混乱してしまった。自分の息子だからよくわかっているんだけれど、ビリーはけっして頭のいい子じゃない。あの当時は飲酒の問題もかかえていて、夜に外で酔いつぶれることもあった。だから意識が朦朧《もうろう》としているあいだにおまえは殺人を犯した、それで覚えていないんだと、警官たちは決めつけている。ビリー自身もそれを信じはじめてしまったんだと思う。自白したあとようやく独房のなかで眠ることができ、朝になってすぐに撤回した。人が思っている以上に偽の自白はふつうにおこなわれている。この数十年に〈イノセンス・プロジェクト〉の協力によって身の潔白を証明した人は三百六十五人にのぼるんだけれど、その四分の一以上の人がほんとうに自分がやったかどうかあやしい犯罪を自白している」

マリアは思いついたことを次々に話しているようで、それを聞いているうちにピップはハッと気づいた。これがマリアの生活のすべてなのだ。息をするのも、考えをめぐらせるのも、すべて息子のため。ビリーに人生を捧げている。けれどもビリーにはいまや新たな名前がついてまわっている。DTキラー、スラウの絞殺魔、モンスター。マリアが気の毒で胸が苦しくなるが、彼女の言い分が正しければいいとまでは思わない。それだけは勘弁してほしい。

「その統計は知りませんでした。ビリーの事情聴取の内容にはとても興味があります。でも、マリア、翌朝になってビリーは自白を撤回したのに、なぜ有罪答弁をしたんですか?」

「弁護士のせいなの」マリアは答えた。彼女のやわらかい声を損なわせる非難の色がまじっている。「彼は公選弁護人だった。弁護士を雇うお金がなくて。あのときお金があったらと思うと、ほんとうに悔やんでも悔やみきれない。もっとがんばるべきだった」そこで間をとる。断続的な息遣いがスピーカーごしに聞こえてくる。「その弁護士はね、すでに五人を殺したと自白してしまったし、警察は自白内容を録音しているんだから、裁判に持ちこんでも意味はないってビリーに言ったの。かならず負けるだろうって。ほかにも証拠はそろっているだろうし、なによりも自白は強力だからと。陪審もテープの内容を聴けば絶対にビリーは有罪だと考えるだろう、とも。弁護士は間違ってはいなかった。自白は被告側にとってはもっとも不利な証拠と言われている」

「そうですか」ピップは言った。ほかに言うべき言葉が見つからなかった。

「でもわたしたちはもっとがんばるべきだった。裁判になったらなにが出てくるかわからない。それでビリーを救えたかもしれない。ほかの証拠で。二人目の犠牲者のメリッサ・デニーには、誰のものか特定できない指紋がひとつ、残されていたの。ビリーの指紋とは一致せず、警察でも誰のものかわからない指紋が。それに……」そこで言葉が途切れ、間があく。「三人目の犠牲者のベサニー・インガムが殺された晩、ビリーはここにいたと思う、わたしといっしょに。記憶は曖昧なんだけれど、あの晩、ビリーはわたしの家に来た、と思う。あの子は酒を飲んでいた。ずいぶんたくさん。途切れ途切れにしかしゃべれなかった。だからわたしはあの子を昔のベッドルームに寝かせて、車のキーを取りあげた。そうすればもう運転はできないから。その晩についての証拠はなにもない。わたしね、どうにかして証拠を見つけようとした。電話の通話記録とか、道路に設置されている防犯カメラとか、とにかくなんでも。証拠はないけれど、法廷でのわたしの証言が証拠になるはずだと思った。わたしといっしょに家にいたとしたら、どうやってあの子はベサニーを殺せる?」マリアは息を吐きだした。「でも弁護士は有罪答弁をすれば判事が便宜を図ってくれて、近くの刑務所に収監してもらえるから、お母さんが面会に来るのが楽になる、とビリーに言ったの。もちろんそんな便宜は図ってもらえなかった。とにかくビリーは希望を失い、だから自分は有罪だと申し立てた。勝負がはじまるまえから自分はすでに負けていると思ってしまったの」

ピップはマリアが語る内容を走り書きしていき、すべてを書きとめようと焦るあまり、字が曲がったり重なりあったりした。ふと気づくと、こっちがしゃべるのを待っているのか、マリアが話すのをやめていた。

「すみません」とピップ。「それで、自白のほかに、ビリーがDTだと警察が信じるに足る、どんな証拠があったんですか?」

「ああ、それならいくつかあった」とマリアが答え、電話の向こうで紙をめくっているようなカサカサ鳴る音が聞こえてきた。「決定的とも言えるのが、ビリーが五人目の犠牲者、タラ・イェーツの遺体を発見したこと」

「ビリーが彼女の遺体を発見したんですか?」思わずピップは訊いた。いまはおぼろげにしか覚えていないけれど、まえに聴いたポッドキャストでは大どんでん返しが起きたと話していた記憶がある。

「そう。ビリーが彼女を発見したの。足首と手首だけじゃなく、顔までテープを巻かれた状態の彼女を。人間がそんなふうになっているところなんて、わたしには想像もできなかった。ビリーは仕事中に彼女を見つけた。あの子は敷地を整備する会社につとめていた。芝生を刈ったり、生垣の手入れをしたり、ゴミを拾ったり、そういうことをする会社。ビリーは朝早くに、会社が整備を請け負っているマナーハウスの敷地内で草を刈っていた。そして敷地の端にある林のなかでタラを発見した」マリアはそこで咳払いをした。「ビリーは……まずは彼女のもとへ駆け寄った。まだ生きていると思ったからで、でもそばへ行ってみると顔は見えなかった。そもそも駆け寄るべきじゃなかったのよね。そのままの状態にしておいて、すぐに警察に連絡すべきだった。でもビリーはそうはしなかった」

言葉が途切れた。

「ビリーはなにをしたんですか?」ピップは先をうながした。

「あの子は彼女を助けようとしたの」マリアが大きく息を吐く。「顔にテープを巻かれていたら息ができないと思って、あの子はテープをはがしはじめた。素手で彼女とテープにさわって。そのあとで彼女が呼吸をしていないことに気づいて、心肺蘇生法《CPR》をためしてみたんだけど、自分でもなにをやっているのかわからなかった。だってやり方を一度も教わったことがなかったから」そこでひとつ小さな咳。「ようやく助けが必要だと悟って、走ってお屋敷へ戻り、そこの雇い人のひとりに警察へ連絡するよう頼み、それからいっしょに来て手を貸してくれとも頼んだ。自分は携帯電話を持っていたのに、そのときはすっかり忘れていた。たぶんあまりのショックに頭が真っ白になっていたんじゃないかしら。呼吸をしていない人を見たらどうなってしまうかなんて、わたしにはわからないけれど」

ピップはそういう場合に人がどうなるか正確に知っていたが、説明しようとはしなかった。

「でも警察だってわかったはずですよね、タラに付着していたものはビリーが彼女を発見し、助けようとしたときのものだって。タラが亡くなっているとは思わず、現場を汚染してしまっただけだと」

「ええ、そうね。おそらく警察も最初はそう思ったでしょうね。話は飛ぶけれど、わたし、この数年間ずっと連続殺人犯について調べていた。いまではもう専門家と言ってもいい。でね、こういう〝DT〟みたいな犯罪では、殺人者が警察の捜査に加わろうとするのはごくふつうのことなの。考えや情報を警察に伝えたり、捜索隊に加わって協力を申しでたりして。疑惑の目が自分に向けられていないか確認するために情報を集めようともする。警察は結局、そういう考えに傾いたというわけ。ビリーはタラの遺体を発見することで捜査に加わり、自分は無実の協力者であるとアピールする。また、心肺蘇生云々《うんぬん》は、殺害している最中にDNAを残してしまった場合の口実だと」そこでため息。「あらゆることが警察の主張にあわせるためにねじ曲げられてるってわかるでしょ?」

腹のなかがずしりと重くなるのを感じつつ、ピップは自分がうなずいているのに気づいた。ちょっと、なにをしているの? こういう話の展開はまずい。だってビリーが無実だという可能性があるとしたら、話は……まずい、非常にまずい。

さいわいマリアがふたたび話しはじめてくれたので、それ以上、頭のなかで渦巻《うずま》く声を聞かずにすんだ。

「おそらくタラの件だけでもビリーを有罪にできたでしょうけれど、あの子を連続殺人事件と結びつける事実がほかにもあった。息子は犠牲者のひとりと知り合いだったの。三人目の犠牲者のベサニー・インガム、彼女は仕事先での息子の監督者だった。ベサニーの死を知らされてビリーはとても悲しみ、あの人はいつもやさしくしてくれたと言っていた。最初の犠牲者、フィリッパ・ブロックフィールドの遺体はビーコンズフィールドのゴルフコースで発見された。そのゴルフコースもビリーが働いていた会社と契約していて、息子は整備チームの一員だった。フィリッパの遺体が遺棄された同じ日の朝に、息子のチームのヴァンがゴルフコースのほうへ走っていくのが目撃された。でも、もちろん、あの子は職場へ向かっているだけだった。それとダクトテープ……ビリーの職場にあるものとまったく同じものだった、だから……」

脳のなかの一部が目覚めて火花を散らし、いくつもの問いが互いにうねり、そのスピードを増していくのをピップは感じた。世界の動きがゆっくりになっていく反面、頭は倍のスピードで回転していく。自分にとってこの道がどこへ向かうかわかっている。だから頭をフル回転させちゃいけない。でもとめられずに、問いかけのひとつがうねりのなかからぽろりと落ちた。

「ということは、殺人事件とビリーを結びつけているあらゆる証拠は、彼の仕事と関係しているってことですね。ビリーが働いていた会社の名前は?」

もう遅い。事件に関係する質問をしてしまったからには、もう引きかえせない。心のどこかでいつでも引きかえせると思っていたのに。DTキラーの母親との会話をどこかで打ち切ってもよかったのに。

「そうね、すべてはその会社に結びついているような気がする」マリアは早口になり、口調はさっきよりも興奮気味。「会社名は〈グリーン・シーン株式会社〉。〝見る〟の過去分詞の〝シーン〟じゃなくて、映画の一シーン、のシーン」

「わかりました、ありがとうございます」ピップはページのいちばん下に会社名を書いた。そこで首をひねり、べつの角度から文字をしげしげと眺める。この名前に見覚えがある気がする。でも、どこで見た？　まあ、企業の営業範囲がこの付近ならば、キルトンを走るヴァンに社名のロゴが書かれているのを見たのかもしれない。

「それで、ビリーはどれくらいの期間、そこで働いていたんですか」ピップは訊いた。ノートパソコンのタッチパッドに指を走らせると、画面がぱっと明るくなった。〝グリーン・シーン株式会社　バッキンガムシャー〟と打ちこみ、〝エンター〟を押す。

「二〇〇七年から」

いちばん上の検索結果は会社のウェブサイト。そうだ、これだ。円錐形《えんすいけい》の木のロゴに見覚えがある。このイメージはすでに脳内のどこかにあった。でも、なぜ？　ホームページではスライドショーつきで〈グリーン・シーン〉の〝整備のスペシャリストたちと、敷地のメンテナンスサービス部門で受賞した賞〟を紹介している。ページの下のほうにほかのサイトのリンクが貼ってある。姉妹会社の名前は〈クリーン・シーン株式会社〉で、〝オフィスや一般住宅向け〟に清掃サービスを提供している。

「もしもし?」マリアがおずおずといった感じで話しかけてきて沈黙が破れた。ピップはいま電話中だということを忘れそうになっていた。

「すみません、マリア」眉を掻きながら言う。「どういうわけか、わたし、この社名に見覚えがあって。なのに理由を思いだせなくて」

ピップはメニュー画面の〝わたしたちのチーム〟と書かれた欄をクリックした。

「見覚えがある理由なら知っているわよ、ダーリン」とマリアが言った。「それは——」

そこでページが開き、マリアがなにか言うまえに目の前に答えがあらわれた。いちばん上にスーツを着て、歯を見せて笑っている男性の写真があり、最高経営責任者、かつ〈グリーン・シーン・アンド・クリーン・シーン株式会社〉のオーナーと紹介されている。

ジェイソン・ベル。

「ジェイソン・ベルの会社なんですね」ピップは頭のなかでピースとピースをつなぎあわせながら、息を吐きだした。そう、これだ。自分が社名を知っていた理由はこれ。

「そのとおりよ」マリアがやさしげな声で言った。「アンディ・ベルのお父さん。もちろんあなたはアンディ・ベルに関するすべてを知っている。あなたのポッドキャストを聴いたから、わたしたちもみんな知っている。お気の毒に、ミスター・ベルは同じころに想像もつかないほどの悲劇に見舞われていたのね」

まったく同じとき。ピップは思った。タラ・イェーツが殺された同じ晩にアンディは死んだ。そしてここにまた、アンディが死からよみがえって姿をあらわした。ビリー・カラスはジェイソン・ベルの会社で働いていた。ビリーとDTキラー事件は結びつけられ、連続殺人事件そのものが彼の仕事と結びついていた。

ビリー・カラスは無実――間違って犯人にされた男と真犯人がいる――である可能性がほんのわずかだがあると、いまここで認めねばならないとしたら、〈グリーン・シーン株式会社〉こそが、まず調べるべき場所だ。たとえDT事件と自分とのつながりはなく、死んだハトや私道の棒人間とも関係がなく、なんらほかに複雑なからみがないとしても、そこが調査の第一歩となるだろう。その第一歩が今回はとても厳しく、ずいぶんと重く感じられる。

「マリア」声がざらついてかすれ気味になる。「最後にひとつだけ。ビリーが逮捕されたあと殺人は起きなくなりましたよね。これについて説明できますか？」

「さっきも言ったとおり、この数年間、わたしはずいぶんと連続殺人犯について学んできた。でね、大部分の人が知らない事実がひとつあって、それはときとして連続殺人犯は殺人をやめてしまうということ。理由としては、年をとってできなくなるとか、人生の上で新たな出来事が起きて、殺人を犯す衝動も時間もなくなるとか。たとえば人と出会って関係を築いたり、子どもが生まれたりした場合が考えられる。それがここでも起きているのかもしれない。もしくはビリーの逮捕のあと、真犯人はそろそろ潮時だと思ったか」

ピップは文字を書く手をとめた。頭はさまざまなことでいっぱいになっている。「マリア、今日は時間を割いてわたしと話をしてくださり、ありがとうございました。今回のお話はすべてとても――〝役に立ったと言っちゃだめ、ぞっとする話だったもだめ〟――興味深かったです」

「ダーリン、こちらこそ、時間をとってくれてありがたかったわ」マリアはそう言って洟をすすった。「ビリーのことを話せる人も、聞いてくれる人も、ひとりもいないの。だからほんとうに感謝している。ビリーの件が進展しなくても。ちゃんとわかってるわ、ダーリン。有罪が確定した事件の再審を認めてもらうのは、ものすごくハードルが高いのよね？　ほとんど希望がないことはわたしたちも承知している。でもあなたが連絡をくれたと知っただけでビリーはとてもよろこぶと思う。すぐにでもビリーの事情聴取の記録をスキャンするわね。そうすればあなたは自分の目でたしかめられる」

それを見たいかどうかはよくわからない。目の前で両手をパシッと打ちあわせてみたらいままでの話はぜんぶ夢だった、というオチならいいのにと思う自分がいる。どこかへ行ってしまいたい、消えてしまいたいと思う自分も。

「明日、送る」マリアがきっぱりと言った。「約束する。あなたのポッドキャストのメールアドレスに送ればいいかしら？」

「は、はい、それでだいじょうぶです、ありがとう。じゃあ、また連絡しますね」

「さようなら、ダーリン」マリアが言ったあと、ピップは自分の声が〝さようなら〟と言うのを聞いた気がした。ほんの少しだけ残っていた望みに向けて言ったのかもしれない。

通話終了のボタンを押すと、耳のなかが静かにざわついた。

たぶん。

もしかしたら。

可能性はある。それは〈グリーン・シーン株式会社〉ではじまった。

そして――頭のなかの声がさえぎる――自分の死で終わる。

DTキラーの六人目の犠牲者。

ピップは頭のなかの声から気をそらせようとして、それにかぶせてしゃべろうとした。いまは終わりを考えるんじゃなく、次のステップを考えるべき。一日一日を大切に。でもあと何日、残っているんだろう。

やめて、もうほっといて。最初の一歩。グリーン・シーン。頭のなかでふたつの頭文字が木霊し、ペンがカチカチ鳴る音に変わる。DT。DT。DT。

ふと気づいた。自分が知っている〈グリーン・シーン株式会社〉と関係のある人物はジェイソン・ベルだけじゃない。ほかの人物もいる。ダニエル・ダ・シルヴァ。警察官になるまえ、彼はしばらくジェイソン・ベルの会社で働いていた。ビリー・カラスといっしょに働いていたかもしれない。

ビリー・カラスの事件は、つい昨日までは自分には関係のないものに思えたのに、いまではこっちに向かって這いすすんできている。チョークの人形《ひとがた》が壁を這いのぼってくるのと同じように。徐々に近づいてきて、ふたたびアンディ・ベルのもとへ、すべてのはじまりへと自分を導いているような気がする。

とつぜん耳ざわりな音が鳴りだした。

びくっとした。

自分の携帯。電話がかかってきて机の上で震えている。

電話を取りあげて画面を見る。〝非通知設定〟

「もしもし?」

電話の向こうからの返事はない。声も音もなく、ほんのかすかに雑音が聞こえるだけ。

「もしもーし?」音《おん》を引きのばしてもう一度、言った。耳を澄まして待つ。誰かの息遣いが聞こえてくる。いや、もしかして自分の息遣い? 「マリア? あなたなの?」

返事はなし。

セールスの電話で、接続が悪いのかもしれない。

ピップは息を詰めて聞き耳を立てた。目を閉じて耳に意識を集中させる。かすかだけれど、音が聞こえる。電話の向こうに誰かがいて、息をしている。こっちの話し声が聞こえないのだろうか?

「カーラ? カーラ、こんなのがおもしろいと思ってるなら——」

通話が切れた。

ピップは携帯電話を机に置いてじっと見つめた。かなり長いあいだ見つめていたせいで、携帯がみずから説明してくれそうな気がしてきた。いま頭のなかで聞こえているのは自分の声ではなく、ハリエット・ハンターの声。想像して勝手につくりだしたハリエットの声が話しかけてくる。DTに関する記事のなかで殺された姉について話していたことを。〝無言電話が何回か、かかってきたとも言っていました。姉が消息を絶つまえの週の出来事でした〟

心臓がすぐさま反応し、胸の内側で銃弾が発射される。ビリー・カラスはDTキラーかもしれない。ちがうかもしれない。もし――〝もし〟がブラックホールとなって自分のまわりをまわっている――もしビリーがDTじゃなかったら、ゲームはふたたび次のステージへ進む。最終ラウンドへ。タイマーがカウントダウンをはじめている。

消息を絶つまえの週。

〝きみが行方不明者になったら、誰がきみを探してくれるのかな〟

ファイル名：
ダウンロード：ビリー・カラスの事情聴取の記録.pdf

四一ページ

ノーラン主任警部：さあ、ビリー、ここまで来てごねるのはやめようじゃないか。だいじょうぶだよ。わたしを見なさい。ゲームはもう終わりにしよう。吐いてしまえば気持ちはうんと楽になる。わたしを信じなさい。なにがあったのかわたしに話せば、状況はきみにとってよくなるから。おそらくこんなことになるとは思ってもみなかったんだろう？　きみは女性たちを傷つけるつもりはなかったんだよな、わたしにはわかる。たぶん彼女たちがきみを不当に扱ったとか、そういうことだったんだろう？　彼女たちに意地悪をされたのかい、ビリー。

BK：いいえ、サー、おれはどの女性も知りませんでした。やったのはおれじゃありません。

ノーラン主任警部：ビリー、きみはわたしに嘘をついているね？　きみがベサニー・インガムを知っていたことをわれわれは知っているんだよ。彼女は職場できみを監督する立場だったんじゃないかね？

BK：はい、すみません、ほかの女性は知らないという意味でした。ベサニー・インガムは知っていました。嘘をつくつもりなんかなかったんです、サー、おれはただ疲れていて。休憩をとらせてもらえませんか？

ノーラン主任警部：きみはベサニーを憎んでいたのかい、ビリー。彼女のことを魅力的だと思っていた？　彼女と寝たいと思っていたのに、彼女に拒絶されたのか？　だからベサニーを殺した？

BK：いいえ、おれは――お願いですから、そんなに次から次へとたくさん質問するのはやめてもらえませんか？　お、おれは頭が混乱しないように注意して、二度とうっかり嘘を言わないよう気をつけてるんです。ベサニーのことを憎んでなんかいませんでした。彼女を好きだったけど、あなたが言っているふうに好きだったわけじゃありません。ベサニーはおれに親切にしてくれた。去年の誕生日にはオフィスにケーキを持ってきてくれて、みんなにハッピーバースデーの歌をうたいましょうって言ってくれたんです。ふだんはまわりの人間はそんなふうにやさしくしてくれません、おふくろはべつですけど。

ノーラン主任警部：つまり、きみはひとりぼっちだったわけだな、ビリー。いま言ったのはそういうことだろう？　ガールフレンドもいないいんだよな？　きみはいつもひとりぼっちだから、女性に接すると居心地が悪くなるのかな？　女性たちがきみとはいっしょにいたがらないから、それで腹を立てるとか？

BK：いいえ、おれは……サー、すみませんが、もう起きていられません。へとへとなんです。おれはひとりぼっちじゃありません。いまはそんなにたくさん友だちがいないってだけで。男の同僚たちの何人かは友だちだと思います。ベサニーのチームでいっしょに働いていた四十節(一)により非公開も友人でしたが、いまは警察官になってます。それに、女性に対しては尊敬の念しかありません。女手ひとつでおれを育ててくれたおふくろを見ていたんで、おれは女性をいつも尊敬してます。

七六ページ

ノーラン主任警部：覚えていないのかい？

BK：酒をたくさん飲んだときに、ときどき記憶が飛ぶことがあるという意味です。自分がなにをしたのか覚えていられないんです。それはほんと問題だと思うんで、ちゃんとセラピーを受けるとか、なんとかします、約束します。

ノーラン主任警部：つまり、あの女性たちが死んだ夜のことはなにも覚えていない、と言っているんだね？　どの夜もどこにいたのか思いだせないと？

BK：自分の家にいたと思うんですけど、たしかなことは覚えていないんです。どうして覚えていないかの理由はあなたに説明しました。

ノーラン主任警部：だがね、ビリー、覚えていないんなら、家にいなかった可能性もあるんじゃないかね？　記憶が飛んでいるあいだに、あの女性たちを殺した可能性も。

BK：よ、よくわかりません、サー。おれは……もしかしたら――

ノーラン主任警部：あの女性たちを殺したかもしれない？　はっきり言うんだ、ビリー。

BK：いいえ、おれは――覚えていないんなら、やらなかったとかやったとか言えない、そういうことです。水かなんかもらえませんか？　頭が痛くて。

ノーラン主任警部：わたしに言うだけでいいんだよ、ビリー。そうしたらこれはぜんぶ終わる。水だって飲めるし、睡眠もとれる。さあ、お互いに疲れたよな。言ってしまえば気持ちがうんと楽になるし、軽くもなる。罪悪感がきみをさいなんでいるにちがいない。やったと言ってしまえ。わたしを信じるんだ、ビリー。ようやく〝やっていません〟から〝覚えていません〟まで来たんだ。さあ、もう一歩先に進んで、わたしに真実を話してくれ。

BK：それが真実なんです。おれはやっていない。でもあの夜のことは覚えていない。

ノーラン主任警部：わたしに嘘をつくのはやめるんだ、ビリー。フィリッパ・ブロックフィールドの遺体が捨てられた場所で、捨てられたのと同じ朝に、きみのヴァンが走っているのを目撃されている。きみのDNAがタラ・イエーツの全身に付着している。きみに不利になる証拠のファイルはわたしの腕と同じくらいの厚みがあるんだ。もうおしまいにしよう。自分がやったことをわたしに話せば、こんな事情聴取なんかすぐに終わらせることができる。

BK：彼女に、タラに触れるべきじゃなかった。すみません。彼女は生きていると思ったんです。だから彼女を助けようと。それでおれのDNAが彼女についちゃったんです。

ノーラン主任警部：きみはね、見られていたんだよ、ビリー。

BK：み、見られていた？　なにをしているところをですか？

七七ページ

ノーラン主任警部：わかっているだろう、ビリー。きみは正確にわかっている。ここで芝居をするのはやめようじゃないか。きみは見られていたんだよ。わたしに話してしまいなさい。そうすれば、気の毒な女性たちのご家族にも心のやすらぎをいくらか与えることができる。

BK：お、おれが見られていたって？ タラといっしょにいるところを……事件のまえにですか？ 夜に？ でもおれは覚えていない、覚えていないんです……どうして覚えていないんだ……意味がわからない。

ノーラン主任警部：なんの意味がわからないんだい、ビリー。

BK：えっと、あなたがおれに言ったことが、なにからなにまで……証拠があるだとか、なんかそれって……もしかしたら、おれ、やったのかもしれない。でも、どうやったとか、そういうのはわからないんです。

ノーラン主任警部：おそらく、記憶が飛んでいたんじゃないのかな、ビリー。覚えていたくなかったのかもしれない。自分のやったことに対して、あまりにも申しわけなく思って。

BK：そうかもしれませんけど、おれ、覚えていないんです。なにひとつ覚えていない。でも誰かに見られていた？

ノーラン主任警部：きみには大きな声でしっかりと話してもらいたいんだ、ビリー。自分がやったことを話してくれ。

BK：なんかたぶん……それはおれなんじゃないかと思います。どうやったかはわからないけど、おれなんですよね？ おれがあの女性たちに危害を加えた。すみません。おれ……そういうことをするつもりはなかったんだと思います。でもやったのはおれなんですよね。

ノーラン主任警部：よく言ってくれた、ビリー。上出来だ。そんなに泣くことはないよ。きみがどんなに申しわけなく思っているかはわかっている。さあ、ティッシュで拭きなさい。ほら。さて、きみに水を持ってきてあげよう。でもわたしが戻ったら、この会話をつづけなくてはならない。いいね？ 具体的なことをすべて、しゃべってしまいなさい。ほんとうにきみはよくやっているよ、ビリー。すでに気持ちは楽になっているはずだ。

BK：そうでもないです。警察は……おふくろにも知らせるんですか？

九一ページ

ノーラン主任警部：それで、彼女たちをどうやって殺したんだね、ビリー。

BK：顔にテープが巻いてありましたよね。彼女たちは息ができず、それで死にました。

ノーラン主任警部：ちがうな、ビリー。それで彼女たちは死んだんじゃない。さあさあ、きみは答えを知っている。どうやって彼女たちを殺した？　ダクトテープじゃなく。

BK：おれは……おれにはわかりません、サー。すみません。おれ、彼女たちの首を絞めたんですか？　そ、そうだ、おれ、首を絞めました。

ノーラン主任警部：いいぞ、ビリー。

BK：両手で。

ノーラン主任警部：いいや、きみは手で殺してはいないよな、ビリー。なにかを使った。きみはなにを使ったんだい？

BK：えっと……どうだろう……もしかして、ロープ？

ノーラン主任警部：そうだ、そのとおり。青いロープだ。われわれはまったく同じタイプのロープの繊維をきみのヴァンのなかから発見した。

BK：それは仕事で使っているやつです。とくによく使うのが樹木医のチームです。おれはそれを職場から持ってきていたんですかね？

ノーラン主任警部：ダクトテープもな。

BK：そのようですね。

ノーラン主任警部：どこで彼女たちを殺したんだね、ビリー。彼女たちを拉致したあと、殺す目的でどこに運んだんだ？

BK：えーっと、おれは……自分の仕事用のヴァン、ですかね？　それから彼女たちが発見された場所までまっすぐに車を走らせた。

ノーラン主任警部：きみは毎回、女性をその場に残して少しのあいだどこかへ行っていたそうだな？　テープで巻いたあとしばらくしてから戻り、女性の首を絞めた。何人かは手首に巻かれたテープを少しずつ破り、縛《いまし》めをゆるめていた。そのことから、きみは少しのあいだ女性をひとりで放置しておいたのだとわれわれは推測している。その時間、きみはどこへ行っていたんだね？

BK：おれは……そのへんをドライブしていたんだと思います。

一〇二ページ

ノーラン主任警部：そうだ、そのとおりだよ、ビリー。それで、メリッサ・デニーからはなにをとったんだい？　戦利品として。

BK：また宝石だったと思います。

ノーラン主任警部：いいや、ちがうよ。ほかのものだ。女性がハンドバッグに入れて持ち歩くもの。

BK：ああ、財布ですか？　運転免許証かなんか？

ノーラン主任警部：ちがうよ、ビリー。きみはそれがなにか知っている。おそらく彼女が毎日使っていたものだ。

BK：ああ、口紅？

ノーラン主任警部：きみは口紅も取っていったんだろうな、ビリー。でも彼女のバッグからなくなっていたのはべつのものだ。口紅より大きいもの。メリッサはどこへ行くにもそれを持っていったとご家族は話していた。

BK：なんだろう……ああ、髪を梳《と》かすもの、ヘアブラシですか？　そういうことですか？

ノーラン主任警部：そうだ、そのとおり、ヘアブラシだよ、ビリー。幅の広いやつだ。メリッサは髪の毛の量が多かったからな。長いブロンド。だからきみはヘアブラシをとっておきたかったんだろう？

BK：たぶん。そうなんだと思います。

ノーラン主任警部：ブラシは何色《なにいろ》だった？

BK：ピ、ピンク？

ノーラン主任警部：うーん、わたしが見たかぎりでは、どちらかというと紫に近いかな。うすい紫色。ラベンダーのような。

BK：ライラックみたいな？

ノーラン主任警部：そうだ、まさにそれだな。それで、きみは戦利品をどこに保管しているんだい、ビリー。フィリッパのネックレス、メリッサのヘアブラシ、ベサニーの腕時計、ジュリアのイヤリング、そしてタラのキーリングを。きみの家とヴァンを探したんだが、見つからなかったんだよ。

ＢＫ：とったあとに捨ててしまったんだと思います。覚えていなくて。

ノーラン主任警部：ゴミ容器に捨てたのかい？

ＢＫ：はい。なにかに包んで、ゴミ容器に捨てました。

ノーラン主任警部：とっておきたくはなかったのか？

ＢＫ：もう寝かせてもらっていいですか？　ほんとうにくたくたなんです。

16

町は眠っているが、ピップは眠っていなかった。例の人物も眠っていない。

携帯電話に警告が届いた。ウェブサイトをとおして新しいメッセージも。ツイッターに通知も。

〝きみが行方不明者になったら、誰がきみを探してくれるのかな〟

17

血が正しくめぐっていないような気がする。循環が異様に速く、血液が激しい勢いで心臓に入っては出るうちに泡だらけになる。たぶんカフェでつづけて二杯、コーヒーを飲んだのがいけなかったのだろう。でもせっかくカーラがすすめてくれたのだから。朝の途方もなくすばらしい時間なのに疲れているように見えると言って。いまはカフェを出てチャーチ・ストリートのほうへ歩いているところで、手は震え、血が音を立てて全身をめぐっている。

昨晩は頭が空まわりして、一睡もできなかった。いつもの倍の錠剤を服《の》んだのに。ビリー・

カラスの事情聴取の記録を読んだあとで、クスリをむだに消費してしまった。レコーダーのプレイボタンを押したように頭のなかで声が何度も再生され、声がやむとノイズが聞こえてきた。勝手に想像したビリーの声は……殺人者のものとはまったく思えなかった。不安にさいなまれて途方に暮れている声。自分の声と同じく。

部屋のなかに落ちる影という影が男の姿になり、上掛けにくるまれている自分を見つめていた。点滅する電子機器の明かりが暗闇のなかで光る一対の目になる。プリンターのLEDランプや机に置いてあるブルートゥーススピーカーの明かりが。二時半に新たにメッセージが入ってきたあとは状況がさらに悪くなり、世界は縮んで自分とうろつきまわる影だけになった。

じっと横たわって暗い天井を見つめているうちに、目は乾いてかゆくなった。正直なところ、あの記録の内容を自白とはどうしても呼べなかった。そう、どれもビリーの口から出てきた発言だし、彼はたしかに〝おれがあの女性たちに危害を加えた〟と言っているけれど、事情聴取の流れを見ていくとどうにも納得がいかなかった。まずは結論ありき、というような。だからビリーの言葉にも信憑性が感じられなかった。

母親の目で記録を読んだはずなのに、マリアは大げさに騒ぎたてもしなかったし、真実をねじ曲げてもいなかった。彼女は正しい。自白は強要されたものに思えた。主任警部は堂々巡りの話をすることでビリーを罠にかけて追いつめ、心にもない嘘を彼の口から引きだした。事件のまえの夜にビリーがタラ・イェーツといっしょにいたところなど誰も見ていないし、そもそもその話は真実じゃない。それでもビリーはそれを信じてしまい、記憶のなかにちがう自分をつくりだしてしまった。ノーラン主任警部は殺人事件の詳細をすべてビリーに話して聞かせた。ビリーは話を聞くまでは自分が被害者をどのように殺害したかすら知らなかった。

すべてが演技だったという可能性もある。人の心を巧みに操る殺人者によるずる賢い策略だと。そう考えて気持ちを落ち着かせようとした。しかしもうひとつの仮説と並べてみると、演技云々《うんぬん》の可能性はとたんに影がうすくなってしまった。ビリー・カラスは無実という仮説と並べると。彼の自白を読んだあとでは、それはもはやたんなる仮説ではなく、説得力に欠ける説でもなかった。腹のなかで仮説がどんどん傾いていき、〝おそらく〟がほかの言葉にさしかえられていった。〝もっともらしい〟に。〝信憑性がある〟に。

自分のなかでおかしな事態が起きていた。ほっとしている自分がいる、という事態が。いや、それは適切な言葉じゃない。より正確にあらわすと……わくわくしている。肌がちくちくしだし、世界がゆっくりと変化していく。これこそ自分にとってのもうひとつのドラッグ。ねじれてよじれた結び目をほどく。しかし〝わくわく〟を享受したければ、それと表裏一体となっている物ごとを受け入れなければならない。

同じ真実の表と裏。もしビリー・カラスが無実なら、DTキラーはまだ野放しになっている。すぐそこに。彼は戻ってきた。DTに拉致《らち》されるまでに残された時間は一週間。

まずはその人物を見つけなければならない。誰だか知らないが、こちらに害をなそうとしている者を。DTキラーにしろ、DTになりすましている者にしろ。

鍵となるのは〈グリーン・シーン株式会社〉で、まずはそこからはじめようと思った。というか、もうはじめていた。今朝、時計の針が午前四時をまわったとき、すでに昔の記録をスクロールしていた。必要な記録を見つけるまでファイルやフォルダーの中身を探した。知らぬ間《ま》に脳がうずきはじめていて、あらためて重要なファイルを探しているのだと実感した。そう、ジェイソン・ベルの会社についてわかっていることをすべて並べ、そのうえで考えてみることにしたのだ。

〝マイ・ドキュメント〟を開いて〝学校の課題〟と名前をつけたフォルダーを開いた。〝十三学年〟のなかの、Aレベル（高校卒業の資格。大学入学のためにも必要）の科目にまじって探しているフォルダーがあった。

〝自由研究で得られる資格《エクステンデイッド・プロジェクト・クオリフィケーション》〟

クリックすると、一年前に作成したワード文書と音声ファイルがずらずらっと表示された。jpgのファイルや写真もあった。机の上に広げられたアンディ・ベルの学習手帳のページを写したもの、失踪直前のアンディの行動などを追った、注釈を入れたお手製のリトル・キルトンの地図。〝作業記録〟の文書をすべてスクロールしていって、ようやく見つけた。うずうずしてきた。〝作業記録――エントリー20（ジェス・ウォーカーとのインタビュー記録）〟

目当てのものをようやく見つけた。それを何度も読み、関連性に気づいたときには心臓を蹴《け》りあげられた気分になった。調査を進めるために当時活用した情報がすぐ目の前にあり、奇妙な感覚に陥《おちい》った。事件が起きるまえの状況を考えると、ああいった結末になるのは必然だったのかもしれないと思えた。避けられない結末に向かう道を、自分は手探りでたどっていったのだと。

次に〈グリーン・シーン・アンド・クリーン・シーン株式会社〉が本社を置いている場所を調べてみた。本社はリトル・キルトンから車で十五分ほどのノティ・グリーンにあり、敷地内に倉庫とオフィスが並んでいた。さらに、ベッドに腰をおろしてグーグルマップのストリートビューでそこを訪ね、外側の道路をバーチャルでドライブしてみた。本社は狭い田舎道のはずれにあり、まわりを高い木々に囲まれている。画面に表示されているのは曇《くも》りの日に撮られた画像。道路からなかはあまりよく見えず、目に入るのは工業施設内によく見られるような建物が二棟と、駐車している車とヴァンで、敷地はぐるりとグリーンに塗られた背の高い金属製のフェンスに囲まれている。正面ゲートには姉妹会社両方の色鮮《あざ》やかなロゴが入った社名の看板が掲げられている。画像の粗い画面に見入って、とりつかれたように上下にスクロールしていった。けれども、そこの画像を見ているだけでは必要な答えは得られないだろうと思えてきた。答えを得られる場所はひとつしかない。そこはノティ・グリーンではなく、リトル・キルトンにある。

そしていま、この場所にいる。ピップは視線をあげて、すぐそこまで来ていることに気づいた。ほかにも気づいたことがある。知っている顔の女性がこっちに向かって歩いてくる。ドーン・ベル。アンディとベッカのママ。いま家から出てきたところらしく、スーパーマーケットの〈セインズベリーズ〉の空の袋を腕からぶらさげている。濃い色のブロンドを後ろでひとつにまとめ、両手を大きめのセーターの袖ですっぽり覆っている。疲れているようにも見える。

この町がベル一家になにをしたか、それがありありとわかる。

ふたりはすれ違うところだった。ピップは笑いかけ、頭をさげた。こんにちはと言うべきかどうかわからなかった。あなたのご主人と話をするためにドアをノックするところなんです、と言うべきかどうかも。ドーンの口もとがぴくりとし、同時に目も動いたが、彼女は立ちどまらず、視線を空に向けて指をネックレスの金のチェーンに走らせた。ペンダントヘッドを表にしたり裏にしたりすると、そこに朝の光があたって輝いた。互いにすれ違い、そのまま歩いていく。肩ごしに振りかえると、ちょうどドーンもこっちを向き、ほんの一瞬、目があった。

しかしその一瞬はすぐに頭から消えて、ピップは目的地に近づいていって家を見あげ、湾曲した屋根から突きだす三本の煙突に目を走らせた。古くてあちこち斑《まだら》になっているレンガの壁はツタに覆われ、クロームメッキが施されたウィンドチャイムが玄関ドアの横にかかっている。

ベル一家の屋敷。

ピップは息を詰め、屋敷へ向かって道を渡り、私道にとまっているグリーンのSUVと、その横の小型の赤い車に目を向けた。よかった、ジェイソンは家にいて、まだ仕事には出かけていないようだ。奇妙な感覚が背骨を走る。いまいるのはべつの世界で、自分の身体には一年前の自分がいるような不可思議な感覚。時の流れから押しだされ、気がついてみると、すべてが一周してもとに戻ったような。たしかに自分はベル家の屋敷に戻ってきた。必要としている答えを知っている唯一の人物がここにいるから。

ピップは玄関ドアにはめこまれたガラスをノックした。

曇りガラスの向こうにぼんやりとした人影があらわれ、チェーンがはずれる音がしてドアが大きく開いた。玄関にジェイソン・ベルが立っていて、シャツのボタンをいちばん上までとめてしわをのばしている。

「こんにちは、ジェイソン」ピップは明るい声で言って笑みを向けたが、どうしても笑顔がこわばってしまう。「朝のこんな時間にごめんなさい。お、お元気ですか？」

誰が訪ねてきたか見きわめようとしているのか、ジェイソンは瞬《まばた》きを繰りかえした。

「なんの用だ」ドア枠に寄りかかり、視線を落として袖のボタンをはめる。

「お仕事に出かけるところですよね」声が緊張で震えているのがわかる。両手をもみあわせるも、汗で湿っていて気持ちが悪く、その手を見てべたついているのは血のせいではないことを確認した。「えーっと、ちょっと訊きたいことがあってお邪魔しました。あなたの会社の〈グリーン・シーン〉のことで」

ジェイソンは歯に舌を走らせた。そのせいで鼻のすぐ下がふくらむ。「会社のなにを？」目をすっと細めて訊いてくる。

「元従業員について」ピップは喉をごくりとさせた。「ビリー・カラスという人に関して」

ジェイソンは驚いたように首をすくめた。なにか言おうと口を開き、少しの間をおいてしゃべりだす。「DTキラーのことか？　それがきみの次の〝ターゲット〟なのか？　また注目を集めるための」

「まあ、そういうことです」ピップはつくり笑いを浮かべて答えた。

「ビリー・カラスに関してはノーコメントだ」彼の口の両端に動揺が走っている気がする。

「できるかぎりのことをして、彼がしでかしたことと会社を切り離したんだからな」

「でも、事件と会社は切っても切り離せませんよね」ピップは反論した。「公式発表では、ビリーはダクトテープと青いロープを職場から持ちだしたことになっているんですから」

「いいかね」ジェイソンは片手をあげたが、ピップは相手が会話を脱線させるまえにたたみかけた。彼が好むと好まざるとにかかわらず、こっちは答えが必要なのだ。

「去年、わたしはベッカの高校時代の友人、ジェス・ウォーカーと話をして、二〇一二年の四月二十日——アンディが行方不明になった夜——にあなたとドーンがディナーパーティーに出席したと彼女から聞きました。でもあなたは中座しなければならなかった。〈グリーン・シーン〉で警報装置が作動したからです。携帯電話に警報が入ってきたんでしょうね」

いっさいの表情を消したジェイソンが見つめてくる。

「それはDTキラーが五人目にして最後の犠牲者、タラ・イェーツを殺害したのと同じ晩でした」息継ぎもせずにつづける。「それで、わたしは真相はこうじゃないかと考えたんです。DTは資材を盗むためにオフィスに侵入し、うっかり盗難警報器を作動させてしまったと。警報器を作動させたのが誰か、わかっているんですか？　確認のために会社まで行って警報器をとめた際に、あなたは誰かを見ましたか？　防犯カメラは設置してあるんですか？」

「わたしは見ていない……」ジェイソンの言葉が途切れる。彼は少しのあいだこちらの背後の空を見あげたあと、視線を戻してきた。顔つきが変わっている——腹を立てているらしく、眉《まゆ》根《ね》を寄せている。そして首を振った。「いいかね」と吐き捨てるように言う。「もうたくさんなんだよ。ほんとうに。自分を何様だと思っているか知らないが、これは容認できない。きみも少しは学びなさい——人の生活に、われわれの生活に首を突っこみすぎだとは思わないのかね?」自分の胸もとをバシッと叩いて言った。シャツにしわが寄った。「いまはもう、娘はふたりともいない。記者どもが戻ってきてわが家のまわりで待ち伏せし、自分たちの記事用にコメントをとろうとしている。二番目の妻は去ってしまった。わたしはこの町に、この家に戻った。もう充分だろう。いや充分以上のはずだ」

「でもジェイソン、わたしは——」

「これ以上わたしにまとわりつかないでくれ」ジェイソンは関節が白くなるほど強くドアの端を握りしめた。「わたしの家族にもだ。もういい加減にしろ」

「でも——」

ジェイソンがドアを閉めた。力まかせではなく、ゆっくりと、こっちをじっと見つめながら。最後にドアがあちらとこちらをわけた。越えられない線が引かれた。施錠する音がカチリと鳴る。しかしジェイソンはまだその場から去らず、ドアのすぐ向こうに立っている。曇りガラスごしに姿が見える。こちらを睨《にら》みつける、熱を帯びた視線を感じる気がするけれど、彼の目は見えない。身体の線は微動だにしない。

さっさとどこかへ消えてほしいし、立ち去るのを確認したいのだろう。ピップはメタリックイエローのリュックサックのストラップをぐいっと持ちあげ、玄関前の小道をスニーカーの足で踏みしめていった。

USBマイクとノートパソコン、自分用のヘッドホンを持ってきたのだけれど、考えが甘かったかもしれない。いまみたいな反応を予想しておくべきだった。ジェイソンも有害なメッセージを受けとっているとホーキンスから聞かされていたのだから。ジェイソンを責めることはできない。そもそも自分はこの町の大勢の人から嫌われている。でもなんとしても答えが必要だ。あの晩に〈グリーン・シーン株式会社〉の警報装置を作動させたのは誰か。ビリーなのか、それともほかの誰か？　心臓はいまだに早鐘を打っていて、鼓動がタイマーとなり、終わりに向かって時を刻んでいる。

道のなかほどまで行ったところで首をめぐらせて振りかえり、ベル家の屋敷を見やった。ジェイソンの影がまだドアの向こうに立っている。こっちの姿が見えなくなるまで監視するつもりなのか。そこでふいに気づいた。あれはメッセージなのだ。二度とここへ来るなというメッセージ。来たのは間違いだった。

角を曲がってチャーチ・ストリートからその先のハイ・ストリートに出たところで、ポケットに入れていた携帯が振動しはじめた。ラヴィから？　この時間だとラヴィは列車に乗っているはず。ピップはジーンズのポケットに手を入れ、振動している携帯電話を引っぱりだした。

〝非通知設定〟

足をとめて画面を見つめる。また非通知設定の着信。これで二度目。保険の勧誘かもしれないと思うものの、ちがうとわかっている。じゃあ、どうすればいい？　あるのはふたつの選択肢だけ。緑の応答ボタンを押すか、赤いボタンを押して拒否するか。ピップは緑のボタンを押して、携帯を耳もとへ持っていった。

相手はしゃべらない。

「もしもし？」勢いこんで声を出し、語尾がかすれる。「どなたですか？」

返事はなし。

「DT？」ピップは言った。目は道路の向こう側でジョシュのと同じ濃紺の制服を着た子どもたちが口喧嘩をしているのを見つめている。「あなたはDTキラーなの？」

物音が聞こえる。自分の脇を走りすぎていく車の音かもしれないし、みずからの息遣いかもしれない。

「あなたが誰か教えてくれない？」携帯電話を落としてしまいそうで不安になる。両手がいきなりスタンリーの血でぬめりだしたから。「わたしにどうしてほしいわけ？」

息を詰めて電話の向こうに耳を澄ましながら、道路を渡るために足を踏みだした。

「あなたはわたしを知ってるの？　わたしはあなたを知っている？」

カチリと鳴って通話が切れた。ピーという音が三度聞こえ、鳴るたびに鼓動が速くなっていった。彼は消えてしまった。

携帯電話を耳もとからおろしてじっと見つめ、縁石《えんせき》から二歩、道路に出た。少しまえまで相手とつながっていた携帯のロック画面を凝視《ぎょうし》しているうちに、まわりの世界はぼやけ、自分を残して消えてしまった。誰がかけてきたかはもう考えるまでもない。

自分対ストーカー。

自分を救い、自分自身を救う。

エンジンの音が聞こえてくるのが遅すぎた。

近くでタイヤが悲鳴をあげる。

なにが起きているのかたしかめる必要はなかった。一瞬のうちに本能につかまれて、向こう側の歩道へと足が進みだした。

車が人をよけるときのキーッという音でほかになにも聞こえなくなり、骨がきしみ、歯ががちがちと鳴った。片方の足が歩道についたとたんに倒れこむ。

膝《ひざ》を激しく打ち、片方の肘《ひじ》で身体を支え、携帯電話は手から離れてコンクリートの上を滑《すべ》っていった。

耳ざわりな音はエンジンのうなりに変わり、こっちが顔をあげもしないうちに車は右折して走り去り、うなりも消えた。

「やだ、たいへん、ピップ!」前方から、姿は見えないが甲高《かんだか》い声が聞こえてくる。

ピップは目を瞬《しばたた》かせた。

両手に血がついている。

歩道でてのひらをこすったときに出た、本物の血。

足音が近づいてくるあいだに、片方の脚を道路に突きだしたまま、両手をついて身体を押しあげる。

「ああ、どうしよう」

手がどこからともなくのびてきて、目の前にさしだされた。

ピップは顔をあげた。

レイラ・ミード。いや、ちがう。そこで瞬きをする。レイラじゃない。レイラは実在の人物じゃなかったんだから。かがみこんでくるのはステラ・チャップマン。同級生のステラ。アーモンドの形をした目の端が心配そうにさがっている。「もう、だいじょうぶ?」とステラ。ピップはさしだされた手を取り、ステラに支えられて立ちあがった。

「ぜんぜん、だいじょうぶ」ジーンズについた血をぬぐいながらピップは言った。ぬぐっても、あとにしみが残っている。

「あのぼんくら、前方不注意もいいところ」ステラは落ちた携帯電話をしゃがんで拾いながら、パニックの気配がまじる甲高い声で言った。「ピップが道路を横断してるっていうのに、ほんと、とんでもない」

ステラは無傷ですんだ携帯電話を手に持たせてくれた。

「少なくとも時速六十キロは出てたと思う」こっちがついていけないほどものすごい早口でステラがしゃべっている。「ハイ・ストリートでよ。スポーツカーを乗りまわすやつって、道路は自分のものと思ってるんだよね」長い茶色の髪を落ち着かなげに梳《す》いている。「もうちょっとでピップを轢《ひ》くところだった」

タイヤがキーッと鳴る音が耳にこびりつき、耳鳴りとともにいまだに聞こえてくる。頭を打ったのだろうか。

「……はすごいスピードで走り去ったから、ナンバープレートを読むこともできなかった。でも色は白だったよ。それだけは確認できた。ピップ？　だいじょうぶ？　どっか怪我した？　誰かに連絡しようか？　ラヴィにでも？」

頭を振ると耳鳴りは消えていった。どうやら頭は打っていないようだった。「ううん、平気、わたしならだいじょうぶ。ほんとに。ステラ、ありがとう」

しかしステラの顔を、やさしげな目と日焼けした肌と高い頬骨を見ているうちに、またしても彼女がほかの誰かに変わった。ステラの顔をした見ず知らずの女性。レイラ・ミード。あらゆる箇所がステラと同じだけれど、茶色だった髪がいつの間にか少しくすんだアッシュブロンドに変わっている。次にしゃべったとき、声はチャーリー・グリーンのものになっていた。

「そういえば、最近どうしてた？　もう数カ月、会ってないよね」

ピップはチャーリーに向かって叫びたかった。彼が胸のなかに置いていった銃について文句を言いたかった。両手についた血を見せてやりたかった。でもほんとうは叫びたいわけじゃない。泣いて助けてくれと頼みたい。あらゆることを、とくに自分自身を理解するのに手を貸してほしいと。戻ってきて、もう一度、自分らしさを取りもどす方法を教えてほしいと希《こいねが》いたい。落ち着いた心地よい声で、この闘いに負けそうなのは、すでに気持ちで負けているからだよ、と言ってほしい。

目の前にいる人物はいつ大学へ発つのかと訊いている。ピップは同じ質問を相手に返し、ふたりで通りに立ったまま、自分に残されているかも定かでない未来について慎重に言葉を選んで話した。目の前にいて、家を出ることについてしゃべっているのはチャーリーじゃない。レイラ・ミードでもない。ステラだ。ほかの誰でもない、ステラ。そうだとわかってはいても、ほかの誰でもないステラを見ているのは難しかった。

18

「また？」ラヴィは身じろぎもせず、顔の表情もかたまったままだった。まるでカーペットの上で時にからめとられてしまったみたいに。時間の流れを行ったり来たりして、耳にしたくないのはどれか確認しているかのように。動かなければ、現実から逃れられるとでもいうように。

ラヴィはちょうどいま部屋に入ってきたところだった。到着したばかりのラヴィにピップはこう言った。〝怒らないで聞いてほしいんだけど、今日また非通知設定の電話がかかってきた〟あらかじめテキストメッセージで知らせたいとは思わなかった。働いているラヴィの気を散らしてはいけないから。でも、じっと待つ時間は耐えがたく、秘密が皮膚の下にもぐりこんで出口を探しているみたいな気分だった。

「うん、今朝ね」ラヴィの顔を見つめているうちに、ようやく彼の表情が動きだした。眉毛が額《ひたい》のほうへあがっていき、かけているのをまたしても忘れているらしい眼鏡から離れていく。

「なんにも言ってなかった。聞こえたのは息遣いだけ」

「どうしてすぐに知らせてこなかったんだい?」ラヴィが歩を進め、ふたりのあいだを詰めてくる。「それにきみの手。いったいなにがあった?」

「いまから言うから」ピップはそう言って、ラヴィの手首に指を走らせた。「手はたいしたことない。道路を渡っているときに車に轢かれそうになった。でもだいじょうぶ、ちょっとこすっただけだから。ところで、その電話からいいことを思いついて――」

「へえ、いい、いいことをねえ。連続殺人犯らしき人物から電話をもらったんだもんな。そりゃあ、いいことだって思いつくよなあ。あー、ほんと、よかった」ラヴィは大げさなしぐさで片手を持ちあげ、眉をこすった。

「ちゃんと聞いてくれる?」ピップは天井を仰いだ。なに、この芝居がかった態度。もう、ずっとやってな。「そう、いい、いいことを思いついたの。それで午後じゅうかけてこのアプリを探した。ほら、これ、見える? アプリをダウンロードしたんだ」ピップは携帯電話を掲げてホーム画面をラヴィに見せた。「〈コールトラッパー〉っていうんだよ。で、どういうものかというと、アプリを起動させて――もう起動させておいた――ああ、そうそう、アプリは有料で、四ポンド五十ペンスも払った。それで、非通知電話がかかってきたとき、相手を識別できるの。かかってきた電話の番号がわかるってわけ」ピップはにんまり笑い、ラヴィがこっちのジーンズでいつもやっているように、彼のベルト通しに指をかけた。「ほんとは最初にかかってきたときにインストールしとけばよかったんだけど、あのときはまだどういうことかわからなかったから。誤発信された電話かもしれなかったし。でも、もうだいじょうぶ、いまはこれがあるから。次にかかってきたときは相手の番号がわかるはず」不安を隠すために、陽気になりすぎているのが自分でもわかる。

ラヴィがうなずいた。眉が少しだけさがった。「最近はなんにでもアプリがあるんだなあ。おっと、これじゃあまるでうちの父親のセリフだ」

「さっそくどういうふうに機能するか見せてあげる。自分の番号を非通知にするために頭に141をつけてわたしに電話してみて」

「オーケー」ラヴィが携帯電話を取りだして画面をタップするのをピップは見つめた。そうしながらふいに思いがけず、胸のなかが温かくなった。好きなだけ時間をかけてこみあげてきたこの感情に身をあずけていたい。ゆっくり、しみじみと。ラヴィはこっちの電話番号を暗記している。それを知っただけでこんなにもうれしくなるなんて、まったく予想もしていなかった。自分の一部がラヴィのなかで生きている。チーム・ラヴィ・アンド・ピップ。わたしが行方不明になったら、ラヴィはかならずわたしを探してくれる。そしてきっと見つけだしてくれる。

手のなかの携帯電話が鳴って、温かい気持ちは脇におかれた。〝非通知設定〟と表示された画面をラヴィに見せる。

「次にどうするかというと、通話を拒否するためにこのボタンを二回押す」ピップは実際にやってみせた。携帯の表示はロック画面に戻ったが、ふたたび画面が切りかわって着信を知らせた。今回はラヴィの電話番号が画面のいちばん上に表示されている。「ほら、着信自体がいったん〈コールトラッパー〉にまわされて、そこで番号が特定されてから転送されてきたってわけ。電話をかけてきた相手はなにもわからない」ピップはそこで赤い拒否ボタンを押した。

「ぼくからの電話を受信拒否するなんて信じられないよ」

ピップは携帯電話を机に置いた。「これでテクノロジーでの武装は完了」

ゲームが開始されてからはじめての勝利だけれど、いつまでも勝利に酔ってはいられない。こっちはかなり出遅れているのだから。

「オーケー。でもこれが〝いいこと〟だと言うつもりはないよ」とラヴィ。「ビリーの事情聴取の記録を読んでからは〝いいこと〟と言えるものはひとつもない。連続殺人犯は六年間、刑務所に閉じこめられていると全世界が信じているのに、じつは真犯人がそのへんをうろついていて、ぼくのガールフレンドを残忍なやり方で殺すと脅《おど》している可能性があるんだから。ところで、ひとつ気になることがあるんだけど」ラヴィはベッドまで行って、上掛けの上に腰をおろした。「わからないのは、その人物がどうやってきみの電話番号を知ったのかということ」

「わたしの電話番号ならみんな知ってるよ」

「嘘だろ」ラヴィは即座に答え、呆然とした表情を浮かべた。

「ほんとだよ、ポスターに載ってたから」ラヴィの顔を見て笑わずにはいられなかった。「ジェイミーを探してたときに行方不明者捜索のポスターを町じゅうに貼ったでしょ。わたしの電話番号を載せたやつを。だからキルトンに住んでる人はみんなわたしの番号を知ってるはず。

ひとり残らず」

「ああ、そうだった」ラヴィは唇《くちびる》を噛んだ。「あのときは未来のストーカー／連続殺人犯のことなんて考えもしなかったもんな」

「頭をよぎりもしなかった」

ラヴィはため息をついて、両手に顔をうずめた。

「それで？」ピップは椅子をくるりと回転させて、ラヴィに訊いた。

「もう一度、ホーキンスのところへ行くべきだと思わないかい？　ハトに言及されてるＤＴ関連の記事と、ビリーの事情聴取の記録を見せるっていうのはどうかな。ことが重大すぎてぼくらの手には負えない」

今度はこちらがため息をつく番だった。「ラヴィ、ホーキンスのところへ行くつもりはないよ。わたしはラヴィが大好きだし、わたしとちがって完璧なパートナーでいてくれるから、そのお返しに、ラヴィが幸せな気分でいられるよう、なんでもやるつもりでいる。でもホーキンスのところへは行けない」片方の手にもう片方の手を重ね、指同士を十字に交差させる形で握りしめる。「前回ホーキンスは面と向かって、要約すると〝おまえは頭がおかしい〟〝ぜんぶ想像の産物だ〟って言ったんだよ。もう一回会いにいって、わたしのストーカー――彼はそもそもストーカーなんていないと思っているけど――は悪名高い連続殺人犯で、六年間、刑務所に収監されていて、自白も有罪答弁もしたけれど、じつは犯人じゃない可能性があるなんて言ったら、ホーキンスはどうすると思う？　たぶんその場でわたしに拘束衣を着せる」そこで間をおく。「どう訴えたって警察はわたしの言い分を信じてくれない。絶対にわたしを信じない」

ラヴィは顔を覆っていた手を離してこっちを見た。「きみはぼくが出会ったなかでいちばん勇敢な人間だといつも思っている。怖いもの知らずだと。どうしたらそんなふうにできるんだろうと感じるときもある。ぼくはね、なにかで不安になったときはかならず、こんな状況に陥《おちい》った場合、ピップならどうするだろうと考える。でも」そこで大きく息を吐きだした。「いまが勇敢になるべきときなのか、ピップがなにか行動を起こすべきときなのか、ぼくにはわからない。危険が大きすぎる。ぼくには……いまのきみは無謀だと思えてならない……」言葉が途切れ、ラヴィは無言で肩をすくめた。

「わかった」ピップは両手を広げた。「いまのところつかんでいる証拠と言えるのは、なんだかいやな感じがするってことだけ。名前が判明するとか、明確な証拠をつかむとか、電話番号だけでもわかったら」そこで携帯を持ちあげてラヴィに向けて振る。「ホーキンスのところへ行く、約束する。彼がわたしの言うことを信じなかったら、そのときは情報を公開する。訴えられようがなにをされようがかまわない。情報をソーシャルメディアやポッドキャストで流す。そうすればストーカーの耳にも入る。そいつが誰で、なにを企んでいるのかをわたしが何十万もの人に語れば、誰もわたしに害をなそうとは思わないはず。それがわたしたちなりの身を守る方法」

自分が行動を起こさなければならない理由、しかもひとりでやる理由はもうひとつある。でもラヴィには言えない。ラヴィは理解してくれないだろう。ぜんぜん筋が通らない、理解を超えた話だから。伝えようとしても、きっと言葉にならない。自分はずっとこれを求めていた。こういう機会がめぐってきてほしいと願っていたし、心から望んでいた。自分のなかに走っている亀裂を修繕するための最後の、そしてふさわしい案件。ビリー・カラスが無実で、ピップ・フィッツ＝アモービに消えてほしがっているのがDTだとしたら、これ以上申しぶんのない案件は望めない。グレイゾーンはどこにもなく、黒と白がはっきりしている。DTキラーは世界を見まわしても類がないほど、もっとも邪悪に近い存在だ。そいつに〝善〟はひとつもない。間違いなく、善意も罪を償《つぐな》う気持ちもない。自分がDTをつかまえたら、無実の男性は自由になり、それは客観的に見て〝善〟のおこないと言えるだろう。曖昧《あいまい》さはまったくない。罪悪感も。善と悪がふたたび自分のなかで正しく定義づけされる。胸のなかの銃は消えるし、手はもう血にまみれない。チーム・ラヴィ・アンド・ピップにふつうの日常が戻ってくる。自分を救い、自分自身を救う。だからひとりでこれをやり遂げなければならない。

「それなら……マシでしょ？」ピップはラヴィに訊いた。

「そうだね」ラヴィは弱々しい笑みを返してきた。「それならマシだ。肝心なのは〝明確な証拠〟」そこで両手を打ち鳴らす。「ジェイソン・ベルからは有益なことはなにも聞きだせなかったんだろ？」

「まあ、そうだね」ボールペンがふたたびカチカチと鳴りだし、聞こえてくるのは〝DT、DT、DT〟だけ。「うん、なんにも聞きだせなかったし、ぶっちゃけ、二度と訪ねてくるなって言われた」

「そんなことだろうと思った。彼らは他人に干渉されたくないんだと思う、ベル一家のことだけど。アンディはサルとつきあっていたとき、うちの兄貴を一度も家に呼ばなかった。当然、きみは彼らのプライバシーを踏みにじる第一人者というわけだ、部長刑事」

「でも、あの晩に〈グリーン・シーン〉で鳴った警報器が鍵になると思うんだよね。タラを殺害するために必要だったダクトテープとロープを盗むために押し入ったのがDTかどうかが。彼はジェイソン・ベルが確認しにくるまえに現場を離れたにちがいない。その人物がビリーなのか、それとも……ほかの誰かなのか」

「ほかの誰かだろう」ラヴィはそう言いながらも、自分の言葉をじっくり考えているようだった。「ビリーが逮捕されるまえに犯人像を分析した、元FBIのプロファイラーは、DTキラーは白人で、年齢は二十代前半から四十代なかばって言ったんだよね」

ピップはうなずいた。

「それだとマックス・ヘイスティングスは除外されるな」ラヴィは鼻で笑った。

「うん」ピップはしぶしぶ答えた。「最初の殺人事件が起きたとき、マックスは十七歳だった計算になる。それにタラとアンディ・ベルが死んだ晩は、サルやナオミ・ワードやほかの友だちと自分の家にいたわけだし。ほかの友人たちが寝ているときに家を出ていったとも考えられるけど、その説はぴんとこない。マックスは〈グリーン・シーン〉とはなんの関連もないし。マックス・ヘイスティングスを一生刑務所にぶちこんでやりたいのはやまやまだけど、やつじゃない」

「ダニエル・ダ・シルヴァは〈グリーン・シーン〉で働いていたんだよね？」ラヴィが訊いた。

「うん、働いてた」ピップは歯を食いしばりながら答えた。「今日の午後、時系列に沿って考えてみた」そこでノートをめくってメモを探した。ダニエル・ダ・シルヴァは年齢的には合致する。なぜ彼の年齢を知っているかというと、彼はチャーリー・グリーンが設定したチャイルド・ブランズウィックのプロファイルの年齢に合致する、この町に住む男性のひとりだったから。「彼のフェイスブックをかなり遡《さかのぼ》んなきゃならなかった。ダニエルは二〇〇八年から二〇〇九年に学校の用務員として働いていた。そのときの年齢は二十歳くらい。そのあと二〇〇九年の終わりに〈グリーン・シーン〉で働きはじめ、二〇一一年の十月くらいまでそこにいたと思う。警察官としての研修がはじまったのがそのくらいの時期だから。つまり〈グリーン・シーン〉で働きはじめたのが二十一歳、そこを辞めたのが二十三歳のとき」

「ということは、DTによる最初と二番目の殺人事件が発生したとき、ダニエルはまだ〈グリーン・シーン〉にいたことになるんだね？」ラヴィはそう言ってから、唇を一直線に引き結んだ。

「いや、三件目の事件発生まではいたと思う。ベサニー・インガムが殺害されたのは二〇一一年八月だから。彼女はビリーの監督者だったけれど、ダニエルの監督者でもあったんだと思う。事情聴取の記録で黒塗りになっていた名前――ビリーが語ったのはダニエルのことだったんじゃないかな。そのころに、ジェイソン・ベルはダニエルを現場勤務からオフィスでの仕事に配置換えした。調べたかぎりでは、二〇一一年のはじめごろ。あっ、そうそう、ダニエルは二〇一一年に奥さんのキムと結婚している。そのまえから何年かいっしょに住んでいたみたいだけど」

「なかなか興味深いね」ラヴィはそう言ってから、カーテンを引っぱってきちんと閉まっているのを確認した。

ピップは同意の印に喉の奥で低くうなり、ノートに記したto‐doリストに戻った。項目の横にぞんざいにつけたチェックボックスのほとんどにチェックマークが入っている。「ジェイソンが話してくれなくても、〈グリーン・シーン〉か〈グリーン・シーン〉の元従業員を見つけるための手は打ってある――事件が起きていたころにオフィスで働いていて、二〇一二年四月二十日に鳴った警報器について詳しく知っていそうな人を。リンクトイン（ビジネス向けに特化されたSNS）でふたり見つけて、メッセージを送っておいた」

「いいアイデアだな」

「ノーラン主任警部とも話ができるかどうか調べとかなきゃ。彼はいまは引退してる。そうそう、被害者のご家族とも連絡をとろうと思ったんだ」ピップはリストのそれらの項目にペンを走らせた。「ベサニー・インガムのお父さんのメールアドレスを見つけたと思ったんだけど、送信したメールは戻ってきちゃった。ジュリア・ハンターの妹さんのハリエットがやっているインスタグラムのプロフィールも見つけた――覚えてるよね、ハトについて語っていた人。もう何カ月も投稿していないみたいだけど」さっそく携帯でインスタグラムを開き、ラヴィに見せる。「もう使っていないのかもしれない。でも、ダイレクトメッセージを送っておいた。万が一ってことが――」

画面の上のほうにちょうどいま表示された赤い通知に目が釘づけになった。

「やだ」ピップは甲高い声をあげてタップした。「彼女が返事をくれた。ハリエット・ハンターが返事をくれた！」

ラヴィはすでに立ちあがっていて、両手を肩にのせてきた。「彼女、なんて言ってる？」ラヴィの息がうなじにかかってくすぐったい。

ピップはすばやくメッセージの内容を読んだ。目はかなり疲れているうえ乾いているので、いまにも眼窩《がんか》でぎしぎし鳴りだしそうだった。「えっと……わたしと会ってもいいって言ってる。明日」

思わず笑みがこぼれた。後ろにいるラヴィには見られずにすんだ。笑顔を見たら顔をしかめて、うれしがるのはまだ早いよ、と言ってくるに決まってる。でもほんとうにうれしくてお祝いしたい気分。自分にとってはふたつめの勝利。自分を救い、自分自身を救う。

さあ、出てこい、DT。

19

きっとあれが彼女にちがいない。いまカフェのドアから入ってきて、首を振って顔をあちらこちらへ向けている。

ピップは片手をあげて振った。

彼女はそれに気づいてこちらと視線をあわせると同時に、ほっとした笑みを見せた。いまいるのはアマーシャム駅を出て角を曲がったところにあるスターバックスで、こみあった店内のなか、彼女がゆっくりとテーブルのあいだを縫《ぬ》ってくるのをピップは見ていた。ハリエット・ハンターは、DTキラーに顔をダクトテープで覆われてしまうまえのジュリア・ハンターにそっくりだ。いやでもそう気づいてしまう。姉と同じ色の濃いブロンドに、くっきりとアーチを描く眉。姉がすでに亡くなっている姉妹というのは、どうしてこうも似ているのだろうか。アンディとベッカのベル姉妹。そしてジュリアとハリエットのハンター姉妹。妹ふたりはどこへ行くにも姉の亡霊を連れて歩いている。

ピップはノートパソコンの充電器から手を離して立ちあがり、近づいてくるハリエットを迎えた。

「こんにちは、ハリエット」そう言って、こわごわと手をさしだす。

ハリエットは笑顔でさしだされた手を握った。外から来たせいで彼女の手は冷たい。「準備を整えているのが見えた」ノートパソコンを指さして言う。二本のUSBマイクがコードでつながれていて、ヘッドホンはすでにこっちの首にかかっている。

「はい。奥の席だから静かで、うまく録音できそうです」ピップは椅子に腰かけながら言った。

「急な連絡にもかかわらず、会ってくださってありがとうございます。あ、アメリカーノを買っておきました」テーブルに置いてある湯気の立つマグカップを指し示す。

「ありがとう」ハリエットはロングコートを脱ぎながら言い、向かいの椅子に腰をおろした。

「いまランチの休憩時間だから、話ができるのは一時間」笑顔を向けてくるけれど、目は笑っておらず、口の両端が不安げにひくついている。「あっ、そうだ」ふいにそう言うと、ハンドバッグのなかからなにかを取りだした。「送ってくれたポッドキャストの配信許可書にサインしてきた」そして書類を手渡してくる。

「助かります、ありがとう」ピップは礼を言って書類をリュックサックにしまった。「ちょっとテストさせてもらっていいですか？」マイクのひとつを滑らせてハリエットに近づけ、ヘッドホンの片側を耳にあてる。「なにか言ってもらえます？　ふつうにしゃべってください」

「わかった……えーっと、こんにちは、わたしはハリエット・ハンターで、いま二十四歳です。これで……？」

「完璧です」ピップは音声編集ソフトの青い線がジグザグの線を描くのを見つめて言った。

「ジュリアとDTキラーについて話がしたいって言っていたわよね。ポッドキャストの新しいシーズン用？」ハリエットが髪の毛先を指でねじりながら訊いてくる。

「いまは背景を調査している段階なんです。でも、はい、そうしようと思っています」ここで期せずしてハリエットがDTの名前を教えてくれたら、それが明確な証拠になるんだけど、とピップは思った。

「そうなんだ」ハリエットは洟《はな》をすすった。「あなたのポッドキャスト、まえのふたつのシーズンは再調査と捜索中の案件が題材だったけれど、ジュリアの件は……犯人は誰だかわかっていて、彼は裁きを受けて刑務所にいる。だからね、わたし、あなたのポッドキャストがなにを扱うのか、いまひとつよくわからないんだけど？」声が小さくなり、言葉の最後は質問の形になった。

「この案件については、一から十まで充分に語られていないと思うんです」ピップはそれとなく理由らしきものをほのめかした。

「まあ、そうね。裁判がなかったから？」ハリエットが訊いてくる。

「はい、そのとおりです」ピップは嘘をついた。いまは嘘がすらすらと口から出てくる。「それと、今回ぜひ話をうかがいたかったのは、二〇一二年の二月五日にあなたが〈ＵＫニュースデイ〉の記者に語った内容についてなんです。それを覚えていますか？　もうずいぶん昔のことだと思いますが」

「ええ、覚えてる」ハリエットは間をとってコーヒーをひと口飲んだ。「ちょうど学校から帰ったところを家の前で待ち伏せしていた記者につかまって。あれは事件後にはじめて登校した日で、ジュリアが殺されてから一週間くらいしかたっていなかったかな。わたしはまだ大人になりきれていなくて、なにもわかっていなかった。ああいうふうにつかまったからには、記者に話をしなきゃならないと思いこんで。話したのはどれも意味のないことばかりだったかも。わたし、泣いてしまって。だから余計によく覚えてる。あとから父にずいぶん叱られた」

「そのときにあなたが言及したふたつのことについて、とくに話を聞きたかったんです」ピップは記事のプリントアウトを手に取ってハリエットに渡した。質問したい箇所にはピンクのマーカーで印をつけてある。「ジュリアが殺害される数週間前に起きた奇妙な出来事について、あなたは語っています。家に残された死んだハトと、チョークの人形《ひとがた》について。それらについて話してくれますか?」

ハリエットはプリントアウトに目をやり、自分が語った内容を読みながらかすかにうなずいた。ふたたび顔をあげたときには、まぶたがさがり、目が潤《うる》んでいるように見えた。「ええ、よくわからないけれど、たぶんなんでもないことだったんじゃないかな。警察が興味を示しているようには思えなかった。でもジュリアはおかしいと思っていたみたいで、わたしにそのことを話してくれた。当時、うちの猫はもう年寄りで、基本的にずっと家のなかにいて、外には出かけずにいつもリビングルームにいた。こう言えばいいかな、あきらかに狩りの全盛期は過ぎていた」そこで肩をすくめる。「だから二羽のハトを殺して、猫の出入口を通って引きずってくるなんて奇妙に思えた。でもたぶん近所の猫かなんかが狩りをして、プレゼントとして置いていったんだと思う」

「ハトを見ましたか? 死んだハトのいずれかでも?」

ハリエットは首を振った。「母が一羽を、ジュリアがもう一羽を片づけたから。ジュリアが見つけたのは最初の一羽だけで、姉はキッチンの床をモップがけして血を拭《ふ》きとらなきゃならなかったと文句を言っていた。たしかジュリアが見つけたのは頭のないハトだった。姉がリサイクル用の容器に死んだハトを捨てたもんだから、父が姉を叱っていたのを覚えている」ハリエットはふーっと息を吐いて、悲しげに笑った。

ピップは自分が見つけた頭のないハトを思いだし、胃がむかついた。「それで、チョークの人形《ひとがた》のほうはどんなふうでしたか?」

「ああ、わたしはそっちも見ていないの」ハリエットはまたひと口コーヒーを飲み、マイクがその音を拾った。「ジュリアはうちの私道に近い通りに描いてあったと言っていた。わたしが帰宅するまえに消えてしまったんだと思う。当時、近くに若いご夫婦の一家が住んでいて、たぶんそこの家の子どもたちが描いたんだと思っていた」

「そのあともジュリアはチョークの人形《ひとがた》を見たという話をしていましたか? それがどんどん家に近づいてくる、といった話は?」

少しのあいだハリエットが見つめてきた。

「いいえ、していないと思う。でも姉は気になっているみたいだった。頭にこびりついているって感じで。怖がってはいないみたいだったけれど」

ピップは身じろぎし、それとともに椅子がきしんだ。ジュリアは怖がっていたはずだ。たぶん自分が怖がっているのを妹には隠していたのだろう。彼女はふたたび人形《ひとがた》を見たにちがいない。三つの頭のない棒人間が自宅に向かって這いすすんでくるのを。四人目の被害者になる自分自身のほうに。少しまえの自分と同様に、ジュリアも人形《ひとがた》は想像の産物だと思ったのだろうか。睡眠不足や薬物に頼っているときに自分で描いてしまったのだろうかと自問した?

黙りこむ時間が長すぎた。「それで、あなたが言及していた無言電話についてですが、それはどういうものでしたか？」

「非通知設定の着信で、相手はなにも言わなかったらしい。わたしは保険の勧誘か、なにかの売り込みだったんじゃないかと思ってた。でもね、あのときは記者たちから、数週間のあいだに起きたふつうとはちがうことを話せとしつこく言われて、質問攻めにされて。だから、頭に最初にぱっと浮かんだことを話しただけなの。無言電話はビリー——DTキラーとは関係ないと思う」

「その週にジュリアは何回、無言電話を受けたか覚えていますか？」ピップは身を乗りだして訊いた。少なくとも、もう一度、やつをつかまえるためにもう一度、電話を受ける必要がある。

「たぶん、三回だったと思う。少なくとも。ジュリアが話してきたくらいだから」ピップはその回答を身体で感じとり、腕の毛が逆立った。「どうしたの？」とハリエット。おそらくこちらの反応に気づいたのだろう。

「えっと、わたしはいま、DTキラーが事前に被害者と接触を図ったかどうかを調べているところなんです。被害者をストーキングしていたかどうかを。無言電話やハトやチョークの人形《ひとがた》はストーカー行為の一種だったのかどうかも」

「どうかなあ」ハリエットはふたたび指で髪を梳いた。「彼は自白したときにそれについてはいっさいなにも言っていなかったんじゃないかな。ほかのことはぜんぶ自白しているのに、なんでその件は認めなかったんだろう」

ピップは唇を嚙み、頭のなかでシナリオをおさらいして、どう演じればいちばんいいか考えた。DTキラーとビリー・カラスはべつべつの人間かもしれないと自分は考えている、とハリエットには言えない。あまりにも無責任だし、残酷ですらある。明確な証拠なしには言ってはいけない。

そこで作戦を変更した。

「えーっと、殺害されたとき、ジュリアは誰かとつきあっていましたか？」

ハリエットが首を振る。「ボーイフレンドはいなかった。元彼がひとりいたけれど、姉が殺された晩、彼はポルトガルにいた」

「ジュリアが誰かと会っているみたいな雰囲気はありましたか？　誰かとデートしているみたいな」ピップはもうひと押しした。

ハリエットの喉から低い嗄《しゃが》れ声が絞りだされ、それを拾って画面上の青い線が跳びあがった。「そういうのはなかったと思うけど。まえにアンディが同じ質問を何回かしていた。ジュリアとは家で男性の話はあまりしなかった。父がつねに聞き耳を立てていて、隙あらば割りこんで娘たちをからかおうとしていたから。あのころジュリアは友だちとしょっちゅうディナーに出かけていて、もしかしたらそれがなにかの予兆だったのかもしれない。でも相手は絶対にビリー・カラスじゃなかった。もしそうなら、警察が姉の携帯電話からその事実を突きとめていたはず。もしくは彼の携帯から」

頭のなかで思考がなかばとまり、ひとつの言葉につまずいていた。ピップはそのあとにハリエットが言ったことはなにも聞いていなかった。

「ごめんなさい、いまア、アンディって言った？」ひきつった笑いを浮かべて訊く。「アンディって、アンディ・ベ――」

「そう、アンディ・ベル」ハリエットは悲しげに笑った。「ほんと、狭い世界よね。自分の人生のなかで知り合いがふたり、ちがう場面で殺される確率ってどのくらいなんだろう。まあ、アンディの場合は事故だったのよね」

ピップはまた感じとっていた。背骨を這いあがってくる冷たいものを。けっしてそれから逃れることはできない。すべてがはじめから想定されたとおりに動いているような気さえする。完璧な輪が描かれる。自分はみずからの身体に入りこんで、ただ芝居が演じられているのを観ているだけ。

ハリエットが心配そうな表情を浮かべて見つめてくる。「だいじょうぶ？」

「は、はい、だいじょうぶです」そこで咳払《せきばら》い。「どうやってあなたとアンディ・ベルが知りあったんだろうって考えていたんです。ちょっと驚いちゃって、すみません」

「いいのよ、べつに」〝そりゃあ驚くわよね〟とでも言いたげに、口の両端があがる。「わたしもびっくりしたもの。いきなりだったから。ジュリアが亡くなってから二週間くらいたっていたかな、とつぜんアンディからメールが来たの。わたし、当時は彼女のことを知らなかった。わたしたちは年は同じで、べつべつの学校に通っていたけれど共通の友人が何人かいた。アンディはフェイスブックのプロフィールからわたしのメールアドレスを知ったんだと思う。あのころはみんなフェイスブックにアドレスを公開していたから。とにかく、メールは思いやりにあふれていて、ジュリアのことはほんとうに気の毒だって書いてあった。それに、話を聞いてほしければ、よろこんで自分が聞くって言ってくれたの」

「アンディがそう言ったんですか？」

ハリエットはうなずいた。「そう。それで返信を送って、アンディと話をしはじめた。そのころのわたしには〝親友〟と呼べるような、気持ちを打ちあけたり、ジュリアのことを話せる相手がいなかったから、アンディの存在はほんとうにありがたかった。わたしたちは友だちになった。週に一度はかならず電話でしゃべっていたし、会って話をしたりした。まさにこの場所で」ハリエットはそう言って、コーヒーショップのなかを見まわし、窓際のテーブル席を見つめた。そこがいつもふたりですわっていた席なのだろう。ハリエット・ハンターとアンディ・ベルが。ピップはこの不思議なつながりをまだ理解できずにいた。なぜアンディは唐突にハリエットに手をさしのべたのだろうか。ハリエットが語る人物像は、アンディの死後、五年がたってから徐々にわかってきた彼女の人となりとはかけ離れていた。

「それで、どんなことについて話をしていたんですか」とピップは訊いた。

「いろいろと。なんでも。アンディはわたしの相談役といった感じで、わたしもアンディにとってそういう存在になりたいと思ったけれど、彼女は自分自身のことはあまり話さなかった。話したのはジュリアのこと、DTキラーのこと、わたしの両親のこと、などかな。アンディはビリー・カラスがタラ・イェーツを殺したのと同じ晩に亡くなった。あなたはこの事実を知っていた？」

ピップはかすかにうなずいた。

「奇妙で恐ろしい偶然」ハリエットはそう言って唇を嚙んだ。「わたしたちはDTキラーのことについてずいぶんたくさん話した。でもアンディはDTの正体を知るまえに死んでしまった。彼女もね、DTは誰なのかすごく知りたがっていた。たぶん、わたしのことを思って。わたし、ほんと申しわけなくて。だってアンディの人生でいろんなことが起きていたのに、ぜんぜん知らなかったから」

目はあちこちを向き、DTから枝分かれしてふたたびアンディ・ベルにつうじる、この思いがけない展開に、頭は必死でついていこうとしていた。つながりはもうひとつあった。アンディの父親の会社のほかに、いま判明したアンディとハリエット・ハンターの友情というつながりが。当時、警察はふたつの事件のあいだにあるこの奇妙なつながりを知っていたのだろうか。ハリエットとのやりとりに使っていたメールのアカウントをアンディの家族が知っていたなら、当然ホーキンス警部補も知っていたはずで、そうでなければ……

「アンディが最初にあなたと連絡をとるときに使ったメールアドレスを、まだ覚えていますか?」ピップは身を乗りだし、椅子がきしんだ。

「ええ、もちろん」ハリエットは答え、椅子の背にかけたコートのポケットに手を入れた。「変わったアドレスでね、アルファベットと数字が意味もなく並んでいるの。勝手に振りわけられたアドレスかなって最初は思った」そう言って携帯の画面をスワイプする。「アンディが亡くなったあと、やりとりしたメールにはフラグをつけたから、なくさずにすんでる。ほら、これがそう。電話番号を交換するまえのメール」

ハリエットはテーブルに携帯を滑らせてきた。Gメールのアプリが開いていて、画面にはメールが並んでいる。アドレス名はA2B3LK94@gmail.comで、タイトルは〝ハイ〟

ピップはそれぞれのメールのプレビューを目で追い、頭のなかにアンディをよみがえらせ、勝手に想像した彼女の声にあわせて黙読した。〝ハロー、ハリエット、あなたはわたしを知らないでしょうけれど、わたしはアンディ・ベルといいます。わたしが通っているのはキルトン・グラマーだけど、あなたはわたしの友人のクリス・パークと知り合いですよね……〟〝ハイ、ハリエット、いきなりメールを送ったわたしを気味悪がらずに、返信してくれてありがとう。お姉さんのこと、ほんとうにお気の毒です。わたしにも姉妹がいて……〟そして最後のメールが〝ヘイ、HH、メールじゃなくて電話で話すというのはどうかな。それともそのうちに顔をあわせて……〟

メールのなにかが胸の奥をざわつかせ、ピップはふたつのアルファベットに目を向けた。〝HH〟。いま見ているものがなにを意味するのか、自分の胸に問いかける。これはハリエットのイニシャルだ。

「アンディの身にほんとうはなにが起きたのか、あなたが突きとめてくれてよかった」ハリエットに言われて思考が中断する。「それにあなたのポッドキャストは彼女に対してやさしかった。たしかにアンディは複雑な女の子だったと思う。でも彼女はわたしを救ってくれた」

いまはもっと複雑になっている、とピップは思いながらアンディのメールアドレスをすばやく書き写した。ハリエットの言うとおりだ。これは一風変わったメールアドレスで、わざとアルファベットと数字の羅列にしている気がする。なにか秘密が隠されていそうな気も。たぶん、ハリエット・ハンターとのやりとりに使うためだけにアドレスを取得したのだろう。でも、なぜ？

「彼と話をするつもり？」ハリエットが訊いてきて、ピップはコーヒーショップのいますわっている場所に、目の前にセットされているマイクにふたたび意識を向けた。「ビリー・カラスと話をしにいくの？」

ピップは間をおき、首にかけたヘッドホンのプラスチックの部分に指を走らせ、答えた。「はい、DTキラーと話ができればと思っています」そつのない答え。まったくの嘘ではないものの、この言葉にはなにかべつのものがひそんでいる気がしてならなかった。不吉にうごめくなにかが。暗い予兆。自分にとって？　もしくは彼にとって？

「ちょっといいですか」ピップは録音をストップするボタンを押した。「今日はもうそろそろ時間切れになります。また後日インタビューに応じていただいて、さらにジュリアのことを、たとえば彼女はどういう人だったとか、そういう話をしてもらえますか？　今日は調査を進めるための有意義なお話をたくさんうかがえました。ほんとうにありがとうございます」

「有意義だった？」ハリエットは困惑気味に眉根に皺《しわ》を寄せて言った。

重要な情報を与えたことを、彼女自身は気づいていないのだろう。まったく思いもよらなかった手がかりを、ハリエットは授けてくれた。

「はい、大いに参考になりました」ピップはそう言ってマイクのプラグを抜いた。ふたつのアルファベット〝ＨＨ〟が頭のなかで再生されている。一度も聞いたことがないアンディの声で〝ＨＨ〟と。

別れの挨拶を交わしながらふたたびハリエットと握手をし、もはやおなじみになっている、皮膚の下を走る震えが相手に伝わりませんようにと祈る。コーヒーショップのドアをあけてハリエットのために押さえていると、冷たい風に顔を打たれ、ふいにあきらかな事実に気づいて胸が重くなる。これだけの時間がたってもなお、アンディ・ベルはまだ謎をひとつ残しているという事実に。

15日　木曜日

・『復讐者の悲劇』ウィキであらすじ、調べる

・フランス語　質問書きだす

→ IV@8

16日　金曜日

!!! 地理の試験 !!!

17日／18日　土曜日／日曜日

土曜：HH@6

カラムのまえ

ファイル名:
アンディの手帳の写真、2012 年 3 月 12 日-18 日.jpg

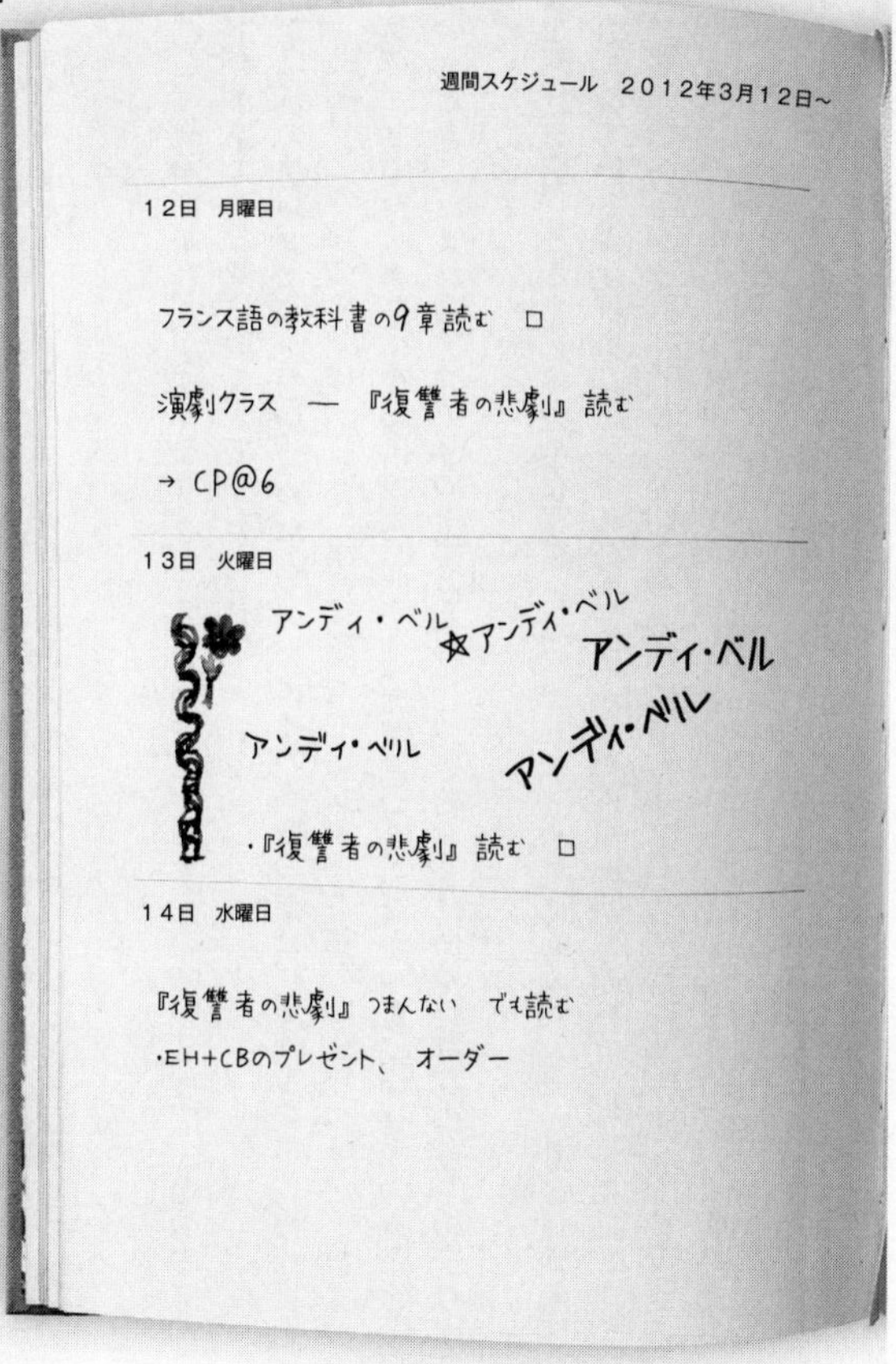

週間スケジュール　2012年3月12日～

12日　月曜日

フランス語の教科書の9章読む　□

演劇クラス　—　『復讐者の悲劇』読む

→ CP@6

13日　火曜日

アンディ・ベル　☆アンディ・ベル　アンディ・ベル

アンディ・ベル　アンディ・ベル

・『復讐者の悲劇』読む　□

14日　水曜日

『復讐者の悲劇』つまんない　でも読む

・EH+CBのプレゼント、オーダー

20

見つけた。後頭部がむずがゆくなり、そこを前後にこすって掻いていると、ふたつのアルファベットを示すような音に聞こえてくる。ＨＨ。

ピップは目の前のファイルを見つめた。〝アンディの手帳の写真、２０１２年3月12日－18日.jpg〟去年、この写真をコピーして〝作業記録――エントリー25〟に貼りつけた。わずか一年前、ラヴィといっしょにベル邸に侵入して、結局は見つからなかった使い捨ての携帯電話を探していたときにたまたまアンディの手帳を発見し、そのときに撮った写真のうちの一枚がこれだ。

不要な部分を切りとるまえの完全な写真には、アンディの机にあふれんばかりに置かれていたものも写っている。化粧道具のケースの上に置かれたうすい紫色のヘアブラシにはアンディのブロンドの髪の毛がまだくっついている。その脇に写っているのがキルトン・グラマーの二〇一一年／二〇一二年用の学習手帳で、アンディが死ぬひと月と少しまえの三月中旬の週のページが開かれている。

それはそのページにあった。土曜日の欄に記された〝ＨＨ〟。その前後の週のページを撮ったほかの写真にもあった。当時はアンディが使っていた略語を解読できたと思っていた。〝Ｃ

P″は駅の駐車場《カー・パーク》という意味で、そこでアンディはハウィー・ボワーズに会い、売り物を受けとったり、金を支払ったりしていた。それと同じように″HH″は″ハウィーの家《ハウス》″をあらわしているのだと考えた。しかし間違っていた。″HH″はハウィー・ボワーズとはなんの関係もなかった。″HH″はハリエット・ハンター。電話での会話だったのか直接会っていたのかは判別しがたい。しかし″HH″はつねにハリエットを意味していて、ここにその証拠がある。アンディはDTキラーが手にかけた四人目の犠牲者の妹に救いの手をさしのべていた。

頭のかゆみは痛みに変わり、アンディの行動の意味を理解しようとすると、こめかみがずきずきした。自分なりに説明をつけようとするたびに、ある疑問が浮かんできた。アンディは連続殺人、もしくはDTとどういう関係にあったのだろうか。

答えを見つける手がかりがひとつだけある。きっと秘密にしていたにちがいない、アンディのべつのメールアドレス。アンディ・ベルは短い生涯のなかで多くの秘密をかかえていた。

ピップはようやく手帳のページから目をそらし、ブラウザを開いた。自分のGメールアカウントをログアウトし、ふたたび″ログインページ″にアクセスした。

アンディのアドレスA2B3LK94@gmail.comを打ちこんだあと少し間をおき、パスワードのボックスにポインターを持っていく。パスワードを推測するあてはなにもない。しかたなくポインターを″パスワードをお忘れの場合″にあててクリックする。

新しい画面があらわれ、″覚えている最後のパスワードを入力してください″と言ってくる。こっちをあざ笑うように、入力ボックスのなかでカーソルが点滅する。そこでタッチパッドにのせた指を動かしてパスワードの入力ボックスから〝別の質問に答える〟のボタンへポインターを動かす。

べつの選択肢が画面上にあらわれ、再設定用のメールアドレスAndieBell94@gmail.comに確認コードを送信すると言ってきた。胃が口から飛びだしそうになる。アンディはもうひとつGメールアドレスを持っていたようで、そちらをメインに使っていたのだろう。みなが知っていたのはそっちのアドレスだったにちがいない。しかしもうひとつのアドレスにもどのみちアクセスできないので、確認コードは受信できず、確認コードがなければアカウントの復元はできない。アンディの秘密のメールアドレスは永遠に秘密のままになる。

けれども、希望がすべて潰えたわけではない。べつの選択肢がある。ページのいちばん下の〝別の質問に答える〟をもう一度クリックしてみる。そのあと目を閉じ、パソコンに向かって〝お願いお願いお願い、うまくいって〟と懇願《こんがん》した。

目をあけたとき、画面がまた切りかわっていた。

〝このアカウントの本人確認に必要なセキュリティ保護用の質問に回答：はじめて飼ったハムスターの名前は？〟

すぐ下に入力欄があり、〝回答を入力してください〟と言ってきている。

以上。ほかに選択肢はなく、画面には〝もう一度ためす〟のボタンはない。これにて終了。手詰まり状態。

いったいどうやってベル家ではじめて飼ったハムスターの名前を調べればいい？　おそらく、

この世にソーシャルメディアが登場するまえに生きていたハムスターだろう。ふたたびジェイソンを訪ねてドアをノックするわけにはいかない。もう放っておいてくれと言われたのだから。

ちょっと待って。

心臓が胸郭を打つ。ピップは日にちを確認するために携帯電話をつかんだ。今日は水曜日。明日、午後四時にベッカ・ベルが刑務所から電話をかけてくる。毎週木曜日の定例行事。

よし。ベッカがきっと教えてくれる。彼女ならアンディがこの質問の答えとしたハムスターの名前を知っているはずだ。それと、アンディのふたつめのGメールアドレスについてなにか知っているか、なぜ彼女がそれを必要としたのか訊けるかもしれない。

しかし明日の午後四時は二十五時間先だ。二十五時間が一生ぶんの長さに感じられる。いや、実際にそうなのかもしれない。自分にとっては。どれくらいの時間が残されているのかわからない。知っているのはDT、もしくは彼を模倣《もほう》している人間だけ。時間との闘いの途中経過は見えない。しかし、待つ以外にできることはない。

ベッカなら知っている。

それまでのあいだ、ほかの手がかりを追ってみよう。〈グリーン・シーン〉の元従業員に例の警報器についてのメールをもう一度送る。現在は引退しているノーラン主任警部とのインタビューを設定する。ポッドキャスト用にDT事件についてよろこんで話をしてくれる旨《むね》、今朝メールに返信があった。これからの二十五時間で、DTと渡りあうためにできることはまだある。

手が震えてきた。ああ、だめだ。次はてのひらを走る生命線から血がもれだして、血まみれになる。いまはだめ。お願いだからいまはやめて。冷静にならなきゃ。気を落ち着けて、妄想にとらわれないよう、ひと呼吸おこう。走りにいったほうがいい？　もしくは……机の二番目の引き出しを見つめる。それとも両方？

口に放りこむと半錠のクスリは苦く、それを水なしでごくんと呑みくだす。〝呼吸をして、ただ呼吸をすればいい〟でもできない。透明な小袋にはもう錠剤が二錠と半分しか残っていなくて、もっと必要だから――クスリがもっと必要。これがないとぜんぜん眠れない。眠れないと考えられなくなり、考えられないと勝負に勝てない。

クスリには頼りたくない。前回が最後になるはずで、自分でもそう心に決めていた。でもいまは自分自身を救うためにクスリが必要だ。そのあとはもう二度といらなくなるはず。そう自分に言い聞かせ、ずらりと並んだ使い捨て携帯のなかから一台を手に取って電源を入れると、ノキアのロゴが画面にあらわれた。

並んでいる携帯すべてに一件だけ登録されている番号あてにメッセージを打ちこむ。ルーク・イートンに送るのは三つの単語だけ。〝もっといる《アイ・ニード・モア》〟

ひとしきり、虚《うつ》ろな暗い声を立てて笑う。いま手のなかにあるものが、またひとつ、アンディ・ベルとのつながりを示すものだと気づいたから。六年遅れて、いま彼女の足跡をたどっている。しかし、アンディ・ベルと共有しているのは秘密の使い捨て携帯だけではないかもしれない。

ルークが数秒のうちに返信してきた。

〝また、これが最後、か？　商品が入ってきたら連絡する〟

一瞬、首の皮膚が怒りで熱くなる。痛くなるまで下唇を嚙みしめ、長押しして電源を切ってから、ルークもろとも携帯を引き出しの底の下にある秘密の場所に戻した。ルークは間違っている。今回はちがう。今回こそが〝最後〟だ。

ザナックスはまだ効いてこない。どんなにクスリでなだめすかしても、心臓は胸のなかでいまだに激しく拍動している。走りにいこう。走りにいくべきだ。アンディがハリエット・ハンターおよびDTとどうつながっているのか、走れば頭が動きだしてその謎が解けるかもしれない。

ピップはベッドにふらふらと近づいていって、その向こうにある窓から外をのぞいた。窓ガラスをとおして午後の空が見える。空は灰色でゆっくりと雲が流れ、雨粒がぽつぽつと私道に落ちている。気にすることはない。雨のなかを走るのは好きだから。雨なんてものの数にも入らないほど、私道ではもっとひどいものを見つけてしまうことがある。たとえば、こっちに近づいてくる頭のない棒人間とか。いまはもうない。家を出るときにかならずチェックしているから、ないとわかっている。

しかし外にはべつのなにかがいて、ちらりと動く姿が目を引いた。私道の先の歩道を人が走りすぎていく。三秒後には走り去って見えなくなったけれど、三秒もあればその人物が誰かは正確にわかった。片手に青い水筒を握っている。鋭角的な顔に、後ろになでつけられたブロンド。去り際に首をめぐらせて、ちらりとこの家に目を向けた。やつは知っている。ここがピップ・フィッツ＝アモービの自宅だということを、やつは知っている。

まぶたの裏側で激しい怒りが炸裂してふたたび赤い色が見え、頭にはマックス・ヘイスティングスを殺す場面が次々に浮かんでくる。どれもこれも生温《なまぬる》い。もっとひどい死に方がやつにはふさわしい。頭のなかで歩道を走るやつのあとを追い、いくつもの殺しの手口をためし、ふと気がつくと音に導かれて自分の部屋に戻っていた。

携帯電話が机の上で震えている。

ピップはそれを見つめた。

来た。

〝非通知設定〟だろうか。DT？　自分をこんな目に遭わせているのが誰かを突きとめるときが来たのだろうか。〈コールトラッパー〉が準備万端、待ちかまえていて、かすかな息遣いしか聞こえない相手を実体のある人間、名前を持った誰かに変えてくれる。アンディ・ベルと一連のものとのつながりを究明する必要もなくなる。最終的な答えが目の前にあらわれるだろうから。

さっさと出なくては。ためらう時間が長すぎた。ピップは小走りで部屋を横切り、携帯を手に取った。

ちがう、〝非通知設定〟じゃない。かけてきている相手の電話番号が画面に表示されている。見たことのない携帯電話の番号が。

「もしもし?」携帯を耳に強く押しつけて応答する。

「もしもし」電話の向こうから低くてかすれた声が聞こえてくる。「やあ、ピップ。わたしだよ、警部補のリチャード・ホーキンスだ」

暴れる心臓を囲む胸全体がゆるむのが感じられた。DTじゃない。

「あ、ああ」ピップは気をとりなおした。「ホーキンス警部補」

「誰かほかの人間だと思ったんだな」ホーキンスが洟をすすって言う。

「まあ、そうです」

「そうか、邪魔してすまんな」今度は咳。また洟をすする。「まあ、なんだな、知らせが入ってきたんで、すぐきみに電話したほうがいいと思ったわけだ。おそらくきみが知りたがっている知らせだ」

知らせ? いないと思っているストーカーについての? ついにDTとのつながりを見つけた? ふいに身体が軽くなった気がする。ずしりとした腹の重みが消え、カーペットについていた踵《かかと》が持ちあがる。ホーキンスは信じてくれた、信じてくれたんだ、わたしの言い分を——

「チャーリー・グリーンについて」ホーキンスが沈黙を破って言う。

ああ。身体がふたたび沈む。

「ど、どんな知らせが……」

「彼を確保した。逮捕されたばかりだ。彼はフランスへ渡っていた。いまはインターポールが身柄を押さえている。だがわれわれは彼をつかまえた。明日こちらに引き渡される予定で、すぐにでも正式に起訴されるだろう」

まだ身体が沈んでいく。どうして沈んでいくんだろう。床を突き抜けてなにも感じなくなるまで、このまま深く沈んでいくのだろうか。

「わ、わたし」言葉に詰まる。沈んでいく。縮んでいく。足がカーペットのなかに沈みこんで見えなくならないよう、足もとをじっと見つめる。

「これでもう心配することはない。われわれは彼をつかまえた」ホーキンスがもう一度言う。今度は声がやわらかくなっている。「だいじょうぶか?」

だいじょうぶじゃない。相手がどういう言葉を聞きたいのかわからない。ありがとうと言ってほしい? でも感謝の言葉なんか言いたくない。チャーリーが檻《おり》に入れられたら困る。檻のなかからどうやればこっちを助けられる? なにが正しくてなにが間違っているか、どう正誤を見きわめるか、アドバイスしてもらうにはどうすればいい? なぜ自分は正誤を決めたがるのか。そもそも決めるべき? ふつうの人が〝これは正しい〟と思うことが、自分にとってはブラックホールに呑みこまれて、なかに骨をうずめているみたいに感じられるから?

「ピップ? もう不安に思うことはなにもない。彼はきみには近づけないのだから」

ホーキンスに向けて叫びたかった。チャーリー・グリーンは危険でもなんでもないと言いたかった。でもホーキンスはこっちの言うことなんか信じないだろう。彼はピップ・フィッツ＝アモービを信じてはいない。でも信じていようがいまいが、どうでもいいのかもしれない。終わりに到達するまえに自分自身を正常に戻し、悪循環から抜けだすすべがあるかもしれない。

このままでは終わりに向かうだけだとひしひしと感じられるのに、自分ではとめることができない。でも、チャーリーならとめられるはず。

「すみませんけど……」ピップは恐る恐る言った。「彼と話をさせてもらえませんか?」

「なんだって?」

「チャーリーと」さっきよりも大きな声で言う。「チャーリーと話をさせてもらえませんか? どうしても彼と話がしたいんです。は、話さなくちゃならないんです」

電話の向こうから物音が聞こえた。ホーキンスの喉から発せられた、信じられないというううなり声。「えーと、なんというか……できるとは思えないな、ピップ。きみは彼が犯したとされている殺人事件の唯一の目撃者だ。裁判になったら、きみは訴追側の主要な証人として召喚されるだろう。だから、きみは彼と話すことはできないと思う。無理だろう」

ピップはさらに深く沈みこみ、家の柱や壁とともに骨が溶けていく感覚に襲われた。ホーキンスの回答は身体に鋭く突き刺さり、胸のなかにとどまっている。言われてみて、そうだったと気づく。

「オーケー、了解です」ピップは小さな声で言った。ほんとうは了解なんかできない。絶対に。

「あと……ほかの件はどうなってる?」ホーキンスが訊いてくる。声には訊くべきかどうか、迷っているようすがうかがえる。「このあいだこちらに出向いてきたときに話していた、ストーカーの件だ。あれからほかになにか起きたか?」

「ああ、いいえ」ピップは抑揚のない声で答えた。「ほかにはなにも。すべて解決しました。

だいじょうぶです、ありがとうございます」

「わかった、こっちからはチャーリー・グリーンの件を知らせたかっただけだ。きみが明日、新聞で読むよりも先に」そこでひとつ咳払いをする。「なにごともなく過ごしてほしい」

「だいじょうぶです」ピップは答えた。だいじょうぶなふりをする気力はほとんど残っていない。「お電話、ありがとうございます、ホーキンス警部補」携帯を耳からおろし、指で赤い通話終了ボタンを探す。

チャーリーが逮捕された。これで終わりだ。DT相手の危険なゲームのほかに、ひとつ残されていた命綱になりそうだったものが消えた。これで少なくとも、消えてほしいと願うほどこちらを憎んでいる者たちのリストから、チャーリーの名を削除できる。DTは彼ではないとわかっていたものの、これで実際に彼ではないと判明した。奇妙な出来事が起きてからずっと、チャーリーはフランスにいたのだから。

ふたたびパソコンの画面に目をやると、アンディ・ベルが飼った最初のハムスターの名前を訊いてきているページが開いていて、それ自体がなんだか奇妙で、滑稽《こっけい》にさえ思えてきた。ふと、死体が腐っていくイメージや腐敗の過程も滑稽に思えてきた。人が消えるのは謎めいていないし、スリリングでもない。消えれば結局、死体となり、死体は冷たくて死後硬直が起きていて、血液が体内にたまるために紫色の死斑《しはん》が浮きでている。ビリー・カラスがタラ・イェーツを発見したとき、彼はまさにそうなった死体を目にしたにちがいない。モルグでのスタンリー・フォーブスもきっとそんなふうだったと思うけれど、彼の血はぜんぶこっちの手に流れだしてきたのだから、どうやって体内に血液を残せたのだろうか。アモービ家の目の前にある森で死んでいたサル・シンも。でもアンディ・ベルはちがう。彼女は発見されるのが遅すぎたため、肉体は分解され、ほとんどなくなっていた。これこそ〝消える〟にもっとも近い事例だろう。

それでもまだ、アンディは消えていなかった。けっして。死後六年半がたってアンディは戻ってきて、こちらに残された唯一の手がかりとなった。いや、手がかりではなく、命綱に。互いに一度も会ったことはないのに、奇妙で不可知な力が時を越えてふたりをつなぎあわせた。あの当時、こちらはアンディを救いはしなかったが、アンディはいま、おそらくこっちを救うために存在している。

おそらく。

しかしまだ待たねばならない。少なくともこの先の二十四時間半のあいだ、アンディ・ベルは謎のままでいる。

21

〝こちらは〈テル・コ・リンク〉がサービスを提供するプリペイド式通話で、発信者はＨＭダウンビュー刑務所に収監中の……ベッカ・ベル……です。通話は随時、録音され、傍受の対象

となることをご理解ください。この電話を受ける場合は1を押してください。今後拒否される
――〟

ピップは1をあわてて押したせいで、携帯電話を手から落としそうになった。

「もしもし?」携帯を耳もとに戻す。焦って片脚を机に打ちつけてしまい、机上のペン立てがカタカタ鳴った。「ベッカ?」

「ヘイ」ベッカの声がはじめは小さく聞こえてくる。「ヘイ、ピップ、ベッカよ。ごめんね、お待たせしちゃって。元気?」

「うん、元気」ピップは答えた。息をするたびに胸のあたりが締めつけられて苦しくなる。

「うんうん、元気、元気」

「ほんと?」ベッカが言う。声に心配そうな気配がまじる。「なんかそわそわしてるみたいだけど」

「えっと、たぶんコーヒーの飲みすぎかな、だめだよね、ほんと」虚《うつ》ろな笑いとともに言う。

「そっちは元気? フランス語の勉強は進んでる?」

「元気よ」そう言ってからクスっと笑って「とっても《トレ・ボン》」と付け加える。「今週からヨガのクラスがはじまったの」

「わあ、楽しそうだね」

「ええ、友だちといっしょに参加してみた。ネルのことを話したの、覚えてる? それで、うん、楽しかった。どれだけ自分の身体がかたいか、思い知らされたけどね。とりあえずつづけ

ようと思ってる」

ベッカの声は明るい。いつでも。幸せそうと言えるほど。ベッカは外にいるよりもなかにいるほうが幸せなのかもしれない、そんな考えがふと頭に浮かぶ。ある意味では、彼女はみずから収監されることを選んだのだから。ベッカの弁護チームは裁判に打ってでれば収監されることは絶対にないと確信していたのに、本人は有罪答弁してしまった。ベッカみたいに収監されるほうを選ぶ人がいるのだなあと、ピップはいつも不思議に思ってしまう。たぶんベッカにとって刑務所は〝檻《おり》〟ではないのだろう。

「それで」ベッカが話しつづける。「みんな元気？　ナタリーは？」

「うん、元気だよ。十日くらいまえにナタリーに会った。彼女とジェイミー・レノルズに。あのふたり、すごくうまくいってるみたい、ほんとに。とっても幸せそう」

「よかったね」とベッカ。そう言いながら笑っているのがわかる。「ナタリーが幸せで、ほんとにうれしい。そうそう、名誉毀損《めいよきそん》訴訟について、どうするか決めた？」

ほんとうのところ、それについてはほとんど忘れていた。DTの件が脳の大半を占めていて、まさに顔をテープでぐるぐる巻きにされたみたいに、ほかにはなにも見えていない。クリストファー・エップスの名刺はあの日に着ていた上着のポケットに突っこまれたまま、無視されている。

「えっと、自分の弁護士とも、マックスのとも、話してない。ちょっとほかに気になることがあって。でも、こっちの回答は伝えてある。撤回する気も、やつに謝罪する気もない。マックスが提訴したいんなら、勝手にすればいい。でも、そうなったら今度は逃げられない。わたしが逃がさない」

「わたし、証言する。裁判になったら。まえにもそう言ったよね。刑事裁判じゃないとしても、あの男がどんな人間か、彼には正義なんかないことを、みんな知るべきだと思う」

正義。ピップはつねにその言葉にとらわれ、考えるたびに両手が血で染まった。正義という言葉こそ、自分にとって監獄であり、檻なのだ。ふと視線を落とすと、そこにはスタンリーがいて、彼が流す血でこっちの手は血まみれになる。ベッカが望めば、スタンリーの話をすることもできる。チャイルド・ブランズウィックというよりもスタンリー・フォーブスとして彼を知っていたベッカに。彼女とスタンリーは友人同士に落ち着くまえに、二度ほどデートをしている。ベッカなら理解できないまでも、しっかり耳を傾けてくれるだろう。でも、だめだ。いまはその話をする時間はない。

「ベッカ、えっと、わたしね……」ピップはどう話すべきかわからないまま切りだした。「ひとつ訊きたいことがあって。回答を至急、知りたいの。いや、至急っていうと大げさだよね。でも急いでるのはほんと。重要なことなんだけど、なんでそんなことを訊くのかをうまく説明できない。電話じゃ無理かな」

「わかった」とベッカ。声から明るさは消えている。「ピップ、だいじょうぶ?」

「うん、だいじょうぶ。えっと、アンディがはじめて飼ったハムスターの名前を知りたいだけ」

鼻から息をふーっと吐きだす音が聞こえてきたあとで、ベッカが驚いたような声をあげた。

「えっ？」

「これって……セキュリティ保護用の質問なの。アンディがはじめて飼ったハムスターの名前、覚えてる？」

「セキュリティ保護用の質問って、なんの？」

「アンディはメールアカウントを持ってたみたいなんだよね。秘密のアドレスを。警察は見つけられなかった」

「AndieBell94」ベッカが一気にアカウント名を言った。「アンディのメールアドレスは、たしかこれ。当時、それについて警察が訊いてきた」

「わたしが見つけたのは、アンディが使っていたもうひとつのアカウント。セキュリティ保護用の質問に答えないと、ログインできない」

「もうひとつのアカウント？」ベッカがおずおずと訊いてきた。「どうしてまたアンディのことを調べているの？　どうして？　なにが起きてる？」

「いまは言えない」ピップは答え、膝《ひざ》を押さえて脚が小刻みに動くのをとめた。「この通話は録音されている。でもどうしても……わたしにとっては重大なの」そこで言葉を切り、少しずつ大きくなるベッカの息遣いを聞いた。「生きるか死ぬかの問題」と付け加える。

「ローディ」

「えっ？」

「ローディ。アンディがはじめて飼ったハムスターの名前」ベッカがふっと息を吐く。「どこからその名前をとったか知らないけど。六歳のお誕生日のプレゼントだった。あっ、もしかしたら七歳だったかも。一年後にわたしももらって、トーディと名づけた。当時モンティという猫がいて、その子がトーディを食べちゃったんだけどね。とにかく、アンディのハムスターの名前はローディだった」

ピップは指で机を叩きはじめた。

「R・O・A・D・Y?」

「ううん、最後はI・E」ベッカが訂正する。「だ……だいじょうぶなの？　ほんとに」

「なんとか。だいじょうぶだと思う。ア、アンディからハリエット・ハンターっていう名前を聞いたことない？　友人の」

電話の向こう側でベッカは黙りこみ、ツーというかすかな音だけが聞こえてくる。「いいえ」ようやく答えが返ってくる。「聞いたことないと思う。ハリエットという名前の友人には会ったことない。もっとも、アンディは家に友人を呼んだことはなかったけれど。どうして？　誰なの、その人」

「ベッカ」ピップは携帯電話を持った手の指をせわしなく動かしながら言った。「ごめんね、わたし、そろそろ出かけなきゃならなくて。ちょっと用があって……だからもうあんまり時間がないの。でも用がすんだらベッカにかならず説明する、ほんとに」

「そう、わかった……それでかまわない」声からは幸せそうな感じが消えている。「予定どおり次の土曜日に面会に来てくれる？　予定表にあなたの名前が書きこんであるんだけど」

「うん」ピップは答えたが、すでに気持ちはベッカから離れ、セキュリティ保護用の質問が待っているパソコンの画面に向いていた。「もちろん、かならず行く」うわの空で答える。

「よかった。それと……うまくいったかどうか知らせてね。いろいろすんだあとでいいから」

「うん、知らせる」ピップは言った。自分の耳にも声にまじる差し迫った感じが聞きとれる。

「ありがとう、ベッカ。それじゃあ、またね」

携帯が手から落ちた。ボタンをきつく押しすぎたせいで、血で滑《すべ》りやすくなっているてのひらから滑り落ちてしまった。携帯を落ちたままにして、指でキーボードを探るようにして文字を打ちはじめた。R、次にOという具合に。Roadie。アンディ・ベルがはじめて飼ったハムスターの名前。

タッチパッドに目に見えない血のあとを残しながら、ポインターを〝次へ〟のボタンにあわせた。

ページが切りかわり、次なる指示が出された。新しいパスワードを設定して入力し、そのすぐ下のボックスに確認のためもう一度パスワードを打ちこめと。胸のなかでふたたび気持ちがざわつき、その感覚が肌をとおして伝わってくる。どういうパスワードにすべきか？　なんでもいい。なんでもいいから、とにかく急いで。

頭に最初に浮かんだのは〝DTKiller6〟だった。

少なくとも、これなら忘れないだろう。

下のボックスに同じパスワードをもう一度入力し、変更ボタンをクリックした。

受信トレイが開いた。画面いっぱい、というほどの数のメールはない。

ピップは息を吐きだした。ようやくたどりついた。アンディ・ベルの秘密のメールアカウント。今日までのあいだ、ずっと保存されていたメール。自分以外には誰も目を通したことがないやりとりの数々。いまいる時間から放りだされた感覚が、ふたたび背骨を這いのぼってくる。アンディがこのアカウントをつくった理由がすぐにはっきりした。彼女がメールを送受信していた相手はハリエット・ハンター、ただひとり。この事実こそ、アンディがアカウントをつくった理由にちがいないが、いまひとつわからないのが、アンディとハリエット、DTはなぜ、どのようにつながっているのかという点。

メールを開き、ハリエットが見せてくれたのと同じメッセージを、今度はアンディの側から読んでいった。目新しいものはなにもない。なんの説明も。命綱となるものも。やりとりされたメールは八通だけで、タイトルはすべて同じ。〝ハイ〟

ほかになにかがあるにちがいない。なにかが。アンディは自分を救ってくれるはずだ。かならず。すべてが彼女へと戻っていき、完璧な輪を描いているのだから。

カテゴリのタブをクリックし、〝ソーシャル〟を開く。そこにはなにもなく、ページは真っ白。次に〝プロモーション〟を開くと、ページはメールでぎっしりとうまっていた。送信者はすべて〈ちょっとした護身術〉。どうやらアンディはどこかの時点でこのメールマガジンの配信登録をしたらしい。週に一度メールマガジンを受信し、本人が死んだあともそれが長くつづいていた。アンディはなぜ護身術に関するメールマガジンを読んでいたのだろうか。ピップは身体が震えるのを感じた。アンディは自分の身が危険にさらされていると思っていたのだろうか。十七歳より先まで生きられないと頭の隅で考えていた？　いま自分自身の腹のなかに居すわり、振り払っても払いきれない感覚と同じものを、アンディも感じとっていた？

サイドバーの下のほうに目を向ける。ゴミ箱にはなにもなく、削除されたメールはなし。もう、お願い、アンディ。この受信トレイにはなにかが残っているはず。残っていなきゃ困る。ここにはつながりを示すものがあるはずで、自分はそれを見つけなくてはならない。アンディはこっちが知るすべのないなにかを知っていた。そういう〝なにか〟はあるべき場所にかならずおさまっている。

サイドバーを上へスクロールしたとたん、目が数字をとらえた。〝下書き〟のとなりの小さな〝1〟。こっちの詮索好きな目から隠れようとしているみたいに、小さくぽつんと表示されている。

未送信の下書き。アンディが書いたもの。これはHHにあてた未送信のメッセージ？　きっとなにも書かれておらず、真っ白なのだろう。クリックして下書きのフォルダーを開くと、欄のいちばん上に見つかるのを待っているものがあった。ページは真っ白ではなく、未送信のメールが一通、残っている。右側に表示されている日付によると、保存されたのは二〇一二年二月二十一日。タイトルは〝匿名《とくめい》の者より〟

胸が締めつけられ、息遣いに奇妙な音がまじる。片手についた血をぬぐい、下書きを開いた。

新しいメッセージ
受信者
タイトル：匿名の者より
関係者各位

わたしはDTキラーの正体を知っています。

声に出してそれを誰かに、自分自身にさえ言ったことはありません。それはわたしの頭のなかだけにあり、どんどん大きくなってかなりのスペースを占めるようになり、いまではそれ以外のことを考えられなくなっています。ここに書きだすのは大きな一歩のように感じられ、ひとりでかかえこんでいる苦痛が少しだけやわらぐ気がします。しかし、ひとりでかかえこんでいる事実は変わりません。ほんとにひとりきりで。

わたしはDTキラーの正体を知っています。

もしくは、スラウの絞殺魔の。どんな名前で呼ばれようと、わたしは彼が何者かを知っています。

実際にこのメールを送信できたらどんなにいいか。匿名の通報として警察に彼の名を知らせる——警察署にメールアドレスがあるかどうかも知らないけれど。電話は絶対にできない。正体を知っているなんて直接言えない。わたしは怖くてたまらない。寝ても覚めても恐怖にさいなまれている。彼が家のなかにいるときに、なんでもないふりをするのがだんだん難しくなってきています。殺人者と夕食のテーブルを囲んで話をするなんて。でもこのメールを送れないことはわかっている。どうしたら送れるっていうの？　誰がわたしの言うことを信じてくれる？　警察は信じてくれないと思う。それにわたしがこれを書いたことを彼が知ったら、彼はわたしを殺すはず。ほかの人たちを殺したのと同様に。かならず彼にはばれてしまうでしょう。実質的に彼は彼らの一員なのだから。

いまはひたすら書こうと思う。いつかは送信できるかもしれないと信じて書けば、おそらく気分は上向くはず。できないのはわかっていても。自分自身に語りかけ、せめて胸のうちから吐きだしたい。

わたしはDTキラーの正体を知っています。

わたしは見た。彼がジュリア・ハンターといっしょにいるところを。あれはジュリアだったと断言できます。百パーセントの確信を持って。ふたりは手を握りあっていた。彼が彼女の頬にキスするのも見ました。わたしに見られたことを彼は知りません。わたしはふたりがいっしょにいるところを見ても、それほど驚きませんでした。しかしその六日後、彼女は死んだ。彼が彼女を殺したんです。彼がやったのはわかっています。彼女の顔をニュースで見たと同時にわかりました。ほかのピースがすべて、いまはぴたりとはまっています。もっとまえに気づくべきだった。

自分がなぜHHに接触するのか、自分でもわかりません。彼女も知っているかもしれない、自分の姉を殺したのが誰か、うすうす気づいているかもと思い、これで語りあえる人ができたとうれしくなったのかもしれない。すべきことをともに成し遂げられると。でも彼女は知りません。なにも知らない。わたしは自分でもなぜかわからないけれど、彼女に対して責任みたいなものを感じ、彼女がだいじょうぶかどうか自分の目で確認したくてたまらない。わたしは彼女のお姉さんを殺した犯人を知っているのに、彼女にどう伝えるべきかわからないから。誰かがベッカに触れでもしたら、わたしは壊れてしまうでしょう。

サルには話せない。彼からはすでに〝アンディの頭はおかしくなっている〟と思われているかもしれない。彼から隠さなきゃならないものがたくさんありすぎる。彼はわたしに残された唯一の善良な存在で、守られるべき人だから、なんとしても隠しとおさなければならない。万が一のことがあるといけないから、家へ呼ぶこともできない。

このところずっと恐怖に打ちのめされ、この町から逃げださないと町に殺されてしまうと感じている。彼に殺されてしまうと。彼はおかしな目でわたしを見はじめている。もう何年もまえからかもしれない。同じ目でベッカを見ていませんように。でもわたしには計画がある。しばらくまえから温めている計画が。いまはただ頭を低くしていなければならない。ハウィーがらみの商売でお金を貯めはじめてからもうそろそろ一年になる。ちゃんと隠してあるから、誰にも見つからないだろう。けれども学校の件に関しては、自分が愚《おろ》かなせいで思いどおりにならなくなってしまった。遠くの大学に行くのがいちばん簡単な逃げ道だったのに。それは明白な事実。でもわたしが入れる大学は地元にしかなく、だからキルトンに住みつづけなければならない。家にはいられないというのに。

サルはオックスフォードへの入学が決まっている。彼といっしょに行けたらどんなにいいだろう。それほど遠くないけれど、ここからは充分に離れているオックスフォードへ。自分にできることはまだあるかもしれない。遅きに失していなければ。ここから出るためになにかをしなければ。なにかを。ワード先生がサルのオックスフォード合格に手を貸したのは知っている。たぶんわたしにも手を貸してくれるだろう。なんとかしてもらわないと。どんな代償を払おうと。

この町を離れて安全に暮らしはじめたら、ベッカのために戻ってこよう。あの子はまずは学校を卒業して、進路を考えなくちゃならない。ベッカは頭がいいからだいじょうぶ。わたしがここから遠いどこかで生活を安定させれば、妹と同居できるだろうし、ふたりで遠く離れていれば安全だ。安全を確保してから、警察に彼の正体を知らせればいい。このメールを匿名で送って。そのときにはもう、彼はわたしたちをつかまえられないだろうし、わたしたちの居場所すら知らないはず。

かなり大雑把とはいえ、これが計画。自分自身以外には話す相手はいないけれど、これがわたしにできる精いっぱいのこと。いまは消去しなければならないかもしれない。万が一のことを考えて。

自分にはハードルが高そうな気がする。でも、なんとかやってみせる。自分たちを救う。ベッカの安全を守る。生きのびる。

だからわたしは

22

ラヴィはふたたび上へスクロールしてから下へスクロールし、首を振った。ピップはラヴィの目を見ただけで、アンディが記した内容について彼が考えこんでいるのがわかった。いまや両目が涙で潤《うる》んでいる。自分だけではなく、ラヴィのなかでもアンディの幽霊が重きをなしている。死んだ女の子の思いを半分ずつ、互いの胸のなかにかかえている。この文書の存在を知っているのは世界で自分たちふたりだけ。正確にはこれはアンディ・ベルの最後の言葉ではないけれど、ふたりにはそんなふうに感じられた。

「信じられない」ラヴィがようやく口を開き、両手で顔を覆った。「信じられない。アンディは、彼女は……これはすべてを変えてしまう。すべてを」

ピップはため息をついた。腹に言いようのない悲しみをかかえ、身体が床を突き抜けて沈みつつある。アンディの幽霊に引っぱられて。でもそこでラヴィの手を取る。ふたりして沈まないよう、しっかりとつかまる。「すべてを変えてしまうけれど、なにも変わらない」ピップは言った。「アンディは生きのびられなかった。彼女を殺したのはDTじゃないけれど、彼から逃れようとして、そこからすべてがはじまった。ハウィー・ボワーズ。マックス・ヘイスティングス。エリオット・ワード。ベッカ。すべての出来事の原因はここにある。完璧な輪を描いている」ピップは小さな声で付け加えた。はじまりがあって終わりがある。はじまりと終わり、その両方にDTがいる。

ラヴィは袖で目をぬぐった。「ぼくは……」声がかすれ、次の言葉がなかなか出てこない。「この件についてどう考えればいいかわからない。ただ……悲しすぎる。ぼくらは彼女を誤解していた。以前は、サルはアンディのなにを見ていたのかまるで理解できなかったけれど……彼女はものすごく怖がっていたにちがいない。ひとりきりで」そこで顔をあげてこっちを見る。「そうだよね？　二月二十一日。そのすぐあとに、アンディはワード先生に接近しはじめた。そして……」

「どんな代償を払おうと」アンディの言葉を口に出して言うと、ふたたび異様なほど彼女を近くに感じた。五歳違いでふたりは会ったこともないのに、胸のあたりにアンディの存在を痛いほど感じられる。ふたりの死にゆく女の子たち。自分とアンディは思っていたよりもずっと似ているのかもしれない。「アンディは必死だった。わたしはその理由を理解できなかったけれど、こんなふうだとは思いもしなかった。かわいそうなアンディ」

いまさらそんなことを言ってもしかたないけれど、ほかにどう言えばいい？

「彼女は勇敢だった」ラヴィがぼそりと言う。「ちょっときみを連想させる」小さな声に似合う小さな笑み。「どうやらシン家の兄弟の好みは同じらしい」

アンディはひとまず脇におき、ピップは去年の出来事を思いだしていた。向かい側にエリオット・ワードが立っていて、警察がこちらへ向かっていたときのことを。「去年エリオットに言われたことを、わたしはいままでほんとうの意味で理解してはいなかった」そこで間《ま》をとり、頭のなかでその場面を再現する。「たしかエリオットの話では、アンディが家にやってきたとき——エリオットに押しやられて頭を打つまえ——家から逃げださなきゃならない、リトル・キルトンからも、そうしないと死んだも同然になるからと、彼女は言っていたらしい。町に残ったら殺されるという意味だったんだ……わ、わたし、ぜんぜん気づかなかった」

「そしてそのとおりになった」ラヴィは画面に視線を戻し、アンディ・ベルが最後に書き残した謎の真相を見つめた。「結局、彼女は死んでしまった」

「彼に殺されるまえに」

「彼とは誰だ？」ラヴィはノートパソコンの画面にペン先を出していないボールペンを走らせながら言った。「ここには名前はないが、ずいぶんたくさんの情報が織りこまれているよ、ピップ。明白な証拠がきっとある。アンディとベッカを含めて、ベル家の人たち全員が知っている誰かだ。それならば、ジェイソンの会社〈グリーン・シーン〉とつながりがあるのも納得できるだろ？」

「頻繁《ひんぱん》にベル家を訪ね、夕食までともにしていた誰か」指で文字をなぞりながら言う。またしてもあのころの思考がありありと頭によみがえってきて、ピップは舌打ちした。

「なんだい？」ラヴィが訊いてくる。

「去年、〈キルトン・メール〉のオフィスへ出向いてベッカと話をした。そのときわたしはマックスとダニエル・ダ・シルヴァの名前を出して、ふたりのうちどちらかが犯人である可能性を探った。ベッカとはおもにダニエルの話をした。アンディが行方不明になったとき、ベル家を最初に捜索した警察官のひとりが彼だったのがわかっていたから。ベッカの話では、ダニエルは彼女の父親と親しいとのことだった。ジェイソンがダニエルに〈グリーン・シーン〉での仕事を与え、それからオフィスでの仕事に配置換えして、さらには警察官の募集に応募するようすすめたのもジェイソンだった」ふたたびいまいる時間から放りだされ、過去から現在、はじまりから終わりへと時の流れのなかをただよった。「ベッカはこうも言っていた。ダニエルは家にちょくちょくやってきて、夕食をともにしたこともあったと」

「ああ、そうだった」ラヴィは重々しい口調で言った。

「ダニエル・ダ・シルヴァ」ピップは舌の上で転がすように彼の名前を言った。〝DT〟のDはダニエルの〝D〟でもあると考えながら。

「それとちょっとここを見て」ラヴィはメールの下書きを上に向けてスクロールした。「アンディが警察へ通報しようとした件について語っているところ。警察は自分の言うことを信じてくれないだろうと思っていると同時に、アンディは彼にばれてしまうと不安がっている。この部分が引っかかるんだよな」そこで声に出して読む。「〝かならず彼にはばれてしまうでしょう。実質的に彼は彼らの一員なのだから〟これって、なんの一員だろう」

ピップはその文を頭のなかに思い浮かべ、ちがう角度から眺めてみた。「警察官、そういうふうに聞こえる。〝実質的に〟の意味がいまひとつわからないけれど」

「おそらく研修中の半人前の警察官という意味じゃないかな。まさに当時のダニエル・ダ・シルヴァみたいに」ラヴィがこっちの考えを補完した。

「ダニエル・ダ・シルヴァ」ピップはもう一度、舌の上でためすように言い、自分の息が彼の名前をのせて部屋をただよい、しまいに消えるのを見た気がした。その場合、ナタリーはどうなる？　脳の片側にその問いが浮かぶ。あのふたりはすごく仲のいいきょうだいとはけっして言えないけれど、それでもダニエルはナタリーのお兄さんだ。ほんとうにダニエルをDTと考えてもいいのだろうか。かつては彼をアンディ殺害の容疑者、ジェイミー失踪の黒幕とみなしたことがある。あのときといまではなにがちがう？　現在の自分とナタリーはとても仲のよい友人同士で、しっかりと結びついている。その点がちがう。それにダニエルには妻がいる。赤ちゃんも。

「そういえば、定年退職した刑事と話をするのは今日じゃなかったっけ？」ラヴィがこっちのセーターを軽く引っぱって、思いださせるように言う。

「うん、でも直前になって今日はだめだって言ってきた」ピップはふんと鼻を鳴らして言った。「明日の午後に予定変更」

「そう、それならよかった」ラヴィは心ここにあらずといったふうにうなずき、視線をアンディの永遠に未送信のメールに向けた。

「わたしの携帯、鳴ってくれないかな」ピップはほかのものにまじって机の上に置いてある携帯電話を見つめた。「もう一度、DTが電話をかけてくるだけでいい。そしたら〈コールトラッパー〉がやつの電話番号を教えてくれて、DTの正体を突きとめられて、もしそれがダニエルだったら……」言葉を切り、目を凝《こ》らして携帯を見やりながら〝鳴ってくれ〟と祈る。強く祈っているせいで鳴り響く着信音が聞こえてきそうだ。

「そうしたらようやく、きみはホーキンス警部補のところへ行ける」とラヴィ。「もしくは公表できる」

「すべておしまいにできる」

終わるだけじゃない。ふつうに戻れる。なにもかも改善される。もう手は血まみれにならないし、クスリに頼らなくてもよくなる。救いだされる。もとの生活を送れる。チーム・ラヴィ・アンド・ピップでおそろいの上掛けを買おうとか、どの映画を観ようとか、ちょっと恥ずかしそうに将来はどうするかとか、そういったふつうの会話ができるようになる。ふたりで同じ将来を見る。

解決策として最後の案件を求め、なんらかの回答が出た。選んだ案件は、いまはより完璧に、よりふさわしくなっている。DTはすべてのはじまりだから。終わりでもあり、はじまりでもある。暗闇にひそむモンスターであると同時に、もととなるものをつくった者でもある。いままで起きた出来事はすべてDTへと戻っていく。

あらゆることが。

アンディ・ベルはDTが誰かを知っていて、怯えていた。だからハウィーから仕入れたドラッグを売り、逃げだすための金を貯めた。キルトンから遠く離れるために。彼女はロヒプノールをマックス・ヘイスティングスに売り、マックスはそのドラッグを使って彼女の妹のベッカをレイプした。アンディはサルといっしょにオックスフォードに逃げるための窮余《きゅうよ》の策でエリオット・ワードにつきまとった。エリオットは誤ってアンディを殺してしまったと思いこみ、それを隠蔽《いんぺい》するためにサルを殺害し、ラヴィの兄は森で死んだ。しかし実際にはエリオットはアンディを殺しておらず、死の現場にいたのはベッカ・ベルで、彼女は自分の身に降りかかった悲劇のなかで姉が果たした役割に憤《いきどお》り、あまりのショックで思考がとまり、頭に負った怪我が原因で吐物を喉に詰まらせている姉を死なせてしまった。それから五年の月日が流れてピップ・フィッツ=アモービが登場し、すべての真相をあきらかにした。エリオットは刑務所へ行き、ベッカも避けられたはずなのに服役し、マックスは服役すべきなのに刑務所行きをまぬがれた。そしてさらに重要な点として、ハウィー・ボワーズが刑務所に送られた。ハウィーは囚人仲間に自分は本物のチャイルド・ブランズウィックを知っているとしゃべった。その囚人仲間は自分のいとこにしゃべり、そのいとこが友人にしゃべり、話を聞いたその人物が噂をオンラインの掲示板に投稿した。チャーリー・グリーンは掲示板の噂を読んでリトル・キルトンにやってきた。ステラ・チャップマンの顔をしたレイラ・ミードがあらわれた。ジェイミー・レノルズが失踪した。スタンリー・フォーブスは身体に六つの穴をあけられ、この両手が血まみれになった。

三つのべつべつの出来事が、じつはひとつにつながっていた。ねじれた結び目の中心にいるのがDTで、いま暗闇からにやにやと笑いかけている。

ファイル名：
DT について、ノーラン主任警部へのインタビュー.wav

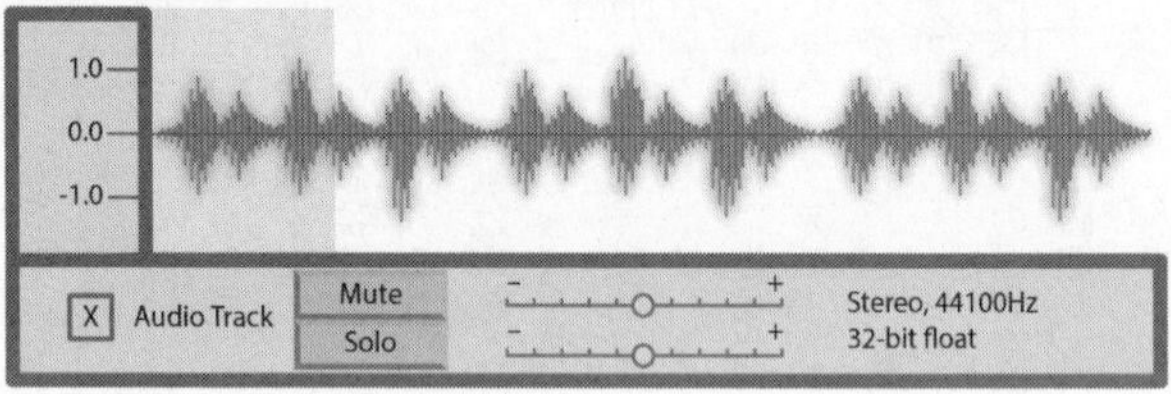

ピップ：ミスター・ノーラン、インタビューに応じてくださって、ありがとうございます。金曜の午後を割いていただく形になって、申しわけありません。

ノーラン主任警部：ああ、デイヴィッドと呼んでくれ。それと、そんなに気を遣わなくていいよ。昨日はインタビューをキャンセルしてすまなかったね。直前になってゴルフの誘いが入ったもんで。そういうのは断れないから。

ピップ：もちろん、そうですよね、お気になさらず。期限みたいなものがあるわけでもないですし。さて、まず、引退してからどのくらいたちますか？

ノーラン主任警部：三年だ。退職したのは二〇一五年だからね。ご覧のとおり、ゴルフ三昧で全盛期のころを思いだしているよ——どこにでもいる引退したおまわりだな。陶芸なんかもやってみた。まあ、妻にやらされたんだがね。

ピップ：楽しそうですね。さっそくですが、メールでお伝えしたとおり、今日はDTキラー事件についてお訊きしたいんですが。

ノーラン主任警部：ああ、わかってるよ。あれはわたしのキャリアのなかでもいちばん大きな事件だった。やりがいがあったな。もちろん、彼が女性たちにしたことは、そりゃあひどいもんだった。

ピップ：きっと忘れられない事件になったんでしょうね。連続殺人なんてそうそう起きないですから。

ノーラン主任警部：たしかに。記憶にあるかぎり、このあたりでは何十年に一度、起きるか起きないかという事件だったな。われわれ警察官にとってDTはとても大きな事件だった。彼を自白に追いこめたという点でもね。あれはわたしのもっとも誇らしい瞬間だったよ。まあ、娘たちの誕生以外でってことで。［笑い］

ピップ：自白しはじめるまで、ビリー・カラスは夜通しかなり長時間にわたって取調室にいたんですよね。きっと疲れて、疲労困憊《こんぱい》の状態だったと思います。彼の自白は疑わしいとは思いませんか？ 睡眠をとったあと、翌朝になってから自白を撤回したわけですから。

ノーラン主任警部：なにも疑わしいところはない。まったくね。彼が自白したとき、わたしはいっしょに取調室にいた。やってもいないのに、あれほどのひどいことを自分がやったと言うやつはいないと思うよ。わたしだって疲労困憊していたが、自分は連続殺人犯です、なんて自白はしなかった。きみには理解できないかもしれんが、長年、刑事として働いていたから、彼が真実を語っているとわたしにはわかった。目を見ればわかるんだよ。つねにね。誰だって邪悪なものを目の前にしたらわかるもんだ。ほんとうだよ。翌朝になってからビリーが自白を撤回したのは、自白した結果がどうなるか、考える時間がたっぷりあったからだ。彼は臆病者だ。しかし、やったのは間違いなく彼だ。

ピップ：わたしはビリー・カラスの母親のマリアと話しました。それで――

ノーラン主任警部：ああ、勘弁してくれ。

ピップ：なぜそうおっしゃるんですか？

ノーラン主任警部：彼女とは何度も口論になってね。あの女性は強い人だ。もちろん、誰も彼女を責められない。ビリーがやったみたいな恐ろしいことを自分の息子がしでかすとは、どこの母親だって思わないさ。

ピップ：彼女は偽の自白に関する多くの資料に目を通しています。ビリーの自白は偽りのものであったと、ちょっとでも考えたことはありますか？　取調室で加えられた圧力に屈して、彼は自分がやったと言ってしまったのだと。

ノーラン主任警部：まあ、そうだな、わたしが取調室で圧力を加えたせいで彼は口を割ったのだと思っているが、だからといってあの自白が偽りだったということにはならない。偽りだという証拠のかけらでもあれば、その可能性を考えるかもしれないが、証拠として存在するのはビリーが連続殺人に手を染めたことを示すものばかりだ。物的証拠も状況証拠もね。それに、覚えているだろうが、彼は有罪答弁をしている。まさかこの件を次の題材としてきみのポッドキャストで取りあげるつもりじゃないだろうね？　ビリーの無実を証明する気なのか？

ピップ：いいえ、ぜんぜん、そんなんじゃないです。今日お話ししたいと思っているのは、DTキラーについての詳細をまじえた事実のみです。

ノーラン主任警部：それならいいんだが。そうじゃなかったら、わたしはこのインタビューに応じなかっただろう。警察を無能に見せようとする意図がきみのほうにあるとしたら、不愉快だからね。

ピップ：いいえ、そんなことは夢にも思っていません、デイヴィッド。さて、事件とビリーを結びつけている証拠の多くは、彼の仕事に関するもののようですね。彼は〈グリーン・シーン株式会社〉という敷地を整備する会社で働いていました。ビリーが第一容疑者となるまえから、警察は殺人事件と〈グリーン・シーン〉との関連に気づいていたかどうか知りたいんですが。

ノーラン主任警部：気づいていたよ。われわれはビリーが第一容疑者になるまえから〈グリーン・シーン〉を調べていた。それは三人目の被害者であるベサニー・インガムが殺害されたあとからで、理由は彼女があそこの従業員だったからだ。そのあとジュリア・ハンターが殺害されたとき、〈グリーン・シーン〉とのつながりが確実になった。死体遺棄現場の二カ所が〈グリーン・シーン〉が契約している場所だったんだ。そこで社の敷地内を捜索させてほしいと申し入れた。オーナーはとても協力的で察しがよく、その際に〈グリーン・シーン〉ではDTが使用した青いロープとダクトテープとまったく同じブランドのものが使用されていることが判明した。それが決定打になり、われわれは現役の従業員を調べはじめた。しかし、正当な理由がないかぎり、できることはかぎられている。そのあとだよ、ビリーが浮上してきたのは。彼はタラ・イェーツを発見した人物で、彼が犯人だとすぐにぴんときた。

ピップ：ビリーのまえに容疑者はいたんですか？　タラが殺害されるまえってことですけど。〈グリーン・シーン〉とつながりがある誰かとか？

ノーラン主任警部：容疑者は何名かいたが、確実、あるいは相当の証拠がある人物はひとりもいなかった。

ピップ：名前をあげていただくわけにはいきませんよね？

ノーラン主任警部：正直なところ、わたしも名前を覚えていないんだよ。

ピップ：そうでしょうね。それで、ジュリアの妹のハリエット・ハンターと話をしたところ、彼女からジュリアが亡くなる数週間前に自宅で奇妙な出来事がいくつかあったと聞きました。死んだハトが家のなかに残されたり、チョークの人形《ひとがた》が自宅のすぐ近くに描かれたり、無言電話が何回かかかってきたりしたと。こういったことは警察の捜査の注目点になったでしょうか。ほかの犠牲者のご家族から、似たような出来事があったという報告はありましたか？

ノーラン主任警部：ああ、そうだった、死んだハトの件はいま思いだしたよ。そう、当時その話をしてくれたのはジュリアの妹だった。それで、それ以前の被害者の友人や家族に訊いてみたんだが、彼らはそういった内容はなにも聞いていないとのことだった。われわれは拉致《らち》するまえに被害者と接触したかどうかビリーに訊いてみた。ビリーによると、被害者を観察していたから、相手がひとりきりのところをねらえたという話だったが、彼女たちとは接触していなかったし、死んだハトとか、無言電話とか、そういうことはなかったそうだ。そういうわけで、残念ながら死んだハトやなんかは事件とは関連なしと結論づけられた。そういった事象があったほうが、話がドラマチックになるのは認めるがね。

ピップ：わかりました、ありがとうございます。次に戦利品についてうかがいます。被害者ひとりひとりからDTがなにを奪ったか、あなたは正確にご存じですよね。どれも拉致されたときに被害者が所持していた個人的なものだった。イヤリングとかヘアブラシとか。でもビリーの所持品からはそういった戦利品は発見されていないんですよね？　その点は気になりますか？

ノーラン主任警部：いや。ビリーはそれらを捨てたと言っていたからね。いまはおそらく、国内のどこかにあるゴミの埋め立て地にあるんだろう。もう二度と見つからないだろうな。

ピップ：連続殺人を語るにあたっては、犯人が戦利品となるものを手もとに置いておくというのが重要なポイントではありませんか？　眺めることによって凶悪な犯罪を思いかえしたり、次の犯行まで間《ま》を持たせたりするんですよね。なぜビリーはそれを捨ててしまったんでしょう。

ノーラン主任警部：理由は語らなかったが、あきらかなんじゃないかな。タラの事件のあと、警察がビリーに照準をあわせていたのを本人は知っていたから、われわれが家宅捜索令状を取得するまえに彼は証拠品を捨ててしまったんだよ。本人は戦利品を捨てたくないと思っていただろうがね。

ピップ：わかりました。タラの件に戻ってみましょう。なぜビリーは遺体発見を演出して、わざわざ自分に注意を向けるようなまねをしたんでしょうか。それまでは警察のレーダーに引っかかっていない可能性のほうが大きいのに、どうして自分のほうへ注意を向けさせたのか。結局それで逮捕されてしまうんですよね。

ノーラン主任警部：それと似たようなケースが多くの連続殺人で見受けられる。殺人犯はみずからの事件に多大な興味を示すもんなんだ。ニュース番組を次々に見たり、友人や家族と事件について話しあったりする。わたしは精神分析医ではないが、それは一種のナルシシズムだと思う。自分たちはとても頭がいいから、みんなの目と鼻の先にいるのにつかまらない、と彼らは考える。殺人犯のなかには、警察の捜査に加わろうとする者までいる。情報を提供するとか、捜索隊に参加するとかして。それこそビリーがやったことで、タラの遺体を発見して一躍脚光を浴びた。そうすれば捜査に加わることができるし、それまでに警察がなにをつかんでいるか知ることもできる。

ピップ：そうですね。

ノーラン主任警部：きみやわたしのようなふつうの人間にとっては理解しがたいことなんだがね。しかし、それがあの捜査においてわれわれが警戒していたことのひとつだ。いまでは笑い話なんだが、［笑い声］当時、警戒すべき人物がひとりいた。テムズバレー警察の警察官で、一連の殺人事件について次から次へとずいぶん多くの質問をしてきた。彼自身は捜査に加わってはおらず、覚えているかぎりでは新米の研修がすんだばかりの警官だった。それにハイ・ウィカム警察署ではなく、よその警察署所属のくせに、なにが起こったのか、われわれがなにをしているのかに、ちょっと異常なほどの興味を示してね。なにが言いたいか、もうわかるだろう。いま思うに、新米だからこそ殺人事件に興味津々《しんしん》だったんだろうが、こっちとしてはかなり警戒した。まだビリーが浮上してくるまえだったからな。それもあって、われわれは犯人かもしれない人間が捜査に加わりたがることにある程度、敏感になっていたんだよ。

ピップ：そんなことがあったんですか。それで、その警察官はどこの所属だったんですか？

ノーラン主任警部：アマーシャム警察署だったはずだ。DTキラー事件はわれわれハイ・ウィカム警察署で捜査していた。死体が遺棄された場所がわれわれの管轄区のどまんなかだったし、被害者の女性もハイ・ウィカム在住だったからな。しかしジュリア・ハンターはアマーシャム在住で、そういうわけでわれわれはアマーシャム警察署の警官とある程度は共同で捜査にあたっていた。きみも知っていると思うが、昔からの同僚のひとり、ホーキンス警部補だよ。あいつはいいやつだ。しかし、きみのポッドキャスト用にはうってつけの笑える小話じゃないかな。その熱心な新米警官の話は。いやあ、なんともひどいのを採用したなと思ったよ。［笑い声］

ピップ：その警察官……ダニエル・ダ・シルヴァという名前ですか？

ノーラン主任警部：［咳《せき》］いや、当然、警官の名前は教えられない。もちろん、たとえきみが名前を知ったとしても、ポッドキャストで配信できんよ。データ保護法やなんかがあるからな。あとどれくらい質問があるのかね？　わたしはそろそろ出かけなければ――

ピップ：でも、それ、ダニエル・ダ・シルヴァですよね？

23

頭がない。手のなかの死んだハトには頭がない。しかしどういうわけか、やけにふわふわしていて、さわると指がそのなかにうずまる。手のなかにあるのは死んだハトではなく、上掛けの端っこだからで、いま自分は目覚めている。ベッドのなかで。

眠っていた。ほんとうに眠っていた。まわりは真っ暗で、自分はすっかり眠っていた。でもなぜいまは目覚めているんだろう。眠りは浅く、落ちたり覚めたりしていて、そのあとの目覚めた状態はいつもと変わらない。でもなんだかちがう気がする。なにかのせいで眠りから覚めてしまった。

物音。

どこかから聞こえてくる。

なんの音?

身体を起こすと、腹のほうへ上掛けが滑り落ちた。

シュッ、シュッとリズミカルに鳴る音。

目をこする。

ゆっくり走る列車のような〝シュッ、シュッ、シュッ〟という音に、ふたたび眠りへと誘《いざな》われる。

ちがう、列車じゃない。

瞬《まばた》きを繰りかえすと、ぼんやりした明かりのなかに部屋のようすが見えてきた。ベッドから足をおろしたとたん、冷たい空気が裸足《はだし》に刺さる。

物音は机のあたりから聞こえてくる。

立ちあがって目を凝らす。

プリンター。

机の上のワイヤレスプリンターが、パネルのLEDランプを点滅させながらなにかを吐きだしている。

〝シュッ、シュッ、シュッ〟

プリンターの下のほうから出てくる一枚の紙に、黒いインクでなにかが書かれている。

でも……

こんなことありえない。なにもセットした覚えはない。

目覚めたばかりで霧がかかった頭ではついていけない。まだ夢を見ているの？

いや、ハトは夢だったけれど、これは現実だ。

印刷が終了し、最後にカタッと鳴って紙が一枚、吐きだされてきた。

どうしようか迷う。

なにかが身体を押す。背中にいる幽霊が。おそらく、アンディ・ベルが。

プリンターのところまで行って手をのばす。誰かの手をつかもうとするみたいに。もしくは、誰かに手をつかまれているみたいに。

紙には上下逆さに文字が印刷されている。ここからだとなにが書いてあるのか読めない。

指先で紙をつまみあげると、紙は頭のないハトの翼のように揺れた。

紙を逆さにして正しい向きに直す。

頭の一部では、読むまえからなにが書いてあるのかわかっていた。ちゃんとわかっていた。


〝きみが行方不明者になったら、誰がきみを探してくれるのかな。P.S. わたしはこのトリックをきみのシーズン1エピソード5から学んだ。

次のトリックへの備えは万全かな?〟


紙は自分の〝ここにあるはずのない〟手からもれでた、スタンリーの〝ここにあるはずのない〟血で真っ赤に染まった。いや、手ならここにある。でも心臓はどこかへ行ってしまった。背骨の梯子《はしご》を滑り落ち、胃酸のなかでかたまっていく。

やめて。やめてやめてやめて。

どうやって?

ピップはさっと振り向き、荒い息をついて目を見開き、あらゆる影に目を凝らした。ひとつひとつがDTに見えてくるが、そんなはずはない。ここには自分しかいない。彼はいない。でも、どうやって……

あちこちを向いていた視線をプリンターに戻す。ワイヤレスプリンターに。通信可能範囲にいれば、誰でもなにかを送信することができる。

つまり、彼はすぐ近くにいる。

DT。

彼はここにいる。

家の外かなかか？

ピップは手のなかでくしゃくしゃになった紙を見た。〝次のトリックへの備えは万全かな？〟これはどういう意味だろう。トリックってなに？　わたしを連れ去るつもり？

窓の外を確認しなければ。彼は私道にいるかもしれない。死んだ鳥とチョークの人形《ひとがた》でできた輪のなかに立っているDT。

身体の向きを変え――

ギューンという悲鳴が部屋じゅうに鳴り響く。

耳をつんざく音。

ありえないくらい、うるさい。

紙を落として両手で両耳をふさいだ。

ちがう、悲鳴じゃない。ギターだ。甲高《かんだか》い音で泣いているみたいに、ビートを刻むドラムにあわせてあがったりさがったりし、部屋を揺らし、振動で床を波打たせ、こっちの踵《かかと》を浮きあがらせる。

べつの悲鳴が鳴り響く。いや、悲鳴に似た声。深くて狂暴で、部屋がうねるなかで後ろから吠えかかってくる。

自分も叫び声をあげたが、みずからの声が聞こえない。声を出しているのはたしかだけれど、完全に音に呑みこまれている。うまってしまっている。

耳をふさぐ手をとおしても大音響で聞こえてくる声の音源を探す。机。次にその横を見る。

LEDランプがこっちに向けてまたたいている。

スピーカー。

ボリュームをフルにしたブルートゥーススピーカーが、真夜中にデスメタルを鳴り響かせている。

ピップは悲鳴をあげて音の洪水のなかを突き進み、自分の足につまずいて、なかば倒れるようにして膝をついた。

片方の耳だけを押さえる。音が身体じゅうを震わせ、脳に突き刺さってくる。机の下のたこ足コンセントに手をのばす。プラグをつかんで引っこ抜く。

静寂。

でも完全なる静寂ではない。

大音響のあとでは、小さな音でも痛む耳のなかで大きく響く。

いまやドアがあいていて、ドア口から大きな声が飛んでくる。

「ピップ！」

ピップはふたたび悲鳴をあげ、机に向かって後ずさった。

ドア口に人が立っている。ばかでかい人間が。胴体から手脚が突きでている。

「ピップ？」DTが父の声でふたたび呼びかけてきたあと、電気のスイッチを押した。部屋に黄色い明かりがさしこんでくる。ドア口にいるのはママとパパで、パジャマ姿で立ちつくしている。

「いったいどういうことだ？」パパが訊いてくる。目は見開かれている。怒っているんじゃない。怯えている。パパが怯えているところなんて見たことがあるだろうか。

「ヴィクター」ママがなだめるような声で言う。「いったい、どうしちゃったの？」こっちには鋭い声で問いかけてくる。

廊下の向こうからまたべつの甲高い声が聞こえてきて、すすり泣きが嗚咽《おえつ》に変わる。

「ジョシュ、ハニー」ママが腕を広げて、ドア口にあらわれたジョシュを抱きしめた。弟の小さな胸が震えている。「だいじょうぶだから。びっくりしちゃったわよね」ママがジョシュの頭のてっぺんにキスする。「ほら、もう平気よね、スウィートハート。ほんと、うるさい音だった」

「ぼ、ぼく、わ、わるい人が来たと思って」ジョシュが言い、涙が頬を伝い落ちる。

「まったく、いまのはいったいなんだったんだい？」パパが訊いてくる。「ご近所さんをひ、ひ、ひとり残らず、叩き起こしてしまったかもしれない」

「わたし――」あちこちに思考が飛んで、言葉が浮かんでこない。〝ご近所〟から〝外〟へ、〝通信可能範囲〟へ。DTはブルートゥースでこのスピーカーに接続したのだろう。ということは、彼は窓のすぐ外の私道にいたことになる。

ピップは急いで立ちあがり、ベッドに跳び乗ってカーテンをあけた。

空の低い位置に月がかかっている。月は木々や車にうす気味悪い銀色の光を投げかけている。私道から走り去っていく男にも。

瞬間的にこっちがかたまっている隙に、男は消えてしまった。

DT。

黒っぽい服と顔を覆う黒っぽい素材。

DTはフェイスマスクで顔を覆っていた。

窓のすぐ外に立っていた。

〝通信可能範囲〟の内側に。

出ていって、彼のあとを追わなければ。相手よりも速く走れるはずだ。いままでランニングに精を出してきたのだから、どんなモンスターにも追いつける。

「ピップ！」

ピップは声のほうを向いた。両親をかわして外へ出ることはできそうにない。ふたりは行く手をふさいでいるし、いまから走ってもすでに手遅れだ。

「説明してちょうだい」ママが強い口調で言う。

「えーっと」ピップは言葉に詰まった。〝ああ、いまのはわたしを殺そうとしている男のせいだから、心配することはなんにもないよ〟「パパとママと同じで、わたしにもわからない。わたしも起こされちゃったんだから。スピーカーに。なにが起きたのかわからない。もしかしたら携帯がスピーカーに接続されていて、たぶん、たぶんだけどね、それでユーチューブかなんかの広告の音楽が鳴っちゃったのかもしれない。わたしにもわからない。接続なんかさせてないんだけど」息継ぎもなしにこんなにたくさんの言葉をずらずら言えるなんて、自分でも驚きだ。「ごめんなさい。スピーカーのプラグは抜いた。どっか故障しているのかも。こんなことはもう二度とないようにするから」

パパたちはさらに質問してきた。質問攻めにされても、どう返せばいいかわからなかった。ただひたすら、ご近所から苦情が来たり、明日ジョシュが不機嫌だったら、それはぜんぶ自分のせいだから、と言いつづけた。

そう、ぜんぶ自分のせいだ。

ピップはベッドに入り、パパが少しばかりこわばった口調で「愛してるよ」と言いながら明かりのスイッチを切り、そのあとは両親がベッドに戻るようジョシュを説得するのをひどい耳鳴りがする耳で聞いていた。ジョシュは戻らないだろう。パパとママといっしょなら眠るだろうけれど。

でも自分は……もう眠れそうにない。

DTが近くにいた。すぐそこに。いまは闇のなかに消えている。そして自分は彼の六人目の犠牲者。

24

人間のものとは思えない、怒り狂った悲鳴じみた声がまだ身体の内部に残っている。骨のなかにとらわれて。勝手に動くプリンターの〝シュッ、シュッ、シュッ〟という音が耳にこびりついている。ふたつの音が胸にしまいこまれている銃と闘っている。走りにいっても消えてくれないし、気をほかにそらすこともできない。走ること自体がとてもきつくて、いまにも身体がふたつに裂け、なんとか身のうちに押しこんでいる凶暴性と闇が歩道にもれでてしまいそうだ。肩ごしに振りかえり、髪をオールバックにして目であざ笑っているマックス・ヘイスティングスを探したが、その姿はどこにもなかった。

ランニングはやめておけばよかった。いま自分の部屋のラグに倒れこみ、もう動けないような気がする。まわりの空気は冷たく、死体になった気分。昨夜はぜんぜん眠れなかった。両親が部屋から出ていったあと、急いで最後のザナックスを服《の》んだ。時間が刻々と過ぎるなかでじっと目を閉じていたが、眠っている気がしなかった。溺《おぼ》れているみたいに感じられた。

もう残っていない。一錠も。精神的な支えを失ってしまった。

そう考えるとようやく身体が動きだした。立ちあがってみると、レギンスのウエストのあたりに冷たい汗をかいていた。ふらつきながら机のところまで行く。机の下側ではコンセントから抜かれたいくつかのプラグが垂れさがっていた。部屋じゅうのプラグが引き抜かれていた。プリンター。スピーカー。ノートパソコン。ランプ。携帯の充電器。どれもコードはどこにもつながっておらず、いわば死んでいる状態。

ピップは二番目の引き出しをあけ、なかに手を忍ばせて、いちばん手前の使い捨て携帯を引っぱりだした。水曜日にルークにテキストメッセージを送ったのと同じ携帯。今日は土曜日で、ルークから商品の用意ができたという知らせはまだ来ていない。いまやこっちの在庫はゼロ。

電源を入れ、文字を打ちこみはじめ、どうしてこんなに反応がのろいのかといらいらしながら〝I〟を表示させるのに数字の4を三回押す。

〝在庫が切れた（I'm out)。至急追加が必要〟

なぜルークはまだ返信を寄こさないのか。いつもならもうとっくに返事をくれているはずだ。なにもかもうまくいかないうえに、ルークとの連絡までスムーズにいかないとは。今夜はしっかり眠らなければならないのに。すでに頭の回転が遅くなっていて、思考が次から次へと展開していかない。引き出しに使い捨て携帯を戻したとたん、本物の携帯が鳴ってびくっとする。

ふたたびラヴィから。〝ランニングから戻った？〟

少しまえにラヴィに電話をして、クスリの影響で頭がどんよりしたまま、プリンターとスピーカーの件を話したとき、ラヴィはこっちへ来ると言い張った。ピップは来てもらわなくてもだいじょうぶだと答えた。頭をはっきりさせるために走りにいかねばならなかったから。そのあとでナタリー・ダ・シルヴァの家まで行って、彼女のお兄さんについて話をしなければならない。ひとりで。なにかあったらかならず連絡すると伝えると、ラヴィはようやく主張を引っこめた。そもそもラヴィが来る必要はない。今夜はこっちから出向いて、ラヴィの家に泊まる予定なのだから。夕食もいっしょにとる。待っているからかならず来るんだよ、とラヴィは真剣な声で言ってきた。ラヴィの家で過ごすのは賢明だと思う一方で、それをDTに知られたらどうしようかとピップは考えた。

とにかく、ひとつひとつ、こなしていこう。夜はまだ先。ラヴィに会うのも。ピップはすばやく返信した。〝うん、戻った、だいじょうぶ。愛してる〟しかしいまは次にすべきことに気持ちを集中させなければ。ナタリーと話をすることに。

いまいちばんにしなくてはならないことであり、もっともやりたくないことでもある。ナタリーと話をする。声に出してしゃべる練習をしてみると、現実味が出てくるかもしれない。〝ヘイ、ナタリー、あなたのお兄さんが連続殺人犯だという可能性はあると思う？　うん、わかってる、わたし、まえにもあなたとあなたのお兄さんを殺人者呼ばわりしたことがあったよね〟

いまはナタリーとはとても仲がいい。心から気の許せる友人同士。互いに〝見つけあった〟のは暴力と悲劇のなかでだったけれど、それにもかかわらず〝見つけあった〟友人。自分が行方不明になったらきっと探してくれる人のひとりとして、指を折って数えるなかにナタリーを入れている。ナタリーを失うことは、その指を失うよりも、もっとずっとつらいかもしれない。

お兄さんについて話をすることで、彼女との距離が遠くなったらどうしよう。それだけでなく、彼女との関係が切れてしまったら？

でも、ほかにどうすればいい？　すべての証拠がダニエル・ダ・シルヴァを指している。プロファイルに合致するし、〈グリーン・シーン〉で働いていたこともあるうえ、ジェイソン・ベルがディナーパーティーに出席している最中に警報器を作動させた人物だという可能性も大いにある。警察官のひとり、いわば〝実質的に彼らの一員〟としてDTキラー事件に異様な関心を寄せていた事実もあり、ダニエルこそアンディがひどく恐れていた、ベル家と親しい人物と考えられる。彼にはピップ・フィッツ＝アモービをひどく嫌う理由もある。

すべてがぴたりと合致する。疑問の余地がないほど。

胸のなかで銃弾が発射される。〝DT、DT、DT〟というリズムにあわせてすばやく。

ピップはふたたび携帯に目を向けた。ありえない。もう三時過ぎ？　今日は正午ごろまで最後の安全地帯である上掛けの下から出なかった。それ以前に服んだクスリの影響が残っていたために起きあがれなかったから。そのあとは長い時間をかけて走った。いまはそろそろ出かけたほうがいいとみずからに言い聞かせながらも、まだためらっている。

シャワーを浴びている時間はない。汗を吸いこんでいるランニングシャツを脱いでグレイのパーカーを着て、スポーツブラを覆い隠すようにジッパーをあげる。次にリュックサックのなかに水筒と鍵を入れ、USBマイクを取りだす。今回ナタリーと話す内容をほかの誰かに聞かせるつもりはない。絶対に。そこでふと、今夜はラヴィの家に泊まる予定になっているのを思いだした。下着をひと組と明日のための服を手に取り、バスルームから歯ブラシを持ってくる。ラヴィの家へ行くまえに一度自宅に戻り、クスリの入手状況をルークが知らせてきたかどうか、使い捨て携帯を確認しようかとも考えた。しかし、そう考えただけで恥ずかしさのあまり身体が熱くなった。ピップはリュックサックのジッパーを閉じて肩にかけ、部屋を出るまえにヘッドホンと携帯をつかんだ。

「ナタリーのところへ行ってくる」階段を下までおりたところで、黒いレギンスに手を押しつけてスタンリーの血を拭《ふ》きとりながら母に告げる。「そのあとラヴィの家で夕食をごちそうになる。そのままあっちに泊まってくるけど、いいよね？」

「ええ、いいわよ」母がため息をつきながら答える。どうやらリビングルームにいるジョシュがなにかの件で文句を言っているらしい。「でも午前中のうちに戻ってきてね。明日はレゴランドに行くって、いまジョシュに言ってたところ。二秒で機嫌がなおった」

「うん、わかった。楽しそうだね。じゃあ、行ってきます」玄関ドアのところで少しためらったあと付け加える。「愛してるよ、ママ」

「まあ」母は一瞬、驚き顔を見せてから笑みを浮かべた。心の底からうれしそうな笑顔。「わたしも愛してるわよ、スウィーティー。また明日の午前中にね。それと、ニーシャとモーハンによろしく伝えてね」

「わかった」

ピップは玄関ドアを閉めた。窓の下のレンガ造りの壁を見つめ、彼はきっとこのあたりに立っていたのだろうと考えた。今朝はまた雨が降ったのではっきりとはわからないが、壁を這いのぼる小さくて白い、人間をあらわした印がついているような気がする。つねにそのあたりについているしみかもしれないし、たんなる目の錯覚かもしれない。

車のそばまで行ってから迷い、そのまま歩きだした。いまは車の運転をすべきじゃない。安全とは言えないから。クスリの影響がまだ残っていて身体が重いし、まわりの世界が現実味を失って、夢のなかにいるみたいな気がする。時間がない。急がないと。

ピップはヘッドホンを耳にあて、私道を出てマーティンセンド・ウェイを歩きはじめた。なにかを聴きたい気分にはなれず、ノイズキャンセレーションのボタンを押し、自由で解き放たれた場所をただよう。現実から消え去るように。銃声からも〝ジュッ、シュッ〟という音からも、悲鳴じみた音楽からも逃れられる場所へ。

ハイ・ストリートを進み、〈ブックセラー〉と図書館の前を通りすぎる。カフェの前にさしかかると、テイクアウト用のカップをお客に手渡すカーラの唇《くちびる》が〝気をつけてくださいね、熱いですから〟と言っているのが読みとれた。でもここに寄っていく時間はない。左側にチャーチ・ストリートがのびていて、角を曲がってその通りに入ればベル邸へ行き着く。しかしアンディはそこにはいない。いまは自分といっしょにいるから。右に曲がる。チョーク・ロードを進み、また角を右に曲がってクロス・レーンに出る。

頭上で木々が震えている。ここに植わっている木々はいつでも震えていて、自分が知らないなにかを察知しているような気がする。

道のなかほどまで歩き、徐々に視界に入ってきた、青く塗られたドアに視線が釘づけになった。ナタリーの家。

こんなことはしたくない。

でも、しなくてはならない。

自分とDTとのあいだで繰り広げられている命がけのゲームに導かれて、ここへ来てしまった。いま自分は一歩、遅れをとっている。

家の前の歩道で足をとめ、ヘッドホンをなかにしまえるよう、リュックサックを肩からおろして肘《ひじ》を曲げたところにかける。ヘッドホンをしまってジッパーを閉める。ひとつ息を吸って、家へとつづく小道に一歩、踏みだす。

そこで携帯が鳴った。

パーカーのポケットのなかで。腰のあたりに振動が伝わる。

ピップはすばやくポケットに手を突っこみ、なかを探って携帯を取りだし、画面に目をやった。

〝非通知設定〟

鼓動が激しくなって背骨にまで伝わる。

彼だ、自分にはわかる。

DT。

これでつかまえられる。チェックメイト。

ピップは丸めた両てのひらのなかで携帯を鳴らしたまま、ナタリーの家を足早に通りすぎた。ダ・シルヴァの家が視界から消えたあと、携帯を持ちあげてサイドボタンを二度押し、かかってきた電話を〈コールトラッパー〉につなげた。

画面が暗くなった。

一。

二。

三。

画面は着信状態のままふたたび明るくなった。でも今回は〝非通知設定〟という表示はない。画面の上のほうに暴かれた電話番号が表示されている。見覚えのない番号だが、そんなことはどうでもいい。これはDTに直接つながっている。ダニエル・ダ・シルヴァに。明白な証拠。ゲームオーバー。

電話に応答する必要はない。鳴らしっぱなしにしておくだけでオーケーだから。でも親指はすでに緑の応答ボタンのほうに動いている。それを押すと同時に携帯電話を耳もとへ持っていく。

「ハロー、DT」クロス・レーンを歩きながら言う。あたりは徐々に家がなくなっていき、木木が頭上を覆っている。木はもう震えてはいない。こっちに向けて枝を振っている。「それともスラウの絞殺魔と呼んでほしい？」

電話の向こう側で小さいけれどなにかの音がしている。風ではない。彼の息遣い。ゲームが終了し、こっちがすでに勝ったことを相手は知らずにいる。この三度目にして最後の電話が致命的なミスであるということも。

「わたしはDTのほうが好み。そのほうがしっくりくる。あなたはスラウ在住じゃないから、なおさらにね。あなたはここに住んでいる。リトル・キルトンに」木々がつくる天蓋《てんがい》が午後の日差しをさえぎり、道路にまばらな影が落ちるなかでピップはつづけた。「昨日の晩はあなたのトリックを楽しませてもらった。みごとだった。そうそう、あなたはわたしに質問を投げかけているよね。わたしが行方不明者になったら誰が探してくれるかを知りたがっている。でも、そっくりそのまま、その質問をそっちに返してあげる」

そこで間をとる。

電話の向こうから、また息遣いが聞こえてくる。彼は待っている。

「あなたが檻に閉じこめられたら、誰が訪ねてきてくれる？　だってそこがあなたが行く場所だから」

息が喉に引っかかったのか、うめき声めいた音が聞こえてきた。

ビープ音が三度、鳴った。

相手は通話を終わらせた。

ピップは口の端をきゅっとあげて笑みらしきものをこしらえ、携帯を見つめた。彼をつかまえた。肩から重荷を取り除き、ようやく解放されてほんとうの世界に戻れるという安堵感が押し寄せてきた。ふつうの生活に戻れる。チーム・ラヴィ・アンド・ピップ。ラヴィに報告するのが待ちきれない。一連の出来事を終わらせる鍵が、いままさに手の届くところにある。あとは手をのばしてそれをつかみとるだけ。咳とも笑い声とも思える音が唇のあいだから押しだされる。

〝履歴〟を開き、彼の電話番号にふたたび目を走らせる。いままでつかまっていないことを考慮すると、これは十中八九、使い捨て携帯の番号だろうけれど、そうではないかもしれない。日常的に本人が使っている電話で、こっちからかけたらなにも考えずに自分の名前を言って応答するかもしれない。もしくはボイスメールが名前を告げるかも。いますぐにでもこの番号を持ってホーキンスのところへ行けるけれど、いちばんに知りたいという欲求がつのった。彼を見つけ、最終的に彼の名前を含めてその他もろもろを知る者になりたい。ダニエル・ダ・シルヴァ。DT。絞殺魔。ようやくつかまえた。わたしが勝った。

こっちがどんな気持ちだったか、彼は知るべきだろう。恐怖と不安がどんなものか。彼の携帯の画面が明るくなり〝非通知設定〟の文字が浮かびあがる。応答するか、しないか、迷う。かけてきているのが自分の獲物だとは知らずに。彼と同様に、こっちも非通知設定にするから。

ナタリーの家はすでに頭から消え、木々の葉が頭上を覆う道を歩きながら、ピップは彼の電話番号をコピーしてキーパッドに貼った。番号の前に〝141〟を打ちこむ。非通知設定、完了。緑のボタンの上に親指をただよわせる。

さあ押して。いま。

ピップはボタンを押した。

もう一度、携帯電話を耳もとまで持ちあげる。

呼び出し音が鳴っているのを聞く。携帯をとおして。

ちょっと待って。ちがう。なにかがおかしい。

ピップは足をとめ、携帯電話をおろした。

呼び出し音が聞こえてくるのは携帯をとおしてだけじゃない。

もう片方の耳にも聞こえてくる。つまり両耳から。呼び出し音はすぐそこで鳴っている。

ツーツーと鳴る呼び出し音が、すぐ後ろで鳴っている。

大きくなる。

どんどん大きくなる。

悲鳴をあげる時間はない。

振り向いて音のするほうを見ようとした瞬間、後ろにいた誰だかわからない人物の二本の腕がのびてきた。その腕につかまえられる。下に垂れた手のなかで携帯電話はまだ呼び出し音を鳴らしている。

手が顔にあたって口を覆い、悲鳴をあげるまえに声を押さえこまれる。肘を曲げた腕が首に巻きつき、きつく締めあげる。

ピップはもがいた。息を吸おうとしても空気が入ってこない。首から腕を、口から手を引きはがそうとするが、身体の力が抜けていき、頭はからっぽになった。

息が吸えない。首を締めあげられている。まわりの影が濃くなっていく。ピップはもがいた。

〝息を吸って、呼吸をして〟できない。両目が飛びだしそうになる。さらにもがこうとするけれど、意識が身体から離れていくのを感じる。引き離されていく。

闇。暗闇のなかへ自分が消えていくのがわかる。

25

闇　闇
闇　闇
闇　闇
闇　闇
闇闇闇闇闇闇闇闇闇闇闇闇
闇　闇
闇　闇
闇　闇
闇　闇

26

闇を通り抜け、一度に片目ずつ、開いた。どこからか聞こえてきた音で意識が戻った。耳もとでバタンと鳴る音で。

空気。いまは空気を吸えている。ふたたび血液が脳に流れこんでいる。

目はあいているけれど、まわりに見えるものがなんなのかわからない。いまはまだ。見ているものを脳が理解できない。わかるのは痛みだけで、頭蓋骨ごと頭がぱっくりふたつに割れているよう。

でも呼吸はできる。

自分の息遣いが聞こえる。次の瞬間に聞こえなくなる。身体の下で世界がうなり、轟音《ごうおん》をあげる。でもこの音は知っている。わかった。エンジンがかかる音だ。自分は車のなかにいる。仰向けに横たわっている。

二度、瞬《まばた》きをし、とつぜんまわりの形が呑みこめて、脳がふたたび回転しはじめた。狭く、四方が迫ってくるような場所。横を向いた頰にあたるのはざらざらしたカーペット。上にはカバーが張りだして、光を遮断している。

いま自分は車のトランクのなかにいる。そう、トランク。ピップはようやく目覚めた脳に向けて言った。さっきのはトランクが閉まる音。聞こえてきたのはその音だ。襲われてから数秒後にはこのなかに押しこまれていたにちがいない。長くても三十秒。彼は準備万端整えて、背後に車をとめていたのだろう。自分は引きずられていった。最後にはぱっくり口をあけたトランクの内部に呑みこまれた。

そう、その点がいちばん重要で、忘れてはならない。頭がようやく事実に追いつく。

DTにつかまった。

自分は死んでいる。

いまはまだだけれど。現時点では生きていて、呼吸もできる。ありがたいことに、息ができる。しかし問題なのは、どう考えても死ぬのは避けられないということ。もはや死んだも同然。死にゆく女の子《デッド・ガール・ウオーキング》。ただし歩《ウオーキング》いてはいない。身体を起こすこともできないのだから。

パニックは怒りに変わって身のうちで滾《たぎ》り、それを吐きだし、叫ぼうとした。でもちょっと待って。叫びたくても叫べない。くぐもった声にもならない声がもれるだけで、とてもじゃないけれどこれを〝叫び〟とは呼べない。なにかが口を覆っている。

口を覆っているのはなんなのかたしかめるために手をあげる……でもちょっと待って。手をあげることもできない。両手が後ろにまわされて自由に動かせない。背中にくっついている。両手はくっつきあっている。

精いっぱい片手を動かし、人さし指を曲げて手首に巻かれているのはなにか、さわってたしかめてみる。

ダクトテープ。

当然、そうだろう。口の端から端にもダクトテープが貼られている。脚を開くこともできない。おそらく足首にもダクトテープが巻かれているにちがいないが、頭を持ちあげても下のほうまでは見えない。

鳩尾《みぞおち》のあたりから新たな感情が湧いてきた。太古の昔から人間が抱く原始的な感情が。どんな言葉でも言いあらわせない恐怖。それはあらゆるところに湧いてきている。まぶたの裏に、皮膚の下に。あまりにも激しい恐怖。自分が何百万ものかけらに砕け散ったあと、またもとの形に戻り、存在を示す明かりが消えたりついたりするような感覚。

自分はもうすぐ死ぬ。

自分は死ぬ自分は死ぬ死んだも同然死んだも同然自分はもうすぐ死ぬ。

恐怖のあまり死ぬかもしれない。心臓が早鐘を打っているせいでもう銃声は聞こえないけれど、この状態がつづくとは思えない。銃弾は放たれる。かならずまた銃声が聞こえてくる。

ダクトテープを突き破る勢いで〝助けて〟と叫ぼうとしたけれど、声はすぐさま押しかえされてしまった。なすすべもなく、闇のなかにくぐもった声がただようだけ。

けれども恐怖に呑みこまれたままあきらめるわけにはいかない。いま自分を救えるのは自分だけなのだから。〝息をして、呼吸をつづけて〟ピップは自分に言い聞かせようとした。死にゆくときにいったいどうすれば呼吸をつづけられるのか、と自問しながら。しかし鼻をとおして深く息を吸ったり吐いたりしているうちに、だいぶ気力を持ちなおせて、さっきの激しい恐怖を頭の奥の暗い場所に押しやることができた。

計画を立てなければ。いつだって計画は必要だ。たとえ死ぬ運命にあるとしても。

現状は以下のとおり。いまは土曜日の午後四時くらい。彼の車のトランクに閉じこめられている。DTキラーの車の。ダニエル・ダ・シルヴァの。彼はいま獲物を殺すつもりの場所へ向けてピップ・フィッツ＝アモービを運んでいる最中。こちらの両手両足にはテープが巻かれている。以上が現状。まだあるはず。自分はいつだって、もっと多くの事実を見つけるのだから。

次なる事実が頭に浮かんではいるものの、内容は聞くに忍びないほど重たい。それは数ある犯罪実録に関するポッドキャストから得た情報で、知る必要があるとは思えなかったもの。頭のなかで、声が感情を交えることなく率直に、間《ま》をおかずに繰りかえし語りかけてくる。〝拉《ら》致《ち》された場合、第二の場所へ連れていかれるのをなんとしても阻止しなければならない。第二の場所まで連れていかれたら、生きのびる可能性は一パーセント以下になる〟

自分はいま、第二の場所まで連れていかれようとしている。最初の数秒で生きのびるためのささやかなチャンスを逸《いっ》してしまった。

可能性は一パーセント以下。

しかしどういうわけか、その数字はふたたび恐怖を呼び起こしはしなかった。気持ちはさっきよりも落ち着いている。数字にしてあらわすと受け入れやすくなるとでもいうように、不思議と心は凪《な》いでいる。

自分としては死ぬつもりはないけれど、確率としてはかなり高い。希望を抱く余地がないほど、もうほとんど決まったも同然。

オーケー、呼吸をつづけて。それで、自分にはなにができるだろうか。

まだ第二の場所には到着していない。

いま携帯電話は持っている？　いや。つかみかかられたときに落として、携帯が道にカツンとあたった音が聞こえた。でこぼこがひどい道に入ったのか、車が激しく揺れるなか、頭を持ちあげてトランクのなかを観察してみる。自分の身体以外にはなにもない。リュックサックはDTに持ち去られたらしい。オーケー、次は？

いままで通った道を頭のなかでなぞり、右折した、左折した、といったことを脳裡《のうり》に刻んでおくべきだった。拉致されたのはクロス・レーンの木が密生しているあたり。彼がエンジンをスタートさせてから車が曲がった感覚はなかったので、おそらくクロス・レーンをそのまま走っているにちがいない。しかし恐怖に呑みこまれ、明かりが点滅しているような感覚にとらわれているあいだはなにかを考える余裕はなく、現在地についてもまったく注意を払っていなかった。すでに五分くらいは走っている気がする。もうリトル・キルトンの外に出たかもしれない。しかしそう推測してみたところで、それがなんの役に立つかはわからない。

オーケー、それじゃあ、なにが役に立つ？　さあ、考えて。頭を忙しく働かせていれば、恐怖が棲みついている頭の奥の暗い場所をのぞきこむ暇もない。一方で、またべつの問いが頭に浮かんでくる。あの質問が。

〝きみが行方不明者になったら、誰がきみを探してくれるのかな〟

答えを知ることはないだろう。だって自分は死んでしまうのだから。いや、そんなことはない。ピップは自分を叱咤《しった》し、腕にかかる重みをなくすために身体を横向きにした。答えはわかっている。自分を探してくれる人の名は心の奥深くに刻みこまれていて、その顔を思い浮かべればこの窮地《きゅうち》をかならず乗りきれる。ラヴィなら絶対に探してくれる。ママも。パパも。幼い弟も。友だちというよりも、もはや姉妹であるカーラも。ナオミ・ワードも。コナー・レノルズも。自分が探しだしたジェイミー・レノルズも。ナタリー・ダ・シルヴァも。ベッカ・ベルでさえ、探してくれるだろう。

自分は運がいい。ものすごく。自分がどれほど運に恵まれているか、どうしていままで立ちどまって考えなかったんだろう。気にかけてくれる人がこんなにたくさんいる。こちらがそうしてもらうにふさわしい人間かどうかはべつにして。

新たな思いが湧いてくる。パニックとはちがう。それほど激しくはなく、どちらかというと悲しみがじわじわと迫ってくる感じで、心が耐えがたいほど痛む。ふたたび彼らに会うことはない、という思い。彼らの誰とも。ラヴィの口の端をあげただけの笑みや、いきなり場違いな場面であげる笑い声を見たり聞いたりすることはもうない。いろんなふうに〝愛してる〟と伝えてくる言葉やしぐさも。〝部長刑事〟というラヴィの呼びかけも。家族や友人にも、もう二度と会えない。それぞれの人たちとの最後のひととき。あれが今生《こんじょう》の別れになるなんて思いもよらなかった。

目が潤《うる》み、涙があふれだし、頬を伝ってざらざらしたカーペットに流れ落ちていく。どうしていまここで地面に沈んで消えてしまえないのだろう。DTの手が届かないどこかへ。

少なくともママには出かけるまえに愛していると伝えた。だからママはあのささやかな一瞬を胸に抱きつづけてくれるだろう。じゃあ、パパは？　パパに愛してるって最後に言ったのはいつだろう。ジョシュには？　あの子が大きくなったときに、お姉ちゃんはどんな外見をしていたか覚えていてくれるだろうか。それとラヴィ。大好きだよって最後にラヴィに言ったのはいつだった？　何度言ってもぜんぜん充分じゃない。最後の〝大好き〟がいつだったか、ラヴィがまったく覚えていなかったらどうしよう。後悔のあまり、彼は壊れてしまうかもしれない。そう思うとさらに泣けてきて、涙が口に貼られたテープのまわりにたまった。どうかラヴィがみずからを責めたりしませんように。ラヴィは自分にとっては最高の人なのに、自分は彼にダメージをもたらす最低の人間になってしまう。彼の胸にけっして忘れることのできない痛みを残した人間に。

それでもラヴィは相棒を探してくれるだろう。見つけられないにしても、相棒を殺した犯人はかならず探しだしてくれるはずだ。ラヴィはわたしのためにきっとやってくれる。正義をなしてくれる。つかみどころのない言葉だけれど、捜索する人たちにとっては必要なもので、正義を胸に抱けば彼らはピップという存在なしでことを進めていけるはず。一年に一度、墓に花束を手向《たむ》けて。ちょっと待って、今日は何日？　自分が死ぬ日にちを知らないなんてあんまりだ。

ピップはさらに激しく泣きじゃくり、泣き疲れたころに自分のなかのもっと冷静な部分が顔をのぞかせ、絶望を脇に押しやった。そう、ラヴィなら犯人を探し、その正体をつかんでくれるだろう。しかし正体を知ったからといって犯罪を証明できるとはかぎらない。正体を知ることと犯罪を証明すること、このふたつのあいだには天と地ほどの開きがある。自分は身をもっていやというほどそれを思い知らされた。

けれども、思い知ったからこそ、自分にできることがある。まずは頭を忙しく働かせて計画を立てよう。自分を殺した犯人を見つけてもらうため、そして犯人を檻《おり》のなかに閉じこめるために、彼らの手助けをしよう。まずはこのトランクのなかに自分が押しこまれていたという痕跡を充分に残さなければならない。髪の毛や皮膚片といった、そこからＤＮＡを検出できるものを。自分の痕跡で、自分がこの世に残した最後の印で、彼の車を犯人のものだと特定させ、矢をまっすぐ彼に向けさせる。

そう、それならできる。それこそいまの自分にできることだ。ピップは背をのばし、カーペットに頭をこすりつけはじめた。強く、もっと強く、皮膚がこすれて痛みだし、頭皮から髪の毛が抜け落ちたと感じとれるまで。今度は背を縮めて、同じことを繰りかえす。

次は皮膚片。こすり落とせるほど大々的に露出している部分はない。でも顔と両手は表に出ている。ピップは首をひねって頰をカーペットに押しつけ、左右にこすりはじめた。ヒリヒリして泣けてくるけれど、動きをとめず、そのうちに肌がすりむけてきた。出血すればなおのこといい。血痕が付着したら、彼は逃げきれないだろう。つぎにダクトテープで固定された手をなんとか動かしはじめた。カーペットに指の関節をこすりつけ、後部座席の背面にも同じようにする。

ほかにできることは？　これまでに見てきたあらゆる事件を頭に思い浮かべる。そこでふと二文字の言葉が浮かんだ。犯罪の現場には欠かせないもので、どうして最初に思いつかなかったのか、われながら不思議に思えた。指紋。警察はスタンリーが死んだあとに容疑者から排除する目的ですでにこっちの指紋を採取している。そうそう、そうだった。渦《うず》を巻くクモの巣のような自分の指紋をトランクのなかに残せば、ＤＴが逮捕されたあとにそれが網となって徐々に彼を追いつめていくはずだ。でもそのためにはかたい表面が必要になる。カーペットにはうまく指紋がつかないだろう。

ピップはあたりを見まわした。リアウインドウがあるはずだけれど、黒いカバーが内部を覆っているため、そこには手が届かない。ちょっと待って。頭側と足側の両脇がプラスチックに覆われている。そこならうまくいきそうだ。両脚を引き寄せてカーペットにスニーカーを押しあて、身体を上のほうへ押しあげてから丸め、もう一度同じ動作を繰りかえしたあと、トランクの片側に小さく丸まった形になり、テープを巻かれた手がプラスチックの部分に届いた。

片手ずつ指紋をつけていく。それぞれの指をプラスチックの上に置いて押し、それを何度か繰りかえす。上のほうでも下のほうでも、とにかく届いたところに指を押しつけていく。テープでほとんど覆われている親指がいちばん難しいけれど、指先だけでもいいと思い、なんとか押しつける。部分的にしろ、とにかく指紋がついた。

オーケー、次は？　答えのかわりとでもいうように、タイヤがなにかを踏んで車が跳ねた。

またどこかの角をぐいっと曲がる。車が走りはじめてからもうどれくらいになる？　ピップが死んだと聞かされたときのラヴィの顔はどんなふうだろう。いや、そういうことを考えるのはやめよう。ラヴィのそんな顔を思い浮かべたくなんかない。最後の数時間はラヴィの笑顔を思いだしていたい。

いままで出会ったなかできみはいちばん勇敢な人間だ、とラヴィは言ってくれた。いま、自分が勇敢だとは思えない。まったく。でもラヴィの頭のなかに住んでいるピップはラヴィに〝ピップだったらどうする？〟と訊いてもらえる女の子だ。それならば自分はそのピップになって、頭のなかに住んでいるラヴィといっしょにいよう。そして彼に訊く。〝いまわたしといっしょにいると仮定して、どうすべきか教えてくれる？〟

ラヴィが答える。

彼はあきらめちゃだめだと言う。たとえ統計や理論がもうあきらめるべきだと伝えてきても。〝なんとなんと、可能性は一パーセント以下。でもきみはピッパ・クソ賢い・フィッツ＝アモービだ。ぼくのかわいらしい部長刑事。ピップス・マクシムス。きみにできないことなんかひとつもない〟

〝時すでに遅し、なんだよね〟ピップはラヴィに答える。

ラヴィは遅くなんかないと言ってくる。まだ第二の場所に到着していないよと。まだ時間はある、闘う力もきっと残っていると。

〝立ちあがりな、ピップ。きみならできる〟

立ちあがれ。自分にはできる。

きっとできる。ラヴィの言うとおり。そう、まだ第二の場所に着いていない。まだ車のなかにいる。自分に有利になるよう、この車を使えるかもしれない。たとえば、車の衝突事故で生き残る可能性のほうが、第二の場所で生き残る可能性よりもはるかに高い。同意したとばかりに、砂利道を走る車はうなりをあげ、急き立ててくる。

車の衝突事故を誘発させる。そして生きのびる。これが新たな計画。

視線をトランクのドアの底に向ける。カチリとあけて外へ転がりでるのに使えそうなラッチは見あたらない。あとはなんとかして後部座席を乗り越え、彼に体当たりしてハンドル操作を過《あやま》つように仕向けるのみ。

オーケー。選択肢はふたつ。後部座席が壊れるくらい強く蹴《け》りを入れて、座席自体を倒す。もしくはふたつのヘッドレストのあいだに身体をねじこんで、後部座席を乗り越える。そうするためには、まず上にかぶさっているカバーをはずさなくちゃならない。

ふたつめの選択肢。カバーはがっちり固定されている――膝《ひざ》をあててみるとわかる――けれど、両脇をフックかなにかで引っかけているだけかもしれない。それならばいまいる位置から下にずれ、固定している器具がはずれるまで端の部分を蹴ればいい。

車のスピードが落ち、とまる。

角を曲がるためにとまるにしては長すぎる。クソッ。

ピップは目を見開いた。息を詰めて耳を澄ます。物音が聞こえてくる。車のドアがあく音。

彼はなにをするつもり？　このまま獲物を置き去りにする？　ドアがバタンと閉まる音が聞こえてくるのを待つが、少なくとも数秒間は次の音はなし。聞こえてきたと思うと、車はふたたびゆっくりと動きだした。衝突事故を起こせるほど軽快なスピードではない。

わずか七秒後、車は再度ゆっくりとまった。今回はハンドブレーキが引かれる音が聞こえてきた。

目的地に到着。

第二の場所。

時すでに遅し。〝ごめんね〟ピップは頭のなかのラヴィに謝った。そして〝愛してる〟と付け加える。頭のなかのラヴィから本物のラヴィに伝えるすべが、万が一にでもあるかもしれないから。

車のドアが開く。車のドアが閉まる。

砂利道を歩く足音。

恐怖が戻ってくる。かたく閉ざしたと思っていた頭の奥にある場所からもれだしてくる。

胸の前に膝を引き寄せ、身体を丸めた。

そして待つ。

トランクのドアがあく。

彼がすぐそこに立っている。しかしこっちから見えるのは彼の黒い服だけ。それも胸のあたりまで。

手がのびてきて、頭の上を覆っていたカバーが引っぱられた。カバーは後部座席の背後に取り付けられている器具のなかに巻きこまれて格納された。

彼を見あげる。

背中から遅い午後の日差しを受けて身体の輪郭が浮かびあがっている。

日に照らされたモンスター。

ピップは目を瞬《しばたた》かせて、まぶしさに目を慣らした。

モンスターなどではなく、たんなるひとりの男。肩の怒《いか》らせ方に見覚えがある。

DTキラーが顔を見せた。笑みを浮かべている。

目にすると思っていた顔とちがった。

見えたのは、ジェイソン・ベルだった。

27

ジェイソン・ベルがDTキラー。

その考えが頭のなかで恐怖を押しのけて鳴り響いた。しかし、それについて再度考える時間はなかった。

身を乗りだしてきたジェイソンに肘《ひじ》をつかまれた。ジェイソンのシャツの前側にしみついた汗のつんとくるにおいを嗅いで、ピップはたじろいだ。脚を思いきり振って彼を蹴飛ばそうとしたが、ジェイソンはこっちの目を見てその考えを読んだらしい。いきなり膝の上にかがみこんできて片手で両脚を押さえつけた。もう片方の手でこっちの上体を起こす。

ピップは叫び声をあげたが、ダクトテープに阻《はば》まれてくぐもった音になった。それでも誰かの耳に届くにちがいない。この声を聞いてくれる人がきっといる。

「おまえの声は誰にも聞こえない」ジェイソンが言った。こいつまで頭のなかに入ってきて、ラヴィのすぐとなりにいるのかと思うほど、すぐ近くで。ラヴィはいまや逃げろと呼びかけている。逃げろ、すぐに走りだせと。

ピップは両脚を車の外に出し、拳にした両手を支えにして身体を押しだした。砂利道に立ち、一歩踏みだそうとしたが、足首にはダクトテープがきつく巻かれていて、思わず前へつんのめる。

その瞬間にジェイソンに腕をつかまれた。ピップは砂利道で身体をまっすぐに起こした。片方の腕にジェイソンが自分の腕を通し、ぎゅっと締めつけてくる。

「〝グッドガール〟のお通りだ」どこかうわの空といった感じでジェイソンが小声で言う。こっちの存在など目に入っていないかのように。「歩け。さもないとわたしがおまえを運ばねばならなくなる」大声を出すでもなく、口調が険しいわけでもない。そうするまでもないのだろう。主導権を握っているのは彼であり、本人もそれをわかっている。それだけのこと。

ジェイソンが歩きはじめ、こっちも引きずられるようにしてダクトテープで巻かれた足を少しずつ前に出す。ゆっくり、ゆっくりと。この時間を利用してまわりに目を向け、周囲の状況を確認する。

木立が見える。向かって右側と背後に。一帯は濃いグリーンに塗られた背の高い金属製のフェンスに囲まれている。すぐ後ろにゲートがあって、ジェイソンが最初に車を降りたときに開門したのだろう。ゲートは大きく開きっぱなしになっている。こっちをあざ笑っているみたいに。

ジェイソンに引きずられて工場っぽく見える建物——両脇が鉄板に覆われている——のほうへ進むが、そのすぐ左側にレンガ造りの建物が見えた。ちょっと待って。この場所を知っている。見た覚えがある。ピップはもう一度まわりを見渡した。背の高いグリーンに塗られた金属製のフェンス、木立、建物。はっきりとは見えないが、駐車場とおぼしき場所には車体にロゴが書かれたヴァンが五台、とまっている。まえにここに来たことがある。いや、ちがう。実際に来たわけじゃない。パソコンの画面ごしに、実体のない者としてこのあたりをこっそり動きまわったのだ。

ここは〈グリーン・シーン株式会社〉。

ノティ・グリーンの人里離れた狭い田舎道のはずれに建つ企業の敷地内。ジェイソンは正しい。叫び声は誰にも聞こえない。

だからといってなにもしないわけにはいかない。そう考えているうちに、建物の脇にある金属製のドアの前に着いた。

ジェイソンが歯を見せてまたしても笑いかけてくる。

「さてと」ジェイソンがポケットを探った。取りだしたのは先が細くて銀色のもの。リングにとめられた鍵束で、形もサイズもまちまち。ジェイソンはざっと見てから、先の部分がギザギザした長くて細い鍵を選んだ。

なにごとかぶつぶつ言いながら、ドアのまんなかあたりの銀色の大きな錠に鍵をさしこんだ。こっちをつかんでいるもう片方の手の握りがわずかにゆるむ。

ピップはそのチャンスを逃さなかった。

身体をくねらせて相手の腕を振り払う。

自由。これで自由だ。

しかし遠くまでは行けない。

一歩も進まないうちにテープに巻かれて背中にまわされた手をジェイソンにつかまれ、リードでつながれているみたいに引きもどされた。

「むだなことはやめろ」ジェイソンは言い、錠のほうを向いた。怒っているようには見えない。口もとをゆがめた表情は、おもしろがっているとも言える。「そんなことをしてもむだだと、お互いにわかっているだろう」

言われなくてもわかっている。〝可能性は一パーセント以下〟

カチリと鳴って解錠されたドアをジェイソンが押し開いた。蝶番《ちょうつがい》が甲高《かんだか》い音を立てる。

「入れ」

ドア口からなかへとジェイソンに引きずられる。なかは暗く、右側の高い場所に小さな窓がひとつあるだけで日の光がほとんど入らず、全体が影のなかに沈んでいる。ジェイソンがこっちの考えを読んだように壁のスイッチを押した。蛍光灯が気だるそうなブーンという音とともに点滅した。部屋は縦長で寒い。どうやら小さめの倉庫らしい。背の高いスチールラックが向かいあう形で設置され、棚にばかでかいプラスチックの容器が積まれ、ラックの脇の低い位置に小さな蛇口《じゃぐち》が並んでいる。ピップは棚に目を走らせた。さまざまな種類の除草剤や化学肥料が置かれている。両サイドのラックの下では、コンクリートの床をくぼんだ溝が部屋の長さぶん走っている。

いきなりジェイソンに腕を引っぱられ、スニーカーの踵《かかと》が床をこすった。

ジェイソンが手を放した。

ピップは右側に設置されたラックの前のコンクリートにどさりと倒れた。なんとか身体を起こしてすわり、こっちを見おろしているジェイソンを睨《にら》む。荒い息が鼻から音を立てて吐きだされ、また鼻に吸いこまれる。その呼吸音が頭のなかで〝DT、DT、DT〟に変化する。当のDTがここにいる。不思議なことに、彼はごくふつうの男に見える。悪夢のなかに出てきたDTはもっとずっと大きかった。

ジェイソンはなにがおもしろいのか、笑顔を浮かべて首を振った。

そのあとで指を一本、掲げ、〝取り扱い注意！　有毒化学品〟と書かれた注意書きのほうへゆっくりと歩いていく。「あの警報器」笑いを噛み殺して言う。「おまえはあの警報器にずいぶんと興味があったみたいだが？」そこで間をおく。「あれを作動させたのはタラ・イェーツだ」こっちの目をまじまじと見て付け加える。「考えもつかなかっただろ？　あれを作動させたのはタラだった。彼女はここで、まさにこの部屋でテープに巻かれていた」こっちには見当もつかない暗い記憶が詰まっているらしき倉庫を、ジェイソンはぐるりと見まわした。「女たちはみんなここにいた。彼女たちはここで死んだ。だがタラは、どうやったのかは知らないが、わたしがいないあいだに手首に巻かれたテープをはがした。そしてこのなかを動きまわって警報器を作動させた。わたしは装置を解除し忘れていた」

ジェイソンはまた笑った。ちょっとした失敗は人にしゃべってから笑い飛ばし、一笑に付せばいいとでもいうように。ピップは彼を見つめ、うなじの毛が逆立つのを感じた。

「万事うまくいった。騒ぎを起こされるまえに彼女を取り押さえられた。残りの部分をさっさと終わらせて、急いでディナーパーティーへ戻らなければならなかったが、すべてうまくいった」

うまくいく《ファイン》。自分もその言葉を使う。裏にさまざまな暗い意味がひそむ、空疎《くうそ》な言葉。

ピップはしゃべろうとした。なにを言いたいのかわからないけれど、とにかくしゃべりたい。手遅れになるまえに。ダクトテープのせいではっきりと伝わらないが、自分のくぐもった声を聞くだけで、自分はまだ生きていると感じられる。ラヴィもまだ頭のなかにいて、静かに話しかけてくれる。最後までいっしょにいてくれるはず。

「えっ、なんだって？」ジェイソンはまだ倉庫のなかを行ったり来たりしている。「いやいや、だいじょうぶだ。心配いらない。前回の失敗で学んだからな。警報装置はしっかり解除してある。防犯カメラも作動していない。なかも外も。すべてオフになっているから、なにも気にすることはない」

ピップは喉の奥で声をあげた。

「わたしが必要だと判断するまでは、すべて解除になっている。ひと晩じゅう。この週末はずっと。月曜日の朝まで誰もここへはやってこない。だから誰かが来るんじゃないかと心配する必要はない。おまえとわたしだけだ。ああ、そうそう、ちょっと見せてもらうよ」

ジェイソンが近づいてくる。ピップはラックのところまで後ずさった。彼はすぐとなりに膝をつき、手首と足首に巻かれたテープの具合を調べた。

ジェイソンはテープをいじりながら舌打ちをした。「これじゃだめだ。締めがゆるすぎる。おまえを車に乗せるときに少し焦ってしまったようだ。しっかり巻きなおさないと」そう言って、こっちの肩をぽんぽんと叩いた。「タラみたいにうろうろされたら困るからな」

ピップは顔をしかめた。ジェイソンの汗のにおいで気分が悪くなる。近すぎる。

ジェイソンはしゃがんだ姿勢でぶつぶつと文句を言いながら、すっくと立ちあがった。目の前を通りすぎて、ラックに沿って歩いていく。ピップは首をひねって彼の動きを目で追おうとしたが、そのときにはすでにジェイソンは手になにかを持ってこちらへ戻ってくるところだった。

グレイのダクトテープ。

「待たせたね」ジェイソンはふたたびしゃがみこみ、ダクトテープの端をはがして引っぱった。

さっと背後にまわったジェイソンがなにをしているのか見えないけれど、ふいに彼の指がこっちの指に触れ、そのとたんに背骨に震えが走り、寒気《さむけ》がして気分がさらに悪くなった。吐いてしまうかもしれないと思うものの、そうなったらアンディ・ベルが死んだときと同じように、吐物で喉を詰まらせて窒息《ちっそく》してしまうだろう。

アンディが頭に浮かぶと、彼女の幽霊がすっととなりにあらわれ、こっちの手を取った。かわいそうなアンディ。彼女は自分の父親がどんなやつかを知っていた。モンスターが住む家に毎日帰宅しなければならなかった。父親から逃れたい、妹をじつの親から守りたいと思い、最後には死んでしまった。そのときふと、脳内に静電気が走るみたいにふたつの記憶がばらばらに飛びこんできた。一瞬ののちに、ひとつの形になる。ヘアブラシ。でもただのヘアブラシではない。アンディの机の上に置いてあった幅の広いうすい紫色のヘアブラシ――ラヴィといっしょに撮った写真の隅に写りこんでいたもの――は、もともと二人目の犠牲者、メリッサ・デニーの持ち物だったのだ。彼女の死の瞬間をふたたび味わうためにDTキラーが戦利品としてそれを持ち帰り、ジェイソンはそれをティーンエイジの娘に与えていた。おそらくアンディがそれを使うのを眺め、邪悪なスリルにひたっていたのだろう。病的もいいところだ。彼女から奪ったもの。

手首に痛みが走り、そこで思考が途切れた。ジェイソンがテープをはがし、それとともに毛や皮膚片が引きはがされた。ふたたび自由を感じた。手の縛《いまし》めが解けた。闘わなくては。やつの首をねらえ。目に爪を食いこませろ。ピップは低くうなりながら挑みかかろうとしたが、すぐに両手をジェイソンにがっちりつかまれてしまった。

「さっきも言っただろう」拘束を逃れようとする腕を離さず、ジェイソンは小声で言った。それから背後にまわった腕を無理やり引きあげ、両手首の内側をラックの金属製の支柱に向けて押しあてた。

片方の手首にべたべたして冷たいダクトテープの端を貼りつけ、金属製の支柱もろとも、もう片方の手首にもテープを巻きつける。

必死に、できるだけ手を支柱から離そうとしたおかげで、テープはそれほどきっちり巻かれずにすみそうだった。しかしジェイソンは手首を支柱に押しつけて、ダクトテープの上からまたダクトテープを巻きつけはじめた。一周させて、さらに一周。さらにもう一周。

「こんなもんかな」ジェイソンは固定した手首を揺すろうとしたが、両手首ともびくともしなかった。「よし、しっかり固定された。もうこれでどこにも行けないぞ」

口に貼られたテープが、またしても叫び声を呑みこんだ。

「わかった、わかった、そっちはあとでやってやるから心配するな」ジェイソンはそう言ったあと、今度は脚のほうを向いた。「ほんとうに迷惑なやつだ。おまえのすべてにいらつかされる。やかましいこと、このうえない」

ジェイソンは脚に膝をのせて固定させ、新たなダクトテープをいままで足首に巻いてあったテープの上から巻きつけた。今回はきっちりと二重巻きに。

「これでよし」ジェイソンは身体の向きを変えてこっちを見た。目がすっと細まる。「さて、一度だけしゃべる機会を与えてやろう。まずはわたしに謝罪し、それから……」そこで視線をはずしてダクトテープに目をやり、切り口にゆっくりと指を走らせる。そのあとで身を乗りだしてきて、顔に手をのばしてくる。「後悔させないでくれよ」頬から頬をきっちり覆っているテープの端をつまみ、引きはがして口を露出させた。

ピップは空気を吸いこんだ。口で呼吸をすると気持ちが切りかわった。恐怖心が抑えられ、少しだけ心に余裕が出てきた。

そうしたければ、叫び声をあげることもできる。大声で助けを呼べる。でも、それになんの意味がある？　誰の耳にも届かず、誰も助けにきてはくれないだろう。おそらくこのまま、こいつとふたりきり。

顔をあげて彼に〝なぜ？〟と訊きたい気もする。しかし理由などないことはわかっている。彼はエリオット・ワードやベッカやチャーリー・グリーンとはまったくちがう。エリオットたちには彼らなりの理由があって、それによって暗い場所から押しだされ、黒でも白でもないグレイゾーンに足を踏み入れてしまった。善意や、誤った選択や、間違いや、不幸な出来事といった人間臭さがただよう一帯に。いままで犯罪プロファイリングを読んで、知りたいことはそこからすべて教わってきた。ＤＴキラーにはグレイゾーンも理由もない。だからこそ、少しまえにはこの事件が自分にとってまさに望ましいものだと思った。申しぶんのない事件だと。自分を救い、自分自身を救うのだと。こうなってはもう誰も救えないだろう。とりわけ自分自身は。勝負に敗れ、いままさに死のうとしている。みずからの死に理由はないし、ジェイソン・

ベルにとっても理由はない。どこを探しても。自分と以前にここに連れてこられた五人は、ジェイソンにとってどういうわけか不愉快な存在だった。ただそれだけの話。彼の目のなかにうかがえるのは殺人者の表情ではなく、迷惑だから取り除くという意思だけ。これ以上、なにを懇願《こんがん》しようと無理だろう。

一方で、もうひとりの自分が怒りをためこんで苦悶《くもん》している。ジェイソンに向かって地獄へ堕ちろとどなりつけてやりたい。やかましさに辟易《へきえき》した彼が手をかけてくるまで、罵声《ばせい》を浴びせつづけたい。

なんらかの言葉を投げつけても、彼を思いとどまらせたり、心を傷つけたりすることはできそうもない。そんな言葉はひとつもない。ただし……

「あんたの正体を彼女は知っていた」声はガラガラでかすれている。「アンディのことだけど。彼女はあんたがDTキラーだと知っていた。あんたがジュリアといっしょにいるところを目撃して、点と点とを結びつけた」

ジェイソンの目のまわりに皺《しわ》が寄り、口もとがひくついた。

「アンディはあんたが殺人者だと知っていた。死ぬ何カ月もまえから。知っていただけじゃなく、そのせいで死んだ。彼女はあんたから逃げだそうとしていた」そこで自由に吸える空気を吸いこむ。「あんたの正体を見破るまえから、アンディは父親にはどこかおかしなところがあると察知していたんだと思う。だから彼女は自宅に誰も呼ばなかった。逃げるため、あんたから離れてどこか遠くで暮らすために一年間お金を貯めていた。ベッカが学校を卒業するのを待ち、卒業後にはベッカを連れだすためにいったん家に戻るつもりでいた。ふたりであんたに見つからない場所に落ち着いたあと、アンディはあんたを警察に突きだそうと考えていた。それが彼女の計画だった。アンディはね、あんたのことが大嫌いだった。ベッカもね。ベッカがあんたの正体を知っているかどうかはわからないけれど、彼女もあんたを心の底から嫌ってる。わたしにはそれがひしひしと伝わってきた。だからベッカは刑務所に入ることを選んだ。あんたから遠く離れるために」

ピップはジェイソンに向けて言葉を投げつけた。声にこめられた六発の銃弾が彼の身体に穴をあけてくれるようにと願いながら。相手を射殺すつもりで目を細めて睨みつける。しかしジェイソンは倒れない。不思議そうな表情を浮かべてその場に立ちつくし、こっちの言葉を聞きながら視線を右に左にと動かす。

そしてため息。

「まあ」ジェイソンが声に見せかけの悲しみをこめて言う。「アンディはそんなまねをすべきではなかった。父親の個人的なことに首を突っこんだのが間違いだった。あの子には関係なかったのだからな。なぜあの子が死んだか、理由はあきらかだ。アンディは耳を貸さなかったからだ」そこで耳のすぐ上をとんとんと叩く。「生きているあいだじゅう、わたしはあの子を教育しようと腐心したが、あの子は聞く耳を持たなかった。フィリッパ、メリッサ、ベサニー、ジュリア、タラと同様にな。どいつもこいつもやかましかった。余計な口出しをしてきた。そんな振る舞いは許されない。みなわたしの言うことをきちんと聞くべきなんだ。それだけでいい。聞いて、言われたことをする。それがどうしてそんなに難しいんだ?」

気持ちが高ぶっているのか、ジェイソンはダクトテープの端をしきりにいじっている。

「アンディ」独り言のように娘の名を声に出して言う。「知ってのとおり、わたしはあの子のためにすべてを中止した。失踪したとあっては、そうせざるをえなかった。警察が身近にいるというのは、あまりにも大きなリスクだった。だから、やめた。わたしの言うことを聞く人間も見つけていたしな。いつでもやめられる状態だった」ジェイソンはダクトテープでこっちを指しながら、おかしくもなさそうに小声で笑った。「だがそのあとでおまえがあらわれた。おまえは度を越してやかましかった。目障りだった。あらゆる人間の個人的なことに首を突っこんだ。わたしも含めて。唯一、聞く耳を持っていた女だった、二番目の妻が去っていった。おまえの話に耳を傾けたからだ。そしておまえはわたしのターゲットとなった。失敗するわけにはいかなかった。なんせ、最後のひと仕事だからな。やかましすぎて放っておけなかった。子どもは大人の話に首を突っこんじゃいかんのだよ。おまえのパパは教えてくれなかったのか?」ジェイソンは歯噛みをしてつづけた。「そしてまただ、さっきみたいにアンディについてしゃべって、また余計な口出しをしようとしている。そんなことでわたしは苦しまない。苦しめようとしてもむだなんだよ。ただわたしが正しかったことを証明するだけだ。アンディに関してな。ベッカもだ。おまえたちすべてに関しても。おまえたちはみな、ひどく間違っているんだよ。危険なほど」

ピップはなにも言えなかった。戯言《たわごと》をわめきながら目の前を行ったり来たりする男を目にし、なにをどうしゃべればいいかわからない。男の口からは唾が飛び、赤く染まった首の静脈が枝分かれしている。

「ああ、そうだ」ジェイソンはいきなり足をとめ、うれしそうに目を見開いた。顔にはとことん意地悪そうな笑みが浮かんでいる。「聞く耳を持たないおまえでも、聞いて心底苦しむ話がある。そうだった、そうだった！」ジェイソンは手を打ちあわせて大きな音を立て、ピップはびくっとして、スチールラックに頭をぶつけた。「旅立つまえのはなむけとして教えてやろう。あれは申しぶんなく、まさにふさわしい出来事だった。おまえにもわかるはずだ。そういう結末になるべくしてなったのだということを。おまえの顔に浮かぶ表情を、わたしはいつまでも覚えていると思うよ」

　ピップは困惑してジェイソンを見つめた。なんの話？　いったいこいつはなんについてしゃべってるの？

「去年のことだ」ジェイソンがこっちに視線を据えて話しはじめた。「十月の下旬だったと思う。ベッカはまたしてもわたしの言うことに耳を傾けなかった。返事もしなかったし、こちらからのメッセージにも返信してこなかった。ある日の午後、わたしは家に立ち寄った。わたしの家だ。当時はこちらの話をきちんと聞く、べつの妻と暮らしてはいたが。とにかく、あの日、わたしはベッカとドーンを遅いランチに連れだした。ふたりは〝ありがとう〟と言ったか？ドーンは言った。ドーンは自分の意思というものがない女だ。しかしベッカはちがって、態度がなにやらあやしかった。なにかに気をとられていた。食事中、わたしは〝きちんと聞くこと〝についてもう一度あの娘に忠告したが、そこで気づいた。この娘はなにかを隠しているとな」そこで間をとり、乾いた唇《くちびる》をなめる。「それで、いったんは別れたが、わたしは立ち去らなかった。道にとめた車のなかにいて、家を見張っていた。そうしたら、なんとなんと、十分ほどたってベッカが家から出てきた。リードにつないだ犬を連れてな。それが娘のささやかな秘密だったわけだ。わたしは犬を飼っていいとはドーンにも娘にも言っていなかった。ふたりはわたしの許可を得ようともしなかった。いっしょに住んでいないとはいえ、ふたりはこっちの言うことをしっかり聞かねばならなかったというのに。わたしがいかに腹を立てたか、想像できるだろう。それで、わたしは車を降りて、新しい犬を散歩させるベッカのあとを追って森に入った」

心臓が跳ねあがって肋骨《ろっこつ》にあたったあと、鳩尾に落下した。やめてやめてやめて。もうやめて。お願いだから、想像していたとおりの結末に行き着かないで。

ジェイソンはこっちの顔に浮かんだ表情を見てうっすらと笑った。このひとときを心から楽しんでいるらしい。「犬はゴールデン・レトリバーだった」

「やめて」ピップは小声で言い、胸のあたりが比喩《ひゆ》ではなくほんとうに痛くなった。

「で、わたしはベッカがその犬を散歩させているところを観察した。すると、ベッカは犬のリードをはずし、一度なでてから〝家へ帰りなさい〟と言った。もちろん、当時はおかしいと思ったよ。それに、責任を果たせないようなら、娘には犬を飼う資格はないとも思った。そのあとでベッカは犬を遊ばせるために棒きれを投げはじめ、犬は毎回それをくわえて戻ってきた。

最後にベッカは森の奥へ向かってできるだけ遠くに棒きれを投げ、犬がそのあとを追っているうちに走って逃げた。家のほうへな。犬はベッカを見つけられずに困った顔をした。もちろん、いまはわかっている。ベッカは犬を飼うつもりなどなかった。だから父親の許可を得ようとしなかった。まあ、そもそもあの子には聞く耳はないが。そこで、わたしはその犬に近づいた。当然、フレンドリーな態度で」

「やめて」今度はもう少し大きな声で言い、固定されている手を引っぱった。

「ベッカは犬を捨てた。もともとわたしの言うことを聞かない娘だった。だからわたしは教訓を与えることにした」ジェイソンはこっちが見せた必死の形相に満足したらしく、笑みを浮かべた。「そこでわたしはそのフレンドリーな犬を川へ連れていった」

「やめて！」ピップは叫んだ。

「お気づきのとおり！」ジェイソンも大声を出し、笑った。「わたしはおまえの犬を溺《おぼ》れさせた。もちろん、当時はおまえの犬だとは知らなかったがな。わたしは娘を罰するためにそうした。そのあとでおまえのポッドキャストが配信された。そのせいでわたしはさまざまな厄介ごとに見舞われたわけだが、まあそれはおくとして、おまえはそのなかで自分の犬についてしゃべっていた――バーニー、だったかな。犬が死んだのは事故のせいとみなし、ベッカを非難しなかった。ところが」そこでまた両手を打ち鳴らす。「あれは事故ではなかった。わたしがおまえの犬を殺したんだよ、ピップ。運命は謎めいたアプローチを仕掛けてくる、だろ？　あのころからわたしたちはこうなると決まっていた。そしてまさに、いまおまえはここにいる」

ピップは目を瞬かせた。ジェイソンの顔からも、倉庫のなかからもすべての色が消え、赤に置きかわった。怒りの赤。凶暴な赤。まぶたの裏も赤い。両手についた血も赤い。わたしは赤にまみれて死んでいく。

ピップはジェイソンに向けて叫んだ。これでもかというくらいの、心の底からの生々しい叫びだった。「くそったれ！」そう叫ぶと同時に、怒りと絶望がないまぜになった涙が開いた口に流れこんでくる。「おまえなんか死ね！　このくそったれが！」

「ようやくこの段階に到達したようだな」ジェイソンが言った。いままでとは目つきが変わっている。

「くそったれ！」憎悪が滾り胸が震える。

「オーケー、わかった」

ダクトテープをロールから引きはがす音を響かせながら、ジェイソンが近づいてくる。

ピップは両脚を胸に引き寄せ、はずみをつけてジェイソンに向けて蹴りだした。

ジェイソンは横によけてやすやすとかわした。それからすぐそばにゆっくりと腰を落とす。

「人の話を聞こうともしない」こっちの顔に手をのばしてジェイソンが言う。

ピップはその手を避けようとして激しくもがき、このままだとラックに固定されている両手がもげて、それで自由になれるかもしれないと思った。ジェイソンはこっちの額《ひたい》に片手を押しあて、金属製の支柱に押しつけた。

ピップは激しく抵抗した。蹴りを入れようとした。頭を右、左に振って手から逃れようとした。

ジェイソンはテープの端を右耳に貼りつけた。そこからテープをのばして頭頂部を通り越し、いったん左耳に押しつけたあと、あごの下をくぐらせた。

テープを引きちぎる。またのばす。

「くそったれ！」

ジェイソンがテープを貼る方向を変え、今度はあごを水平に覆ってそのまま後頭部へ髪の毛ごと貼りつけながらテープをのばしていった。

「動くな」ジェイソンがいらついた調子で言った。「きれいに貼れないじゃないか」

テープがあごに戻ってきて、下唇の下をかすめてもうひとまわりする。

「話を聞かないやつはしかたない」目を細め、テープ貼りに夢中になってジェイソンが言う。「どうだ、聞きたくても、もう聞けないだろう。次は口がきけなくなる。目も見えなくなる。しゃべったり見たりする資格はおまえにはない」

まわってきたダクトテープが唇を覆い、もはや叫び声をあげられなくなった。鼻のすぐ下をテープが通っていく。

ジェイソンはテープをふたたび後頭部へまわしたあと、鼻の穴はふさがずに、その少し上にテープを巻いていった。ピップはパニックに陥《おちい》り、さかんに呼吸を繰りかえした。テープが何度か後頭部を経由して鼻から目の下へ巻かれていく。

ジェイソンがいったんテープを切り、今度は頭頂部を覆いはじめた。幾重にも巻いていく。

テープが額へおりてくる。そこも幾重にも巻かれていく。

テープが眉毛《まゆげ》を覆ってぴたりとくっつく。

そのまま、また後頭部へテープがのびていく。

残った部分は一カ所だけ。

顔のなかでテープが貼られていない最後の砦《とりで》。

ピップはテープを貼ろうとするジェイソンを見た。彼がこっちの視力を奪うようすを見た。

顔の残りの部分を奪ったあと、ジェイソンが目をテープで覆うまえの最後の一瞬、ピップは目を閉じた。

ジェイソンが頭部から手を離し、こっちは頭を動かせるようになったものの、なにも見えない。

テープを引きちぎる音がする。こめかみからこめかみまで、テープを貼る彼の指の圧を感じる。

完成。デスマスクのできあがり。

顔がなくなった。

暗闇。

静寂。

消えた。

28

顔がなくなった。暗闇。静寂。完全なる静けさが訪れた。もうジェイソンの息遣いは聞こえないし、鼻からせわしなく息を吸ったり吐いたりするあいだに、つんとくる彼の汗のいやなにおいはしなくなった。おそらく離れていったのだろう。

少しのあいだ息をとめて、テープで覆われている耳で部屋のなかの物音を聞きとり、テープを二重に巻かれた脚でコンクリートから伝わってくる振動を感じとる。くぐもった足音が聞こえる。自分から離れて、ジェイソンに引きずられて通り抜けたドアのほうへ向かっていく。聞き耳を立てる。

ドアが開くときの甲高い音がする。古い蝶番がきしむ音。また足音。砂利がこすれあう音。ふたたび蝶番がきしみ、ドアが音を立ててしまった。静寂。何度か息を吸ったり吐いたりしたあと、かすかな音が聞こえてくる。鍵が錠にさしこまれる音。カチリ。

彼は出ていったの？　たったいま外へ行った？

ピップは耳をそばだて、靴や砂利が立てるかすかな音を聞きとろうとした。聞き慣れた音が聞こえてくる。車のドアが閉まる音。エンジンがかかったときのうなりと、タイヤが方向を変え、車が去っていく音。

彼は去っていく。彼はいなくなった。

獲物をダクトテープでぐるぐる巻きにして閉じこめ、ジェイソンは去っていった。DTはいなくなった。

ピップは洟《はな》をすすった。そして待った。ジェイソンは去ってはいないかもしれない。これはテストみたいなもので、彼は押し黙ったままこの倉庫にいて、こっちを観察しているかもしれない。あっちが息を詰めていれば、息遣いは聞こえてこないだろう。こっちがなんらかの行動に出るのを彼はじっと待っている。テープで固定されたまぶたの裏に、暗闇に隠れている彼が見える気がする。

ピップは喉の奥で声を出せるかどうかためしてみた。声がダクトテープを震わせ、唇をくすぐる。もう一度、もっと大きくうなり、声がまわりの暗闇を突き抜けていくか確認しようとした。でも無理だった。手も足も出ない。背の高いスチールラックに固定され、顔を消され、ダクトテープでぐるぐる巻きにされているのだから。彼はまだこの倉庫にいるかもしれない。その可能性は排除できない。でも、車の音が聞こえたよね？ ジェイソン以外の車だとは考えられない。そこでふとまたべつの記憶が壊れた脳から這いだしてきた。ずらずらと文字がタイプされた記録。ノーラン主任警部がビリー・カラスになぜ被害者を一定の時間、放置したのかと訊いている。固定するのに使ったダクトテープの擦《す》り切れ具合や裂けたようすから、放置していた事実が証明されていると。DTキラーはいったん現場を去る。それが彼の常套《じょうとう》手段で、手口の一部。ジェイソンは去った。でも彼は戻ってくる。それが自分の死ぬとき。

オーケー、いま自分はひとりきりだ。ピップはそういう考えに落ち着いたが、つかの間の安堵は長くはつづかなかった。次の問題が発生している。頭の奥に押しこんだはずの恐怖心が這いだしてきて、いまや全身に浸透している。テープで覆われた目にも、テープでふさがれた耳にも。鼓動している酷使された心臓にも。両手首のすっかり荒れた肌や無理な姿勢で固定された肩にも。鳩尾にも、魂の奥深くにまで。心の底から湧きでてくるまじりけなしの恐怖。ここまでの恐怖を感じたことはいままで一度もない。生と死の狭間に立ちふさがる、避けがたい恐怖。

呼吸がさっきよりも短くなってきた。かなり短く。とたんにパニックの気配があらわれる。まずい。鼻がなにかで詰まってきているのが感じられ、息をするたびにガサガサ鳴る音が大きくなる。泣くべきじゃなかった、泣いたりしちゃいけなかった。いまはなんとか空気を吸いこめるけれど、空気が通るたびにふたつの穴が狭まっている気がしてならない。やがて穴は完全に詰まり、窒息してしまうだろう。そんなふうに最期が訪れる。死にゆく女の子。息ができずに死んでしまう。少なくとも、それなら直接DTの手にかかって死ぬことはなくなる。首に青いロープを巻きつける、彼の流儀で死ぬことは。もしかしたらそのほうがいいのかもしれない。彼の手にかかることなく、自然に死んでいけるのなら。でも、やっぱりだめ、死にたくない。無理やり息を吸って吐きだすと、頭がくらくらしてくるけれど、もう自分には頭はなく、あるのはふたつの詰まりかけた鼻孔だけ。

頭のなかで新たなリズムが刻まれる。〝わたしは死んじゃう、わたしは死んじゃう、わたし

くる。

は死んじゃう〟

〝ヘイ、部長刑事〟ラヴィが頭のなかに戻ってきた。テープでふさがれた耳にささやきかけてくる。

〝わたし、死んじゃうの〟ピップはラヴィに言った。

〝そんなことはないだろう〟ラヴィは答えた。笑いながらそう言い、片方の頬にえくぼを見せている。〝ほら、息をして。いまよりもゆっくり。やってごらん〟

〝でも、見て〟ピップはラヴィにテープが巻かれているのを見せる。足首、冷たい金属製の支柱に固定された両手、テープでぐるぐる巻きにされた顔。

ラヴィはすでに知っている。彼もここにいたのだから。〝ぼくはきみといっしょにいる。最後の瞬間まで〟ラヴィが約束してくれて、ピップはまた泣きたくなったが、泣くわけにはいかず、目を無理やりかたく閉じる。〝きみはひとりきりじゃないよ、ピップ〟

〝そう言ってくれると、ほんと、助かる〟

〝そのためにぼくはいる。いつだって。チーム・ラヴィ・アンド・ピップ〟ラヴィがまぶたの裏で笑った。〝ふたりでいいチームをつくってきた、そうだろ？〟

〝ラヴィが、だよ〟

〝ピップもだよ〟ラヴィは後ろで縛られている手を取った。〝もちろん、悪魔的とまで言える美貌でヴィジュアル面を担当したのはぼくだけどね〟と自分のジョークに笑う。厳密に言うと、このジョークを飛ばしたのはわたし自身？　〝でもいつでも勇敢だったのはきみだ。細かい点にまでこだわりすぎて、うるさいほどだったけどね。傍《はた》からは無謀と思えても、こうと決めたら梃子《てこ》でも動かない。かならず計画を立ててたよね、なにがあろうと〟

〝これに関しては計画を立てていなかった。それで、負けちゃった〟

〝そんなのいいんだよ、部長刑事〟ラヴィはこっちの手をぎゅっと握り、指がありえない角度に曲がってシューッと音を立てはじめた。〝新たな計画を立てればいい。きみの得意分野だろう。きみはここで死なない。彼は行ってしまって、時間はある。その時間を有効活用しなよ。さあ、計画を練りはじめるんだ。ぼくにもう一度、会いたくないのかい？　気にかけてくれる人たちには？〟

〝会いたい〟

〝それならすぐにはじめたほうがいい〟

すぐにはじめたほうがいい。

ピップはひとつ深呼吸した。鼻は問題なく通っている。ラヴィの言うとおりだ。与えられた時間を有効活用しなくては。ジェイソン・ベルが蝶番をきしませてドアをあけ、なかに入ってきたら、もうチャンスはなくなる。万にひとつも。そのとき自分は死ぬ。とはいえ、スチールラックにくくりつけられて放置されているピップ・フィッツ＝アモービは、すでに死んだも同然なのだ。チャンスはほとんどないかもしれないけれど、すでに死んだも同然と腹をくくれば、少しはチャンスが芽生えるかもしれない。

〝わかった〟ピップはラヴィに言ったが、ほんとうのところ自分自身に言っていた。〝計画、だよね〟

見えないけれど、それでもなんとか周囲を確認してみた。DTにテープで目を覆われるまえは付近にはなにもなかったが、ダクトテープのマスクが完成したあと、彼はなにかを残していったかもしれない。利用できるなにかを。腕を精いっぱいのばして身体を前へ出し、テープを巻かれた脚を右から左、左から右へと弧を描くように振る。だめ、このあたりにはなにもなく、コンクリートとラックの下を走る溝があるだけ。

べつに気にしない。もともとなにかあるとは期待していなかったんだから、もうだめだと落ちこむこともない。気落ちしてる場合じゃないよ、とラヴィにも叱られるだろう。オーケー、現状は、動きまわることはできず、ラックにくくりつけられている。それなら、ラックに使えるものはないだろうか。たとえ手が届いたとしても、除草剤や化学肥料が入った容器は使い道がない。まあいい、それで、なんになら手が届く？　ピップはまず指を動かし、感覚を取りもどそうとした。腕は後ろにまわされて、引きあげられている。手首はスチールラックの金属製の支柱にテープで固定されていて、くくりつけられているのはいちばん下の棚板のちょうど上あたり。顔全体を覆われてしまうまえに確認したので、位置関係は頭に入っている。テープで巻かれた手首を動かすと、二本の指が外に出てきた。よし、金属製の冷たい支柱に触れた。このまま中指を下にのばせば、支柱と棚板の接合部に届くかもしれない。

以上。届くのはそれでぜんぶ。世界じゅうで役立ちそうなのはそれだけ。

〝それで充分かもしれない〟ラヴィが言う。

そうなのかもしれない。棚板と支柱が接合している部分には互いを固定させるためにネジがはまっているはず。ネジが自由への鍵になる可能性はある。そのネジを使おう。指でつまんで手首を覆っているテープに穴をあければいい。どんどん穴をあけて少しずつ裂いていけば、そのうちにテープが破れて縛めが解けるかもしれない。

オーケー、それだ。それが計画。ラックからネジをはずせ。

ピップはふと、未知の世界にとらわれているような、奇妙な感覚に陥った。頭のなかにいるのはラヴィだけじゃない。悪意に満ちた冷たさを感じる。だめだめ、そんなことを考えているうちに時間は過ぎていって、自分は置いていかれてしまう。それで、どうやってネジを手に入れる？

現状では指が一本、棚板に触れられるだけ。どうにかして手首を下に動かす必要がある。動かせれば棚板の下側に触れることができるだろう。ぐるぐる巻かれているダクトテープによって手首は支柱にぴたりと固定されている。しかしほんの少し動かせば、テープを支柱からはがすことができるかもしれない。片側だけでいい。密着しているところを一インチか二インチだけでも。その部分のテープをはがせれば、両手を上下に動かせるかもしれない。さっきからもがいているので、テープで巻かれた内側に、ジェイソンによる縛めのなかに、少しだけ余裕ができている。きっと動かせるようになる。かならずできる。

巻かれたテープへ体重ぶんの重みをかけられるよう、脚を引き寄せる。棚の内側のほうへ両手をずらずと、プラスチック容器に指先が触れた。身体を押しつけ、離す。動かすうちに手応えが感じられてきた。手首に巻かれたテープの片側が支柱からはがれているような気がする。

〝そうそう、そのままつづけるんだ、部長刑事〞ラヴィが励ましてくる。

さらに激しく身体を押しつけたり離したりするうちに、テープが肌に食いこんできた。少しずつ、ゆっくりと、テープが支柱からはがれていく。

〝よし〞ピップはラヴィと声をあわせた。

〝よし〞と声を出すのは早いかもしれない。まだ自由になっていないのだから。自分は依然として支柱にくくりつけられ、手首にはテープが巻かれ、死んだも同然の状態のまま。でもなにかを得たのはたしかだ。押しつけては離すを繰りかえすと、支柱に固定された部分がゆるみはじめた。

もう時間をむだにできない。ピップはできるだけ手首を下におろして棚板の上にのせた。指をのばして棚板の裏側の角を探ると、内側にあるなにかに指が触れた。小さくてかたい金属。おそらくネジの端を固定しているナットだろう。指を押しつけてみる。ナットから出ているネジの端が指にあたった。望んでいるほど鋭くはないけれど、使えるかもしれない。ダクトテープに穴をあけるのに利用できるかもしれない。

次のステップ。ナットをはずす。ふたたび手を動かしはじめ、けっして簡単ではないと気づいた。両手の親指はどちらも支柱に固定されて動かせないため使い物にならない。親指以外の二本の指ではずすしかない。右手を使おう。そのほうが力が入りやすい。中指と人さし指でナットに触れ、二本指ではさんでねじってみる。くそっ、がっちり締まっている。どっちにまわせばゆるむんだろう。左《レフト》に、だよね？

〝焦っちゃだめだよ、ちょっとずつでもいいからやってみて〞ラヴィが言う。〝ゆるむまでねじって〞

ラヴィの言うとおりやってみた。何度も。ぜんぜんうまくいかず、びくともしない。このまじゃ、死んだも同然に逆戻《ライト》りだ。

ナットにあたる指の位置を変えてまわしてみる。こっちもびくともしない。ナットをまわすには親指がいる。そもそも親指を使わないでこんなものをはずせるわけがない。それでもひたすら、指でナットをはさんでまわす。骨にまで痛みが走り、このまま指が折れてしまったら……とにかく、やるしかない。ナットはまわりはじめている。少しだけだけれど、確実にまわっている。

ちょっと休んで痛む指をのばし、ラヴィに進捗を報告する。

〝いいぞ、すごくいい〞ラヴィが言う。〝でも休まずにやらなきゃ。彼がどれくらい長くよそへ行っているか、わからないからね〞

ジェイソンが去ってからすでに三十分くらいたつだろうか。正確な時刻は知るすべもなく、恐怖心が時間を進めてしまっている気がする。何十秒後かに人生は終わるかもしれないし、終わらないかもしれない。ナットはほとんどゆるんでいない。はずすまでにはずいぶんかかりそうで、そのあいだは集中を途切らせてはいけない。

もう一度指を動かし、ナットをはさんでまわしていく。がっちりはまっていて、動かすには指先にありったけの力をこめねばならず、それでもほとんど動かない。まわすたびに、毎回指の位置を変えなくてはならない。

触れる。はさむ。まわす。

触れる。はさむ。まわす。

片手をほんのわずかに動かすだけなのに、腕のあたりを汗が伝い、パーカーの生地にしみていくのがわかる。こめかみから上唇にかけて、テープの内側で汗が落ちていく。もうどれくらいの時間、まわしているだろう。何分くらいか。五分以上？　十分以上？　少しまわすたびに、ナットはゆるんできている。

触れる。はさむ。まわす。

一度に一周まわせれば、ネジはどんどんゆるんでいくし、指の力もそれほど必要ないだろう。

いま、四分の一周まわせた。

次は半周まわせた。

次は一周。

また一周。

ナットがネジからはずれ、指先にはさまれている。

〝いいぞ〟頭のなかでラヴィが声をかけてきて、ピップはナットを床に落とした。暗闇のなかで金属が床にあたる小さな音が響く。

次はネジをはずして、手首に巻かれたテープに穴をあけよう。いまは〝死んだも同然〟の域から少しだけ抜けだして、〝死にそう〟くらいになっている。でも生きのびられるかもしれない。可能性が出てきた。恐怖で真っ黒に染まっている世界を希望が少しだけ明るくしている。

〝慎重に〟指先がネジの端に触れると同時に、ラヴィが言ってくる。ピップは端を押し、ネジを穴から少しずつはずしていった。棚板本体や除草剤なんかを入れた容器の重さがネジにかかっているから、けっこう強く押さなくてはならない。さらに押すと、ネジの端が穴のなかに入りきった。

オーケー。ひと息つく。支柱の表面《おもてめん》に指が触れられるよう、手の位置をもう一度直す。だいじょうぶそうだ。さあ、親指の出番。出っぱってきているネジが穴に引っかかっているのを指で確認し、そこに親指を添えて支える。

離しちゃだめだよ。

ネジを指でしっかりはさんで穴から引き抜く途中で、金属と金属がこすれる音が耳に届いた。

棚板が前面の支えを失って前に傾く。

かたくて重いものが滑《すべ》ってきて肩にぶつかった。

ピップはびくっとした。

瞬間的に、ネジをはさんでいた指がゆるんだ。

ネジが手から落ちていく。

金属がコンクリートの床にあたる音が聞こえてくる。ネジは二度、跳ね、どこかへ転がっていった。

なにも見えない暗闇のなかへ。

29

あああ、もうもう、だめだめだめだめ。

鼻で吸ったり吐いたりする呼吸は荒くなり、ダクトテープを震わせた。

暗闇のなかで両脚を激しく右に左にと動かす。しかしコンクリート以外になにもない。ネジは届かないところへ行ってしまった。死んでいる状態に逆戻り。

〝ごめんね〟頭のなかのラヴィに謝る。〝がんばってみたんだけど。けっこう一生懸命。もう一度ラヴィに会いたかった〟

〝だいじょうぶだよ、部長刑事。ぼくはどこへも行かない。ピップもどこへも行かない。さあ、計画を立てなおすよ。考えて〟

なにを考えろっていうの？　いまのは最後のチャンスで、最後の輝く希望だったのに、いまやなにもかもが恐怖に呑みこまれている。

ラヴィとは背中あわせにすわっているけれど、実際に背中にあたっているのは、棚板の角がはずれてこっちに滑ってきた除草剤入りの重たい容器。金属製の棚板は支えを一部失ってきしんでいる。

後ろにいるラヴィの手を取ろうとしても、傾いた棚板の角に触れるだけ。本来ならくっついているはずの支柱と傾いた棚板のあいだに、わずかな隙間ができているのがわかる。ほんのわずかな隙間。でもそのあいだに指の爪を滑りこませることはできる。爪の先を通せるなら、手首に巻かれたダクトテープを通すのに充分かもしれない。

息を詰めてためしてみる。両手をおろしながら、手が邪魔にならない面を隙間に向けて無理やり通す。いったん棚板に引っかかってしまったので、身体をぐいっとひねると、通り抜けさせることができた。テープで巻かれた両手を棚板の下におろせたので、いま手首がくくりつけられているのはスチールラックのいちばん下の部分。自由を奪っているのは、床までの長さの支柱のみ。どうにかして〝脚〟を浮かせられれば、そこからテープで巻かれた箇所を通り抜けさせることができ、スチールラックからは自由になれる。

ダクトテープで巻かれた両脚をあちこちに動かし、中身が詰まった容器が落ちてこないよう注意しながら、あたりのようすを感じとっていく。両脚がコンクリートの床を走る溝にはまった。そこでアイデアを思いつく。スチールラックを前へ引きずって、後ろの〝脚〟をこの溝にはめられれば、正面の〝脚〟が浮き、そこにできた隙間からテープが巻かれた部分をくぐり抜けさせることができるかもしれない。でもどうやって引きずればいい？　腕を後ろにまわされて、手首をスチールラックに固定されているのに。両腕が自由なときですらジェイソン・ベルを撃退できなかったのだから、手首を固定された状態でこの重たいスチールラックを動かすのは無理だろう。自分にそんな力はないし、生きのびたいならば、みずからの限界を知らなくてはならない。引きずるのは却下。

〝じゃあ、どうする？〟ラヴィが急かすように訊いてくる。

いま浮かんだアイデアは次のとおり。手を下へさげたとき、ダクトテープは棚板が傾いた部分に引っかかった。その狭い隙間にテープを何度も繰りかえし通せば、破れ目ができて裂けはじめるかもしれない。でもおそらくけっこうな時間がかかるだろう。ナットをゆるめてネジをはずすのに、もうずいぶん時間を使ってしまった。DTはいつ戻ってきてもおかしくない。ひとりきりになってから一時間以上はたっているはずで、もしかしたらそれ以上かもしれない。ひとりきり。ラヴィはすぐそばにいるけれど。ラヴィが声をかけてくれたおかげで考えることができた。彼の声はわたしの命綱。いまなによりも大切なもの。

時間には限りがある。自分の腕力にも限度というものがある。じゃあ、あと残っているのは？

両脚。両脚はくくりつけられていない。両腕とちがって力も強い。この数カ月、モンスターから逃れるように走りつづけてきた。ラックを引きずったり持ちあげたりする力はないけれど、押す力は充分にある。

スチールラックの後ろ側の支柱まで脚をのばし、未知なる領域を探ってみた。スニーカーをはいた足で、ラックの背後は壁にぴったりついていないのが感じとれた。ラックは数インチ、少なくとも自分の足の幅くらいは壁から離れている。広いスペースではないけれど、それだけあれば充分だろう。ラックを後ろに押しあげれば、全体が傾いた状態で壁にもたれかかるはずだ。そうすれば前側の脚が突きだすようにして浮く。仰向けになりかけた虫みたいに。それが今度の計画。なかなかよさそう。もしかしたらほんとうに生きてふたたびみんなに会えるかもしれない。

さっそく両脚を前側に戻し、向かい側の溝の縁《へり》に踵を押しあてて後ろに体重をかける。重たい容器が滑ってこないようブロックしていた両肩で、今度はスチールラックを押しあげる。踵に力をこめて両肩でラックを押すと、しだいに身体が持ちあがっていった。

〝がんばって〟ピップは自分に言い聞かせた。ラヴィに声をかけてもらわなくてもだいじょうぶ。自分の声で充分。〝がんばって〟

踏んばりながら金切り声をあげると、くぐもった声がデスマスクのなかにこもった。

支柱に後頭部を押しつけて、なおも押していく。

動いた。動いた気がする。それとも希望的観測だろうか。

片足ずつ胸のほうへ引き寄せては、ふたたび踵を溝の縁に押しあて、両肩でスチールラックを押しあげていく。ふくらはぎの筋肉が震え、腹がぱっくりと裂ける感覚に襲われる。それでもここでがんばらないと死を待つしかなくなる。押して、押して、押しまくれ。

ふいにラックの重みが消えた。

後ろに傾いている。金属がレンガの壁にぶつかる音がした。除草剤入りの容器が滑っていき、コンクリートにぶつかって中身がこぼれる音もした。ほかのものも滑っていって、後ろの壁にぶつかる音がする。化学品のにおいが鼻を突き、液状のものがレギンスにしみてくる。

でもそんなのはどうでもいい。

固定された手首を金属製の支柱に沿って下へおろす。その先には自由が待っている。ラックの脚はコンクリートからほんの一インチくらい浮いていた。わずかな隙間に感じられるけれど、それで充分だ。テープをラックの脚の先にくぐらせて、ようやく自由になった。

自由。でもまだぜんぶが自由じゃない。

まわりに液体がたまっているスチールラックのそばからすり足で離れた。次に、横向きに身体を倒して膝を胸に引き寄せ、テープで巻かれた両手を足の下からくぐらせて、両手をようやく身体の前に持ってくることができた。

支柱ぶんのスペースがぽっかりあいたこともあってテープは簡単にはがれ、まず片手が、すぐにもう片方の手も自由になった。

顔。次は顔だ。

ダクトテープでできたフェイスマスクのあちこちに指を走らせ、DTが貼ったテープの端を探す。こめかみのあたりにあった。引っぱるとテープはベリベリと音を立ててはがれた。皮膚もまつ毛も眉毛も引っぱられたが、かまわずに手早くはがしていき、目を開いた。背後のラックが傾いた、寒々とした倉庫のなかで目を瞬かせる。それからまたテープを引きちぎり、痛みに顔をゆがめた。肌はヒリヒリするが、その痛みさえ心地よい。生きているという証《あかし》なのだから。髪を押さえて根もとから抜けないようにしても、どうしてもいくらかはテープに貼りついて抜けてしまった。

そのあとも、はがして、はがして、はがしまくる。

頭の上から鼻へ。口のテープをはがすと、さっそく大きく息を吸いこんで吐きだした。あご。片方の耳。もう一方の耳も。

テープのフェイスマスクを床に捨てる。くねくねした長いテープには、それがきつく貼りついていたのを物語る、髪の毛や細かい血のあとがついている。DTに奪われた顔を、いまようやく取りもどした。

身を乗りだして足首に巻かれたテープをはがし、立ち上がると、体重を支えきれないとでもいうように脚が震えた。

まだ倉庫のなか。すぐにここから出なくては。そうすれば生きていると実感できるだろう。ドアへと走り、その途中でなにかを踏んだ。下を向く。さっき落としたネジ。ネジは未知の領域を通ってドアのほうまで転がっていた。ピップはドアハンドルを押しさげた。予想どおりあかない。ジェイソンが出ていくときに、獲物を閉じこめるために施錠する音が聞こえた。でも反対側の端にもドアがある。外にはつうじていないだろうが、どこかには出られるはずだ。

ピップはそっちのドアへ走っていった。スニーカーの足でコンクリートの床を急ぐうちに勢いがつきすぎてしまい、ドアの横にある作業台にぶつかってしまった。作業台が震え、台上に置いてある大きな工具箱のなかから金属製のものがふれあう音がした。気をとりなおしてドアハンドルを握る。こっちも施錠されていた。くそっ。でも、まあ想定内。

反対側へ戻る。滑り落ちた容器に入っていた黒っぽい色の除草剤が、呪われた川みたいになって溝にたまっていた。明るい光が液体に反射しているけれど、それは天井の蛍光灯の光ではなかった。見あげた窓から夕方の、今日最後の日の光がさしこんでいる。あるいは今日最初の。いまが何時かわからない。後ろに傾いたラックのてっぺんが高い窓に届いている。見ようによってはまさに梯子《はしご》。

窓は小さく、開閉しないタイプ。でも自分なら通り抜けられるかもしれない。いや、かならず通り抜けられる。できなければ、なんとかすればいい。あそこまでのぼって窓から外に出る。窓を割るものが必要だ。

ピップはあたりを見まわした。ジェイソンがドア近くの床にダクトテープを置きっぱなしにしていた。その横には青いロープが巻かれた状態で置かれている。例の青いロープ。身体がぶるっと震えた。DTが獲物を殺すために使おうとしているロープ。いや、使おうとしていたロープ。しかしまだ油断できない。DTはいまにも戻ってくるかもしれない。

ほかになにがある？　いまあるのは自分自身と大量の除草剤と化学肥料。ちょっと待って。注意が倉庫の反対側に向く。工具箱が置いてある場所に。

ピップはもう一度そっちへ走っていった。あばらがずきずきし、胸に痛みが走る。工具箱の蓋《ふた》にポストイットが貼ってあり、斜めになった字でこう書いてある。〝Jへ。チーム・レッドがチーム・ブルー用の工具を持っていっている。ロブのためにこれをここに置いておく。Lより〟

ポストイットをはがして蓋をあける。なかにはスクリュードライバーやネジ、巻き尺、ペンチ、小型のドリルやレンチみたいなものがごちゃごちゃと入っている。ピップはなかに手を突っこんだ。下のほうにハンマーがあった。大きなハンマーが。

「ごめんね、チーム・ブルー」そうつぶやき、ハンマーの柄《え》を握って取りだした。

後ろに傾いた自分専用のスチールラックの前に立ち、もう一度振りかえって、ここで死ぬと覚悟していた空間を見た。ほかの五人が死んだ場所を。それから横木がわりのいちばん下の棚板に足をかけてバランスをとりながらのぼりはじめ、次の棚板へと身体を引きあげていった。おもにアドレナリンで動く力が両脚にまだ残っている。

ラックのいちばん上に到着し、しゃがみこんで窓のまん前でバランスをとる。手にはハンマー、目の前には頑丈そうな窓。まえにもやったことがある。だから腕はどうすべきかを知っていて、というよりも覚えていて、そこで思いっきり振りかぶった。そのままハンマーを窓に叩きつけるとひびが入り、強化ガラスに一面のクモの巣が描かれた。もう一度振りかぶってハンマーを叩きつけると穴があき、粉々になったガラスがあちこちに飛び散った。窓枠にはまだガラス片がくっついていて、それをひとつひとつ叩き落としていくと、くぐり抜けてもガラスで切ったりしないくらいの空間ができた。地面まではどれくらいだろう。ハンマーを外に落とし、下の砂利道に転がっていくのを眺める。それほど高くない。着地の際に両脚をしっかり折り曲げればだいじょうぶだろう。

ここにあるのは自分と、ぽっかりあいた穴。その向こう側にはなにかが待っている。なにかじゃない。すべてが待っている。人生、ふつうの生活、チーム・ラヴィ・アンド・ピップ、パパとママとジョシュと、カーラとみんな。いなくなってからそれほど長い時間はたっていないとはいえ、いまごろみんなはわたしを探しているかもしれない。たしかに自分のなかの一部はどこかへ行ってしまって、二度と戻ってこないかもしれないけれど、わたしはまだここにいる。そしていまから家に帰る。

窓枠をつかみ、身を乗りだしてあたりを見やってから、まず両脚を外に出した。その体勢のまま持ちこたえて、肩と頭をくぐらせ、窓枠に腰かける形になった。砂利道とハンマーを見おろし、飛び降りる。

着地。足を叩きつけられ、その衝撃が両脚に伝わってくる。左膝に痛みが走る。でもこれで自由になれたし、いま自分は生きている。息遣いが荒くなり、笑いがこみあげてくる。やり遂げた。生きのびた。

耳をそばだてる。聞こえてくるのは木々を渡る風の音だけ。自分のなかに穿《うが》たれた新たな穴を風がさっそく見つけだし、胸のあたりを吹き抜けていく。かがんでハンマーを拾いあげ、しっかりと握り、腕を脇に垂らす。万が一のためのささやかな武装。けれども建物の角をまわりこむと、あたりに人気《ひとけ》はなく、誰もいなかった。ジェイソンの車もとまっていないし、ゲートはふたたび閉ざされている。正面に見える金属製のフェンスはかなり高く、よじのぼれそうもない。しかし奥のほうは敷地と外部が林によって区切られていて、そっちのほうはフェンスで囲まれていないようだ。

新たな計画。林をたどっていく。たどっていって道を見つけ、人家を見つけ、誰かを見つけ、警察に通報する。それだけ。残るは簡単なパートだけで、一歩一歩、歩を進めていけばいい。
　一歩一歩、砂利を踏みしだいていく。駐車しているヴァンの前を通り、大型のゴミ容器や機械類、後ろにトレーラーがついた乗るタイプの芝刈り機、小型のフォークリフトなどを横目に歩を進める。一歩一歩、確実に。砂利道が土の道に変わり、落ち葉がカサカサ鳴る道に出る。最後の日の光は消えたけれど、早くも月が顔を出し、こっちを見おろしている。生きのびた自分を。一歩一歩、歩を進める。それだけでいい。スニーカーが落ち葉の道を踏みしめていく。ピップはハンマーを捨て、林の道を歩きつづけた。

新たな音が耳に飛びこんできて、足をとめた。

遠くから車のエンジン音が聞こえてくる。そのあとで車のドアが閉まる音。ゲートがきしむ音。

　さっと木の陰に身を隠し、敷地内の建物が集まっているほうに目を凝《こ》らす。

車が近づいてきて、ふたつの黄色いヘッドライトが枝の向こうからウインクしてくる。タイヤが砂利を踏んでいく。

DT。ジェイソン・ベル。やつが帰ってきた。獲物を殺しに戻ってきた。

　しかし荒らされた倉庫を目にするだけで、獲物を見つけることはない。こっちは脱出して、いま外にいるのだから。あとは人家を見つけ、誰かを見つけ、警察に通報するだけ。簡単このうえない。かならずやってみせる。ピップは身体の向きを変え、闇の世界を照らすヘッドライトに背を向けた。歩きだし、ペースをあげていく。警察に通報して、すべてを話さなくては。

ＤＴに殺されそうになったこと、彼の正体を知っていることを。ホーキンス警部補に直接電話してもいい。彼はわかってくれるだろう。

ふと、次の一歩を踏みだそうとしたところでためらいが生じた。

待って。

ホーキンスはわかってくれるだろうか。

一度もわかってくれたためしはないのに。ただの一度も。もはやわかってくれるかどうかの問題ではなく、こっちを信じているかどうかの問題だ。これまでにも単刀直入に面と向かって、やさしげな態度を装いつつ、いつも同じことを言った。きみはそう思いこんでいるだけだ、と。ストーカーなんかどこにもいなくて、これまでに乗りきってきたことがトラウマになり、みずからの思いこみであらゆるものを危険とみなしてしまうのだと。それを言うなら、ホーキンス自身がトラウマの一部なのだ。ジェイミーの件で訪ねていったときにまるで信じてくれなかったのだから。

同じパターンを繰りかえしている。いや、パターンではなく、輪だ。結局のところ、すべてがつながって完璧な輪を描いている。終わりからまたはじまっている。ホーキンスはまえに二度、こっちの言うことを信じなかった。それなのにどうして今回は信じてくれると思ったのだろう。

頭のなかの声がラヴィではなく、ホーキンスになっている。やさしげだけれど、言うことはいつも同じ。〝ＤＴキラーはすでに刑務所に送られている。もう何年もそこにいる。彼は自白したんだ〟ホーキンスはそう言うに決まっている。

〝ビリー・カラスはDTキラーじゃない〟ピップは反論する。〝DTはジェイソン・ベル〟

頭のなかにいるホーキンスは首を振る。〝ジェイソン・ベルは立派な男だ。夫であり、父だ。彼はアンディの件でずいぶんとつらい目に遭ってきた。わたしはもう何年も彼とは知り合いだし、ときどきいっしょにテニスもする。友人として。それなのにわたしはわかっていないときみは思うのかい？　彼はDTキラーではないし、きみに危害を加えもしないよ、ピップ。セラピーかなにかを受けているかい？　誰かに助けになってもらっている？〟

〝わたしはあなたに助けを求めているんです〟

何度も何度も助けてと頼んで、いつになったら自分は学ぶのか。いつ輪を断ち切る？

もっとも深刻な不安が的中し、警察はこっちの言うことを信じてくれず、ジェイソンを逮捕してくれないとしたら、どうなる？　DTは依然として野放し。自分はふたたびジェイソンにつかまるかもしれない。あるいは、やつはほかの誰かをねらうかもしれない。わたしを懲《こ》らしめるために、わたしが大切に思う誰かを連れ去るかもしれない。やかましすぎる女子はどうにかして黙らせないといけないから。そうなっても彼は逃げきるだろう。犯罪者はいつでも逃げきる。ジェイソン・ベルも。マックス・ヘイスティングスも。法をすり抜けて。そもそもその法が間違っている。大勢の死んだ女の子と、死んだ目をした女の子があとに残される。

「警察には信じてもらえない」ピップは実際に声に出して自分に言い聞かせた。「けっして」声に出したから、実際に耳に届き、理解した。自力でなんとかしなくちゃならない。チャーリー・グリーンはあらゆる答えを持っているわけじゃない。いま答えを持っているのは自分。今回はどうすべきか彼に教えてもらう必要はない。

輪を断ち切る。いまこの場で自分がやる。それを成し遂げるための手段はひとつだけ。

白い靴底に落ち葉をくっつけたまま、ピップは身体の向きを変えた。

そして戻っていった。

暗さを増した林を通ってもと来た道へ。さっき捨てたハンマーの表面がのぼったばかりの月の光で輝き、戻る道を教えてくれる。ピップは腰をかがめてハンマーを拾い、握りをたしかめた。

乾燥した落ち葉から草地へ、土の道へ、砂利道へ、足取りをゆるめ、音を立てないように一歩一歩、慎重に歩く。ジェイソンにとってピップ・フィッツ＝アモービはやかましすぎるかもしれないが、いまは自分に近づいてくる足音も聞こえないだろう。

前方では、車から降りたジェイソンがさっき獲物を引きずりこんだ金属製のドアに向かって歩き、彼の足音がこっちの足音をかき消している。徐々に近づいていく。彼が立ちどまると、こっちも立ちどまり、待つ。ひたすら、待つ。

ジェイソンがポケットに手を入れ、鍵束を取りだした。鍵同士がぶつかってカチャカチャ鳴り、ピップはその音にまぎれてゆっくりと間を詰めた。

ジェイソンは長くて先がギザギザした、正しい鍵を見つけた。それを鍵穴にさしこむと、金属と金属がこすれる音が鳴り、その音にまぎれてピップはさらに近づいていった。

輪を断ち切る。終わりははじまりでもあり、このふたつはもともとつながっている。すべてがはじまったところを切り離す。

ジェイソンが鍵をまわすと、低いカチリという音が鳴って解錠された。胸のなかでその音が木霊《こだま》した。

ジェイソンが黄色く照らされた倉庫のドアを押しあけた。ドア口から一歩なかに入り、顔をあげてから一歩さがり、じっと見つめる。見ているのはこういう光景だろう。スチールラックが傾き、窓は割られ、除草剤がこぼれて川となり、引きちぎられたダクトテープが散乱している。

ピップはジェイソンのすぐ後ろに迫った。

「これはいったい――」ジェイソンが言う。

腕はなにをすべきか知っている。

ピップは振りかぶってハンマーを振りおろした。

ハンマーがジェイソンの後頭部を直撃する。

骨に金属がぶつかる、胸が悪くなるような音がする。

ジェイソンがよろめく。あえぎ声をあげる。

ピップは再度ハンマーを振りおろした。

骨が砕かれる音。

ジェイソンはコンクリートの床に膝をつき、片手で頭を覆って前のめりに倒れた。

「頼む――」ジェイソンが口を開いた。

ピップは顔に血飛沫《ちしぶき》を浴びながら、肘を後ろへ引いた。

ジェイソンに覆いかぶさるようにして、もう一度ハンマーを振りおろす。

もう一度。

もう一度。

もう一度。

もう一度。

もう一度。

もう一度。

動かなくなるまで。指がぴくりともしなくなるまで。脚が小刻みに震えなくなるまで。あとは新たな川が流れはじめる。陥没《かんぼつ》した頭からゆっくりともれだす、赤い色の川が。

第二部

30

彼は死んだ。

ジェイソン・ベル、DTキラー。呼び名はちがうけれど、同じ人物。彼は死んだ。

生死を判断するために胸の上下動を確認する必要も、脈があるかたしかめる必要もなかった。彼のようすを、頭部の状態を見ればあきらかだ。

自分は彼を殺した。輪を断ち切った。やつは二度とこっちに手出しはできないし、誰かを傷つけることもない。

これは現実じゃない。傾いたスチールラックのそばの壁にもたれ、両脚を胸もとに引き寄せてかかえこんでいる自分も現実じゃない。身体を前後に揺らしながら、放られたハンマーに映るゆがんだ自分を見やる。これは現実で、ジェイソンは目の前に倒れていて、自分はここにいる。彼は死んでいて、わたしは彼を殺した。

もうどれくらいここにすわって、こんなふうに身体を前後に揺すっているだろうか。自分はなにをしてる？　彼が息を吹きかえしてふたたび立ちあがるかどうか、たしかめるために待ってる？　そんなのは望んでいない。彼が死ななければ、こっちが死んでいた。これは正当防衛なんかじゃなくて選択で、自分がこうしようと選んだ結果だ。彼は死んだ。それはよろこばしいこと。正しいこと。なるべくしてなったこと。

それで、次はどうする？

計画なんかひとつもなかった。頭にあったのは、輪を断ち切ること、生きのびることだけ。彼を殺すことが自分が生きのびるための手段だった。それが成し遂げられたいま、自分はこれからどうやって生きていけばいい？　この問いかけを頭のなかに住んでいるラヴィに繰りかえし投げかけた。助けてほしいと頼んだ。ラヴィは問いかけたら答えてくれる、唯一の人だから。でも彼は無言で立ち去ってしまった。頭のなかにはほかに誰もいなくて、ただ耳鳴りが響いているだけ。ラヴィはどうして行ってしまったの？　まだ彼が必要なのに。

でも頭のなかにいるのは本物のラヴィじゃない。ぎりぎりの縁《ふち》に立たされた自分にとっての命綱として、みずからの考えを彼の声で聞いていただけ。もうぎりぎりの縁からは脱した。生きて、ふたたびラヴィに会える。いますぐにでも会わなくちゃならない。これはひとりでかかえるには重たすぎる。

ピップは床から立ちあがった。袖についた血のしみを見ないようにする。あと、両手についた血のあとも。やっぱり現実。よくわかった。黒いレギンスで血のあとを拭《ふ》きとる。

少し距離をおいて死体を見てみると、ジェイソンの尻のポケットにある四角いものが目に入った。彼の携帯電話。ポケットから突きでている。頭上からの明かりを受けている赤い川を慎重に避けて近寄っていく。これ以上は近づきたくないと思うところで足をとめた。あまりにも近くに寄ると、彼を死から引きもどしてしまうかもしれないから。でも近づかないわけにはいかない。ラヴィに電話をするためにジェイソンの携帯電話が必要で、連絡すればラヴィは来てくれて、すべてだいじょうぶだ、またふつうに戻れる、ふたりはひとつのチームだと言ってくれるだろう。

ピップは携帯電話に手をのばした。でも、待って。そこで手をとめる。間《ま》をとってよくよく考えてみる。ジェイソンの携帯でラヴィに電話をすれば、記録が残って、この現場とラヴィを否応なく結びつけてしまう。ジェイソンは殺されたけれども、DTとして殺人を繰りかえした人間でもある。でも自業自得という概念はつうじず、法はそういった部分を考慮してはくれない。誰かが彼のぱっくり割れた頭の代償を払うはめになるだろう。この現場、およびジェイソンとラヴィを結びつけるようなまねは絶対にしてはいけない。そんなのは論外だ。

しかし、ラヴィの手を借りずにひとりでこの現状に対処できるとは思えない。それもまた論外。ひとりきりという現実がいやがうえにも身にしみてくる。

ジェイソンの死体をまたいだとたんに両脚の力が抜け、ピップは急いで外の砂利道に出た。新鮮な空気。夜のはじめの新鮮な空気を吸いこんだものの、血の金《かな》くさいにおいのせいでどこか汚染されている気がする。

ジェイソンの車に向かって六歩、七歩と歩を進めるけれど、においがあとを追ってきて、しつこくまとわりついてくる。ピップは身をかがめて、車の暗い窓に映る自分自身の姿を見つめた。髪は乱れてからみあっている。顔はダクトテープのせいで肌がぼろぼろになり、赤く腫れている。目は遠くを見つめるようでいて、自分の姿を見つめている。あちこちについたしみ。ジェイソンの血の名残。

いきなり視界がかすみ、膝の力が抜けていく。自分自身を見つめ、暗い目のなかにいる自分自身をのぞきこむ。視線をはずす。窓の向こうに目を引くものがあったから。月の光がその表面を照らし、ふたたび道を教えてくれる。見つけたのは自分のリュックサックだった。ジェイソンの車の後部座席に置かれた、メタリックイエローのリュックサック。ジェイソンに拉致されたときに奪われたもの。

たいしたものではないけれど、たしかに自分のもので、古い友人に再会したような心地がした。

ピップはあわててドアハンドルをつかみ、引いた。ドアがあく。ジェイソンは施錠せずに車から離れたらしく、キーはイグニッションにささったまま。さっさとことを終わらせるつもりだったようだが、こっちのほうが先に終わらせたわけだ。

手をのばしてリュックサックを引っぱりだしたあと、それを胸にかき抱きたくなる。死にかけるまえの自分がそうしたがっている。いくらかでも活力を借りるために。でもいまはもうできない。リュックサックにジェイソンの血がつくといけないから。砂利道に置いてジッパーをあける。すべてがまだそこにあった。午後、家を出るときに入れたものすべてが。ラヴィの家に泊まるために用意した服、歯ブラシ、水筒、ポーチ。水筒を取りだして中身を長々と飲む。テープで封じられた叫びのせいで口のなかはカラカラだ。でもいまもうひと口飲んだら吐いてしまいそう。水筒をもとに戻し、リュックサックのなかをのぞきこむ。

携帯電話はここにはない。わかっていたけれど、あるかもしれないという期待のせいで記憶はなかば飛んでいた。壊れて使い物にならなくなった携帯。クロス・レーンの家がまばらになってきたあたりで落とし、そのままになってしまった。まったく同じ理由で、ジェイソンはその携帯を持って歩くわけにはいかなかったはずだ。被害者とのつながりを示す証拠になるから。彼はそうして長いあいだつかまりもせず逃げきっていた。こっちと同様に、避けるべきことをちゃんと知っていた。

もう少しでがっくりと膝をつくところだったが、すぐに新たな考えが浮かんだ。またしても月が助手席に置かれたものを照らしてくれた。そう、DTキラーは避けるべきことを知っていて、だからけっしてつかまらなかった。ターゲットに電話をかけるときは使い捨ての携帯電話を使っていたはずで、そうでなければ、最初の犠牲者が出た直後にDTと事件とのつながりが暴かれていたはずだ。自分はその事実を知っている。まさにDTの使い捨て携帯がいまここにあるのだから。助手席に無造作に置かれている。自分のと同じタイプの四角いノキア。月の光が照らす画面が目を引き、道を教えてくれている。ピップはドアを開き、使い捨て携帯を見おろした。ジェイソン・ベルは使い捨て携帯を持っていた。現金払いで、誰かが本体を発見しないかぎり、自分のところ、もしくはラヴィのところまでたどりつけない携帯。でも誰もそれを発見することはないだろう。使用後に破壊するから。

ピップは腕をのばし、携帯をてのひらにのせて冷たいプラスチックの端に指をかけた。まんなかのボタンを押すと、画面にグリーンのバックライトがついた。まだバッテリーが残っている。ほっとして泣きそうになりながら空を見あげ、月にお礼を言った。

画面上の数字が現在の時刻、午後六時四十七分を告げている。まだそんな時刻。何日ものあいだあの車のトランクに押しこまれ、何カ月ものあいだ倉庫に監禁され、何年ものあいだテープに巻かれていた気がするのに、すべてが三時間ほどのあいだに起きていた。午後六時四十七分。九月のごくふつうの夜のはじめ、ぼんやりしたうす闇のなかを冷たい一陣の風が吹き、背後には死体がひとつ。

携帯電話の履歴をチェックする。午後三時五十一分、この携帯は非通知設定の者、つまりこちらからの電話を受けている。その直前にかけた相手として、こっちの番号が表示されている。とにかく、この携帯を破壊する必要がある。自分と倉庫の床の上で死んでいる男とを結びつけるものだから。でもほかの使い道がある。これでラヴィに助けを求められる。

キーパッドにラヴィの番号を打ちこんだものの、発信ボタンの上で親指がためらった。バックスペースで番号を消去し、ラヴィの家の固定電話の番号をあらためて打ちこむ。仮にこの使い捨て携帯が発見された場合、こっちのほうがラヴィとの直接のつながりがうすれるだろう。けっして発見されることはないだろうけれど。

緑のボタンを押して、小さな携帯電話を耳にあてる。

呼び出し音が鳴っている。今回はこの使い捨て携帯をとおして。三回の呼び出し音のあと、カチリと鳴った。なにかがカサカサ鳴っている。

「はい、シンです」明るく高い声。ラヴィのママだ。

「ハイ、ニーシャ。ピップです」声がざらついているのが自分でもわかる。

「あら、こんにちは、ピップ。ラヴィがずっとあなたを待ってるわよ。いつものように、うんと心配してる。あの子ったら、ほんとに心配性なのよね」そこで笑う。「今夜、あなたはディナーに来るって聞いてるけど？　モーハンはボードゲームの〈アーティキュレート〉をやるって言い張ってる。どうやらもうあなたを自分のチームに引きこむつもりみたい」

「えーっと」ピップは咳払《せきばら》いをした。「今夜はうかがえるかどうかわからないんです。ちょっと用事ができてしまって。申しわけありません」

「あら、そうなの、残念ね。ピップ、あなた、だいじょうぶ？　声が少しおかしいけれど」

「えっと、はい、だいじょうぶです。風邪を引いてしまったみたいで」そこで洟をすする。

「あの、彼はいますか、ラヴィは」

「ええ、いるわよ。ちょっと待ってて」

ニーシャがラヴィの名前を呼ぶ声が聞こえてくる。

その向こうに、ラヴィの声がかすかに聞こえる。ピップは砂利道にしゃがみこんだ。目がかすむ。ラヴィの声をもう二度と聞けなくなると思ったのは、ほんとについさっきのこと。

「ピップから電話！」ニーシャが大声を出し、ラヴィの声が近づいてくるのが聞こえる。近づいてくるにつれ、怒っているのがわかる。

受話器が手から手へ渡される音がする。

「ピップ?」信じられないとでも言いたげに、ラヴィが電話の向こうから声をかけてくる。ピップは言葉に詰まり、ラヴィの声に胸がいっぱいになって心が温かくなった。これから先、ラヴィに呼びかけられるたびに、喜びで胸が躍るだろう。「ピップ?」今度はもう少し大きな声で呼びかけてきた。

「は、はい。うん、わたし」喉にできたかたまりを避けて言葉を押しだすのは難しい。

「いったいどうしたんだ」ラヴィが言った。足を踏み鳴らして自分の部屋へ階段をあがっていくようすが聞こえてくる。「どこにいたんだい? 何時間もきみに電話をしていたんだよ。でもかけてもすぐにボイスメールにつながってしまった。確認くらいしてくれてもいいんじゃないかな」声が怒っている。「ナタリーにも電話してみたけど、きみは来ていないと言われた。ちょうどいま、きみんちから帰ってきたところだ。きみが家にいるかどうか確認してきた。きみの車は家にあったけれど、本人はいなかった。いまごろご両親はきっと心配している。おふたりはきみがぼくといっしょにいると思っていたから。もう少しで警察に電話するところだったんだよ、ピップ。ほんとうに、いったいどこにいたんだい?」

ラヴィは怒っているけれど、こっちは携帯を耳にきつく押しあてて、ラヴィをより近くに感じながら笑みを浮かべずにはいられなかった。自分は行方不明になってしまい、ラヴィは……ラヴィは相棒を探してくれた。

「ピップ⁉」

ラヴィの顔に浮かぶ表情は想像がつく。険しい目つきに吊りあがった眉、こっちが説明するのを待っている。

「あ、あいしてる」ピップは言った。数えるほどしか言ったことがなかったから、とにかくなによりもこの言葉を伝えたかった。最後に言ったのはいつだったか覚えていないけれど、いまのが最後にならないよう、もう一度言っておく。「あいしてる。ごめんなさい」

ラヴィは言葉に詰まったらしく、息遣いが変わった。「ピップ」険しい口調が消えている。「だいじょうぶかい？　いったいどうした？　なにかあったんだろう。困ったことが起きた？」

「最後にいつラヴィに言ったか覚えていなかっただけ」ピップは目もとをぬぐった。「大切なことだから」

「ピップ」ラヴィが安心させるように言う。「どこにいるんだい？　いまどこにいるか教えてほしい」

「来てくれる？　ラヴィが必要なの。助けてほしい」

「わかった」ラヴィがきっぱりと言う。「いますぐ行く。だから、どこにいるか教えて。なにがあった？　DTがらみのことかい？　彼の正体がわかった？」

ピップは振りかえって、ドア口から突きだしているジェイソンの足を見つめた。ふーっと息をもらしてから気力を奮い立たせ、ジェイソンに背を向ける。

「いまは……〈グリーン・シーン〉にいる。ジェイソン・ベルの会社、ノティ・グリーンにある。どこかわかる？」

「どうしてそんなところにいるんだい？」ラヴィの声が甲高くなり、困惑しているのがわかる。

「聞いて――ラヴィ、この携帯のバッテリーがどのくらいもつのかわからない。〈グリーン・シーン〉がどこにあるかわかる？」

「誰の携帯を使ってる？」

「ラヴィ！」

「わかった、わかったよ」ラヴィも大声をあげた。なぜなのか本人もわからないみたいだけれど。「だいたいの場所はわかるし、途中で調べられる」

「だめだめだめ」ピップは早口で言った。ラヴィにはこっちから言わなくてもわかってほしい。携帯で調べるのはだめ。「ラヴィ、携帯でここまでの道を調べちゃだめ。携帯は家に置いてきて、わかった？　持ってきちゃだめだよ。絶対に」

「ピップ、どうして――」

「自分の携帯は家に置いてきて。道はいまグーグルマップで調べて。でもなにで調べるにしろ、検索するときに〝グリーン・シーン〟って打ちこんじゃだめ。地図で確認するだけにして」

「ピップ、いったい――」

ピップはべつのことを思いつき、ラヴィの言葉をさえぎった。「ちょっと待って。ラヴィ、大通りを通っちゃだめ。幹線道路《A-ロード》はだめだよ。どのA-ロードも。通るのは裏道とか狭い道だけ。大きな道路には交通監視カメラがあるから。交通監視カメラに映っちゃだめ。だから裏道だけ。ラヴィ、わかった?」声が差し迫っているのが自分でもわかる。衝撃は、死体といっしょに倉庫に置いてきたからもうない。

電話の向こうからラヴィがタッチパッドをクリックする音が聞こえてくる。

「わかった」とラヴィ。「いま地図を見ている。よし、この道だ。ウォチェット・レーンを走って、ヘイゼルミアに入る」小声でぶつぶつ言う。「生活道路を進んでいって、右に曲がって一般道路《B・ロード》に出る。よし」もう一度言う。「よし、わかった。道順を書き写していく。裏道だけ、携帯は家に置いていく。了解」

「よかった」ピップはそう言って大きく息を吐き、がんばったせいで疲れたとでもいうように、さらに深く腰を落とした。

「だいじょうぶかい?」ラヴィがまた心配してくれる。チームのメンバーはそうするものだから。「危険な目に遭ってる?」

「ううん」ピップは小声で答えた。「もう遭ってない。ほんとに」

ラヴィに気づかれた? さっきの三時間で、ざらついてしわがれた声に永遠に刻まれてしまった悲痛な叫びを、ラヴィに聞かれてしまった?

「オーケー、そこにじっとしてるんだよ。いまから行くからね、ピップ。十五分で到着する」

「だめだよ、待って、そんなにスピードをあげちゃだめ。スピード違反で――」

しかしラヴィはすでに電話を切っていて、耳に三回、ビービーという音が響いた。ラヴィは行ってしまった。でもこっちへ向かっている。

「あいしてる」ピップはすでに切れている電話の相手に向けて言った。これが最後の〝あいしてる〟になりませんようにと願いながら。

砂利を踏みしだく。一歩一歩、歩を進める。行きつ戻りつ、歩数を数え、何秒かかるか数え、何分かかるか数える。見るなとみずからに言い聞かせても、視線はつねにいつの間にか死体に戻っていて、そのたびに位置が変わっていると思いこんでしまう。そんなことはない。彼は死んでいる。

行きつ戻りつしていると、衝撃がすっかり去った脳に計画のかけらが芽吹いてくる。でもなにかが欠けている。ラヴィが欠けている。自分にはラヴィが、チームが必要で、ふたりで行ったり来たりしていれば、いつでも正しい方法が、自分とラヴィのあいだのまんなかに道が見えてくる。

色が濃くなっていく空をこじあけるようにヘッドライトの光がさしこみ、一台の車が大きく開いている〈グリーン・シーン〉のゲートのすぐ前の私道に入ってきた。ピップは手びさしでまぶしい光をさえぎったあと、ラヴィに手を振ってとまるよう合図した。車はゲートの前でとまり、ヘッドライトが消えた。

ドアがあいて、ラヴィの形をした人影が降りてきた。ドアを閉めもせず、砂利を蹴散らしながら走り寄ってくる。

ピップは動きをとめ、はじめて見るみたいにラヴィを観察した。腹が締めつけられると同時に、胸のあたりの緊張が解けて気分がリラックスしてくる。かならず行くとラヴィは約束し、そしていまここにいてどんどん近づいてくる。

ピップは自分と距離をおいてもらうよう、片手をあげた。「自分の携帯は家に置いてきた?」声を震わせて訊く。

「置いてきた」ラヴィは答えながらも、不安からか、目を見開いている。こっちの姿を見るうちにさらに大きく見開かれる。「怪我をしている」ラヴィはそう言って、近づいてきた。「なにがあった?」

ピップは後ずさりした。「わたしにさわらないで。これは……わたしはだいじょうぶ。これはわたしの血じゃないから。ほとんどは、ってことだけど。これは……」なにを言おうとしていたのか忘れてしまった。

ラヴィはふだんの表情に戻り、こっちを落ち着かせるためか、両手を高く掲げた。「ピップ、ぼくを見て」穏やかな口調だけれど、ラヴィの心中が穏やかとはかけ離れていることが見てとれる。「なにがあったのか話して。きみはここでなにをしているんだい?」

ピップは後ろを振り向いて、ドア口から突きだしているジェイソンの足を見た。

ラヴィもきっとこっちの視線を追っているはず。

「あれは誰だ? あの人物はだいじょうぶなのか?」

「彼は死んでる」ピップはラヴィに向きなおって言った。「あれはジェイソン・ベル。ジェイソン・ベルだった。彼がDTキラーだった」

ラヴィは少しのあいだ目を瞬かせ、言葉を探しながらいま聞いたことの意味を理解しようとしているようだった。

「彼は……えっ？　なぜ彼が……？」ラヴィは首を振った。「どうして知ってるんだい？」

ラヴィが最初に聞きたい答えはどっちなのか、ピップにはわからなかった。「彼がＤＴキラーだと、どうして知っているかって？　彼はわたしを拉致したから。クロス・レーンで攫《さら》って、手足の自由を奪って、車のトランクにわたしを押しこめたから。そのあとでここへ連れてきた。わたしの顔をダクトテープで覆って、ラックにくくりつけた。ほかの犠牲者たちにやったのとまったく同じことをわたしにした。彼女たちはここで死んだ。彼はわたしを殺そうとした」声に出して言っていても、現実のこととは思えない。すべてが自分とはまったくちがう、べつの人の身に起きたことのように感じる。「彼はわたしを殺そうとしたんだよ、ラヴィ」声が荒れた喉のなかで引っかかる。「もう死ぬんだと思った……ラヴィやほかのみんなにもう一度会えるかどうかもわからなかった。わたしの死体をラヴィが見つけるところを想像した。それと――」

「ほらほらほら」ラヴィは早口で言い、慎重な足取りで一歩近づいてきた。「もうだいじょうぶだよ、ピップ。ぼくがいるんだから。だいじょうぶだろう？　ぼくがいっしょにいる」そう言ってジェイソンの死体に視線を戻し、長いことじっと見つめた。「クソッ」いきなり甲高い声をあげる。「クソッ、クソッ、クソッ。信じられないよ。きみはひとりで出かけたりしちゃいけなかった。きみをひとりで出かけさせたりしちゃいけなかった。クソッ」ラヴィはもう一度言って、額にてのひらを打ちつけた。「クソッ。それで、きみはだいじょうぶかい？　彼に危害を加えられた？」

「ううん、わたしは……わたしはだいじょうぶ」具体的にどんな目に遭ったかは話さず、ふたたび空疎な言葉を口にする。「テープをべたべた貼られただけだから。だいじょうぶ」

「それで、彼はどうして……？」ラヴィの視線がこっちから離れて、十二フィート向こうに横たわる死んだ男にふたたび向く。

「彼はわたしをテープでぐるぐる巻きにしたまま、どこかへ行った」ピップは洟をすすった。「どこへ行ったのかも、どれくらい長く行ってるのかもわからなかった。でも彼がいないあいだに、ラックを押して自由に動けるようになってから、テープを引きはがした。あのなかには窓があって、それを割って脱出した。それから――」

「オーケー、わかった」ラヴィが口をはさんだ。「わかったからもういいよ、ピップ。もうだいじょうぶだ。クソッ」ラヴィはまた汚い言葉を口にした。こっちにというより自分自身に向けて。「きみがなにをしても、それは自分を守るためにしたことだ。わかるよね？　正当防衛。彼はきみを殺そうとしたんだから、きみは彼を殺すしかなかった。これはそういうことだ。正当防衛。だからだいじょうぶだよ、ピップ。警察に通報するだけでいい、そうだろ？　なにがあったか警察に話すんだ。彼になにをされたかも、これは正当防衛だったことも」

　ピップは首を振った。

「だめなのかい？」ラヴィの眉の端がさがる。「〝だめ〟ってどういうことだよ、ピップ。ぼくらは警察に通報しなくちゃならない。あそこに死んだ男が横たわっているんだから」

「あれは正当防衛じゃなかった」ピップは小さな声で言った。「わたしは逃げだした。自由だった。そのまま立ち去ることもできた。でも彼が戻ってきたのを見て、わたしも戻った。そして彼を殺した。こっそり背後から近づいていって、ハンマーで頭を殴った。自分で彼を殺すと決めた。正当防衛じゃない。わたしは自分でそう決めた」

ラヴィは激しく首を振っている。彼にはまだ全体像が見えていないのだろう。「いいや、ちがうよ、それはちがう。彼はきみを殺そうとした、だからきみは彼を殺した。そういうのを正当防衛って言うんだよ、ピップ。だからだいじょうぶだ」

「わたしは彼を殺した」

「彼がきみを殺そうとしたからだ」ラヴィは声を張りあげて言った。

「なんでラヴィにわかるの?」ピップは言った。どうしてもラヴィにわからせなくちゃならない。行きつ戻りつしながらさっき気づいたとおり、〝正当防衛〟は選択肢にないことをラヴィにわかってもらわなきゃならない。

「どうしてぼくにわかるかって?」疑うような口調でラヴィが訊いてくる。「彼はきみを拉致したから。彼がDTキラーだから」

「DTキラーはもう六年以上、刑務所のなかにいる」ピップは言った。自分の声とは思えない。「彼は自白した。それ以来、殺人事件は起きていない」

「なんだって?　で、でも――」

「彼は法廷で有罪答弁をした。証拠がそろっている。法医学的な証拠も状況証拠も。DTキラーはすでに刑務所にいる。なのになぜ、わたしがDTを殺せる?」

ラヴィは困惑気味に目を細めた。「彼が本物のDTキラーだからだ!」

「DTキラーはすでに刑務所のなかにいるんだよ」ピップはラヴィの目を見て繰りかえし、彼が理解してくれるのを待った。「ジェイソン・ベルは立派な男だった。中規模の会社の最高経営責任者で、彼について悪く言うひとはひとりもいない。知り合いも、友人も、もちろん警部補のリチャード・ホーキンスも。ジェイソンはすでに悲劇を経験しているというのに、わたしのせいでもっとひどい悲劇を——ラヴィには異論があるかもしれないけれど——味わった。で、そのジェイソン・ベルになぜわたしは病的に執着したのか。どうして土曜の夕方に彼の地所に不法侵入したのか。どういう理由《わけ》があって背後からこっそり忍び寄り、ハンマーで彼の頭を殴ったのか。一度だけじゃなく。何度殴ったか自分でもわからない。彼を見てきて、ラヴィ。行って、見てみて。わたしは彼をただ殺しただけじゃない。〝過剰殺傷〟って言うんだっけ? 何度も殴ったんだから、とてもじゃないけど正当防衛とは言えない。つまり、人柄がよくて立派な男をなぜ殺したのか、が問題になる」

「彼がDTキラーだから、だろう?」ラヴィはそう言うが、声音《こわね》から確信が揺らいでいるのがわかる。

「DTキラーはすでに刑務所にいる。彼は自白した」そう言ってからラヴィの目をのぞきこんで、こっちの言うことを理解したかどうかたしかめてみる。

「きみは警察がそう言うと思っている」

「なにが真実かはどうでもいい。大切なのは、その言い分を警察が受け入れるかどうかだけ。信じるかどうか。警察はわたしの言い分をきっと信じない。だって、自分の言葉以外にどんな証拠がある？　ジェイソンはもう何年もつかまらずに逃げきっていた。彼がDTだという証拠はひとつもなかったから」そこで大きく息を吐きだす。「わたしはね、ラヴィ、警察を信用していない。まえは信用していたけれど、彼らにはことごとく失望させられた。警察に通報したところで、十中八九、殺人罪で残りの人生を刑務所で過ごす結果が待っているだけ。ホーキンスからはすでに精神的に不安定だと思われている。実際にそうなのかもしれない。ラヴィ、わたしはジェイソンを殺した。自分がなにをしてるかわかってた。いまは後悔すらしてない」

「それは彼がきみを殺そうとしたからだ。彼はモンスターだからだ」ラヴィはそう言ってこっちの手を取ろうとしたけれど、ふいに血のことを思いだしたらしく、手を引っこめて脇に垂らした。「彼がいないほうが世界はよりよくなる。より安全に」

「そのとおりだね」ピップは同意してからもう一度後ろを見やり、ジェイソンが動いていないか、なにも聞いていないかを確認した。「でもたぶん、ほかには誰も理解してくれないと思う」

「そうだね。それで、これからどうする？」ラヴィは体重を片脚からもう片方に移しながら、唇を震わせて訊いてきた。「きみは殺人罪で逮捕されちゃいけない。そんなのフェアじゃないし、これはほかの殺人罪と同等に扱われるべきじゃない。これが……正しいことだと言えるかどうかぼくにはわからないけれど、間違ったことではないのはたしかだ。きみがしたことと、彼が被害者の女性たちにしたこととはまったくちがう。彼は殺されて当然の人間だった。ぼくはきみを失いたくない。失うわけにはいかない。きみの全人生がかかっているんだよ、ピップ。ぼくたちの全人生が」

「わかってる」ピップは新たな恐怖が頭のなかに棲みつきはじめているのを感じた。しかしいまはほかに考えるべきことがあり、恐怖心を頭の隅に追いやった。計画。すぐにでも計画を立てなければ。

「警察に行って説明できないとなると——」ラヴィは言葉を切り、唇を嚙みしめながら、魂が抜けた足をまたちらりと見やった。少しのあいだ黙りこみ、しきりに瞬きをしている。頭のなかでは考えをめぐらせているのだろう。「警察には行けない。警察はサルの事件で間違いを犯した。ジェイミー・レノルズのときも。それに、十二人の陪審にきみの人生をあずけられるものか。マックス・ヘイスティングスに無罪の評決を下した陪審に。だめだ、絶対にだめだ。きみの人生を彼らにあずけるなんて。きみはなによりも大切な存在なのに」

ここでラヴィの手を取って、いつもしているように指と指をからめあわせ、ラヴィの体温を感じられればいいのに、とピップは思った。チーム・ラヴィ・アンド・ピップ。安心できる存在。互いに目をのぞきこみ、まなざしだけで声を出さずに会話する。少ししてラヴィが目を瞬かせた。

「それで、どうすれば……？　どうやって逃げきる？」とラヴィ。あまりにもストレートな問いかけで、思わず笑ってしまいそう。殺人罪からどうすれば逃げおおせるか。「理論的に考えてってことだけど。どうすれば……わからないけど、誰にも見つからないように彼をどこかに埋めるとか？」

ピップは首を振った。「だめだよ。埋めてもいずれは見つかる。アンディのように」そこで大きくひとつ息を吸う。「もう知ってると思うけど、わたしは大量の殺人事件を研究してきたし、何百もの犯罪実録のポッドキャストを聴いた。殺人罪から逃れる方法はひとつしかない」

「どんな方法？」

「証拠はいっさい残さず、死亡時刻に現場にいないことにする。死亡推定時刻の範囲内にはどこか離れたところにいたという鉄壁のアリバイを持つ」

「でも、きみはここにいた」ラヴィが見つめてくる。「何時なんだい……？　何時にきみは……？」

ピップはジェイソンの使い捨て携帯で時刻を確認した。「あれが起きたのは六時半ごろだったと思う。だから、もう一時間近くたつ」

「それは誰の携帯？」ラヴィがあごで携帯電話を指し示した。「彼の携帯からぼくに電話してきたんじゃないよね？」

「うん、ちがう。これは使い捨て携帯。わたしのじゃなく、彼、ジェイソンの。でも……」ラヴィの目のなかに〝はてなマーク〟が浮かんだのを見て、声は尻すぼみになった。でも自分ではわかっていた。いつかはラヴィに真実を告げなければならないと。いまやふたりは途方もなく大きな秘密をかかえていて、ちっぽけな秘密のためのスペースはもうない。「ラヴィには言ってなかったけど、わたし、使い捨て携帯を持ってる。家に」

ラヴィの唇が笑みの形をつくりそうになる。「いつもぼくは言っていただろ。いずれきみには使い捨て携帯が必要になるって。ど、どうして持つようになったんだい？」

「ほんとうのところ、六個持ってる」ピップはため息をついた。どういうわけか、こっちのほうが人を殺したと告げるよりも告白するのが難しい気がする。「それは、えっと……わたし、ずっとうまく折り合いをつけられなくて、スタンリーの身に起きたことと。だいじょうぶって言ってたけど、だいじょうぶじゃなかった。ごめんなさい。わたしは、その、わたしね、ルーク・イートンからザナックスを買ってたの。医者が処方してくれなくなってから。わたしはただ、ちゃんと眠りたかっただけ。ごめんなさい」ピップは顔を伏せ、自分のスニーカーを見つめた。そこにも血のしみがついている。

ラヴィは傷ついたような、啞然とした表情を浮かべた。「ぼくのほうこそ、ごめん」小さな声で言う。「きみがだいじょうぶじゃないってわかっていた。でもどうすればいいかぼくにはわからなかった。きみには時間が必要で、時がたてば状況も変わるだろうと思っていた」そこでため息をつく。「ぼくに言ってほしかったよ、ピップ。どんなことでも、なんであろうと、ぼくは気にしない」そう言って、ジェイソンの死体をちらりと見やった。「でも、ぼくらのあいだにもう秘密はなしだよ、わかったかい？　ぼくたちはチームなんだから。チームだよ、チーム、きみとぼくは。だからふたりでこの件をなんとかしよう。いっしょに。ふたりで切り抜けるって約束する」

ラヴィの腕のなかに倒れこみ、包みこまれてそのまま消えてしまいたい。でも、できない。自分の身体、服は犯罪にまみれていて、それでラヴィを汚染してはいけない。ラヴィはこっちの目に浮かんだ心のうちを読みとって、気づいたのだろう。前に進みでてきて手をさしのべ、あごの下の、血がついていないところを一本の指でやさしくなでたのだから。いつもと同じように。

「それで、午後六時半に彼が死んだとすると」目と目を見あわせながらラヴィが言った。「六時半の鉄壁のアリバイをどうやってつくるんだい？　きみはここにいたのに」

「ふつうに考えると無理だよね」ピップは頭のなかでふくらんでいるアイデアをのぞきこみながら言った。不可能かもしれない。でももしかしたら……不可能じゃないかもしれない。「でも、わたし、考えてたんだ。ラヴィを待っているあいだに、アリバイについて考えてた。死亡時刻はあくまでも推定であって、検死官は三つのおもな死体現象を考慮して推定時刻を導きだす。ひとつめは死後硬直――これは死後に筋肉がかたまる現象。死斑《しはん》――これは身体の内部に血液がたまって出現する。それと死冷。検死官はこれら三つの現象をテーブルにのせて死亡時刻の範囲を絞りこんでいく。それで、わたし、考えていたんだけど、この三つの現象を操作できれば、つまり現象の出現を遅らせることができれば、ほんとうの死亡時刻の数時間後に彼は死んだと検死官に思わせることができるかもしれない。そしてその時間帯にラヴィとわたしはべつべつに確実なアリバイを持つ。人と会っていたとか、カメラに映っているとか、明白な痕跡がある証拠を」

ラヴィはしばらく下唇を嚙んで考えこんでいた。

「どうやって三つの現象を操作すればいいんだい?」こっちと死んだジェイソンを交互に見ながらラヴィが訊いてきた。

「温度。温度が重要。温度が低ければ死後硬直の開始が遅くなる。それと死斑の出現も。血液がたまって皮膚の色が変わるやつね。でも死斑に関しては、血液が固定化するまえに死体を転がすと、ほかの部分で血液の沈下がまたはじまる。死体を冷やすのと並行して何度か転がせられれば、何時間か時間を稼ぐことができる」

ラヴィはうなずいたあとで首をめぐらせ、周囲を見まわした。「でもどうやって死体を冷やす? いくらジェイソン・ベルでも、冷凍冷蔵庫の会社までは持っていなかったと思うよ」

「とにかく死体の温度が重要なの。死後硬直と死斑の出現を遅らせるために死体を低温度のところに置いておけば、死体の温度もさがる。冷えすぎちゃうと、計画はうまくいかない。だから、いったん死体の温度をさげなくちゃいけないんだけど、そのあとであげないとならない」

「そうか」ラヴィは信じられないといったふうに鼻から息を吐きだした。「つまり、彼を冷凍庫に入れたあと、次には電子レンジであっためなきゃならないってことだな。まったく、ふたりでこんな話をしていること自体が信じられないよ。まともじゃない。正気の沙汰じゃないよ、ピップ」

「冷凍庫はだめ」ピップはラヴィのたとえ話を受けて言い、新たな目で〈グリーン・シーン〉の建物群を見た。「冷凍庫は冷えすぎる。冷蔵庫の温度くらいがちょうどいいかも。あとは当然、死体を温めたあと、ほんの数時間後に確実に死体を警察に発見してもらわなきゃならない。検死官にも。そうじゃないと、これは計画倒れで終わる。警察に発見されたときに、ジェイソンには、温かくて、身体はかたく、皮膚はまだ白色化する状態——皮膚を押すと、たまった血液がまだ動く状態——でいてもらう必要がある。そういう状態で早朝に発見されれば、ジェイソンはその六時間から八時間前に死んだと警察や検死官は考えるはず」

「うまくいくと思う?」

ピップは喉の奥で笑いそうになりながら肩をすくめた。ラヴィの言うとおりだ。これは正気の沙汰じゃない。でも自分は生きている。いまは生きているけれど、もう少しで死ぬところだった。少なくとも、死んでいるよりは正気の沙汰じゃない計画にかけてみるほうがいい。「わからない。いままでに誰かを殺して、殺人罪から逃げおおせたことはないから」そこで鼻で笑う。「でもうまくいくはず。科学はかならず機能する。ジェーン・ドウの事件を調べていたとき、大量のリサーチをした。すべてをしっかりやれれば、つまり、死体を冷やして、何度か転がし、そのあとで温めれば、うまくいくはず。そうすればジェイソンは、そうだな、午後九時か十時に死んだように見えると思う。その時間帯にわれわれふたりはどこかべつの場所にいる。それで鉄壁のアリバイができあがる」

「わかった」ラヴィはうなずいた。「オーケー、とんでもない話ではあるけれど、うまくやれると思う。実際にできそうな気がしてきたよ。きみが殺人の専門家でよかった」

ピップは顔をしかめた。

「ちがうよ、ほんとうに人を殺すって意味じゃなく、きみが殺人の研究をしていてよかったってこと。これが最初で最後だといいけど」ラヴィは笑みを浮かべようとしたらしいけれど失敗し、体重を片脚からもう片方へ移動させた。「でも、ひとつだけ――ぼくらはこのとんでもない作戦を実行しようとしていて、死亡時刻の偽装がうまくいった死体を警察に発見してもらいたがっている。発見したとして、警察は誰が彼を殺したのか、当然、探しはじめる。犯人を見つけるまでしつこく捜査するだろう。それが警察の仕事だからね。彼らは殺人犯をつかまえなきゃならない」

ピップは首をかしげ、ラヴィの瞳のなかにとらえられた自分の姿をじっと見つめた。だから、自分にはラヴィが必要なのだ。やるべきことに気づいていないとき、ラヴィが背中を押してくれたり手綱を引いてくれるから。ラヴィの言うとおりだ。この計画だけではうまくいかないだろう。死亡時刻を後ろに倒し、その時間帯にここから遠く離れることはできるだろうが、警察は犯人をつかまえなくてはならない。逮捕するまで捜査をつづけるだろうし、仮に自分とラヴィがひとつでもミスを犯したら……

「ラヴィの言うとおりだね」ピップはうなずいた。知らないうちに手がラヴィの手のほうへのびている。「うまくいかないよね。警察は犯人をつかまえなきゃならない。誰かがジェイソン・ベルを殺したはずなんだから。どこかの誰かが」

「そう、だから……」ラヴィは話を振り出しに戻そうとしているようだけれど、ピップは意識が彼から離れるのを感じていた。心の奥底にあるものが次々と見えてくる。押しこめて隠してあったものが。恐怖心、恥じ入る気持ち、両手についた血、真っ赤に燃え立つような凶暴性、そしてそこにひとつの顔が浮かんでくる。鋭角的で青白い顔が。

「わかってる」ピップはラヴィの言葉をさえぎって言った。「殺人者は誰か、わかってる。ジェイソン・ベルを殺したと思われる人物を知っている」

「えっ?」ラヴィが見つめてくる。「誰?」

これは必然なのだ。輪を描くのは。終わりがはじまりであって、はじまりが終わりになる。そもそものはじまりに戻る。一件落着とするために、いちばん最初に戻る。

「マックス・ヘイスティングス」

31

十二分。

かかった時間は十二分。ラヴィとしゃべっているあいだ、使い捨て携帯の時刻をチェックしていたからわかっている。もっと時間がかかるだろうと思っていたし、もっと時間がかかったはずだとも思った。人をひとり、殺人犯に仕立てあげる計画を練っていたのだから。細かいけれども重要な詳細を詰めていき、何時間も頭を悩ませる。ふつうはそうなると思うだろうし、ピップもそう考えていた。しかし十二分で協議は終わった。あれこれとアイデアを出しあい、それらのあらを探し、齟齬《そご》を見つけてはうめていく。誰が、どこで、いつ。ピップはほかには誰も巻きこみたくなかったが、友人の助けがなくては立ち行かないとラヴィに説得された。全体の計画が危うくなりかけたところで、ラヴィがいま法律事務所で取り組んでいる案件からヒントを得て、携帯電話の基地局のアイデアを思いつき、ピップはどういう電話をかければいいか理解した。十二分で、計画書にまとめられたも同然の計画が立てられた。よくできていて確実なうえ、明快できっちりした計画が。一歩踏みだしたら互いにもう引きかえせないし、かつての自分たちには戻れない。困難なのは目に見えているし、余裕もない。順番を間違ってはいけないし、遅れも許されない。ひとつのミスが命取りになる。

しかし理論上では計画は成功するはず。殺人罪でつかまらずに逃げきる方法ができあがった。ジェイソン・ベルは死んでいるけれど、まだ死んでいない。死ぬのは数時間後。そしてマックス・ヘイスティングスがジェイソンを殺した犯人になる。ついに本来いるべき場所に閉じこめられることになる。

「両者とも、そうされて当然」ピップは後ずさりながら言った。「ふたりとも、当然だよね？」ジェイソンのほうはもう〝そうされた〟けれど、マックスは……自分はそれこそ全身全霊をかけてマックスを憎んでいるが、そのせいで見境がなくなり、こんな計画を立てているのだろうか。

「当然だよ」ピップはラヴィのひと言で安心したものの、ラヴィもこっちと同じくマックスを憎んでいるのを知っている。「彼らは人に危害を加えた。危害どころか、ジェイソンは五人もの女性を殺している。きみも殺されていたかもしれない。アンディやサルの死につながるすべての起点にもなっていた。マックスも同じだ。手をこまねいていたら、マックスはさらに人を傷つけるだろう。それはたしかだ。だから、彼らはこうされて当然なんだよ、ふたりとも」あごの下の傷ついていないところをラヴィは指でやさしく触れてきて、こっちの顔をくいっとあげて自分のほうに向けた。「きみをとるか、マックスをとるか、もちろんぼくはピップを選ぶ。きみを失うわけにはいかない」

口には出さずとも、ピップはいやでもエリオット・ワードのことを考えてしまった。彼も同じような選択をし、自分自身と娘たちを守るためにサルを殺人者に仕立てた。そしていま自分はこのうえなく混乱している厄介なグレイゾーンにいて、そこにラヴィを引きずりこんでいる。終わりでもあり、はじまりでもある場所に。

「わかった」ピップはうなずき、自分自身に言い聞かせた。少しの余裕もない計画のなかに自分たちはいて、あれこれとためらっている時間はない。「なんとかしなきゃならない問題がまだいくつか残っているけれど、いちばん重要なのは——」

「死体を冷やして、温めること」ラヴィがかわりに言い、またドア口から突きだした足を見つめた。ラヴィはまだ死体を間近で見ていない。相棒がジェイソンに対してなにをしたのかを目にしていない。それを見てしまったラヴィが決断を翻《ひるがえ》さないことを、こっちを見る目が変わらないことを、ピップは願わずにはいられなかった。ラヴィは背後にあるレンガ造りの建物を指さした。脇に化学品用の倉庫がついた波形鉄板の建物とは別棟になっている。「あの建物は事務職員が仕事をするオフィス棟みたいに見える。そういうところにならキッチンがあるんじゃないかな。冷蔵庫とか冷凍庫もあるキッチンが」

「うん、ありそう」ピップはうなずいた。「でも、人間がおさまるようなものはないかも」

ラヴィは緊張感をにじませた険しい顔つきで大きく息を吐いた。「ほんとに、でっかい冷蔵庫がある食肉加工の工場をジェイソン・ベルが所有してくれてたらなあ」

「ちょっと見てまわってみよう」開いたままの金属製のドアのほうを向くと、ジェイソンの足がドア口から突きでているのが見えた。「彼が持ってた鍵がここにある」ジェイソンが鍵穴にさしっぱなしにした鍵をあごで指し示す。「彼はオーナーだから、おそらくどんなドアでもあけられる鍵を持ってたと思う。それと、さっき本人から聞いたけど、警報器と防犯カメラはぜんぶ電源が切られてる。必要なら週末じゅう切っておくって言ってた。それって、わたしたちにとっては好都合だよね」

「うん、そうだね」ラヴィはそう言ったが、足を踏みだそうとはしなかった。ドアに向かって歩くのは死体に近づくことを意味するから。

ピップは先に行き、死体に近づくと同時に息を詰め、ジェイソンのつぶれた頭を見つめた。瞬《まばた》きを繰りかえして視線を引きはがし、鍵穴から重たい鍵束を引き抜く。「ふたりが触《ふ》れたもの——わたしがすでに触れたものも——はすべて覚えておくようにしないと。あとで拭けるように」手のなかで鍵束をガチャガチャ鳴らしながら言う。「さあ、こっち」

ピップは頭の周辺に広がっている血を避けながらジェイソンの死体をまたいだ。そのとき、すぐ後ろをついてくるラヴィが死体を長々と見つめているのに気づいた。視界から消し去りたいとでもいうようにさかんに目を瞬《しばたた》かせている。

ラヴィはひとつ小さく咳払《せきばら》いをして、足早についてきた。

ふたりはなにも言わなかった。そもそも、なにか言うべきことがある?

作業台の近くの、倉庫の奥にあるドアまで行き、何度かためしてようやく正しい鍵を見つけた。ドアを押しあけて、暗くて洞窟のような部屋に足を踏み入れる。

ラヴィは袖をのばして指を覆い、電気のスイッチを押した。

頭上のライトが心もとなく灯ると、ちかちかする明かりに照らされて部屋の内部が見えてきた。ここはかつては納屋だったようで、見あげた視線の先にはありえないほど高い天井がある。目の前には何列にもわたって機器類が置かれている。芝刈り機、スティックタイプの草刈り機、落ち葉集めのためのリーフブロワーのほかに、なにに使うのかわからない機器もあり、テーブルには生垣用の剪定《せんてい》ばさみのような小さな道具類が置かれている。右側にはおそらく乗るタイプの芝刈り機と思われる大型の機械が並び、黒い防水シートがかけられている。棚には明かりを受けて光る金属製の工具類や、燃料容器の赤いジェリー缶、袋詰めされた肥料が置かれている。

ラヴィのほうを向くと、彼はそわそわしたようすで部屋のなかに視線を走らせていた。「あれはなんだろう」ラヴィはいちばん上に漏斗《じょうご》の形をしたものがくっついている、背が高く明るいオレンジ色をした機械を指さした。

「木を粉砕する機械だと思う。ウッドチッパーとか、なんかそういう名前の機械。太い枝を突っこむと、なかで粉砕されてウッドチップになるんだよ」

ラヴィは唇《くちびる》を片側に寄せてすぼめた。なにかを考えているらしい。

「だめ」ピップはラヴィの考えを正確に読んで、きっぱりと言った。

「なにも言ってないじゃないか」ラヴィが反論する。「ところで、ここにはどでかい冷蔵庫はないみたいだね」

「でも」ピップは幾重にも並んだ芝刈り機を熱いまなざしで見やった。「芝刈り機はガソリンで動くんだよね？」

ラヴィはその言葉の意味に気づいたらしく、目を丸くして視線をあわせてきた。「ああ、火をつけるのか」

「そのほうがいいと思う」ピップは付け加えた。「ガソリンは燃えるだけじゃない。爆発する」

「うんうん、なるほど」ラヴィはうなずいた。「でもそれは最終段階で、それまでにぼくらには長い夜が待っている。彼を冷やす方法を見つけられなければ、どれもこれも意味がなくなる」

「それと、温める方法も」ピップはそう言い、ラヴィの目に浮かんだ表情から彼の心情を感じとった。あきらめにも似た落胆を。計画ははじまってもいないうちに終わるかもしれない。どっちに転ぶかわからない自分の運命。目盛りは反対側に傾いている。ほら、考えて。なにが使える？　かならずなにかがあるはず。

「オフィス棟のほうを調べてみよう」ラヴィが言った。先に立つラヴィに連れられて、ずらりと並ぶ芝刈り機群から化学品の倉庫に戻り、ぶちまけられた除草剤や流れでた血を避けていった。目にするたびに〝やっぱり死んでいる〟とつい思ってしまう死体をまわりこんで、子どものころの遊びみたいに、ぴょんぴょんと跳ねるように進んでいく。

振り向いて倉庫のなかを見やると、自分の髪の毛や血のあとがついた、はがしたあとのダクトテープが目に入った。「この倉庫にはわたしのDNAが至るところに落ちている。あとでダクトテープを回収して、服といっしょに処分しないと。それと、ラックについた指紋やなんかも拭いとかないと。燃やすまえにぜんぶきれいにしなきゃ」

「わかった」ラヴィがこっちの手から鍵束を取った。「これの出番だ」鍵束をガチャガチャ鳴らす。「オフィスに掃除用具があると思うよ」

ジェイソンの車の前を通るとき、ピップは窓に映る自分の姿をふたたび目にした。目が異様に黒く、瞳孔が拡大していて、ヘーゼルグリーンの部分を侵食している。長く見つめていてはいけない。ジェイソンの車の窓に自分の姿が張りつき、永遠に消えない印を残してしまうような気がする。そのとき、ふと思いだした。

「くそっ」そうつぶやくと、砂利を踏んでいたラヴィの足がとまった。

「えっ?」ラヴィも車の窓に自分の姿を映した。同じように目が大きく、異様に黒くなっている。

「わたしのDNA。車のトランクじゅうに残ってる」

「だいじょうぶだよ。あとでそれもなんとかする」窓に映ったラヴィが言い、そのまま手をのばしてこっちの手を握ろうとしたところで、ハッとしたようすで手を引っこめた。「ちょっとじゃないよ、トランクじゅうに残ってる」ふたたびパニックに陥《おちい》りかけた。「髪の毛、皮膚片、指紋も。わたしのDNAは警察のファイルに登録されている。わたしね、できるかぎり多くのDNAを残したの。自分は死ぬけど、犯人探しに協力できればと思って。ラヴィが彼を見つけてつかまえられるように、一連の証拠を残しておこうって」

ラヴィの目の表情が穏やかだけれど悲しげなものに変わった。泣くまいとしているみたいに唇が震えている。「ものすごく怖かったんだろうね」小さな声で言う。

「怖かった」ピップは言った。この計画自体も怖いし、失敗したらどうなるかを考えるだけで恐ろしいけれど、車のトランクのなかや、顔をダクトテープのデスマスクで覆われて倉庫で感じた恐怖はほかとは比べものにならない。ダクトテープを貼られたあとが、顔じゅうに、目のまわりのくぼんだところにまで残っている。

「ここはあとできれいにする、いいね？」ラヴィは声の震えを覆い隠すように大声で言った。「車はあとで戻ってきたときになんとかしよう。いまぼくらが見つけなきゃならないのは――」

「彼を冷やすもの」ピップはジェイソンの車の窓に映る自分自身の向こうを見つめながら、ラヴィの言葉を引き継いだ。「彼を冷やしたあとに温めることができるもの」そう言いつつ、目はハンドルの近くの計器盤のあたりを見ていた。アイデアが〝たとえば〟からはじまってぽつんと浮かび、どんどん大きくなっていき、頭のなかいっぱいに広がって、もうそれしか考えられなくなった。「見つけた」つぶやくような声で言う。そしてふたたび大きな声で言った。「見つけた！」

「えっ？」ラヴィが反射的に肩ごしに振りかえった。

「車！」ラヴィのほうを向いて言う。「車が冷蔵庫。この車は新車も同然のすてきなＳＵＶだよね。エアコンの温度はどれくらいまでさげられると思う？」

同じアイデアがラヴィの頭にも浮かんだらしく、興奮しているみたいに目が生き生きしだしたのがわかった。「かなり低くまで。いちばん低い温度に設定して、吹き出し口からの風を最大にして、窓もドアも閉めきればいい。そうだよ、めちゃくちゃ低くなる」笑みを浮かびかけながら言う。

「一般的な冷蔵庫の温度はだいたい摂氏四度。そのくらいまでさげられると思う？」

「どうして一般的な冷蔵庫の温度なんか知ってるんだい？」

「ラヴィ、わたしはなんでも知ってるの。わたしがなんでも知ってるってことを、どうしてラヴィはいまになっても知らないわけ？」

「それはそうと」ラヴィは空を見あげた。「今夜はけっこう冷えるね。外の気温は十五度もないくらいだろう。で、車中をここよりも十度くらい低い温度まで冷やさなきゃならないとしたら……もうさ、ぜんぜん可能だと思うよ」

　胸郭のなかでなにかが動き、胸のあたりを締めつけていた感覚が消えて安堵がこみあげ、少しだけスペースができて息をするのが楽になった。これならいける。計画どおりにうまくいくかもしれない。神のまねごとをする。数時間、男を生きかえらせて、そのあとにまた殺す。

「それで」とピップはつづけた。「あとでここに戻ってきたときに――」

「ヒーターをいちばん高い温度に設定して、風を最大にする」ラヴィがかわりにあとを引き継ぎ、早口で言った。

「死体の体温をあげなおす」ピップはそう締めくくった。

ラヴィはうなずき、頭のなかでアイデアを整理しているのか、視線を左へ右へと動かした。

「いいぞ。これならうまくいくよ、ピップ。きみはもうだいじょうぶだ」

だいじょうぶかもしれない。きっとそうなるだろう。でもまだスタートを切ってもおらず、時間だけが刻々と過ぎていく。

「前回これをはめたときのこと、覚えているかい?」ラヴィが作業用手袋をはめながら訊いてきた。手袋はラヴィがオフィス棟から見つけてきたもので、物入れのなかには会社のロゴが入った予備の手袋や制服類がたくさんあったという。

「死体を動かしたとき?」ピップはそう訊きながら、手袋を打ちあわせて、目の前で小さな泥のかけらを粉々にした。

「まさか。まえにこんなまねはしたことないだろ」ラヴィは鼻からふっと息を吐いた。「前回ガーデニング用の手袋をはめて犯罪をおこなったときのことだよ。ベル邸に押し入っただろう、彼の家に」ラヴィは化学品の倉庫のほうをあごで指し示した。「今度は、えーっと……」言葉が途切れた。

「言わなくていいよ」厳しい顔を向けてピップは言った。

「えっ？」

「〝今度はいきなりこんな展開です〟的なジョークを言おうとしてたでしょう、ラヴィ。ぜんぶお見通しだからね」

「すっかり忘れてたよ。きみはなんでも知ってる、、、、ってことを」

もちろんなんでも知っている。気が張りつめる場面で冗談を飛ばすのはラヴィの癖《くせ》で、折り合いをつける手段だということも知っている。

「オーケー、さあ、はじめよう」

ピップはしゃがんで大型の芝刈り機を覆っている防水シートの一端をつかんだ。黒いビニールをカサカサ鳴らしながらそれを芝刈り機の上に放ると、反対側にいるラヴィが引っぱって一気にはがした。はがれたシートをざっとたたんで、両腕にかかえる。

ピップはラヴィを引き連れて広い部屋をあとにし、化学品の倉庫に戻った。除草剤のにおいがいまだにきつく、頭が痛くなってくる。

ラヴィは血を避けながら死体のすぐ横のコンクリートに防水シートを敷いた。

ラヴィが口を結び、遠くを見るような表情を浮かべているようすからピップは彼の緊張を読みとり、自分も同じような顔をしているのだろうと思った。

「彼を見ないようにしなね、ラヴィ。見る必要はないから」

ラヴィが次の仕事を手伝おうとでもいうように、こっちに近づいてきた。

「だめ」ピップはラヴィを追いやった。「あと、彼に直接触れないでね。必要に迫られたのでもないかぎり、どこにも触れちゃだめ。ラヴィがここにいた痕跡を残したくない」

仮に痕跡が残ったりしたら、後悔してもしきれない事態になるだろう。自分が殺人罪で刑務所に入るならまだしも、ラヴィが巻き添えを食ったら。だめ、ラヴィの関与をにおわせてもいけない。だからラヴィは現場のどこにも触れてはいけない。もし計画が頓挫《とんざ》したらすべての責任は自分が負う。それが最低限のルール。ラヴィはなにも知らない。なにも見ていない。なにもしていない。

ピップはジェイソンの頭の側に腰を落とし、ゆっくりと腕をのばして腕のつけ根をつかんだ。まだかたくなっていないが、じきに死後硬直がはじまるだろう。

身を乗りだし、力をこめてジェイソンを転がし、つぶれた頭を下にして仰向けにさせた。顔には傷がついていない。蒼白でなんの動きもないけれど、眠っているだけのようにも見える。もう一度、手に力をこめてジェイソンを転がし、防水シートの端にうつ伏せの状態でのせ、それを再度、繰りかえして、まんなかで仰向けにした。

「これでよし」そう言って、防水シートの片方の端を持ちあげて死体を包んだ。ラヴィが反対側で同じことをする。

ジェイソンは葬《ほうむ》られ、片づけられた。DTキラーのなれの果て。赤黒い血だまりのなかで防水シートに覆われて。

「車のなかでは仰向けにして血液を沈殿させる」ピップはジェイソンの肩の下あたりを持ちあ

げる準備をした。「戻ってきたあとに、ひっくり返してうつ伏せにする。血液がもう一度沈殿しはじめて、そのまえの数時間は死んでいなかったように見せられる」

「わかった、オーケー」ラヴィはうなずいてから、腰をかがめて防水シートごしにジェイソンの足首をつかんだ。「一、二、三、あげて」

ジェイソンはものすごく重くて、ビニールのシートごしに彼の肩を持ちあげている両手に重みがずしりとかかってきた。それでもふたりで彼を持ちあげ、ゆっくり歩いて金属製のドアを抜けた。ラヴィは後ろ向きに歩を進めていきながら、下を見て血を踏んでいないか確認していた。

外に出ると、静かに鳴るエンジンの音が聞こえてきた。すでにジェイソンの車をまわしてきてあり、エアコンは最低温度に設定済み、吹き出し口は全開にしてある。冷気を逃がさないよう、ドアは閉めてある。少しまえにラヴィがオフィス棟の冷凍庫をのぞいて保冷剤を見つけていた。おそらく現場でちょっとした事故があったときのために常備されているのだろう。いまはエアコンの吹き出し口を含め、車内のあちこちに置かれていて、なかをさらに冷やすのに役立っている。

「ドアをあけてくる」ラヴィはそう言うと、腰をかがめてジェイソンの足を砂利道にそっと置いた。ピップは片脚を前に出してジェイソンの背中を支え、腕にかかる負担を減らした。

ラヴィが後部座席のドアをあけた。

「なかはかなり冷えている」そう言ってからジェイソンの足もとに戻り、うなり声とともに足を持ちあげた。

慎重に一度に半歩ずつ進みながら、ふたりで防水シートを巻いた死体を車内へと持ちあげ、後部座席におろし、奥へ押しこんだ。

車内はすでに冷えていて、冷蔵庫のなかに顔を突っこんでいるようで、ジェイソンを奥へ押しこみながら、吐いた息が目の前で白くなるのが見えた。ジェイソンのへこんだ頭がなかなかうまくおさまらない。

「ちょっと持ってて」ピップは走って車の後ろをまわり、反対側のドアをあけた。防水シートの端の少し開いているところから手を突っこんでジェイソンの足首をつかみ、そのまま押して膝《ひざ》を立たせ、空いたスペースに死体をずらして全体を後部座席におさめた。死体をその恰好にしたままゆっくりとドアを閉めると、ドアにジェイソンの足があたる音がした。彼が〝ここから出せ〟とドアを蹴《け》りつけたかのようだった。

ラヴィは反対側のドアを閉めて後ずさり、緊張の面持《おもも》ちで息を吐きだしながら両手を打ちあわせた。

「わたしたちがよそへ行っているあいだ、このまま何時間かエンジンをかけっぱなしにしておける?」ピップは再確認した。

「しておけるよ。ガソリンはほぼ満タンにしてあったから。必要なだけエンジンをかけっぱなしにしておける」

「よし、それでよし」ピップはそれだけ言った。ほかになにを言っても意味がない。「じゃあ、行こうか。家に帰る。計画どおり」

「計画どおり」ラヴィが繰りかえす。「なんだかちょっと怖いな。エンジンをかけっぱなしにして、きみの痕跡をあちこちに残したままにしておくのは」

「そうだね。でも、だいじょうぶ。誰もここには来ないから。ジェイソン本人がそう言ってた。彼はここでわたしを殺す予定だったから、ひと晩じゅう、この週末もずっと、人を寄せつけないつもりだった。防犯カメラも警報器も切ってある。だから、このままにしておける。戻ってきたとき、なにもかもがまえと同じはず。そのときにいろいろな痕跡を消して、新たなのを植えつける」ピップは車の窓ごしに黒い防水シートに巻かれた、まだ死んでいない死んだ男を見つめた。すべてが整うまでは死んでいないはずの男を。

ラヴィは手袋をはずした。「リュックサックは持ってきた?」

「うん」ピップも手袋をはずし、ラヴィのとともにジッパーをあけたリュックサックのなかに入れた。自分に貼りついていたダクトテープのゴミも、倉庫から回収してきてなかに突っこんである。足首と手首、髪の毛もろとも顔からはがしたものを。

「ここへ持ってきたものはぜんぶリュックサックのなかに入れた?」

「うん。ぜんぶなかに入ってる」ピップは答えてジッパーを閉めた。「今日の午後に詰めたものぜんぶ。それと、手袋とダクトテープのゴミ。あと、ジェイソンの使い捨て携帯。なにも入れ忘れていない」

「ハンマーは?」

「あれはここに置いとく」ピップはリュックサックを肩にかけて背筋をのばした。「ハンマーについたわたしの指紋を拭きとるのはあとでいい。マックスにも凶器が必要だからね」

「わかった」ラヴィは先に立って歩き、開きっぱなしの〈グリーン・シーン〉のゲートに置き去りにしたままの車へ向かった。「さあ、家に帰ろう」

32

最後にもう一度、確認する。

ラヴィがハンドブレーキを越え、顔を寄せて見つめてくると、顔に甘い息がかかるとともに、緊張感も伝わってきた。

「もう乾いているけれど、まだ顔にいくらかついているよ。両手にも」ラヴィが下を向く。「セーターにもついている。すばやく二階にあがりなよ、ご家族に見られるまえに」

ピップはうなずいた。「わかった、そうする」

座席には自分の替えのTシャツを敷いたので、血がラヴィの車のどこかにつくことはないだろう。ラヴィが家に向かって車を走らせているあいだ、替えの下着に水筒の水を垂らして手と顔についた血をできるだけ拭きとろうとした。家に帰ってからも拭かなければならない。

肘《ひじ》で車のドアをあけていったん外に出たあと、車のなかに身を乗りだしていままで敷いていたTシャツを回収し、リュックサックに突っこんでジッパーを閉めた。もう片方の手には家の鍵を持っている。

「だいじょうぶだよね?」ラヴィがもう一度訊いてきた。

「うん」ピップは答えた。ふたりは計画を確認しあっていた。車のなかで何度も、何度も。

「このパートはひとりでやれる。えっと、意味、わかるよね」

「手を貸せるけど」ラヴィの声には心配でたまらないという思いがにじみでている。

ピップはラヴィを見つめた。なにも見落とさないように、じっくりと。「もう助けてもらったよ、ラヴィ。ラヴィが思っている以上に。ラヴィが助けてくれたから、わたしは生きて家に帰ってこられた。ラヴィが救ってくれた。わたしひとりでこのパートはやれる。ラヴィが無事でいてくれることが、わたしにとっては助けになる。わたしが望んでいるのはそういうこと。もしうまくいかなくても、余波がラヴィに降りかかることだけは避けたい」

「わかってるよ、でも——」

ピップはラヴィの言葉をさえぎった。「だから、ラヴィは自分のアリバイづくりに励んで。今夜じゅう、ずっとのアリバイだよ。タイミングがうまくあわず、死亡時刻を充分に遅らせられない場合にそなえて。ラヴィはこれからどうするの?」ラヴィ本人の口からもう一度聞いておきたい。水ももらさぬ、鉄壁のアリバイを。

「いったん携帯電話を取りに家に帰り、それから車でアマーシャムへ行って、いとこのラーフルを拾う」前のほうを見つめながらラヴィが言う。「幹線道路《A・ロード》を使って。交通監視カメラに映るように。それと、ATMからいくらか現金を引きだす。そこの防犯カメラにも映るように。次に〈ピザエクスプレス〉かほかのチェーン店へ行って、食べ物をオーダーし、カードで支払う。ぼくらが店にいることをほかのお客に覚えていてもらえるように、大声でしゃべってまわりの注意を引く。自分の携帯で店内にいる自分たちの写真や動画を撮る。電話もかける。たとえば母に電話して、何時ごろに帰るか伝える。きみにテキストメッセージを送って、夜をどんなふうに過ごしたか訊く。きみが携帯をなくしたことをまだぼくは知らない。今日は一日じゅう、一度も会っていないから」そこですばやく息継ぎをする。「次はいとこの友だちが集まっているパブへいとこと行って、目撃者をたくさんつくる。十一時半までそこにいる。それからラーフルを家まで送っていって、帰途につく。途中でガソリンを満タンにして、そこでも防犯カメラに映る。家に帰って、ベッドに入るふりをする」

「上出来、ほんとに」ピップはそう言ってから、ダッシュボードの時計をちらりと見た。時刻は八時十分。「午前零時に会える?」

「午前零時に会う。こっちに電話してくれるかい? きみの使い捨て携帯から。もしなにかが起きたら」

「なにも起きないよ」ピップは答え、じっと見つめて安心させようとした。

「気をつけて」ラヴィはこっちの手を握るかわりにとでもいうように、ハンドルを握りしめて言った。「愛してる」

「愛してる」ピップはこれが最後かもしれないと思い、言った。でも最後になるわけがない。

数時間後にまたラヴィに会うのだから。

ドアを閉めて手を振ると、ラヴィは方向指示器で合図を寄こし、道路へ出ていった。ピップは大きくひとつ息を吸いこんで覚悟を決め、身体の向きを変えて私道を玄関ドアへ向けて歩きだした。

玄関脇の窓ごしにテレビに見入っている家族が見えた。暗い外に立って、少しのあいだ家族を眺める。パジャマ姿のジョシュが、ラグの上でかぎりなく小さく縮こまってレゴで遊んでいる。パパはテレビを観て声を立てて笑い、ピップは外にいても笑い声の振動を感じとった。ママは舌打ちをしてパパの胸をぴしゃりと叩き、声が外までもれてきた。「もう、ヴィクター、ちっともおもしろくないじゃない」

「人が転ぶと、とにかくなんでもおもしろいんだよ」大きな声でパパが答えるのが聞こえる。

涙で目がちくちくしだし、喉が詰まる。もう二度と家族には会えないと思っていたから。家族と微笑《ほほえ》みあうことも、泣くことも、あははと笑うことも。両親が年をとるのにあわせて自分も年をとることも。パパがマッシュポテトをつくったり、ママがクリスマスツリーの飾りつけをするといった、両親の習慣が自分の習慣になることも。ジョシュが大人の男性に成長するのを見ることも、あの子の声変わりしたあとの声がどんなものか、なにに心をときめかせるのかを知ることもないと思っていた。大きな出来事や些細《ささい》な日常、家族とともに過ごすかけがえのないひととき。そういう時間をもう過ごせないと思っていたのに、いまはちがう。計画をやり遂げることができさえすれば。

ピップは咳払いをして喉のかたまりを払い、できるだけ音を立てずに玄関ドアを解錠した。

そっとなかに入り、テレビから流れる観覧者の拍手が物音を消してくれることを期待しながら、ほんのかすかにカチリと音を立ててドアを閉めた。鍵束はガチャガチャ鳴らないよう、手でしっかりと握りしめていた。

ゆっくり、慎重に、息を詰めて、リビングルームのドアの前を通りすぎるとき、ソファの背もたれにあずけている両親の後頭部をちらりと見た。パパが動き、ピップは心臓がどきりとしてその場に凍りついた。オーケー、だいじょうぶ、パパはすわる位置を少しずらして、ママの肩に腕をまわしただけ。

階段を音を立てず、このうえなく静かにのぼりはじめる。ふいに三段目が体重を受けてギシッと鳴った。

「ピップ⁉ ピップなの？」ママがソファにすわったままこっちを向き、呼びかけてきた。

「そう」ピップは答え、ママにしっかり見られるまえに階段を駆けあがった。「ただいま！ ごめんね、トイレに行きたくて」

「トイレなら下にもあるだろう」パパが声をかけてくるが、ピップはすでにいちばん上まであがって廊下に入っていた。「〝小〟のほうじゃなくて〝大〟のほうなら――」

「ラヴィの家に泊まるんだと思ってたけど？」今度はママ。

「二分待って！」ピップは大声で言い、バスルームに飛びこんでドアを閉め、鍵をかけた。あとでドアハンドルもぬぐっておかなければならない。

危ないところだった。でも両親の態度はいつもと変わらなかった。ふたりはなにも見ていない。血のしみも、乱れた髪も、顔の荒れた肌も。ひとまず、最初の難関は突破した。

乾いた血が落ちないよう、口を閉じ、目を閉じて、頭からパーカーを脱いだ。それを裏表逆にして慎重にタイルの上に置く。それからスニーカーを脱ぎ捨て、靴下を脱ぎ、黒いレギンスを脚から引きはがすようにして脱いだ。目で見るかぎり生地に血痕は付着していないけれど、繊維のどこかにしみついているのはわかっている。次にスポーツブラ。パーカーについた血がしみてきて、まんなかのあたりに小さな赤黒いしみがついている。着ていたものを重ねて山にし、シャワーの栓をひねる。

温かい。熱い。もっと熱い。すごく熱くしてから流れでるお湯の下に立つと、肌がヒリヒリして痛かった。でもお湯は熱くなくちゃいけない。皮膚のいちばん上の層をごしごし洗い落とすために。ほかにどうすればDTがつけた汚れをきれいに消し去ったと感じられる？　シャワージェルをつけて身体をごしごしこすり、血でピンクっぽくなったお湯が両脚を流れ落ちていき、足の指のあいだを通って排水口へ向かうのをじっと見つめる。こすって、こすって、またこすって、指の爪のつけ根もきれいにし、結局シャワージェル一本の半分くらいを使った。次に髪の毛。三回にわけて洗うと、髪が細くてこしがなくなった気がした。シャンプーが頰にあたると、チクチクと痛んだ。

ようやくすっかりきれいになったと感じ、ピップはタオルを取りにシャワーの下から出て、シャワートレイについた血液のかすを流すために、もう少しのあいだお湯を出しっぱなしにした。排水口はあとできれいにしよう。

腋《わき》の下にタオルをはさみ、便器の脇にある蓋《ふた》つきのゴミ箱をつかんで、なかから〝ゴミ箱のなかのゴミ箱〟として使っているプラスチック容器を引っぱりだした。容器にはトイレットペーパーの芯が二本入っているだけで、それを取りだして窓台に並べた。シンクの下の物入れを探ってトイレ用の漂白剤を見つけ、蓋をひねってあけ、いま引っぱりだしたプラスチック容器に注ぎ入れる。もっと。ぜんぶ。次に、立ちあがって蛇口《じゃぐち》のお湯を容器の半分まで入れて漂白剤をうすめた。においは強烈で、有毒っぽい。

これからバスルームと自分の部屋を一往復半しなければならないけれど、いまのところ家族はみんな階下にいるからだいじょうぶだろう。ずいぶん重くなったプラスチック容器を持ちあげ、片手で胸の前にかかえてバスルームのドアを解錠した。おぼつかない足取りで階段前の廊下を横切って自分の部屋に入り、まんなかに容器を置くとお湯がはねて縁《ふち》からこぼれそうになった。

テレビの観覧者が拍手する音が大きく響いてくるなか、ピップはバスルームへ戻り、血のついた服の山とリュックサックをかかえこんだ。

「ピップ?」階段の下からママの声が聞こえてくる。

〝マズい〟

「いまシャワーを浴びたとこ! すぐに下におりる!」ピップは返事をしてから急いで部屋に入り、ドアを閉めた。

プラスチック容器の横に服を放ってから膝をついて汚れ物の山に向きなおり、一枚ずつそっと漂白剤入りのお湯のなかへ入れて沈めていった。いちばん上には半分つかった状態のスニーカー。

リュックサックから顔と手と足首に巻かれていたダクトテープのゴミを引っぱりだして、それもうすめた漂白剤のなかに押し入れた。次にジェイソンの使い捨て携帯を手に取り、トレイを引きだしてSIMカードを抜いた。小さなカードをパキッとふたつに割り、本体のほうは漂白剤入りのお湯のなかに落とした。それから、顔の血を拭きとるために使った下着と座席に敷いてすわっていた替えのTシャツも。最後に、自分とラヴィが使った〈グリーン・シーン〉のロゴ入りの手袋――おそらく有罪の決め手となるもっとも重要な証拠品――を底のほうに押しこんだ。漂白剤は血痕を落とすと同時に生地の色も落とすだろうが、これは念のための措置。このなかのすべてのものは、明日のこの時間までには永遠に消えているだろう。その仕事はまたあとで。

カーペットの上を容器を引きずっていき、スニーカーをぎゅっと押しこみながらワードローブのなかに隠す。漂白剤のにおいは強烈だけれど、この部屋には誰も入ってこないだろうから問題なし。

次に、身体や髪を乾かして黒のパーカーと黒のレギンスを身に着け、メイクに取りかかるべく鏡に向かった。髪はまだ湿っていて、ぺたっとしたまま垂れさがり、頭皮はヒリヒリしていてちゃんとブラシで梳《と》かせない。テープに貼りついた髪を引き抜いたせいで、頭頂部に小さなハゲができている。これをなんとか隠さなくては。指で髪を梳《す》いて、ひきつれて不快だけれど、高い位置でポニーテールにしてひとつにまとめる。ラヴィといっしょにあとで〈グリーン・シーン〉に戻ったときに使えるように、もうふたつ、手首にヘアゴムを巻きつけた。顔はまだざらついていて、あちこちが赤っぽくなっており、それを隠すためにファンデーションを塗るが、うまくのってくれない。いちばんひどいところにはコンシーラーを塗った。顔色は悪く肌も荒れ、皮がむけている箇所もあるけれど、まあ、なんとかごまかせるだろう。

いったんリュックサックを空にしてから詰めなおしていき、ラヴィといっしょに列挙して呪文のように脳に焼きつけた〝必要品リスト〟に頭のなかでチェックマークをつけていく。ビニールキャップ二個、靴下五足。机の引き出しから取りだした使い捨て携帯を三台、これはぜんぶ電源をオンにしておく。隠し場所に保管しておいた現金の小さな束も、念のためにぜんぶ持っていく。ワードローブにしまった漂白剤入りの容器の上に掛かっている、いちばん上等な上着のポケットを探ると、調停の協議以来、触れもしなかったエンボス加工が施された名刺が見つかり、それをリュックサックの前ポケットに慎重に入れる。次に、ママとパパの部屋に足音を忍ばせて入っていき、ママが髪を染めるときに使うラテックスの手袋を三組ほど頂戴する。すべてを詰めたあと、いちばん上にポーチを置き、なかにデビットカードが入っているか確認した。アリバイづくりにこれは不可欠。それと車のキー。

二階でそろえるものは以上。計画のために必要なものがすべてそろっているかどうか、再確認のためにリュックサックの中身にざっと目を通した。あと何点か、階下でそろえるべきものがあり、どうにかして両親の探るような視線と、なんにでも首を突っこみたがる弟を避けなければならない。

「ヘイ」ピップは階段を駆けおり、息を弾ませて言った。「すぐに出かけるんで、シャワーを浴びなきゃなんなかったの。さっき走ってきたから」つい早口で嘘が飛びだす。落ち着いて、呼吸をするのを忘れないようにしなくては。

ソファの背もたれに頭をあずけていたママが振り向いてこっちを見た。「今夜はラヴィのうちのディナーに呼ばれて、そのまま泊まってくると思っていたけど」

「お泊まり会、いいなあ」ジョシュの声が加わるが、ソファの向こうにいる弟はここからは見えない。

「計画が変更になった」肩をすくめながら答えた。「ラヴィがいとこに会いにいかなくちゃならなくなって、それでわたしはカーラとそのへんをぶらぶらすることになった」

「誰もわたしをお泊まり会に呼んでくれなかった」とパパ。

ママが怪訝《けげん》そうに目を細めてこっちの顔をじっと見ている。母には見えるのだろうか。メイクの下になにを隠しているのか、ママにはわかる？　もしくは、こっちの目にいつもとはちがうものが映っているとか？　心ここにあらず、といったふうにぼんやりとした表情をしてる？家を出たときにはまだママの愛すべき娘だったのに、帰ってきたときには、殺される恐怖を味わい、死を覚悟したのちに生還した者になっていた。それればかりではない。自分はいまや殺人者だ。その事実によって変化した自分の姿が、母の目に映っているのか？　自分のなかでなにかが変わった？　新しいなにかになった？

「喧嘩したんじゃないでしょうね？」ママが訊いてくる。

「えっ？」ピップは頭が混乱した。「わたしとラヴィが？　ううん、仲はいいよ」楽しげにふっと笑ってみせ、母の問いかけをやんわり否定した。たまにボーイフレンドと口喧嘩をするようなふつうで穏やかな日常を、どれほど取りもどしたいと思っていることか。「キッチンからスナックをいただいて、出かけてくるね」

「わかったわ、スウィートハート」こっちの言い分を信じていないような口調でママが言う。でも、それでいい。娘とラヴィは喧嘩したのだとママが思いたければ、それでいい。ほんとうにそう思う。真実に近いことに勘づかれるよりはずっといい。娘は連続殺人犯を殺し、その罪をレイプ魔に着せるためにいまから出かける、という真相に気づかれるよりは。

　ピップはキッチンへ行き、アイランドのいちばん上の幅が広い引き出しをあけた。母はその引き出しにアルミホイルとベーキングシート、ジッパーつきの保存袋を入れている。ジッパーつきの保存袋を四枚と、大きめのフリーザーバッグを二枚、手に取って、リュックサックのいちばん上に押しこむ。反対側にある、こまごましたものを入れた引き出しからはキャンドルライターを取りだし、それもリュックサックに入れる。

　そして〝必要品リスト〟に載せた最後のアイテム。具体的にこれ、という名称はなく、どこを探してそろえようか、いまだに悩んでいる。キッチンのなかを探しているうちにインスピレーションが湧くだろうと思っていたが、いまになってもなにも思いつかない。四カ月前にマックスに無罪の評決が下ったあと、自分はヘイスティングス家を荒らしにいった。それがあって、ヘイスティングス家には玄関ドアの両サイドに二台の防犯カメラが取り付けられた。今夜、あの二台のカメラをなんとかしなくてはならない。でも、どうやって？

ピップはガレージへ出るドアをあけた。ガレージは空気が冷たくて、アドレナリンが出まくっている肌には心地よい。なかを見まわし、両親の自転車からパパの工具類を入れたケース、ママが置き場所をかならず見つけるからと言ってガレージに保管してある鏡面仕上げのドレッサーへと視線を走らせていく。防犯カメラを機能させなくするために、なにを使えばいい？視線がパパの工具類のケースあたりに戻り、ピップはガレージを横切ってそこへ近づいていった。蓋をあけてなかを見る。上のほうに小さなハンマーがおさまっている。忍び寄っていってこれでカメラを壊せるかもしれないと考えたものの、そうしたらかなり大きな物音がして、家のなかのマックスを警戒させてしまうと思いなおす。ワイヤーカッターを見やる。防犯カメラの配線が露出していたら使えるかもしれない。しかし望んでいるのは、一時的にカメラの機能を奪うというシナリオに適したなにかだ。

工具箱の上の、ちょうど頭くらいの高さにある棚にのったものが目を引いた。たまに起きる、無生物が〝こっちを見ろ〟と訴えてくるときのように。一瞬、喉のなかで息が詰まったあと、ピップは吐息をついた。申しぶんのないものを見つけたから。

まだほとんど使われていないグレイのダクトテープ。

これこそ、まさに求めていたもの。

「くそ忌々しいダクトテープ」ピップは小声で吐きだすように言い、さっとつかんでリュックサックのなかに入れた。

ガレージを出たあと、ドアロで凍りついた。キッチンで冷蔵庫になかば入りこむようにして残り物を物色している父が、手をとめてこっちを見ていた。

「ここでなにをしているんだい？」額《ひたい》に縦横《たてよこ》に皺《しわ》を刻み、訊いてくる。

「えっと、そのお……青いコンバースのスニーカーを探してたの」ピップはすばやく考えて答えた。「パパこそ、そこでなにしてんの？」

「コンバースならドアの横のラックにあったぞ」首をかしげて廊下の向こうを示しながら父が言った。「わたしはきみのママのためにワインを取りにきたんだ」

「ああ、ワインならチキンがのったお皿の下にあるんじゃない？」ピップは父の前を通りすぎながらリュックサックを肩にかけた。

「おお、そうだった。ワインを取りだすにはチキンを食べるしかないなあ。それで、お帰りは何時かな？」

「十一時半ごろかな」そう言ったあと、ママとジョシュに〝じゃあね〟と声をかけると、ママから、あまり遅くならないのよ、と言われた。明日の午前中にレゴランドに行くからとママが付け加えると、ジョシュは〝やったあ〟と小さく歓声をあげた。自分は行けそうにないと答えながら、日常のありふれた場面に接して腹を殴られたような気がした。家族に目を向けるのも苦しく、ピップは前かがみになった。計画を実行したあとでも、自分はふたたびこんな場面に家族として溶けこめるだろうか。なによりも望んでいるのはふつうに戻ることで、そのために手を尽くしているけれど、もう永遠に手が届かないのでは？　いや、ジェイソン殺しの罪から逃れられれば、かならず望みは叶うはず。

ピップは外に出て玄関ドアを閉め、息を吐きだした。あれこれと自問自答している時間はない。しっかり集中しなければ。十マイル先には死体があり、自分はいまそれをめぐってのレースの渦中《かちゅう》にいる。

時刻は午後八時二十七分で、すでにスケジュールに遅れが出ている。

ピップは車を解錠してなかに乗りこみ、助手席にリュックサックを置いた。イグニッションにさしたキーをまわして車を出す。アクセルを踏む脚は震えているけれど、ひとまず第一段階は終えた。

そして次の段階に向かう。

33

目の前でえんじ色のドアが開き、細い隙間から影になった顔が見えた。

「言ったはずだ」誰が訪ねてきたのかわかったらしく、顔の主は言った。「まだ手に入っていない」

ルーク・イートンがドアを大きくあけると、彼の後ろに暗い廊下が見えた。うねうねと首を這いのぼり、顔と胴体をつないでいるタトゥーを街灯が照らしだしている。

「何度テキストメッセージを送ってこようが、電話をかけてこようが、ないものはないんだよ」とルーク。声にいらだちの兆《きざ》しがうかがえる。「それに、こんなふうにいきなり訪ねてくるのは――」

「もっと強いものがほしい」ピップはルークの言葉をさえぎって言った。

「なんだと？」ルークが短く刈りこんだ髪に片手を走らせながら見つめてくる。

「もっと強いもの」ピップは繰りかえした。「ロヒプノール。それがほしい。いますぐ」フェイスマスクで顔を覆ったかのような無表情を保ち、死からよみがえった者の心情を押し隠す。しかしパーカーのポケットに突っこんだ両手は心のうちをあらわすようにせわしなく動いている。ルークがクスリを持っていなかったら、在庫をすべてマックス・ヘイスティングスに売ってしまっていたら、残念ながらゲームオーバーとなる。この計画はひとつも失敗が許されない。トランプでつくるタワー同様に、いつ崩れるとも知れぬ状態でバランスを保っていて、ひとつでも失敗したら総崩れになる。自分の人生はいまこのとき、グレイのタトゥーを入れたルークの両手に握られている。

「ほお？」ルークがまじまじと見つめてくるけれど、彼にはマスクの下までは見通せないだろう。「本気か？」

肩の力が抜ける。トランプのタワーはまだバランスを保っている。この調子なら、在庫があるのは間違いない。

「うん」言葉が歯のあいだからもれ、思いのほか切迫した感じになってしまった。「本気。クスリがいる。ほんとに……今夜はどうしても眠らなきゃならない。眠れるようにしなきゃならないの」ピップは洟《はな》をすすり、袖で鼻をぬぐった。

「そうか」ルークが見つめてくる。「元気いっぱいには見えないもんなあ。だが、いつものより値段は高いぞ」

「いくらでもかまわない。どうしても必要だから」ピップはパーカーのポケットからうすい札束を取りだした。ぜんぶで八十ポンド。それをすべて、さしだされているルークの手に握らせた。「これで買えるだけ。できるだけたくさん」

ルークは手のなかの折りたたまれた金に目をやり、なにやら考えをめぐらせているのか、頬の筋肉をゆがめた。ピップはルークを見つめた。彼の頭のなかに操り人形用の見えない糸を植えつけて、それを操ってさっさと彼を動かしたい。自分の運命がこの一点にかかっているのだから。

「オーケー、ここで待ってな」ルークがほんの少しだけ隙間を残してドアを閉めると、暗い廊下を裸足《はだし》で奥へと歩く足音が聞こえてきた。

安堵に胸をなでおろしたが、それもつかの間《ま》のことだった。この先も長い夜はつづき、ことがうまく運ばない局面に何度も遭遇するはずだ。自分は生きているかもしれないが、同時に今夜は命がけで闘っている。ダクトテープに覆われていたときと同じくらい懸命に。

「ほらよ」戻ってきて、もう少しだけドアをあけたルークが、ドアの向こうで目を光らせて言った。ピップは隙間からさしだされた紙袋を受けとった。

その場で袋をあけ、なかをのぞく。小さなビニール袋が二枚、それぞれにモスグリーンの錠剤が四錠ずつ入っている。

「ありがとう」紙袋を小さく丸め、ポケットに突っこむ。

「どういたしまして」ルークはそう言って、後ずさった。しかしドアが閉まるまえに、ふたたび隙間から顔をのぞかせた。「いつぞやは悪かったな。おまえが横断してるのが見えなかった」

ピップはうなずき、閉じた口の両端をあげて笑みをつくり、なんとも思っていないことを伝えた。「いいよ、べつに。意図的じゃなかったってわかってるから」

「そうか」ルークもうなずき、歯をなめた。「それと、よく聞け。大量に服《の》むんじゃないぞ、わかったか？　おまえがいつも服んでるやつよりうんと強いからな。おまえなら一錠で完全に意識がなくなる」

「わかった、ありがと」ピップは答えると同時に、ルークの顔に浮かぶ心配そうな表情に気づいた。他人を思いやるなんてありえない者の顔に、まったく似つかわしくない表情が浮かんでいる。それほどこっちはひどい顔をしているのだろう。

背後で静かにドアが閉まる音を耳に、車をとめている場所まで戻る途中、ルークの白く輝くＢＭＷの前を通りすぎるときに、暗い窓に映る自分の姿をちらりと見た。

車に乗りこみ、ポケットから紙袋を取りだす。透明なビニール袋を引っぱりだして街灯の光のなかでそれを見つめる。ぜんぶで八錠。片側に1mgと印字されている。ルークは〝おまえなら一錠で完全に意識がなくなる〟と言ったが、意識を失わせなきゃならないのは自分じゃない。クスリがすばやく、きっちり効いてもらわないと困るとはいえ、過剰摂取による昏睡《こんすい》などを引き起こすほど大量に盛るわけにはいかない。盛りすぎたら一日にふたりを殺すことになってしまう。

ピップは小袋をふたつともあけ、片方から二錠を取りだした。そのうち一錠をもう一方の袋に入れ、中身を五錠にする。次に手に持った一錠をふたつに割り、それぞれの袋に半分ずつ入れる。これで片方の袋の内容量が二・五ミリグラムになった。自分でなにをしているのかわからないながらも、これでうまくいきそうに思える。

五錠半の錠剤が入ったビニール袋を紙袋のなかに戻してリュックサックに入れる。あとでほかのすべてのものといっしょに始末しよう。自分自身を信じられないから、残りを保管するわけにはいかない。

二錠半の錠剤が入ったもうひとつの袋は、きっちりジッパーを閉めて、足もとのアクセルの手前にぽとりと落とした。袋の上に足を置き、踵《かかと》で思いきり踏みつぶすと、錠剤が砕ける音が聞こえてきた。なおも踵に力をこめ、かたまりを探しあてては錠剤が粉々になるまで踏んですりつぶしていった。

ビニール袋を拾いあげ、目の前にかざす。錠剤は消え、緑色の細かい粉に変わっている。それを振って、かたまりが残っていないことをたしかめた。

「よし」そうつぶやいてから、粉の入った袋をポケットに入れ、そこにあることを確認するためにぽんぽんと叩いた。

車を発車させる。ヘッドライトが目の前の闇を切り裂くけれど、頭のなかに巣くう闇までは払えない。

時刻は午後八時三十三分から八時三十四分に変わったところで、今夜訪ねる家はキルトンにあと三軒、残っている。

34

シーダー・ウェイに建つレノルズの家は人の顔を思わせる。ピップは子どものころからずっと、いつもそう思っていた。それはいまも変わらず、歯を見せて笑っているみたいな、両側に大きな窓がある玄関ドアに向かって小道を進んでいった。なかに住む家族を守る忠実なる守護者であるこの家は、ピップ・フィッツ＝アモービをなかに入れてはいけない、さっさと追いかえしたほうがいいと考えるはずだ。しかしなかの住人は同意しないだろう。それはわかっている。

強めにノックすると、ドアにはめこまれたステンドグラスの向こうに人影があらわれるのが見えた。

「はい――ああ、ハイ、ピップ」ドアをあけたのはジェイミーで、顔に笑みが広がっていく。「うちに来るとは知らなかったよ。ぼくら三人でピザを頼もうとしていたところなんだ。よかったらピップもどう?」

声が喉に引っかかって出てこない。どう切りだせばいいかわからないまま、話しだす間もなく、ナタリーがジェイミーの後ろの廊下にあらわれた。ホワイトブロンドの髪が天井からの明かりを受け、美しく輝いている。

「ピップ」ナタリーが歩いてきて、ジェイミーのとなりに並んだ。「あなた、だいじょうぶ? 少しまえにラヴィが電話をしてきて、ピップと連絡がとれないって言っていた。彼の話だと、なにか話があってあなたがうちに訪ねてくるってことだったけれど、あなたは来なかった」そこでふいに目を細め、こっちの顔を見る。ナタリーは仮面の下をのぞきこんでいるのかもしれない。仮面で覆わねばならなかったほんとうの表情を。「だいじょうぶ?」ナタリーがもう一度言う。心配よりも困惑の色が強くなっている。

「えっと……」ピップは口を開いた。声はまだざらついていて、喉の奥がヒリヒリする。「わたし――」

「やあ、ヘイ、ピップ」新たな声が加わる。よく知っている声が。コナーがキッチンからあらわれ、玄関口に人が集まっているのを見て携帯電話をおろした。「いまからピザを頼むところ。よかったら――」

「コナー、ちょっと黙って」ジェイミーがコナーの言葉をさえぎった。ジェイミーの目にはナタリーと同じ困惑の色が見える。ふたりはわかっている。悟っている。こっちの顔に浮かんでいるものを読みとっている。「なにか困ったことでも?」ジェイミーが訊いてくる。「ピップ、だいじょうぶかい?」

ふたりの後ろでコナーが横にずれて見つめてくる。

「えっと」ピップは気持ちを落ち着けるためにひとつ息を吸った。「うん、だめ、わたし、だいじょうぶじゃない」

「どうして——」ナタリーが言う。

「あることが起きて。とてもまずいことが」ピップは目を伏せ、指が震えていることに気づいた。指はどれもきれいだけれど、先のほうからじわじわと血がもれだしてきている。スタンリーの血か、ジェイソン・ベルの血か、自分の血かはわからない。すぐに粉の袋と使い捨て携帯が一台入っているポケットに手を突っこむ。「それで……手を貸してほしくて。三人に。もちろんだめだって言ってもいい。無理だって言われたら、納得して引きさがるから」

「当然、なんでもやってやるよ」こっちの不安を見てとったのか、コナーの目が暗くなる。

「いや、コナー、ちょっと待って」ピップは三人とは目をあわせずに言った。行方不明になったら、この三人はきっと自分を探してくれるだろう。ともに困難をくぐり抜けたのだから。そのときあらためて気づいた。行方不明になったときに探しだしてくれる人たちなら、殺人の罪から逃げきろうとしているときにもきっと頼ることができる。「まだイエスって言わなくてもいい。だって、きみは……あなたたちは……」そこで間をおく。「手を貸してほしいんだけれど、理由は訊かないでほしい。なにが起きたのかも。訊かれても、わたしには答えられない」

　三人が見つめてくる。

「答えられない」ピップは繰りかえした。「あなたたちは〝もっともらしい否認〟をしなきゃならなくなる。だから理由を知ってはいけない。でもそれは……わたしたちみんなが望んでいるものだと思う。ある人物に代償を払わせる。当然の報《むく》いだから。でも、あなたたちは知らぬ存ぜぬを通す、それを通してほしい……」

　ナタリーが前へ進みでてきて、こっちの肩に手を置いた。ぎゅっとつかまれると、手から温かみが伝わってきて気持ちが少しだけ落ち着いた。

「ピップ」ナタリーがまっすぐに見つめてきて、小さな声で言う。「警察に連絡してほしい？」

「ううん」ピップは洟をすすった。「警察はだめ。絶対に」

「〝ある人物に代償を払わせる〟ってどういう意味だ？」コナーが訊いてくる。「マックスの、マックス・ヘイスティングスのことを言ってるのか？」

　ナタリーの身体がこわばるのが、肩に置かれた手から伝わってくる。

　ピップは顔をあげてほんのかすかにうなずいた。

「やつを刑務所に送ってやる。一生、出られなくしてやる」つぶやくように言ってから、片手をナタリーの手に重ね、手の温かみを直接感じとった。「うまくいったら。でも、みんなには知らぬ存ぜぬを通してほしいし、わたしは話せないし、みんなは誰にも言っちゃいけない――」

「やる」ジェイミーが言った。顔はこわばり、歯を食いしばるようすからは断固とした心情が伝わってくる。「なにを頼まれても、ぼくは引き受ける。ピップ、きみはぼくを救ってくれた。救ってもらったんだから、今度はぼくがきみを救う。理由は言わなくていい。ぼくの助けがいるっていうなら、よろこんで助けるよ。彼を刑務所に送るために」こっちを向いていたジェイミーの視線がナタリーの後頭部に移り、目つきがやわらかくなった。

「おれも」コナーがうなずいた。濃いブロンドの髪がそばかすが散った顔にかかった。ピップはふと思った。自分はこの顔を見ながら成長してきた。それはコナーも同じで、互いを見ながらふたりは年を重ねてきた。「おれもやる。おれが困ったときにピップは助けてくれた」そこで細い腕をさしのべてきて、気恥ずかしげに肩をすくめた。「もちろん、手を貸すよ」

レノルズ兄弟に交互に目を向けているうちに、涙があふれてくるのを感じた。物心がついたころから知っているふたつの顔。人格が形成されていくなかでいっしょに遊んだふたり。彼らのことを思うと、ノーと言ってほしかったという気もする。でもふたりは絶対に安全だと断言できる。計画はうまくいくはずだから。仮にうまくいかなかったら、代償を払うのは自分だけ。口には出さずにふたりに誓う。そもそも、これは現実には起きていない。つまり、自分はレノルズ家の玄関口に立っていないし、兄弟に助けを求めてもいない。いまこのとき、彼らは目の前にはいない。

ピップは視線をナタリーに向け、彼女の美しい青い瞳のなかに映る自分の姿を見た。今回の作戦はナタリーにとっても意味があるはず。ナタリーも自分も、陪審には信じてもらえなかった。あの証言を信じてもらえないとは、考えられないほどのダメージだった。評決が下ったあの日、ともに暗闇に突き落とされ、ナタリーの悲痛な叫びをわがこととして胸に刻み、それによってふたりは結びつけられた。いま互いに無表情のまま、ふたりは見つめあった。

「あなたは困ったことになってしまうの？」ナタリーが訊いてきた。

「もうすでに困ったことになってる」ピップは小さな声で答えた。

ナタリーはゆっくりと息を吸いこんだ。肩から手を離したあと、今度は手を取って握りしめ、指と指をからめあわせる。

「わたしたちになにをしてほしいの？」ナタリーは言った。

35

チューダー・レーン。リトル・キルトンを走る数ある通りのひとつで、ある事件を調べはじめて以来、頭から離れず、静脈さながらに体内をめぐっている道。なにかに導かれるようにまたここへ来て、今回の道行《みちゆき》もまた、体内に刻まれる。

目をあげると、右手前方にヘイスティングス邸が見えてきた。何年もまえにすべてがはじまった、まさに起点となった場所。ある夜、五人のティーンエイジャーが集まった。そのなかにサル・シン、ナオミ・ワード、マックス・ヘイスティングスがいた。サルにはアリバイがあったのに、エリオット・ワードの脅《おど》しに屈した友人たちによって奪い去られてしまった。そしていま、自分はすべてを終わらせようとしている。

ピップは肩ごしに振りかえり、少し離れた場所に駐車したジェイミーの車のなかに三人がすわっているのを確認した。自分の車はその後ろにとめてある。暗い車内の助手席にすわるナタリーがうなずくのを見て、覚悟を決めて行動を開始した。

リュックサックのストラップをつかんで道路を渡る。マックスの家の私道を囲む柵の前で立ちどまり、木の枝ごしに敷地内をのぞく。予想どおり、私道にとまっているのはマックスの車だけ。彼の両親はピップ・フィッツ＝アモービのせいでこうむった精神的苦痛を癒《い》やすため、イタリアの別荘へ行っている。マックスは夜のランニングに出たとしても、こっちの記憶が正しければ、八時ごろには帰宅しているはず。この数カ月のあいだ、ランニングに出てはマックスに鉢合わせした不愉快な経験も、むだではなかったというわけだ。

なかにひとりでいるマックスは、こっちが近くにいるとは思いもしないだろう。しかしすでに通告してある。数カ月前に警告したのだから。〝レイプ魔　かならずつかまえてやる〟

ピップは玄関ドアに視線を据え、両側の壁に設置されている防犯カメラを見つけた。小型のカメラが斜め下に向けられ、玄関ドアにつづく庭の小道をカバーしている。もしかしたらほんとうのカメラではなく、見せかけているだけかもしれないけれど、本物だと考えるしかない。でもだいじょうぶ。カメラにはあきらかに死角があるから。反対側から家に近づいていけばいい。そして死角に入ってカメラに映らないようにする。

ポケットを叩いて中身を確認する。ダクトテープ、使い捨ての携帯電話、粉が入ったビニール袋、ラテックスの手袋をひと組。ウエストの高さの柵に手をかけ、両脚を振りだして乗り越える。音もなく草地に着地したあとは、植わっている木の枝の陰に身を隠す。庭の右手の生垣になっている外周に沿って進み、家に向かってまわりこんでいく。角までたどりつき、四カ月前にここの窓を割ったことをふと思いだした。

窓の向こうの書斎らしき部屋は照明が消えているが、あけっぱなしのドアから廊下をのぞくことができ、そこには明かりがついている。

家の壁に身体を張りつかせて進んでいき、監視活動に励んでいる防犯カメラの背後へ横歩きで向かっていった。視線をあげ、カメラのほぼ真下で足をとめる。ポケットに手を入れてダクトテープを取りだし、テープの端を探す。ある程度の長さまで引きはがしてちぎる。ちぎったテープを指に貼りつけ、つま先立ちになって精いっぱい身体をのばし、カメラに映りこまないように下から腕をそろそろとのばしていく、テープをカメラの前面に貼りつけてレンズをすっかり覆う。念のためにもう一枚、重ねて貼っておく。

ひとつ、完了。次。でももう片方のカメラに映りこんでしまうので、そのまま進むことはできない。ピップは来た道を引きかえし、家と生垣に沿って進んだあと、木の陰に隠れた恰好になっている柵を跳び越えた。それからフードをかぶり、頭を低くして、家の反対側へ向けて歩道を進む。二本の低木のあいだに柵が途切れている隙間があった。そこをまたぐようにして敷地内に入り、家の反対側の端へ近づいていく。ふたたび壁に張りついて横歩きで進む。ダクトテープをちぎり、腕をのばしてカメラを覆う。

ピップは息を吐きだした。よし、これで防犯カメラは使い物にならなくなり、そうなるように細工をした人物の姿は映っていないはず。細工を施したのはマックスで、自分ではない。マックスこそ、防犯カメラを覆った張本人。

ピップは家の角に戻って側面にまわりこみ、奥側の明かりがもれている窓へ慎重に近づいていった。そこで腰をかがめてなかをのぞきこむ。

室内は明るく、天井からの黄色い光に照らされている。しかし黄色い照明とはべつに、なにかが青くちかちかと光っている。じっと見つめているうちに光源がわかった。奥の壁にばかでかいテレビが取り付けられている。テレビの前に置かれたソファの肘掛けにぼさぼさのブロンドがのっかっているのが見える。マックス・ヘイスティングス。持ちあげた両手でコントローラーを持ち、親指がひとつのボタンを繰りかえし押すと、画面の銃が立てつづけに火を噴く。オーク材のコーヒーテーブルに足をのせ、そのとなりにはマックスがどこへ行くにも持っていく、忌々しい青い水筒が置いてある。

マックスが身じろぎし、ピップは頭を窓の下に引っこめて草地にかがみこんだ。そこで大きくふたつ息をつき、背中に背負ったリュックサックごとレンガの壁にもたれかかった。計画のなかでもラヴィはこの部分をもっとも懸念していて、計画を狂わせ、相棒を窮地《きゅうち》に追いこむ不確定要素がいくつもあり、なにかあったらラヴィ自身が救出に乗りださなくてはならないと不安がっていた。

しかしマックスはここにいて、彼の青い水筒がそばにある。なかに入りこめれば、それで仕事は終わったも同然だ。マックスは気づきもしないはず。

なかにどうやって押し入るか、考えている時間はそれほどない。あったとしても数分。ナタリーにはできるだけ時間を稼いでくれと頼んであるけれど、せいぜい二分がいいところだろう。最初はジェイミーが時間稼ぎをする係を引き受けると申しでて、マックスをドア口で長い時間、引きとめられると言っていた。学校の同級生だったから話のネタはいくらでも見つけられると。

しかしナタリーは首を振って前に進みでた。

「彼を刑務所に送る、って言ったわよね？」とナタリーが訊いてきた。

「三十年か、無期懲役」ピップは答えた。

「そう、それならこれがさよならを言う最後のチャンスね。彼を引きとめる役はわたしがやる」歯を食いしばり、断固とした口調でナタリーは言った。

自分の顔にも同じ表情が浮かんでいるはずと思いながら、ピップはポケットに手を入れて、指先でつるつるしたラテックスの手袋に触れた。それを引っぱりだして手にはめ、指のつけ根まできっちりとのばした。次に使い捨て携帯。すでに新しい番号を登録してある。ジェイミーとコナーに渡したべつの使い捨て携帯の番号を。

〝準備オーケー〟手袋をはめた滑《すべ》る指先でゆっくりと打ちこむ。

そのわずか数秒後に、遠くのほうで車のドアが閉まる音が聞こえてきた。

ナタリーが目的の場所へ向かっている。

間もなくドアベルが鳴るだろう。計画のすべてが、自分の命運が、つぎの九十秒にかかっている。

ドアベルのけたたましい音が、叫び声となって耳に届く。

ゴー。

36

息でガラスが曇《くも》り、胸から心臓がいまにも飛びだしそう。

窓のいちばん下からなかをのぞきこんでいる目が、マックスがテレビゲームを一時停止する姿をとらえた。

マックスは立ちあがってコントローラーをソファに放った。大きく伸びをし、ランニング用のシャツで両手を拭《ふ》く。

マックスが背を向けた。

廊下のほうへ向かう。

いまだ。

一瞬、頭が真っ白になったあと、ピップは走りだした。

脚が勝手に動いて家の裏手にまわりこんでいく。

ドアベルがまた二度、鳴らされる音が聞こえてくる。

家のなかからマックスのくぐもった声が応答する。「いま行くよ、いますぐ！」

裏手にはさらに窓がある。どれも閉まっている。もちろん、すべて閉まっている。今日は九月で、夜は冷えるから。必要とあらば、窓を一枚、割り、留め金をはずして侵入する。マックスに音が聞こえないといいのだけれど。こちらが入りこむまえにマックスが部屋に戻ってこなければいいのだけれど。しかし、窓を割るのは作戦のシナリオにはそぐわない。

もうどれくらい時間がたった？　マックスはドアをあけて、暗い外にナタリー・ダ・シルヴァが立っているのを見て驚いただろうか。

だめ。考えるのはやめて、さっさと動いて。

ピップは姿勢を低くしたまま家の裏手を走った。

ふと見ると、目の前に中庭があり、折りたたみ式の屋外テントが張られてクロスがかかったテーブルが置かれている。室内から中庭に出るための白く塗られた両開きのドアには、小さな四角いガラス窓がいくつもはめこまれている。なかから明かりはもれてきていないが、ふたたび月に導かれてドアに近づいていくと、窓から広いダイニングルームが見えた。リビングルームにつながっていると思われるドアは閉まっていて、下の隙間から黄色い明かりがもれている。

体内を駆けめぐるアドレナリンのせいで呼吸は速くなり、息を吸うごとに喉が痛む。

ピップは両開きのドアにさらに近づいた。窓ガラスをとおして内側についているドアハンドルと鍵が見える。これだ。ここからなかに入れる。小さな窓ガラスをひとつ割って、そこから腕を入れてドアを解錠すればいい。完璧な方法とは言えないけれど、それでうまくいくはず。

さっさとやらないと。

片手を外側のドアハンドルにあてて、もう片方の肘《ひじ》でガラスを割ろうとした。しかし肘をガラスのほうに押しだす間《ま》もなく、ドアハンドルにかけていた手がガクッと落ちた。自分の体重でドアハンドルが押しさげられたのだった。引いてみると、驚いたことにドアは外側に開いた。ドアの鍵はかかっていなかった。

鍵がかかっていないなんてありえない。そんなのは想定外だった。でもたぶんマックスは夜の戸外にひそむ危険など屁でもないのだろう。自分自身が危険人物だから。夜の闇にうごめくタイプの危険ではなく、目に見える危険。もしくは、ただ鍵をかけるのを忘れていただけかもしれない。ピップはそれ以上、動きをとめて自問自答を繰りかえすのはやめ、隙間に身体を滑《すべ》りこませ、音を立てないように両開きのドアを閉めた。

家のなかに入った。

ここまででどれくらい時間がかかった？　この先、さらに時間がかかる。ナタリーはあとどれくらいマックスを引きとめていられるだろうか。

ふたりの声が家のなかを通って聞こえてくる。ダイニングルームのドアをあけてリビングルームに忍びこむまでは、なんと言っているのかまでは聞きとれなかった。

リビングルームと廊下はあいだに仕切りがなく、ひとつづきになっている。そのため、マックスがこっちに背を向けて玄関ドアのところに立っているのがここから見える。マックスの向こうに、ナタリーのホワイトブロンドの髪が輝いているのが見てとれる。

「なんできみが訪ねてくるのか、さっぱりわからないなあ」マックスがそう言っているのが聞こえる。声はいつもより低く、不審げなようす。

「ちょっとあなたと話がしたくて」とナタリー。

ピップは息を詰めて足を前に踏みだした。ゆっくり、音を立てないように。視線がマックスからコーヒーテーブルに置かれている青い水筒に移る。

「弁護士の同席なしできみと話をしちゃあ、まずい気がする」とマックスが答える。

「弁護士の後ろに隠れてるってわけ?」ナタリーが鼻で笑いながら言う。

水筒には三分の一ほどの水が残っている。もっと入っているほうが望ましいけれど、これくらいでもだいじょうぶだろう。味はしないはずだ。足が磨かれた木の床から、部屋のまんなかに敷かれたごてごてした模様のばかでかいラグへと進んでいく。姿を消せる物陰も、背後に隠れるものも、なにひとつない。室内は明るく、マックスが振り向いたらこっちの姿を見られてしまう。

「で、なんの話がしたかったんだ?」マックスが軽く咳払《せきばら》いし、ピップは立ちどまり、肩ごしに背後を確認した。

「ピップを相手取ってあなたが起こそうとしてる名誉《めいよ》毀《き》損《そん》訴訟について話をしたかった」

ピップは一歩踏みだすまえに床板がきしまないかどうか入念に確認してから、慎重に前へ進んだ。

L字の大きなコーナーソファの端にたどりついたあと、ソファの陰に身をかがめて、水筒のほうへ這うように近づいていく。ソファの座面にコントローラーとマックスの携帯が放りだされている。

「訴訟のなにについて？」マックスが訊く。

ピップは手袋をはめた手をのばして、がっしりしたプラスチック製の水筒をつかんだ。飲み口はあいていて、ちょうど口があたるところに水滴がついている。

「どうして訴訟なんか起こすの？」ナタリーが言う。

水筒の口の蓋《ふた》をまわしてはずしはじめる。

「やらなきゃならないんだよ。彼女は大勢の人に向けておれについての嘘を広めた。おれの評判を傷つけた」

水筒の口の蓋を長いプラスチックのストローごとはずす。

「評判ねえ」ナタリーは相手を小ばかにしたように笑った。

水筒の口の蓋をテーブルに置くと同時に、ストローから下のラグへ水滴が数滴、落ちた。

「そうだよ、おれの評判」

ポケットに手を入れ、緑色の粉が入った、ジッパーが閉まっているビニール袋を取りだす。肘を曲げたところに水筒をはさみながら、袋の口をあける。

「でもあれは嘘じゃない。自分でもわかっているくせに。覚えているでしょ、マックス、あなたが認めて、それをピップが録音したんだから。あなたがベッカ・ベルになにをしたのか。わたしになにをしたのか。ほかの女の子にしたことも。わたしたちにはわかっているのよ」

水筒の口に向けて袋を傾ける。緑色の粉がかすかなシューという音を立てながら水のなかに滑り落ちていく。

「あの録音の内容は加工されたものだった。おれはあんなことは絶対に言っていない」

緑色の粉が水のなかへ沈む途中で水筒の内側の壁にくっつく。

「何度もそう言ってきたんで、自分でもそれを信じはじめちゃったんじゃないの？」とナタリー。

水筒の中身を揺らして壁についた粉をはがす。静かに。水がぴちゃぴちゃはねる小さな音が立つ。

「悪いが、こんなことをしゃべってる時間はないんで」

ピップは凍りついた。

ソファの陰からは玄関のようすはうかがえない。話はもう終わった？　マックスはドアを閉じちゃう？　ラグの上にうずくまって、彼の水筒を手にしているところを押さえられちゃう？

物音が聞こえてくる。もみあっている音。木製のものがなにかにぶつかるような激しい音。

「でもまだ話は終わってない」ナタリーが声を張りあげて言う。大声で。いまのはこっちに向けての合図？　これ以上マックスを引きとめられないから、家から出ろってことだろうか。

ピップは最後に水筒をもうひと振りした。粉が溶けて水が少しだけ濁《にご》り気味だけれど、濃い青色のプラスチックをとおしてだとマックスには区別がつかないだろう。口の蓋を手に取り、まわして元どおりにする。

「なにやってんだよ」マックスも声を張りあげて言う。ピップはびくっとした。でも、ちがう、マックスはこっちに言ってるんじゃない。やつはまだ玄関口にいて、ナタリーと話している。

「いったいなにが望みだ？」

ナタリーはわざとらしく、大きな音を立てて咳払いした。これは合図だ、とピップは確信した。

水筒をコーヒーテーブルの見つけたときとまったく同じ位置に戻し、くるりと身体の向きを変える。来た道を這って戻る。

「あなたに言いたかったのは……」

「なんだよ」マックスがいらいらしたようすでぴしゃりと言う。

ソファの端を過ぎてから立ちあがる。そこでふたりを見ると、ナタリーが玄関ドアを閉めさせまいとするように、片足でドアを押さえている。

「あなたがピップを相手取った名誉毀損案件をほんとうに裁判沙汰にするなら、わたしも法廷へ行く、毎日」

ピップは一歩一歩、這うように進んでいった。背中に背負ったリュックサックが物音を立てる。耳ざわりなほど大きく。そこで玄関のほうを見やり、マックスの肩ごしにナタリーと目をあわせる。

「わたしは被告側の証人として証言する。ほかの女の子たちもそうする、かならず」

ピップは目をそらし、ダイニングルームへと抜ける目の前のドアを見つめた。マックスはあそこまでは入ってこないはず。だからダイニングルームで待機すればいい。もしくは外で。

「二度目は逃げられない、絶対に。わたしたちがつかまえてやる」

さらにもみあう音。服と服がこすれるような。それから、ガツッという音。

どちらかがうなり声をあげる。

マックスだ。

ドアにはたどりつけそうにない。遠すぎる。とっさに目に入った、階段下に取り付けられている羽板《はいた》の扉へ走った。扉をあけてなかに飛びこみ、電気掃除機とモップのあいだの狭いスペースに身体を押しこむ。その直後に腕をのばして物入れの扉を閉めてしゃがみこんだ。

ドアが閉まった。バタンと大きな音を立てて。

ちがう、あれはここの扉の音じゃない。

玄関ドアが閉まった音だ。

磨かれた廊下に残響が広がる。

ちがう、あれは残響じゃなくて足音だ。

マックスの足音。

床板を踏み鳴らしながら、目の前の羽板ごしにぼんやりとした人影が通りすぎる。

マックスが板一枚を隔《へだ》てた場所で立ちどまり、ピップは息をとめた。

37

まだ息をとめている。

物入れの扉に目を押しあて、部分的にしか見えない光景に目を慣らした。

目の前でマックスが一瞬ふらついた。それから顔に手をあて、よろめきながら扉の前を通りすぎた。目のあたりを押さえている。

慎重に息を吐きだすと、吐いた息が顔に跳ねかえってきた。ナタリーはマックスを殴ったにちがいない。あのガツッという音。たしかに聞こえた。計画には含まれていないが、充分に役立った。この物入れに隠れる時間を稼いでくれたのだから。

物入れに入るところをマックスには見られていない。彼は誰かがなかにいることを知らない。薬物は青い水筒のなかに入って溶けた。無事、完了。この部分が失敗に終わり、計画全体が崩れるのをラヴィは恐れていた。そこをなんとか切り抜けた。

あとは待つだけ。

マックスは物入れから離れていき、リビングルームにも戻らずにキッチンとの境になっているアーチ壁のほうへ向かった。なにかがカチャカチャ鳴る音につづき、マックスが小声で悪態をつくのが聞こえてきたあと、どこかの扉が閉まった。いくらもたたないうちにマックスが目になにかをあてながら戻ってきた。

もっとよく見ようと身体をずらすと、マックスがソファのほうへ歩いていくのが見えた。目にあてているのは緑色の袋みたいなもの。おそらく冷凍豆のパック。よかった。これでナタリーは積年の恨みを少しは晴らせただろう。しかし、マックスには目のあたりに痣《あざ》ができてしまったようで、〝ジェイソン殺し〟のシナリオのどこかにこの部分をあてはめなければならない。とはいえ、痣もそれほど悪くはなく、うまく使えるかもしれない。たとえば、マックスとジェイソン・ベルのあいだで起きた喧嘩とか。ジェイソンがマックスを殴ったあと、マックスは立ち去り、あとになってハンマーを手に戻ってきて、ジェイソンの背後から忍び寄る。よし、マックスの顔に残った青痣を、十マイル離れたところで〝まだ死んでいない〟男のためにつくりあげたシナリオにぴたりとはまるよう、修正して使わせてもらおう。

マックスはソファの自分の位置に沈みこんだ。物入れのなかからだともうマックスの顔は見えず、見えるのは横木と横木の隙間からのぞく彼の後頭部だけ。うめき声にまじってなにかがカサカサ鳴っているのは、冷凍豆のパックをあてなおしている音だろう。マックスが身を乗りだすと頭も動く。

ピップには見えなかった。物入れのなかからだと、マックスが水を飲んだかどうか確認できない。

でも音は聞こえる。飲み口から水を飲む不快な音が静まりかえった部屋を満たし、こっちの耳にも直接入ってくる。

ピップは音を立てないよう、静かに少しずつ立ちあがり、その途中でリュックサックが掃除機の取っ手に引っかかった。それをはずしてまっすぐに立ち、ふたたび横木と横木のあいだから外を見る。立ちあがると、マックスがしっかり見えた。片手で冷凍豆のパックを目にあて、もう片方の手で水筒をつかんでいる。見たかぎりでは四度ごくりと水を飲み、水筒をもとのところに置いた。あれでは充分じゃない。中身をほぼぜんぶ飲んでもらわないと困る。

ピップはパーカーの前ポケットから使い捨て携帯を取りだした。時刻は午後八時五十七分。まずい、もう九時になる。ジェイソンの死体に細工をすれば少なくとも三時間は稼げると考えた。つまり、死亡時刻の幅のはじめとなる時刻まであと三十分。四十五分後にはアリバイづくりをはじめなければならない。

そうはいっても、いま自分にできることはなにもない。できるのは待つことだけ。隠れ場所からマックスを観察する。神を演じているつもりで心の暗闇をのぞきこみ、身を乗りだして水筒を手に取れ、水を飲めとマックスに命じてみる。

そんな戯言《たわごと》がつうじるはずもない。マックスは身を乗りだすものの、携帯電話をコーヒーテーブルに置いただけ。次にコントローラーを手にし、ゲームの一時停止を解除する。銃声が鳴りはじめる。次々と鳴るが、耳に聞こえてくるのは六発だけで、六発の銃弾が胸を貫くと、暗い物入れのなかで両手がスタンリーの血に染まる。スタンリーの血、ジェイソンのではなく。どういうわけか、自分には違いがわかる。

マックスは午後九時きっかりにもうひと口、水を飲んだ。

午後九時三分にもうふた口。

午後九時五分に階下のトイレへ行く。いま隠れている物入れのすぐとなりで、トイレのなかの音はすべて聞こえてくる。マックスが水を流さないうちは、こっちは息ができない。

午後九時六分にソファに戻ってきてもうひと口飲んだときに、ほとんど残っていない水を吸いこむような音がした。マックスは水筒をテーブルにいったん置いてから、ふたたび手に取って立ちあがった。なにしてるの？　それをどこへ持っていくつもり？　マックスの姿が見えなくなったので、顔をずらして横木のあいだから再度のぞいた。

マックスはアーチの下を通ってキッチンへ入っていった。蛇口《じゃぐち》から水が流れる音が聞こえてくる。マックスが手に青い水筒を持ってふたたび姿をあらわした。手首をねじって口の蓋をまわして締めている。水筒に水を注いできたらしい。入っていたぶんはすべて飲んでしまったにちがいない。もしくは、底にわずかに残るぐらいまで飲んで、ふたたび水を入れにいったのだろう。

クスリはなくなった。いまはマックスの身体のなか。

マックスはなにもはいていないみずからの足につまずいてよろけた。少しのあいだその場に立ちつくし、困惑気味に足もとを見つめて瞬《まばた》きを繰りかえす。目の下が赤く染まっている。

クスリの効き目がすでにあらわれているとみえる。飲んだうちのいくらかは、もう十分以上、体内のどこかにおさまっている。意識を失うまであとどれくらいかかるだろうか。

マックスは身体をかすかに揺らしながら、こわごわといった感じで一歩を踏みだしたあと、すばやくもう一歩出して、ソファへと急いでいった。ソファに身を沈めてから水をもうひと口飲む。頭がふらふらしているようすが見てとれる。自分もほぼ一年前、ベル家のキッチンでベッカの正面にすわり、同じ気分を味わったことがあるが、あのときベッカに盛られたのは二・五ミリグラム以上だった。心と身体が分離してしまったみたいに、ひどい疲労感に襲われた。このぶんだと、立ちあがったときにマックスの脚は身体を支えていられなくなるだろう。

マックスはゲームの一時停止を解除し、崩れかけた壁の後ろに隠れてふたたび銃撃をはじめた。いまこいつはなにを考えているのだろう、とピップはふと思った。もしかしたら、頭がぼんやりしているのはナタリーに顔を殴られたせいだと考えているかもしれない。疲労を感じ、眠りにどんどん引きこまれ、もう寝たほうがいいと自分に言い聞かせているかもしれない。眠りに落ちたとたんに、家の外に出て人をひとり殺すなんて、いまのマックスは知るよしもないし、思いもよらないだろう。

マックスは冷凍豆をソファの肘掛けに置き、その上に頭をのせた。物入れのなかからは顔も目も見えない。しかしおそらく目は開いているだろう。まだ銃撃しているのだから。

でも画面上での彼のキャラクターは動きが緩慢《かんまん》になっていて、本人が親指のコントロールをなくしはじめると、暴力的な世界が彼の周囲でくるくるまわりだした。

ピップは本人とキャラクターに、交互に視線を送った。

待って。もう少し。

時刻を確認すると、時間がどんどん逃げていっている。

ふたたび視線をあげると、どっちも動いていなかった。マックス本人は肘掛けに頭をのせたまま、ソファの上に横たわっている。画面上のマックスのキャラクターは、戦場のまんなかに立ちつくし、次々と撃たれるたびにライフゲージがゼロに近づいていく。

〝おまえは死んだ〟と告げられ、ロード画面に切りかわる。

それでもマックスは反応せず、ぴくりとも動かない。

気絶した、よね？ 意識不明に陥《おちい》ったはず。時刻は九時十七分。クスリ入りの水を飲みはじめてから二十分経過。

どうしよう。階段下の物入れに隠れていては、意識が飛んだかどうか確認するすべはない。隠れ場所から出てマックスが眠りに落ちていなかったら、その時点で計画は終了、自分の命運も尽きる。

ピップはそっと物入れの羽板の扉を押し、数インチずつあけていった。あたりを見まわし、確認するのに使えそうな小物を探す。視線が掃除機のプラグに向く。長いコードは掃除機本体に巻きつけられている。これは使える。そこで余裕を持ってある程度の長さまでコードをほどき、マックスが反応した場合はすぐさまコードを引き寄せて物入れの扉を閉める準備をした。

プラグをリビングルームのほうへ向けて物入れの外に投げる。プラグはカチッと音をさせて床板の上を三度、跳ね、ラグの端に触れた。

なにも起きない。

マックスは身じろぎひとつせず、ソファの上に死んだように横たわったまま。

意識を失っている。

掃除機のプラグを引き寄せると、プラスチックが床にあたってカタカタと鳴ったが、それでもマックスは動かない。ピップはコードを掃除機に巻きつけて物入れから出て、扉を閉じた。

マックスが意識不明になっているのはわかっているが、それでも慎重を期して一歩一歩ゆっくり大きなラグのほうへ、ソファのほうへ、マックス本人のほうへ近づいていく。すぐそばまで来ると顔が見えた。ソファの肘掛けに頬を押しつけ、息遣いは深く、口をヒューッと鳴らしている。少なくとも呼吸はしていて、ほっとする。

コーヒーテーブルのほうに近づいていくと、いきなりうなじの毛が逆立った。どういうわけかマックスに見られているような気がした。まぶたはきつく閉じられているのに。片目のまわりが痣になりかけている。背後で寝入っている姿はなんとも頼りなげで、顔は無垢《むく》な子どものよう。眠っているときは誰でも無垢に見えるものだ。汚れを知らず、世界や世の中の悪事とは切り離されているように。しかし、マックスは無垢ではないし、無垢っぽくもない。何人の女性たちがマックスの目の前でなすすべもなく横たわり、こんなふうに頼りなげに見えただろうか。こいつは罪悪感を覚えただろうか。いまこっちが覚えつつあるのと同様に。答えはノーで、マックスは罪悪感とは無縁《むえん》だったはず。徹頭徹尾、強奪者。生まれが悪いとか、育ちが悪いとか、そんなものは関係ない。

ふとマックスから視線をそらしたとき、これは自分が生きのびるためだけの計画ではないとピップは悟った。いまはわかりすぎるほどよくわかっている。心に暗闇をかかえている自分にはもうずいぶんまえからわかっていた。

これは復讐でもあるのだ。

この町は自分とマックス、ふたりがともに生きていけるほど広くない。この世界も同じ。ふたりのうちどちらかが去らねばならず、自分はいまマックス相手に闘いを挑もうとしている。

ピップは腕をのばし、手袋をはめた手でマックスの携帯電話をつかんだ。持ちあげると画面が明るくなり、現在の時刻は午後九時十九分だと告げている。急いだほうがよさそうだ。いちばん上の表示によると、バッテリーは少なくともあと半分は残っている。よし、それで充分だろう。

ピップはマックスから離れてソファの後ろへまわった。マックスの携帯の側面にあるボタンを操作して消音モードにしてから、かがみこんでリュックサックをおろした。なかを探って小さくて透明なジッパーつきの保存袋を一枚、取りだし、それと交換に、ポケットに入っていた空のビニール袋とダクトテープをリュックサックに入れる。

ジッパーつきの保存袋をあけてそこにマックスの携帯を入れ、きっちりと口を閉じる。膝《ひざ》をポキポキ鳴らしながら立ちあがり、玄関ドアへ向かう。リュックサックは廊下に置いたままにする。ここでの仕事はまだ終わっていないので、すぐに戻ってくるつもりだから。しかしまずはマックスの携帯をジェイミーとコナーに手渡さなければならない。

廊下に置かれたサイドボードの前にさしかかったとき、その上に木製のボウルがあり、なかにコインや鍵が入っているのに気づいた。ボウルのなかを探って、アウディのキーリングを見つけて取りあげる。マックスの車のキーにちがいなく、家の鍵までついている。おそらくどちらも必要になるだろう。

鍵束を片手に、もう片方の手には保存袋に入れた携帯を持ち、ピップはヘイスティングス邸の玄関ドアを引きあけ、涼しい夜のなかへ出た。そっとドアを閉めると、自動的に鍵がかかる音が聞こえた。玄関前の小道を歩きはじめ、ダクトテープで覆われた防犯カメラをさっと見あげる。こちらからカメラは見えるが、カメラからこちらは見えない。

暗闇のなかにジェイミーの車がとまっているところまで、チューダー・レーンを歩いていく。

助手席のドアが開いて、ナタリーが顔を突きだした。

「すべてオーケー？」とナタリーが訊いてくる。目にはあきらかに安堵の色が見える。

「う、うん、オーケー」ピップはそう言いながら、驚き顔を見せた。「ナタリー、ここでなにをしているの？　マックスを引きとめるのがすんだら、すぐにお兄さんの家へ行って、アリバイをつくることになってたよね」

「あなたを彼とふたりきりであそこに残していきたくなかった」ナタリーはきっぱりした口調で答えた。「あなたが安全だと確認するまでは」

ピップはうなずいた。よく理解できる。ひとりではなかった――ジェイミーとコナーがここで待機していた――とはいえ、よくわかる。

「すべて順調？」後部座席からコナーが訊いてきた。

「うん、彼は意識が飛んでる」ピップは答えた。

「ごめんなさいね、彼を殴らざるをえなくて」ナタリーが見つめてくる。「彼はわたしを押しやってドアを閉めようとした。でも彼の背後にあなたがいるのが見えて、それで――」

「ううん、いいの、いいの」ピップはナタリーの言葉をさえぎって言った。「いい方向に持っていけそう」

「スカッとした」ナタリーが笑みを見せた。「殴ってやりたいとずっと思っていたから」

「でも、ナタリーはすぐにお兄さんの家に行ったほうがいい」声がついかたくなる。「ナタリーがおしゃべりをしにきたとマックスが言っても、誰も信じないとは思うけれど、あなたにはできるかぎり安全を確保しておいてほしい」

「わたしならだいじょうぶ。ダニエルはもうビールを五杯は飲んでいるはず。いまは八時四十五分よって言えば、ダニエルはそう思いこむと思う。キムは赤ちゃんを連れて実家へ行っているし」

「わかった」ピップは運転席にいるジェイミーに注意を向けた。ナタリーの向こう側に身を乗りだして、保存袋に入ったマックスの携帯電話を手渡す。ジェイミーは受けとってから小さくうなずき、携帯を膝にのせた。「消音モードにしてあるから。バッテリーも問題なし」

ジェイミーがふたたびうなずいた。「カーナビに位置を入力してある」そう言って、車に取り付けられた機器を指さした。「〈グリーン・シーン株式会社〉まで右折を二回。使うのは裏道のみ」

「ジェイミーの携帯の電源は切ってある?」ピップは訊いた。

「電源はオフになってる」

「コナーは?」コナーのほうを見て訊く。

「だいじょうぶ」暗い後部座席で目を光らせてコナーが答えた。「家で電源をオフにしてきた。ひと仕事終えるまではオンにしない」

「よし」ピップは息を吐きだした。「それで、あっちに着いたとき、ゲートがあいてるのが見えると思う。なかに入っちゃだめ。わかった? 絶対に入っちゃだめだよ。約束して」

「絶対に入らない」コナーが言った。兄弟同士でちらっと目配せをしあう。

「約束する」ジェイミーが言った。

「ゲートごしに奥を見るのもだめだよ。ゲートの外の、道を少しそれたところに車をとめる。袋に入れたマックスの携帯を置いてくる。なにをするにしても、携帯自体に触れちゃだめ。岩がいくつか、すごく大きいやつが草地の上にあって、ゲートまでの私道に並んでいる。袋に入っている携帯を最初の大きな岩の背後に置いて。そこに袋を置いて、走り去る」

「ピップ、わかってるよ」ジェイミーが言う。

「ごめん、ただ……間違いは許されないから。どの段階でもミスは許されないの」

「間違えないよ」ジェイミーはやさしげな声で、こっちの高ぶる気持ちをなだめるように穏やかな口調で言った。「ちゃんとわかってるから」

「このあとあなたたちがどこへ行くか、わかってるよね?」ピップは訊いた。

「うん」コナーがバックミラーに反射した黄色い明かりのなかに身を乗りだして言った。「ハイ・ウィカムの映画館でマーベルの映画祭りみたいなのがレイトショーでやってる。おれらはそこへ行く。駐車場に入ったら携帯の電源を入れる。あっちにいるあいだにいくつか電話をかけたりテキストメッセージを送る。防犯カメラにも映るようにする。それでおれらはだいじょうぶ」

「オーケー」ピップはうなずいた。「すばらしい。ほんとにみごとなアイデアだね、コナー」

コナーが弱々しい笑みを見せ、ピップは彼が怖がっているのを悟った。怖がっているのは、なにか恐ろしいことが起きているのはわかっているのに、自分がそのなかでどんな役割を果たしているのかがわからないから。でも彼らには推測がつくはず。ニュースが広まったらおそらくぴんとくるだろう。でも、語られる真実を耳にしないかぎり、彼らが真相を知らないかぎり、万が一疑われてもだいじょうぶ。コナーは恐れる必要はない。間違った方向に進んでしまった場合、全責任を負うのは自分だから。ほかのみんなは安全。彼らはレイトショーの映画を観にいくだけ。なにも知らない。ピップは目でそういったことをコナーに伝えようとした。

「それと、〈グリーン・シーン〉でのことがすんだら使い捨て携帯から電話をしてくれる？少なくとも五分は車で走ったあと、マックスの携帯電話を所定の位置に置いたことを使い捨て携帯から電話してこっちに伝えて」

「うん、わかってる、連絡するよ」事前に受けとっている使い捨て携帯を振りながらコナーが言った。

「オーケー、すべて準備は整ってるね」ピップは車から後ずさった。

「ナタリーをお兄さんちで降ろしてから、まっすぐ現地へ行くよ」ジェイミーがそう言ってエンジンをかけると、静かな夜のなかにエンジン音が響きわたった。

「がんばって」ナタリーがこっちの視線をとらえてそう言ってから、ドアを閉めた。

ヘッドライトがつき、ピップは手びさしでまぶしい光をさえぎりながら後退し、車が走り去るのを見つめた。でもそれもほんの一瞬。くよくよ考えたり疑問をさしはさんだり、大切な人たちを一身上の都合で引きずりまわしていることについて悩んでいる時間はない。時間こそ、いまの自分にはないものだから。

ピップは足早に歩道へ戻り、ヘイスティングス邸へつづく玄関前の小道を急いだ。鍵をふたつためしたあとに正しいものを見つけ、それで玄関ドアを解錠してすばやく押しあける。マックスは意識を失っているが、だからといって〝もうだいじょうぶ〟と調子に乗ってはいけない。廊下に置いたリュックサックの脇に車のキーを置く。こうしておけばマックスの家を出るときに忘れずにすむだろう。ジェイミーにやさしくされたり、ナタリーに心配されたり、コナーが不安がったりしていたことで、心は千々に乱れているが、いまは再度、意識を集中させなければならない。計画は進行中で、頭のなかではリストに新たなものが追加されている。そのリストには、ラヴィとともに考えたすえに、マックスの家から持ちだす必要がある全アイテムがすでに載ってる。

追加は三つ。

ピップは階段をのぼり、踊り場で向きを変えて二階の廊下にあがり、マックスの部屋へ向かった。どれがマックスの部屋かはわかっている。まえに来たことがあるから。そのときにアンディ・ベルがドラッグを売っていた事実をはじめて知った。部屋の見た目はそれほど変わっていない。当時と同じ栗色のベッドカバーと、脱ぎ散らかされた服の山。

コルクボードにピンでとめられた〈レザボア・ドッグス〉のポスターの裏に、アンディ・ベルの写真が隠されていることも知っている。アンディがエリオット・ワードの教室に残した裸の写真。マックスはそれを見つけて、ずっと保管していた。

あの写真がいまでもポスターの裏にあるのかと思うと気分が悪くなり、隠された写真を破り捨て、たとえ幽霊でもアンディを無事に自宅へ連れて帰ってやりたい衝動に駆られた。アンディはもう充分、暴力的な男どもに苦しめられたのだから。しかしそれはできない。誰かがここに来たことをマックスに知られるわけにはいかない。

ピップは白い洗濯物かごに注意を向けた。かごは中身があふれ、どうにかこうにか蓋が閉まっている。蓋をあけてマックスの汚れ物を探っていく。手袋をはめていてほんとうによかったと思う。なかほどのところで使えそうなものを見つけた。ジッパーつきの濃いグレイのパーカーで、くたびれてしわくちゃになっている。それをつまみあげてマックスのベッドの上に置いてから、中身がいっぱいの洗濯物かごを見つけたときと同じ状態にして蓋をした。

次に、作りつけのワードローブへ向かう。靴。マックスの靴がいる。できれば、靴底が独特な模様のものを。ピップは扉を開いてなかをのぞき、視線を下へ向けると、こっちを待っていたかのように何足もの靴がごちゃごちゃと置かれているのが目に入った。腰をかがめて奥のほ

う へ手をのばす。奥にある靴ならそれほど頻繁《ひんぱん》にはかれていないはず。濃い色のランニングシューズを一足、手に取ってから戻す。長年使いこまれたらしく、靴底は平らでつるつるになっていた。その近くにべつの白いスニーカーを見つけ、裏返して靴底のジグザクした細かい線を目で追っていく。よし、これなら独特な足跡がつくだろうし、毎日のランニングには使われていないとみえる。ピップは左右ばらばらの靴の山に目を凝《こ》らし、対《つい》になるものを探しだして、靴ひもがもつれあうなかから引っぱりだした。

立ちあがってワードローブの扉を閉めようとしたとき、ふとなにかべつのものが目を引いた。白いチェックマークふうのロゴが入った深緑色の野球帽で、いちばん上のフックに掛かっている。よし、これも役に立ちそう、ありがとう、マックス。ピップは野球帽をつかみ、頭のなかのリストに加えた。

グレイのパーカーと白いスニーカーと野球帽をひとまとめにして両腕にかかえて階下へおり、深く寝入っているマックスの息遣いにふたたび耳を澄ます。それからリュックサックの脇に持ってきたものを置く。

最後のひとつを手に入れ、ここから去る。もっとも恐れていることをこれから実行する。

ピップは手をのばしてもう一枚、ジッパーつきの保存袋を取りだした。

息を詰めるけれど、そうする必要はない。マックスがなにかを耳にするとしたら、それは肋《ろっ》骨《こつ》のあたりで暴れているこっちの心臓の音だろう。心臓が疲れ果てて動かなくなるまで、あとどれくらい長くこの心拍数を保てるだろうか。マックスの背後へ音を立てないように近づいていき、ソファをまわりこんで頭がのっている側へ進みながら、彼が上唇《うわくちびる》を震わせて呼吸している音を聞く。

にじり寄ってしゃがみこむと、足首の骨がこきっと鳴って静まりかえった部屋に響き、思わず悪態をついた。口をあけた保存袋をマックスの頭の下に持っていく。もう片方の手の親指と人さし指を近づけて、それをゆっくり、そっと髪のなかにさしこみ、頭皮に向けていく。やるべきことは頭部から髪の毛を抜くことで、しかもできるだけそっと抜かなければならない。強く引っぱって途中で切れては元も子もない。DNAが含まれている毛根と皮膚細胞を髪につけたままにする必要がある。慎重に、濃いめのブロンドの髪を何本か、人さし指と親指でつまむ。

それから、ぐいっと引っぱる。

マックスが鼻を鳴らした。ふっとひとつ息を吐き、なにかぶつぶつと言う。しかし動きはしない。

歯の裏側にまで響くほど心臓が激しく拍動するなかで、指にはさんだ何本かの髪の毛をじっと見つめる。ウェーブがかかった長い髪には、根もとに丸い形の皮膚がくっついているのが見える。それほど多くはないが、充分なDNAが付着していると思われる。もう一度引っこ抜く危険は冒したくない。

指を保存袋のなかに入れてこすりあわせると、ブロンドの髪が透明な袋の底のほうへ落ちていくのが見えた。もう数本、ラテックスの手袋にくっついている。それをソファにこすりつけて落とし、袋のジッパーを閉めてその場を離れた。

廊下へ戻り、マックスのパーカーを一枚目のラージサイズのフリーザーバッグに、靴と野球帽を二枚目に入れ、ぜんぶリュックサックのなかに詰めこむ。いまやリュックサックはパンパンで、ジッパーを閉めるのにも苦労するが、予定どおりに必要なものはすべてそろった。マックスの髪の毛をおさめた袋は前側のポケットに入れ、最後にリュックサックを背中に背負う。

立ち去るまえにリビングルームの電灯を消した。なぜそうするのか、自分でも定かではない。しかしどんな可能性も排除しておきたい。数時間後に戻ってきたときに、マックスにはこの黄色い明かりはまぶしいとはいえ、それでマックスが意識を回復してしまうというほどでもない状態のままでいてもらいたい。マックスが人生のなかで数えきれないほどためしてきたように、この薬物にはたしかな効力があるとは思う。しかし自分はなにに対してもそれほど大きな信をおいていない。自分自身に対しても。

床から鍵束を拾いあげ、外に出て玄関ドアを閉めた。キーホルダーサイズのリモコンのボタンを押すとマックスの黒い車のテールライトがつき、ロックが解除されたことを知らせた。ピップは運転席側のドアをあけ、シートに鍵束を放ってから閉め、車に背を向けて私道を歩き、道路に出た。

そこまで来て、ラテックスの手袋を引っぱってはずそうとした。手袋は汗で——汗かスタンリーの血か、暗くてよくわからない——両手にへばりついていて、歯で噛み切らなければならなかった。冷たく感じられる夜の空気は指のむきだしの肌には心地よく、ピップは使用済みの手袋をポケットに突っこんだ。

少し先に自分の車が待っている。持ち主を待っているのと同時に、計画の次の段階へ進むのを待っている。

次はみずからのアリバイをつくる。

38

「ハイ、ハロー、こりゃ驚いた《ケル・スルプリーズ》。ここでなにしてんの、お嬢さん《ムチャチャ》」

カーラがドアを大きくあけ、廊下の照明がこっちの目を照らしだしたとたん、彼女の顔から笑みが消えた。カーラは気づいた。カーラは気づくだろうとピップにはわかっていた。ただの友だちではなく、姉妹も同然なのだから。目の奥に刻みこまれた長くてぞっとする一日の記憶がふいに目の表面に浮かびあがり、カーラはなにかが起きたことを知った。しかし真相を知ることはない。けっして。ほかの友人たちと同様に。知らなければ彼らは安全でいられる。

「いったいどうしたの?」カーラの声が一オクターブさがった。「なにがあった?」

下唇が震えだしたが、ピップはなんとかそれを抑えた。

「えっと、わ、わたし……」震える声で話しはじめる。カーラを必要とする気持ちと、カーラには自分とはかかわらず、安全でいてほしいという気持ちとのあいだで心が引き裂かれる。親友の目の前に立ちつくし、目を瞬《しばたた》かせながら、かつてのふつうの暮らしと、いま自分に残されたもののあいだで引き裂かれる。「カーラの助けがいる。イエスって言わなくてもいいし、帰れって言ってもいい、でも——」

「なに言ってんの」カーラがこっちの言葉をさえぎり、肩をつかんでなかへ入れとうながした。「さあ、入って」ふたりで廊下に立ちどまる。カーラの目の表情はいままで見たことがないほど真剣そのもの。「なにがあった？　ラヴィはだいじょうぶ？」

ピップは首を振って洟《はな》をすすった。「うん、えっと、ラヴィは元気。これはラヴィとは関係ない」

「ご家族になにかあった？」

「ううん、家族は……家族もみんな元気。あることに手を貸してほしいんだけど、カーラは理由を知らなくていい。なにも訊かないで、答えられないから」

背後に流れていたテレビの音が消え、こっちへ向かってくる足音が聞こえてきた。まずい、ステフはここにはいないよね？　だめだめだめ。ほかの誰かに知られるわけにはいかない。知らせてもいいのは、自分が行方不明になったときに探してくれるはずの人たちだけ。

足音はステフのものじゃなかった。廊下にあらわれたのはナオミで、手をあげて軽く振っている。

ナオミがいるとは思っていなかったし、ナオミを加えることを計画してもいなかった。でもだいじょうぶ。いまピップはそう考えていた。ナオミは同じ輪のなかに組みこまれているメンバーのひとりだ。カーラが姉妹なら、ナオミもそう。こうなったらナオミを巻きこまないわけにはいかない。動きだした計画にもうひとりメンバーを追加するだけ。

カーラはナオミには気づいていないようだった。

「いったいなんの話をしてるの、ピップ」カーラがせっぱつまった調子で言う。

「カーラには話せないって言ったよね。絶対に話せない」

そのときふたりの会話はさえぎられたが、さえぎったのはナオミではなく、パーカーの前のポケットから聞こえてくる甲高《かんだか》い8ビット着信音だった。

思わず目を見開く。カーラも目を丸くしている。

「ごめん、これに出なきゃ」ピップは使い捨ての携帯電話を取りだして通話ボタンを押した。カーラに背を向け、耳もとに小さな携帯を持っていく。

「ヘイ」とピップ。

「ヘイ、おれだよ」電話の向こうからコナーの声が聞こえてきた。

「すべてオーケー?」コナーに訊くと同時に、背後でナオミがなにが起きているのかとカーラに尋ねる声が聞こえてくる。

「ああ、すべてオーケー」少し息を切らしてコナーが答えた。「ジェイミーの運転でおれらはいまハイ・ウィカムに向かってる。携帯は置いてきた、最初の岩の後ろに。ゲートには入らなかったし、のぞいてもいない。すべて指示どおり」

「ありがとう」ピップは言った。締めつけられている胸が少しだけ楽になる。「ありがとう、コ——」もう少しのところでコナーの名前を言いそうになり、カーラとナオミを見て、手遅れにならないうちに自制した。ほかに誰が関与しているかふたりは知らなくていいし、そのほうがふたりの安全を確保できる。彼ら全員の安全を。「この件について話すのはこれが最後。今回のことはなにひとつ起きていない、わかった？　けっして口にしないで。電話で話してもだめ。テキストメッセージも、お互いにしゃべるのも。絶対にだめ」

「わかったよ、でも――」

ピップはコナーにしゃべらせず、つづけた。

「もう切るね。その携帯は壊してほしい。ふたつに割って、SIMカードも。公共のゴミ箱に捨てて」

「わかった、わかったよ。オーケー、そうする」コナーは言い、次に兄に言う。「ジェイミー、この携帯をぶっ壊して、公共のゴミ箱に捨てろってピップが言ってる」

車が走る音にかぶさってジェイミーの声が小さく聞こえてくる。「了解」

「もう行かなきゃならない」とピップ。「じゃあね」〝じゃあね〟ふつうとは言いがたい会話を締めくくるのに、なんというふつうの言葉。

ピップは通話を切って携帯をおろし、ゆっくりと振り向いて背後で待ちかまえているカーラとナオミを見た。ふたりの目には困惑と不安に満ちたそっくりな表情が浮かんでいる。

「いったいなんなの？」とカーラ。「なにが起きてるの？　いま誰としゃべってた？　その携帯はなに？」

ピップはため息をついた。いままではカーラになんでも、ありふれた一日のなにからなにまで伝えていたのに、いまはなにも話せない。カーラに果たしてもらいたい役割以外はなにも。ふたりのあいだにいまだかつて打ちこまれたことのない楔《くさび》。話すことが許されないという、頑丈な楔。

「カーラには言えない」とピップ。

「ピップ、あなた、だいじょうぶ？」ナオミが会話に加わる。「なんだか怖い」

「ごめんなさい、わたし――」声がかすれて言葉が途切れる。話をつづけられない。説明してしまいたいけれど、計画ではそれは許されない。もう一本、電話をかけなければならない。いますぐ。「あとで説明する、できる範囲で。でもそのまえに一本、電話をかけなきゃならないの。ここのうちの電話を使ってもいい？」

カーラがこっちに向けて目を瞬かせ、ナオミは暗い目をして眉根《まゆね》を寄せている。

「どういうことか、よくわからないんですけど」カーラが言う。

「二分ですむから。そのあとで説明する。電話を借りてもいい？」

ふたりは困惑顔でゆっくりとうなずいた。

ピップは足早にふたりの前を通りすぎてキッチンへ向かい、あとをついてくるふたりの足音を聞いた。ダイニング用の椅子にリュックサックをおろし、前のポケットのジッパーをあけてクリストファー・エップスの名刺を取りだす。ワード家の固定電話をつかみ、名刺を一度見るごとに数字を三つ暗記して、エップスの携帯電話の番号を押していく。

カーラとナオミが見つめてくるなか、電話を耳に持っていき、呼び出し音を聞く。

電話の向こうでカチリと音が鳴り、いきなり誰かが咳払いをした。

「もしもし」エップスが言った。夜に見知らぬ番号から電話がかかってきたためか、声にとまどいがあらわれている。

「こんばんは、クリストファー・エップス」ピップは嗄《しゃが》れ声が目立たないよう、声を取り繕《つくろ》った。「わたしです、ピップ・フィッツ＝アモービです」

「ああ」今度は驚きがあらわれている。「ああ」エップスはふたたびそう言ったあと、自制心を取りもどすためか、もう一度、咳払いをした。「あなたですか」

「申しわけありません。土曜日の夜の、こんな遅い時間に。でも名刺をもらったときに、いつでも連絡していいと言われたので」

「はい、たしかに言いました。それで、なにかご用でしょうか、ミス・フィッツ＝アモービ」

「えーっと」ピップは軽く咳払いをした。「調停の協議のあとであなたから言われたことをやってみました。気持ちが落ち着いたときに、二、三週間かけてじっくり考えてみたんです」

「ほんとうですか？　それでなんらかの結論に至ったのでしょうか」

「はい」ピップはこれから言うことに嫌悪感を抱き、エップスのいかにも尊大な顔に浮かぶ勝利の表情を想像した。けれども、この電話のほんとうの意図にエップスは気づきもしないだろう。「今回の件についてずいぶん考えました。それで、裁判沙汰を避けることが誰にとってもいちばんいいというあなたの言い分が正しいと、いまは考えています。それで、ご提案いただいた和解案を受けようと思って。五千ポンドの損害賠償金の支払いを」

「とてもよい知らせを聞かせていただきましたよ、ミス・フィッツ＝アモービ。しかし、五千ポンドの賠償金だけではありませんでしたね、覚えていらっしゃいますか？」子どもに言い聞かせるように、わざとらしいほどはっきりと発音する。「和解のもっとも重要な部分は公式な謝罪と見解の発表、誹謗《ひぼう》中傷的な発言の撤回、そしてあなたが投稿された音声データは不正に加工されたものだというきちんとした説明です。これらなしには、わたしのクライアントはいかなる和解にも応じないでしょう」

「はい」ピップは歯を食いしばりながら言った。「おかげさまでよく覚えています。ご要望の内容はすべて実行します。賠償金の支払い、公式な謝罪、発言と音声データの撤回。すべておこないます。こちらとしては、この件をもう終わらせたいんです」

電話の向こうから満足げに息を吐きだす音が聞こえてきた。「そうですね、ひとつ申しあげておきましょう。あなたはいまここで正しい選択をされていると思います。関係者全員にとってこの解決方法が最良のものです。大人としてのご対応に感謝いたします」

ピップは手に食いこむかと思うほど電話をきつく握りしめ、まぶたの裏に走る赤い閃光を瞬きをしてようやく振り払った。「いいえ、こちらこそ、ものの道理をお聞かせくださってありがとうございます」自分の声にたじろぎながら言う。「それで、わたしが和解案を受け入れる旨《むね》を、いますぐマックスに伝えていただけますよね」

「もちろん、伝えますよ」エップスが言った。「この知らせを聞いて彼はとてもよろこぶでしょう。月曜日にそちらの事務弁護士《ソリシタ》に電話を入れ、さっそく手続きに取りかかります。それでよろしいですね？」

「それでけっこうです」ピップは答えた。この言葉にはなんの意味もない。〝うまくいく《ファイン》〟と同じくらい空疎《くうそ》な言葉。

「それでは、ミス・フィッツ＝アモービ、楽しい夜をお過ごしください」

「あなたも」

電話は切れた。通話終了を示すプープーという音の向こう、数マイル離れたところで、いまごろエップスは携帯の画面をスクロールしてべつの電話番号を探しているところだろう。エップスはたんに家族のお抱え弁護士というだけじゃない。家族の友人なのだ。彼はこっちがやってほしいと思っていることを、確実にやってくれるはず。

「頭がおかしくなっちゃったの？」カーラが目を見開いて見つめてくる。目以外の顔の部分は成長するにつれてずいぶん変わったけれど、目だけは、六歳ではじめて会った、緊張を隠せなかったあの日と少しも変わらない。「あんな和解案をなんだってまた受け入れちゃうわけ？いったいなにが起きてるの？」

「わかった、わかったから」ピップは降参の印に両手をあげて言った。「筋が通らないってことはよくわかってる。あることが起きて、ちょっと困っていて、でもこれで活路を見いだせる。カーラに言えるのは、カーラにやってもらいたい内容だけ。カーラ自身の安全のため」

「なにがあった？」と差し迫った声でカーラが言う。

「ピップは言えないの」ナオミが妹に向きなおって言った。〝わかった〟と彼女の目は語っている。「ピップがわたしたちに言えないのは、わたしたちに〝もっともらしい否認〟をしてほしいから」

カーラがふたたびこっちを向く。「な、なんか悪いことが起きた？」

ピップはうなずいた。

「でもだいじょうぶ、わたしがだいじょうぶにする、ちゃんと修正できる。修正するためにカーラの助けがいる。わたしを助けてくれる？」

カーラの喉がごくりと鳴った。「もちろん、わたしはピップを助ける」小さな声で言う。「ピップのためならなんでもする。でも――」

「違法なことを頼むつもりはない」ピップはカーラの言葉をさえぎり、使い捨て携帯を見つめた。「見て、いま午後九時四十三分になったとこ、ねっ？」ピップは時刻をふたりに見せながら言った。「わたしを見ないで、時間を見て、カーラ。ねっ？　カーラは嘘をつく必要はない、絶対に。起きた出来事は、数分前にわたしが訪ねてきて、カーランちの固定電話からマックスの弁護士に電話をかけただけ。わたしが自分の携帯をなくしちゃったから」

「自分の携帯をなくしたの？」とカーラ。

「それって違法でもなんでもない」とピップ。

「まあ、そうだね」カーラはひきつった笑いをもらしながら言った。

「わたしたちになにをしてほしいの？」とナオミ。心を決めたといったふうに唇を引き結ぶ。

「マックス・ヘイスティングスに関係することなら、わたしも仲間に入る」

ピップは答えなかった。知る必要があること以外になにも知ってほしくないから。でもナオミがここにいてくれてうれしいし、それが正しいと感じられる。輪が完成する。

「わたしといっしょに来てくれるだけでいい。車に乗って。数時間いっしょにいて。わたしはきみたちといっしょにいて、ほかのどこにもいない」

ふたりは理解した。少なくとも、だいたいのところは。ふたりの表情の動きでそれがわかった。

「アリバイ」カーラは心ここにあらずといったようすで言った。

ピップは〝うなずいた〟とは言えないほど、ほんのかすかにあごをあげて、おろした。

「ふたりとも嘘をつく必要はない。なににについても、細かい点についても、絶対に。ふたりが言うべきなのは、つまり知るべきなのは、これからみんなで実際にすることだけ。ふたりは悪いことも違法なこともしない。友だちとぶらつく、それでぜんぶで、カーラたちが知っているのはそれだけ。時刻は午後九時四十四分。わたしといっしょに来てくれるだけでいい」

カーラはうなずいた。目の表情が変化している。悲しそうに。不安がっているように見えるけれど、みずからの身を案じているんじゃない。目の前に立っている友人の身を案じて不安がっている。誰よりも長くつきあっている友人。お互いのためなら死ねるし、お互いのためになんでもする友人同士。いま自分は相手の〝なんでもする〟にすがろうとしている。

「これからどこへ行くの?」ナオミが訊いてきた。

ピップは息を吐きだし、こわばった笑みをふたりに向けた。リュックサックのジッパーを閉めて背中に背負う。

「これからマクドナルドに行く」

39

車のなかではあまりしゃべらなかった。なにを言うべきか、どういう話題なら振っても許されるか、どれくらいまでなら突っこんでもいいか、ふたりは考えあぐねているようだった。助手席にすわったカーラは脚と脚のあいだに両手をはさみこみ、身体をこわばらせて肩を怒らせ、こっちとの間合いをできるかぎり詰めてきている。

後部座席のナオミは背筋をぴんとのばし、背もたれに触れてもいない。バックミラーをちらちらとのぞくと、ほかの車のヘッドライトや街灯がナオミの顔に縞《しま》模様をつくり、彼女の目に生気が戻ってきているのが見てとれた。

ピップは車内を包む沈黙を気にしないようにし、運転に集中した。幹線道路《A・ロード》を走り、できるだけ多く交通監視カメラに映るようにした。今回はカメラにきっちり自分の姿をおさめてもらいたい。それが肝心。水ももらさぬ、鉄壁のアリバイ。万が一の場合、車で自分がたどったルートを交通監視カメラの目をとおして彼らに追ってもらい、こっちの足跡をたどってもらえる。ピップ・フィッツ＝アモービはここにいて、ほかのどこにもおらず、男を殺してはいないことが証明される。

「ステフはどう？」ピップは訊いた。車内の沈黙が少しばかりうるさくなってきたから。ちょっとまえにラジオは切ってしまった。あまりにも異様な雰囲気のなか、三人で出かけるドライブにしてはものすごく異常な感じなのに、ラジオから流れてくる内容はいやがらせかと思うほどふつうだったから。

「えっと」カーラは小さく咳払いし、窓の外を向いた。「うん、彼女はすてき」コメントは以上で、ふたたび沈黙が降りる。自分はなにを期待していたんだろう。こんなことにふたりを巻きこんでおいて。無理難題を押しつけて。

視線をあげると、前方にマクドナルドの看板が見えてきた。ヘッドライトが金色のMを照らしだし、しまいにはMが輝いた。マクドナルドはビーコンズフィールド近くの、高速道路のサービスエリアにある。だから、ラヴィと考えてここを選んだ。防犯カメラがあらゆるところにあるから。

環状交差点《ラウンドアバウト》を抜けてサービスエリアに入った。途方もなく広い駐車場は夜の十時をまわったというのに、まだ人と車で混雑している。

ピップは少し先まで車を走らせ、正面がガラス張りのばかでかい灰色の建物のそばで、すぐ前のスペースが空くのを待った。無事に駐車し、エンジンを切る。

沈黙はさらにうるさくなっているうえ、エンジン音でそれを隠すこともできない。そこにあきらかに酔っぱらって騒いでいる男性のグループがあらわれ、沈黙を破ってくれた。彼らはおぼつかない足取りで車の前を通りすぎ、ドアを抜けてまぶしいくらいに明るい建物のなかへ入っていった。

「スタートが早かったんだね、きっと」カーラがグループをあごで指して言い、沈黙の向こうから救いの手をさしのべてきた。

　ピップはそれをありがたく両手でつかんだ。

「わたしの夜遊びも似たようなもん」ピップは言った。「十一時にはベッドに入ってる」

「わたしのもそう」カーラはそう言ってこちらを向き、顔にかすかな笑みを浮かべた。「フライドポテトだけで終わるならね」

　ピップは笑った。声がかすれてひきつった笑いになり、しまいには咳《せ》きこんでしまった。カーラとここにいられてすごくうれしい。頼みごとをしなくちゃならないのがいやでしかたないけれど。「今回のこと、ほんとにごめん」そう言って、前を向いてほかのグループを見つめる。遠路はるばる出かけてきたのか、遠路はるばる帰ってきたのか、ほんの短いドライブなのか。眠そうな子どもを連れた家族が訪れる。夜遊びに出かけてきたのか、ここで食べ物を仕入れてこれから家でパーティーなのか。ふつうの暮らしを送るふつうの人びと。そういう人たちにまじって、自分たち三人は車のなかにいる。

「そんなことない」ナオミがこっちの肩に手を置いて口を開いた。「ピップだってわたしたちのためなら同じようにするよ、きっと」

　ナオミは正しい。自分はそうするだろうし、いままでにしたこともある。ナオミが巻きこまれた轢《ひ》き逃げ事件の秘密を自分は守った。サルの汚名をすすぐためにほかの方法を見つけ、カーラは父親と姉をいっぺんに失うのは避けられた。でもだからといって、ふたりに今回の頼みごとをしていいという理由にはならない。受けた厚意に対してお返しをする必要などまったくないのだから。

とはいえ、ひとつの点に気づかざるをえない。あらゆることがもとに戻っていく。完璧な輪が描かれ、関係者がもとの場所に引きずりこまれていく。

「そのとおり」カーラは言い、頬の擦《す》り傷をなんとか隠したところを指で軽く押してきた。そこに触れればなにが起きたのかわかるとでもいうように。実際にはカーラが真相を知ることは絶対にないのだけれど。「わたしたちはただピップに無事でいてもらいたいだけ。だからなにをしたらいいか言ってみて。どうすべきか、やり方を教えて」

「そんなに大げさなことじゃないんだよね。実際のところ、なにもしなくていい。ふつうにふるまうだけ。楽しい時間を過ごそう」ピップはそこでふーっと息を吐いた。「悪いことなんか起きていないというふうに」

「わたしたちの父親はきみのボーイフレンドのお兄さんを殺し、五年間、女の子を屋根裏に隠していた」カーラがナオミのほうを見ながら早口で言う。「ふつうにふるまうことにかけては名人級のふたりが、いまここにいる」

「そしてピップの役に立ちたいと思ってる」ナオミが付け加える。

「ありがとう」ピップは言った。こんな五文字の言葉ではまったく充分じゃないのはわかっている。「行こう」

ピップはドアをあけて外に踏みだし、カーラが手渡してくれるリュックサックを受けとった。それを肩にかけ、あたりを見まわす。背後に背の高い街灯があって、黄色い光で駐車場を照らしている。近づいていくと、二台の黒い防犯カメラが設置されているのが見え、そのうちの一台がこっちを向いている。ピップは星を見るふりをして一瞬、顔をあげ、カメラが顔をとらえられるようにした。空に広がる闇のなかに、百万もの星が輝いている。

「オーケー」ナオミが後部座席のドアを閉め、カーディガンを胸の前でかきあわせた。

ピップは車を施錠し、三人そろって歩きはじめ、自動ドアを通ってサービスエリアのなかへ入っていった。

なかはまだにぎわっていて、サービスエリア特有の活気が感じられた。まぶたが重そうな人もいれば興奮気味の人もいて、〝もうすぐ目的地だ〟のグループもあれば〝出発したばかり〟というグループもある。自分はそのどちらでもない。終わりはまだ見えていない――この長い夜はまだまだつづくだろう――が、すでに計画の半分を過ぎた。頭の奥に空白のチェックボックスをいくつか残しているけれど。ひとまずそれをさらに奥へ押しやる。ことを先に進めなければならない。一歩一歩、確実に。ラヴィと落ちあうまであと二時間。

「こっち」ピップはナオミとカーラを連れて、洞窟じみた建物のいちばん奥にあるマクドナルドのほうへ向かった。

まんなかのテーブルには、さっき見た酔っぱらいの男たちがいる。まだ騒いでいるけれど、いまはフライドポテトをつまんでいる。

　彼らに近いが、近すぎもしないブースを選び、椅子にリュックサックを置く。それをあけて財布を取りだし、ナオミとカーラが見なくてもいいものを見るまえにジッパーを閉じる。

「すわって」ピップはふたりに言ってから、見えはしないものの、かならず店内にあるはずの防犯カメラに向けて微笑《ほほえ》んだ。カーラとナオミがつやつやしたプラスチック製のベンチシートに滑りこむようにしてすわると、プラスチックに服がこすれる音がした。「食べ物を買ってくる。なににする？」

　姉妹は顔を見あわせた。

「えっと、夕食はもう家ですませちゃったんだよね」カーラがおずおずと言った。

　ピップはうなずいた。「じゃあ、ナオミにはベジタブルバーガー。カーラにはもちろんチキンマックナゲット。訊く必要もないよね。あとは、コーク？」

　ふたりはうなずいた。

「オーケー、了解。すぐに戻るね」

　ピップは酔っぱらいのテーブルを通りすぎ、手に持った財布を振りながらカウンターへ向かった。列ができていて、三人が並んでいる。前を凝視《ぎょうし》し、レジの向こうの天井に防犯カメラが取り付けられているのに気づく。列に並びながら数インチ横にずれる。こうすればカメラにばっちり映るだろう。態度はあくまでもふつうに、自然に。カメラに監視されているなんて露《つゆ》ほども知らないふうに。そうしながらも、これがいまの自分にとってのふつうなのだと思わずにはいられない。演技する自分が。嘘をつく自分が。

オーダーする順番がまわってくると思わず言葉に詰まり、とまどいを隠すためにレジ係に微笑みかけた。カーラやナオミと同様に、なにかを食べたいとは思わない。でもいまは食べたいとか食べたくないとか言っている場合じゃない。これはすべて見せかけで、カメラに向けての演技であり、いま残しつつある痕跡を信じさせるための作戦なのだ。

「ハイ」ピップは気をとりなおしてふたたび笑みを向けた。「ベジタブルバーガーのセットをひとつと、えっと……チキンマックナゲットのセットをふたつ、お願いします。飲み物はぜんぶコークで」

「はい、かしこまりました」レジ係はそう言ったあと、目の前の画面になにかを打ちこんだ。「なにかソースをおつけしますか?」

「えっと……ケチャップだけでけっこうです」

「承知しました」レジ係がキャップごしに頭を掻いた。「ご注文は以上ですか?」

ピップはうなずき、レジ係が調理係にオーダーを通すあいだ、レジ係の頭の向こうにあるカメラを見ないようにした。いまから数週間後にこの映像を見る刑事の目をのぞきこむことになるかもしれないから。そして言う。今回はこっちの言い分を信じないわけにはいきませんよね、テと。その刑事とはおそらくホーキンスだろう。ジェイソンはリトル・キルトン在住だから、テムズバレー警察アマーシャム警察署によって捜査されるはずだ。新しいゲームに新たなプレイヤーが登場する。ピップ・フィッツ=アモービ対ホーキンス警部補。そしてこちらがさしだすのがマックス・ヘイスティングス。

「お客さま？」レジ係がこっちを見て、怪訝《けげん》そうに目を細めている。「十四ポンド八ペンスになりますが」

「あっ、ごめんなさい」ピップは財布のジッパーをあけた。

「お支払いはカードで？」

「はい、もちろん」いま演じている人物には似つかわしくない、勢いこんだ言い方をしてしまった。当然、カードで支払わなければならない。この時刻にここにいたという、疑いの余地のない痕跡を残すために。ピップはデビットカードを取りだして、非接触型のカードリーダーにあてた。ピッと鳴って、レジ係がレシートを手渡してくる。しっかり保管しておかなくては、とピップは思い、きれいに折りたたんで財布にしまった。

「もう少々お待ちください」レジ係は言って、次の客のオーダーをとるため、脇へずれるよう合図してきた。

ピップは左側にずれ、カメラに映りこめるよう、カウンターにもたれかかって明るく照らしだされたメニューを眺めた。ホーキンスが映像を見るときのために、ぼんやりしてなにも考えていない顔をするが、実際には、こっちの足の位置や肩の怒らせ具合、目の表情をじっと観察しているホーキンスを思い浮かべていた。待っているあいだはそのへんのものをやたらといじらないようにした。そわそわしているように見えるといけない。そわそわなんかしていない。ここにいるのは、友人とジャンクフードを食べるのが目的なんだから。ピップはカーラとナオミのほうを見て、小さく手を振った。ホーキンス、見た？　どう考えても、食べ物が出てくるのを待っているとしか見えないだろう。

べつの店員からオーダーしたものを渡されて礼を言い、映像のなかで自然に見えるように微笑む。ホーキンスが見るときのために。片手で紙袋を三つつかみ、もう片方の手で厚紙のトレイにおさまったコークをバランスをとりながら持ち、テーブルに向かってゆっくり歩いていく。

「はい、どうぞ」ピップはコークのトレイをカーラに渡し、食べ物が入った紙袋をテーブルに置いた。「はい、これがナオミのぶん」紙袋のひとつをナオミに手渡す。

「ありがとう」ナオミは礼を言ってから、おずおずと袋の口をあけた。「それで……」そこで手をとめ、答えを求めてこっちの目を見る。「食べて、おしゃべりをすればいいの？」

「そのとおり」ピップはにやりと笑った。ナオミがなにかおもしろいことを言ったとでもいうように。「食べて、おしゃべりするだけ」紙袋の口をあけてなかに手を入れ、ナゲットが六個入った箱とフライドポテトを取りだす。袋の底にべしゃっとしたポテトが何本か、こぼれている。「あっ、こっちにケチャップが入ってる」そう言ってから、ナオミとカーラにひとつずつ手渡した。

カーラがケチャップの小袋を受けとりながら、袖を肘までまくりあげているこっちの腕を見つめた。

「その手首、どうしたの？」カーラが不安そうに小声で訊き、ダクトテープを巻かれたせいでこすれてざらざらしている肌を見つめた。「それに、その顔」

ピップは咳払いし、袖をおろして手首を覆った。「これについての話はなし」カーラの視線を避けながら言う。「それ以外のことを話そう」

「でもピップが誰かにひどいことをされたんなら――」カーラは反論しかけたが、そこにナオミが割って入った。

「カーラ、ストローを持ってきてくれる？」年長者らしく場の空気を読んだ口調で言う。

「わかった」カーラは姉と友人を交互に見た。ピップはうなずいた。

カーラは立ちあがって、いくつかのテーブルの前を通りすぎてストローとナプキンが用意されているカウンターまで行った。それからストロー三本とナプキン数枚を手に戻ってきた。

「ありがとう」ピップはコークの蓋にストローを突き刺し、ひと口飲んだ。叫んだせいで荒れた喉にしみた。

ナゲットをひとつつまむ。食べたくないし、食べられそうにないけれど、口に入れると同時に嚙みはじめる。ゴムを嚙んでいるみたいで、次から次へと唾が湧いてくる。無理やり呑み下したあとで、カーラが食べ物には手をつけず、こっちをじっと見つめていることに気づいた。

「それ」カーラがささやき声で言う。「誰かにやられたんなら、わたし、そいつを殺して――」

いきなり喉が詰まり、逆流してきたナゲットを再度、呑み下す。「それで、カーラ」声を出せるようになってからあわてて言う。「ステフとふたりでどこへ行くか、もう旅行先は決めたの？　たしか、タイにどうしても行ってみたいって言ってたよね」

カーラは答えるまえにナオミをちらりと見た。「うん、まあね」そう言ったあと、ようやくナゲットの箱をあけ、ひとつつまんでケチャップにつける。「タイに行きたい。あっちでスキューバダイビングもしたいし。ステフはオーストラリアにも行きたがっていて、そっちまで足をのばすかも」

「すごい楽しそう」ピップは今度はフライドポテトをつまみ、無理やり呑み下した。「日焼け止めクリームを忘れないようにね」

カーラが鼻で笑った。「いかにもピップが言いそうなことだね」

「まあね」ピップは笑みを向けた。「わたしは相も変わらずピップ・フィッツ＝アモービですから」それが真実であってほしいと願う。

「スカイダイビングやバンジージャンプはしないの？」ナオミはそう言ってからベジタブルバーガーにかぶりつき、おいしくもなさそうに咀嚼《そしゃく》した。「カーラが橋や飛行機から飛び降りるとパパが知ったら、震えあがるだろうな」

「そうだね、わからないけど」カーラは首を振って自分の両手を見つめた。「ごめん、なんかへんな感じがして、わたし――」

「カーラはうまくやってるよ」ピップは顔を伏せるためにコークをもうひと口飲んだ。「ほんと、ほんと」

「でも、わたしは助けたいの」

「こうやって助けてくれてる」ピップは心のうちを伝えようと、カーラの目を見つめた。カーラとナオミはいま、自分の人生を救ってくれている。サービスエリアにあるマクドナルドの席にすわって無理やりフライドポテトを食べ、堅苦しくてぎこちない会話を交わしているけれど、じつのところ、このふたりはこちらの人生を救ってくれている。

背後で大きな音がした。さっと首《こうべ》をめぐらせると、酔っぱらいのグループのひとりが椅子につまずいて倒してしまったところが目に入った。けれども、そのとき耳に届いたのは椅子が倒れる音ではなかった。意外なことに、ジェイソン・ベルの頭が割れてぱっくり開く音でもなかった。耳に届いたのはいまだに銃声で、スタンリー・フォーブスの胸にけっしてふさがらない穴があいた場面がよみがえる。両手ににじむ汗が真っ赤に染まっていく。

「ピップ？」カーラが呼びかけてきた。「だいじょうぶ？」

「うん」ピップは鼻からふーっと息を吐きだし、余っているナプキンで両手を拭いた。「だいじょぶ、だいじょぶ。そうだ、これ、これ」身を乗りだし、画面を下にしてテーブルに置かれたカーラの携帯電話を指さす。「写真を撮らなくちゃ。動画も」

「なんの？」

「わたしたちの。たわいないおしゃべりをして、ふつうに見えるところを。メタデータに撮影時刻や位置情報が記録されるはず。さあ、撮ろう」

ピップは椅子から立ちあがってベンチシートのほうへ移動し、カーラのとなりに滑りこんだ。カーラの携帯を取りあげてカメラを起動させる。「笑って」三人の自撮り写真を撮るために携帯を掲げると、ナオミがマクドナルドのカップを持ちあげて乾杯のポーズをとった。

「いいね、いいね、ナオミ、これすごくいい」ピップはいま撮ったばかりの写真を見ながら言った。自分の目で見ると、三人の笑顔は本物ではないとわかる。でもホーキンスにはわからないだろう。

べつのアイデアがひらめき、そのアイデアをどこから思いついたか気づいたとたんに両腕の毛が逆立った。計画を進めていくために、一歩一歩、足を前に出してきたつもりでいたけれど、その一歩一歩はまっすぐな線を描いてはいなかった。一歩進むごとに少しずつ曲がり、すべてのはじまりへと向かっていた。

「ナオミ」ピップはふたたび携帯電話を掲げて言った。「次に撮るやつでは自分の携帯を見てくれるかな。そのときに携帯の画面が写真に写りこむように少しこっちに傾けてほしい。あと、時刻が表示されるよう、ロック画面にしておいて」

ふたりともなにかに気づいたのか、目を瞬かせながら少しのあいだこっちを見つめていた。おそらく同じことを感じているのだろう。すべてを見通している輪が自分たちを過去へ引きずりこもうとしていると。アイデアがどこから来たのかふたりとも知っている。ロック画面に表示された時刻をきっかけに、サル・シンの友人たちが彼からいかにしてアリバイを奪い去ったかをピップは解きあかした。サルが撮った写真の背後に十八歳のナオミが写りこんでいて、彼女は携帯のロック画面を見つめ、そこに表示されていた時刻がすべてを物語っていたのだった。それにより、その時刻にサルが友人たちといっしょにいたことが証明された。そのかなりまえにサルは帰宅したという友人たちの証言は覆《くつがえ》された。サルにはアンディ・ベルを殺すための充分な時間はなかったことも証明された。

「そ、そうだね」ナオミが震える声で言う。「いいアイデアだと思う」

ピップはカーラの携帯のカメラに向かって並ぶ自分たち三人を見て、あとはボタンを押すだけというところで、ナオミがいま話したとおりのポーズをとるのを待った。ボタンを押す。笑顔の写真をもう一枚撮る。カーラはとなりでもぞもぞしている。

「これでよし」ピップは撮ったばかりの写真をじっくり見て、ナオミのロック画面に映る小さな白い数字に注目し、写真が午後十時五十一分に撮影されたことを確認した。携帯電話の画面に映る数字が、まえは事件解決へ導き、いまは証拠をつくるのに役立ってくれている。鉄壁の証拠を。これなら信じざるをえないよね、ホーキンス。

三人でさらに写真を撮った。動画も。カーラが口のなかにフライドポテトを一度に何本入れられるかチャレンジし、酔っぱらいの男たちが声援を送ってくるなかでゴミ箱のなかにポテトを吐きだすところを、ナオミが動画におさめた。ピップはコークを飲み、カーラがその顔を拡大しながら撮影していき、しまいに枠のなかに鼻しか映らなくなったところで「やだ、わたしを映してんの?」となんの屈託もなく言う。これは事前に三人で考えた一本。

写真や動画の撮影は一種のパフォーマンスだった。三人でつくりあげた空虚な芝居。これから数日後にホーキンス警部補に見せるためのもの。あるいは数週間後に。

もうひとつチキンナゲットを呑み下したとたん、胃が抵抗し、もう受け入れられないと暴れた。ふと舌の奥のほうに酸《す》っぱいものが湧きあがってくるのを感じた。

「ちょっとごめん」いきなり立ちあがると、ふたりが見つめてきた。「トイレに行ってくる」

ピップは急ぎ足で通路を横切った。トイレへ向かう途中、モップがけされたばかりのタイルを踏んでスニーカーが甲高い音を立てた。

ドアを押しあけ、手を乾かしている人ともう少しでぶつかりそうになる。

「すみません」なんとか謝ったものの、胃のなかのものがこみあげてくるのをとめられない。喉もとまでせりあがってきている。

個室に駆けこみ、ドアを閉めたが鍵をかける時間はなかった。

膝をついて便器に覆いかぶさり、なんとか間にあった。

吐く。もう一度吐くと、身体のいちばん奥の部分にまで震えが走った。全身が震えていて、体内に棲みつく闇を振り払う勢いだった。しかしたとえ身体から振り払えたとしても、闇は頭のなかにも巣くっている。ピップは消化しきれていないものを何度も何度も吐き、やがて吐くものがなくなると液状のものを吐いた。吐き気は残るものの、もう吐くものがなくなり、胃がからっぽになった。それでも闇はそのまま居すわりつづけた。

便器の脇にすわりこみ、手の甲《こう》で口もとを拭く。水を流したあともしばらく息を切らしながらその場にすわり、冷たいタイルの壁に頭をもたせかけた。こめかみや腕の内側を汗が伝い落ちる。誰かが個室を押しあけようとしたが、片足をドアにかけて開かないようにした。

この場に長居するわけにはいかない。気を落ち着けて、するべきことをこなさなければならない。ここで倒れたら計画が失敗に終わり、自分が生きのびる道は消える。あと数時間がんばって、あといくつか頭のなかのチェックボックスにチェックを入れる。そうすれば疑惑は振り払える。安全になる。だから立って。ピップはみずからを叱咤《しった》した。頭のなかにいるラヴィも同じことを言っている。ラヴィの言うことは聞かなくちゃならない。

ピップは震えながら立ちあがり、個室のドアを引きあけた。母親くらいの年齢のふたりの女性が見つめてくるなかで、シンクまで歩いていって手を洗う。顔も洗うけれど、あまり強くこするとダクトテープのあとを隠すために塗ったファンデーションが落ちてしまう。冷たい水を口にふくんで吐きだす。そのあとで恐る恐るひと口飲む。

ふたりの女性がいかにも不快そうに鼻に皺《しわ》を寄せ、厳しい目を向けてくる。

「カクテルのイエガーボムを飲みすぎちゃって」ピップはふたりに向けて肩をすくめた。「歯に口紅がついてますよ」ひとりに言ってから洗面所を出る。

「だいじょうぶ？」椅子にすわったとたんにナオミが訊いてきた。

「うん」ピップはうなずいたが、目はまだ潤《うる》んでいる。「ナゲットはもうやめとく」チキンナゲットを脇に寄せ、カーラの携帯を手に取って時刻を確認する。午後十一時二十一分。十分後にはここを出たほうがいいだろう。「出るまえにマックフルーリーはどう？」デビットカードを使って引き落とされる金額を考えつつ、またひとつ、パン屑《くず》を落としてホーキンスがたどるべき痕跡を残すことにする。

「もう、ほんと、なんにも食べられそうにない」カーラが首を振った。「気持ち悪くなりそう」

「マックフルーリーをふたつ買ってくる」ピップは財布をつかんで立ちあがった。「持ち帰り用に。家に送っていったあとにゴミ箱に捨ててもいい」小さな声で付け加える。

ピップはふたたび列に並び、前の人がオーダーを終えるたびに二、三歩ずつ前に進んだ。マックフルーリーをオーダーし、何味《なにあじ》でもいいとレジ係に告げる。支払いのためにカードをリーダーにあて、ピッと鳴った音に胸をなでおろす。この機械は自分の味方で、十一時半に出ていくまで自分がここにいたことを世界に知らせてくれる。人は嘘をつくけれど、機械はけっして嘘をつかない。

「はい、どうぞ」冷たいマックフルーリーをふたりに手渡し、もうにおいを嗅がずにすむことにほっとする。「行こう」

来たときと同様にA-ロードを通って戻る車のなかでも、三人はあまりしゃべらなかった。ピップはもうふたりといっしょに車中におらず、時間の針が進んだ先に移動して〈グリーン・シーン株式会社〉のコンクリートの床を流れる血の川に戻っていた。ラヴィとともにすべきことをすべて頭のなかでこなしていく。ひとつひとつしっかり頭に刻み、なにもやり残してはならない。ひとつでもやり忘れたら命取りになる。

手をつけていないアイスクリームを持って車から降りるカーラとナオミに「じゃあね」とピップは言い、この短いひと言が奇妙に聞こえ、もう少しで笑いそうになった。「ありがとう。ほんと……いくら感謝してもしたりないくらい、心の底からありがとうって思ってる……でもわたしたちは今回のことは二度と口にしない。ひと言も。あと、覚えてるよね、ふたりとも嘘をつく必要なんかないってこと。わたしはここに来て、一本電話をかけてからみんなでマクドナルドへ行き、戻ってきてふたりを自宅で降ろした」そこでダッシュボードの時計を確認する。「午後十一時五十一分に。ふたりが知っているのはそれだけ。誰かに尋ねられたら、そのとおりに答えればいい」

ふたりはうなずいた。カーラもナオミも、いまではしっかり理解している。

「ピップはだいじょうぶなの？」このまま別れるべきか迷っているらしく、カーラが助手席のドアに手をかけたまま訊いてきた。

「だいじょうぶだと思う。そう願いたい」これは本音だった。間違った方向へ転がりそうな事態が起きるかもしれず、もしそうなったら計画全体が無に帰し、自分は二度とだいじょうぶではなくなるだろう。しかしそれをいま口に出すことはできない。

カーラはまだ迷い、友の無事を確信できる回答を待っているようだけれど、きっぱりと答えてあげることはできない。間違いなくカーラは気づいていて、車内に手をのばしてきてこっちの手を一度ぎゅっと握ってから、ドアを閉めて後ろへさがった。

姉妹が見守るなか、ピップは車の方向を変えて私道から出て、最後に一度、手を振った。

これでいい。ピップは自分に言い聞かせてうなずき、坂道を下っていった。アリバイづくり、完了。

月と計画を追いかけて走る。いまこのとき、ふたつはひとつになり、自宅へと、そしてラヴィのもとへと導いてくれる。

40

帰宅した時刻には両親はすでにベッドに入っていたものの、眠らずに娘を待っていた。まあ、ふたりのうちひとり、だけれど。

「遅くならないようにって言ったはずだけど」ママはベッド脇のランプの弱い光に照らされて目を細めた。「明日はレゴランドに行くから八時に起きるのよ」

「まだ零時を過ぎたばかりだよ」ピップはドア口で肩をすくめた。「大学生活がはじまったら〝夜遅く〟はもっとうんと遅い時間を指すはず。だからいま、事前練習してるの」

半分眠りに落ちていたパパが、開いた本を胸にのせたままうなり声をあげた。

「ああそうだ、昨日の早い時間にだと思うけど、わたし、携帯をなくしちゃった。とりあえず伝えとくね」ピップはささやき声で言った。

「えっ？　いつ？」ママが声を抑えようとして失敗した。

もう一度、パパが同意するようなうなり声をあげた。なにに同意しているのかはわからない。

「たぶんランニングの途中でだと思う。気づかないうちに振動でポケットから落ちちゃったんだね、きっと。来週べつのを買うから心配しないで」

「身のまわりのことにもっと気をつけなさいよ」ママがため息まじりに言う。

今夜は自分のだけじゃなく、もっとたくさんの携帯電話をどこかへ捨てたり破壊しなくちゃならないだろう。

「うん、わかってる。大人としてふるまわなきゃ。意識してやってる。とにかく、もう寝るね、おやすみなさい」

「おやすみ、スウィーティー」パパにあわせてうなるようにママが言った。

そっとドアを閉め、廊下を横切る。ママがパパに、もう眠ってしまっているんなら、お願いだから本をしまって、と言うのが聞こえた。

自分の部屋に足を踏み入れ、ドアを閉める。音を立てて。すでに寝入っているジョシュを起こしてしまうほど大きくはなく、ママには娘がそろそろ寝るようだと思わせるくらいにはっきりと。

まだ漂白剤のにおいがしている。ピップはワードローブの扉をあけ、腰をかがめて容器のなかをのぞきこんだ。服の上にダクトテープが浮かんでいる。スニーカーをついて、液体のなかに沈める。側面についていた青っぽいしみが漂白されて白くなりはじめ、生地の表面からもう少しで消えそうになっている。つま先についていた血のしみも同様に。

よし。すべて計画どおりに進んでいる。ただし、すこぶる順調に、とは言いがたい。すでにラヴィとの待ち合わせ時間に遅刻している。ラヴィがじっとすわったままパニックに陥っていませんようにと願うが、ラヴィのことをよく知っているだけに、願ってもむだなのはわかっている。こっちはあと数分、待たなければならない。ママが眠りに落ちるのを。

ピップはリュックサックの中身を再度、確認し、必要になりそうな順にすべてを詰めなおした。ポニーテールにべつのヘアゴムを巻きつけてゆるいお団子をつくり、頭全体をすっぽり覆うようにビニールキャップをかぶって、飛びだした髪の毛をたくしこんでいく。それからリュックサックのストラップを肩にかけ、部屋のドアのところで立ちどまった。ドアを少しだけあけて、音を立てないように〇・五インチずつ動かしていき、頭を突きだして廊下の先に目を凝らす。両親の部屋のドアと床のあいだには隙間があって、そこからママのベッド脇に置かれたランプが投げかける弱々しい黄色の光がもれている。パパの鼾《いびき》がかすかに聞こえてきて、等間隔で吸っては吐く呼吸音を数えて刻々と逃げていく時間を計った。

ランプの明かりが消えてドアの前は真っ暗になったけれど、ピップはそのままあと数分待った。そのあとで自分の部屋のドアを閉め、音を立てないように注意して慎重に廊下を進んだ。階段をおりていき、今度は下から三番目のギシッと鳴る段を踏まないよう注意する。

玄関ドアを抜けてふたたび冷たい空気のなかへ出てから、身体の向きを変えてドアをゆっくりと閉めた。聞こえてきたのは鍵が自動的にかかるときのカチリという小さな音だけ。ママは一度眠ったらめったなことでは目覚めない。となりに寝ているパパのうなり声や鼾を考えると、自衛本能のなせるわざと言える。

ピップは私道を歩いて駐車している自分の車の前を通りすぎ、マーティンセンド・ウェイに出て右へ曲がった。遅い時間でまわりは暗いにもかかわらず、ひとりで歩いていても恐ろしさは感じられない。もしくは、感じているとしても、それはとらえどころのないありきたりな不安や怖さで、ほんの数時間前に体験し、いまでも痕跡があちこちに残っている恐怖と比べると〝ほとんどなにも感じない〟というレベル。

最初に目に入ったのは車だった。黒のアウディで、自分の家がある道路とマックスの家の道路が交差する角で待っている。

ラヴィがこちらの姿を見てとったらしく、マックスの車のヘッドライトが点滅し、二条《ふたすじ》の白い光が午前零時の闇を貫いた。いや、すでに午前零時を過ぎている。それも、かなり。約束の時間が過ぎていることにラヴィはあわてただろうが、ひとまず勘弁してもらおう。

ピップは手を袖で覆ってドアをあけ、助手席に乗りこんだ。

「十八分、過ぎている」ラヴィがこっちを向く。思ったとおり不安のあまり目が見開かれている。「ずっと待ってた。なにかまずいことが起きたんじゃないかと思った」

「ごめん」袖で覆った手でドアを閉めながら言った。「まずいことはなにも起きてない。ちょっと遅れただけ」

「〝ちょっとの遅れ〟っていうのは六分くらいのことを言うんだ」目をそらさずにラヴィが言う。「その六分ってやつはぼくが遅れた時間だ。森を抜けてマックスの家まで歩いていくのに、思ったより時間がかかってしまった。十八分っていうのはね〝とんでもない遅れ〟だよ」

「ラヴィのほうはうまくいった？」ピップは身を乗りだしてラヴィの額《ひたい》に自分の額をくっつけた。いつもラヴィがやってくれるように。そうすれば頭痛や不安は半分になるとラヴィは言う。いまはこっちが彼の不安を半分、引き受けてあげなければ。そうするのが当然だし、それなら自分にもできる。

効果があったらしく、額を離すとラヴィの顔つきが少しリラックスしていた。

「うん、まあね。ぼくのほうはすべてうまくいった。ATMへ行った。ガソリンスタンドにも。カードで支払った。うん、うまくいった。なんだかうわの空みたいだってラーフルに言われたけど、ぼくがピップと喧嘩かなんかしたんじゃないかと彼は思ったみたいだった。まあ、すべて順調。母と父は息子は眠っていると思っている。きみのほうはどう？　すべてうまくいった？」

ピップはうなずいた。「ばっちりとは言えないかもしれないけど、なんとかなった。マックスの家から必要なものは手に入れた。なにごともなく車を出せた？」

「ご覧のとおり」ラヴィはそう言って、暗い車のなかを見まわした。「当然のように、マックスは車も嫌味なほどすてきなのを持ってるね。家のなかは静まりかえっているようだった。真っ暗で。彼が意識を失うまでけっこう時間がかかったのかい？」

「十五分か二十分くらい。わたしに時間を稼がせるためにナタリーがマックスを殴るはめになっちゃったけど、あれをうまくシナリオに組みこめると思う」

ラヴィはその件についてしばらく考えているみたいだった。「そうだね。あと、おそらくマックスは翌日の朝にどうしてこんなにひどい頭痛がするんだろうって思うはずだよ。彼の携帯は？」

「コナーとジェイミーが九時四十分くらいに指定した場所に置いてくれた。そのすぐあとにわたしからエップスに電話をかけた」

「きみのアリバイは?」

「ちゃんとつくってある。九時四十一分から午前零時過ぎまでのアリバイは完璧。たくさん写真や動画も撮ったし。わたしがベッドに入るのをママが耳にしてる」

ラヴィはヘッドライトの光で闇が切り裂かれている、フロントガラスの向こうを見やりながらうんうんとうなずいた。「あとは、死亡時刻を少なくとも三時間は後ろに倒せることを願うばかりだ」

「そのことだけど」ピップはリュックサックに手をのばしながら言った。「すぐに戻って、彼の身体をひっくり返さないと。もうかなり長いこと片側が下になっているから」そこでラテックスの手袋を取りだしてひと組をラヴィに手渡し、つづいてビニールキャップも渡した。

「ありがとう」ラヴィは礼を言ってからキャップをかぶりはじめた。ピップは手を貸してラヴィの髪の毛をなかに押しこんだ。次にラヴィははめていた紫色のミトンの手袋をはずし、新品のラテックスの手袋をはめた。「このミトンは母ので、家で見つけられたのはこれだけだった」

ラヴィから手渡された紫色のミトンをピップはリュックサックに突っこんだ。「母の誕生日になにを贈るか、これでもう決まったな」ラヴィがエンジンをかけると音が小さく鳴り、両脚の下が震えた。「裏道だよね?」

「裏道。さあ、行こう」

41

〈グリーン・シーン株式会社〉のゲートは開いているもののけっして歓迎はせず、まぶしい光を放ってこっちを睨《にら》みつけている。

ラヴィはゲートのまん前に車をとめてエンジンを切った。夜の静けさのなかにべつの車のエンジンがアイドリングしている音が聞こえてくる。ジェイソン・ベルの車はゲートの先にあり、車内を冷やしつづけている。

ピップは車から降りてドアを閉め、その音がしんとした夜のなかに落雷のように響いた。でも誰にも叫び声が聞こえなかったのなら、誰にもドアが閉まる音は聞こえないだろう。

「ちょっと待って」車を降りて開いたゲートに向かうラヴィに呼びかけた。「携帯電話」そう言ってから、道路とゲートをつなぐ私道に並んでいる岩に沿って歩いていった。いちばん道路寄りの大きな岩の前でいったん立ちどまり、まわりこんでいってしゃがみこむ。安堵の吐息がもれる。ジッパーつきの保存袋に入れられたマックスの携帯が、そこで自分を待っていた。

ジェイミーとコナーに告げるつもりで心のなかで感謝の言葉を述べ、腕をのばして携帯を拾いあげた。自分の手袋と保存袋ごしに側面のボタンを押すと、ロック画面が表示された。視線を画面上に走らせると、白くまぶしい明かりのせいで画面のまわりにぼんやりとした銀色の輪が見えてきて、それが霧となってこっちへ向かって這いすすんでくる。もしかしたら幽霊なのかもしれない。いまやここには多くの幽霊がいる。ジェイソンが殺した五人の女性の幽霊にジェイソン本人が加わり、パソコンの画面上で周辺の道路を走った自分自身の幽霊もまじっている。ピップは目を細めてまぶしさをこらえ、画面を見た。

「やった」甲高《かんだか》い声をあげ、ラヴィのほうを見て手袋に覆われた親指を立てる。

「なにが入ってた?」ラヴィが近づいてきて尋ねた。

「九時四十六分に〝クリストファー・エップス〟から不在着信が一件。九時五十七分に〝ママ〟から不在着信が一件。十時九分にも。最後に十時四十八分に〝パパ〟から不在着信」

「完璧だ」ラヴィの唇《くちびる》が横に広がって笑みの形になり、夜の闇のなかで歯が光った。

「完璧」ピップは同意して、保存袋入りの携帯をリュックサックのなかに滑《すべ》りこませた。

弁護士と親たちが電話をかけたのは、マックスによい知らせを伝えるためだろう。ピップ・フィッツ=アモービが和解案に同意して発言を撤回するという知らせを。しかし三人は電話をかけることによってマックスを窮地《きゅうち》に追いやることになった。彼らはチーム・ラヴィ・アンド・ピップが仕掛けた罠にまんまとはまってしまったのだ。マックスにかけた三人からの電話はこの付近にある携帯電話の基地局を経由している。つまり知らず知らずのうちに三人は、マックスと彼の携帯電話を殺人がおこなわれた場所に結びつけたことになる。警察が死んだ男を見つけるはずのこの場所に。犯行現場に結びつけられたうえ、電話がかかってきた時刻は偽装された死亡時刻の範囲のどまんなか。

これでジェイソン・ベルを殺したのはピップ・フィッツ＝アモービではなくマックス・ヘイスティングスになる。彼の両親と弁護士は作戦を成功させる手助けをしてくれた。

ピップは立ちあがり、ラヴィがこっちの手を取って、ラテックスの手袋に覆われた指と指とをからめあわせた。そしてぎゅっと握ってくる。

「ここまで来ればもう少しだ、部長刑事」ラヴィはそう言って、こっちの眉《まゆ》にそっとキスした。ダクトテープをはがしたときに痛みが走った場所に。「最後のひと押し」

ピップはラヴィのビニールキャップに目を走らせ、どこからも長い髪がこぼれでていないことを確認した。

ラヴィが手を離し、自分の手を打ちあわせた。「オーケー、行動開始だ」

ラヴィとともにゲートを通り抜け、ふたりの足が一定のリズムで交互に砂利を踏んでいく。夜の闇のなかで赤く光る目に向かって進む。目指すは、静かにエンジン音を響かせているジェイソンの車のテールライト。

ピップは後部座席の窓に映る、長い夜が顔じゅうに刻みこまれた自分の影を見つめ、ドアをあけた。

なかは冷えていて寒く、車内に身体をねじこむと手袋をはめた指がちくちくした。身を乗りだしたとたんに、吐いた息が白くなるのが見えた。

ラヴィが後部座席の反対側のドアをあけた。

「うわっ、寒いなあ」そう言いながら背をかがめて腕をのばし、防水シートに覆われたジェイソンの足首をつかんだ。顔をあげて、こっちがジェイソンの肩の下に手をさしいれるのを見る。

「用意はいいかい？」ラヴィが訊いてくる。「三、二、一、それ」

ふたりでジェイソンの身体を持ちあげてから、ピップは片足を座席にのせ、膝《ひざ》で彼の身体を支えた。

「オーケー」ジェイソンの重みに耐えかねて両腕がぶるぶるするものの、生きのびてやるという強い気持ちで持ちこたえた。膝で支えつつ両腕に力をこめ、ラヴィとともに防水シートをゆっくりとひねって身体をひっくり返し、ジェイソンをふたたび座席に寝かせた。今度は死んだときと同様にうつ伏せにして。

「彼、どんな具合？」ラヴィが訊いてくる。ピップは防水シートの片側をめくった。ジェイソンのぐちゃぐちゃになった後頭部は無視する。ふいに彼を殺《あや》めた人物と自分はべつべつのちがう人間のような気がしてきた。拉致《らち》されてからの何時間かで百もの人生を生きたからかもしれない。ピップはジェイソンの首をつつき、皮膚の下の筋肉の状態を探り、血まみれのシャツの上から肩のあたりに触れた。

「死後硬直がはじまってる」ピップは言った。「あごと首のあたりはかたくなっているけれど、それ以外の部分はまだ本格的に硬直していない」

ラヴィが〝それで？〟という表情を目に浮かべて見つめてくる。

「順調だね」ピップは訊かれてもいない質問に答えた。「つまり、死後硬直の開始を遅らせることができたってこと……けっこうな時間ぶん。硬直はまだ前腕にもおよんでいない。死後硬直はふつうなら六時間から十二時間で完了する。現時点で彼は死んでから六時間が経過しているのに、硬直はまだ身体の上の部分にしかおよんでいない。朗報だよ、これは」ラヴィを納得させるとともに、自分にも言い聞かせる。

「オーケー、わかった」ラヴィの言葉が冷たい空気のなかをただよう雲となって吐きだされる。

「ほかの現象は？」

「死斑《しはん》」ピップは歯を食いしばって防水シートをもう少しめくった。身を乗りだしてジェイソンのシャツの襟首《えりくび》を少しずつ持ちあげ、その下の皮膚をのぞきこんだ。

痣《あざ》ができているように見える。内部にたまった血液のせいで赤紫色の斑《まだら》になっている。

「うん、死斑が出はじめている」ピップは座席の前のスペースに片足を置き、さらに死体に近づいた。襟首から手を入れて、ジェイソンの背中の皮膚を手袋をはめた親指で押す。離すと、親指のあとが変色した皮膚に囲まれた白い半円の小島のように残った。「えっと、まだ固定化していない。押すと白色化するから」

「それって、つまり……？」

「つまり、いまふたりで彼をひっくり返したから、血液が再度動きだして、反対側にたまりはじめるってこと。ほぼ五時間も仰向けの体勢で横たわっていたようには見えなくなる。そのぶん、わたしたちには時間ができる」

「重力よ、ありがとう」ラヴィが充分納得したとばかりにうなずいた。「真のMVPだな」

「そのとおりだね」ピップは首を引っこめて車の外へと後ずさった。「さてと、次はこのふたつの死体現象を最高速度で促進させるよ。そのためには——」

「彼を電子レンジにかける」

「〝電子レンジにかける〟とか言うの、やめてくれる？」

「緊張をやわらげるコミカルな場面《コミックリリーフ》を提供してるんじゃないか」ラヴィは手袋をはめた両手を掲げ、まじめな口調で言った。「このチームでのぼくの仕事」

「ご自分のことをよくわかっていらっしゃる」ピップは言い、車内に散らばっている保冷剤を指さした。「それ、集めてくれる？」

ラヴィは保冷剤を集めて両腕にかかえた。「まだ凍っててかたいよ。この車のなか、ほんとに冷えていたんだな」

「うん、うまく冷やせてよかった」ピップは車の前のほうへ移動し、運転席のドアをあけた。

「これを戻してくるよ」ラヴィは保冷剤をあごで指し示した。

「わかった。水ですすいでね。においがついてるといけないから——わかるよね」そこでラヴィに呼びかける。「あっ、そうだ、ラヴィ、掃除用具があるか見てきて。除菌スプレーとか雑《ぞう》巾《きん》とか。箒《ほうき》も。箒があれば髪の毛を掃き集められる」

「わかった、見てくるよ」ラヴィは砂利を蹴《け》散《ち》らしながらオフィス棟のほうへ走っていった。

ピップは運転席にすわり、首をめぐらせてジェイソン・ベルのほうを向き、彼に視線を据えた。ふたたびふたりきりになる。狭い場所にふたりで閉じこめられる。ジェイソンは死んでいるけれど、こっちが背中を見せている隙に彼につかまってしまう気がしてならない。なにをばかなことを、と思う。彼はすでに六時間にわたって死んでいる。死んでから二時間しかたっていないように見えるとしても。救う手立てもなく、完全に死んでいる。そもそも救いの手をさしのべてやる価値もない男だけれど。

「わたしをがっかりさせないでよ」ピップは小さな声で言ってから、彼から顔をそむけ、計器盤のボタンやつまみを調べはじめた。「邪悪なクソ男」

いまは冷房が最強になっているつまみをつかみ、ぐるっと反対側までまわして、鮮《あざ》やかな赤の三角形のところにつまみの先をあわせる。システムはすぐに設定温度がいちばん高い〝5〟に切りかわり、甲高い音を立てて空気が吹き出し口から吹きこみはじめた。吹き出し口に手袋をはめた手をかざしてしばらくそのままにしていると、吹きだしてくるのが冷風から温風、さらに熱風へと変わった。ヘアドライヤーに指をかざしているのと同じようだ。これは科学と呼べるものではない。こんなふうにしてどれくらいジェイソンの体温をあげられるかはわからない。でも吹きだしてくる空気は充分に熱く感じられ、時間をかければ熱風がジェイソンの体温をあげてくれるはずだ。そのあいだに自分たちはほかの仕事を片づけられる。しかし時間が長すぎてはいけない。熱は死後硬直と死斑の出現を急速にうながすだろうから。三つの死体現象のあいだのバランスをとるのが大切だ。

「頼むよ、熱風くん」ピップは言い、車から降りてドアを閉めた。あいているほかのドアも閉め、一時的な墓である、暖めている最中の車内にジェイソンを閉じこめる。

背後から物音が聞こえてきた。足音も。

ピップは息を呑み、振り向いた。しかし足音の主はオフィス棟から戻ってきたラヴィだった。目でラヴィをたしなめる。

「ごめん。ほら、これを見つけた」片手に持ったテスコ（イギリスのスーパーマーケット）のエコバッグには何本もの除菌剤のスプレーボトル、漂白剤や雑巾が詰まっている。山積みのいちばん上にあるのは、きっちり巻かれた黒い業務用の延長コード。もう片方の腕で掃除機をかかえ、ホースの部分を首に巻きつけている。「ヘンリー（本体にキャラクター系の顔が描かれた掃除機。鼻がホースになっている）があった」ラヴィは言い、に夜の空を見あげている。掃除機の本体は赤で、そこに描かれたふたつの目がはにかんだようヘンリーに〝ハロー〟と言わせるつもりなのか、掃除機を小さく振った。

「うん、見ればわかる」

「それと、ほら、このものすごい延長コードを見て。これがあれば、きみがいたあらゆる場所へヘンリーを運んでいけて、落ちている髪の毛を吸いこめる。トランクのなかも」ラヴィはジェイソンの車をあごで指し示した。

「そうだね」ピップはそう言いつつ、心のうちではぎょっとしていた。永遠ににこっとしたままの無邪気な笑顔を浮かべる掃除機のヘンリーが、犯行現場の清掃を手伝えるのがうれしくてしかたないといったふうに見えるから。「でもラヴィはヘンリーに仕事をとられちゃうね」

「ワオ、それってコミックリリーフ？　ご心配なく。ヘンリーのほうが掃除に適した人材だから。いずれにしろ、ぼくにはもっとリーダーシップを発揮できる仕事がある。なにしろチーム・ラヴィ・アンド・ピップの共同最高経営責任者《CO・CEO》なんだから」

「ラヴィ?」

「うん、お察しのとおり、ごめん、緊張しすぎてくだらないおしゃべりがとまらない。死体をこんなに間近で見るのに慣れていなくて。さあ、次の仕事をはじめよう」

ラヴィとともに化学品の倉庫に入り、血だまりをまたいだり避けたりする。ここをきれいに掃除する必要はない。手つかずの状態で血だまりはそのままにしておく。結局のところ、マックスはジェイソンをどこかで殺さなければならないのだから。血はメッセージとして残しておく。犯行現場を最初に訪れた人物になにかひどいこと——途轍《とてつ》もなくひどいこと——がここで起きたことを知らせるために。そうすればその人物は死体を探し、見つけ、そのときのジェイソンは死後硬直は起きているものの、まだ温かい。その点が肝心。

ラヴィはだだっ広い機械置き場のコンセントに延長コードのプラグをさしこみ、掃除機で微細物を吸いとりはじめた。ピップは場所を指し示し、ラヴィがそこに何度も何度も掃除機をかける。自分が引きずられたあらゆる場所、闇雲に歩いたり走ったりしたすべての場所を指し示す。彼がいたあらゆる場所も。ジェイソンが死んだ場所や血が流れたところのまわりは、念のため広範囲にわたって。

ピップは片手にスプレーボトル、もう片方に雑巾を持ってスチールラックを担当した。傾いたラックの金属製の支柱も含めて上から下まで、触れたりかすめたりしたところはすべて除菌剤を振りかけて拭《ふ》いていく。左側も右側も、あらゆる角も。棚からはずしたネジとナットを見つけ、それも念入りに拭く。自分の指紋は記録されている。部分指紋さえ残してはならない。

梯子《はしご》をのぼる要領で、傾いたラックをもう一度のぼっていき、触れたと思われる場所をすべて細心の注意を払って拭いていく。スチールラックの縁《へり》も、除草剤や化学肥料の容器も。壁もガラスを割った窓のあたりも。窓枠に残されたギザギザのガラスの破片も拭いていく。万が一、触れてしまった場合にそなえて。

慎重にラックをおりていき、行ったり来たりしているラヴィを避けて、今度は反対側の端に置かれた作業台にのっている工具箱に取りかかる。まずはなかのものをすべて取りだす。使えるものはないかと探したときに、手が触れてなにかに指紋が残ったはずだ。工具をひとつひとつ拭いていく。個別のドリルビットや付属品に至るまで。除菌剤のスプレーボトルが空になり、べつのを手に取って作業をつづける。そういえば、たしかチーム・ブルーの工具について書かれたポストイットのメモにもさわったはず。そう、さわったのを覚えている。ピップはメモをはがして小さく丸め、家に持ち帰るためにリュックサックの前のポケットに突っこんだ。

置いたままにしてあった場所からハンマーを拾いあげる。血はすでにほぼ乾いていて、殴ったときに付着したジェイソンの髪がまだこびりついている。頭の部分はそのままにして、柄《え》の部分を上から下、下から上へと何度も拭いて自分の痕跡を取り除いていく。拭きおえたハンマーを効果をねらって血だまりの近くに置く。

ドアハンドル、錠、ジェイソンが持っていた〈グリーン・シーン〉の鍵がじゃらじゃらついたキーリング、電灯のスイッチ、ラヴィがさわったオフィス棟の物入れ。それらすべてを何度も何度も拭いていく。念のためにスチールラックはもう一度。

ようやく顔をあげ、頭のなかのチェックボックスにチェックマークを入れて、使い捨て携帯で時刻を確認した。午前二時三十分になったところ。二時間近くふたりで清掃作業をしていて、ピップはパーカーの内側で汗をかいていた。

「こっちは終わったと思う」ラヴィが片手に空の燃料用のポリタンクを持って広い機械置き場からあらわれた。

「わかった」ピップは少しばかり息を切らしてうなずいた。「あとは車の清掃だね。おもにトランク。あとジェイソンの車のキー。でもすでに清掃に二時間を費やしている」開いた倉庫のドアの向こうに広がる闇夜を見つめながら言う。「そろそろいいと思う」

「彼を運びだしてもってこと？」ラヴィが訊いてくる。

ラヴィが〝電子レンジ〟タイプのジョークを飛ばそうとしたところで思いとどまったのがピップにはわかった。「そう。彼をもう一度ひっくり返すけど、死後硬直のほうはあんまり進行させたくない。発見されたときに硬直が解けないでいてほしいから。車内はいま四十度以上か、もしかしたら五十度近くになっているはず。願わくは、彼の体温が三十度台前半くらいになってくれていればいいんだけど。外に運びだせばふたたび彼の身体は冷やされる。体温は一時間に〇・八度さがり、最後には気温と同じになる」

「ぼくには〝殺人の罪から逃げきる〟ときに使う用語で説明してくれないかな」ラヴィがポリタンクの蓋《ふた》をいじりながら言った。

「えっと、午前六時くらい——いまから三時間半後——に彼が発見されて検死官が死体を調べるとして、〝一時間に〇・八度ルール〟を逆算すると、死亡時刻は夜の九時か十時ごろになるわけ。死後硬直と死斑出現の進行具合がそれを裏づける」

「オーケー。じゃあ、さっそく彼を外に運びだそう」

ラヴィはジェイソンの車まであとをついてきて、窓からなかをのぞきこんだ。

「ちょっと待って」ピップはジッパーがあいているリュックサックの脇に膝をついた。「マックスのところから持ってきたものがいる」

マックスのグレイのパーカー、白いスニーカー、野球帽が入ったフリーザーバッグを取りだす。ラヴィがスニーカーが入ったバッグに手をのばした。

「なにしてんの」思いのほかきつい口調で言うと、ラヴィはびくっとして手を引っこめた。

「マックスのスニーカーをはくのかい?」ラヴィが怪訝《けげん》そうに言う。「死体を遺棄するやわらかい土のところに通ったあとを残すのかと思ってた。靴底の模様を」

「そうだよ、それをするんだよ」ピップは言い、リュックサックからべつのものを引っぱりだした。丸めた五足の靴下を。「そのためにこれを持ってきた。わたしが、わたしがスニーカーをはくの。わたしが彼を引きずっていく」コンバースを脱いで両足をのばし、五足の靴下を一足ずつはきはじめた。

「手を貸すよ」ラヴィがこっちを見つめながら言う。

「だめ、ラヴィは手を貸しちゃだめだよ」ピップは靴下でふくらんだ足をまず片方、マックスのスニーカーに滑りこませ、靴ひもをきつく結んだ。「運んでいく道にはひと組の足跡しか残せない。マックスの足跡だけ。だからラヴィは死体遺棄には手を貸さなくていい。それはさせられない。遺棄するのはわたしの仕事。わたしが彼を殺して、こんなことになっちゃったから」もう片方のスニーカーの靴ひもを結んでから立ちあがり、砂利道を踏んで脱げたりしないかたしかめた。砂利を踏むたびにスニーカーのなかの足が少しずつ動いてしまうけれど、だいじょうぶだろう。

「きみのせいでこんなことになったんじゃない。彼のせいだ」ラヴィは親指でジェイソンの死体のほうを指した。「ほんとうにひとりでできる?」

「マックスが林のなかをジェイソンの死体を引きずっていけるんなら、わたしにもできる」ピップはフリーザーバッグのジッパーをあけてマックスのパーカーを抜きだし、自分のパーカーの上に着た。頭にかぶったビニールキャップがずれないようラヴィに手を貸してもらい、首のまわりの生地に髪の毛がついていないか確認してもらった。

「なかなか似合うじゃないか」ラヴィが一歩さがってこっちを見ながら言う。「彼を車から出すのくらいは手伝うよ」

それならラヴィに手伝ってもらえる。ピップはうなずいて車の後部座席のほうへ向かい、ジェイソンの頭側のドアまで行った。横を歩いていたラヴィは反対側のドアへまわった。

同時に両サイドのドアをあける。

「うわあ」ラヴィが身を反らしていった。「あっついなあ」

「だめ!」ピップは後部座席の向こう側に向けて厳しい口調で言った。

「えっ？」ラヴィが防水シートの向こうから見つめてくる。「ぼくが歌をうたいだすとでも思ったんだろう。あいにくと、ふざけてもいいタイミングはわかってますから」

「あっ、そう」

「ぼくが言おうとしたのは、ここはほんとに熱いってこと。温度は四十度台よりもっと高そうだ。マジで〝オーブンをあけたら熱で頰をひっぱたかれた〟くらいの熱さ」

「そうだね」ピップは鼻から息をふーっと吐きだした。「彼をこっちへ押して。そしたらわたしが引きずりだす」

ラヴィに反対側から押してもらい、ピップはジェイソンを車から引っぱりだしはじめた。防水シートにくるまれた脚が音を立てて砂利道に着地した。

「出せた？」ラヴィがこっち側にまわりこんできた。

「うん」ピップはそっとジェイソンの身体を地面におろした。リュックサックのところに戻り、前のポケットをあけてマックスの髪の毛を入れた、ジッパーが閉じている保存袋を取りだす。

「これがいる」ラヴィに言ったあと、マックスのパーカーの前ポケットに袋を突っこんだ。

「彼を防水シートに包んだままにしとくの？」ラヴィが訊いてくる。ピップは死体のところに戻り、肩の下に手を入れてジェイソンを持ちあげた。両腕はもう硬直していて、ぜんぜん曲がらない。

「うん。防水シートに包んだままにしとく」ピップはうなり声をまじえて答えたあと、ジェイソンを引きずりはじめた。彼の足先が石を転がしていく。防水シートのおかげで、下を向いたジェイソンの死に顔と顔を突きあわせずにすんだ。「マックスもきっと防水シートをかぶせたままにしたと思うよ」

ピップは一歩、また一歩と後退してジェイソンを引きずっていった。

いま自分がなにをしているかは考えないようにした。頭のなかにバリアを設け、考えをさえぎるフェンスにする。これはチェックボックスにチェックマークを入れるため、そう自分に言い聞かせた。その点に意識を集中させる。チェックマークをつけるためのタスク。いままで立ててきたあらゆる計画と同様に、些細《ささい》なことにも、ありふれたことにも、チェックマークを入れていく。これまでとなんの違いもない。

そうはいっても、良心の呵責とともに頭の奥に隠してある暗い声が、バリアを少しずつ突き崩しながらささやきかけてくる。こんな夜遅くに、というか夜のとんでもなく遅い時間と朝のとんでもなく早い時間のあいだのこんな時刻に、ピップ・フィッツ＝アモービは死体を引きずっている。

42

死んでいるジェイソンは重たく、こっちの足取りはのろく、心は自分の両手のなかにあるものから、両手そのものから離れようとしている。

砂利道から草地へ移動すると仕事は少しだけ楽になり、二歩後ろへ進むごとに振り返ったので、なにかにつまずくこともなかった。

ラヴィが砂利道から声をかけてきた。「じゃあぼくは車のトランクの掃除をはじめるよ。一インチごとに掃除機をかける」

「両サイドのプラスチックの部分もお願い」ピップは息を切らしながら呼びかけた。「そこもさわっちゃったから」

ラヴィが親指を一本、さっと立ててから背中を向けた。

ピップは少しのあいだジェイソンを自分の脚にもたせかけて重さを受けとめ、両腕を休ませた。肩の筋肉はすでに悲鳴をあげている。しかしここでやめるわけにはいかない。これは自分の仕事。自分の責任。

林のほうへ引きずっていくと、マックスのスニーカーがはじめて落ち葉を踏んだ。ピップはその場に二分間ジェイソンを横たえ、痛む両腕をのばし、首をコキコキ鳴らしながら右へ左へとまわした。月を見あげて、自分はいったいなにをやっているのかと問いかけてみる。そのあとでふたたびジェイソンを持ちあげた。

木々のあいだをジェイソンを引きずっていき、ときには木をまわりこんで一歩一歩進む。木立の道を引きずっていくうちにジェイソンの脚に落ち葉が大量にくっつき、最終的な彼の安息の場所へと集まっていく。

ピップはそれほど奥まで進まなかった。そうする必要はないから。現在地は林の入口から五十フィートほどのところで、木々が密生しはじめていて見通しがあまりきかなくなっている。遠くのほうからラヴィがかける掃除機の音が聞こえてくる。ピップは背後を振りかえり、ほかの木にも増して幹が太い節《ふし》だらけの古木を見つけた。あそこでいいだろう。

その木の近くまでジェイソンを引きずっていき、地面におろした。防水シートのなかで顔を下に向けたままのジェイソンを横たえていると、ビニールのシートとすっかり乾燥した落ち葉が、こっちを脅《おど》すように小さくカサカサ鳴った。

次にジェイソンの脇で腰をかがめ、全身がかたくなりつつある身体を押して転がす。ジェイソンは仰向けになり、体内の血液はふたたび背中のほうにたまっていく。

仰向けにしている最中に防水シートが少しだけずれ、隅のほうがめくれて、最後に一度、彼の死に顔が見えた。そのイメージがまぶたの裏に永遠に刻みこまれ、今後は瞬《まばた》きをするたびに闇のなかで新たな恐怖にとらわれることになるだろう。ジェイソン・ベル。スラウの絞殺魔。DTキラー。アンディ・ベルを追いやったモンスター。彼はギザギザの輪を、みんなが死してなお降りられない恐ろしいメリーゴーラウンドをつくりあげた。

しかし少なくとも自分はまだ生きている。この先、彼の顔にとりつかれることになるけれど。これがもし逆だった場合、当然と言えば当然のように、ジェイソンはこっちの顔にとりつかれても、気にもしなかっただろう。そもそも、顔そのものを奪おうとしたのだから。顔全体にダクトテープを巻かれ、肌は痣ができて斑になり、身体は肉ではなくコンクリートでできているみたいにかたくなる、そんな状態のピップ・フィッツ＝アモービを見て愉快な気分になったにちがいない。テープで顔をぐるぐる巻きにされた人形、死んだ獲物を見て自分がどんな気分になったかを覚えておくための戦利品。得意満面。大興奮。みなぎる力。

そう、自分は彼の死に顔を忘れないだろうし、よろこんで覚えているだろう。もうこれ以上、彼を恐れる必要はないことを意味するのだから。自分は勝ち、彼は死んだ。彼の顔をしかと見て、証拠として覚えておく、望むと望まざるとにかかわらず、その記憶が自分の戦利品となる。

隅のほうがめくれてしまった防水シートをさらにめくって、顔から脚にかけての身体の半分を露出させたあと、マックスのパーカーのポケットから保存袋を取りだした。

ジッパーをあけ、手袋をはめた手をなかにさしいれ、濃い色のブロンドの髪を何本か、指ではさみとる。腰をかがめて髪を落とし、ジェイソンのシャツの上に散らばるようにしたあと、二本を襟の下に押し入れる。ジェイソンの手はかたくなっていてこじあけることはできないけれど、親指と人さし指のあいだの隙間から二、三本の髪の毛を滑りこませ、先のほうを握った手から飛びださせる。ぼんやりとした月明りのもとで、袋のなかにあと二、三本、髪の毛が残っているのが見えた。そこから一本掻きだして、右手の親指の爪に押しこむ。

ピップは立ちあがり、袋のジッパーを閉めてからしまいこんだ。ジェイソンを観察しながら、頭のなかの暗い場所で犯行現場をつくりだし、まぶたの裏で計画に命を吹きこんでいく。ふたりは取っ組みあい、闘う。激しく争ったために倉庫のラックが押されて傾く。ジェイソンがマックスの顔にパンチを叩きこみ、それでマックスの目のまわりに痣ができ、同時にマックスの髪が何本か抜ける。そしてその髪の毛がいまここにある。爪に引っかかり、指と指の隙間に入りこみ、シャツにくっつく。マックスは怒りを抑えられぬまま歩き去ったあと、さらに怒りをつのらせて舞いもどり、倉庫にいるジェイソンに忍び寄る。手にはハンマーを握っている。ジェイソンにハンマーを叩きつける。怒りが殺人に発展する。その場の勢いで。気を落ち着けたあと、自分のしたことに気づく。ジェイソンを防水シートで隠し、林のなかへ引きずっていく。犯行現場を片づけてきれいにするあいだ、マックス、あんたは髪をなにかで覆うべきだったね。凶器や、ジェイソンを殺した場所のあちこちについた指紋をきれいに拭きとったけれど、マックスは髪の毛のことはすっかり失念していた、そうだよね？　正直なところ、それも致し方ない。人を殺したあとにあわてまくっても不思議はない。

ピップはスニーカーの足でジェイソンに防水シートをふたたびかぶせた。マックスのスニーカーをはいた足で。死体に防水シートをかぶせてどこかに隠すときに、マックスといえども多少の努力はしたはず。でも隠し方はそれほどうまくもないし、隠した場所はそんなに遠くでもない。自分としては、敷地内での最初の捜索ですぐにでも警察にジェイソンを発見してほしい。

ピップはジェイソンのまわりを歩き、やわらかい土にマックスのスニーカーのジグザグ模様を押しつけ、あちこちに靴跡を残してまわった。

靴底の模様がこんなに独特なスニーカーをはいてくるべきじゃなかったんじゃないかな、マックス。それと、ここにいて人を殺し、自分が荒らしたあとをきれいに片づけているあいだは、携帯の電源を入れておいちゃいけなかったと思うよ。

ピップは身体の向きを変えて歩き去った。ジェイソンをその場に残し、マックスの靴跡をもう少しつけながら、林を抜けて草地を通り、砂利道へ出るあいだ、死んでいるジェイソンは呼びかけてはこなかった。

ピップは化学品の倉庫のドアを抜けてなかに入り、マックスのスニーカーについた土をコンクリートの床に落とした。

「ヘイ、ここはさっき掃除機をかけたばかりなんだぞ」ラヴィがいらだたしげな感じを装い、顔には隠しきれない笑みを浮かべて、反対側のドア近くに立っていた。こっちの気持ちを落ち着かせようとしている、とピップにはわかった。大仕事を終えたあとは、日常の感覚を取りもどしてほしいとラヴィは思っている。しかしピップはあまりにも計画に集中しすぎていて思考の流れをとめることができず、頭のなかのまだチェックマークがついていない項目を追っていた。もうそれほど多くは残っていない。

「マックスが死体を遺棄したあとに戻ってきて、ここに土を持ちこんだんだよ」ピップはなにかに心を奪われているような声で静かに言い、前へ進みでた。乾きつつある血の川へどんどん近づいていく。川のなかに片方のスニーカーの踵《かかと》を置き、つま先をおろしていって、靴の裏の全面を床に押しつける。

「なにをやってるんだい？」

「マックスはもう一度倉庫に入ってきたときに、誤って血を踏んづけてしまった」ピップは答えたあと、しゃがみこんでマックスのパーカーの袖口を血の川につけた。グレイの地に赤いこすったようなあとがつく。「服にも血をつけてしまった。家で洗ってしみを落とそうとするけれど、あまりうまくいかない」

ピップはまたジッパーつきの保存袋を引っぱりだし、最後に残っている髪の毛を取りだして、乾きかけのべとつく血がたまっているところに落とした。

次に、ラヴィのほうへ足を踏みだした。左足のスニーカーがコンクリート上に赤くて粘つくジグザグ模様を残し、三歩目にはかすれた。

「オーケー、わかった」ラヴィが穏やかな口調で言った。「そろそろピップに戻ってきてほしいんだけど。マックス・ヘイスティングスじゃなく」

ピップは頭を振ってマックスを追いだし、宙を睨みつけていた目をやわらげて、ラヴィを見た。「そうだね、仕事はすんだ」

「よかった。こっちもトランクのほうはすんだ。四回、掃除機をかけた。天井にも、出し入れ式のカバーみたいなやつにも。プラスチックの部分には除菌剤を吹きかけて拭いた。車のエンジンを切ってキーもぬぐった。そのあとで掃除用具と掃除機を見つけた場所に戻してきた。使った雑巾はきみのリュックサックに突っこんだ。きみの痕跡をすべて消し去った。ぼくたちの痕跡を」

ピップはうなずいた。「火があとの始末をしてくれる」

「火と言えば」そこでラヴィが手に持っているものを掲げた。燃料用のポリタンク。ラヴィはそれを振って半分ほど入っていることを示した。「芝刈り機からガソリンをサイフォンの原理で吸いあげることができた。棚を探して細いチューブみたいなものを見つけたんだ。そのチューブを芝刈り機のタンクにさしいれてから、チューブの反対の端に口をつけて吸いこむと、ガソリンが吸いあげられてくる。あとはなんにもしなくてもガソリンをポリタンクに移せる」

「あとでそのチューブも処分しなきゃならないね」ピップはそう言って、頭のなかのリストに新たな項目を加えた。

「うん。きみの服を処理するのと同じ方法でいけると思うよ。ところで、どれくらいのガソリンが必要になると思う?」ラヴィがふたたびポリタンクを振って訊いてくる。

ピップは考えてみた。「三つ、かな」

「ぼくもそれくらいだと考えてた。さあ、こっち、こっち。乗るタイプの芝刈り機のタンクに入ってる」

ラヴィに連れられてだだっ広い機械置き場にふたたび入った。蛍光灯の明かりの下でずらりと並ぶ機械類がきらめいている。ラヴィが一台の芝刈り機のところまで行き、細いチューブをタンクのなかにさしいれ、反対側の端を手袋をはめた指でぎゅっとつまんだあと、ガソリンを吸いあげた。その間《かん》ピップはポリタンクを持ってラヴィのすぐ近くで待機していた。

黄色っぽい液体がチューブのなかを流れ、ポリタンクのなかに少しずつ落ちてくるにつれ、ガソリンの強烈なにおいがあたりにただよいはじめた。ポリタンクがいっぱいになると、ふたりはべつのポリタンクを持ってべつの芝刈り機のほうへ移動した。

なんだか頭がくらくらしだした。ガソリンのにおいのせいか、寝不足か、いったん死にかけてから生還したからか、どれかは定かではない。火がつくのは液体ではなくガスのほうで、ガスが体内に取りこまれたら自分も燃えあがるかもしれない、とピップは思った。

「そろそろ満タンだ」とラヴィ。こっちに言ったのか、ポリタンクに向かって言ったのか、ピップはよくわからなかった。

三つめがほぼいっぱいになったところでラヴィは立ちあがり、両手を打ち鳴らした。「火を起こすものも必要だな。なにか燃えるものが」

ピップは洞窟じみた機械置き場を見まわし、棚に目を走らせた。

「あれ」そう言って、プラスチック製の小さな植木鉢でうまっている段ボール箱のほうへ歩いていった。段ボールを何枚か引きちぎって、マックスのトレーナーのポケットに入れる。

「完璧だな」ラヴィはそう言ってからポリタンクをふたつ持ちあげ、あとのひとつはピップが持った。重い死体を運んだ疲れがまだ腕の筋肉に残っていて、ガソリンはずしりと重く感じられた。

「最初にここに火をつけよう」ピップは言い、まだ燃料がたっぷり入っている芝刈り機の列にガソリンを浴びせ、化学品の倉庫へ向かって後ろ向きに歩きながらガソリンを垂らしていった。

「爆発音がドカーンととどろくようにしたい。窓を割ったことがばれないようにするためにも、窓を吹き飛ばしてしまわないと」

「ここにはドカーンと吹き飛ばすべきものがたくさんあるなあ」ラヴィは言いながら、相棒のあとにつづく途中で肘《ひじ》で電灯のスイッチを切った。ポリタンクを傾け、ふたりで足並みをそろえながら、こちらが垂らしたガソリンの帯に沿ってラヴィもガソリンを垂らしていく。ピップは作業台にガソリンをかけ、ラヴィは傾いたスチールラックに向けてポリタンクを高く持ちあげて全体にガソリンを振りかけ、除草剤や化学肥料のプラスチック製の容器にもまき散らすと、ガソリンの滴《しずく》がスチールラックを伝い落ちていった。

壁も床も、ふたりで倉庫全体をガソリンまみれにし、溝にたまった除草剤の横に新たなガソリンの川が出現した。手持ちのポリタンクはほとんど空になり、ピップは最後の数滴をコンクリートの床にまきつつ、慎重に血だまりは避けた。この部分は燃やさずに残しておきたい。火災がこの場に警察を呼び寄せ、彼らは血痕からジェイソンへとたどりつくだろう。そういう経過を経て、火と血に包まれたこの夜はようやく終わりを迎え、その後は林のなかの捜索がはじまり、彼らのために残しておいたものが無事に発見される。

ラヴィも自分のぶんのガソリンをまきおえ、ポリタンクを背後の倉庫のなかへひょいと放り投げた。

ピップは外へ踏みだし、夜のそよ風を顔に受けて吸いこみ、それでようやく気持ちが落ち着いた気がした。しかしほんとうに気分が落ち着いたのは、ラヴィがとなりに来て手袋に包まれたこっちの手を握ったときだった。彼のささやかなしぐさひとつで心のざわめきが消えた。ラヴィのもう片方の手には最後のポリタンク。

問いかけるような視線を受けて、ピップはうなずいた。

ラヴィはジェイソンのSUVに向きなおった。トランクからはじめ、カーペット敷きの底面や両脇のプラスチックにガソリンをかけていく。出し入れ式のカバーにも、やわらかい素材の天井にも。次に後部座席とその前のスペースをガソリンまみれにし、運転席と助手席にも振りかける。最後にポリタンクをジェイソンが横たわっていた後部座席に置く。いくらかガソリンが残っていて、ポリタンクのなかで音を立ててはねている。

ドカーンと、ラヴィが手もつけて爆発音をまねた。

ピップはすでにマックスの野球帽をかぶっていた。ビニールキャップの上に重ねているので、野球帽が頭にじかに触れることはなく、いかなる痕跡も付着しない。リュックサックを背負うまえになかから最後のものを取りだす。同時にラヴィが口をつけたゴムのチューブをなかに入れた。取りだしたのは、毎晩ママが〈オータムスパイス〉のキャンドルに火をつけるときに使うライター。

ピップは手にライターを持って構え、段ボールの切れ端を掲げた。

カチリと点火させると、小さな青っぽい炎が立ちのぼった。ライターを段ボールの切れ端の角に持っていき、そこに火が燃え移るのを待つ。火が燃え広がるさまを見つめ、もっと燃えろ、もっと、とささやきかける。

「さがって」ラヴィに言ってから、身を乗りだしてジェイソンの車のトランクのなかに段ボールを放った。

明るい黄色の炎が渦《うず》を巻き、うなるような音を立てて爆発したあとはしだいに大きく燃え広がり、こちらの顔をなめるほど勢いを増した。

恐ろしいほど熱く、目は乾き、喉がカラカラになる。

「不要なものを消し去るには火がいちばん」ピップは言い、ライターと段ボールの切れ端をラヴィに手渡すと、ラヴィは倉庫のほうへ歩いていった。

ライターでつけた火が段ボールに燃え移り、弱々しい炎がゆっくりと這いあがっていく。ラヴィが新たに出現したガソリンの川にそれを放ると、小さかった炎は爆発して烈火となり、高く舞いあがって猛《たけ》り狂った。炎がプラスチックを溶かし、金属をねじ曲げはじめると、幽霊の叫び声のような音が響きわたった。

「なにかに火をつけてみたいと、こっそり思っていたんだ」ラヴィは戻ってくると、こっちの手を取って指をからませ、背後で炎が燃え盛るなか、ふたりで砂利を踏みしだいていった。

「そうそう」とピップ。喉はカラカラで声がかすれる。「今夜のリストにもうひとつの犯罪として放火を載せ、チェックマークを入れなきゃ」

「フルハウスがそろったみたいなもんだな。ビンゴ」

ラヴィとふたりでマックスの車に向かう。

〈グリーン・シーン株式会社〉のゲートの外に出る。先が尖った金属製の杭《くい》が並ぶ一対の門はさしずめ大きく開いた口で、本体が燃え盛って崩れ落ちていくなかで、ラヴィとともにその口から吐きだされた。

ピップはゲートを通り抜けながら目を瞬《しばた》かせ、数時間後の門のようすを思い浮かべた。青と白の立ち入り禁止テープが門全体に巻かれて通り抜けできなくなり、いまだに煙が立ちのぼるなか、警察無線をとおして会話する声があちこちから聞こえ、あたりはざわついている。遺体袋をのせたストレッチャーの車輪が甲高い音を立てる。

火災を調べ、血痕を発見し、こちらのシナリオどおりに動く。警察がすべきなのはそれだけ。そうすればもう、この件は自分の手から離れる。

ふたりの手が離れ、ピップは運転席に乗りこんでドアを閉めた。ラヴィは後部座席のドアをあけ、なかに乗りこんでから座席の前のスペースに伏せて隠れた。ラヴィは見られるわけにはいかない。車は幹線道路《A・ロード》を通ってリトル・キルトンへ戻り、そのあいだにできるだけ多くの交通監視カメラに映りこむようにする。運転しているのはピップ・フィッツ＝アモービではなくマックス・ヘイスティングスで、男の頭をかち割って犯行現場に火をつけたあと車で帰宅するところ。カメラが車の窓ごしにとらえるのは、パーカーを着て野球帽をかぶり、運転席にすわっているマックスの姿。

マックスがエンジンをかけ、車の方向を変えた。現場に血の靴跡を残したスニーカーがアクセルを踏む。ずらりと並んでいた芝刈り機が次から次へと吹き飛び、闇夜に銃弾が撃ちこまれるような音が響きわたる。スタンリーの胸に六つの穴があく。

バックミラーに映る、空をピカッと輝かせる黄色っぽい閃光がどんどん小さくなっていく。きっと誰かがあの音を耳にするはず、とマックスとして運転するピップは自分に言い聞かせた。またしても大地を揺るがすような爆発音が、千もの叫び声よりも大きく鳴り響く。波打つ煙の柱が低い空に浮かぶ月を覆う。

43

マックス・ヘイスティングスはジェイソン・ベルを殺したあと、午前三時二十七分に帰宅した。

ピップはヘイスティングス邸の私道に車を乗り入れ、夜に作戦を開始したときに駐車していたのときっちり同じ場所にとめた。エンジンを切る。ヘッドライトが消え、闇が忍びこんでくる。

ラヴィは後部座席で身体を起こし、首のストレッチをした。「ガソリンが爆発したのは壮観だったなあ。今宵の締めくくりに、アドレナリンが出まくりだったよ。最後にスカッとした」

「ほんとだね」ピップは息を吐きだした。「ちょっとしたオチがついておもしろかった」

もちろん、途中で車をとめてガソリンを補充することはできなかった。この車はマックス・ヘイスティングスが運転していることになっていて、ガソリンスタンドには防犯カメラが取り付けられている。しかしなんとか帰ってこられた。いつパトロールカーに出くわすかと緊張していたけれど、いまはもうそんな心配は無用だ。

「ひとりで行ってくる」ピップはリュックサックをつかみ、車のキーを引き抜いた。「できるだけすばやく、静かに。彼がどれくらい深く寝入っているかわからないから。ラヴィは歩いて帰れるよね」

「待ってるよ」ラヴィはそう言って車から降り、静かにドアを閉めた。「きみが無事かどうかたしかめたい」

ピップも車を降り、キーホルダーサイズのリモコンのボタンを押してマックスの車を施錠し、暗闇のなかでラヴィの顔をまじまじと見た。目が充血している。

「彼は意識を失っている」ピップは言った。

「それでも彼はレイプ魔だ。ここで待ってる。行って、仕事をすませてきて」

「オーケー」

ピップは玄関ドアへ音もなく移動し、ダクトテープが貼られている両サイドの防犯カメラを見あげた。鍵穴に家の鍵をさしこんで解錠し、暗く寝静まっている家のなかに入っていく。ソファからマックスの寝息が聞こえてくる。ぐっすり眠りこんでいるらしく軽く鼾《いびき》をかいている。ピップは足音を消すために鼾にあわせて一歩、また一歩と歩を進めていった。途中でマックスのパーカーで車のキーを拭いた。キーには素手で触れていないけれど、念には念を入れておきたい。

まず軽い足取りながらも慎重に二階へあがり、犯行現場でついた土をカーペットに落としていく。マックスの部屋の電気をつけ、床にリュックサックをおろし、マックスの野球帽を脱ぎ、自分の服の上に重ね着していたマックスのパーカーをビニールキャップに引っかからないように注意しながら脱ぐ。念のためにグレイの生地に自分の黒髪がくっついていないか確認する。

だいじょうぶ、ついていない。

両袖をじっくり見て、血痕のしみを見つけた。音を立てずに廊下を横切ってバスルームへ入る。電気をつける。蛇口《じゃぐち》をひねる。血がついた袖を水にひたし、血痕がうす茶色のしみになるまで手袋をはめた手でこする。パーカーを持ってマックスの部屋へ戻り、最初にそれを見つけた洗濯物かごのところへ行く。服の山を脇へ押しのけてグレイのパーカーをねじこみ、いちばん下まで押し入れる。

マックスのスニーカーの靴ひもをほどいて脱ぐと、余分な靴下を五足も重ねてはいた、ばかでかくて見るからに滑稽《こっけい》な足があらわれた。スニーカーのジグザグ模様の靴底にはまだ土がくっついていて、ワードローブのいちばん奥に置くと同時に土が離れて落ち、それを隠すためにほかの靴を周辺に重ねて置いた。土を隠したのはマックスに見つかると困るからで、こっちが頼りにしている人たち、つまり鑑識チームはかならず見つけてくれるだろう。

野球帽をふたたび手に取り、もともと掛かっていたいちばん上のフックに戻し、ワードローブの扉を閉めた。リュックサックのところに戻って自分のスニーカーをはき、リュックサックからマックスの携帯が入った保存袋を取りだした。それを手に持って階段を静かにおりていく。

廊下をすり足で歩いていき、マックスに少しずつ近づいていくうちに、ふいに後ずさりして隠れてしまいたい衝動に駆られた。鋭角的な顔のまんなかにあるふたつの明るい色の目がぱちりと開いたらどうしよう、と思ってしまったから。殺人者の顔。人びとはそう思いこむはず。もう少し近づき、ソファの背もたれごしにマックスをのぞきこむ。六時間以上まえに最後に見たときとまったく同じ姿勢。ソファの肘掛けに置いた冷凍豆のパックに頭をのせ、頬とパックには涎《よだれ》がついている。目のまわりには色が濃くなってきた痣。全身を震わせるほど深い呼吸を繰りかえしている。

マックスはまだ気を失っている。ピップはソファをつついて確認してみた。マックスが身じろぎした場合にさっと頭を引っこめる準備をして。マックスはぴくりともしなかった。

ピップはじりじりと近づいて、保存袋からマックスの携帯を取りだし、コーヒーテーブルの上に戻した。次に青い水筒を手に取ってキッチンへ持っていき、何度かすすいでから水を入れた。こうしておけば水筒にクスリを入れた痕跡は消え、カスも残らないはず。

飲み口をあけて水筒をコーヒーテーブルに戻す。ふいにマックスがため息かと思うような震える息を大きく吐きだし、ピップは視線をさっとマックスの顔に向けた。

「あのさあ」マックスを見おろしてささやく。マックス・ヘイスティングス。ある意味で、基準となる人物。善悪を判断する際に悪の基準となる男で、こいつは悪そのものだけれど、こちらはそうじゃない。「誰かになにかを自分の飲み物に入れられて、自分の人生が破滅するのは最低だってこと、これであんたにもわかるよね」

ピップはマックスの家を出て夜のなかへ戻り、星々があまりにも明るすぎて手で目を覆った。

「問題なし？《ユー・グッド》」ラヴィが訊いてきた。

答えかけたとたんに息がもれ、笑い声のようになる。ラヴィになにを訊かれたかはわかっているけれど、その質問は深いところに突き刺さり、腹のあたりで反響してそのまま居すわった。

ううん、わたしはもう〝グッド〟じゃない。今日以降、もうけっして〝グッド〟にはなれない。「疲れた」ピップは言った。思いがけず下唇が震えた。なんとか震えを抑え、自制する。ここで壊れるわけにはいかない。まだぜんぶ終わっていないのだから。でも終わりは近い。「問題なし」ラヴィに答える。「あとは防犯カメラからダクトテープをはがすだけ」

はがしているあいだ、ラヴィは道路で待っていた。何時間かまえにダクトテープを貼った防犯カメラに近づいていき、テープをはがしたあと、反対側のカメラのテープをはがすために家の後ろをまわりこんでいく。でもいまそうしているのはもちろん自分ではなく、マックス・ヘイスティングス。そしてマックスになりかわるのもこれが最後になる。そもそも、そんなふうにしてここにいるのは不快きわまりない。マックスの頭のなかに入りこむのも、こっちの頭に入りこまれるのも。あの男は歓迎されざる者。

正面の柵を乗り越え、月明りに照らされる通りに立つラヴィを見つけた。ラヴィは相棒を見捨ててはいないし、月はまだ道を示してくれる。

ふたりはようやくラテックスの手袋をはずした。ピップはラヴィの指のあいだに自分の指を滑りこませ、自分と同様にラヴィの手の皮膚も湿ってしわしわになっているのに気づいた。いつもこうして手をつなぐと安心する。いまもそうであってほしいと願う。ラヴィに家まで歩いて送ってもらうあいだ、ふたりは手をつなぐだけで話はしなかった。互いにすべてを話しおえ、もう語るべき言葉は残っていないかのように。月とラヴィと自分。私道でラヴィと別れの挨拶を交わしながら、この世にはもう、月に照らされたふたりしか存在しないのではないかと思えてならなかった。

ラヴィの腕のなかに包まれる。こうしてぎゅっと抱きしめられていれば、自分はいなくならずにすむような気がしてくる。今日は一度いなくなりかけた。自分は行方不明になり、ラヴィに言った〝さようなら〟が最後の別れの挨拶になるところだった。ピップはラヴィのどんなときでも温かい首もとに顔を押しあてた。

「愛してる」とピップ。

「愛してる」とラヴィ。

ピップは〝愛してる〟をしまいこみ、音を立てないように玄関ドアを解錠してなかに入りながら、頭のなかにいるラヴィに何度もささやいてもらった。

ギシッと鳴る段を抜かして階段をあがり、漂白剤のにおいがする自分の部屋に戻った。

とたんに泣き崩れる。

ベッドに倒れこみ、まくらを顔に押しつけて。DTにされたみたいに顔がなくなってしまった気がしてくる。声を押し殺して泣きじゃくっていると、吐き気がしてきて、喉は裂け、胸のなかで閉じていた縫《ぬ》い目がほつれはじめ、ほどけたまま中身がさらけだされる。

ピップは泣き、泣くのを自分に許し、もう二度ともとには戻れない女の子のために数分間、悲嘆にくれた。

しばらくして身体を起こし、気を引き締めなおした。まだ終わっていないから。いま気づいたとでもいうように息を吐きだし、死にゆく女の子《デッド・ガール・ウォーキング》さながらにカーペットの上をふらふらと歩いていく。

漂白剤が入ったプラスチック容器を慎重に部屋の外に運びだし、娘が動きまわっているのがばれないよう、廊下の先の部屋で眠っている父親の鼾にあわせて歩を進めた。バスルームに入り、容器をゆっくりと傾けて、漂白剤入りの水をシャワーの排水口に流す。なかはびしょ濡れの服とテープだけになり、どれもあちこち漂白剤で色落ちしている。

中身が入った容器を自分の部屋に再度、運び入れ、ドアはしっかりと閉めずに隙間があいたままにする。これからの数時間、何度も出たり入ったりするだろうから。

リュックサックから大きめのフリーザーバッグ――いまはなにも入っていない――を取りだしてカーペットを保護するために敷き、漂白剤入りの水に濡れたものを容器から取りだしていく。その上に処分すべきものをリュックサックから取りだして加えていく。分解したりして処分すれば、これらの品と自分が結びつけられることはないはず。どうすればいいかはわかっている。

机のいちばん上の引き出しから大型のはさみを取りだし、赤いプラスチックの柄に指を滑りこませた。カーペットの上に積まれた山を見おろしてじっくり眺めたあと、頭のなかにチェックマークを入れるべき新たなアイテムを列挙していく。細かいけれど、すぐに対処すべきアイテムを、ひとつずつ。

□スポーツブラ　□使用済みのラテックスの手袋×3　□替えのTシャツ
□レギンス　□ダクトテープ
□パーカー　□ニーシャ・シンのミトン　□使い捨て携帯
□スニーカー　□ジェイソンの使い捨て携帯
□ゴムのチューブ　□雑巾
□〈グリーン・シーン〉の手袋×2　□ロヒプノール　□替えの下着

一番目のアイテムからはじめ、ピップは事件のさなかにずっと身に着けていた、湿って白く色落ちしているスポーツブラを手に取った。錆色《さびいろ》の血痕は消えて裸眼では見えないが、かならず付着しているはずだ。

「お気に入りのスポーツブラだったのに、くっそー」ぶつぶつ独り言を言いながらブラにはさみを入れていき、伸縮性の素材を細長い布切れにし、そのあとで小さな四角形に切っていった。ジェイソン・ベル、もしくは彼の血に触れてしまったレギンス、パーカー、そのほかのすべての服を同じように切っていく。雑巾も。まずは布切れに、それから小さな四角形に切っていくあいだ、十マイル離れた事件現場を頭に思い浮かべた。消防隊が中規模の敷地整備と清掃の会社で発生した、もはや手をつけられないほど燃え盛っている火災現場に到着する。現場に急行したのは不安に思った近隣住民からの通報を受けたため。近隣といっても叫び声が聞こえるほど近くはなく、夜に爆発音が聞こえるくらいは近い。通報者は花火が打ちあげられているのかと不思議に思ったと語る。

目の前に積まれた濡れた衣類が、ふぞろいの四角形に切られた生地に変わっていく。

次は手袋。ラテックスの手袋は二インチ角に細かく切っていく。〈グリーン・シーン〉の作業用の手袋の素材は厚く、切るのに苦労するけれど、根気強くはさみを入れ、ロゴを切り刻んでいった。ラヴィのママのミトンも。これは犯行現場とはつながっていないけれど、ラヴィはマックスの車に乗りこんだときにこれをはめていて、もしかしたら車内に繊維が残されているかもしれない。だから、これも細かく切って処分しなければならない。間違いやうっかりしたミスが許される余地はなく、微細な繊維といえども、それひとつで計画は潰え、ピップ・フィッツ＝アモービは破滅する。

ダクトテープを二インチ角に切っているときに、左の眉毛の一部がなぜハゲているかがわかった。ごく短い毛が顔に巻かれていたテープにくっついていたのだ。最後にゴムのチューブを短く切ってばらばらにし、スニーカーと二台の使い捨て携帯を脇に置いた。スニーカーと携帯はべつの方法で処分しなければならないだろう。

しかし目の前で山をつくっている細かいものは、すべてひとつの場所へ行く。トイレへ。

ありがとう、下水処理システム。家の排水管を詰まらせないかぎり――そういうことが起きないように素材を小さく切った――ここにある有罪を示すすべての証拠は最終的に公共の下水処理センターへ行き着き、遡《さかのぼ》って出どころが自分、もしくはこの家だと突きとめることは不可能だ。いずれにしても、発見されもしないだろう。人びとがトイレで流すものを考えれば、ごくあたりまえの話だ。とにかく、証拠になりえるものはゴミとして下水道から取り除かれ、どこかの埋め立て地に行き着くか、焼却処分されるはず。消滅すると言って差し支えないだろう。痕跡はなし。水ももらさぬ、鉄壁のアリバイ。排水管はけっして詰まらない。

ピップは最初に残りのロヒプノールが入った透明な袋をつかんだ。錠剤に見つめられているような気がして気持ちが揺れるが、これを手もとに置いていたら自制できるか心もとない。小さく切った素材もひとつつかみ、手に取り、足音を忍ばせてバスルームまで歩き、ドアを閉め、手を便器に向け、中身をぜんぶ落とす。

水を流して落としたものが消えていくのを見守る。錠剤が渦を巻く水に最後に呑みこまれていった。家族は目覚めないだろう。死んだように眠っているのだから。それに水が流れる音は静か。バスルームのドアが閉まっていればなおさらに。

便器にはいつもどおりふたたび水がたまった。よし。だからといって調子に乗ってはいけない。毎回ひとつかみずつ流し、一度流したら数分の間隔をあける。そうすれば排水管のどこかにたまることはないだろう。

ピップは頭のなかですばやく計算した。トイレは家族が使う二階のバスルーム、つまりここと、階下の玄関近くにある。トイレは二カ所、毎回ひとつかみ、証拠は山となって残っている。この作業にはけっこうな時間がかかるだろう。しかし家族が起きだすまえにやりおえねばならない。その一方で、疲れているからといってさっさと終わらせようとしてはいけない。一度に大量に流したら、排水管を詰まらせてしまう。

再度ひとつかみの素材を運ぶために部屋に戻り、カップの形に丸めた両手にのせて階段を忍び足でおり——下から三段目は抜かして——トイレへ行って流す。

二階のバスルームへ行き、次に階下のトイレへ行く。行き来するあいだに水をためるための時間を充分にあける。水を流すときは毎回、身体を折り曲げ、便器にふたたび水がたまってこないようすを見てつかの間《ま》、軽いパニックに陥《おちい》る。ああ、もうだめ、便器が詰まっちゃった。もうこれで自分は終わりだ、すべておしまい。しかし毎回、水はふたたびたまる。

消防隊が燃えつきた車を見てガソリンのにおいを嗅ぎとり、すぐさま警察に連絡を入れるだろうか。あきらかな放火事件として。もしくは、消防隊は火を消しとめるまで警察への連絡を待ち、崩れ去った建物の床に血痕がついたコンクリートの床を発見するだろうか。

もうひとつかみ。また水を流す。ピップは繰りかえし同じ動作をおこなうことで気持ちを落ち着かせ、手を自動的に動かしながら、とにかくこの仕事をこなすことだけを考えた。二階にあがって、また下へおりる。こまかく切った素材の山へ行き、つかむ。

午前六時、乾ききった目の奥で頭がまた勝手に動きだした。この時刻に、警察はいまだ煙が立ちのぼる現場に到着し、消防士が放火の決め手となるものを指し示しているあいだにうなずいているだろうか。誰かがここを容赦なく破壊したのはたしかで、もしかしたら殺人がおこなわれた可能性もある、と推測しているだろうか。ハンマーを目にしたら、誰だってそれが凶器かもしれないと考える。もう周辺の捜索を開始している？　そうであれば、警察が防水シートと、それに包まれた死体を発見するのは時間の問題だ。

すぐに刑事が現場に呼ばれるだろうか。おそらく呼ばれるのはホーキンス警部補で、日曜日の朝寝を邪魔された彼は深緑のジャケットを着ながら鑑識に電話を入れ、すぐに現場で落ちあおうと言うのだろうか。

階段をおりる。水を流す。二階へあがる。処分するものをつかむ。

「犯行現場を保存しろ」早朝の冷たい空気に顔と目を嚙みつかれながら、ホーキンスが吠える。「検死官はどこだ？　わたしが写真を撮り、靴底の模様を見るまでは、検死官以外は死体に近づけるな」

水を流す。

時刻はすでに六時と七時のまんなかあたり。いまごろは検死官が鑑識用の防護服を着て現場に到着しているだろう。検死官は最初になにをするだろうか。死体の体温を測る？　硬直の具合をたしかめるために筋肉にさわる？　ジェイソンの背中の皮膚を親指で押して、皮膚の変色がまだ白色化するかどうか調べる？　体温、硬直、白色化。ピップは呪文のようにそれを頭のなかで繰りかえした。体温。硬直。白色化。

いまこのとき、検死官は死体現象を調べて、男性の死亡した推定時刻の範囲を割りだしているだろうか。観察をしながら写真を撮っているだろうか。ホーキンスがそのようすを少し離れたところから見ている。それがいま起きていること？　十マイル離れたところですべての責任を負う人物が、ピップ・フィッツ＝アモービが生きのびるか破滅するかを決める人物が、動きだしている。

階下におりる。水を流す。

警察は死んでいる男の身元をすでに割りだしただろうか。ホーキンス警部補は彼を知っていて――知り合い、おそらく友人同士――彼の顔を見れば誰だかわかるはずだ。ホーキンスはドーン・ベルに連絡するだろうか。彼はベッカに電話するだろうか。

ピップは指でカーペットの上に敷いたフリーザーバッグに触れた。そこに残っているのは小さく切った四枚の素材だけ。一枚はレギンスの一部だったもののようで、二枚はラテックスの手袋、あとの一枚はパーカー。

立ちあがって、〝これで最後〟という思いでひとつ息をついたあと、トイレに行って水を流し、渦巻く水が最後にすべてを押し流して呑みこむのを見守る。

すべて終了。

排水管はけっして詰まらなかった。

ピップは服を脱いで、ふたたびシャワーを浴びた。肌にはなにも付着していないが、まだ汚れが落ちきっておらず、なんらかの形で痕跡を残している気がしてならなかった。シャワーのあとで洗濯物かごのいちばん上に黒いパーカーとレギンスを放る。これらの服には有罪判決に結びつくようなものはなにもついていないはずだけれど、念のためにあとで洗濯しておこう。

パジャマを着て、上掛けにくるまれて丸くなり、震えた。

目を閉じることができない。そうしたくてたまらないのだけれど、できないのはわかっている。だって一秒ごとに……

両親の部屋から目覚まし時計の音が聞こえてきた。鳥の鳴き声で、本来ならそれでさわやかに目覚めるのだろうが、ママが携帯のボリュームを目いっぱい大きくしているので、さわやかとはほど遠い。ピップにはそれが世界の終わりを告げているように聞こえ、頭のないハトの群れが窓にぶつかってくる姿が目に浮かんだ。

午前七時四十五分。日曜の朝にしてはずいぶん早い。でも両親はジョシュをレゴランドへ連れていく約束をしている。

ピップはレゴランドに行くつもりはなかった。行けない。ひと晩じゅうトイレにこもって吐いていたのだから。胃が痙攣《けいれん》して震え、それで上と下のトイレを行き来していたのだから。百回くらいトイレの水を流し、あげくの果てになかにこもって便器にもたれかかっていた。だからゴミ箱のなかにあったプラスチック容器が自分の部屋にあり、部屋に漂白剤のにおいがただよっている。漂白剤でゲロのにおいをまぎらわせようとしたから。

廊下の向こうからママがジョシュを起こす声と、早起きする理由を思いだした弟が興奮気味に発した声が聞こえてきた。声があちこちから聞こえ、パパがベッドから出て伸びとともに大きなため息をつくのも耳に届いた。

ふいに部屋のドアをやさしくノックする音がした。

「はい」声がかすれてざらざらしている。このぶんなら具合が悪そうな声をつくらなくてすむ。

すっかり壊れたような声をしているのだから。自分は壊れてしまったのだろうか。人生のなかでいちばん長かった一日がはじまるまえから、きっと自分は壊れていたのだろう。

ママが部屋のなかをのぞきこみ、そのとたんに鼻のあたりに皺《しわ》を寄せた。

「なんだか漂白剤のにおいがする」困惑顔のママがベッドの脇に置かれたプラスチック容器に目を向ける。「まあ、ダーリン、具合が悪いの？　ひと晩じゅうトイレの水を流す音が聞こえたとジョシュが言っていたけれど」

「午前二時ごろからずっと吐いてた」ピップは洟《はな》をすすった。「それはべつとして。ごめんね、誰かを起こすつもりはなかった。部屋に容器を持ってきたはいいけど、容器がゲロくさくなっちゃって、だからトイレの漂白剤ですすいだ」

「スウィーティー、だいじょうぶ？」ママが部屋に入ってきてベッドの上に腰をおろし、娘の額《ひたい》に手の甲《こう》を押しあてた。

ピップは母に触れられて、もう少しで壊れそうになった。この場のこれ以上ないほどの日常の雰囲気に押しつぶされて。娘をもう少しで失うところだったことを知らない母。いや、計画がうまくいかなかったら、検死官がホーキンスに告げる数字がこちらの望まないものだったら、母は娘を失うかもしれない。自分がなにかを見落としていて、解剖でそれが判明したら。

「熱が少しあるみたいね。どこか悪いのかしら」手ざわりと同じくらい声はやわらかく、ピップは生きてふたたびその声を聞けてうれしかった。

「かもしれない。もしくは、食べたものがいけなかったのかも」

「なにを食べたの？」

「マクドナルド」ピップは答えて、口の両端を持ちあげて笑った。

ママの見開いた目が〝そんなものを食べるから〟と言っている。それから背後のドアをちらりと見た。「ジョシュに今日はレゴランドへ行くって言ってしまった」どうすべきかわからないといった口調で言う。

「みんなで行ってきて」ピップは言った。お願いだから、行って。

「でもピップは具合が悪いんだし。家にいて、ピップの面倒をみなくちゃ」

ピップは首を振った。「ほんとのところ、もうそれほど気分は悪くないの。少しずつ回復に向かってると思う。いまはただ眠りたいだけ。わたしならだいじょうぶ。お願いだから行ってきて」どうしようか考えているのか、ママの目が揺れている。「ママが行かないって言ったらジョシュがどんなにがっかりするか考えてみて」

ママが笑顔を浮かべてこっちのあごの下を軽くつついた。あごが震えていることに気づかれませんようにとピップは願った。「ここで押し問答してもしかたないわね。でもほんとうにだいじょうぶなの？　ラヴィに来てもらって、ようすを見ていてもらうっていうのはどう？」

「ママ、ほんとにわたしはだいじょうぶだから。これから寝るね。一日、寝てる。大学進学に向けて英気を養わなきゃ」

「わかった。それならせめてお水を持ってくるわね」

娘が具合が悪くていっしょに行けないと聞いて、もちろんパパもようすを見にきた。

「ほんとうに行けないのかい、わたしのかわいいピックルちゃん」パパがそう言ってすぐ横に腰かけると、ベッドが沈みこみ、ピップは父の膝へ転がっていきそうになった。身体にはもうまったく力が残っていないから。「ひどい顔をしている。弓折れ矢尽きたか?」

「弓折れ矢尽きた」

「水をたくさん飲みなさい。あっさりしたものだけを食べるんだよ、人生の楽しみを奪うようで申しわけないが。たんなるトーストとか、おかゆとか」

「うん、わかってるよ、パパ」

「オーケー。ママによると、きみは携帯をなくしたそうだな。どうやら昨日の晩にきみからその件を聞かされたようだが、わたしはそういうことは覚えていられなくてね。二、三時間後に家の電話に電話をかけるよ、きみがまだ生きているかどうか確認するためにね」

そこで父は出ていこうとした。

「ちょっと待って!」ピップは身体を起こし、上掛けをはごうとした。ドア口で父が足をとめた。「愛してる、パパ」小さい声で言う。最後に言ったのはいつだっただろう。よかった、自分はまだ生きている。

父がにやりとした。

「なにがほしいのかな?」そう言って、あははと笑う。「財布はべつの部屋に置いてあるんだがなあ」

「ちがうよ、なんにもほしくなんかない。ただ言ってみただけ」

「ああ、そうか、じゃあわたしも言っておこうかな。愛してるよ、ピックル」

ピップはみなが出かけるのを待ち、車が私道を出ていく音が聞こえると、カーテンの隙間から家族が車で走り去るのを見つめた。

そのあとで最後の力を振り絞り、立ちあがって足を引きずるようにして部屋を横切った。リュックサックの奥に隠してあった濡れたスニーカーと二台の使い捨て携帯を手に取る。

チェックマークを入れていないアイテムが三つ残っていて、いまなら片づけられる。ゴールラインに向けて這いすすむ自分に、頭のなかのラヴィが〝きみならできる〟と声をかけてくる。

ピップは自分の使い捨て携帯の背面のカバーをはずした。バッテリーとＳＩＭカードを引き抜く。小さなプラスチックのカードのちょうどまんなかあたりを両手の親指でパキッと割り、ジェイソンの使い捨て携帯も同じように処理する。それらをすべて持って階下へおりる。

ガレージに出て、父の工具類が置いてあるところへ行く。小声で〝くそダクトテープ〟と毒づきながら拝借したテープをもとの場所に戻す。次に父の電動ドリルを手に取り、少しのあいだトリガーを引いて先端の工具が空気をかきわけるようにして回転するのを眺めた。いよいよ本番とばかりに、以前は引き出しに入っていたノキアの携帯の画面にドリルの先端を突き刺して粉々にすると、新しくあいた穴のまわりにプラスチックの破片が飛び散った。ＤＴキラーのものだった使い捨て携帯にも同じ処理をする。

大きめの黒いゴミ袋にスニーカーを入れて、口をしっかりと結ぶ。べつの袋にはＳＩＭカードとバッテリー。さらにべつの袋にはドリルで粉々にした使い捨て携帯。

ピップは玄関ドア近くのラックに掛けてあるロングコートをつかみ、サイズがあっていない母の靴に足を滑りこませた。

時間はまだ早く、通りにはほとんど人気《ひとけ》がなく、町全体も静かだった。片手にゴミ袋、もう一方の手にコートを持って、おぼつかない足取りで通りを歩いていった。前方に犬を散歩させているミセス・ヤードレーが見えた。とたんに身体の向きを変え、反対方向へ進む。

月はすでに消えているので自分で進むべき道を決めなければならないのに、なんだか目がへんで、データがきちんと読みこまれていないときみたいに、世界がおかしなふうにつっかえつっかえ動いて見える。

ものすごく疲れている。身体が自分に見切りをつけようとしている。足を持ちあげられず、しかたなく引きずって歩道の端につまずく。

ウェスト・ウェイを歩いていって、思いつきで家を選ぶ。一三番地の家。よくよく考えてみると、まったくの思いつきではないのかもしれない。その家の私道の端に車輪つきの普通ゴミ用の黒いゴミ容器があった。ピップは蓋をあけてすでに黒い袋が入っているのを確認した。そのあとでいちばん上の袋を取りだし、なにかが腐ったにおいがただよっても気にせず、スニーカーが入った袋を容器のなかに入れ、ほかのゴミの下にうもらせるようにして、上にさっき取りだした袋をのせた。

次はロマー・クロース。かつてハウィー・ボワーズが住んでいた通り。ピップはハウィーの家まで歩いていった。とはいえ、もうそこは彼の家ではないけれど。車輪つきのゴミ容器の蓋をあけ、ＳＩＭカードとバッテリーを入れた黒い袋をなかに突っこむ。最後の袋。本体にドリルで穴をあけられたノキア８２１０とほかの種類のノキアが入っている。ピップはウィヴィル・ロードに建つ、自分好みの前庭に赤っぽい木が植わっているすてきな家の前のゴミ容器に袋を入れた。

頭のなかにある最後のボックスにチェックマークを入れ、木を見あげて笑みを浮かべた。夜の出来事はすべて葬《ほうむ》り去られ、頭のなかで砕け散った。

ゴミが収集されるのは火曜日。なぜ知っているかというと、毎週月曜日の夜になると、ママが家じゅうに響く声で〝もう、ヴィクターったら、ゴミを外に出すのを忘れてる！〟と叫ぶから。

二日後に使い捨て携帯とスニーカーは埋め立て地に向かい、ほかのものとともに消え去る。それで自由になれる。自分はやり遂げた。

家に帰りついたものの、玄関ドアを抜けるときにつまずいてしゃがみこんでしまった。いまや身体がガタガタ震えている。恐ろしい夜を過ごし、もっとも必要としたときに身体を動かしつづけてくれたアドレナリンが尽きた余波で、身体がこんなふうに反応しているのだろう。でも、もうなにもしなくていい。もうどこへも行かなくていい。

ベッドに倒れこむ。まくらに頭をのせることさえできないほど弱りきっている。ここにいればだいじょうぶ。心地よくて安全で静かだ。

計画は成し遂げられた。ひと休みしてもいいだろう。

自分にできることはもうなにもない。それどころか、なにもやらず、友人たちとジャンクフードを食べにいって、あとは寝るだけでなにもしないといった生活を送るべきなのだ。少ししたらラヴィに家の固定電話から電話をかけて自分の携帯をなくしたと伝えよう。そうすれば会話の記録が残る。ラヴィとは会っていないから、こっちが携帯をなくしたことをラヴィはもちろん知らない。月曜日に新しい携帯を買いにいかなきゃ。

ただ、ふつうに生活する。そして、待つ。

彼の名前をグーグルで検索しない。車で彼の家まで行ってようすを見たりしない。我慢できずにニュースサイトを次々にのぞいたりしない。どれも殺人者のすることで、自分は殺人者ではないのだから。

しかるべきときが来ればニュースは流れるだろう。ジェイソン・ベルが死体で発見される。殺人事件が起きた。

そのときまで、自分はただふつうに生活しなければならない。ふつうの生活とはどういうものだったかを思いだしながら。

目を閉じて、空洞になった胸で深く呼吸するあいだに、新たな闇が忍び寄ってきて、それに呑みこまれる。

ようやく眠りに落ちる。

44

ピップは待った。

顔や両手首の擦《す》り切れた肌がもとに戻りはじめるのを感じつつ、ピップは待った。

知らせは月曜日には訪れなかった。夜十時のニュースが流れるなか、ソファにすわり、ママがパパにゴミを出してと大声で言うのを聞いていた。

知らせは火曜日にも訪れなかった。新しい携帯電話のセットアップをしているあいだも、一日じゅうBBCニュースを流していた。なにもなし。死体はひとつも発見されていない。夜にラヴィが訪ねてきたときもずっとニュースを流していた。なにかにとりつかれたようなまなざしで会話し、互いの手をそっと触れあわせるあいだも。言葉で語ることはできない。自分の部屋の閉じられたドアの向こうに行くまでは。

警察はまだ彼を発見していないの？　そんなのありえない。火災が起きて、血痕があったはずなのに。〈グリーン・シーン〉の従業員は間違いなく知っているはず。異常事態が発生したとして、出社がさしとめられている理由を聞かされているはずだから。火災が発生し、殺人事件が起きたと。ちょっと調べてみよう――

だめ。なにかを調べたりしてはいけない。検索した痕跡が残ってしまう。

知りたいという衝動と闘い、待つしかない。誘惑に負けたらつかまってしまう。眠れない。自分はなにを期待していたのだろう。いまの自分にはなにもなく、だからついなにかを期待してしまうのかもしれない。目を閉じたらふたたび開くことはないのではといつも怯えている状態なのだから。目はテープでふさがれ、息をしようにも口までテープでふさがれているのではないかと。鼓動のかわりに銃声が聞こえる。気持ちを落ち着かせるどころか疲労感しかもたらさない。

「ハロー、お寝坊さん」水曜日の朝、ふらつきながら、いつもの癖《くせ》で下から三段目を抜かして階下へおりると、ママが声をかけてきた。「午前中の内覧がいくつか中止になったから、コーヒーを淹れて朝食を用意しておいたわよ」

パンケーキ。

キッチンアイランドのスツールに腰かけ、コーヒーをひと口飲む。まだざらついている喉には熱すぎる。

「ピップが大学へ行ってしまったら、さびしくなるだろうな」正面に腰かけたママが言う。

「いつだって会えるよ」ピップは言い、お腹はすいていないけれど、母をよろこばせたくて口いっぱいにパンケーキをほおばる。

「そうだけど、いままでと同じってわけにはいかないでしょ。まあ、それが子どもが成長したという証《あかし》で、そういうふうに時は過ぎていくのかな」カウンターに置いてある携帯がピンと鳴り、ママは話を中断してそっちをちらっと見た。「なんだろう」そう言って携帯を手に取る。

「同僚のシボーンからのテキストメッセージ。テレビをつけてニュースを見ろだって」

心臓のまわりで胸が締めつけられ、肋骨《ろっこつ》が折れる音で頭がいっぱいになる。首は冷たくなるのに、顔はほてっていく。例の件？　ほかのどんな件でシボーンがニュースを見ろなんて言ってくる？　ピップは関心のなさそうな表情を保ち、自分の手になにか仕事をさせるためにフォークでパンケーキをつついた。「なんで？」なにげないふうを装って訊き、下を向いた母の顔を見つめる。

「わからない。テレビをつけろとしか言ってきていないから。学校でなにかあったのかもしれない」ママはスツールからおりて、急ぎ足でリビングルームへ向かった。

一瞬待ち、もう一瞬の間をおいてから、喉もとにせりあがってきたパニックの気配を呑みこもうとした。例の件だ。ついにすべてが現実になるときが来た。いや、現実とはちがう。自分は人生をかけてじょうずに演技をし、それを披露しなければならない。ピップはフォークを置いて母のあとを追った。

リモコンはすでに母が持っていて、テレビがついていた。画面に映っているのは、昨晩そのままにしておいたBBCニュース。

いちばん下の帯に文字が流れてきて、アナウンサーの姿が半分隠れている。

〝ニュース速報〞

カメラを見ながらしゃべるアナウンサーの眉間《みけん》に皺が寄る。

〝……バッキンガムシャーに悲劇に見舞われる確率がほかに比べてかなり高い町があります。

六年前、アンディ・ベルとサル・シンのふたりのティーンエイジャーが死亡し、以来この件はわが国でもっとも多く語られる事件のひとつになりました。四カ月半前には、スタンリー・フォーブスという名でリトル・キルトンに在住していた男性が、チャイルド・ブランズウィックだった事実をあきらかにされたうえで、銃で撃たれて死亡しました。容疑者のチャーリー・グリーンは逮捕され、先週起訴されています。そしてまたしてもこの小さな町はニュースで取りあげられることになったのです。地元警察が本日確認した内容によると、アンディ・ベルの父親である、リトル・キルトン在住のジェイソン・ベル氏が遺体となって発見されたとのことです〟

恐怖のためか、ママの口が開かれている。ピップは母と同じ表情を自分の顔に張りつけた。

〝警察は殺人の疑いがあるとみて、さきほどアマーシャム警察署の前で見解を発表しました〟

画面がニューススタジオから明るめの外の風景に切りかわり、曇天《どんてん》のもと、よく知っている黄褐色の建物が映しだされた。悪夢そのものの場所が。

駐車場に会見台が設置され、台に置かれたマイクが風でかすかに揺れている。

彼が清潔なシャツ、こぎれいなスーツ姿で会見台の後ろに立っている。中綿入りの深緑のジャケットは記者会見の席には不適切だとみなされたらしい。

ホーキンス警部補が咳払《せきばら》いをする。「日曜日の早朝にきわめて遺憾《いかん》ながら遺体で発見された男性は、リトル・キルトン在住、年齢、四十八歳のジェイソン・ベル氏であることが、本日、確認されました。遺体はノティ・グリーンを拠点とする、氏が所有していた会社の敷地内で発見されました。われわれはベル氏の死亡を殺人事件として捜査を進めており、いまは初動捜査の段階なので事件の詳細についてこれ以上のコメントは控えます。土曜日の夜遅く、ノティ・グリーンの当該エリア、とくにウィザーリッジ・レーン付近でなにか不審なものを目撃した方がいたら、情報を寄せていただきたい」

〝目撃者なんかいないよ〟ピップはテレビの画面ごしに彼の目を見て、心のなかでつぶやいた。誰ひとりとして自分が叫ぶ声を聞いた者はいない。それともうひとつ。土曜の夜遅くって、いまホーキンスは言ったよね？　でもそれって何時のこと？　実際のところ、どんな意味にもとれる。七時とか。もっと早い時間とか。訊かれた人によって答えはちがってくるだろう。言葉があまりにもゆるく、曖昧《あいまい》すぎる。こっちのシナリオどおりに動いてくれるかどうか、いまのところはまだわからない。

「なにか質問は？」ホーキンスは間をとり、カメラをとおして見つめてくる。「どうぞ」誰かを指名する。

声の主は画面には映らない。「彼はどのようにして亡くなったんですか」

ホーキンスが呆れ顔を向けてくる。「現在、捜査中なので、そういった質問には答えられない」

頭をハンマーで殴られて死んだ、とピップは心のうちで回答した。少なくとも九回、殴られて。あきらかな過剰殺傷。怒りに駆られた者による犯行。

「ひどい」ママが手で顔を覆って言う。

ピップはうなずいた。

カメラの背後からべつの声が飛んできた。「娘さんのアンディの死と関係があるんでしょうか」

ホーキンスは一瞬、声のほうに鋭い視線を向けた。「アンディ・ベルは不幸にも六年以上まえに死亡しており、彼女の事件は昨年、解決に至っています。わたし自身、彼女が失踪した折に捜査を担当しました。わたしはベル家と交流があり、ジェイソンの身になにが起きたのか、誰が彼を殺害したのか、かならずあきらかにしてみせます。以上」

ホーキンスはそっけなく手をひと振りして会見台から退き、画面はふたたびニューススタジオに切りかわった。

「ひどい、あんまりだわ」ママが首を振りながら言った。「信じられない。ほんとうにお気の毒なご家族。ジェイソン・ベルが死ぬなんて。しかも殺されて」顔をこわばらせてこっちを見る。「だめよ」指を一本立てて、きっぱりとした口調で言う。

自分はこの状況にそぐわない表情を浮かべたのだろうか。ジェイソン・ベルは死んで当然の人間だが、そういう心のうちを母がこちらの表情から読みとってしまった？「なにが？」

「あなたの目が一瞬キラッとしたのをわたしは見逃さないわよ、ピップ。この件にのめりこんじゃだめですからね。調査をはじめたりしちゃだめ」

ピップはテレビに視線を戻して、肩をすくめた。

ご賢察のとおり、それがまさしく自分がやろうとしていること。

今回の記者会見で事件をはじめて知ったとしても、自分は調査を開始するだろう。それが自分がやってきたことだから。事件の調査。死んだ人たち、行方不明になった人たちに引き寄せられ、〝なぜ〟と〝どのようにして〟を追いかける。それを期待される。そうするのがふつうだと思われる。だから自分は人びとが期待するとおり、ふつうにふるまわなければならない。

計画の最後のパートがはじまる。昨晩ラヴィといっしょにささやきを交わして何度も何度もつくりなおした計画が。捜査に干渉するけれど、首を突っこみすぎない。方向をそれとなく提示するけれど、導きはしない。

警察が見つけるべき殺人者はすぐそこにいる。あとはどこを探すべきか察知すればいいだけ。残しておいたすべての証拠が指し示す人物を見つけだせるよう、警察をつついて正しい方向に向かせてみせる。そのための申しぶんのない、みんなの期待にそえる、ピップ・フィッツ＝アモービらしい手段が自分にはある。ポッドキャスト。

〝〈グッドガールの殺人ガイド〉シーズン３：誰がジェイソン・ベルを殺したか〟

最初に誰にインタビューすべきか、ピップには正確にわかっていた。

45

うす暗いなかでノートパソコンのおぼろげな光を受け、目のまわりにはおそらく痣さながらーの影が落ちているはず。聞こえてくるのは昨日インタビューを録音した、カフェのジャッキー本人の声で、背後でカーラがなにやらぶつぶつとつぶやいている。インタビューは完璧と言えるほどうまくいった。ちょうどいい匙《さじ》加減でこっちが求めている答えをジャッキーが口にするよう誘導でき、いい調子で言葉を交わしあい、ときには意味ありげな沈黙をはさんだ。マックスの名前を言うとき、ジャッキーの声は歯と歯のあいだからもれてくるような感じになり、それを聞いて、思わずこっちのうなじの毛が逆立った。

真夜中に昔使っていた白いイヤホンのプラグをノートパソコンにさしこみ、録音した内容をもう一度聞いていた。黒いヘッドホンはジョシュがゲームの〈FIFA〉をやるためにこっそり持っていったにちがいないが、それはぜんぜんかまわない。あの子は好きなものをなんでもこの部屋から持っていっていい。つい一週間ほどまえはもう二度と弟に会えないと思っていたんだし、ジョシュが見たくもない幽霊に自分はなってしまうのだとも思っていたのだから。ジョシュはほしいものをなんでも持っていっていいし、こっちはあの子がくれる愛を倍にして返してあげたいと思っている。

音声編集ソフトの青いジグザクの線をしげしげと眺める。必要なときはきっぱりと、場合によっては静かにしゃべる自分の声を青い線が不規則に表現し、あがったりさがったり、山や谷を描いている。その音声データをほかのものとはべつにするため、新たなファイルにコピーを保存する。

ピップは数日後にホーキンスがこの音声データを聞いているところを想像した。こっちが糸を操っているみたいにホーキンスがさっと声に注意を向け、急に椅子から立ちあがるところを。確認が必要になり、マクドナルドの防犯カメラを見て、そこに笑顔のピップ・フィッツ＝アモービを発見するところも。マックスの名前を出すのはやめておく。その名前はホーキンスがみずから見つけなければならないから。でもどこを探すべきかは正確に示してあげるつもり。

残した痕跡を追っていきな、ホーキンス。いちばん納得がいきそうな道がそこにあるから、ただそれをたどっていけばいい。かつて安易で無難な道を進んでサル・シンに行きあたったときと同様に。あんたのために簡単にたどれるようにしてやったんだから。あんたはその道をたどり、こっちがつくりあげてやった世界へ足を踏み入れるだけでいい。

ファイル名：
〈グッドガールの殺人ガイド〉シーズン3：誰がジェイソン・ベルを殺したか／予告編.wav

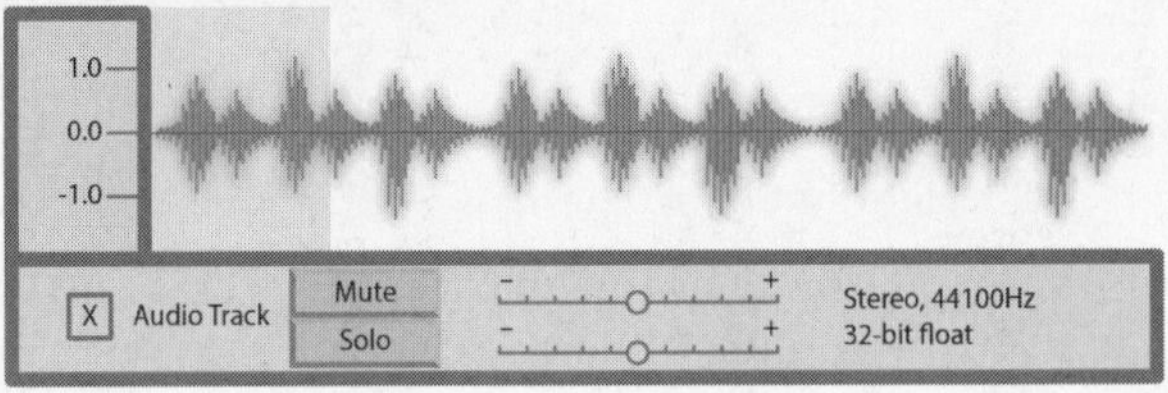

テーマ曲流れる

（音声データ挿入）

アナウンサー：バッキンガムシャー（……）悲劇に見舞われる確率がほかに比べてかなり高い町（……）地元警察が本日確認した内容によると、アンディ・ベルの父親である、リトル・キルトン在住のジェイソン・ベル氏が遺体となって発見され（……）警察は殺人の疑いがあるとみて（……）

（挿入ここまで）

（警察車輌のサイレンの音声データ挿入）

ピップ：こんにちは。わたしはピップ・フィッツ＝アモービ、小さな町に住んでいます。六年以上まえ、ふたりのティーンエイジャーがこの小さな町で殺害されました。四カ月あまり前には、ひとりの男性がこの小さな町で銃で撃たれて死亡しました。こういうことわざがありますよね？　二度あることは三度ある。殺人事件さえも。小さな町で今週、わたしたちはまたべつの誰かが死んだことを知りました。

（音声データ挿入）

ホーキンス警部補：日曜日の早朝にきわめて遺憾ながら遺体で発見された男性は、リトル・キルトン在住（……）ジェイソン・ベル氏（……）

（挿入ここまで）

ピップ：アンディとベッカ・ベルの父親であるジェイソン・ベルが、先週、近隣地域にある氏の職場で遺体となって発見されました。

（音声データ挿入）

ホーキンス警部補：われわれはベル氏の死亡を殺人事件として捜査を進めており（……）

（挿入ここまで）

ピップ：それは事故でも、自然死でもありませんでした。彼は何者かに殺された。わかっているのはそれだけで、事件の詳細はまだほとんど公《おおやけ》にされていません。該当地域での目撃証言を求めて警察が公表した情報から判断すると、どうやら殺人事件が発生したのは九月十五日の晩のようです。ジェイソンは彼の職場で発見されました。彼が所有する〈グリーン・シーン・アンド・クリーン・シーン株式会社〉という社名の、敷地整備と清掃をおもな業務とする会社です。事件についてはほとんどわかりませんが、ひとつだけわかっていることがあります。殺人者が野放しになっていて、誰かがその人物をつかまえなければならない、ということ。警察がおこなう捜査に協力して、わたしたちで情報を拾ってつなぎあわせ、事件の全貌をあきらかにしてみようと思います。そのための新たなシーズン、みなさんもぜひご参加ください。誰かが彼を殺したということは、誰かが彼の死を願っていた。そしてどこかにかならず痕跡が残っているはずです。小さな町で、人びとは話します。先週もこの町のあちこちでおしゃべりが交わされました——町というのはささやかれる秘密と詮索好きの視線であふれているのです。耳を傾ける価値もないものがほとんどですが、なかには無視できないものもあるのです。

〈音声データ挿入〉

ピップ：こんにちは、ジャッキー。あなたの紹介をさせてください。あなたはリトル・キルトンのハイ・ストリートにある、個人経営のカフェのオーナーですね。

ジャッキー：ええ、そのとおり。

（中略）

ピップ：なにがあったか教えてくれますか？

ジャッキー：ジェイソン・ベルは数週間ほどまえにうちの店に来て、コーヒーをオーダーするために列に並んでいた。彼はね、常連さんと言ってもいいくらいのお客だったの。列の彼の前にいたのは（……ピー……）だった。

（……）ジェイソンは彼を肘で突いて、コーヒーがこぼれ（……）彼に近くに寄るな、みたいなことを言った。

ピップ：殴り合いかなにかが起きたと？

ジャッキー：そうね、けっこう暴力的だった。すごく頭にきているというか（……）お互いに嫌っているのはあきらかだった。

ピップ：それが起きたのはジェイソンが殺される二週間前っておっしゃいました？

ジャッキー：ええ。

ピップ：（……ピー……）が彼を殺した犯人かもしれないと思いますか？

ジャッキー：いいえ、そこまでは……ううん、もちろんちがうと思う。ただ、お互いに悪感情を抱いていたとは思う。

ピップ：憎しみあっていた？

ジャッキー：まあ、そうね（……）ジェイソンの娘のベッカに（……ピー……）がしたことを考えると。裁判では彼に有罪の評決は下らなかったけどね。あの件でジェイソンが彼を心から憎んでいたのはたしかだと思う。

（挿入ここまで）

ピップ：みなさんがどう思うかわかりませんが、わたしの〈容疑者リスト〉にはすでにひとつの名前が載っています。エピソード1ではカフェでの顛末《てんまつ》とさらなる情報を付け加えてお送りします。〈グッドガールの殺人ガイド〉シーズン3：誰がジェイソン・ベルを殺したか、お楽しみに。

（音声データ挿入）

ホーキンス警部補：誰が彼を殺害したのか、かならずあきらかにしてみせます。

（挿入ここまで）

ピップ：わたしも。

テーマ曲流れる

46

それは一本の電話ではじまった。

「もしもし、ピップ、こちらは警部補のホーキンスだ。今日、警察署までご足労願えないかね、ちょっとおしゃべりをしようじゃないか」

「いいですよ。なんの件についてですか？」

「数日前にきみが配信したポッドキャストの予告編、ジェイソン・ベルの事件についてだ。きみにいくつか質問したいことがある、それだけだよ。任意の取り調べだ」

ピップは考えこむふりをした。「わかりました。一時間後でいいですか？」

一時間が過ぎ、ピップは悪夢そのものの場所の前に立っていた。アマーシャム警察署の黄褐色の建物、胸のなかで銃弾が発射され、両手が汗とスタンリーの血でべとべとになる。車を施錠してから血で染まった手をジーンズで拭《ふ》く。

すでにラヴィには電話をしてこれからどこへ行くか告げてあった。ラヴィはあまり多くを語らず、ただ〝クソッ〟を何度も繰りかえしていたけれど、ピップはだいじょうぶ、あわてないで、と返した。これは想定されていたこと。自分は事件に間接的にかかわっている。ジャッキーにインタビューしたし、事件の夜にマックスの弁護士に電話をした。話に出るのはこの二点だけだろうし、自分の役をどう演じるべきかはちゃんとわかっている。自分は殺人事件の周辺にいる人物で、ただそれだけ。いわば脇役。ホーキンスはたんに脇役からの情報をほしがっている。

こっちも見返りとしてホーキンスからの情報がほしい。具体的には、寝ても覚めても頭のなかで繰りかえされる問いに対する答えを。作戦が成功したかどうか、死亡推定時刻に関するトリックで相手をだませたかどうかが知りたい。うまくいったら、自由を勝ちとれる。生きのびたことになる。自分は現場に行ったこともないし、ジェイソン・ベルを殺してもいない。もしうまくいかなかったら……まあ、それについてはまだ考えないことにする。なかなか消えてくれないその考えをピップは頭の奥の暗い場所に押しこみ、自動ドアを抜けて歩いていった。

「こんにちは、ピップ」留置場の看守をつとめるイライザが受付カウンターの向こうからこわばった笑みを向けてきた。「もう、大忙しよ、ほんとに」山のような書類をめくりながら言う。

「ホーキンス警部補に呼ばれたんです、おしゃべりをしにこいって」ピップは答えた。手が震えているのをイライザに見られないように、両手をお尻のポケットに突っこんでいる。落ち着け。ここは落ち着かなきゃならない。いまにも気持ちがくじけそうだが、心のうちを顔に出してはいけない。

「了解」イライザは後ろにある事務所に向かった。「彼に伝えてくるから、ここで待っていて」

ピップは待った。

見知った警察官のソラヤが受付カウンターの向こうから足早に出てきて、ほんの短い時間、立ちどまり、互いに〝ハロー〟と〝元気？〟の簡単な挨拶を交わした。ソラヤに対しては血まみれの手を隠さなかった。いずれにしろ他人には見えないけれど。

ソラヤが背後のロックされたドアの先へ行ってしまうのと同時に、奥から誰かが出てきた。ホーキンス警部補。こしのない髪を後ろになでつけ、いつもより顔色が悪くグレイっぽく見える。建物のなかに長くいすぎたせいで、内部の陰鬱《いんうつ》な空気が顔からしみだしているかのようだ。ジェイソンの死体が発見されてから、あまり眠っていないにちがいない。

「やあ、ピップ」ホーキンスはこっちへ来いと合図を寄こし、ピップはそれに従った。まえと同じ廊下を歩き、悪夢そのものの場所から我慢ならない場所へと向かっていく。あのときと同様に自分の足音を聞きながら。でも今回はしっかり気持ちをコントロールできていて、はじめて死を目撃して怯えきっていた女の子とはちがう。ホーキンスのあとについて第三取調室に入ろうとしているけれど、ほんとうのところ、ホーキンスのほうがこっちのあとについてきている。

「さあ、すわって」ホーキンスは椅子を指し示し、自分もべつの椅子に腰をおろした。彼の脇の床にはファイルが詰めこまれた蓋《ふた》のない箱が置いてあって、金属製のテーブルの上にはテープレコーダーがのっている。

ピップは椅子の端っこに腰かけてうなずき、ホーキンスが話しはじめるのを待った。けれどもホーキンスは口を開かず、こっちと、こっちの視線の行方を見つめている。

「それで」一度、咳払《せきばら》いをする。「わたしに質問したいことってなんですか」

ホーキンスは椅子にすわったまま身を乗りだし、首の骨をこきっと鳴らして、テープレコーダーのほうへ手をのばした。「ご存じのとおり、これは任意の取り調べだ。だがきみにはこちらからの質問にはきちんと答えてもらいたい。きみへの取り調べには慎重を期さないとならないんで、会話を録音させてもらう」ホーキンスの視線がこっちの顔に注がれる。

そう、これは任意の取り調べ。こちらが事件に関与していると警察が本気で考えているなら、いまごろ自分は逮捕されているはずだ。これは標準的なやり方なのだろうが、ホーキンスの目には奇妙な表情が浮かんでいる。相手を怖がらせたがっているとでもいうような。べつに怖くもなんともない。主導権を握っているのはこっちなのだから。ピップはうなずいた。

ホーキンスはボタンを押した。「これよりホーキンス警部補によるピッパ・フィッツ＝アモービへの取り調べをおこなう。本日は九月二十五日火曜日、時刻は午前十一時三十一分。これは任意の取り調べであり、ジェイソン・ベルの死に関する質問をおこなう。きみはいつでも立ち去ってかまわない。わかったかい？」

「はい」ピップはレコーダーに向かって答えた。

「黙秘してもかまわない。しかし質問に答えない場合は、のちの本事案に関する法廷でそれがきみの不利にはたらく可能性がある。きみの発言はすべて証拠とみなされる」ホーキンスがすわりなおし、椅子がきしんだ。「で、きみのポッドキャストの新しいシーズンに向けた予告編を聴いたよ。何十万もの人たちと同様にね」

ピップは肩をすくめた。「今回の事件に関してなにか役に立てることがあるかもしれないと思いました。まえのふたつの事件を解決するときも、そちらはわたしを必要としたから。だから今日おしゃべりをしにこいって言ったんですよね？　わたしの助けが必要でしょ？　見返りにポッドキャスト用の特ダネをくれるとか？」

「いや、ピップ」歯と歯のあいだからもれた息がヒューッと鳴る。「きみの助けは必要ない。現在、捜査がおこなわれている、殺人事件の。重要な情報をポッドキャストで配信して捜査の邪魔立てをしてはいけないことぐらい、きみだってわかっているだろう。そんなことをしたって正義はおこなわれない。報道倫理はきみにも適用される。ポッドキャストの件を法的用語としての侮辱ととらえる者がいるかもしれない」

「あれは予告編で、そのなかには〝重要な情報〟なんて含まれていませんでした。わたしは事件の詳細をまだなにも知りません。記者会見であなたが話したこと以外は」

「きみはインタビューを公開したじゃないか、えーと……」そこでホーキンスはメモを見た。「ジャッキー・ミラーとの。ジェイソン・ベルを殺したかもしれない人物についての憶測をしゃべっていた」こっちから一点取ってやったといわんばかりに目をひんむいて言う。

「あれはインタビューのすべてではありません。リスナーの興味をいちばん引きそうなところを切りとっただけです。それに、わたしたちが話題にあげていた人物の名前は出していません。将来的におこなわれる裁判で偏見を抱かせるだろうから、名前を出しちゃいけないってことぐらいわかっています。自分のやっていることはちゃんとわかってますよ」

「あの話の流れだと、きみたちが誰について話しているのか、きわめてあきらかだったと思うがね」ホーキンスはそう言って、となりに置いたファイルの箱からなにかを取りだした。反撃に出るつもりなのか、手にうすい紙の束を握っている。「予告編を聴いたあと、ジャッキー本人と話をしたよ、取り調べの一環として」ホーキンスはこれ見よがしに紙を振り、ピップにはそれがジャッキーに渡した音声データを文字に起こしたものだとわかった。彼は金属製のテーブルに紙の束を置き、めくりはじめた。「〝マックス・ヘイスティングスとジェイソン・ベルはお互いに悪感情を抱いていたんだと思う〟」声に出して読みだす。「〝町で起きていることがあなたの耳に入る。なんといってもハイ・ストリートにカフェを開いているわけだから……マックスがベッカにしたこと、それがアンディの死にどのようにつながっていったかを考えると、ジェイソンはマックスを憎んでいたと思う……マックスもジェイソンを嫌っているようだった……ものすごい怒りが感じられた。暴力的でもあったし。ふたりのお客があんなふうになるなんて、うちの店では一度もなかった。それと、ピップが言ったように、あの件が起きたのはジェイソンが殺される二週間前だったというところも気にならない？〟」ホーキンスは読みおわり、紙の束を閉じてこっちを見た。

「調査のごく標準的な第一歩だと思いますけど」ピップは自分が先に視線をそらせてはいけないと思い、ホーキンスの目をまっすぐに見つめた。「ここ最近の被害者の日常になにかいつもとちがうことが起きていないか調べ、被害者に対して悪感情を抱いているのは誰かを特定して容疑者と思われる名前をあげていく。暴力沙汰が殺人につながったと考え、目撃証人にインタビューする。先走ったことをしていたとしたら、ごめんなさい」

「マックス・ヘイスティングス」ホーキンスが言った。つっかえ気味で、いつもより三倍は声がうわずっている。

「彼は町の人気者とは言えないみたいですね。敵がたくさんいて。どうやらジェイソン・ベルも敵のひとりだった」

「敵がたくさんいた」ホーキンスは目つきを険しくしてこっちの言葉を繰りかえした。「きみも彼の敵のひとりだと言えるんじゃないか?」

「そうですね」ピップは呆れ顔を向けた。「彼は無罪放免されたレイプ魔で、わたしが大切に思っている人たちの何人かを傷つけた。はい、わたしは彼を憎んでいます。でも彼の最大の敵になるという栄誉に浴《よく》しているかどうかはわからない」

「彼はきみを訴えているんだろう?」ホーキンスはボールペンを手に取り、歯にカチカチとぶつけた。「名誉毀損《めいよきそん》で。彼の性的暴行の裁判で評決が読みあげられた日に、きみがソーシャルメディアに投稿した発言と音声データをめぐって」

「はい、彼は訴訟を起こそうとしていました。彼ってすばらしい人ですよね。実際のところ、裁判沙汰にはならずにすみそうですけれど」

「ほほう、興味深い話だな」

「そうですか?」

「ああ」ホーキンスは手に持ったボールペンをカチカチ鳴らし、芯を出したり引っこめたりしていて、ピップにはそれが〝DT、DT、DT〟と聞こえた。「わたしが知るきみの性格や、これまでのつきあいからするとだな、ピップ、きみが和解に応じて賠償金を支払うと決めたことは驚きに値するよ。きみは最後の最後まで闘い抜くタイプに思えるからね」

ピップはうなずいた。「ふだんはそうですけど。でも、わたし、裁判とか司法制度とかいったものが信じられなくって。刑事であろうが民事であろうが。それに、もう疲れちゃって。そういうことはみんな忘れて、大学で新しいスタートを切りたいんです」

「それで、和解に応じようと決めたのはいつだったんだい？」

「最近です。先々週の週末」

ホーキンスは無言でうなずき、箱のいちばん上にあったファイルから紙を一枚、抜きだした。

「名誉毀損云々《うんぬん》について、マックスの代理人をつとめている弁護士のクリストファー・エップスと話をした。彼によると、きみがエップスに電話をかけたのは九月十五日土曜日の午後九時四十一分だそうだな。そのときにきみは、数週間前に提案された和解案を受け入れたいと言ったとか」

ピップはうなずいた。

「弁護士に電話をするにしては妙な時間じゃないか？　土曜の夜遅くなんていうのは」

「そうでもないです。エップスからはいつでも電話してくれって言われてましたから。わたし、一日じゅうその件について考えていて、ようやく心を決めたんです。あのときは電話をかけるのをあとにする理由は見つからなかった。月曜の朝いちばんに彼が提訴するおそれもあったし」

ホーキンスはその言葉を聞いてうなずき、紙になにごとかを書きこんだが、こっちからは逆さになっていて読めなかった。

「どうしてわたしがマックス・ヘイスティングスの弁護士と交わした会話について質問するんですか?」ピップは眉根《まゆね》を寄せた困惑顔を向けて訊いた。「それって、警部補はマックスを容疑者とみなしはじめたってことですか?」

ホーキンスはなにも言わなかったが、答えを聞く必要はなかった。わかっているから。そもそもホーキンスには、こっちからエップスに電話を入れた事実を知るすべはなかったはず。なのに知っているのは、エップスがこっちとの通話を終えたすぐあとにマックスに電話を入れた事実を先に知ったから。ホーキンスがその事実を知る方法はただひとつ。警部補はすでにマックスの通信記録を調べている。おそらく令状すら必要なかっただろう。マックスが弁護士のアドバイスに従い、隠すべきことはなにもないと考えて、自主的に携帯電話をさしだしたにちがいない。

エップスがマックスに電話をした時刻、およびそのあとで両親が電話を入れた時刻にマックスが犯行現場にいたことを、ホーキンスはすでに確認しているはず。間違いなく、次にはマックスの家と車の捜索令状をとろうとするだろう。そのあとは、マックスのDNAサンプルを入手し、犯行現場で発見されたものと同一か検査させる? マックスが現場にいた時間がジェイソンの死亡時刻と重ならない場合は捜査は振り出しに戻る。死亡推定時刻、まだあきらかになっていない最後のピース。

ピップは顔が曇《くも》らないよう注意しながらホーキンスを見つめ、目を凝《こ》らしてこちらに役立つヒントを探したが、残念ながら見つからなかった。

「きみはジェイソン・ベルのことをどのくらい知っていた?」ホーキンスが胸の前で腕を組み、訊いてくる。

「あなたほどよくは知りませんでした。こう言えばわかってもらえるでしょうか。わたしは彼を知っているというよりも、彼についてたくさんのことを知っていました。会話と呼べるほど言葉を交わしたことは一度もなかったけれど、わたしがアンディの身に起きたことを調査していたときに、当然のように彼の日常生活をずいぶんと垣間見ました。わたしたちの道は交わっていたとはいえ、実際にお互いを知ることはありませんでした」

「それなのにきみは彼を殺した人物を探しだすことにしたようだが、それはポッドキャストのネタとしてなのかな?」

「自分がやるべきことだと思っているからです。彼のために正義がなされるべきだと考えるのに、かならずしも本人をよく知っている必要はありません。リトル・キルトンで発生する事件は、わたしが関与しないかぎり解決されないようなので」

ホーキンスはテーブルの向こう側で無精ひげに手をやり、大声をあげて笑った。

「きみのポッドキャストのシーズン1が配信されたあと、ジェイソンはわたしに不満をもらしていたよ。メディアやオンラインでいやがらせされているって言ってね。彼がきみを嫌っていたとしても、それは当然だと思わないかい?　ポッドキャストのせいで」

「わかりません。犯人を探そうとするわたしの行動とどう関係するのかも。彼がわたしを嫌っていたとしても、彼のために正義がなされるのは当然だし、わたしは自分のできる範囲でそれを後押しします」

「それで、ここ最近で、ジェイソン・ベルと会ったり、話したりしたことはあったかい？」ホーキンスが訊いてきた。

「ここ最近？」ピップは記憶をたどるとでもいうように天井を見あげた。もちろん、記憶をたどる必要なんかない。つい十日ほどまえに林のなかを彼の死体を引きずっていったのだから。そのまえには、〈グリーン・シーン〉とDTキラーについて尋ねるために彼の家の玄関ドアをノックした。ホーキンスにあのときの会話を知られるわけにはいかない。自分は今回の事件に間接的にすでに二度かかわっている。最近ジェイソンと接触があったとあかすのはかなり危険で、DNAサンプル要求の令状を発行させるに足る相当な理由を警察に与えてしまうかもしれない。とりわけ、いまこっちを観察しているホーキンスの目つきを考えあわせると、ここは慎重にならなければ。「いいえ。彼と話をしたことはありません。それどころか町で顔をあわせたこともありませんでした。そうですね、ここ数カ月は。同じ場に最後に居あわせたのは死後六年がたったアンディとサルの追悼式でだったと思います。覚えていますよね？　警部補もあの場にいた。ジェイミー・レノルズが行方不明になった晩です」

「じゃあ、きみの記憶にあるかぎり、あの追悼式がジェイソンと顔をあわせた最後ってことだね？　四月の終わり？」

「そうです」

机に置かれた罫線《けいせん》入りの紙に新たなメモが書き加えられ、ペンが紙をひっかく音がまわりまわってこっちのうなじを震わせる。ホーキンスはなにを書きとめているのだろう。その瞬間、前にすわって質問してくるのはホーキンスじゃないという奇妙な感覚にとらわれた。問いを発しているのは一年前の自分自身。どんな事情があろうと真実だけが唯一大切なもので、息が詰まるようなグレイゾーンに悩まされたりしない、十七歳の自分。ホーキンス警部補にとってもそうであるように、真実は目標であり、それを求める行程はまさしく旅だった。自分の向かいにすわっているのはそういう人物。昔の自分といまの自分が対峙《たいじ》している。そして新しい自分はどうしても勝負に勝たなければならない。

「クリストファー・エップスにかけるためにきみが使った電話の番号は」印刷された紙に指を走らせながらホーキンスが言う。「きみの携帯電話の番号じゃないな。自宅の固定電話の番号でもない」

「ちがいます。友人宅の固定電話からエップスにかけました」

「どうして？」

「たまたま友人の家にいたんで。その日の早い時間に自分の携帯をなくしてしまっていて」

ホーキンスは身を乗りだし、こっちがいま言った内容を頭のなかで検討しているのか、唇《くちびる》を引き結んでいる。「その日に自分の携帯電話をなくした？　九月十五日に？」

ピップはうなずいてから言った。「はい」ホーキンスの目にうながされ、レコーダーに向かってつづける。「午後に走りにいったときに。振動でポケットから飛びだしてしまったみたいで。それっきり見つけられませんでした。いまはべつのを買って使っています」

ホーキンスが紙にメモを書きとめ、またしてもこっちの背中に震えが走った。彼はなににつ いて書いているのだろう。知りたいのはやまやまだが、いまは自制しなければならない。

「ピップ」そこでホーキンスが間《ま》をとり、こっちの顔じゅうに目を走らせる。「九月十五日土曜日の午後九時三十分から零時のあいだ、どこにいたか教えてくれるかな?」

よし。最後のピースがあきらかになった。

胸のつかえがおりたような感じがして、銃声が響く心臓のあたりに息ができるスペースが少しだけ広がった。肩が軽くなり、こわばっていたあごがゆるむ。両手に血はついておらず、汗でにじんでいるだけ。

やり遂げた。

終わった。

無表情を保つものの、口の両端がひくひくと震え、胸のうちで笑みを浮かべ吐息をつく。ホーキンスは午後九時三十分から零時のあいだ、どこにいたかと訊いてきている。つまり、その時間帯が死亡推定時刻。自分たちはやり遂げた。死亡時刻を三時間以上、後ろ倒しにし、これで安全は確保できた。生きのびた。それにラヴィや救いの手をさしのべてくれた人たち、これでみんなもだいじょうぶだ。自分はジェイソン・ベルを殺せたはずはないのだから。ずっとほかの場所にいたのだから。

ここでうれしそうにしゃべっちゃいけない。話す練習をしてきたというふうにも。

「ジェイソン・ベルが殺された夜ですか？」ピップはいったん確認した。

「そうだ」

「えーっと、友だちの家に行って――」

「どの友だち？」

「カーラ・ワードとナオミ・ワード」メモをとっているホーキンスを見ながら言う。「彼女たちはホッグ・ヒルに住んでます。クリストファー・エップスに電話をしたとき、わたしはそこにいました。時間は……えっと、何時って言いましたっけ？」

「午後九時四十一分」舌の先に答えを用意していたみたいにホーキンスが言った。

「そうでした、九時四十分ごろ、わたしはそれより数分前にワード家に着いたから、九時三十分の時点では、町を横断し、彼女たちの家に向かって車を走らせていたと思います」

「オーケー。ワード宅にはどれくらいの時間、いたのかな」

「そんなに長くいませんでした」

「そんなに長くいなかった？」

「はい。少しのあいだワード家にいて、なんだかお腹がすいたねって話になって。それでわたしが運転して三人で食事をしにいったんです」

ホーキンスはべつのことを走り書きしているようだった。「食事に？　どこへ行ったんだ？」

「マクドナルドへ」ピップは恥ずかしそうな笑みを見せて、頭をさげた。「ビーコンズフィールドのサービスエリアにあるマクドナルドです」

「ビーコンズフィールド?」ホーキンスがボールペンを嚙む。「なにかを食べるのに、そこがいちばん近かったのか?」

「まあそうですね、あそこがいちばん近いマクドナルドで、わたしたちはマクドナルドのものが食べたかったんです」

「マクドナルドに着いたのは何時?」

「えっと……」ピップは考えこんだ。「わたし、時間を確認していなかったから。あのときは携帯電話を持っていなかったんで。でもエップスに電話を入れたあとすぐに出発したから、十時過ぎくらいには到着していたはずです」

「きみは自分が運転したと言ったね。きみの車か?」

「そうです」

「きみの車の車種は?」

ピップは鼻からふーっと息を吐きだした。「フォルクスワーゲンのビートルです。グレイの」

「ナンバープレートは?」

ピップはナンバーを口頭でホーキンスに伝え、彼がそれを書きとめて下に線を引くのを見つめた。

「それで、きみは十時ごろマクドナルドに着いた。夕食にしては少し遅いんじゃないかな?」

ピップは肩をすくめた。「なんと言うか、まだティーンエイジャーなんで」

「酒は飲んでいたのか?」

「いいえ」ピップはきっぱりと答えた。「それって犯罪になりますから」

「まあ、そうだな」ホーキンスは言い、メモをとった紙に視線を移した。「それで、マクドナルドにはどれくらい、いたんだ？」

「そうですね、けっこう長くいたかな。食事をして、一時間か一時間半とか、それくらいはいたんじゃないかな。あっ、そうだ、食事がすんで、道々食べようと思ってアイスクリームを買いました。何時だったかはバークレイズアプリ（イギリスのバークレイズ銀行のアプリ）で確認できます。デビットカードで支払いましたから」

ホーキンスはかすかに首を振った。こっちの携帯を見て確認する必要はないのだろう。警部補にはアリバイを確認する独自の方法がある。防犯カメラの映像をチェックすれば、列に並んでカメラに視線を向けるのを避けているピップ・フィッツ＝アモービの姿をはっきりと目にするはず。カードでの二度の支払いの内容も。鉄壁のアリバイだよ、ホーキンス。

「わかった。それで、きみの記憶では十一時半ごろにマクドナルドを出たと？」

「はい、それぐらいだったと思います。時間を確認しなかったんで」

「そこからどこへ行った？」

「家に帰りました」あたりまえのことを訊くなとばかりに眉根を寄せて答える。「ふたりを乗せてキルトンへ戻り、ワード宅で彼女たちを降ろして、わたしは自分の家へ帰りました」

「家に着いたのは何時だ？」

「帰宅した時刻も時計を見てちゃんと確認しませんでした。あのときは携帯を持っていなかったんで。でも家に入ると母がベッドでわたしを待っていて、もう零時を過ぎているとかどうとか言っていたんで、それくらいの時間にはなっていたと思います。ついでに言っとくと、家族はみんな、翌朝は早く起きる予定になってました」

「帰宅したあとは?」ホーキンスがこっちを見た。

「帰宅したあとはベッドに入りました。そして寝ました」

死亡推定時刻の範囲はばっちりカバーされている。ホーキンスが同じことを考えているのが額《ひたい》に新たに刻まれた皺《しわ》から読みとれる。もちろん、ピップは嘘をついている可能性があるとホーキンスは思っているかもしれない。あとで確認せねばならないと。しかしこの部分に関しては自分は嘘をついていないし、証拠はすべてそろっていて、ホーキンスを待ちかまえている。

警部補は息を吐きだし、ふたたびメモを書きとめた紙に視線を走らせた。なにかに頭を悩ませている、ピップは彼の目を見てそう思った。「十一時四十三分、取り調べを一時中断する」そう言って、レコーダーの〝ストップ〟を押した。「コーヒーを取ってくる」椅子から立ちあがってファイルを集める。「きみも飲むかい?」

コーヒーなんか飲みたくない。アドレナリンの分泌が減って気分が悪い。自分は生きのびた、勝った、ジェイソンを殺したのはマックスで、自分であるはずがないと確信したいま、締めつけられていた腹は楽になった。しかし、完全に締めつけがゆるんだわけじゃない。ホーキンスの目に浮かんでいた表情。あれを読みとくことができない。彼はなにかの答えを待っている。

「はい、お願いします」飲みたくもないのにピップはそう答えた。「ミルクだけ、砂糖はなしで」無実の人間はコーヒーを飲むものだ。隠すことも心配ごとも、なにもない者は。

「二分で戻る」ホーキンスは笑顔を見せ、足を引きずり気味にして部屋から出ていった。ドアがカチリと閉まり、くぐもった靴音とともに彼は廊下を歩き去っていった。ほんとうにコーヒーを取りにいったのだろうが、同時にべつの警察官に新たな情報を渡し、ピップ・フィッツ＝アモービのアリバイを確認してくるよう指示を出すはずだ。

ピップは息を吐きだし、椅子の背にもたれかかった。誰も見ていないいまは、演技をする必要はない。両手に顔をうずめて思いきり泣きたいとちらりと思う。声をあげて泣きたい。叫びたい。あはははと笑いたい。自分は自由で、すべて終わったのだから。恐怖心をしまいこみ、二度と表に出さずにすむ。いまから数年後には今回の件を忘れているかもしれない。もしくは毎日の生活が忙しく、死にかけたときの気持ちを思いだしもしなくなっているかもしれない。いい人生を送ればきっとそうなる。ふつうの人生を。〝ふつう〟こそ、これからの自分の生き方。たったいまそれを取りもどせた気がする。

ポケットのなかで携帯電話が震え、振動が脚に伝わった。取りだして、画面を見る。

ラヴィからのテキストメッセージ。

〝今日の調子はどう？〟

互いに送るメッセージには用心する必要がある。記録が残ってしまうから。ほとんどのメッセージはさりげなく暗号化され、送る時間も決めてある。〝今日の調子はどう？〟は〝なにが起きてる？　うまくいった？〟という意味。ほかの人にはわからない言葉をふたりで考えだしている。〝愛してる〟を数えきれないほどの秘密の言葉で言いあうように。

ピップは画面上の絵文字の候補にざっと目を通した。スクロールしていって親指を立てているマークを見つけ、それを送る。ただそれだけ。〝今日は調子いいよ、ありがとう〟がこのマークから読みとれる意味だろう。でもほんとうの意味はこう。〝わたしたち、やったよ。嫌疑はかかっていない〟ラヴィは理解してくれるだろう。いまごろ画面を見て目を瞬《しばたた》かせ、そのあとで長い息を吐きだし、安堵で身を震わせ、緊張を解き、椅子に楽な恰好ですわりなおしてこわばっていた身体をほぐし、肌をさする。これでもう安全、もう自由、もう危険はない。

携帯電話をポケットに滑《すべ》りこませたと同時に取調室のドアが音を立ててあき、両手にマグカップを持ったホーキンスがドアを身体で押して入ってきた。

「はい、どうぞ」警部補がサッカークラブのチェルシーのマグカップを手渡してくる。

「ありがとう」ピップは両手でカップを持ち、無理やりひと口飲んだ。苦すぎるし、熱すぎるけれど、とにかく感謝の笑みを見せた。

ホーキンスは口をつけなかった。カップをテーブルに置き、脇へ押しやった。手をのばしてテープレコーダーのボタンを押す。

「取り調べを再開する。時刻は」そこで袖を引きあげて腕時計を見る。「十一時四十八分」

ちらりとこっちを見たホーキンスをピップは見つめた。まだ質問したいことがあるの？ すでにエップスにかけた電話について説明し、自分のアリバイを伝えたのに、ほかになにを知りたいというのか。ピップは考えつかなかった。なにかを見落とした？ いや、すべて計画どおりに進んでいて、なにも見落としていない。あわてるな。コーヒーを飲んで耳を傾け、そのうえで反応すればいい。しかし、つい両手をぬぐってしまった。またスタンリーの血がついていたから。

「それで」片手でテーブルをとんとんと叩きながら、ふいにホーキンスが口を開いた。「ポッドキャストで調査について配信する件だが、きみはそれをつづけるつもりなのか？」

「自分の義務みたいなものなんで。警部補が言ったとおり、いったんなにかをはじめたら、わたしは最後まで見届けたいんです。強情なんでしょうね」

「われわれの捜査に支障をきたすようなことを公《おおやけ》に配信してはいけないとわかっているね？」

「はい、わかっています。そんなことをするつもりはないし、そもそも詳細を知りません。いまあるのは曖昧《あいまい》な仮説と背景説明だけです。ネット上での中傷的発言について教訓を得たばかりですから、配信する際には〝思われる〟とか〝情報源によると〟という言葉をかならずつけるようにします。具体的ななにかを見つけたら、とにかくまず警部補に知らせます」

「そうか。それはありがたい。それで、そのポッドキャストだが、インタビューをどうやって録音しているんだ？」

どうしてそんなことを知りたがるのだろう。なにかを待つあいだの意味のないおしゃべり？ 部下がこっちのアリバイを確認しているあいだのつなぎ？ 間違いなく、確認には何時間もかかるだろうに。

「音声編集ソフトで。携帯電話でインタビューする場合は、それに対応するアプリがあります」

「面と向かって誰かにインタビューするときは、録音するのにマイクを使うんだろう?」

「はい。ノートパソコンにUSBで接続するマイクを使います」

「そうか、それはうまいやり方だ」

ピップはうなずいた。「これよりもちょっとコンパクトですね」テープレコーダーをあごで指し示しながら言う。

「そうだな」ホーキンスが笑った。「まさしく。それで、誰かにインタビューするとき、きみはヘッドホンをつけなきゃならないんだろう? 録音中に声を聞くために」

「そうですね。はい、インタビューを開始するときにヘッドホンをつけてサウンドレベルのチェックをします。話し手がマイクに近づきすぎていないかとか、背後の雑音を拾ってしまわないかとか、そういうのを確認するんです。でもふつうは、インタビューのあいだじゅうずっとつけている必要はありません」

「ああ、そうなのか。ポッドキャスト用には専用のヘッドホンが必要なのかい? じつは甥《おい》がポッドキャストをはじめたがっているんだよ。それで、まあ、その子の誕生日がもうすぐでね」

「そうなんですか」ピップは微笑《ほほえ》んだ。「えーっと、わたしのは専用のじゃありません。ふつうにすぽっとはめる、ばかでかいノイズキャンセリング・ヘッドホンです」

「日常的に使ってるのかい? 音楽を聴くとか、ほかのポッドキャストを聴くとか」

「はい、そういうのにも使っています」ピップは言いながら、ホーキンスの目の表情を読みとこうとした。なぜヘッドホンの話題を振ってくるのだろう。「携帯にブルートゥースで接続していて、ランニングやウォーキングのときに音楽を聴いてます。便利ですよ」

「そうか、日常的に使うにしても便利なんだな」

「はい」ピップはゆっくりとうなずいた。

「いつもヘッドホンを使っているということだね？　プレゼントするにしても、甥が使いもしないものはあげたくないんだよ。とくに高価な場合は」

「そうですね、わたしはいつも使っています」

「そうか、よかった」ホーキンスは微笑んだ。「きみが使っているヘッドホンのブランドは？　アマゾンでちょっと見てみたんだが、目玉が飛びでるほど高価なものもあったよ」

「わたしのはソニーです」

ホーキンスがうなずき、目の表情が変わった。きらりと光ったと言ってもいい。

「色は黒？」

「は、はい」声が喉に引っかかり、頭はせわしなく考えをめぐらせて、いまなにが起きているのか見きわめようとしている。なぜ胃が沈みこむ感覚に襲われるのか。本人が気づいていないことを身体は気づいているのだろうか。

「〈グッドガールの殺人ガイド〉」片手を袖に置いて動かしながらホーキンスが言った。「きみのポッドキャストの名前、だったたね？」

「はい」

「いい名前だ」

「大げさなネーミングです」

「もうひとつ、訊きたいことがある」ホーキンスが椅子に深くすわりなおし、彼の手が上着のポケットに向かう。「ジェイソン・ベルとここ最近、会ったり、話したりしたことはないときみは言った。四月の追悼式以来、それであってるかい？」

ピップは口ごもった。「あっています」

頬をぴくりとひきつらせたあと、ホーキンスはこっちの目から視線をはずし、ポケットのなかに入れた手を見つめた。その手がなにかかさばるものを握っていることにピップはようやく気づいた。「だったら説明してもらおうか。なぜきみのヘッドホンが、日常的に使っているものが、ここ何カ月も接触したことがない、殺された男性の家から発見されたのかを」

ホーキンスがなにかを引っぱりだした。透明な袋で、いちばん上に〝証拠品〟と書かれた赤いシールが貼られている。袋の中身は自分のヘッドホン。まぎれもなく自分のもの。ヘッドバンドの表側にラヴィがつくった〈グッドガールの殺人ガイド〉のステッカーが貼られている。

自分のヘッドホン。

ジェイソン・ベルの自宅で発見された。

自分のものであることをホーキンスの誘導で認め、それがテープにおさめられてしまった。

47

衝撃は長くはつづかず、直後にパニックに陥《おちい》った。胃が締めつけられ、虫の脚か死人の指のようなものに背骨をすっとなであげられた。

証拠品袋のなかのヘッドホンを見つめるものの、意味がわからなかった。こんなところにあるはずがない。たしか先週、使ったはずでは？　ジャッキーのインタビューの音声データを編集しているときに。いや、ちがう。あのときは探してもどこにも見あたらなかった。ジョシュがまた勝手に借りていったのだと思っていた。

最後にこれを手にしたのは……あの日だ。はずして、リュックサックのなかにしまった。ナタリーの家のドアをノックしようとするまえに。でもそのときジェイソンに拉致《らち》されてしまった。

「これはきみのだな？」ホーキンスが訊いてくる。彼の視線が無視できないほどの圧で顔に刺さり、秘密が露呈する瞬間を待っている。漏らすものか、とピップは思った。

「よく似ていますね」胸のうちでパニックが起き、ハチドリの羽ばたきさながらに心臓が脈打っているのも承知のうえで、ピップはゆっくりとしゃべった。「近くで見てもいいですか？」

ホーキンスがテーブルに置いた証拠品袋を滑らせてきた。ピップはヘッドホンを見おろし、考える時間を稼ぐあいだしげしげと眺めているふりをした。

ジェイソンは車にリュックサックを置きっぱなしにしていた。中身を確認してからラヴィとともに現場をあとにするとき、あの日の午後に詰めたものすべてがリュックサックにおさまっていると思っていた。たしかにおさまっていた、ヘッドホンを除いて。そのあとはヘッドホンのことは考えなかった。どこかに行ってしまったから。でも、どこへ、いつ……

だめだ。考えると気分が悪くなる。

ジェイソンが持っていったにちがいない。獲物をダクトテープでぐるぐる巻きにしてあの場に置き去りにし、家へ帰ったときに。彼は獲物のリュックサックのなかをのぞいた。ヘッドホンを見つけて、奪った。それが彼の戦利品となった。六人目の犠牲者のシンボルマーク。獲物を殺したときのスリルをふたたび味わうためにすぐそばに置いておくもの。ヘッドホンを戦利品にする。だから奪った。

考えると気分が悪くなる。

ホーキンスが咳払いする。

ピップは顔をあげて彼を見た。どう切り抜ければいい？　切り抜けられる？　切り抜ける余地は残っている？　相手が被害者と直接つながる証拠品を押さえ、こっちの嘘を見破ったというのに。

くそっ。

くそっ。

くそっ。

「ああ、そうですね」ピップは小さな声で言った。「これはわたしのです、間違いありません。ステッカーが貼ってありますから」

ホーキンスはうなずき、ピップはようやく彼の目に浮かんでいた表情を理解して、そんな表情を見せた彼を憎んだ。こいつはわたしを罠にかけた。そしてつかまえた。こっちには見えないクモの巣が張りめぐらされ、いつの間にかそれにからめとられ、身動きができなくなった。もう自由じゃない。安全でもない。自由には手が届かなくなった。

「どうして鑑識はジェイソン・ベルの自宅できみのヘッドホンを発見したんだろうなあ？」

「そ、それは」ピップは言葉に詰まった。「正直なところ、答えられません。わたしにはわかりませんから。これはどこにあったんですか？」

「ジェイソンのベッドルームだよ。ベッド脇に置かれたサイドテーブルのいちばん上の引き出しだ」

「理解できない」ピップは言ったが、それは真実ではない。なぜヘッドホンがジェイソンのベッドルームにあるのか、どうやってそこにたどりついたのか、正確に知っているのだから。しかし〝理解できない〟以外の言葉は見つからなかった。計画がまぶたの裏で砕け散って消えたせいで、頭がめまぐるしく動いているから。

「きみはヘッドホンをいつも使っていると言ったね？」たしかに自分は〝いつも〟と言った。「だが、きみは四月以来、ジェイソン・ベルとは会ってもいないし、話してもいない。それなのにどうして、きみのヘッドホンがジェイソンの家にあったのかな?」

「わかりません」椅子の上で身じろぎしながら答えた。もぞもぞしちゃだめ。〝わたしがやりました〟って言っているように見える。じっとして、見つめかえせ。「たしかにいつも使っていますが、このところ見かけていなくて――」

「〝このところ〟とはいつのことかな?」

「わかりません。おそらくここ一週間かそれ以上。もしかしたらどこかに置き忘れてきたのかも……ほんとうに覚えていないんです」

「覚えていない?」ホーキンスが軽い調子で言う。

「はい」ホーキンスを見つめかえすが、こっちのまなざしは彼のよりも弱い。両手は血にまみれ、心臓では銃声が鳴り、喉の奥には苦いものがたまり、胸は締めつけられ、両腕の皮膚はひきつっている。ダクトテープが貼られたあとみたいにヒリヒリする。「警部補と同様に、わたしも困惑しています」

「説明がつかないと?」

「はい、まったく。なくなっていたのも気づきませんでした」

「ということは、見かけなくなってからそんなに日にちがたっていないのでは? 九日か十日といったところかな? 携帯電話をなくしたのと同じ日になくしたのでは?」

ピップにはわかった。ホーキンスはこっちの言ったことを信じていない。せっかく彼のためにつくった道をたどりはしないだろう。自分はもはや事件の周辺にいる人物ではなく、ジェイソンとのあいだに直接のつながりを持つ者となった。ホーキンスは見つけてしまった。見つけさせようとしてさしだした自分ではなく、ほんとうの自分を。勝負は彼の勝ち。

「ほんとうにわからないんです」恐怖心が戻ってきて、頭のなかでは崖っぷちに立たされ、喉が締めつけられて呼吸が速くなる。「家族に訊いてみようと思います。ヘッドホンをつけているわたしを見たのはいつが最後だったか覚えているかと。でも、そもそもどうしてこんなことになったのか、わたしには見当もつきません」

「そうだろうな」

ここから出ていかなければ。胸のうちのパニックが顔にあらわれ、隠しきれなくなるまえに。立ち去らなければ――そうだ、すぐに出ていける。これは任意の取り調べなのだから。逮捕されたわけじゃないんだから。いまはまだ。ヘッドホンの件は状況証拠にすぎない。彼らにはもっと証拠が必要だ。

「さてと、もうそろそろ帰らないと。もうすぐはじまる大学生活に向けて、母にショッピングに連れていってもらうんです。今週末には引っ越さなきゃいけないのに、ぜんぜん準備をしていなくて。ギリギリになるまでなんにも準備しないのねって、また母に言われちゃう。わたしが最後にヘッドホンをつけていたのがいつだったか覚えているか、家族に訊いてみて、わかったら警部補に知らせますね」

ピップは立ちあがった。

「取り調べ終了。時刻は十一時五十七分」ホーキンスはレコーダーのストップボタンを押して立ちあがり、証拠品袋を手に取った。「送っていこう」

「いいえ」ピップはドアのところから声をかけた。「だいじょうぶです。もう何度もここに来ていますから。出口はわかります」

廊下に出て、悪夢そのものの場所を歩いていく。両手は血まみれで、顔はどこもかしこも血が飛び散り、よろめきながら外へ出るあいだに全身が真っ赤になる。


ノートパソコンをひっくり返す。指が震え、もう少しで落としそうになる。父の工具箱からスクリュードライバーを拝借してきた。やり方はわかっているからハードディスクははずせるし、はずしたハードディスクを電子レンジに入れて爆発するのを眺めればいい。警察が令状をとってこのパソコンを持っていっても、ジェイソンが死ぬまえに〈グリーン・シーン〉について調べた痕跡も、アンディのふたつめのメールアカウントも、ジェイソンまたはDTキラーにつながる情報も、彼らはなにも見つけられないだろう。死亡推定時刻は夜の九時半から零時で、自分にはアリバイがある。そう、れっきとしたアリバイが。ヘッドホンはたんなる状況証拠なのに対し、こっちにはアリバイがある。

ネジをひとつはずしたあとに、ピップは真実に気づいた。議論の余地のないたしかな真実が身体を貫き、胸のまんなかに突き刺さった。自分は現実から目をそらしているけれど、心の奥の声はちゃんとわかっていて、ゆったりとした口調で現実と向きあえとうながしてくる。

もう終わりだ。

ピップはすべてを投げだし、両手で顔を覆って泣いた。自分にはアリバイがあるのに。計画はうまくいっていた。でも最後のパートでつまずいてしまった。だめだ、もうだめ。もうこれ以上、考えられないし、闘えないし、最後までやり抜くことはできない。関与しているのが自分だけだったらやり遂げられるかもしれないが、いま危険にさらされているのは自分だけじゃない。ラヴィ、カーラとナオミ、ジェイミーとコナー、それにナタリー。わたしが頼んだから、彼らは助けてくれた。彼らはわたしを愛してくれているから。わたしだって彼らを愛している。そういうこと。彼らを愛している。シンプルだけど力強い真実。彼らを愛しているからこそ、自分が落ちるときに彼らを道連れにはできない。

そう約束したはず。

終わりに向かって動きだしているのなら、彼らを守る道はひとつしかない。からくりが暴かれるまえに、今回のシナリオから彼らを確実に排除しなければならない。新たなシナリオ、新たなストーリー、新たな計画を立てなければ。

そう考えるだけでつらい気持ちになる。計画変更が自分にとってなにを意味するかわかっているから。もう二度とふつうの生活を取りもどせなくなる。

自白するしか道はない。

48

「だめだよ、そんなことをしたらだめだ」ラヴィが言った。声はかすれ、息遣いが速くなり、パニックの気配さえただよっている。

ピップは耳にあてた携帯を握りしめた。使い捨て携帯のうちの一台。自分の本物の携帯でこの会話をするのは危険すぎる。痕跡が残り、ラヴィへと結びついてしまう。

「そうしなきゃならないの」ピップは言い、世界が崩れ去っていくなかで、ラヴィの目に浮かんでいる表情を思い描き、ぼんやりと宙を見つめた。

「ぼくは何度も尋ねた」ラヴィが言う。かすれた声にいまや怒りがにじんでいる。「すべてをリュックサックに詰めたかちゃんと確認したかって訊いた。そう訊いたんだよ、ピップ！　確認したかって！」

「わかってる、ごめんなさい、ぜんぶ詰めたと思ってた」ピップは目を瞬かせた。涙が頬を流れ落ち、ラヴィの声を聞くたびに腸《はらわた》がよじれる。「ヘッドホンのことは忘れていた。わたしの責任。すべてわたしの落ち度。だから自白しなきゃならない。そうすれば自分だけが――」

「でもきみにはアリバイがある」ラヴィが言った。泣くまいとしているのがわかる。「ジェイソンは九時半から零時のあいだに死んだと検死官は考えていて、きみにはその時間帯のアリバイがある。終わりじゃないよ、ピップ。ヘッドホンは状況証拠にすぎず、ぼくらはなにかしらの策をきっと考えられる」

「ヘッドホンはわたしとジェイソンを直接結びつけている」

「なにか策があるはずだ」ラヴィは大きな声で説得するように言った。「新しい計画を立てるんだ。それがきみのすべきこと。ぼくらがすべきことだ」

「ホーキンスは嘘を見破ったんだよ、ラヴィ。嘘を見破ったうえ、ヘッドホンが疑うに足りる相当な理由を彼に与えた。つまり、必要とあらば、わたしのDNAを採取するための令状がとれるってこと。わたしたちがうっかり髪の毛とかなにかを現場に残していたとしたら、それですべては終わる。計画を成功させるには、事件とわたしとのつながりがあの晩にエップスにかけた電話とポッドキャストという間接的なものだけで、直接的なつながりがいっさいないというのが条件だった。だから、もうおしまい」

「おしまいなんかじゃない!」ラヴィが大声で言った。彼が怖がっているのが携帯電話をつうじて感じられ、その恐怖が自分にも感染し、生きているもののように皮膚の下でうごめきはじめた。「きみがあきらめているだけだ!」

「そうだね」ピップは目を閉じた。「わたしはあきらめている。だってラヴィを自分といっしょにどん底に引きずりこむわけにはいかないから。レノルズ兄弟やワード姉妹、それにナタリーも。それが取り決めだった。計画がうまくいかなかったら、責めを負うのはわたしひとりだけ。計画は失敗したんだよ、ラヴィ。ごめんね」

「失敗なんかしていない」電話の向こうからくぐもった音が聞こえてきた。おそらく、ラヴィが拳でまくらを殴る音。「計画はうまくいっていた。マジでうまくいっていて、きみにはアリバイがある。きみはその時間にほかの場所にいたのに、どうやったら自白なんてできるんだ?」

「車のエアコンを使って死亡時刻を偽装しようとしたけれどうまくいかなかったって言うつもり。あの晩のラヴィには八時十五分からのアリバイがあるから、八時ごろにジェイソンを殺したって自供する。それでラヴィは事件とはまったく関係がなくなる。わたしはジェイソンを車に押しこんで、カーラとナオミのところへ行ってアリバイを偽装した。ふたりはなにも知らなかった。だから彼女たちは無実」そこで目をぬぐう。「わたしが自白すれば、警察はそこで捜査をやめる。自白はもっとも不利となる唯一の証拠で、それはビリー・カラスの件でもあきらか。だから彼らは捜査をつづける必要はないと判断するはず。ホーキンスにはジェイソンの正体を言う。彼がわたしになにをしようとしたかも。ジェイソンがDTであるなんらかの証拠がなければ警察は信じてくれないと思うけれど、証拠はある、きっとどこかに。戦利品だってあるんだし。正当防衛はもはや問題にもされない。罪を隠すためにこんなに手のこんだ計画を立てたわけだから。でも腕のいい弁護士なら殺人から故殺へ罪状の引きさげを呑ませることができるかもしれないし、それなら――」

「だめだ!」ラヴィは言った。声に絶望と怒りがまじっている。「何十年も刑務所に入ることになる。へたしたら死ぬまで。そんなことはさせない。ジェイソンを殺したのはマックスで、きみじゃない。きみよりもマックスを指し示す証拠のほうがずっと多い。証拠は揺るがないよ、ピップ。だいじょうぶだ、うまくいく」

こんなふうに言われるのはつらすぎる。ラヴィが目の前にいるときにどうやってさようならを言えばいいんだろう。もうラヴィとは毎日会えなくなり、会えるのは二週間に一度の面会日だけで、それも冷たい金属製のテーブルをはさんですわり、看守に監視されてお互いに触れあうこともできない。そう考えると、心臓が肋骨《ろっこつ》に締めつけられ、しまいにはとまってしまう気がしてくる。そんなのを人生とは呼べないし、少なくとも自分が、もしくはラヴィが望んでいる人生じゃない。

ピップはどう言えばいいかわからなかったし、なにを言ってもむだだと思った。

「行ってほしくない」ラヴィが小さな声で言う。「きみに行ってほしくないよ」

「自分かラヴィを選べって言われたら、わたしはラヴィを選ぶ」ピップはささやくような声で言った。

「ぼくだってきみを選ぶ」

「行くまえにかならずさようならを言いにいく」そこで洟《はな》をすする。「これから下へ行って、家族との最後の夕食をとってくる。その場でみんなにさようならを言う、パパたちにはわからなくても。それがふつうに過ごす最後のひとときになる。それからラヴィにさようならを言いにいく。そのあとで出頭する」

沈黙。

「わかった」ようやくラヴィが言った。声が太くなっていて、こっちにはわかりようもない、なにかの気配がまじっている。

「愛してる」ピップは言った。

電話がカチリと鳴って切れ、ツーツーという音が耳のなかで響いた。

49

「ジョシュア、豆も食べるんだよお」

パパがおどけて目を見開き、わざと警告めいた声でしゃべるようすをピップは微笑みながら見つめた。

「今日のは食べたくない」ジョシュが不平をもらして豆を皿の脇によけ、テーブルの下でこっちの膝《ひざ》を蹴《け》りつけてきた。いつもならやめなさいと言うけれど、今回は気にもならない。これが家族との最後の夕食で、いっしょにいられる最後の一時間だから、このひとときを漫然と過ごしたくない。みんなの顔をしっかりと見て脳裡《のうり》に焼きつけ、これまでの日々の思い出としよう。刑務所では思い出がきっと縁《よすが》となるだろうから。

「食べたくないのはわたしがつくったからよね」とママ。「一キロのバターを加えていないもの」そこでキッとパパのほうを睨《にら》む。

「ちょっと聞いて」ピップは自分の皿には手をつけずにジョシュに言った。「お豆はね、サッカーがじょうずになるようにしてくれるんだよ」

「嘘だ、そんなことあるわけない」ジョシュが〝ぼくはもう十歳で、ばかなガキじゃない〟とでも言いたげな声で言った。

「いいかい、ジョシュ」パパが思案顔で言う。「きみのお姉ちゃんはなんでも知っているってことを覚えておきなさい。ほんとうになんでも知ってるんだよ」

「ふうん」ジョシュはなにかを考えているのか、天井を見あげている。そのあとでこっちに視線を向けてしげしげと眺めているけれど、どうやら会話の流れとはまったくちがう理由からのようだ。「お姉ちゃんはほんとにたくさんのことを知ってる。それはたしかにそのとおりだよ、パパ」

そう、おそらく自分はたくさんのことを知っている。なんの役にも立たないトリビアから人殺しの罪から逃げきる方法まで。でも自分は間違っていて、小さなミスを犯してすべてをだめにしてしまった。この先何年にもわたって、家族は自分についてどんなふうに話をするのだろうか。パパはわたしのピックルが知らないことはなにもない、と依然として娘を自慢するだろうか。それとも自分はひそひそ声でしか語ることのできない、四方を壁で囲まれた場所以外では話題にあげることもはばかられる存在になるのだろうか。恥ずべき秘密となり、家に縛りつけられる幽霊みたいにしまいこまれるのだろうか。ジョシュは姉がどうしているか友人に話さなくてもすむように、家族が面会に行くときはなんだかんだと口実をつくって同行を拒むのだろうか。もしかしたら姉なんかいないというふりさえするかもしれない。弟がそういう態度に出たとしても、自分は彼を責められないだろう。

「でも、お姉ちゃんが物知りだからってぼくが豆好きになるわけじゃない」とジョシュがつづける。

ママは腹立ちを抑えているのか、ひきつった笑いをテーブルの向こうから投げてくる。言いたいことはあきらか。〝男の子ってこれだから〟

ピップは瞬《まばた》きで答えた。〝ほんとだよね〟

「ところで、ピップはわたしの料理が恋しくなるかしら?」ママが訊いてくる。「大学生活がはじまったら」

「そうだね」ピップは喉のかたまりを呑みくだそうとしながらうなずいた。「たぶん、なんでもかんでも恋しくなると思う」

「でもきみはすばらしいパパのことをいちばん恋しく思うはずだよ」パパがそう言って、テーブルの向こうからウインクを送ってきた。

微笑んだとたんに目の奥がチクチクしだし、視界がぼやけた。「はいはい、パパはめちゃくちゃすばらしいです」そう言ってフォークを手に取り、顔を伏せて目もとを隠した。

ふだんどおりの家族団欒《だんらん》の夕食。でもじつはそうじゃない。家族は誰も、これがお別れだとは知らない。自分はずっと運に恵まれていた。なぜいままで立ちどまってそのことを考えなかったのだろう。毎日、考えるべきだった。いま、すべてをあきらめなければならなくなった。幸運のすべてを。いやだ。あきらめたくない。あきらめずにすむよう闘いたい。現状に対して怒りすら湧く。こんなのはフェアじゃない。でもそれがとるべき正しい道なのだろう。もう〝いい〟とか〝悪い〟とか、〝正しい〟とか〝間違っている〟とかがわからなくなっていて、言葉自体が空虚で意味をなくしているけれど、自分がすべきなのはこれだとわかっている。マックス・ヘイスティングスは自由のままだろうけれど、自分が大切に思っている人たちに害がおよばずにすむ。これは一種の取引で、自分は譲歩するしかない。

ママは日曜日までに手配すべきことと、買わなければならないものアイテムをすべて列挙するのに忙しい。

「まだ新しい上掛けを買っていないじゃない」

「いま使っているのを持っていくからだいじょうぶ」ピップは答えた。けっして訪れない未来について語る会話から逃げだしてしまいたい。

「ピップがまだ荷造りもしていないなんて驚いちゃう」とママ。「いつもきっちり計画を立ててやるのに」

「忙しかったの」ピップは言い、ジョシュではなく今度は自分が豆を皿の脇のほうへ寄せているのに気づいた。

「例の新しいポッドキャストで?」パパが訊いてくる。「恐ろしいにもほどがある。ジェイソンの身に起きたことは」

「うん、ほんと恐ろしい」ピップは小さな声で返した。

「ジェイソンの身になにが起きたの?」ジョシュが耳をそばだてる。

「なにも」ママがきっぱりと言い、その話はそこで終わった。ママは空になった皿やほぼ空の皿を手に取って運びはじめた。食器洗い機がため息のような音を立てて開いた。

ピップは立ちあがったものの、どうするべきかわからなかった。家族のみんなと涙ながらにハグを交わしたいけれど、できない。そんなことをしたら話さなければならなくなる。自分がやってしまった恐ろしいことを。でもどうやって立ち去ればいいのか。真実を伝えることなく、どうやってさようならを言えばいいのか。もしかしたらジョシュには理由を告げずに別れの挨拶をできるかもしれない。

ピップは椅子からおりるジョシュをつかまえてすばやく抱きしめ、そのままソファまで運んであちこちをくすぐった。

「離せよお」ジョシュは笑いながら蹴りつけてきた。

ピップはコートをつかみ、無理やり自分を家族のもとから引き離そうとした。そうでもしないと、とても行けそうにない。次にこの場に立つときには四十代か五十代になっている？　そのときの顔の皺はすべて、ある一夜に永遠に刻みつけられたもの。あるいは、もう二度と戻ってこられないとか？

「行ってきます」声は喉で詰まり、そのまま胸のブラックホールに吸いこまれて出てきそうにない。

「どこへ行くの？」ママがキッチンから顔をのぞかせた。「ポッドキャストの用事？」

「うん」ピップは肩をすくめ、つらすぎて母の顔を見ることもできぬまま、靴に足を滑りこませた。

重たい身体を玄関ドアのほうへ引きずっていく。振り向いちゃだめ、ぜったいに。ピップはドアをあけた。

「みんな、愛してる」声の震えを隠すために思いのほか大きな声になってしまった。ドアを勢いよく閉めて思いを断ち切り、家族から離れる。ちょうどそのタイミングで涙があふれだした。息もできないくらいしゃくりあげながら、車のロックを解除してなかに乗りこむ。

手で顔を覆い、大声で泣いた。三まで数えるあいだ。三まで数えるあいだだけ。そうしたら出発する。ラヴィのもとへ。すでに心は壊れているのに、次に別れの挨拶を交わしたらたぶん砕け散ってしまうだろう。

車を発車させて運転しながら、さようならを言えなかった人たちのことを考える。カーラ、ナタリー、レノルズ兄弟、ナオミ。でも彼らは理解してくれるだろう。どうして自分が別れの挨拶を告げられないのか、きっと理解してくれるはず。

ピップはハイ・ストリートを走り、角を曲がってグレイヴェリー・ウェイに入り、ラヴィの家へ向かった。絶対に言いたくなかったさようならを言いに。シン家の前で車をとめ、ずっとまえにこの家のドアをノックした、まだ闇の深さを知らないころの自分を思いだす。あのとき、自己紹介をしてから〝あなたのお兄さんがやったと思っていないから〟とラヴィに告げた。いまこの場にいるのとはちがう自分だったけれど、両者にはひとつだけ共通点がある。ラヴィ。

かけがえのない人。いまの自分にとっても、あのころの自分にとっても。

でもなにかがおかしいとすでに感じていた。私道には一台も車がない。ラヴィの車も、彼の両親の車も。とにかく玄関ドアをノックしてみる。ガラスに耳をあてて なかの音を聞く。なにも聞こえない。もう一度、さらにもう一度ノックし、木製のドアに拳を打ちつけ、しまいには手が痛み、見えない血が関節から滴《したた》りはじめた。

郵便受けをあけてラヴィの名を呼ぶ。隅々にまで声が届けとばかりに。ラヴィはいない。行くと言ったのに。どうしてラヴィはいないのだろう。

電話で話したからもういいの？ 顔をあわせて、見つめあって、最後の別れの挨拶を交わさなくても？ ラヴィの首もとの温かい場所に顔をうずめることもできない。離れたくない、このまま消えたくないと思いながらラヴィに抱きつくことも。

そういうことが必要なのに。先に進むためにはそういう瞬間が必要なのに。でもたぶんラヴィには必要ないのだろう。彼は相棒に対して腹を立てている。最後に聞いたラヴィの言葉は妙な口調の〝わかった〟で、そのあとで相棒を見放すように電話がカチリと鳴った。次にラヴィと話すのはプリペイド式の刑務所の電話をとおして。ラヴィは心の準備ができている。だから自分もそうしなくては。

待っている時間はない。今夜にでもすぐにホーキンスに自白しなければ。警察がさらに詳しく調べ、あの夜に自分を助けてくれた人たちとのつながりをつかむまえに。自白すれば、彼らを救うことができ、ラヴィを救うことができる。そうすることで本人には嫌われるだろうけれど。

「さよなら」ピップは誰もいない家に告げてくるりと背を向け、胸の震えを抑えられぬままふたたび車に乗りこんだ。身をその場から引きはがすように走りだす。

幹線道路《A・ロード》を走り、バックミラーでリトル・キルトンから出たことをたしかめる。戻って、このまま大切な人たちといつまでも暮らしたいと思う一方で、そんな考えを頭から消し去ってしまいたいとも思う。炎に焼かれて消えてしまえと。

アマーシャムへ向けて、警察署へ、悪夢そのものの場所へ車を走らせているうちに、しだいに心がなにも感じなくなった。胸のうちのブラックホールが痛みを取り去ってくれるのをありがたいと思う。いまはただ目的地へ向かい、そのあとに起きることは考えず、夜の闇を切り裂く二本の黄色いヘッドライトに導かれるまま、車を走らせるだけ。

トンネルをくぐって角を曲がり、暗い木々が迫ってくる近道を進んだ。反対側の車線をヘッドライトが近づいてきては、シュッと音を立ててすれ違っていく。またべつのヘッドライトが近づいてくるけれど、なんだかようすがおかしい。急にライトがまぶしくなったかと思うと点滅しはじめて、まわりがよく見えなくなった。その車がどんどん近づいてくる。クラクションを三回、鳴らしながら。長く、短く、長く。

ラヴィ。

すれ違うと同時に、あれはラヴィの車だと気づき、バックミラーに映るナンバープレートの最後の三文字に目を走らせた。

通りすぎたあとにラヴィは車のスピードをゆるめ、大胆にも道路上でUターンした。

ラヴィはなにをしてるの？　ここでいったいなにを？

ピップは方向指示器を出して、道路からそれて脇のスペースへ入り、崩れかけた古いガソリンスタンドへの立ち入りを阻《はば》んでいる柵のまえに車をとめた。ドアをあけて車を降りたときに、荒れ果てた白い建物に描かれた落書きをヘッドライトが赤く照らしだしているのが目に入った。ラヴィの車がすぐ後ろに入ってきた。ピップは手びさしでヘッドライトのまぶしい光をさえぎり、涙をぬぐって目を袖でこすった。

車をとめるのとほぼ同時に、ラヴィが急いで降りてきた。

ここにいるのはふたりだけでまわりには誰もおらず、スピードを出して通りすぎていく車の運転手がこちらに気をとめるとも思えない。ふたりのまわりにあるのは木々にはさまれた道路とその向こうの田園地帯、背後には崩れかけた建物。顔を向きあわせ、目を見つめあう。

「なにをしているの？」ピップは夜風の向こうに呼びかけた。

「きみはなにをしているんだい？」ラヴィが声を張りあげる。

「わたしは警察署へ行くところ」ピップは言い、ラヴィが首を振って近づいてくるのを見てとまどった。

「いや、行かなくていい」と言うラヴィの低い声が風に乗って聞こえてくる。

腕の毛が逆立つ。

「ううん、行くの」懇願《こんがん》する口ぶりになっているのが自分でもわかる。お願いだから行かせてと。別れは身を切られるようにつらい。でも少なくともこれで警察に行くまえにラヴィに会えた。

「いや、きみは行かない」ラヴィがまた首を振りながら、さっきよりも大きな声で言う。「ぼくはそこから帰ってきたところ」

ピップは凍りつき、ラヴィの表情を読みとろうとした。

「そこから帰ってきたところって、どういう意味？」

「さっきまで警察署にいて、ホーキンスと話をしていた」通りすぎる車に負けじとばかりに、ラヴィが大きな声を張りあげる。

「えっ⁉」ピップはラヴィを見つめ、胸のブラックホールに吸いこまれていたものが吐きだされてくるのを感じた。パニックとか恐怖心とか絶望とか痛みとか震えが、ぜんぶ戻ってきた。

「ラヴィ、なにを言ってるの？」

「もうだいじょうぶだ。きみの自白はなし。きみはジェイソンを殺していない」そこで口ごもる。「ぼくが修正してきた」

「ラヴィが、なに⁉」

胸のなかで六発の銃弾が発射される。

「ぼくが修正してきた。ホーキンスにぼくのせいだと言ってきた――ヘッドホンの件」

「だめ、だめだよ、だめ、だめ」ピップは後ずさった。「だめだよ、ラヴィ！ いったいなにをしてきたの？」

「すべて解決したから、もうだいじょうぶだ」ラヴィが近づいてきて、こっちに手をのばした。

ピップはラヴィの手を振り払った。「なにを、したの？」喉が締めつけられて言葉がうまく言えず、途切れ途切れになる。「ホーキンスに、なんて言った？」

「ぼくはいつでも、ときにはきみが知らないうちに、きみのヘッドホンを借りているとホーキンスに話した。二週間ほどまえの晩にジェイソンに会いにベル宅を訪問したとき、きみのヘッドホンを持っていってしまったみたいだと。十二日に、と言った。うっかりそれを置いてきてしまったらしい、とも」

「いったいなんだってラヴィがジェイソンに会いにいかなきゃならないわけ？」ピップは大声を張りあげた。ラヴィの話を聞いて頭が混乱し、後ずさりしてもう少しで背後の柵にぶつかりそうになった。だめだめだめ、ラヴィはいったいなにをしたの？

「ぼくにはひとつ考えがあって、それをジェイソンに伝えにいった。一種の慈善事業で、アンディとサルの名前を冠した奨学金制度を立ちあげたらどうかと思いついたんだ。そのアイデアについて話しあうためにジェイソンに会いにいって、概要を記した書類を彼に見せ、そのときにヘッドホンがかばんから落ちてしまったんだと思う。ジェイソンとぼくはリビングルームにいて、ソファにすわっていた」

「だめだよ、そんなの」ピップはささやき声で言った。

「ジェイソンはアイデアを気に入ってくれたけれど、かかわっている時間がないと言った——アイデアは宙ぶらりんになり、ヘッドホンはリビングルームに放っとかれた。あとでジェイソンは気づいたけれど、ぼくの持ち物とは思いもよらなかったんだと思う。以上がホーキンスに話した内容」

ピップは両手で耳をふさいだ。ラヴィの声を聞こえないようにすれば、この状況自体が消えてなくなるとでもいうように。

「だめ」小さな声で言うと、言葉が奥歯にあたって振動したみたいに感じられた。

ラヴィが手をのばしてきた。腕をつかまれて耳を覆っていた手がはずれ、その手をラヴィが自分の手で包みこんだ。もう離さないといわんばかりに、ぎゅっときつく握っている。「もうだいじょうぶ、ぼくが修正してきたから。計画はまだ生きている。ジェイソンを殺したのはきみじゃない。マックスだ。きみとジェイソンを直接結びつけるものはもうない。きみはジェイソンとは四月以来、接触していないし、ホーキンスに嘘を見破られてもいない。ぼくがジェイソンの家にきみのヘッドホンを置いてきてしまった。その件をきみはいっさい知らなかった。今日きみから取り調べの内容を聞かされて、そのときにぼくは気づいた。ジェイソンと会ったときにヘッドホンを彼の家に置いてきてしまったと。だから、ぼくは警察署へ出向いてホーキンスに説明した。これがことのあらまし。ホーキンスはこっちの話を信じたし、この先もぼくを疑うことはないだろう。十五日の夜にどこにいたかと訊かれて、答えた。いとこといっしょにアマーシャムにいたと。行った場所もぜんぶ伝えた。零時前に帰宅したことも。水ももらさぬ、鉄壁のアリバイ。計画したとおりの。そういうわけで、きみとジェイソンにはつながりはない。もうこれでだいじょうぶ」

「そんなこと、してほしくなかったよ、ラヴィ」ピップは訴えるように言った。「ホーキンスと話してほしくなかった。アリバイを伝えるはめになるなんて」

「でもこれできみは安全だ」ラヴィが暗闇のなかで目を光らせて言った。「だからきみは警察署へ出向く必要はない」

「でも、ラヴィ！　これでラヴィは事件に直接関係してしまった。ラヴィを事件から引き離し、無関係だと警察に思わせるまえに。もし……もしドーン・ベルが十二日に家にいたとしたら？　ラヴィが嘘をついていると彼女が警察に言ったらどうする？」

「きみを失いたくない。だから出頭させるわけにはいかなかった。きみと電話で話したあと、ぼくはベッドに腰かけて、なにかに緊張したり、怖がったり、不安になったときにいつも自分がやることをした。自問したんだよ、ピップならどうするかって。この状況でピップならどうするか。それで、ぼくは行動を起こした。計画を思いついた。これは無謀か？　おそらく。でも、愚直なまでに勇敢、それがきみだ。ぼくは考え抜いたけれど、考えすぎないようにした。そしてきみと同じように行動した。きみならこうするだろうと思ったことをしたんだよ、ピップ」そこでラヴィは息を継いだ。呼吸をするごとに肩があがったりさがったりする。「きっときみならこうしたはずだ。自分でもわかっているだろうけれど、きみだってぼくのために同じことをしただろう。覚えているかい？　ぼくらはチームなんだよ。きみとぼくは。誰もぼくからきみを引き離せはしない。きみ自身でさえも」

「もうやめて！」ピップは風に向けて声を張りあげた。ラヴィは正しくて間違っているから。

自分はうれしくて絶望しているから。

「もうだいじょうぶだ」と言うラヴィに抱きしめられ、上着のなかにすっぽり包まれた。そこまで寒くはないけれど、温かいのはうれしい。「自分で決めて、きみを選んだ。きみはもうどこへも行かなくていい」そう話すラヴィの息が髪にかかる。

ピップはじっとしたまま、ラヴィの肩ごしに暗い道を見つめていた。ゆっくりと瞬きをするうちに、胸のなかのブラックホールが恐怖心をふたたび吸いこんでいく。もう行かなくていい。いまから数十年たって五十代になったときに、自分が昔住んでいた家を見あげ、記憶にあるよりもやけに小さいと思い、わが家のことをすっかり忘れ、わが家にも忘れられたのだからしかたないとため息をつくこともない。大切に思っている人たちが自分のいない世界で生きている姿を、二週間に一度、金属製のテーブルをはさんで話をしながら想像する必要もない。みんな自分の生活で忙しくて面会に来る足も遠のき、こちらの存在が彼らのなかでだんだん小さくなって、やがて消えてしまうつらさを味わうこともない。

本物の人生、ふつうの生活。それを送ることが可能になる。ラヴィが救ってくれた。ラヴィが助けてくれた。けれどもそうすることによって、ラヴィ本人が自分自身の人生を危険にさらすことになった。

もう選択の余地はなく、けっして後戻りはできない。

自分は歯を食いしばって、この事件を最後まで見届けなくてはならない。かならず。

鋼の心で。

両手は血にまみれ、心臓に銃をかかえ、計画を立てる。

自分たちはリングにあがっている。ひとつのコーナーに自分とラヴィが立つ。となりのコーナーにはDTキラー。向かいのコーナーにそれぞれマックス・ヘイスティングスとホーキンス警部補。

リングのまんなかで最後の闘いがおこなわれる。自分たちはなんとしても勝たなければならない。ラヴィが参戦してしまったいま、どうしても勝つ必要がある。

ピップはラヴィに自分の身体をもっと近くに、もっと強く押しつけ、彼の胸に耳をあてて心臓の音を聞いた。ずっとこのままでいたいから。できるかぎり、ずっと。

目を閉じて、口に出さずに新たにラヴィに誓う。ラヴィはわたしを選び、わたしはラヴィを選んだ。かならず逃げきってみせる。

50

町がおしゃべりでざわつき、あちこちでひそひそ話がはじまる。声のトーンは落ちても、ひそひそ話は耳に入り、ピップ・フィッツ＝アモービの耳にはとりわけはっきりと聞こえる。

〝ほんと、恐ろしいよね？〟
――ゲイル・ヤードレー、犬の散歩の途中。

〝この町はなにかがおかしい。ここを離れる日が待ち遠しいよ〟
――アダム・クラーク、駅の近くにて。

〝まだ誰も逮捕されていないのかしら？　あなたのいとこ、警察に知り合いがいたわよね？〟
――モーガン先生、図書館の前にて。

〝ドーン・ベルが先週、店に来たけど、動揺しているようには見えなかった……彼女が事件に関係していると思わない？〟
――スーパーマーケットの店員のレスリー。

ピップも誰かに聞かれる場所でではないけれど、二度ほどひそひそ声の会話に加わった。ドアを閉めた室内で、つねにささやき声で。

最初のひそひそ話は水曜日にナタリーと。ふたりともピップのベッドにすわっている。

「警察から電話がかかってきた。ホーキンス警部補から。ジェイソン・ベルの死亡事件について訊きたいことがあるとかで。十五日の晩にマックス・ヘイスティングスの家を訪ねたかって訊かれた。マックスの顔を殴ったかって」

「それで?」ピップは訊いた。

「なんの話かわからないって答えたあと、暴行犯の家にいそいそと訪ねていったとか、彼とふたりきりになる状況をみずからつくったとか、いったいどうしてそんなことをほのめかすんですか、と訊いてやった」

「うんうん、それでいいと思う」

「あの夜は八時ごろから兄の家にいたとホーキンスに答えた。ダニエルはすでに酔っぱらってソファで寝ていたから、わたしが答えたとおりに答えると思う」

「よかった」うまくいっている。ナタリーの話からすると、ホーキンスはすでに一度はマックスの事情聴取をおこなっているはずで、彼の携帯電話の記録を精査したあとで、ジェイソンが死んだ晩にどこにいたのか、マックスに再度、説明を求めたのだろう。おそらくマックスはあの夜はひと晩じゅう家にいて、早めに眠ってしまい、寝入るまえにナタリー・ダ・シルヴァが訪ねてきたと答えたのだろう。しかしマックスの携帯電話の記録を握っているホーキンスは、マックスが家にいなかったことを知っているし、ある基地局を経由してかかってきた電話によってマックスが現場にいたこともわかっていて、すでに何度もマックスの嘘を見抜いているはずだ。

もうひとつ、言葉にされない事実がナタリーとのあいだに横たわっている。死んだジェイソン・ベルの件が。ナタリーはけっして尋ねてこないし、こっちも絶対に言うつもりはないが、ナタリーが知っているのは間違いなく、目に浮かぶ表情がそれを物語っている。目をそむけようともせずにこっちの視線を受けとめ、ともに見つめあううちに、真実はけっして語られることはないだろうとピップは確信した。互いに了解していると。ジェイソンを殺したのはマックスで、ピップ・フィッツ＝アモービではない。もうひとつの秘密がさらにふたりをがっちりと結びつける。

二番目のひそひそ話はカーラとのもの。ナタリーと話した翌日、〝こっちへ来られる？〟とのメッセージを受けとって出かけていき、ワード家のキッチンのテーブルについた。

「刑事がね、十五日の晩にどこにいたかって、わたしとナオミに尋ねてきた。ピップといっしょだったかどうかも。だからわたしたち〝いっしょでした〟って答えて、家を出た時刻と帰宅した時刻、行った場所を伝えた。いつもと変わらない夜で、みんなお腹がへっていたと付け加えといた。あと、わたしの携帯で撮った写真や動画を見せた。刑事が送ってくれって頼んできたから」

「ありがとう」ピップは言った。ここで礼を言うのは不適切で、うっかり口を滑らせてしまったという気がしないでもないけれど。カーラの目にはナタリーと同じ表情が浮かんでいる。ジエイソンのニュースが広まったとき、カーラは気づいたにちがいない。そうとしか思えない。カーラとナオミは顔を見あわせ、真実を知ったのだろう。口に出して言ったにしろ、言わなかったにしろ。でもカーラの目にはなにか揺るぎないものがあり、それはおそらく互いに信頼しあう気持ちで、今回の件でためされてもけっして壊れはしなかった。カーラ・ワード。友だちというよりももはや姉妹で、ふたりはずっと昔から支えあってきた。いま彼女の顔に浮かぶ見慣れた表情を目にして、ピップは締めつけられていた腹が楽になるのを感じた。カーラにいつもとちがう目で見られたら、それを受けとめられたかどうかわからない。

カーラの話を聞いて、さらにいい具合に進んでいると感じられた。いまホーキンスはこっちのアリバイを調べ、たしかめている。証人に確認をとり、念を入れて交通監視カメラの映像の提供を要請し、こっちの車があの晩にたどった行程を調べるだろう。もしかしたらマクドナルドでカードで支払いをしているようすと、それが撮影された時刻をすでに目にしているかもしれない。わかったでしょ、ホーキンス。事情聴取で語ったとおり、こっちはジェイソンが殺された場所から何マイルも離れた場所にいたってことが。

またべつの会話――会話というよりも口論に近いかもしれない――が両親と交わされた。

「日曜日に行かないってどういうこと?」ママが口をあんぐりとあける。

「わたしは行かないってこと。大学では最初の週は欠席してもだいじょうぶなの。その次の週にならないと講義ははじまらないから。わたしはまだ行けない。これを見届けなくちゃならない。いま、なにかをつかみかけているの」

めったに声を荒らげない父が声を荒らげた。何時間にもわたって。どうやら、いままでの人生のなかで最悪の仕打ちを父親に対してしているのかもしれない。

「わたしはみんなに必要とされていて、期待に応えて殺人者を見つけなきゃならない。パパは酔っぱらって過ごす一週間がそれよりも大切だって言うわけ？」

答えるかわりにひと睨み。

「勉強で遅れが出たら、かならず挽回する。いつもそうしてる。だから娘を信じて。わたしを信じてほしい」

ラヴィの信頼に応えるためにも、ふたりで成し遂げたことの結果を見ずに町を離れるわけにはいかない。鋼の心で、手加減はなし。これは最後の闘い。警察にはすべてを与えてある。携帯電話の基地局を利用することで死亡推定時刻の時間帯にマックスが現場にいるように見せかけた。現場にマックスの髪の毛、足跡を残し、火事で建物が焼け落ちたあとで走り去るマックスの車の映像を交通監視カメラに撮らせ、彼の家にあるパーカーの袖に血痕を、スニーカーの裏に土を付着させたままにした。警察はそのすべてをまだ発見していないかもしれないけれど、彼らはこっちから与えたべつのものに気づくはず。エピソード1。エピソードの内容と今回の事件を重ねあわせると、動機が見えてくる。この町の過去、アンディ、ベッカの身になにが起きたのか。ふたりの男のあいだに存在する悪感情、目撃された激しい言い争い、衆目のなかで傷つけられたプライド、ひとつの諍《いさか》いが常識のレベルを超えたのかもしれない。マックスに隠すべきことがなにもなければ、ヘイスティングス邸に取り付けられた防犯カメラがかならず彼の援護をしてくれるだろう。ジャッキーへのインタビューはすでに一部が配信されているけれど、もう一歩先へ進まなければならない。

　最悪の場合、警察は捜査妨害だと騒ぎ立てて配信を中止しろと言ってくるだろうが、世間ではすでに反応が見られ、種は蒔《ま》かれている。容疑者の名前を出すことはできないけれど、出す必要はない。ホーキンスはこっちが誰のことをしゃべっているか知っている。彼のために配信したのだから。耳を傾けてほしいリスナーはホーキンスただひとり。彼が疑惑の目をマックスに向ければ、こっちにまで目を向けようとはしないはず。

41.29MB of 41.29MB uploaded

〈グッドガールの殺人ガイド〉：誰がジェイソン・ベルを殺したか
シーズン3エピソード1　SoundCloudにアップロード済み

51

心臓の鼓動とスニーカーをはいた足が道路を打つ音のあいだで、べつのゲーム、べつのレースが繰り広げられている。ピップはふたつの音に没頭し、頭のなかをからっぽにして、次々に足を前に出していった。速く走れば今夜は眠れるだろう。本来なら今夜は新しい街の新しいベッドで眠るはずだったが、リトル・キルトンはまだ行かせてくれそうにない。

足もとを見ずに、走っている場所を見ているべきだった。あたりに目をやるべきだとは考えていなかったし、考える必要もなかった。いま走っているのはいつものルートのひとつで、走りなれたコースだから。通りから次の通りへと、なにも考えずに走っていけばいい。

ふと大勢の人の話し声と車の音が聞こえてきてピップは顔をあげ、いま走っている場所に気づいた。チューダー・レーン。少し行った先にはヘイスティングス邸が建っている。

家自体はいつもと変わらないが、ふだんはそこにないはずのものが目に入った。道路まではみだして三台の車と二台のヴァンが家の前にとまっていて、どの車輛にも〝警察《POLICE》〟の文字と、側面に鮮《あざ》やかな黄色と青のチェック柄が入っている。

走りつづけながらも、目は近づいてくる家に引き寄せられ、そのうちに玄関ドアを抜けて出たり入ったりする人たちの姿が見えてきた。みんな足の先から頭のてっぺんまで白い防護服に包まれている。顔にはマスク、両手には青いラテックスの手袋。ひとりが大きな茶色い紙袋を家から待機しているヴァンまで運び、またべつの人がそのあとにつづいている。

鑑識チーム。

鑑識がマックスの家を捜索している。

スピードを落として足をとめ、結局心臓が脚を負かしてレースに勝った形になったが、防護服に覆われた人たちの整然とした動きを見ているうちに、その心臓が肋骨《ろっこつ》と肋骨の隙間から飛びだしてきそうになった。見ているのは自分だけじゃない。近隣の人びとがヘイスティングス邸の私道の端に立ち、目を見開いて口を手で覆い、互いになにかをささやきあっている。白いヴァンが一台、通りの反対側にとまり、そのまわりを人びとがうろうろしていて、ひとりは現場の写真を撮り、もうひとりが肩に大きなカメラをのせて、それを道路の向こう側に向けている。

そのときが来た。ついに。笑みを見せてはいけないし、叫んでもだめで、いかなる反応も示してはならず、顔に浮かべてもいいのはせいぜい〝なにごと?〟といった表情だけだけれど、ついにそのときが来た。終わりのはじまりが。ようすを眺めているあいだ、心臓の鼓動が胸のうちのブラックホールを震わせた。

警察車輛の脇に立つ黄色い反射ベストを着た制服警官が、男女ふたりの人間と話をしている。男性のほうはだいぶ熱くなっているようで、警官に向けて次々に言葉を浴びせかけ、彼の声が風に乗って聞こえてくる。ふたりはイタリアから戻ってきたマックスの両親で、きれいに日焼けした顔を寄せあっている。マックスを探すが、どこにも見あたらない。同様にホーキンス警部補も。

「ばかげている」マックスの父親が声を荒らげ、携帯電話を取りだした。動きは乱暴で、怒りのほどがうかがえる。

「ミスター・ヘイスティングス、すでにサインが入った捜索令状をご覧になったでしょう。それほど長くはかからないはずです。落ち着いてください」

ミスター・ヘイスティングスはくるりと身体をまわしてこっちを向き、携帯を耳に押しつけた。「エップス！」と吠える。

警官もミスター・ヘイスティングスに視線を据えつつ、身体をこっちへ向けた。通りに立っている姿を警官に見られるまえに、ピップは方向転換した。髪が背中にあたり、シューズが歩道をこすった。

警官に気づかれたかもしれない。あそこにいるところを見られてはいけないのに。つねに周辺にいる人物でいなければ。

ピップは足をあげて走りはじめ、来た道を戻っていった。もうひとつのゲーム、もうひとつのレース。自分はいま勝利をおさめつつある。

それほど長引かないだろうし、長くかかるはずもない。すでに捜索令状は発行されている。警察は家じゅうをくまなく捜索し、マックスの部屋で血痕がついたパーカーとジグザク模様の靴底のスニーカーを発見するだろう。もしかしたら、さっき運びだされるのを見た大きな茶色い紙袋には、パーカーとスニーカーが入っているかもしれない。家の捜索令状をとっているなら、警察はマックスからＤＮＡのサンプルを採取する令状もとり、死んだジェイソンの手や血だまりで発見されたブロンドの髪の毛がマックスのものと一致するかどうか調べるはずだ。この瞬間にも、サンプルが採取されているかもしれない。

ピップは角を曲がった。目はもう足もとには向けられておらず、灰色がかった空を見あげている。マックスのパーカーに付着した血液とジェイソンの死体から発見された髪の毛のＤＮＡ鑑定がおこなわれ、その結果がラボから送られてくるまでに数日かかるだろう。しかし警察が結果を入手すれば、ホーキンスには選択肢がなくなる。証拠は絶対だから。盤上で駒が動き、プレイヤーは互いの陣地から相手を見やる。

ピップはペースをあげ、懸命に速く走るうちに、終わりが追いついてくるのを感じた。

From:mariakarras61@hotmail.com　　11:39
To:AGGTMpodcast@gmail.com

件名：ニュース！

ハイ、ピッパ、

元気でお過ごしのことと思います！　配信されたばかりのエピソードを聴いて、あなたがシーズン3のための事件を見つけたことを知りました。というか、事件があなたを見つけたのね、きっと。なんという悲劇、気の毒なミスター・ベル！　あなたが彼のために犯人を見つけるのを心の底から願っています。

この事件がビリーとDTキラーの事件の調査よりも優先順位が高い理由はしっかり理解しているけれど、今朝ある知らせが届いて、あなたもきっと知りたがるだろうと思いました。どうやら、ビリーの事件がふたたび捜査されるらしいの。新たな証拠が出てきたんですって。まだ詳細はわからないけれど、かなり有力な証拠らしい――新たなDNAとか指紋とかいった証拠。そういうのが出てきたから、みんなとつぜん関心を持ちはじめてくれて。二人目の犠牲者のメリッサ・デニーの身体から発見された指紋が、最終的に誰のものか特定されたみたいなの。

こういうのは時間がかかるってわかっているけれど、〈イノセンス・プロジェクト〉の弁護士がビリーと連絡をとって、有罪判決をひっくり返すために刑事事件再審査委員会《CCRC》に申し立てをする件について説明してくれたらしい。つまり、警察が本物のDTキラーを見つけたか、少なくともビリーの有罪判決は〝確実ではない〟とするしっかりした証拠を発見したみたいなの。この〝確実ではない〟って、調べてみたところ専門用語なんですって。

とにかく、いまは胸がわくわくしています。もちろん最新情報が入ったら、その都度お知らせしますね。もしかしたら、クリスマスには息子を家に迎えられるかも！

わたしとビリーを信じてくれてありがとう。

今後ともよろしくお願いします。

マリア・カラス

52

ピップはパソコンの画面を見ながらキーボードにのせた指をとめ、メールの最後をどう締めくくるか考えていた。

〝わたしとビリーを信じてくれてありがとう〟

ふたりを信じていた。自分がDTキラーの六人目の犠牲者になるのはほぼ確実で、ある意味、いつ殺されてもおかしくなかったから。ジェイソンに拉致《らち》された瞬間に、無実の人間が刑務所に閉じこめられていることに疑いの余地はなくなった。それなのに、計画ではビリーは忘れ去られていた。自分が生きのびることがもっとも大切なことになっていた。生きのびることと無念を晴らすこと、計画自体からラヴィとほかの友人たちを守ることが。ビリーは自分と同じくらいジェイソン・ベルから救出されるべき存在だったのに、置き去りにされ、二の次にされた。ジェイソン・ベルがDTキラーだという事実をこちらは知らないし、DTキラーとはなんの関係もないという前提があってこそ、計画は成功するわけだけれど、それでもビリーのためになにかを考えてあげることができたはずだ。

もうひとつ気づいた点があり、それが腹にずしりと冷たくのしかかる。ジェイソン・ベルがDTキラーであることを示す決定的な証拠は出てこないだろう。これはふたつのことを意味する。ひとつめ。自分はいままでどおりビリー・カラスを置き去りにして自分自身を救い、彼の存在を頭の奥に押しこんでしまうにちがいない。ふたつめはこうしておけばよかったという後悔の念。ジェイソンの車が〈グリーン・シーン〉に戻ってきたとき、林のなかを歩きつづけるという選択肢もあった。あのまま進みつづけ、道を見つけ、家を見つけ、人と電話を見つけ、ホーキンスはこっちの言い分を信じてくれないかもしれないが、いちおうは調べてみようと思ったかもしれない。もしかしたら、こっちの言い分を裏づける証拠を見つけ、ジェイソンが犯行を繰りかえすまえに行動を起こしたかもしれない。結果的にこっちの体験談が強力な証拠となり、ジェイソンは刑務所へ送られ、ビリーが自由になる。

でもこういうことは実際には起きなかった。これは自分が選ばなかったべつの道。

自分はべつの選択をし、林の暗闇のなかに立ちどまった。あの選択はたまたまでも直感からでもなく、闘争・逃走反応でもなかった。岐路に立ったときに両方の道を見て、みずから選択した。そして戻った。

べつの人生を生きるべつのピップ・フィッツ＝アモービは、自分は正しい選択をした、と言うかもしれない。けっしてこっちを信じてくれなかった警察の人間に命運を託し、それがうまくいった。自分を救い、自分自身を救った。すでに道は正され、チーム・ラヴィ・アンド・ピップとしてふたりは前へ進み、じきにふつうの生活を送れるようになる。しかしべつの人生を生きるピップは、実際のピップの選択も正しかったと言ってくれるだろう。DTキラーが二度と誰かを傷つけないようにするためには、彼を死なせるのが自分にできる唯一の方法だったのだから。この道をとれば、マックス・ヘイスティングスも同時に葬《ほうむ》れる。まさに一石二鳥。死んだ目をした女性たちで構成される死の輪のなかに、ふたりのモンスターを引きずりこむ。ひとりは死に、もうひとりはうまくいけば三十年か、もしくは終生、刑務所に閉じこめられる。死んだり、どこかへ消えてくれれば、もう誰にも害をおよぼすことはできない。おそらく、こうしてよかったんだろうと思う。

いずれにしろ、ビリー・カラスを忘れ去られた存在にしないためにも、いまできることがある気がする。マリアがメールで言及しているように、警察がジェイソンの死体を検死し、指紋の情報をデータベースに登録したときに、ＤＴキラー事件でいまだに解明されていない部分があきらかになったのは間違いない。おそらくＤＮＡも、警察がデータとして保管している、ＤＴキラー事件の犯行現場に残されていたものと一致したのだろう。それに戦利品の件もある。ピップはいまでは戦利品のうち三つを見つけていた。ふたつはベル一家の昔の写真のプリントアウトを見ていたときに発見し、ひとつは一年前に〝殺人ボード〟に画鋲でとめた写真のなかにあった。フィリッパ・ブロックフィールドの所有物だったコインがついた金のチェーンのペンダントはドーン・ベルの首にかけられていた。ベッカの左右それぞれの耳にはめられて光っていたのは、うすいグリーンの石がついたローズゴールドのイヤリング。いまでもベッカは同じイヤリングをはめている。それはもともとはジュリア・ハンターの持ち物だった。ピップはどうにかしてベッカにメッセージを送りたいと思った。事実をすべてベッカに知らせ、イヤリングについて教えてあげたいと。イヤリングがベッカの耳についているかぎり、いまでもＤＴ

に支配されていることになるから。DTは妻や娘たちを見るたびに、女性たちを殺害した瞬間を思いだしていたのだろう。

警察はジェイソンの家を捜索した。彼らがヘッドホンを見つけて証拠品として押収したのなら、ほかの被害者からジェイソンが奪った戦利品も発見した可能性はある。アンディの部屋にあった紫色のヘアブラシ、ドーンがつけていたペンダント、ベサニー・インガムのカシオの腕時計、タラ・イェーツのキーリング。

警察がまだ戦利品を発見していなければ、自分がホーキンスにそういうものがあるとほのめかすことができるかもしれない。たんにこの写真を彼に見せればいいだけだから。

戦利品の件だけでなく、手もとにはアンディの秘密のメールアカウントと、まだ送られていない下書きがある。あのメールは――アンディの最後の言葉ではないにしろ、そんな感じがする――ジェイソン・ベルにとどめを刺すものになるだろう。アンディとHHとのつながりも警察にほのめかそう。それにはパスワードを一時的に変更した〝DTKiller6〟よりももっと穏便なものに変える必要がある。ピップはそれをいまやり、パスワードを〝TeamAndieAndBecca〟に変えた。アンディはこっちのほうがずっと気に入るだろう。

警察は指紋を入手しているのかもしれないが、こっちはほかのすべてを提示することができ、それでジェイソン・ベルに対する嫌疑を〝合理的な疑いの余地なし〟まで押しあげることができる。そうすれば、ビリーの有罪判決が覆《くつがえ》ったとき、無実を証明する新たな証拠をそろえて再審に臨む必要はなく、無罪釈放を勝ちとれるはずだ。ようやくビリーを家に帰してあげられる。自分にはビリーにそれだけの借りがある。

それに、ジェイソン・ベルの正体がみんなに知れわたれば、〝ジェイソンが殺されるなんて、なんということだろう〟と語る人びとの悲痛な声をもう耳にせずにすむはずだ。

ピップは鏡に向かって練習した。一日じゅう、しゃべっていないせいで声がかれている。

「こんにちは、ホーキンス警部補。すみません、警部補がものすごくお忙しいことは承知しています。でも……えーと、ジェイソン・ベルを殺した人物を探しだす一環として、ジェイソンの経歴や人となりを調査しました。具体的には、彼の会社や人間関係などについてです。それで、よくわからないけれど……」そこで間《ま》をおき、歯を食いしばって申しわけなさそうな表情をつくる。「ほかの事件との厄介なつながりを見つけてしまったんです。警部補の手を煩《わずら》わせたくはなかったんですけれど、ぜひ目を通していただきたいと思って」

〈グリーン・シーン株式会社〉から持ちだされたダクトテープとロープ、死体遺棄現場と会社のつながりについて。以前におこなったジェス・ウォーカーへのインタビューで彼女が語った、タラ・イェーツとアンディ・ベルが亡くなった夜に会社の敷地内で警報器が作動した件。アンディ・ベルが秘密にしていたふたつめのメールアドレスのユーザネームと、さっき変えたばかりのパスワード。アンディの机の上にあった学習手帳の写真。すぐ横にはうす紫色のヘアブラシが写りこんでいる。ネックレスとイヤリングが写っている家族写真。

「ベッカはまだこのイヤリングをはめています。なぜ知っているかというと、面会に行ったときに見たから。もしかしたらわたしの勘違いかもしれませんが、DTキラーが戦利品としてジユリア・ハンターから奪ったイヤリングにそっくりじゃありませんか？」

頭のなかで聞こえているラヴィによく似た声がやめておけと言っている。本物のラヴィもたぶん同じことを言うだろう。みずからに関心を向かせるようなことをするべきじゃないと。でも自分はこれをしなければならない。ビリーのため、彼の母親のために。そうすることでほかの人生を送るもうひとりのピップ——べつの選択をしたピップ——は正しくなかったと断言できる。

ピップはひとりの男性を自由にするために必要となるものをすべて集め、家を出た。

またしてもアマーシャム警察署への同じ道のりをたどるけれど、今回はかならずやり遂げてみせる。胸のなかにはもうブラックホールは存在せず、あるのはかたい決意だけ。怒りと不安と決意。すべてを正しい状態にする最後のチャンス。ビリーを救い、ホーキンスと対決し、ジェイソン・ベルとマックス・ヘイスティングスを打ち負かして、ラヴィを救い、自分自身を救い、ふつうの生活に戻る。終わりははじまりであり、いまその輪が断ち切られつつある。

ピップは駐車場の空いたスペースに車を入れ、バックミラーで目の表情を確認してからドアをあけた。

すべてを詰めこんだリュックサックを背負ってドアを閉め、その音が静かな木曜日の午後の空気を震わせる。

しかしレンガ造りの悪夢そのものの場所へ近づいていく途中で、木曜の静かな午後は消えていった。背後で何台もの車がコンクリートにタイヤをこすらせてとまる音が聞こえてきた。ピップは自動ドアの手前で立ちどまり、首をめぐらせて背後を見やった。

玄関前に三台の車がちょうどとまったところだった。黄色と青のチェック柄が入ったパトロールカーが先頭で、そのあとに覆面車輛と思われるSUV、そして最後尾にもう一台のパトロールカー。

先頭の車から見覚えのないふたりの制服警官が降りてきて、ひとりは肩にとめた無線機に向かってしゃべっている。最後尾のパトロールカーのドアが開き、ダニエル・ダ・シルヴァとソラヤ・ボウジディが降りてきた。ダニエルがこっちを見て、口もとをぎゅっと引き結んだ。

黒い覆面車輛の運転席側のドアが開き、中綿が入った深緑のジャケットのジッパーを首まであげたホーキンス警部補があらわれた。ホーキンスは二十フィートほど離れた自動ドアの手前に立っている者には気づいていないようで、後部座席の黒いドアに近づいていってあけ、身をかがめた。

最初に脚が見え、振りだされた足先がコンクリートについたと思ったら、次には身体の前で手錠をかけられた両手が見え、最後にホーキンスがその人物を車から引っぱりだした。

マックス・ヘイスティングス。

マックス・ヘイスティングスが逮捕された。

「言っとくけど、あんたは取りかえしのつかない間違いを犯した」マックスがホーキンスに言った。声は震えていて、それが怒りのためか、不安のためか、ピップにはどちらとも判断がつかなかった。後者ならいいのに。「おれは事件とはいっさい関係ない。まったく理解できない――」

マックスはそこでいきなり口を閉じ、瞳の色がうすい目を警察署の建物に向け、ここに立っているのが誰かに気づき、そのままこっちを見つめた。マックスの息遣いが荒くなり、目が見開かれ、目つきが鋭くなる。

ホーキンスはマックスのようすに気づきもしないようで、ソラヤと警官のひとりに近くへ来るよう合図を送った。

彼らは次に起きることを予想できなかった。ピップも予想できなかった。すばやく一度、身体を震わせ、マックスはホーキンスの手から腕を引き離し、警部補を押し倒した。自由になったマックスは駐車場を飛ぶように横切った。彼の動きは速く、こっちは瞬《まばた》きする間もなかった。マックスが体当たりしてきて、手錠をかけられた両手をこっちの喉に押しあてた。その勢いでレンガ造りの建物に背中を押しつけられた。頭がガツンと音を立てて壁にあたった。

どなり声と足音が聞こえてくるけれど、ピップにはほんの数インチ先に迫るマックスのぎらついた目しか見えなかった。マックスの両手で首を絞められ、指の先が肌に食いこんでくる。

マックスが歯をむきだしにし、こっちも負けじと歯をむきだす。

「おまえがやったんだろ!」こっちの顔に向けて唾を飛ばし、マックスがどなる。「どうやったか知らないが、おまえがやったんだろ!」

マックスがぐいぐい押してきて、レンガに頭がこすりつけられる。

ピップは手出しをしなかった。両手は空いているが、押しかえしはしなかった。目をぎらつかせて睨《にら》みかえし、マックスにだけ聞こえる声でささやいた。

「あんたはわたしに埋葬されなくて運がよかったね」

マックスが追いつめられた獣のような声をあげて吠えた。顔はところどころが赤くなり、目もとの血管が醜《みにく》く浮かびでている。「このくそビッチ――」マックスが叫び、ふたたびこっちの頭を壁に打ちつけようとしたときに、ホーキンスとダニエルがマックスの背後にあらわれて、彼を引き離した。もみあったあげく、マックスは地面に倒れ、ほかの警官たちに押さえつけられながらも彼らに向けて足を蹴《け》りだした。

「あいつがやった！」マックスが大声を張りあげた。「おれはやってない。なんにもしていない。おれは無実だ！」

ピップは後頭部に触れた。血は出ていない。両手も血にまみれていない。

「おれはやってない！」

警官たちがマックスを引っぱりあげて立たせた。

一瞬、マックスがこっちに顔を向けたとき、そこには本性をあらわした表情が浮かんでいた。細められた目は凶暴性を帯び、口はあいたまま醜くゆがみ、顔は真っ赤で恐ろしい形相をしている。これがマックス・ヘイスティングス。上辺や偽装をすべてはぎとられた、危険そのものの男。

「どうにかして、あいつがやった！　あの頭のおかしいクソ女が！」

「彼をなかに入れろ！」ホーキンス警部補がマックスの向こうにいるソラヤと二名の警官に大声で命じ、彼らはなかば引きずるようにして身をよじるマックスを連れて自動ドアを抜け、受付エリアへ入っていった。彼らのあとを追うまえに、ホーキンスは振り向いてこっちを指さした。「だいじょうぶか？」息を切らしながら訊いてくる。

「だいじょうぶです」ピップはうなずいた。

「よかった」ホーキンスもうなずき、マックスの獣じみた叫び声のあとを追うように建物のなかに急いで入っていった。

背後から誰かがふーっと息を吐きだす音がしてピップは振り向き、その人物にさっと視線を向けた。それはダニエル・ダ・シルヴァで、マックスに引っぱられてゆがみ、しわが寄った制服をなでつけて整えていた。

「悪かったね」ダニエルが低い声で言う。「だいじょうぶかい？　ずいぶん強く打ちつけられたみたいだけれど」

「はい、えっと、だいじょうぶです。頭を一度ぶつけただけですから、すぐに痛みは引くと思います。父によると、わたしの頭にはとにかく脳細胞がありすぎるらしいんで、少しくらいなくなってもだいじょうぶなんです」

「そうなんだ」ダニエルはもう一度、息を吐きだし、悲しげな笑みをちらりと見せた。

「マックス・ヘイスティングス」ピップはその名前の裏に問いかけをひそませて、小さな声で言った。

「そうだ」ダニエルは答えた。

「これから起訴するんですか?」マックスのくぐもった声が聞こえてきて、ふたりで入口の自動ドアを見つめた。「殺人罪で?」

ダニエルはうなずいた。

なにやら〝圧〟みたいなものがのしかかってきて、肩に重みを感じ、胸が締めつけられた。しかしダニエルがあごをあげて、さげるのを見ているうちに、ようやく〝圧〟は消えて、身体が軽くなった。彼らはジェイソンを殺害したとしてマックスを起訴する。心臓が肋骨を打つけれど、恐怖を感じているからではなく、なにかべつのもの、たとえば希望に近い感情が湧いているからのようだった。

終わった。そして自分が勝った。リングの四つのコーナーにそれぞれが陣取り、まだ自分は立ちあがっている。

「悔しくてたまらない」ダニエルがかすれ声で言い、彼の声でピップはわれに返り、自分がいま悪夢そのものの場所にいることを思いだして自動ドアを見つめた。「いま聞いたことは誰にも言わないでくれ……ジェイソン・ベルはわたしにとって父親も同然だったのに、彼は――」

ダニエルは言葉を切り、マックスを呑みこんでいったガラスのドアを見つめた。「彼は……」

そこで目をこすり、握りしめた手のなかに咳《せき》をした。

「残念です」ピップは言った。これは嘘ではない。ジェイソンが死んだことは少しも残念ではないし、彼を殺したことを後悔してもいないけれど、ダニエルに対しては申しわけない気がした。彼がDTキラーにちがいないと確信したことも含めて、いままでに三度、この人のことを暴力に訴える男だと思ったことがあった。でもそれは間違いで、彼はタイミングの悪いときに間違った場所にいた、グレイゾーンをただよう者たちのひとりだった。そしてまたひとつ、ここ最近のつねなのか、厳しく冷たい現実に気づいてしまった。ジェイソン・ベルはダニエルを利用していた。ジェイソンがダニエルをうながして警察官にさせたのには理由があった。ジェイソンは彼に警察に入るようにとすすめ、研修期間中も支援した。ピップは去年その話をベッカから聞き、いま実情を悟った。支援したのは、ジェイソンがダニエルを自分では持てなかった息子同然とみなしていたからではなかった。DTキラー事件の情報を入手する手段がほしかったからだ。警察の捜査の進展を知るための伝手《つて》が。ダニエルが発した、まわりの警官を警戒させたDTについての質問はすべて、実際にはジェイソンが発した質問だった。そうしてジェイソンは捜査について知りたいことはすべてダニエルから情報を得ていた。アンディが未送信のメールのなかで父親のことを〝実質的に彼は彼らの一員〟と書いたのには、そういう意味があったのだ。ジェイソンはダニエルを利用していた。ジェイソン・ベルはダニエルにとって父親同然の存在などではなかった。彼がアンディとベッカにとって、とても父親と呼べる人間ではなかったのと同様に。

いまならダニエルに告げられる。ジェイソンについてじきにあかされる情報について、DTキラーと彼のつながりについて、ダニエルに警告することができる。しかし、目もとのあたりを赤く染め、悲しげに微笑《ほほえ》んでいる顔を見ると、とてもじゃないが言えなかったし、彼から笑みさえも奪う人間にはなりたくなかった。自分はもう充分、奪ってしまった。

「そうだな」ダニエルは心ここにあらずといったふうに言い、誰かが出てきてシューッと鳴った自動ドアを見つめた。

出てきたのはホーキンス警部補だった。「ダニエル、すまないが……」警部補は親指で警察署のなかを示した。

「はい、ただいま」ダニエルはそう言い、さっと首を振ってから動きだし、自動ドアを抜けて警察署の奥へ消えた。

ホーキンスが近づいてくる。

「だいじょうぶか?」とふたたび訊いてきた。「応急処置ができる者を呼ぼうか? 頭を打ったんだよな……?」そう言って、すっと目を細める。

「いいえ、けっこうです。だいじょうぶですから」ピップはきっぱりと言った。

「すまなかった」ホーキンスはきまり悪そうに咳払いをした。「あれはわたしのミスだ。到着するまでは反抗的な態度は見せなかったんだけどな。あんなことをするとは予想もつかなかった……もっと注意を払っておくべきだった。すまない」

「いいんです、もう」ピップは口を閉じたひきつり気味の笑みを見せた。「ご心配なさらず」

ふたりのあいだに降りた沈黙は濃密で、うるさいくらいだった。

「きみはここでなにをしているんだ?」ホーキンスが訊いてきた。

「えーっと、警部補にお話ししたいことがありまして」

「いま?」ホーキンスが見つめてくる。

「お忙しいのはわかっているんですが」ピップはなかへつづく自動ドアに目を向けた。「でも、なかでお話しできればと思います。警部補に見てもらいたいものがあって。調査中に見つけたものです。とても重要、だと思います」

ホーキンスの視線がこっちの目に注がれた。ピップは見つめかえし、目をそらすなと自分に言い聞かせた。

「そうか、わかった」ホーキンスはそう言って、さっと後ろを振りかえった。「そのまえに十分くれないか?」

「はい、どうぞ。わたしはここで待っています」

ホーキンスは軽く頭をさげてから背を向け、歩きはじめた。

「それで、彼がやったんですか?」ピップはホーキンスの後頭部に質問を投げかけた。「マックスがジェイソンを殺したんですか?」

ホーキンスは立ちどまり、よく磨かれた黒い靴の裏でコンクリートをこするようにしてもう一度こっちを向いた。

彼の頭が小さく動いたが、うなずいているようには見えなかった。「証拠は絶対だ」視線がまたこっちを向き、反応をうかがっているかのように小刻みに動いた。ピップは顔の表情を変えずに思った。反応するわけないでしょ。あんたはこっちにどうしてほしいわけ? 笑ってほしい？　先まわりして〝ほら、やっぱりわたしは最初から正しかった〟って言ってほしい？

「それならよかった。証拠があって、って意味ですけど。これで間違いなく……」

「今日このあと記者会見がある」

「そうですか」

ホーキンスは鼻から息を吐きだした。「もう行かないと……」自動ドアのほうへ一歩さがると、センサーが反応してドアが開いた。

「わかりました。ここで待ってます」

ホーキンスはもう一歩さがってから足をとめ、首を振りながら小さく笑い声をもらした。

「きみが今回のような事件に関与したら」顔に笑みの名残を張りつけたまま言う。「かならず罪から逃れる方法を見つけるだろうな」

ホーキンスに見つめられるなか、胃のなかになにかが落ちてきて、それがどんどん沈んでいき、身体全体が引きずられていく。うなじの毛が逆立つ。

相手にあわせてピップは顔に笑みを浮かべた。「そうですね」肩をすくめながら言う。「ポッドキャストで犯罪実録をずいぶんたくさん聴きましたから」

「そのようだな」ホーキンスは短く笑い、靴に目を落とした。「ほんとに」ひとつ、うなずく。

「用事がすんだらきみを見つけにくる」

警察署の奥へ入っていくホーキンスを見つめているときに、シューッという音が聞こえた。自動ドアが閉まる音か、それとも自分の頭のなかから聞こえる音だろうか。

53

聞こえてくるのはホーキンスの声だけで、その声を聞きながら、ふた晩連続で今晩も天井の暗い影を見つめ、頭のなかにも影が広がるのを感じていた。目はぱっちり見開かれているので、テープでとめても閉じられないだろう。心臓で銃弾が発射される。

〝きみが今回のような事件に関与したら、かならず罪から逃れる方法を見つけるだろうな〟ホーキンスがしゃべったときとそっくりそのままのリズム、同じ抑揚で、彼の言葉が頭のなかで繰りかえし再生される。

ホーキンスは二度とその話を持ちださず、第一取調室で彼と相対したとき、ピップはジェイソンに関する調査内容を見せ、写真とアンディのメールアカウントについてのログイン情報を渡した。ホーキンスが遠まわしに述べたところによると、警察は今回の件とDTキラー事件とのつながりをすでに発見しており、現在、捜査中とのことだった。それに加えて、この情報は役立つ、と彼は礼を述べた。警察署を出るまえにホーキンスと握手を交わした。でも、彼の手がこっちの手をなかなか離さなかったのは気のせいだろうか。ホーキンスはなにかを感じとろうとしていた?

もう一度、頭のなかで同じ言葉をホーキンスの声で再生させ、さまざまな角度から分析して行間を読み、最後に息を呑んだ。

表面的には冗談としか受けとれない。しかしホーキンスは冗談で言ったのではなく、言葉に含まれる棘《とげ》を隠そうとして、わざとたどたどしくあやふやな感じで、笑みをまじえながら言ったにちがいない。

ホーキンスは知っている。

いや、それはありえない。警察は殺人者をつかまえた。ホーキンスには証拠がなく、こっちにはアリバイがある。

ふつうに考えればそのとおりだろう。けれども、たとえ確信はないにしても、彼の頭のどこか――ごくごく小さな部分で、奥のほうの閉ざされた場所――で疑いの種が芽吹いている可能性はある。たとえば、こんなふうに。まずは、ばかげた話で理にかなっていないと考える。ピップには死亡時刻にほかの場所にいたという鉄壁のアリバイがあり、マックスに不利となる証拠はきわめて強力だと。だが、その証拠はちょっと強力すぎはしないだろうか――犯行現場に残すにしてはあまりにも不注意で、これ見よがしすぎるのでは？　そういう小さな声がホーキンスの頭の奥で語りかけてきているのかもしれない。つまりは、疑念を振り払えず、己の内なる声を信じるべきか迷っている。だから彼はこっちの目を探るようにのぞき、疑いを決定づけるなにかを探していたのだろう。

マックスは逮捕されて起訴され、警察はＤＴキラー事件を再捜査する。ビリー・カラスは釈放される。ピップ・フィッツ＝アモービは生きのびる。自由で安全に暮らす。大切に思う人びとも同様に。ラヴィにマックス逮捕の話をしたとき、彼は声を立てて笑い、涙さえ浮かべて相棒をきつく抱きしめた。しかし……勝利をおさめつつあるとして、なぜ勝ったという高揚感が湧いてこないのだろう。どうして気持ちが沈む？

〝用事がすんだらきみを見つけにくる〟頭のなかでホーキンスが言う。あのときホーキンスがどんな意味でこの言葉を口にしたのかはわかっている。マックスに関する手続きを終えたら、きみを見つけにきて、話を聞く、という意味だった。でもいま、頭のなかではその言葉がべつの意味に聞こえてくる。絶対に尻尾をつかんでやるという誓い。脅《おど》し。〝用事がすんだらきみを見つけにくる〟

ホーキンスが知っているにしろ、知らないにしろ、疑っているにしろ、いないにしろ、彼は頭に浮かんだことを何度も何度も考え、払いのけては、また考えているにちがいない。疑っているとかいないとかはこの際どうでもいい。問題なのは、ホーキンスの頭のどこかに、いかにばからしく不合理な考えとはいえ、かすかにでも疑念が棲みついているという事実。ホーキンスは疑っている。彼は瞬間的に心情をのぞかせ、こっちはそこに疑念が根づいているのを見てしまった。

自分とホーキンス。最後にリングに残ったふたり。お互いに自陣から相手を睨みつけている。かつてはホーキンスは真実を見抜けなかった。サル・シンとアンディ・ベルの事件にしろ、ジェイミー・レノルズの失踪事件にしろ。しかしこっちが成長して変わったのと同様に、ホーキンスにも変化があったのだろう。そしていま、彼の頭の奥に隠れているひとつの考え、ひとつの小さな疑念が、こちらを破滅へと追いこみつつある。

ピップは泣いた。からっぽになるまで泣き叫んだ。自分にはわかっているから。休むことは許されず、なによりも望んでいた、ふつうの生活に戻ることもできない。それを取りもどすためにここまで来たのに。もはやこれまでで、自分は代償を払わねばならない。ピップは何時間もかけて自分自身と対話し、シナリオを見かえしては〝もし〟とか〝いつ〟と問いかけ、その過程をとおしてたったひとつの道を見つけた。みんなを自分から遠ざけて安全に暮らしてもらう方法を。そして最後の計画を立てた。

やるべきことはわかっている。でも実行に移したら自分は死んでしまうだろう。

54

背の高い木々が斑《まだら》な影を落とすなか、こっちを見つめるラヴィの目を太陽が輝かせている。もしかしたら逆で、ラヴィの目が太陽を輝かせているのかもしれない。ラヴィが片側の頬をあげて笑い、顔をくしゃくしゃっとさせた。

「部長刑事?」ラヴィが軽い口調で言い、ロッジ・ウッドの落ち葉を踏みしだく。カサカサ鳴る音が心をなごませると同時に、はじまりと終わりを感じさせる。

「ごめん」ピップはラヴィに追いつき、歩調をあわせて歩きつづけた。「なんて言ったの?」

「ぼくは」こっちのあばらのあたりをつつきながら、ラヴィが音《おん》をのばして言う。「明日、何時にご両親がきみを連れていくのかって訊いたんだよ」そこで間をとる。「ケンブリッジへってことだけど」思いださせるように言う。「おーい、聞いてるかい？」

「あっ、えっと、朝早くだと思う」ピップは頭を振ってわれに返り、答えた。「たぶん、十時までには出発すると思う」

どうすべきか、どう言うべきかわからない。どう切りだせばいいかも。言葉が出てこない。肋骨がばらばらになって胸に突き刺さったような痛みが全身に走る。骨は折れ、手は血にまみれているけれど、なによりも心がひどく痛む。

「了解」ラヴィが言った。「そのまえに行って、お父さんが車に荷物を積むのを手伝うよ」

唇《くちびる》は動きそうになるものの、喉が締めつけられて言葉に詰まる。ラヴィはこっちのようすに気づかず、森のなかの道を進むうちに脇道にそれる。〝探索だ〟とラヴィは言った。チーム・ラヴィ・アンド・ピップはふたりそろって探索の旅に出るのだと。

「いつ訪ねていったらいいかな？」枝が張りだしているところでひょいと身をかがめ、相棒が通れるよう、振りかえらずに枝を持ちあげる。「最初の予定では次の週末に行くつもりだったから、その次の週末でどうかな？　外でいっしょにディナーでも」

できない。いっしょにディナーに行けない。ラヴィのあとについて次の一歩を踏みだせない。

ふいに目がちくちくして涙があふれる。胸のなかのかたい結び目はほどけそうもない。

「ラヴィ」ピップは小さな声で言った。

声が聞こえたらしい。ラヴィはさっと振り向いた。目を見開いて、眉根《まゆね》を寄せている。

「おいおい」ラヴィが近づいてきて、こっちの腕を両手でさすった。「どうしたんだい？ なんかあった？」身体を引き寄せて腕のなかに包みこみ、こちらの後頭部に手をあてて、しっかりと抱きしめる。

「だめなの」ピップは身をくねらせてラヴィから離れた。それなのに身体は意に反してラヴィのもとへ戻りたがっている。「ラヴィ……明日の朝、車に荷物を積む手伝いをしにきちゃだめ。ケンブリッジに訪ねてくるのもだめ。だめなの、わたしたちは……」胸が震えて声がかすれ、割れる。

「ピップ、いったいなにを――」

「これが最後。会うのはこれが最後」

風が木々のあいだを吹き抜けてきて、髪が顔にかかり、涙に濡れた頬に張りついた。

ラヴィの目から輝きが消え、不安のためか、暗くなっている。

「なにを言ってるんだい？　だめだよ、そんなの」ラヴィがざわめく木に負けじと声を張りあげる。

「そうするしかないの。ラヴィが安全に暮らすには、わたしから離れるしかない」

「きみから離れてまで安全に暮らしたいとは思わない。もう終わったんだ。ぼくらはやり遂げた。マックスは起訴された。ぼくらは自由だ」

「自由じゃない」ピップは泣きだした。「ホーキンスは知っている。少なくとも疑っている。

警察署の前でそうほのめかした。彼にはなにか考えがある」

「それで?」いまやラヴィは腹を立てている。「そんなの気にしなきゃいい。マックスは起訴された。証拠はすべてそろっている。一方で、きみの関与を示す証拠はなにひとつない。ホーキンスはなんでも好きなように考えればいい。ぼくらには関係ない」

「関係ある」

「どうして?」ラヴィがなかば叫ぶように言う。声が切迫している。「どう関係するっていうんだ?」

「それは」ピップも涙のせいでかすれた声を張りあげた。「まだ終わってないから。わたしたちはほんとうの最後のことまで考えていなかった。これから裁判がはじまるんだよ、ラヴィ。十二人の陪審員に合理的な疑いを超えてマックスは有罪だとみなしてもらわなきゃならない。もしそうなったら、すべては終わる。ほんとに終わって、わたしたちは自由になる。ホーキンスは目を光らせている理由はなくなる。いったん有罪判決が下ったら覆すのは不可能に近い。統計を見ればわかるし、ビリー・カラスの件でもあきらか。そうなれば、わたしたちは自由になれる」

「そうだね、それがこれから起きることだよ」

「それはわからない」ピップは洟《はな》をすすり、袖で顔をぬぐった。「マックスはまえに一度、犯した罪から逃げきっている。それに陪審がマックスを有罪とみなさなかったとしたらどうなる? 事件は警察に戻されて、ふたたび捜査がはじまる。彼らはなんとしても殺人者を逮捕しなくちゃならなくなる。マックスが無実とされた場合に、ホーキンス警部補が最初に調べるのは誰だと思う？　わたしだよ、ラヴィ。ホーキンスはかならずわたしのところへ来る。わたしの手助けをしたみんなのところへも。それが真実で、真実を見つけるのが彼の仕事だから」

「そんなことはない」ラヴィが声を張りあげた。

「そんなことある」息が途切れ途切れになる。「裁判が正しく進まなかったら、わたしは負ける。わたしはラヴィも、ほかのみんなも、誰ひとりとして自分の敗北の巻き添えにするつもりはない」

「ひとりで勝手に決めないでくれ！」ラヴィがどんよりした目で、声を詰まらせながら言う。

「ううん、決める。ラヴィはヘッドホンのことでホーキンスに会いにいったから、それで今回のこととつながっている。でもつながりを断つ方法はわかってる」

「言わなくていいよ、ピップ。言ったって、聞かない」ラヴィは目を伏せた。

「無罪の評決が出て、警察がヘッドホンのことでラヴィのところに話を聞きにきたら、わたしにやらされたって言って」

「いやだ」

「無理強いされたって。脅されたって言って。わたしは自分が助かるためにヘッドホンの件をなんとかしろってラヴィに言った。ラヴィはわたしがジェイソンを殺したんじゃないかと疑ってた。それで自分も殺されるんじゃないかと怯えた」

「聞きたくない、ピップ。もうやめてくれ！」

「ラヴィは脅迫されてやった」すがるような口調になっているのが自分でもわかる。「訊かれたらこの言葉を使うんだよ、ラヴィ。〝脅迫された〟って。言われたとおりにやらないと殺されそうで恐ろしかったって」

「いやだ！　そんなの誰も信じるはずがない！」

「信じさせるの！」ピップは大声で返した。「ラヴィはこの話を警察に信じさせなきゃだめ」

「いやだよ」涙がラヴィの目からこぼれ落ち、上唇と下唇のあいだにたまる。「いやだ。そんなことはしたくない」

「わたしがケンブリッジへ発ってからは一度も連絡をとっていないと警察に言って。それはこれから真実になる。ラヴィはわたしから逃れた。わたしたちはいっさいしゃべっていないし、会ってもいないし、連絡をとりあってもいない。でも、もし警察に真実を話したらきっとなにかが起きると思い、怖くて言いだせなかった。ピップになにをされるかと思うと恐ろしくて」

「口を閉じなよ、ピップ。もうやめてくれ」ラヴィは両手で顔を覆って泣いた。

「わたしたちは顔をあわせちゃだめ。連絡もいっさいとらない。そうしないと〝脅迫されてやった〟がつうじなくなるから――警察は携帯電話の通話記録をチェックする。ラヴィはわたしを恐れている、そういうふうに見せかけなくちゃならない。だからわたしたちはもういっしょにいちゃいけないの」みずから話した内容が胸に突き刺さり、そのせいで亀裂が走って千もの傷をつくる。

「だめだ」ラヴィは両手のなかに嗚咽《おえつ》をもらした。「だめだよ、無理だ。なにかほかに方法があるはず……」ラヴィが両手を脇におろし、なにごとかを思いついたらしく目を輝かせた。

「ぼくら、結婚すればいい」

「はあ?」

「結婚すればいいんだよ」ラヴィは鼻をひくつかせて一歩近づいてきた。「〝婚姻関係に基づく特権〟ぼくらがともに起訴された場合、互いに訴追側の証人としての証言を拒否できる。だから結婚すればいい」

「なに言ってんの」

「結婚しよう」ますます目を輝かせてラヴィが言う。「そうすればいい」

「だめ」

「なんでだよ⁉」声に切迫した感じが戻ってきて、目の輝きは消えた。

「だって、ラヴィは人を殺していないもん。殺したのはわたし!」ピップはラヴィの手を取り、いつもしているようにラヴィの指と指のあいだに自分の指を滑《すべ》りこませて、ぎゅっと握った。

「結婚してもラヴィを救えない。かえってラヴィをわたしと、わたしの身に起きたすべてのことに結びつけてしまう。そうなった場合、わたしたちをふたりとも刑務所送りにするのに、訴追側はふたりの証言なんか必要としないかもしれない。だからそういう提案は受け入れられない。弟が起訴されることをサルが望むと思う? 弟が人殺しの片棒をかついだと世間のみんなに思われたり、自分と同じようにあつかわれるのを望むと?」

「やめてくれ」こっちの手を強く握りしめながらラヴィが言う。「そういう説得の仕方は――」

「これはラヴィだけに関する話じゃないの」ピップは手を握りかえし、面と向かって言った。「みんなのため。カーラ、ナタリー、コナー――大切に思っているみんな、手助けをしてくれたみんなから自分を引き離さなきゃならない。彼らを守るために。家族だってそう。家族がわたしを助けたと警察に思わせるわけにはいかないの、絶対に。だからわたしはみんなから離れて、ひとりにならなきゃいけない。みんなから自分を引き離す必要がある。裁判までは。陪審しだいでは裁判のあとも――」

「いやだよ」ラヴィはそう言ったが、もう声からは抗《あらが》う気配は消えていて、涙がとめどなく流れ落ちている。

「わたしはね、ラヴィ、スイッチが入った時限爆弾なの。爆発するときに愛する人たちを近くに置いておくわけにはいかない。とくにラヴィはだめ」

「もし爆発したら、だろ」

「そう、もし爆発したら」ピップは手をさしのべてラヴィの涙をぬぐった。「裁判まで。もしわたしたちの思うとおりに進んだら、陪審がマックスを有罪だとみなしたら、わたしはすべてを取りもどせる。人生も。家族も。ラヴィも。またかならず会える、約束する。まだラヴィが会いたいと思っていてくれればだけどね」

ラヴィはこっちの手に頬を押しあてた。

「いまから何カ月もかかると思う」とラヴィ。「年単位になるかもしれない。殺人事件だから、裁判がはじまるまでに何年もかかる可能性がある」

「それだけの時間、わたしは待たなければならないってこと」ピップは泣きはじめた。「待ったあげくに、陪審が無罪の評決を出したら、ラヴィは脅迫されてやったってホーキンスに言うんだよ。犯行現場に行ったことはないし、ピップがジェイソンを殺したことも定かじゃなかったけれど、とにかくヘッドホンの件を警部補に釈明してこいとピップに脅された。ラヴィはピップに脅迫された。言ってみて、ラヴィ」

「脅迫された」ラヴィは顔をゆがめて小さな声で言った。「いやだよ、こんなのは」ラヴィはこっちの手を握ったまま手を震わせて嗚咽をもらした。「きみを失いたくない。ぼくはかまわない、なにが起きたってかまわないよ。二度ときみに会えなくなる、きみと話せなくなるなんていやだ。裁判を待つのもいやだ。愛してる。ぼくは……できない。きみはぼくのピップで、ぼくはきみのラヴィだ。ぼくらはチームなんだよ。こんなのはいやだ」

ピップはラヴィのほうに身体を寄せて、いつもそうしているように、ラヴィの首もとに頭をあずけた。いちばん居心地のいい場所。でも、もうそうじゃなくなる。ラヴィが肩に頭をのせてきて、ピップはしっかり受けとめ、ラヴィの後ろの髪をなで、指を滑りこませた。

「わたしだっていやだよ」自分の言葉が胸に突き刺さり、呼吸がとまりそうになる。なにをもってしてもこの痛みは癒《い》やされないだろう。時間でも。距離でも。なにをもってしても。「心の底から愛してる。だから、こうしなきゃならない。だから、わたしは去って、帰ってこない。ラヴィだってわたしのためにそうすると思う。自分でもわかってるよね」ラヴィが助けてくれたとき、倉庫で手を貸してくれたときに、なにげないふうに言った彼の言葉が思いだされる。

今度は自分がラヴィを助ける番で、これはみずから決めたこと。そしてこれは正しい選択だと、疑いの余地なくわかっている。いままでしてきたほかのさまざまな選択や、この時点に至るまでに下したすべての決断は、間違っていたり、ひどいものだったり、よくない道へつづいていたり、べつのことでしか活かせなかったりした。そのなかでも今回の決断は最悪で、みんなを傷つけるだろうけれど、正しい選択であり、結果的にはよい選択となるはずだ。

ラヴィはこっちの肩にもたれて泣き、ピップは彼の髪をなで、涙が静かに頬をこぼれ落ちていった。

「もう行かなきゃ」しばらくしてようやくピップは言った。

「だめだ、だめだよ！」ラヴィが行かせまいとするように強く抱きしめ、こちらのコートに顔をうずめた。「だめだ、行かないで」すがるように言う。「置いていかれるのはいやだ。お願いだから、行かないでくれ」

しかしふたりのうちどちらかが先に立ち去らなければならない。最後の視線を浴びるのは最初に行く者。最後に別れの言葉を告げるのも、最初に行く者。

それは自分でなくてはならない。

ピップはラヴィから身体を離して、彼の手をほどいた。それからつま先立ちしてラヴィがいつもやってくれるように、額《ひたい》を彼の額に押しあてた。ラヴィの悲しみを、痛みを半分引き受けられますようにと願いながら。悪いことを半分減らせば、あとの半分のスペースをよいことのためにとっておける。

「愛してる」ピップは言って、後ずさった。

「愛してる」

ラヴィの目をのぞきこむと、ラヴィも同じく目をのぞきこんでくる。

ピップは身体の向きを変え、歩きはじめた。

背後でラヴィが木々に向かって声をあげて泣き、風が彼のむせび泣く声を運んできて、引きもどそうとする。ピップは歩きつづけた。十歩。十一歩。次の一歩を踏みだすごとに足がためらう。だめだ。こんなの無理。これが最後になるなんて耐えられない。肩ごしに振りかえり、木々の向こうを見やる。ラヴィが落ち葉のなかに膝《ひざ》をつき、両手で顔を覆って泣いている。こんな姿のラヴィを見るのはなによりもつらく、心のなかでラヴィのもとへ戻って手をさしのべる。彼を抱きしめ、互いに痛みをわかちあう。

戻りたい。ラヴィのもとへ走っていって自分も膝をつき、チーム・ラヴィ・アンド・ピップに戻れればもうなにもいらない。ふたりにしかわからない秘密の言葉で愛していると伝えたい。ラヴィのやわらかい声で彼がつけてくれたいくつもの名前で呼んでほしい。でも戻れない。それは正しい道ではないから。ラヴィはもうピップのラヴィじゃないし、自分もラヴィのピップじゃない。いまは強くならなければ。互いに離れたくないのに、歩き去っていく者にならなければ。それを選ぶ者に。

ピップは最後に一度だけラヴィを見てから視線を引きはがし、前を見つめた。道はかすみ、涙があふれでて頬を伝い落ちる。またラヴィに会えるかもしれないし、会えないかもしれない。

でもいまは、立ち去る強さを持てないとしても、ふたたび振り向いてはいけない。そのまま歩き去る。風に乗って聞こえてくるのはラヴィがむせび泣く声か、それとも木々のざわめきか、遠くまで来てしまった身にはたしかめようもない。ピップは去り、二度と振りかえらなかった。

55

七十二日目。

ピップは毎日、日数をかぞえ、頭のなかに刻みつけている。

ケンブリッジでの十二月中旬のある日、太陽はすでに沈みつつあり、空一面、血がにじんだようなピンクに染まっている。

ピップはコートを着こみ、狭くて曲がりくねった古い道を歩いていった。三日後にもう一度この場所に来る。そのときは七十五日目になっていて、日々は百日目に向かって過ぎていく。まだ裁判の日程すら決まっておらず、ここしばらくはなにも耳に入ってきていない。ただ、昨日はちょっとした連絡があった。マリア・カラスがメールで写真を送ってきて、そこにはトナカイが編みこまれた派手な赤いセーターを着てクリスマスツリーの飾りつけをしているにこやかなビリーが写っていた。ピップは画面ごしにビリーに微笑みかえした。三十一日目、その日にビリー・カラスはすべての罪状を取りさげられて釈放された。
三十三日目に、ジェイソン・ベルがDTキラーだった件が報道された。

「ヘイ、この男、きみの町に住んでる人じゃないの?」学生寮の談話室《コモンルーム》でテレビのニュースが流れてくるなか、ほかの学生が訊いてきた。自分に話しかけてくる学生はほとんどいない。傍《はた》からは人づきあいが苦手に見えるかもしれないが、実際には自分からほかの学生たちとは距離をおいていた。

「ええ、そう」ピップはテレビのボリュームをあげながら答えた。

ジェイソン・ベルはDTキラーだっただけでなく、一九九〇年から一九九四年にかけてロンドンの南東部《サウスイースト》で女性への性的暴行を繰りかえしていた〝サウスイースト・ストーカー〟と呼ばれたレイプ魔でもあり、DNA鑑定の結果、その事実が判明した。ピップは頭のなかで計算してみた。一九九四年はアンディ・ベルが生まれた年。ジェイソンは最初の娘が生まれたときに犯罪を繰りかえすのをやめ、一家はリトル・キルトンに居を移した。DTキラーが最初の犠牲者の命を奪ったのはアンディが十五歳のときで、将来をうかがわせる容姿の片鱗《へんりん》を見せはじめたころだった。もしかしたら、娘の外見が変わってきたことが引き金になって、父親は犯罪に走ったのかもしれない。人を殺すのをやめたのは娘が死んだときだった——まあ、完全にやめてはいなかったけれど、六人目の犠牲者については誰ひとり知ることはないだろう。アンディの生涯は、いっしょに住んでいたモンスターによる犯罪にはさまれていたことになる。アンディは生き残れなかったけれど自分は生きのびて、いまではどこへ行ってもアンディがついてきているような気がする。

角を曲がると、目の前を車が次々と通りすぎていく道に出た。背中に背負った、本が詰まっているリュックサックのストラップの位置をなおす。そこでコートのポケットに入れた携帯電話が鳴った。取りだして、画面を見る。

父からの電話。

腹のなかのかたい結び目はほどけず、心臓には穴があいている。ピップはサイドボタンを押して着信音をとめ、電話がかかってきている状態のまま携帯をポケットに入れた。父には明日テキストメッセージを送ろう。ごめんね、着信に気づかなくて。忙しかったの、とでも打とう。図書館にいたと伝えるのもいいかもしれない。電話で話す間隔はどんどん広がっていき、やがて数週間に一度になり、いまはもっと少なくなっている。テキストメッセージは未読のまま、返信されずにたまっている。すでに十二月までの学期は終わっていて、ピップは休暇中も学生寮に住むために金を払い、両親には課題を終わらせたいからと言ってあった。目前に迫っているクリスマスにもリトル・キルトンに帰れない理由を、なんとかひねりださなければならない。両親が落胆するのはわかっているし、自分もがっかりしているけれど、帰省せずにおくよりほかに道はない。みんなとは距離をおく。自分は危険で、万が一、誰かに影響がおよぶ場合にそなえて、自分からみんなを遠ざけておかなきゃならない。

七十二日目。〝追放生活〟に入ってからまだたったの二カ月半しかたっておらず、清めの儀式としてこうした古い石畳の道を何度も、何周も歩いている。ピップは毎日歩き、誓いを立てている。それがいま、自分がしていること。かならず変わってみせると誓い、いい人間になると誓い、もとの生活に戻るに値し、みんなとつきあうに値する人間になると誓う。

ジョシュをチームのサッカーの試合に連れていくことについて、もう二度と文句を言わない。どんなにくだらなくても、好奇心あふれるジョシュからの質問にはかならず答える。弟の頼れるお姉ちゃん、および先生になって、ジョシュから敬意を払われるような人間になる。弟が姉より大きくなって、今度は姉が弟に敬意を払う日が来るまで。

母に対し、もっとやさしくなる。母はいつでも娘にできるかぎりのことをしてやりたいと思ってくれていた。自分はもっと耳を傾けるべきだったし、理解すべきだった。母がいてくれることを当然のことと思っていた。母の強さ、呆れて天井を仰ぐしぐさ、パンケーキを焼いてくれる理由《わけ》。そういったことを二度とあたりまえだと考えない。母と自分はひとつのチームで——生まれたときから、最初の呼吸をしたときからの——自分が人生を取りもどせたら、ふたたび母とチームになる。母の最期のときまで。老いた手を、もっと老いた手に重ねるときまで。

父の屈託のない笑い声、〝わたしのピックル〟と呼びかけてくる声をもう一度聞けるなら、自分はどんなものでもさしだすだろう。母と自分を選んでくれたこと、いままでに教えてくれたあらゆることに対し、これから毎日、父に感謝する。ずっと大好きだったと、ピップという人間をつくってくれてありがとうと父に伝えよう。父がつくりあげてくれたピップにふたたびならなくては。それが実現したら、いつか教会のまんなかの通路を父と腕を組んで歩き、途中で立ちどまって、きみを誇りに思っている、と言ってもらえる日が来るかもしれない。

友人たち。これからは〝調子はどうか〟とみんなから訊かれるまえに、こっちから訊こう。仲間とのあいだにけっして壁をつくらず、みんなから思いやってもらうかわりに、こっちがみんなを思いやる。三時間におよぶ長電話でお腹が痛くなるまでカーラと笑いあったこと、コナーのへたなダジャレとぎこちないハグ、ジェイミーのやさしい笑顔と広い心、いつもすごいなあと思っていたナタリーの強さ、必要とするときに〝頼りになるお姉ちゃん〟でいてくれるナオミ。

そしてベッカ・ベル。ベッカにはひそかに約束していたことがある。ふたりとも自由になったら、ベッカにすべてを話す。彼女とも連絡を断たざるをえず、面会に出向いたときにしゃべったり、電話で話したことがなつかしく思いだされる。刑務所はベッカにとって〝檻《おり》〟ではない。彼女の父親こそが檻だった。彼は死んだが、彼女には父親がどんなふうに死んだか、マックスがどうなったか、その件に自分がどうかかわったか、すべてを知る権利がある。そしてまた、アンディについて知る権利も。彼女の姉は家にモンスターが住んでいることを知り、妹を守るためにできるかぎりのことをした。アンディの未送信のメールを読み、どれほど彼女が妹を愛していたかを知る権利もベッカにはある。死の間際にアンディがベッカに言った内容は残酷なものだったかもしれないけれど、彼女が妹を守ろうとしたのはたしかだった。アンディは父親が姉妹のふたりをいつか殺すんじゃないかと怯えていて、ベッカの身に起きたことを父親が耳にしたらキレてしまうのではと恐れたのかもしれない。とにかく、ベッカにはすべてを語るろう。ベッカには聞く権利があるし、運命がふたりに微笑んでいたら、ベッカとアンディはともに父親から逃れられていたかもしれないのだから。

ピップは次々に誓いを立てた。

機会を得られたら、かならず実現させると心に決めて。

厳密に言うと、自分が待っているのはマックスの裁判じゃない。自分への裁きだ。自分に下される最終的な評決。陪審はマックスの運命を決めるだけじゃなく、ピップ・フィッツ＝アモービの運命も決める。ピップという人間が人生を取りもどし、仲間のもとへ帰れるかどうかを。

とりわけ、彼のもとへ戻れるかどうかを。

ピップはいまでも毎日ラヴィと話をしている。本物のラヴィとではなく、頭のなかに住んでいるラヴィと。怖かったり不安だったりしたときにラヴィと話し、ラヴィがこの立場だったらどうするかと訊く。ひとりで、まあ、いつもひとりなんだけど、携帯に保存してある古い写真を見ているとき、ラヴィは横にすわっている。夜寝るときには〝お休み〟と言ってくれて、どうすれば眠れるか悩んでいるときは暗闇のなかでいっしょにいてくれる。ラヴィの声を、熱心にしゃべるようすを、どんな話のときに陽気だったか、沈んでいたかを、しっかり覚えていられるかどうか心もとない。どんなふうに〝部長刑事〟って言っていたっけ？　声は高かった？　それとも低かった？　覚えておかなくては。ラヴィのあれこれを忘れないよう、しっかりと。

毎日、ほぼいつでも、この七十二日間のほとんどの時間、ラヴィのことを考えている。ラヴィはいまなにを思っているのか、なにをしているだろうか、自分がさっき食べたばかりのサンドイッチをラヴィも食べたがるかどうか——答えはいつも〝イエス〟——ラヴィは元気にしているか、こっちが恋しがるのと同じくらい、ラヴィも恋しがってくれているだろうか。没交渉の状態を腹立たしく思っているか。

なにをしているにしろ、ラヴィがふたたび幸せに暮らせる道を模索していてくれれば、と思う。彼の〝幸せへの道〟が相棒を待っていることを意味するにしろ、裁判を待っているのを意味するにしろ、あるいはほかの誰かとの出会いを待つことを意味するにしろ、自分は受け入れるつもりでいる。ラヴィが片側の頰をあげた笑みを誰かほかの人に向け、その人のためにニックネームをつけ、愛していると伝えるための秘密のやり方を新たに考えるところを想像するとつらくなるけれど、それはラヴィの選択。自分が知りたいのは、彼が幸せで、日々の生活を順調に送っているかどうかだけ。ラヴィが自由になるために自分は自由になりたいし、そのためにこれから何度も決断を下すつもりでいる。

もしラヴィが待っていてくれるなら、自分と、評決が希望どおりに下されるのを待っていてくれるなら、わたしはラヴィ・シンにふさわしい人間になるために毎日努力する。

〝きみは昔気質《むかしかたぎ》のお人よしだな〟とラヴィが耳もとにささやきかけてきて、ピップは微笑みながら笑い声のまじった息をついた。

息をつくと同時にべつの音が聞こえてきた。高くなったり低くなったりしながら遠くで鳴っていた音がどんどん近づいてくる。

サイレン。

それも複数の。

音同士がぶつかりあって、叫び声のようにも聞こえる。

ピップはさっと首をめぐらせた。通りの端に三台の警察車輛があらわれ、ほかの車を追い抜き、スピードをあげてこっちへ向かってくる。

サイレンの音が大きくなる。

耳をつんざくほどに。

黄昏《たそがれ》どきにくるくるまわる回転灯が目を射り、通りを明るくする。

ピップは道路に背を向け、目をぎゅっと閉じた。

ついにそのときが来た。警察に見つかった。ホーキンスが勝った。これでおしまい。警察が迫っている。

ピップはその場に立ちつくし、息を詰めた。

サイレンがどんどん大きくなる。

近づいてくる。

三。

二。

一。

耳のなかでサイレンの音が炸裂する。一陣の風が吹いて髪を揺らし、車が一台、また一台と通りすぎていく。通りを走る車輛が遠ざかるにつれ、サイレンの音も小さくなっていく。自分ひとりを歩道に残して。

ピップは恐る恐るゆっくりと目をあけた。

車輛は通りすぎた。サイレンが一瞬、ふたたび大きく鳴ったあと、小さな音を立て、やがてなにも聞こえなくなった。

自分をつかまえにきたのではなかった。

今日のところは。

いつの日か、警察が逮捕しにくるかもしれないけれど、今日ではなかった。七十二日目ではなかった。

ピップはひとりうなずき、歩きだした。

〝進みつづけるしかない〟ピップはラヴィに、頭のなかに住んでいるほかのメンバーに言った。〝進みつづけるしか〟

審判の日がいつか来るだろうけれど、いまじゃない。歩きつづけ、誓いを立てる。それでいい。一歩一歩、足を踏みだしていく。次に出す足を引きずるようにしても、心臓にあいた穴が大きく感じられて立っているのがやっとでも。歩き、誓いを立てる。ラヴィがいっしょにいてくれて、ラヴィの指がいつもそうしていたようにこっちの指と指のあいだにするりと滑りこんできて、自分の指先がラヴィの指と指のあいだにぴたりとはまる。ふたたびこうして手をつなぐ日が来るかもしれない。いまは一歩一歩、足を前に進めるだけ。最後になにが待っているかはわからないし、そんな遠くまでは見通せず、光は徐々に弱くなり、夜が忍び寄ってくるけれど、たぶん、おそらく、なにかいいことが起きるかもしれない。

一年八カ月と十六日後　六百九十七日目

女王対マックス・ヘイスティングスの裁判で評決が読みあげられてから三分後

ヘイ、部長刑事、ぼくを覚えている？

謝辞

いつものように、まずはわたしのエージェント、サム・コーポランドに感謝の言葉を捧げなくてはならない。すぐれた相談役／人生相談の回答者／悪い警官／いい警官になってくれてありがとう。すべては二〇一六年の六月に〝女の子が古い殺人事件を学校の課題で取りあげる〟というアイデアをあなたに投げたときにはじまった。そして、見て、いまわたしたちが到達した場所を！　〝三部作《トリロジー》は〟たんなる用語。でもあのときにあなたがチャンスをくれて、そのアイデアを小説にしなさいと言ってくれなかったら、一冊目さえ出版されていなかったと思う。ほんとうにありがとう！　（手柄をぜんぶあなたに渡そうとは思わないけれど――わたしからの感謝の言葉を受けとってね！）

次に、書店員の方々にお礼を申しあげたい。みなさんは読者の手に本を届けるというすばらしい仕事に従事され、この一年、信じられないほどの困難に直面しながらもその仕事をつづけてくださった。本と読書に対するみなさんの尽きることのない情熱と献身、そして〈自由研究には向かない殺人シリーズ〉の成功において計り知れないほど大きな役割を果たしてくださったことに、心の底から感謝申しあげる。ブロガーのみなさんにも感謝を。貴重な時間を割いて書評を投稿してくださったり、〝おもしろかった〟と声を大にして叫んでくださって、ほんとうにありがとう。〈自由研究には向かない殺人シリーズ〉への愛情を示してくださったことに対しては感謝してもしつくせない。『卒業生には向かない真実』のみなさんの書評を拝見することをいまからとても楽しみにしている。

〈エレクトリック・モンキー〉のみなさんへも感謝を。わたしのＷｏｒｄ文書を実際の本にするために、みなさんは休む間《ま》を惜しんで働いてくれた。みなさんが総力を結集した結果がこの本。サラ・レヴィソンはこのモンスターサイズの本をつくるための水先案内人をつとめ、こうしてほしいというわたしの希望を正確に把握してくれた。リンジー・ヘヴンはこのシリーズを取り仕切るという難しい仕事を最初からみごとにこなしてくれた。ルーシー・コートネイ、メリッサ・ハイダー、スシラ・ベイバーズ、原稿に磨きをかけ、最終的な形に仕上げるのに手を貸してくれてありがとう。ローラ・バードとジャニーン・スペンサーにも感謝を。レイアウトを最初に見るのはいつでも魔法のような瞬間で、そのときにはじめて、物語が本物の本のように見えはじめる。トム・サンダーソン、すばらしい表紙を作製してくれてありがとう。不穏な感じが最終巻にぴったりで、これ以上の表紙は望めない。誰ひとり、ダクトテープをたんなるダクトテープとして見られなくなるといいな。マーケティング／ソーシャルメディアの天才として、すばらしい仕事をこなしてくれるジャス・バンサル、いつもながら、ありがとう。本を出版するにあたってわたしがいちばん好きな過程のひとつが、あなたが出版前に投げかける話題に世間がざわつくのを見ること。ケイト・ジェニングス、オリヴィア・カーソン、エイミー・ドブソン、わたしの本を多くの人たちに知ってもらうために、あなた方はほんとうにすばらしい仕事をしてくれる。営業と版権チームのみんな、世界にわたしの本を送りだしてくれてありがとう。イングリッド・ギルモア、ロリ・テイト、リア・ウッズ、ブローガン・ヒューレイにはとくに感謝する。そして、プリシラ・コールマンには特別な感謝の気持ちを捧げる。ふたたびすばらしい作品を提供してくれ、警察のDTキラーの似顔絵に命を吹きこんでくれた。

　この一年を振りかえって、国民保健サービス《NHS》の職員のみなさんに感謝と称賛の気持ちを伝えなければ、怠慢の誹《そし》りをまぬがれないだろう。新型コロナウイルス感染症のパンデミックのさなかにあなた方が示してくれた気迫と勇気は、ともすればわたしの社会に対する貢献（キャラクターを造形し、物語をつくりあげる）はなんてちっぽけなんだと感じさせたけれど、あなた方のおかげでわたしたちは気力を奮い立たせ、思いやりの心を育むことができた。このたいへんな一年のあいだ、わたしたちのために尽力してくださったことにあらためて感謝の気持ちを捧げたい。あなた方は真のヒーローであり、国民保健サービスはいかなる代償を払ってでも守らねばならない、国民が享受すべきすばらしい特権だ。

　いつもながら、作家仲間にもありがとうの気持ちを捧げたい。彼らは出版業界という油断ならない海を渡るのに手を貸してくれ、とくにロックダウンのさなかには彼らの存在がありがたかった。ズームでのゲーム大会の折には、バーチャルリアリティの技術により自分のフラットと締切から逃れることができた（一時的に）。フラワー・ハンズのみんなにもありがとうと言いたい。パンデミックのあいだはみんなのおかげで（離れていても）正気を保つことができた。あの毎週のクイズ大会をわたしはなつかしく思いだす。今年こそ、リアルでみんなでゲームをするのが待ちきれない――でも、もうクイズはいいよね？

こちらもいつもながら、ママとパパにも感謝を。ふたりはけっしてブレることなく支援をつづけてくれ、誰も信じてくれなかったときにも娘を信じてくれた。わたしが幼いころから作家になるつもりでいたことを、おそらくふたりは知っていて、そのうえで子ども時代には本やテレビゲームを惜しみなく与え、テレビでも映画でも、なんでも観せてくれた。こうした経験は一秒たりともむだにはならず、両親のおかげでわたしは物語に対する愛を育むことができた。ママはパパは読者として最初にコメントをくれ、わたしが書いた本を完璧に理解してくれた。ママは本を読んだときに〝なんだか気持ちが悪い〟とパパに言った――そのときに、まさにこちらの狙いどおりの反応を得られていると知ったのだった！

姉妹のエイミーとオリヴィア、絶えずサポートしてくれてありがとう。あなたたちは姉妹がいかに大切な存在かを教えてくれる。ピップは自分の姉妹を見つけなければならなかったけれど（カーラ、ナオミ、ナタリー、ベッカ）、わたしは最初からふたりがいたのでとてもラッキーだった。あなたたちの影響は、わたしが描くきょうだいの気さくな会話や口喧嘩のあらゆるところにきっとあらわれている。それって、ほんとうにありがたい！

甥《おい》っ子のジョージへ。好きな作家はホリー・ジャクソンと言ってくれてありがとう。十歳とちょっとって、わたしの本を読むにしては若すぎるけれど、甥っ子としては満点だね！　姪《めい》っ子のケイシーへ。あなたはパンデミックのさなかに生まれて、締切に追われっぱなしのこの一年、わたしに〝ほっとできるかわいらしさ〟を提供してくれて、おかげでわたしは執筆に励むことができた。姪っ子のダニエルへ。ようやくそろそろわたしの本を読める年齢になってきたね。何年かまえ、九歳だったころのダニエルは学校で作文の勉強をしていて、とてもすてきな物語は〝・・・〟というふうに点《ドット》が三つで終わるんだとわたしに話してくれた。でね、ダニエル、わたしはこの三部作《トリロジー》を点《ドット》三つで締めくくったよ——あなたはきっと鼻高々だね（あなたが正しいことをわたしは願ってる！）。

ピーター、ゲイ、ケイティ・コリス、いつもながら最初の読者になってくれてありがとう。それと、誰もがうらやましがるような、すばらしい第二の家族でいてくれて、ほんとうにありがとう。

ベンへ。わたしの〝善の基準〟となってくれる人で、永遠のパートナー。あなたがいなかったらこれらの物語はひとつとして生まれなかっただろうし、ピップは日の目を見ることはなく、ましてや三巻の終わりを迎えることもなかったはず。ありがとう。

実際の犯罪に強い影響を受けたシリーズを書きおえて、わたしたちを失望させる刑事司法制度やその周辺の実態についてひと言も述べずに終わらせるのは、わたしとしてはどこか不自然に思える。この国でのレイプや性的暴行の統計、および通報件数や有罪判決のきわめて低い率を目《ま》の当たりにすると、どうしようもない絶望感にさいなまれる。なにかが間違っている。わたしはこのトリロジーが自分のかわりにそういったことを語ってくれていることを期待する。はっきり申しあげておくと、この物語のある部分はみずからの怒りが源《みなもと》になっている。わたし自身が被害を受けたのに信じてもらえなかったという個人的な怒りと、ときおり正しくないと感じられる司法制度に対する怒りの両方が。

しかしそういう重い話は脇において、三巻目の終わりまでおつきあいくださったすべての読者にお礼を申しあげて締めくくりたいと思う。わたしを信じてくださってありがとう。あなたが探していた結末を見つけられたらいいのですが。わたしはもちろん見つけました。

解説

吉野仁

高校生ピップの活躍を描いた現代ミステリ『自由研究には向かない殺人』（*A Good Girl's Guide to Murder* 2019）からはじまり、続編となる『優等生は探偵に向かない』（*Good Girl, Bad Blood* 2020）を経て、いよいよ三部作《トリロジー》完結編『卒業生には向かない真実』（*As Good As Dead* 2021）の登場である。

すでに本文を読み終え、そのままこの解説に目を通している読者は、いまだ万感胸に迫る思いを抱いているにちがいない。単に物語の結末を予想できなかっただけではなく、なにか遠いところへ来てしまったような感覚を味わっているのではないだろうか。今回の物語の衝撃と感動は、前二作と比べていろいろな意味で大きく異なっている。作者のホリー・ジャクソンはまだ二十代のうちにこの三部作を書きあげたのかと思うと、その才能と実力に驚嘆するばかりだ。あらためて、第一作『自由研究には向かない殺人』を振りかえると、爽快で愉《たの》しく、どこまでも読み心地のいい青春ミステリだった。物語は、十七歳の高校生のピップことピッパ・フィッツ＝アモービが、卒業の資格を得るための試験と並行して独自におこなう自由研究、略してEPQのために意外な題材を選んだことにはじまる。それは、彼女が暮らす町リトル・キルトンで起きた五年前の事件だった。アンディ・ベルという少女が行方不明になったのだ。そしてアンディの交際相手だったサル・シンに殺害の疑いがかかっただけでなく、そののちにサルが自殺してしまう。警察はサルが犯人だと断定した。ところがサルと親しかったピップは、彼の無実を信じており、それを証明しようとEPQの形をとって再調査しはじめたのだ。

英米でベストセラーとなったほか、日本でも邦訳された年の各誌ベストランキングで一位と二位を獲得し、高く支持された。その理由のひとつは、主人公ピップの魅力にあるだろう。物知りで好奇心が旺盛《おうせい》、行動力や正義感を持ち合わせている利発な少女、まさにグッド・ガールだ。物語の冒頭から心をつかまれてしまった。たとえば、ピップがサルの弟ラヴィ・シンの家を初めて訪れたとき、「えーっと〝ジフィ〟って知ってる？（中略）何ジフィかつきあってくれるとうれしいんだけど」と口にしたシーンは印象的だ。緊張のあまり、つい口にしてしまったジョークである。賢くかつ愛らしいが、すこしクセの強いオタクめいた少女でもあり、そのことを本人も自覚している。こうした台詞にピップの人柄がよく表れている。

そして、相棒となるラヴィ・シンもまた繊細で相手を思いやる心にあふれた好男子だ。そのことが物語を通じて伝わってくる。アンディ・ベル失踪にからむ一連の事件で兄サル・シンに疑いがかけられたばかりか、兄を失ってしまったことに深く傷つき、いまでもサルの無実を信じている。名探偵ピップの相棒をつとめるだけでなく、次第に彼女との距離を縮めていくわけだが、ピップとやりとりを交わしているとき、明らかにラヴィの言動から幸福のオーラが出ているように思えてほほえましい。

そのほかピップの家族や友人、町の知り合いや事件関係者など、登場するひとりひとりを紹介していくと切りがないが、当然かならずしも「いい人」ばかりではなく、表とはちがう裏の顔を持っていることが多い。ピップが人々へインタビューをすればするほど、みな怪しく見えてくる。単にヤングアダルト（YA）小説とスモールタウン・マーダーを組み合わせただけにとどまらず、なによりもミステリの完成度が高い。探偵としての調査過程をごまかさず、しっかりと手順をふんで事実をおさえ、推論や可能性を吟味《ぎんみ》したうえで、真犯人に迫ろうとしているのだ。失踪事件であれば、その人物が最後に目撃されたのはいつなのかを徹底して調べ上げる。関係者ひとりひとりのアリバイやときどきの所在を確認し、さまざまな可能性を列挙し、証言とつきあわせ、事実の積み重ねをもとに真相を暴こうとしている。

いうまでもなく、ピップによる自由研究の作業記録をマルチメディアの画面のまま紙面に写した形で載せているのもきわめて現代的で斬新だった。関係者へのインタビュー、警察へ請求した情報開示の書類、メールやSNSでのやりとり、注釈つきの地図、そして個人の手帳などが犯罪ドキュメンタリーの添付資料のように提示されている。こうした試みは決して本作がはじめてではないが、驚いたのは、その読みやすさだ。ネットの書式やパソコン画面をそのまま切り取ったような図版を小説のなかに載せると、不自然さが際立ってしまい、わずらわしく感じられる場合が多い。ところが、この作品はどこまでも自然に楽しめた。日本語版だと本文は縦書きとなるので、なおさら違いが目立つものの、上手な編集のせいか、すんなりと読めたものだ。

そのことは、続く『優等生は探偵に向かない』でも同様である。この第二作では、ポッドキャスト配信という形式で事件の調査が描かれているのだ。前回同様、関係者へのインタビューやSNSでのやりとり、リスナーからの情報をまとめて報告しているほか、参考写真やダイレクトメッセージまで紙面に取りこまれている。物語では、親友であるコナー・レノルズから失踪した兄ジェイミーの行方を探してほしいと依頼され、迷いながらもふたたびピップは事件を調査していく。

なんでも欧米では近年、実際に起こった犯罪や事件を扱った「トゥルークライム」と呼ばれるジャンルのポッドキャストが圧倒的な人気を得ているらしい。作者のホリー・ジャクソンは、そんな実録犯罪もののポッドキャストやドキュメンタリーの大ファンなのである。作中でさまざまなマルチメディアの画面をとりこむアイデアは、この手のジャンルからの影響である。もともと『自由研究には向かない殺人』は独立したひとつの作品として書かれたものだが、あまりにも大きな反響があったことから、作者はふたたびリトル・キルトンの町で起きた事件を書くことにしたという。そこで自由研究のレポートからポッドキャストの形に移しかえたのだ。おそらく第二作『優等生は探偵に向かない』のテーマや題材を練っているあたりで、すでに三部作への構想もできあがっていたのではないかと思う。

もうひとつ特徴的なのは、舞台となっているリトル・キルトンは架空の町ながら、ロンドンの北西部、バッキンガムシャー州に実在するグレート・ミセンデンの町をモデルにしているということだ。たしかに『自由研究には向かない殺人』に載っている地図と、グーグルマップで表示した「グレート・ミセンデン」を比べると、町を走る道路の形が重なる。なにを隠そう作者ホリー・ジャクソンは一時期そこに住んでいたのである。

ちなみにグレート・ミセンデンは、かの作家ロアルド・ダールが一九九〇年に亡くなるまで三十六年間暮らした町で、あたりの様子はダール作品にも多く描かれており、いまでは町にロアルド・ダール・ミュージアム・アンド・ストーリー・センターが建っている。この地域には、何人かの作家や芸能人のほか、金融や産業界の重役らが住居を構えているようだ。一九世紀末にメトロポリタン鉄道が開通したことからロンドンへの交通の便がよくなり、高級住宅地を含む、郊外のベッドタウンとなったのだ。なんでも二十年ほどまえからロンドン北西部あたりの新興住宅街には、成功したインド系イギリス人が多く住んでいるという、ネット記事も目にした。本作に登場するインド系の人物といえば、ラヴィである。また、ピップの義父・ヴィクターはナイジェリア人の弁護士だ。町の人口の大半は白人で、アジア系やアフリカ系の住民は割合でいえばごくわずかながら、イギリス社会でそれなりに成功し、仕事で稼いだ移民系の人々が近年このあたりに自宅を購入し住みはじめたのではないかと考えられ、こうした時代による町の変化などが物語から読みとれる。

さて、本作『卒業生には向かない真実』はどのようなミステリなのか。前半までのあらすじを追ってみよう。いかなる内容も事前に知りたくない（にもかかわらず巻末解説を先に読んでいる）方は、ただちに本文にとりかかってほしい。

ケンブリッジ大学への入学を控えていたピップだが、いくつもの悩ましい問題が浮上してきた。ひとつは、マックス・ヘイスティングスが彼女を名誉毀損《きそん》で訴えるといってきたことだ。ピップからツイッターとブログで誹謗《ひぼう》中傷的な発言をされ、精神的な面および回復不能な評判の悪化の両面で深刻な影響を与えられたという。マックスの弁護士は高額な賠償金、発言の撤回と謝罪を要求したが、ピップは頑《がん》としてそれを拒否した。そして、ピップの身辺では不審な出来事が続いていた。不気味なメッセージのメールが届いたかと思えば、ピップの目につくように、私道にチョークで描かれた頭のない棒人間の絵、そして敷地内におかれた頭が切り取られて死んだハト。何者かが陰険にそして執拗《しつよう》にストーカー行為をしかけているのだ。正体を探ろうと動き始めたピップは、一連の仕業が六年前の連続殺人事件と似ていることをつきとめた。しかし、その犯人はすでに捕まって刑務所におり、現在も服役中だという。はたしてストーカーは何者なのか。ピップに最大の危機が迫る。

もともと『自由研究には向かない殺人』はYAミステリとして高く評価された作品ながら、本作は『優等生は探偵に向かない』を経てますますダークな物語に転じており、大人向けのスリラーと遜色《そんしょく》ない。しかも、おまえが深淵を見つめれば、深淵もまたおまえを見つめているぞ、といわんばかりの闇がピップに襲いかかる。描写がじつに生々しい。作者は、さらに実録犯罪ものの手法を深める形で本作の執筆に挑戦したのだ。

『自由研究には向かない殺人』の巻末では解説者の若林踏《ふみ》氏が、オンラインマガジン「writing.ie」の記事を紹介しているが、作者ホリー・ジャクソンは執筆の経緯《けいい》を明かしたなかで、「ブレア・ウィッチ・プロジェクト」や「クローバーフィールド」といった映画を見るのが趣味だと述べていた。いずれもPOV手法で撮られたことで評判になった映画だ。POVとはpoint of viewの略で、手持ちカメラの映像がそのまま登場人物の視点と同化するように撮られた作品のことを指す。別名フェイク・ドキュメンタリー。わざと手ぶれをいれたり、周囲の雑音や独り言などがかぶさったりしているため、あたかもその出来事が目前で起きているかのような臨場感を覚えるのが特徴だ。ホラーやパニック映画では、登場人物＝撮影者の恐怖と興奮がそのままダイレクトに伝わってくるため、より効果的となる。

この三部作では、ハンディカメラの撮影こそないが、インタビュー音声をそのまま書き起こした形で載せており、それは映画のPOV手法に影響を受けていたのだ。創作である物語へいかにリアリティを与えるかは、作家の腕の見せどころだが、なかでも緊迫した場面の描写は、半端ない凄みが感じられる。まさに自分が犯罪現場に居合わせているようだ。たとえば『優等生は探偵に向かない』では、ピップの思考や意識がぶつ切れにとんでしまった状況をそのまま文字にした描写があった。本作『卒業生には向かない真実』でも、斬新な表現があちこちで見受けられる。作中人物が味わった感覚をそのままダイレクトに読者へ伝えようと、つねに作者は意識して作品に取り組んでいるのだ。

こうして『卒業生には向かない真実』で三部作はすべて書きあげられた。巻末六ページにわたる作者の謝辞を読むと、とくに「刑事司法制度やその周辺の実態」への失望が怒りとともに物語のある部分の源《みなもと》になっているという言葉が強く印象に残った。本作におけるピップの行為に対しては賛否あるかもしれないものの、作者はあえて主人公にその役目を負わせたのである。

ピップの活躍はこれで終わってしまったが、もう一作、この『卒業生には向かない真実』が発表される前に書かれた、ピップを主人公とする作品がある。*Kill Joy*（2021）という中編だ。ピップは、友人コナー主催のパーティに誘われる。それは自分たちが住む町をジョイと呼ぶ島に見立て、一九二〇年代の装いで参加する集まりだった。もっとも開催場所はレノルズ家邸宅であり、そこでピップは架空の事件の探偵ゲームをはじめていく。じつは三部作第一作の前日譚で、ピップが探偵となる最初の物語なのだ。

そしてホリー・ジャクソンは、すでに新作長編を発表している。単独作の *Five Survive*（2022）だ。あらすじを見ると、犯人探しの謎解きミステリではなく、六人の友人たちが春休みにRV車でアメリカを旅していたところ、タイヤがパンクしたばかりか、正体不明のスナイパーに狙われるという話である。だれが標的なのかも分からないまま夜を過ごすが、全員が生きのびるわけではなかった。そんな八時間を追ったスリラーだ。おそらく近年の海外ミステリでいえば、テイラー・アダムス『パーキングエリア』やライリー・セイガー『夜を生き延びろ』のようなB級感ただようノンストップ・サスペンス仕立てのロードノベルなのではないだろうか。

作者は、十二歳のころからスティーヴン・キングに傾倒していたという。年齢相応にハリー・ポッター・シリーズなども読んでいた一方で、父親の本棚を漁り、ハーラン・コーベンなどにも手をのばしていたらしい。好きな作家としてアガサ・クリスティのほか、シャーリイ・

ジャクスンの名前をあげていたので、いわゆるスリラーや恐怖小説も愛読しているのだ。なにより、さまざまなスタイルの実録犯罪ものを偏愛している作者だけあって、B級テイストの娯楽作に抵抗はないどころか大好物なのにちがいない。YAのジャンルを飛び越え、これからどんな小説を発表してくるのか、ますます楽しみでならない。

検印
廃止

訳者紹介　翻訳者。中央大学文学部卒業。主な訳書にボーエン「ボブという名のストリート・キャット」、ブラウン「クレオ」、キム「ミラクル・クリーク」、ジャクソン「自由研究には向かない殺人」「優等生は探偵に向かない」など。

卒業生には向かない真実

2023年7月14日　初版

著　者　ホリー・ジャクソン

訳　者　服《はつ》　部《とり》　京《きよう》　子《こ》

発行所　(株)　東京創元社
代表者　渋谷健太郎

162-0814/東京都新宿区新小川町1-5
電　話　03・3268・8231-営業部
03・3268・8204-編集部
URL　http://www.tsogen.co.jp
DTP　工友会印刷
暁印刷・本間製本

乱丁・落丁本は、ご面倒ですが小社までご送付ください。送料小社負担にてお取替えいたします。

ISBN978-4-488-13507-2　C0197